LILLI BECK
WENN DIE HOFFNUNG ERWACHT

AF177926

Autorin

Lilli Beck wurde in Weiden/Oberpfalz geboren und lebt seit vielen Jahren in München. Nach der Schulzeit begann sie eine Ausbildung zur Groß-handelskauffrau. 1968 zog sie nach München, wo sie von einer Mode-lagentin in der damaligen In-Disko Blow up entdeckt wurde. Das war der Beginn eines Lebens wie aus einem Hollywood-Film. Sie arbeitete zehn Jahre lang für Zeitschriften wie »Brigitte«, »Burda-Moden« und »Twen«. »Wenn die Hoffnung erwacht« ist ihr vierter historischer Roman bei Blanvalet.

Weitere Informationen unter: www.lilli-beck.de

Von Lilli Beck bereits erschienen

Glück und Glas · Wie der Wind und das Meer · Meer als tausend Worte · Die Schwestern vom See

Besuchen Sie uns auch auf www.instagram.com/blanvalet.verlag und www.facebook.com/blanvalet

LILLI BECK

WENN DIE HOFFNUNG ERWACHT

ROMAN

blanvalet

Penguin Random House Verlagsgruppe FSC® N001967

1. Auflage
Taschenbuchausgabe 2022 by Blanvalet in der
Penguin Random House Verlagsgruppe GmbH,
Neumarkter Str. 28, 81673 München
Copyright © 2021 by Lilli Beck
© 2021 by Blanvalet, einem Unternehmen der
Penguin Random House Verlagsgruppe GmbH,
Neumarkter Str. 28, 81673 München
Redaktion: Angela Kuepper
Umschlaggestaltung: www.buerosued.de
· Umschlagmotiv: mauritius images/United Archives/
TopFoto/General; www.buerosued.de
DK · Herstellung: DiMo
Satz: Vornehm Mediengestaltung GmbH, München
Druck und Bindung: GGP Media GmbH, Pößneck
Printed in Germany
ISBN 978-3-7341-1176-1

www.blanvalet.de

*Die Gegenwart ist die Summe
der Vergangenheit.*

GERHARD UHLENBRUCK

1

Regensburg, Mittwoch, den 31. Dezember 1947

BEHUTSAM STECKTE NORA den Nagellackpinsel zurück in das Fläschchen, um die frisch lackierten Fingernägel nicht zu ruinieren, und drehte es ordentlich zu. Anschließend streckte sie beide Hände aus und betrachtete ihr Werk; das warme Rot sah richtig schick aus, sogar ein bisschen verwegen.

»Jetzt bloß nichts anfassen, sonst machst du Kratzer in den Lack«, mahnte ihre Freundin Hedi. »Richtig trocken ist er nämlich erst nach zwanzig Minuten. Kannst ein bisschen pusten, dann geht es schneller.«

Vorsichtig pustete Nora über den glänzenden Lack. Es waren die ersten roten Nägel ihres Lebens, für den ersten Ball ihres Lebens. Wenn ihr Vater davon erführe, würde er sie trotz ihrer knapp zwanzig Jahre vermutlich in den Keller sperren wie ein kleines Mädchen und erst an Heiligdreikönig wieder rauslassen. Doch weder er noch die Mutter hatten den leisesten Schimmer, wo sie um Mitternacht tanzen würde. Sie hatte glaubwürdig genug von einer geplanten Silvesterfeier bei Hedi geschwärmt und schließlich die Erlaubnis bekommen, der Freundin schon am Nachmittag bei den Vorbereitungen zu helfen und bis ein Uhr morgens zu bleiben.

»Ich kann es kaum erwarten, bis wir endlich losgehen«, sagte Nora zehn Minuten später. Sie war ganz zappelig vor Ungeduld und gleichzeitig so aufgeregt wie als Kind zu Weihnachten, als noch Spielsachen unterm Christbaum lagen und nicht nur nützliche Kleidungsstücke wie in den letzten Kriegsjahren. Als ihr Vater keine Ansprachen von Hitler im Radio versäumt und bei jeder Mahlzeit mit großer Bewunderung über den Führer gesprochen hatte, bevor der und seine Gefolgschaft die Welt in Schutt und Asche gelegt hatten.

»Ich würde am liebsten sofort losgehen, aber es ist erst vier Uhr nachmittags, es dauert also noch«, riss Hedi sie aus ihren Gedanken. »Teste mal mit der Zungenspitze an einem Nagel, ob es ein wenig brennt. Wenn nicht, ist der Lack trocken. Hat mir eine unserer Köchinnen verraten, die früher mal Kosmetikerin war.«

Nora legte die Zunge vorsichtig auf den Daumennagel. »Brennt nicht«, verkündete sie und sah die Freundin erwartungsvoll an.

Hedi deutete auf den Schrank mit dem eingelassenen Spiegel in der Tür, in dem ihre Kleider auf Holzbügeln hingen.

»Wie wär's mit einer Generalprobe? Wenn irgendwas nicht passt oder sitzt, hätten wir noch genug Zeit, um es zu ändern.«

Nora stimmte begeistert zu. Nachdem sie sich umgezogen und der Freundin bei dem rückwärtigen Reißverschluss geholfen hatte, betrachtete sie sich in dem blank geputzten Kristallspiegel. Er reflektierte zwei Mädchen, die ungleicher nicht hätten sein können. Ihre dunkelhaarige Freundin mit dem runden Gesicht, den braunen Augen, dem lasziv geschwungenen Mund, der ein wenig zu stark geschminkt war, trug ein Kleid aus moosgrünem Taft, das sich um ihre üppigen Kurven schmiegte. Neben der aufreizend wirkenden Hedi empfand sich Nora oft als etwas unscheinbar. Doch das neue Kleid aus dunkelblauem Brokat mit dem engen Oberteil, der schmalen Taille und dem weit schwingenden Rock betonte vorteilhaft ihre zierliche Figur. Die Seitenpartien ihres goldblonden Haars hatte sie mit Kämmen hochgesteckt; der Rest fiel in weichen Wellen auf ihre Schultern. Die dichten getuschten Wimpern betonten ihre veilchenblauen

Augen, und auf den Lippen schimmerte ein sanftes Rot, passend zu den Nägeln.

»Ich finde, wir sehen wie Filmstars aus«, sagte Hedi und kommandierte: »Umdrehen, Nähte kontrollieren.«

Nora drehte sich bereitwillig um. Hedi hatte heißbegehrte Nylons mit Naht organisiert, die absolut gerade sitzen mussten, um das Bein zu betonen. Nora gefiel, was sie sah. Was ihr weniger gut gefiel, waren ihre kleinen Brüste. Doch das geschickt drapierte Oberteil täuschte wenigstens etwas Fülle vor. Dennoch würde sie niemals so beachtet werden wie Hedi, deren üppiger Busen stets die Blicke aller Männer auf sich zog. Obwohl ihr Bewunderung an diesem Tag nicht so wichtig war. Sie freute sich aus einem ganz anderen Grund auf die Silvesterfeier.

Nach einem Stück Fußweg und einer kurzen Fahrt mit der Straßenbahn gelangten sie von der Kreuzgasse, wo Hedi bei ihren Eltern lebte, ins noble Westenviertel. Und zwar zum Anwesen einer ehemaligen Nazigröße, das die amerikanische Militärregierung beschlagnahmt hatte.

Staunend betrachtete Nora die imposante Gründerzeitvilla, deren Eingang von zwei schlanken Säulen flankiert und von einem Balkon überdacht war. In den links und rechts aufgestellten Blumenkübeln steckten Fackeln, deren rotgoldenes Licht die Fassade erhellte. Nora vermochte nicht die kleinste Spur von Luftangriffen an der Villa zu erkennen, als hätten die Alliierten das oberpfälzische Regensburg weiträumig umflogen.

Ich würde alles dafür geben, in so einem Palast zu leben, dachte sie, weit weg von meinem einengenden Zuhause.

Hedi, die als Küchenhilfe im amerikanischen Offizierscasino Gemüse putzte und Geschirr spülte, war das Kunststück gelungen, zur Silvesterfeier eingeladen zu werden. »Die Besatzer leiden unter Frauenmangel, und junge deutsche Mädchen sind hochwillkommen«, hatte sie erklärt. Nora hatte dennoch gezögert, nicht nur, weil ihr ein passendes Kleid gefehlt hatte, sie fürchtete auch ihren Vater, der jeden ihrer Schritte kontrollierte. Der ihr rigoros verboten hatte, mit »Amis« auch nur ein Wort zu wechseln. Obwohl das Fraternisierungsverbot schon im Oktober 1945 aufgehoben worden war, predigte er bei jeder Gelegenheit: »Diese Soldaten haben nichts anderes im Sinn, als unsere anständigen deutschen Frauen mit starken Schnäpsen wehrlos zu machen und dann zu schänden.« Bislang hatte Nora sich von den GIs ferngehalten, nicht auf ihr Winken und ihre »Hallo Frowlein«-Rufe reagiert und wäre niemals in einen Jeep eingestiegen. Doch als Hedi von der Silvesterfeier schwärmte: »Du kannst essen und trinken, bis du platzt, und musst keinen Pfennig bezahlen«, hatte sie ihre Bedenken weggewischt wie lästige Fliegen. Zu verlockend war der Gedanke, einmal nicht mit Magenknurren einschlafen zu müssen. Zu Hause war der Hunger Dauergast, Weihnachten hatten sie wegen fehlender Zutaten keine Plätzchen backen können, und heute, am letzten Tag des Jahres, hatte nur ein armseliger falscher Braten auf dem Mittagstisch gestanden. Zubereitet aus Haferflocken, weich gekochten Linsen und etwas Wurzelgemüse. Echtes Fleisch oder richtige Wurst waren noch immer absoluter Luxus, und die Zuteilung von vierzehn Gramm pro Person und Tag entsprach gerade mal einer Scheibe Wurst. Nach wie vor bildeten sich lange Schlangen vor den Geschäften, weil man nur auf Lebensmittelkarten einkaufen konnte. Hamsterfahrten und Stromsperren waren ebenso an der Tagesordnung wie kriminelle Bäcker, die Gipsmehl oder Sägespäne in den Brotteig mischten. Es herrschte immer noch Krieg, auch wenn nicht mehr geschossen wurde, niemand mehr die Nächte wegen der Luftangriffe im Keller verbringen musste und tatsächlich Männer aus der Gefangenschaft zurückkehrten.

»Nora, hast du etwa Angst?« Hedi ergriff ihre Hand und zog sie durch die eiserne Gartenpforte. »Der hinterfotzige Obernazi ist längst über alle Berge. Und vor den GIs muss dir nicht bange sein. Wenn die schöne Mädchen wie uns sehen, werden sie zahm wie junge Hunde und wedeln auch mit den Schwänzchen«, endete sie laut lachend.

»Ich bin nur wegen des Essens hier«, erinnerte Nora die Freundin und folgte ihr durch den Garten.

Schneereste knirschten unter Noras dünnen Sohlen, feine Flocken wirbelten durch die Nachtluft, und eine Windböe schubste sie vorwärts wie eine freundliche Hand, die sie in ein Wunderland führen wollte. Weit weg vom rückständigen katholischen Regensburg, in ein Land der unbegrenzten Möglichkeiten, wo Träume wahr und Tellerwäscher angeblich zu Millionären werden konnten. In ein Leben ohne Not und Trümmerberge, obgleich ihre Heimatstadt Regensburg längst nicht so zerstört worden war wie Berlin oder München, wovon Radionachrichten und Zeitungen ausführlich berichtet hatten.

Fünf Eingangsstufen führten zu einem schweren Eichenportal, das nur angelehnt war. Vorsichtig traten Nora und Hedi ein und gelangten in ein weitläufiges Vestibül.

»*Welcome*«, begrüßte ein junger Soldat sie mit einem freundlichen Lächeln, nahm ihnen die Mäntel ab und wünschte augenzwinkernd: »*Have fun!*« Mit ausgestrecktem Arm deutete er auf eine halb offene Doppeltür, aus der flotte Swingrhythmen drangen. »*This way.*«

»Wir kommen viel zu spät, die Party ist längst in vollem Gange«, zischelte Nora ihrer Freundin zu, als sie einen halben Schritt nach ihr einen saalartigen Raum betrat.

»Keine Sorge, die Amis sind nicht so förmlich, hier gibt es keine mürrischen Gesichter, wenn man etwas später kommt. Und Büfett bedeutet, dass den ganzen Abend was auf dem Tisch steht.«

»Hoffentlich«, entgegnete Nora leise, während ihr Blick auf einen gigantischen Weihnachtsbaum fiel, der am anderen Ende des Raumes erstrahlte. Welch eine Pracht! Noch nie hatte sie solch einen schönen, mächtigen Baum gesehen: eine Blautanne, die bis zur Decke reichte, dicht mit bunten Kugeln, knallroten Kerzen und silbern glitzernden Girlanden geschmückt. Dagegen war die kümmerliche Fichte im heimischen Wohnzimmer nur ein armseliger Versuch, Weihnachten nach Hause zu holen.

Hedi hakte sich unter, flüsterte aufgeregt: »Hier werden wir uns bestens amüsieren«, und zog sie mit sich durch den Raum.

Fröhliche Pärchen hatten es sich auf dick gepolsterten Sofas und breiten Sesseln bequem gemacht. Gesprächsfetzen mischten sich mit hellem Lachen und dem Klirren von Gläsern. Grauweiße Rauchkringel schlängelten sich durch die aufgeheizte Luft.

Staunend bemerkte Nora die unzähligen Aschenbecher, gefüllt mit halb gerauchten Zigaretten. Was für eine Verschwendung, dachte sie und musste sich beherrschen, nicht zur Diebin zu werden. Alfred, ihr großer Bruder, würde sich mächtig darüber freuen, aber die Kippen einfach zu klauen war ganz und gar unmöglich. Neugierig blickte sie sich um. Auf dem blank polierten Parkett drehten sich die Paare zu flotter Musik. An der Stirnseite des Raumes war ein kleines Podest aufgebaut, darauf spielte eine Fünf-Mann-Kapelle *Rum and Coca Cola* von den Andrew Sisters. Unlängst hatte ein Radiosprecher des AFN berichtet, die Künstlerinnen würden in den Uniformen der weiblichen Armeeangehörigen auftreten. Der amerikanische Soldatensender funkte über UKW für die Truppen im Ausland und war auch für die einheimische Bevölkerung problemlos zu empfangen. Nora besaß ein eigenes kleines Radio, lauschte abends in ihrem Zimmer auf dem Bett liegend dem Programm, übte beim Zuhören die englische Sprache und träumte davon, eines Tages in dieses Land zu reisen, in dem allein schon die Musik so viel aufregender war als die langweilige deutsche Volksmusik mit ihren oft traurigen Liedtexten. Dagegen fuhr ihr der Rhythmus des mitreißenden Hits der Andrew Sisters direkt in die Beine. Möglichst unauffällig, damit niemand sie für ein armes Mauerblümchen hielt, das unbedingt aufgefordert werden wollte, wippte sie mit den Füßen.

Aber so sehr sie diese fröhliche Musik mochte, war sie doch hauptsächlich wegen des kostenlosen Essens hier. Und ihr Magen forderte lautstark, es schnellstens zu finden.

Wo ist denn nun das sagenhafte Büfett?, dachte sie und blickte sich um.

Aus der offenen Tür eines angrenzenden Nebenzimmers sah sie zwei Uniformierte kommen, die sich ungeniert die Finger ableckten. Nora verpasste Hedi einen dezenten Schubs mit dem Ellbogen.

»Hunger«, zischte sie ihr leise zu, und endlich zog Hedi sie in Richtung Nebenzimmer.

Tatsächlich war dort eine lange Tafel aufgebaut, die sich unter Schüsseln voller Mayonnaisesalat, kalten Platten mit Käse, Schinken, Salami und kunstvoll getürmten kleinen Kuchen mit buntem Zuckerguss bog. Nora blinzelte mehrmals, um sicherzugehen, dass sie nicht träumte. Als sie den appetitanregenden Duft einatmete, den die Speisen verströmten, meldete sich ihr Magen erneut mit leisem Knurren.

Hedi deutete auf eine Schüssel mit goldbraunen, fettig glänzenden Kartoffelstäbchen. »Probier die da, die heißen Pommes frites. Sie werden in Öl frittiert und schmecken einfach göttlich.«

Nora hatte schon davon gehört, aber sich solch einen Überfluss wie schwimmendes Fett vorzustellen, gelang ihr einfach nicht. Ein Löffel Butter wäre schon der reinste Luxus. Ihre Mutter würde ehrfürchtig das Kreuz über der Brust schlagen, könnte sie diese Köstlichkeit sehen.

»Du musst sie auf einen Teller geben, dazu Ketchup nehmen und die *French fries*, wie die GIs sie nennen, darin eintauchen«, erklärte Hedi, die im Casino nicht nur einen geheizten Arbeitsplatz hatte, sondern dort auch täglich eine warme Mahlzeit erhielt.

Nora folgte Hedis Anweisungen, spießte ein Kartoffelstück auf die Gabel, tunkte es in Ketchup und probierte. Es schmeckte nach Fett und Kartoffeln, nach Salz und das Ketchup ein wenig süß. Noch nie hatte sie solch eine ungewöhnliche Mischung probiert, die derart köstlich war. Hauptsächlich aber schmeckte sie nach Friedenszeiten, in denen es keinen Hunger gab.

Wenig später probierte sie zum ersten Mal einen Hotdog. Das längliche Brötchen, gefüllt mit einem warmen Frankfurter Würstchen und bestrichen mit Ketchup, war gewiss im Schlaraffenland erfunden worden. Allein schon das Würstchen entsprach mindestens einer Monatsration. Wenn Vater das wüsste, dachte Nora, und während sie noch am letzten Bissen kaute, hörte sie ihn in Gedanken meckern: »Wir Deutschen müssen mit der Hungerkarte auskommen, von armseligen zwölfhundert Kalorien pro Tag zehren, aber die *Sieger*« – das Wort betonte er jedes Mal mit sichtlicher Abscheu – »leben wie die Maden im Speck. Sie müssen sich weder beschränken noch auf irgendetwas verzichten. Wenn sie wollten, könnten sie uns verhungern lassen.«

Ungeniert leckte Nora sich nun ebenfalls die Finger ab. Diesen Genuss würde sie niemals vergessen, selbst in hundert Jahren nicht. Dafür hatte es sich gelohnt, eine Tube Krätzesalbe, eine Schachtel Schmerztabletten und eine kleine Flasche Augentropfen aus der Apotheke ihres Vaters zu stibitzen und mächtigen Ärger zu riskieren, falls er es bemerkte.

Die heißbegehrten Medikamente hatte sie im Hinterzimmer-Schwarzmarkt des Gasthofs zum Schwarzen Schwan gegen den dunkelblauen Brokatvorhang mit silbernen Blüten getauscht, aus dem sie sich das Kleid genäht hatte. Es schien, als sähe sie sehr hübsch aus in dem halblangen Cocktailkleid im »New-

Look-Stil« des Modeschöpfers Christian Dior. Jedenfalls den Blicken des dunkelblonden GIs nach zu urteilen, der einige Schritte entfernt lässig an der Wand lehnte und sie eindringlich musterte.

Nora senkte die Lider. Normalerweise war sie nicht schüchtern, in der Apotheke wurden ihr häufig freche Blicke zugeworfen, die sie manchmal auch erwiderte. Aber einen Mann direkt anzulächeln wagte sie nicht. Mädchen hatten sich sittsam zu verhalten, und einem Soldaten eindeutige Signale zu senden war anstößig. Obwohl ihr der stattliche Mann ausnehmend gut gefiel, der in der kleidsamen Ausgehuniform wie ein Filmstar aussah und nicht so abgemagert wie die deutschen Kriegsheimkehrer war, die teilweise einen Arm oder ein Bein verloren hatten oder gar erblindet waren. Aber schamlos zu flirten gehörte sich nun mal nicht. In diesem Punkt stimmte sie ihrem Vater zu, der diese Regel oft genug predigte.

Die Kapelle spielte *Bei mir bist du shein,* als ein uniformierter schwarzer Hüne auf Hedi zustürmte.

»*Hello, my sweetheart* …«, sagte er und strahlte die Freundin mit seinen unfassbar weißen Zähnen an. »*Come on, honey, let's dance* …«

Ehe Nora, die wenig Lust hatte, alleine zwischen den GIs rumzustehen, protestieren konnte, lag Hedi in den kräftigen Armen des dunkelhäutigen Soldaten und wirbelte über das glänzende Parkett. Sie wusste, dass ihre Freundin sich schon länger mit diesem Oberst traf und bis über beide Ohren in ihn verliebt war. »John ist ein fantastischer Liebhaber«, schwärmte Hedi in den höchsten Tönen. »Du machst dir ja keine Vorstellung, wie wundervoll es ist, mit einem Mann zu schlafen … Was der alles mit dir machen kann … der absolute Wahnsinn … Na, du weißt schon, was ich meine.« Nora hatte keine Ahnung, wovon Hedi sprach, denn im Gegensatz zu ihr war sie noch Jungfrau. Vor einem Jahr war sie mehrmals mit Herbert ausgegangen, dem

Sohn einer Drogistenfamilie. Zwar hatte ihr Vater den Verehrer akzeptiert, aber dennoch hatte er nie versäumt, ihr eine Drohung mit auf den Weg zu geben: »Wenn du einen unehelichen Bankert heimbringst, schlage ich dich tot.« Wie albern, hatte Nora nur gedacht, es gab doch Fromms Präservative. Unter den Nazis waren die »Pariser« zwar verboten gewesen, ihr Vater hatte sie dennoch all die Jahre, in dezent grauem Papier verpackt, unterm Ladentisch bereitgehalten. Dieses lukrative Geschäft hatte er sich nicht entgehen lassen wollen. Und es war allgemein bekannt, dass die Fromms nicht nur vor ungewollten Schwangerschaften, sondern auch vor allen möglichen Krankheiten schützten. Oft hatte Nora beobachten können, wie junge Männer verschämt nach Salben gegen das Brennen beim Wasserlassen gefragt hatten. Trotz der leicht verfügbaren »Lümmeltüten«, wie ihr Bruder Alfred sie bezeichnete, würde sie sich nie im Leben auf so ein Liebesabenteuer einlassen. Selbst auf die Gefahr hin, dass sie vielleicht nie erfuhr, was der »absolute Wahnsinn« war. Herbert hatte versucht, sie zu verführen, doch sie hatte ihm nur ein paar Küsse gewährt. Ohne Trauschein schwanger und womöglich nicht geheiratet zu werden bedeutete in einer erzkatholischen Stadt wie Regensburg die gesellschaftliche Ächtung. Ihr Vater würde sie zwar nicht zu Tode prügeln, aber todsicher aus dem Haus werfen, darauf traute Nora sich zu wetten.

Hedi hingegen forderte das Schicksal direkt heraus. »Wenn John mir einen Braten in die Röhre schiebt«, scherzte sie gerne, »nimmt er mich mit nach Amerika. Ein Baby ist die Fahrkarte in ein unbeschwertes Leben. Damit entkomme ich diesem Albtraum aus Hunger und Trümmern.«

Lange Zeit hatten die Militärregierungen ihren Soldaten nicht erlaubt, deutsche Frauen zu heiraten. Inzwischen hörte man jedoch immer wieder, dass Ehen zustande kamen und die Frauen tatsächlich nach Amerika mitgenommen wurden. Nora hätte zu gerne gewusst, wie es ihnen dort drüben erging. Ob sie glücklich waren an der Seite eines Siegers. Ob sie zwischen den Wolkenkratzern tatsächlich ein Leben ohne Not führten. Ob sie es im Winter mollig warm hatten, jederzeit Nylonstrümpfe kaufen konnten und in Autos fuhren, die groß wie Schiffe waren. Was auch immer Hedi in diesem fremden Land erwartete, dort drüben würde sie garantiert keine Steine für den Wiederaufbau klopfen müssen und konnte sich stattdessen die Nägel lackieren.

Leise seufzend nahm Nora einen Schluck von der süßen Cola-Rum und genoss das angenehme Prickeln im Mund. Sie musste achtgeben, nicht zu viel von diesem Cocktail zu trinken, denn sie spürte schon die Wirkung, und ihr Vater sollte auf keinen Fall recht behalten mit seiner Behauptung, die Amis würden sie nur betrunken machen wollen. Dennoch wünschte sie, die Zeit möge stehen bleiben, wenigstens bis der Winter vorbei war. In so einer gut geheizten Traumvilla zu leben, alle Probleme vergessen zu können und vor allem nicht mit ihrem Vater über ihren angeblich mangelnden Fleiß in der Apotheke zu streiten, wäre das reinste Paradies.

»Darf ich die schönste Frau im Raum zum Tanzen auffordern?«

Nora erschrak ein wenig, als sie eine warme Stimme vernahm, die völlig akzentfreies Deutsch sprach. Sie wunderte sich über die ungewöhnliche, mit einem Kompliment gepaarte Aufforderung. Es war der dunkelblonde GI, der sie vorhin schon beobachtet hatte. Jetzt lächelte er sie an. Er war viel größer als sie, Nora musste den Kopf in den Nacken legen, um ihn ansehen zu können. Aus der Nähe wirkte er noch attraktiver, sein voller Mund stand im Kontrast zu dem kantigen Kinn, und der warme Blick aus seinen braungrünen Augen war wie eine sanfte Liebkosung.

»William Bowman, Captain der US Air Force«, sagte er, als sie nicht antwortete.

»*My name ...*«, begann sie spontan auf Englisch, wie sie es mit Hedi geübt hatte, verbesserte sich aber sofort: »Ich heiße Nora Längsfeld.« Dabei überlegte sie, warum er so gut Deutsch sprach. Seine Uniform war eindeutig die der US-Armee, also war er doch Amerikaner.

»Freut mich sehr, Nora«, sagte William und streckte ihr eine Hand entgegen, als hätte sie Ja gesagt.

Nora wollte sehr gerne tanzen, wo Alfred ihr doch in den letzten Tagen die Grundschritte einiger Tänze beigebracht hatte. Hilflos blickte sie auf das Getränk in ihrer Hand. Wohin damit?

William nahm ihr das Glas kommentarlos aus der Hand und stellte es in einer Fensternische ab. Schnellen Schrittes, als könnte er es nicht erwarten, führte er sie in die tanzende Menge und zog sie sanft in seine Arme.

Im selben Moment wechselte die Musik zu einem langsameren Song. Nora erkannte die Stimme von Perry Como, der *Surrender* sang, und zitterte ein wenig, als William sie noch fester an sich drückte. Aber es gefiel ihr, es gefiel ihr sogar sehr.

Als wären sie ein Liebespaar, legte sie den Kopf an seine Brust. Wie sie beobachtet hatte, schien es vollkommen normal zu sein, so eng zu tanzen. Alle Frauen schmiegten sich ganz ungeniert an ihre Tanzpartner.

Nora schloss die Augen und wünschte sich, diese Silvesternacht möge niemals enden. Sie vermochte sich nicht zu erinnern, wann sie das letzte Mal dieses aufregende Kribbeln in ihrem Magen verspürt hatte, das so viel angenehmer war als das Hungergrummeln, das sie die meiste Zeit des Tages quälte. Ein unbekanntes Gefühl des Wohlbefindens packte sie. Es begann als leiser Schauer auf ihrem Rücken, steigerte sich zu einem erregenden Prickeln und erfasste schließlich ihren ganzen Körper wie eine sanfte Welle.

Als William sie noch näher an sich zog und sein Kinn an ihren Kopf lehnte, wünschte sie sich, dass in dieser letzten Nacht des

Jahres 1947 etwas Wundervolles geschehen würde. Etwas, das dem von ihren Eltern vorgezeichneten Lebensweg – nämlich einen anständigen Mann zu heiraten und Kinder zu bekommen – eine überraschende Wendung gäbe. Dass diese Silvesternacht ein Abenteuer für sie bereithielte.

2

München, einige Stunden zuvor

AM NACHMITTAG VERLIESS Wolf Wagner seine Villa, zog den
Hut aus weicher Kaschmirwolle noch tiefer in die Stirn und
schlug den Pelzkragen seines Kamelhaarmantels hoch, um nicht
von den Nachbarn erkannt zu werden.

Ein Pärchen flanierte dicht an ihm vorbei. »Eier?«, flüsterte
der Mann ihm zu.

Wolf schüttelte unmerklich den Kopf und lief weiter.

An der nächsten Ecke lehnte ein junger Mann am Gartenzaun, der einen Apfel von einer Hand in die andere gleiten ließ.
Das stumme Zeichen eines Apfelhändlers. Natürlich hatte er die
Ware nicht bei sich, sondern irgendwo versteckt. Interessenten
nickten im Vorbeigehen, und der Apfelhändler zeigte mittels
einer knappen Kopfbewegung die Richtung an, in der sich die
Ware befand.

Diese verborgenen Gesten dienten der Vorsicht, denn die
Gefahr von Razzien war auch an einem milden Silvesternach-
mittag nicht zu unterschätzen, an dem in der Möhlstraße reger
Verkehr herrschte. Wollte die Polizei nach Schwarzhändlern
fahnden, wäre dieser Tag ein Fest für die Ordnungshüter. Hunderte Passanten spazierten mit leeren oder bereits prall gefüllten
Akten- und Einkaufstaschen durch die Gegend. Darin verborgen vielleicht massive Goldketten, feines Porzellan oder Silber-
leuchter, um die nutzlosen Schätze gegen zwei, drei Flaschen
Sekt, gute Butter, etwas Schinken, echten Bohnenkaffee, ein

Päckchen Sil-Waschpulver, amerikanische Zahnpasta oder Seife einzutauschen.

Auch Wolf war mit einer Aktentasche unterwegs, in der sich ein wertvolles Erbstück befand. In den andauernden Zeiten der Zwangsbewirtschaftung wurde es zunehmend unwichtiger, sich mit Juwelen zu schmücken, über handgeknüpfte Teppiche zu laufen oder von Meißner Porzellan zu speisen. Leere Teller stillten keinen Hunger, und wenigstens am letzten Tag des Jahres wollte man vergessen, dass die Läden nur selten das anboten, was die Lebensmittelkarten versprachen. Wehe den Alliierten, wenn sie die prekäre Lage nicht bald in den Griff bekamen. Irgendwann würden die Massen erneut aufbegehren, wie schon im vergangenen März, als es zu Hungerdemonstrationen und Tumulten gekommen war.

An der Ecke Höchelstraße hielt Wolf Ausschau nach Benno Trebitsch, genannt der »Schlesier«, konnte ihn aber nirgends entdecken. Sein Stammhändler hielt sich wahrscheinlich in seiner Baracke auf.

Mühsam kletterte Wolf über einen Trümmerberg, umrundete diverse Matschpfützen, eine Folge der unerwartet milden Temperaturen, und gelangte schließlich über einen Bretterweg an sein Ziel: ein etwa vier mal vier Meter großer, behelfsmäßiger Verschlag, gezimmert aus Abfallholz und rostigen Nägeln, der unverdrossen zwischen den Trümmern herausragte. Auf den ersten Blick wirkte die Hütte, als würde sie den nächsten Sturm nicht überleben, und tat es dennoch seit dem Winter 1945.

Als Wolf die windschiefe Tür aufstieß, hörte er Trebitsch sagen: »Ein Ei, mehr kann ich nicht geben, gute Frau. Im Winter legen die Hühner schlecht, da steigen auch die Preise.«

Wolf kannte die Eierpreise nur zu gut. Fünf Zigaretten pro Ei oder sieben Reichsmark, wobei die offizielle Währung längst ihren Wert verloren hatte und auf dem Markt vorwiegend mit Zigaretten oder Ware gegen Ware gehandelt wurde.

»Aber der Ring ... Er ist echtes Gold«, widersprach eine raue Stimme leise.

Wolf betrat die düstere Bretterbude, und wie er nun sah, schacherte Trebitsch mit einer alten Frau um deren schlichten goldenen Ehering, den er zwischen Daumen und Mittelfinger hielt.

Wolf zog den Mantel enger um sich. Obgleich es nicht so kalt war, fröstelte er beim Anblick der Kundin, die einen dünnen Staubmantel, ein durchscheinendes Tuch um den Hals und sommerliche Schnürschuhe trug.

»Hier, Mutterl, haste noch hundert Gramm Zucker, die kannste bestimmt gegen ein Ei tauschen«, sagte Trebitsch und drückte der Frau ein braunes Papiertütchen in die Hand.

Manchmal, so dachte Wolf, hatte der Schlesier mildtätige Anwandlungen, denn Zucker war heißbegehrt und pro fünfhundert Gramm stolze fünfundachtzig Reichsmark oder zehn Zigaretten wert. Offenbar tat die alte Frau, die sich nun zum Gehen wandte, dem Händler leid.

»Servus, Schlesier«, begrüßte Wolf den hageren Fünfzigjährigen, der eine abgetragene graue Lodenjoppe und dazu einen speckigen Hut trug, in dessen Band eine weiße Taubenfeder steckte. Trotz seiner regelmäßigen »Einkäufe« wusste Wolf lediglich, dass der Schlesier den Beruf des Goldschmieds erlernt hatte, was dessen Vorliebe für kostbare Juwelen erklärte. Im Januar 1945 war er mit seiner Familie nach Bayern geflohen, außerdem war er in Besitz einer Anmeldung für gewerblichen Handel. Trebitsch' Geschäfte mit Edelmetallen und Edelsteinen waren also von offizieller Stelle genehmigt, und er musste keine Razzien fürchten.

»Tach«, erwiderte der Händler.

Wolf griff in die Innentasche seines Kamelhaarmantels, fischte eine Anstecknadel in Form eines Schmetterlings heraus und reichte sie Trebitsch.

»Massives Gold und lupenreine Diamanten, ein Erbstück meiner Frau aus dem Familienschatz derer von Leonberg«, erklärte Wolf.

Begehrlich griff Trebitsch nach dem Schmuckstück, drehte und wendete es, langte schließlich in die Tasche seiner Lodenjoppe und förderte eine kleine Lupe zutage, die er sich ins rechte Auge klemmte. Dann hielt er die Brosche in das spärliche, durch ein winziges Fenster einfallende Licht und begutachtete die Tauschware ausgiebig. »Mein lieber Scholli ... So was sieht man selten.«

»Und, was sagst du?«, hakte Wolf nach, als ein weiterer Kommentar ausblieb.

»Erstklassige Arbeit.«

»Nichts anderes erwartet man von Cartier«, bemerkte Wolf und fügte hinzu, dass Ricarda von Leonberg, seine verstorbene Schwiegermutter, dieses Stück um die Jahrhundertwende in Paris erworben habe. Er hatte nicht die geringste Ahnung, wie teuer die Brosche seinerzeit gewesen war, aber selbst wenn sie ein Vermögen gekostet hatte und Ricarda sich im Grabe umdrehen würde angesichts des Verkaufs, war sie heute hoffentlich wertvoll genug für Champagner, Butter, Käse und Eier.

»Drei Flaschen Sekt«, sagte der Händler.

»Wir hatten französischen Champagner ausgemacht«, erinnerte Wolf den Mann.

»Ist nicht auf dem Markt.«

»Gut, dann aber fünf Flaschen von dem Sekt.«

Trebitsch antwortete nicht, sondern begutachtete das Schmuckstück abermals, als suchte er nach Fehlern, die den Wert schmälerten. Als die Tür knarrend geöffnet wurde, gab er Wolf die Brosche zurück und wandte sich ab.

Ein junges Pärchen mit einem Kind auf dem Arm trat ein.

»Guten Morgen«, grüßte der Mann.

»Bin sofort bei Ihnen«, erwiderte der Schlesier.

»Fünf Flaschen«, forderte Wolf erneut.

»Drei«, antwortete Trebitsch unnachgiebig.

»Sieh dir das gute Stück noch mal ganz genau an«, drängte Wolf. »Fünf ist es doch mindestens wert.«

»Harter Hund«, raunte Trebitsch.

»Halsabschneider«, erwiderte Wolf wie üblich und drückte Trebitsch die Anstecknadel wieder in die Hand.

Damit war der Handel abgeschlossen. Zumindest für Trebitsch. Wolf verstaute drei Flaschen Sekt in der Aktentasche, die anderen beiden in den Innentaschen seines Mantels und verabschiedete sich mit kurzem Nicken. Er würde ein, zwei Stunden benötigen, um die restlichen gewünschten Delikatessen zu finden, und zwei oder drei von den Sektflaschen für sie eintauschen.

Abends lehnte Wolf sich zufrieden in dem dick gepolsterten dunkelbraunen Ohrensessel zurück, griff nach der handgearbeiteten Dose aus Teakholz auf dem Marmortisch, nahm eine Camel heraus und zündete sich die Verdauungszigarette an. Ein höchst verwerfliches Vergnügen, Schwarzmarkt-Währung »zu verbrennen«. Doch für ihn war es wie eine Beschwörung einer nahen Zukunft ohne Zwangsbewirtschaftung. Irgendwann würde, *musste* dieses Elend doch vorbei sein. Und ohne eine Zigarette nach dem delikaten Silvesterbüfett wäre der letzte Abend des Jahres nur der halbe Genuss.

Wie üblich hatte Friederike, seine hochgeschätzte Köchin, gefüllte Eier, Schinkenröllchen, geräucherten Fisch, Käsehäppchen und vor allem den delikaten Kartoffelsalat mit selbst gemachter Mayonnaise und Essiggurken zubereitet. Seiner Meinung nach der perfekte Jahresabschluss, wie ihn schon seine Eltern, Gott hab sie selig, gefeiert hatten. Nun führte er diese Tradition mit seiner eigenen Familie fort. Ein klein wenig drückte ihn das Gewissen, denn er und seine Lieben lebten in der von den Eltern hinterlassenen, unversehrten Villa, und er besaß genug Schmuck und andere Wertgegenstände, um auf dem Schwarzmarkt alles zu beschaffen, was zum Leben nötig war. Anders als die meisten Bürger der Stadt. Trotz Kriegsende litten die Menschen unter der Geisel der Zwangsbewirtschaftung, hungerten sich von einem Tag zum anderen, und Millionen Vertriebene verschärften die Situation zusätzlich. Seine Familie musste den Gürtel jedoch nur ein wenig enger schnallen, ihnen erging es nicht wie den ausgebombten Menschen, die in eiskalten Kellern hausten, deren fehlende Fensterscheiben durch Holzlatten oder Pappe ersetzt wurden. Auch das Anstehen in diversen Geschäften blieb seiner Haushälterin erspart. Dank des Schlesiers und diverser Kontakte aus den für ihn durchaus lukrativen Kriegszeiten war die Speisekammer stets gut gefüllt. Konrad, sein Chauffeur, Gärtner und Friederikes Ehemann, kümmerte sich um die Holzscheite für den Kamin, die eine heimelige Stimmung verbreiteten.

»Verdauungsschnäpschen?« Wohlwollend blickte er zu Helene, deren schwarzes Cocktailkleid ihre Porzellanhaut vorteilhaft betonte. Seine geliebte Gattin hatte es sich mit einem Brokatkissen auf dem breiten Chesterfieldsofa bequem gemacht. Neben ihr saß Elvira, seine ältere Schwester, und in dem Sessel am anderen Ende des niedrigen Marmortisches Luis, ihr energiegeladener Sohn. »Ich könnte die erste Flasche Sekt köpfen.« Wolf sah auf seine goldene Armbanduhr. »Gut zwei Stunden bis Mitternacht, aber wenn euch jetzt schon danach gelüstet, ich bin dabei.«

»Ich auch«, bekräftigte Neffe Luis, der für jede Feier zu haben war. »Ein Gläschen in Ehren kann niemand verwehren, heißt es doch.« Er erhob sich und meinte: »Ich hol 'ne Pulle aus dem Eis.«

»Und ich kümmere mich um die Gläser«, erbot sich Elvira.

Wolf nickte seiner Schwester zu und lächelte seine Gattin an. »Helene, meine Liebe, wonach steht dir der Sinn?« Lässig strich er sich über das akkurat gestutzte Menjou-Bärtchen. In den Anfangswochen ihrer Ehe war es das geheime Zeichen gewesen, dass er sie später gern in die Arme nehmen und lieben wollte, wenn sie es ihm erlaubte.

Doch Helene reagierte nicht, starrte apathisch an ihm vorbei in eine Zimmerecke. Wolf verstand. Sie würde ihn auch heute wieder nicht erhören, was er notgedrungen akzeptierte. Sein eheliches Recht mit Gewalt zu beanspruchen käme ihm niemals in den Sinn. Er war kein Barbar, und wenn er im gemeinsamen Schlafzimmer nicht willkommen war, konnte er sich andernorts entspannen.

Helene war nicht ohne Grund so teilnahmslos. Sie trauerte um Johannes und Heinrich, ihre über alle Maßen geliebten Zwillingssöhne, die sie unter großen Schmerzen geboren hatte. Die mit neunzehn Jahren in diesen gottverdammten Krieg geschickt worden und nicht zurückgekehrt waren. »Heldenhaft für Volk und Vaterland gefallen«, stand in der Nachricht, die ihrer beider Hoffnungen wie eine verheerende Brandbombe vernichtet hatte. Keine einzige Nacht war seit jenem Tag im Januar 1945 vergangen, in der Helene nicht um ihre Söhne weinte. An dem sie das Schicksal nicht verfluchte und sich wünschte, selbst bei einem der schweren Fliegerangriffe auf München umgekommen zu sein. Ganze Straßenzüge waren von den Alliierten in Trümmerfelder verwandelt worden, warum nicht auch die Möhlstraße. Selbstverständlich war Wolf ebenfalls in tiefer Trauer. Nur zu gut erinnerte er sich daran, welch ein Glücksgefühl die Geburt der Zwillinge in ihm ausgelöst hatte. Seine geliebte Frau hatte ihm gleich zwei Stammhalter geschenkt. Und dieser elende Krieg hatte ihm beide genommen. Viele Male hatte er sich seitdem gewünscht, er könnte all sein Hab und Gut, das Haus und sein gesamtes Vermögen gegen seine Söhne eintauschen. Freudig würde er in einer kalten Kammer ohne schützendes Fensterglas hausen, wenn dies das Schicksal ändern könnte.

Aber es war unmöglich. Geschehenes ließ sich nicht rückgängig machen. Es hatte keinen Sinn, mit der Vergangenheit zu hadern. Die Überlebenden waren dazu verdammt weiterzumachen. Niemand kümmerte sich um die Verluste Einzelner. Man war gezwungen, nach vorne zu schauen, weiterzumachen, das Leid zu ertragen. Das Leben nahm keinerlei Rücksicht auf Tränen oder Trauer. Notgedrungen hatte er gelernt, damit umzugehen. Es war sinnvoller, sich in die Arbeit, in neue Aufgaben zu stürzen und sich den Herausforderungen zu stellen, die der Frieden mit sich brachte. Und er war mehr als bereit dazu mitzuhelfen, das Land wiederaufzubauen.

»Wie es Celia wohl geht?«, unterbrach Helene seine Betrachtungen. »Sie hätte doch mal schreiben oder anrufen können. Irgendein Lebenszeichen schicken können.« Müde sah sie ihn mit ihren wunderschönen grünen Augen an. Als wüsste er mehr als sie. Als besäße er eine magische Kugel, die verriet, wie es ihrer einzigen Tochter ging, die nach Berlin geheiratet hatte.

»Sicher ist sie wohlauf, meine Liebe«, beschwichtigte Wolf seine Gattin und lächelte ihr aufmunternd zu. »Mach dir nicht so viele Gedanken, bestimmt kommt bald Nachricht. Auf die Post ist doch immer noch kein Verlass. Celias letzter Brief war wochenlang unterwegs gewesen, wenn du dich erinnern magst. Du weißt ja, die Alliierten haben in Berlin keinen Stein auf dem anderen gelassen, und es geht nun mal nicht so schnell, die Telefonverbindungen vollständig wieder herzustellen. Weiß der Kuckuck, wie lange es dauert, das gesamte Land in den Normalzustand zu versetzen.« Ganz so prekär war die Lage zwar nicht, und auch Briefe wurden inzwischen schneller befördert, aber die kleine Schwindelei beruhigte Helene, das sah er an ihrem Aufatmen.

»Ach, Wolf …« Seufzend strich sie über das dunkelblaue Lederkästchen, in dem sie die Eisernen Kreuze der Zwillinge verwahrte und das sie nur selten weglegte. »Ich wünsche mir so sehr ein Enkelkind. Ein Baby, als Zeichen der Hoffnung.«

»Gewiss, gewiss«, stimmte Wolf ihr zu. »Aber wir sollten uns noch ein wenig gedulden. Celia ist doch erst seit ein paar Monaten verheiratet, so schnell schießen die Preußen eben nicht.« Er lachte laut über seinen Scherz, gönnte sich einen tiefen Zug aus der Zigarette und blies gekonnt einige Rauchkringel in den herrschaftlich möblierten Wohnraum. Hoffentlich hat der preußische Herr Schwiegersohn genug Munition im Lauf, um das sehnlichst erhoffte Enkelkind zu produzieren, feixte er im Stillen. So ein süßes Wickelkind würde Helene aus ihrer Lethargie reißen, ihr nach beinahe zwei Jahren tiefer Trauer wieder neuen Lebensmut und Zuversicht verleihen. Er wünschte sich natürlich auch einen Erben, aber noch mehr, dass seine Frau endlich aufhörte zu trinken, wieder mehr auf ihre Erscheinung achtete und nicht den lieben langen Tag im Dämmerzustand verbrachte.

Euphorisch hatte er am Nachmittag registriert, dass Helene sich von Elvira das dunkelblonde Haar hatte frisieren lassen und den abscheulichen geblümten Morgenrock gegen ein wenn auch schwarzes Cocktailkleid getauscht hatte. Er selbst trug einen maßgeschneiderten Smoking, wie Neffe Luis. Seine Schwester hatte ein smaragdgrünes Taftkleid gewählt, das zu ihren dunklen Haaren sehr apart aussah.

Im Hause Wagner wurden Weihnachten und Silvester seit jeher auf großbürgerliche Art und Weise gefeiert. Auch während der Kriegsjahre war im Salon ein prächtiger Tannenbaum geschmückt worden. Trotz der vorherrschenden Zwangsbewirtschaftung hatte er am vergangenen Heiligabend alle reich beschenken können. Anschließend hatten sie sich wie jedes Jahr Forelle schmecken lassen und das Mahl mit gut gekühltem Riesling begossen. Am ersten Feiertag war eine Weihnachtsgans in Begleitung von Knödeln und Blaukraut serviert worden, gekrönt von Rotwein aus den eigenen Vorräten. Und zum nachmittäglichen Kaffee hatten sie an Friederikes selbst gebackenen

Weihnachtsplätzchen geknabbert. Französischer Champagner am letzten Tag des Jahres war eigentlich ein festgeschriebenes Ritual. Der popelige Sekt war natürlich kein gleichwertiger Ersatz.

Luis kam mit einer Flasche im Eiskübel und einer zweiten unterm Arm zurück. »Jubel, Trubel, Heiterkeit …«, scherzte er launig.

Elvira folgte ihrem groß gewachsenen Sohn mit einem Silbertablett, auf dem sie vier Sektschalen balancierte.

Seine Schwester und ihr Sohn waren im Dezember 1944 beim schwersten Luftangriff auf München ausgebombt worden; fast zeitgleich hatte Elvira auch noch die Nachricht vom Tod ihres Mannes erhalten. Seitdem wohnte sie mit Luis in der Villa. Wolf hatte die beiden nur zu gerne aufgenommen. Platz genug war vorhanden, zudem glaubte er, dass seiner resoluten Schwester mit der Zeit doch noch das Kunststück gelingen könnte, Helene aufzumuntern. Das frisch ondulierte Haar seiner Gattin war für ihn ein erster Lichtblick.

Luis übernahm geschickt das Entkorken der Flasche, schenkte ein und verteilte die Sektschalen.

Wolf erhob sein Glas und blickte Helene direkt in die Augen. »Auf eine bessere Zukunft! Mögen unsere Träume wahr werden und meine Zeitschrift Millionen von Lesern begeistern.« Es drängte ihn, mit seiner Frau über die Pläne für die Illustrierte zu diskutieren, hatte sie ihm doch versprochen, mit ihm durch gute wie auch schlechte Zeiten zu gehen.

Helene lächelte jedoch nur müde. »Auf unsere liebe Celia!«

Luis erhob sein Glas. »Nie wieder Krieg, immer einen vollen Teller und gerne ein volles Glas!« Übermütig tupfte sich der bald Neunundzwanzigjährige einen Tropfen Sekt hinters Ohr.

»Darauf ein verdammtes Amen«, fügte Elvira lachend hinzu.

Wolf wusste, dass sie seit dem Tod ihres Mannes nur noch an den Teufel glaubte. *Gott* war für sie zu einer boshaften Märchenfigur geworden, eine, die lediglich die Schurken und Verbrecher begünstigte.

Wolf nahm einen kräftigen Schluck und genoss das Prickeln im Mund. Das Platzen der kleinen Bläschen empfand er stets als erfrischenden Genuss.

»Wie wär's jetzt mit dem jährlichen Bleigießen?« Fragend blickte er in die Runde.

Luis hatte sein Glas geleert, stellte es mit einem »Ganz exquisit« auf den graugrünen Marmortisch und zuckte mit den Schultern. »Ich muss passen, bin bei Freunden eingeladen. Wenn ihr mich entschuldigt.« Er vollführte eine übertriebene Verbeugung, wobei er gleichzeitig mit der Hand wedelte, als befände er sich am Hofe Ludwigs des XIV. »Wir sehen uns im nächsten Jahr wieder. Gesund und munter, versteht sich.« Er strich sich eine vorwitzige Strähne seiner kastanienbraunen Haare aus der Stirn, zupfte den gut sitzenden Smoking zurecht und verließ den Salon.

Elvira hatte kaum am Silvestersekt genippt. Sie knabberte an einem der Krapfen, die sie zusammen mit Friederike zubereitet und in schwimmendem Schmalz ausgebacken hatte. »Ich mache gerne mit, aber meinetwegen muss es nicht sein.«

»Wie steht es mit dir, meine Liebe?«, wandte Wolf sich an seine Frau.

Helene stellte ihr Glas ab, das sie hastig ausgetrunken hatte. »Ich hätte gern noch etwas Stärkeres, vielleicht ein Gläschen Eierlikör, und würde danach ins Bett gehen, ich bin sehr müde. Feiertage sind doch immer recht anstrengend.«

»Schade, sehr schade, meine Liebe«, entgegnete Wolf ehrlich bedauernd. Er geduldete sich schon so lange und wünschte sich mit jeder Faser seines Herzens, Helene möge endlich aus ihrem Trauerloch hervorkommen. Ihre erneute Zurückweisung und ihr Desinteresse an seinen Zukunftsplänen empfand er heute als besonders schmerzlich. Dabei war der letzte Tag des Jahres doch wie geschaffen, um Pläne zu schmieden. Aber darüber noch länger nachzudenken würde nichts an der Abfuhr ändern. »Nun, wenn das so ist, spendiere ich die zweite Flasche den Templins, wenn du erlaubst.« Selbstverständlich benötigte er Helenes Einverständnis nicht, schließlich war er der Herr im Haus, aber mit dergleichen Alltäglichkeiten versuchte er ihr Interesse für ihre Hausfrauenpflichten wieder zu wecken. Obgleich seine Schwester den Haushalt zu seiner vollsten Zufriedenheit an sich gerissen hatte, war dies doch kein Dauerzustand.

Helene nickte ihm zu. »Eine wunderbare Idee, mein Lieber. Bestelle liebe Grüße und auch von mir einen guten Rutsch.«

Wolf erhob sich aus seinem Sessel und küsste Helene auf die Stirn. »Ich werde es ausrichten«, versprach er und lächelte ihr zu. Er schnappte sich die Sektflasche, strich seiner Schwester im Hinausgehen liebevoll über die Schulter und wünschte den Damen eine angenehme Nachtruhe.

Über eine Treppe und durch eine grüne Tür, die direkt in die geräumige Küche führte, gelangte Wolf zu den Wirtschaftsräumen im Souterrain. Dahinter lag die nach Norden weisende Speisekammer, daneben das Waschhaus mit Wäschekammer sowie ein weiteres Dienstbotenzimmer mit eigenem Kanonenofen, das für Extrapersonal bei großen Festivitäten gedacht war, momentan aber von Friederike und ihrem Mann Konrad als Schlafraum genutzt wurde.

Normalerweise lebten die Templins in der ausgebauten Remise, doch in den kalten Wintermonaten wohnten sie auf seine Bitte hin im Haus, da Heizmaterial schwieriger zu beschaffen war als Brot. Die Militärregierung beanspruchte Unmengen an Kohle für die beschlagnahmten Villen, in denen die Regierungsgeschäfte abgewickelt wurden, und selbstredend auch für ihre privaten Unterkünfte. Zur Hölle mit der Rationierung, fluchte er lautlos, während er durch die penibel geputzte Küche zur Schwingtür eilte, die den Aufenthaltsraum abtrennte. Er klopfte und wartete einen Moment, bevor er eintrat. Das Ehepaar saß vor dem gusseisernen Ofen, in dem ein Feuer prasselte.

»Einen wunderschönen Abend und einen guten Rutsch wollten ich und meine Frau wünschen«, grüßte er an der Schwelle und hielt die Sektflasche hoch. »Vor allem möchte ich mich für den delikaten Kartoffelsalat bedanken, liebe Friederike. Ohne den wäre es kein Silvester.«

Konrad Templin, ein hagerer, großer Mann mit breiten Schultern, sprang aus dem plüschigen Sessel auf und zog seine dunkelgraue Wolljacke glatt. Mit einer routinierten Handbewegung fuhr er sich über das kurze, ordentlich gescheitelte Haar, das seit den Kriegsjahren von reichlich Silberfäden durchzogen war.

»Besten Dank auch, Chef, das tut doch nicht nötig.«

»Doch, doch«, meinte Wolf und überreichte seinem Chauffeur die Sektflasche.

Friederike, die ehemals rundliche Köchin, war durch die Sorge um ihren in Gefangenschaft geratenen Sohn schmal geworden, aber heute glänzten ihre dunklen Augen. Sie erhob sich aus dem Polstersessel, wobei ihr ein Briefkuvert vom Schoß fiel. Flink hob sie es auf und presste es an ihre Brust.

»Sehr freundlich, Chef. Ein Glück, dass Sie Eier für die Mayonnaise organisieren konnten, sonst hätten Sie mit einem nackerten Kartoffelsalat feiern müssen. Erdäpfel ham wir noch genug, auch wenn die seit Oktober auf zehn Kilo pro Kopf und Monat rationiert worden sind«, sagte sie, und Tränen liefen über ihr schmal gewordenes Gesicht. »Zum Überleben täten sie aber langen …«

»Das würden sie, liebe Friederike, das würden sie«, stimmte Wolf seiner Köchin zu und streckte dann seinem Chauffeur die Hand entgegen. »Auf ein besseres neues Jahr, mein Guter.«

Konrad schüttelte die Hand seines Arbeitgebers, neigte dabei den Kopf ein wenig und murmelte ergriffen: »Das wird es werden, Chef, das wird es.«

Verwundert blickte Wolf wieder zu Friederike, die immer noch schniefte und deren Augen feucht schimmerten. »Aber dann gibt es doch keinen Grund zum Weinen, oder?«

Friederike nickte beflissen, zog ein Taschentuch aus der seitlich versteckten Tasche ihres dunkelblauen Wollrocks und putzte sich geräuschvoll die Nase.

Konrad schüttelte den Kopf. »Friedelchen ist nur so aufgelöst, weil …«

Friederike strahlte jetzt übers ganze Gesicht. »Weil doch unser Bub bald heimkommt«, rief sie und schwenkte übermütig das Kuvert durch die Luft. »Er ist schon so lange in Gefangenschaft und durfte uns jetzt endlich schreiben. Ach, Herr Wagner, ich kann es noch gar nicht glauben …« Erneut kullerten Tränen über ihre eingefallenen Wangen. »Erst wenn der Bub vor mir steht …«

Wolf spürte einen stechenden Schmerz in der Brust. »Was für eine wunderbare Nachricht«, sagte er und freute sich für seine treuen Angestellten. Gleichzeitig musste er daran denken, dass seine Söhne niemals heimkehren würden. Der Verlust brannte wie Feuer in seinen Eingeweiden, wie jedes Mal, wenn ihm die Endgültigkeit bewusst wurde.

»Benötigen Sie den Wagen noch, Chef?«

»Ja, aber ich fahre selbst. Holen Sie ihn bitte nur aus der Garage, ich würde sonst garantiert irgendwo dagegenfahren«, antwortete er bemüht heiter. Er wollte den beiden nicht die Zweisamkeit verderben, obwohl Konrad ihn aus Dankbarkeit jederzeit überall hingefahren hätte. Im Winter 1944 hatte man Konrad, den guten Geist seines Hauses, noch zum Volkssturm einziehen wollen. Doch mithilfe seiner Kontakte war es Wolf gelungen, diesen Schwachsinn zu verhindern.

»In Ordnung, Chef, der Wagen steht sofort bereit«, antwortete Konrad.

Wolf sah seinem Chauffeur deutlich an, dass er sich freute,

nicht mehr aus dem Haus zu müssen. Er selbst hatte es eigentlich auch nicht geplant, ursprünglich wollte er sich ins Büro zurückziehen, um an dem Konzept für die geplante Illustrierte zu tüfteln und zu überlegen, über welche Kontakte er an das nötige Papier käme. Infolge der katastrophalen Knappheit hatte die Militärregierung die Auflage und den Umfang sämtlicher Zeitungen begrenzt. Münchens beliebte *Süddeutsche Zeitung* hatte sich bereits auf wöchentliche zehn Seiten beschränken müssen. Doch dieses Problem erschien ihm plötzlich banal. Die freudige Nachricht der Templins hatte sein mühsam bekämpftes Schmerzensfeuer wieder auflodern lassen, und das konnte nur an einem Ort gelöscht werden.

3

LUIS SCHLEUDERTE DAS Smokingjackett auf das von ihm ordentlich zugedeckte Bett, zerrte ungeduldig an der Fliege, knöpfte Hemd und Hose auf und entledigte sich erleichtert des »Kostüms«. Auch wenn das Verkleiden während seiner Zeit als Komparse bei der UFA in Berlin sein Broterwerb gewesen war, fühlte er sich in diesem offiziellen Abendanzug unwohl. Es war nämlich ein gewaltiger Unterschied, ob man für Filmaufnahmen in eine feine Pelle schlüpfte oder mit der Familie gesittet am Tisch saß, dabei das Besteck auf die vorgeschriebene Art und Weise benutzte und sich um locker-leichte Konversation bemühte. Selbstredend waren er und Mama zutiefst dankbar, bei Onkel Wolf in der Villa wohnen zu dürfen. Wolf hatte sie auch nicht in den Keller zum Personal verfrachtet, sondern ihnen komfortabel eingerichtete Gästezimmer in der ersten Etage überlassen. Seines verfügte zusätzlich über einen Schreibtisch mit Armlehnenstuhl und einer hellen Stehlampe, damit er bis in die Nacht arbeiten konnte. Obendrein wurden sie verköstigt, ohne dass der Onkel auch nur eine Reichsmark oder sonstige Gegenleistungen verlangte. Und das, obwohl er momentan kein Einkommen hatte und »an der Substanz knabberte«, wie er selbst einmal gescherzt hatte. Luis war überglücklich gewesen, sich unlängst mit zwei Kinokarten revanchieren zu können. Bis auf Weiteres blieb ihm nur, bei der Scharade um Tante Helene mitzuspielen, indem er gute Laune verbreitete, um die angebliche Familienidylle aufrechtzuerhalten. Angeblich lenkte das die Tante von ihrer Trauer ab, obwohl sie wie eine Untote durchs Haus geisterte und kaum auf Anwesende oder ihre Umgebung reagierte. Sie hatte nicht einmal die Mundwinkel verzogen, als er den Kalauer zum Besten gegeben hatte, über den zurzeit die ganze Stadt lachte: »Was gibt's zu essen?«, fragt der Ehemann seine Frau. »Kartoffelbrei«, antwortet sie. »Und was gibt's dazu?«, fragt der Mann weiter. »Einen Löffel«, erwidert sie. Zu komisch war das!

In der Villa herrschte keine Not, trotz der streng rationierten Lebensmittel, auch nicht an Zigaretten, von denen er jetzt gerne eine rauchen würde. Den Onkel darum zu bitten versagte er sich, das wäre unverschämt. Zudem hatte seine Mutter ihm eingeschärft, Bescheidenheit und Zurückhaltung seien die einzige Garantie, auch weiterhin ein Dach über dem Kopf zu haben. Selbstredend hielt er sich daran, und die ersehnte Zigarette würde er in Kürze durch den Tausch gegen eine Portion von Friederikes Kartoffelsalat erlangen. Von dem satt machenden Salat war reichlich übrig geblieben, und die Köchin konnte seinem Charme nicht widerstehen, das hatte er nicht nur an den selbst gestrickten Fäustlingen bemerkt, die sie ihm unter den Christbaum gelegt hatte.

Luis begab sich in das hellgrün gekachelte Gästebad, das er sich mit seiner Mutter teilte: ein wahrer Luxus. Ebenso die Lavendelseife, mit der er sich Hände und Gesicht wusch. Noch einige Tropfen der Rasierlotion, das Weihnachtsgeschenk von Onkel Wolf, auf Kinn und Hals verteilen, und er war bereit für die fröhliche Silvestersause bei seinen Freunden.

Aus der übersichtlichen Anzahl seiner Kleidungsstücke im Schrank wählte er den guten Wollstoffanzug mit den Umschlägen an den Hosenbeinen. Der Anzug hatte mit wenigen anderen Stücken die Brandbomben überlebt und stank inzwischen auch nicht mehr nach Rauch. Darüber noch den Tweedmantel mit Fellfutter, den er auf dem Schwarzmarkt gegen sein Fahrrad eingetauscht hatte, den von Mama selbst gestrickten Schal, den speckig gewordenen Filzhut, und er war bereit für die letzte

Nacht des Jahres. Vorher hatte er aber noch eine Kleinigkeit im Souterrain zu erledigen.

Nach kurzem Anklopfen betrat er den Aufenthaltsraum der Templins. Er liebte die Wirtschaftsräume, die geräumige Küche mit dem doppelt breiten gusseisernen Herd, dem blank gescheuerten Arbeitstisch in der Mitte und ganz besonders die appetitanregenden Düfte, die einen stets empfingen, wenn Friederike etwas brutzelte. Er nahm den Hut ab und grüßte freundlich: »Wunderschönen guten Abend, die Herrschaften.«

»Ja, Luis, wollen S' denn so spät noch ausgehen?«, fragte die Köchin und musterte ihn neugierig aus dunklen Augen.

»Am letzten Tag des Jahres will ich noch mal auf die Pauke hauen, liebe Friederike. Ich bin bei einem Kollegen eingeladen und treffe dort einige Freunde«, erzählte er gut aufgelegt, weil die mütterliche Köchin gern an seinem Leben Anteil nahm. »Aber ich wollte Ihnen noch einen guten Rutsch und ein besseres neues Jahr wünschen. Und mich dafür bedanken, dass Sie uns immer so gut versorgen.« Er schüttelte den beiden die Hände.

»Herzlichen Dank, Herr Luis«, sagte Konrad und berichtete aufgeregt von den Neuigkeiten.

»Wie wundervoll, ich freue mich für Sie«, entgegnete Luis von Herzen. »Sobald Ihr Sohn zurück ist, schieße ich ein Foto von der wiedervereinten Familie, um diesen glücklichen Tag für alle Zeit festhalten.«

»Das würden Sie tun?«, fragte Konrad und sah Luis ungläubig an. »Ist so eine private Aufnahme nicht unter Ihrem Stand? Wo Sie doch sonst nur Filmstars vor der Linse haben.«

Luis hatte dem Ehepaar von seiner Komparsenzeit in Babelsberg, seiner späteren Anstellung als junger Fotograf bei der UFA und dem jetzigen Posten als Standfotograf bei der Bavaria Film erzählt. Sein letzter Auftrag waren Fotos für den ersten Nachkriegsfilm *Zwischen gestern und morgen* gewesen, der von April bis in den Sommer dieses Jahres gedreht worden war. Dass er so berühmte Schauspieler wie Winnie Markus, Viktor de Kowa oder Willy Birgel fotografieren durfte, hatte Konrad mächtig beeindruckt. Und über die zwei Karten für die Premiere Anfang Dezember 1947 war er schier aus dem Häuschen geraten.

»Es würde mir Freude machen, außerdem fotografiere ich gern schöne Frauen«, versicherte Luis und zwinkerte Friederike zu.

»Ach, gehen S' weiter«, kicherte die Köchin geschmeichelt und huschte aus dem Raum.

»Ich spendiere auch einen hübschen Rahmen dazu, als nachträgliches Weihnachtsgeschenk«, wandte Luis sich an Konrad.

Friederike kam mit einer Papiertüte zurück, die sie Luis entgegenhielt. »Ein paar Plätzchen für Ihre Freunde. Kartoffelsalat wär auch noch da, aber den können S' nicht in der Tüte rumtragen. Ihr Mantel tät gewaltig durchfetten …«

»Ach was, dem würde das nichts ausmachen«, lachte Luis und hoffte, dass die liebe Friederike ihm doch eine Portion einpackte, damit er zu seiner Silvesterzigarette kam.

»Wenn's Ihnen nicht geniert, mit dem Henkelmann durch die Gegend zu spazieren, mach ich eine ordentliche Portion zurecht.«

»Friederike, Sie sind die Beste«, sagte Luis, umarmte die hagere Köchin und bedankte sich herzlich.

»Aber den Henkelmann dürfen S' net verlieren«, mahnte sie, als sie ihm kurz darauf den einen Liter fassenden Blechkübel übergab. »Sonst kann ich meinem Konrad keine Suppe mehr mitgeben, wenn er den Chef durch die Nacht chauffiert.«

»Ich werde den Topf bis zum letzten Blutstropfen verteidigen und heil zurückbringen«, scherzte Luis, als er den wertvollen Behälter entgegennahm. Dann drückte er den Hut auf sein Haupt, zwinkerte der Köchin fröhlich zu und verließ die Villa durch den Lieferanteneingang.

Über den matschig gewordenen Gartenpfad gelangte er zu

der kleinen Pforte, die sich zu einer Nebenstraße öffnete. Als er um die Ecke bog, sah er gerade noch, wie der Onkel in der schwarzen Mercedes-Benz-Limousine davonfuhr. Er ahnte, welches Ziel Wolf ansteuerte, denn nicht zum ersten Mal verließ er noch zu so später Stunde das Haus.

Schade, dass ich ihn verpasst habe, ärgerte sich Luis, denn der Onkel hätte ihn gewiss ein Stück mitgenommen. Vielleicht erwischte er eine Straßenbahn in der Ismaninger Straße, ansonsten müsste er laufen.

Entschlossen schritt er aus. Sein Ziel war der Max-Weber-Platz, etwa eine halbe Stunde Fußweg. Eigentlich keine große Sache, aus seiner Berliner Zeit war er weitere Strecken gewohnt, doch seit dem Wetterumschwung von Eiseskälte zu Frühlingswärme herrschte fieses Matschwetter, vereinzelt aber auch gefährliche Glätte. Seine durchgelaufenen Halbschuhe eigneten sich trotz der eingelegten Pappsohlen nicht für eine Wanderung über Eisschollen und durch Schneematsch.

Mit gesenktem Kopf und auf der Hut vor Regenpfützen in Schlaglöchern marschierte er durch die Nacht, vorbei an grauen Schneeresten auf Trümmerbergen und ehemaligen Prachtbauten, von denen oft nur noch Gerippe übrig waren. Ein trauriges Bild, Grau in Grau. Der noch vor vier Tagen hell strahlende Vollmond hatte sich hinter einer dicken Wolkendecke verzogen, und die Straßenbeleuchtung funktionierte nur sporadisch. Es fehlte an Glühlampen, wie unlängst berichtet worden war. Luis störte es nicht, so blieb ihm der quälende Anblick des zerstörten Münchens erspart. Ruinen und Trümmerberge waren nun mal keine Stimmungskanonen.

Zügig marschierte er die Ismaninger Straße entlang – von einer Trambahn keine Spur. Regelmäßiger Betrieb war auch an ganz normalen Werktagen Glückssache, weil nicht genügend Züge vorhanden waren. Gut möglich, dass an Silvester, noch weniger zum Einsatz kamen.

Die Strecke führte ihn Richtung Krankenhaus Rechts der Isar. Das Klinikum war während des Krieges heftig bombardiert und weitgehend zerstört worden, wurde aber bereits fleißig wiederaufgebaut. Allerorts versuchte man den Schuttbergen mit Schaufeln und oft sogar den bloßen Händen Herr zu werden, klopfte Mörtelreste von noch verwertbaren Steinen und war entschlossen, den Mut nicht zu verlieren. Weiterzumachen und trotz der allgegenwärtigen Verwüstung das verlorene Zuhause mit aller Kraft wiederaufzubauen. Luis konnte sich gut in die Menschen hineinversetzen, er wusste, wie es sich anfühlte, alles verloren zu haben.

Das gesuchte Gebäude am Max-Weber-Platz wirkte verfallen, an der Fassade prangten unzählige kleine Löcher, Erinnerungen an umherfliegende Granatsplitter, und die Treppe ins Untergeschoss war übersät mit Schutt. Die Wände schienen zu bröckeln. Auch gut, dachte Luis fatalistisch: Den Krieg habe ich als »unabkömmlich« gestellter Komparse und Fotograf der UFA überlebt, aber wenn diese Bruchbude heute Nacht zusammenfällt, sterbe ich zumindest bei einem flotten Tänzchen. Ein schöneres Ende konnte man sich doch kaum wünschen.

Er verdrängte den unerquicklichen Gedanken und freute sich auf seine Freunde, mit denen er ins neue Jahr tanzen würde.

Laute Musik, ein einsamer, etwas schrumpeliger Luftballon und eine halbe Luftschlange an einer Holztür zeigten an, wo bereits ausgelassen gefeiert wurde.

Ohne anzuklopfen, trat er ein und wurde von fröhlichem Gelächter und tanzenden Paaren in einer Rauchwolke empfangen. Das war ein Fest nach seinem Geschmack, eine Nacht, in der man alle Sorgen, die Ungewissheit der Zukunft und auch die Frage, wie lange man noch bei Onkel Wolf würde wohnen dürfen, einfach vergessen konnte. Wo solche Gelage stattfanden, war nicht von Belang. Mit den richtigen Leuten amüsierte man sich in einem dunklen, kargen Souterrain genauso gut wie in einem hell erleuchteten, prächtigen Ballsaal – vielleicht sogar noch besser, weil hier niemand Wert auf Etikette legte.

»Hallooo, da kommt er ja endlich, der dolle Luis. Wir dachten schon, du wärst zurück zur UFA nach Berlin gegangen«, begrüßte ihn eine dunkelhaarige Schönheit, deren Kurven von einem sehr engen lilafarbenen Taftkleid betont wurden.

»Servus, Lola«, begrüßte er sie. »Falls es dir entgangen ist, die UFA wurde vier Wochen vor Kriegsende von den Russen besetzt und ist Geschichte. Da läuft nichts mehr – jedenfalls vorerst. «

»Und falls es dir entgangen ist, ich heiße Ursula.« Beleidigt verzog sie den rot geschminkten Schmollmund, wobei sie ihm einen lasziven Blick zuwarf.

»Seit wann?«, gab er gespielt überrascht zurück.

»Schon immer, und das weißt du genau«, zischte sie verschnupft.

Luis vollführte eine seiner übertriebenen Verbeugungen, die längst zu seinem Markenzeichen geworden waren. »Tut mir unendlich leid, ich hätte geschworen, du bist die fesche Lola aus dem *Blauen Engel*.«

Ursula verpasste ihm einen freundschaftlichen Knuff in den Arm. »Das war Marlene Dietrich, du Hornochse.«

»Nun sei mal nicht so, Urselchen, in unserer Branche ändern die Leute doch andauernd ihre Namen«, beschwichtigte Luis sie und erinnerte sich an seine eigene Namensänderung. Seinen Geburtsnamen Ludwig Koch hatte er schon in der Volksschule gehasst, als die Mitschüler ihn mit einem saublöden Vers ärgerten: »Ilsebilse, keiner willse, kam der Koch, nahm sie doch.« In Berlin, während der Fotolehre bei Hermann Doll, einem Vetter seines Vaters, hatte sich die Namensänderung ohne große Mühe einfach so ergeben. Manche Kunden hielten ihn für Hermanns Sohn, sprachen ihn als »der junge Herr Doll« oder »Doll junior« an, und so wurde er zu Luis Doll – ganz ohne absichtliches Zutun.

Luis zog Hut und Mantel aus und warf beides über den Mantelberg auf einen Sessel, der als Garderobe diente. Dann hielt er Ursula die Tüte hin. »Magst ein Plätzchen? Selbst gebacken.«

Im Nu war er umringt von den Anwesenden, und die Tüte war schnell geleert. Einige der Gäste zählten zu seinen besten Freunden: die fesche Ursula, ein Techtelmechtel des letzten Sommers und eine hoch begabte, momentan arbeitslose Werbezeichnerin, die nun ihr Brot als Telefonistin in den Studios verdiente. Der rothaarige Fritz Feldmann mit den Sommersprossen, ein aufstrebender Schauspieler und Freund aus der gemeinsamen Komparsenzeit bei der UFA. Jochen, gelernter Schreiner und Kulissenbauer, ebenfalls in den Studios der Bavaria Film tätig. Die frisch verlobten Maskenbildner Erich und Elisabeth, die für ihre Hochzeit sparten und jedem, der mit amerikanischen Zigaretten bezahlen konnte, einen ordentlichen Haarschnitt verpassten. Und nicht zuletzt Kameramann Viktor Ebeling, dem er bei der UFA assistiert hatte und nun den Posten in der Bavaria verdankte. Dazu noch einige Schauspieler, die ihm nur vom Sehen bekannt waren.

Den Henkelmann stellte er auf dem langen, mit einem vergilbten Laken bedeckten Biergartentisch ab. Jeder hatte im Rahmen seiner mageren Möglichkeiten etwas mitgebracht: Wein, Sekt und Selters. Schüsseln mit Nudelsalat, einen Korb mit ziemlich trocken aussehenden Brotscheiben und einen Topf Linsensuppe. Gabeln und Löffel lagen daneben. Wer Hunger bekam, aß zwanglos aus Schüssel oder Topf. Er und seine Freunde legten wenig Wert auf gesellschaftlichen Firlefanz, für sie zählten Treue und Zuverlässigkeit mehr als geschliffene Manieren. Aber wenn es drauf ankam, wussten sie sich natürlich zu benehmen, inklusive Handkuss.

»Hast du in den nächsten Tagen ein paar Stunden Zeit?«, fragte Fritz, als sie sich eine Zigarette teilten.

»Na klar, brauchst du ein neues Foto für die Schauspielagentur?«

»So ähnlich. Ich möchte mit ein paar Freunden eine freie Theatergruppe gründen. Die Menschen sind so ausgehungert nach unzensierter Unterhaltung, mit leichten Stücken kriegt man jede Bude voll. Spielen könnten wir in Wirtshäusern, Kantinen oder auch Turnhallen, da ließe sich was verdienen.«

»Großartige Idee«, stimmte Luis seinem Freund zu. »Ich denke, wir könnten draußen in einem der unbenutzten Bavaria-Studios …«

»Na, ihr zwei Plaudertaschen«, mischte Ursel sich in die Unterhaltung ein. »Wann kommt denn nur der Gottbegnadete?«

»Psst …«, zischte Luis beschwörend. »Willy Birgel möchte nicht mehr so genannt werden. Es ist nicht seine Schuld, dass Josef Goebbels ihn zum Staatsschauspieler ernannt und auf diese unsägliche Gottbegnadeten-Liste gesetzt hat.« Auf dieser Liste hatten all jene Künstler gestanden, die für Goebbels' Propagandafilme hatten herhalten müssen.

Amüsiertes Gemurmel wurde laut.

»Hinterher sind immer alle unschuldig.«

»Keiner hat von nix was gewusst.«

»Und jeder hat einem Juden geholfen oder ihn unterm Bett versteckt.«

»Kinder«, ertönte eine sonore Stimme von der Tür her. »Heute ist Silvester, da ist Politisieren streng verboten.«

Es war Willy Birgel in Begleitung von Viktor de Kowa und Winnie Markus.

Luis freute sich mächtig, dass der berühmte, noch immer sehr beliebte Schauspieler Wort gehalten hatte und mitfeiern wollte. Und als Willy Birgel seiner Kollegin Winnie Markus um Mitternacht einen Silvesterkuss auf die Wange drückte, ärgerte er sich, seine kleine, handliche Leica zu Hause gelassen zu haben. Das wird mir nicht noch einmal passieren, schwor er sich. Vielleicht würde ein Schnappschuss in schummriger Beleuchtung etwas unscharf geraten, dennoch hätte er solche Bilder an eine der Tageszeitungen verkaufen können. Illustrierte waren ebenfalls immer auf der Suche nach fröhlichen Aufnahmen von Stars und Sternchen und anderen Berühmtheiten, mit denen sie sich gleich noch mal so gut verkaufen ließen. Wie Fritz gesagt hatte: Das Volk gierte nach Ablenkung und einer heilen Welt. Nach Bildern, die Hoffnung und Lebensfreude verströmten, die ein anderes, besseres Leben zeigten. Wer konnte es den Menschen verdenken, sehnte Luis sich doch selbst danach, die Kriegsjahre zu vergessen.

4

SELBSTVERGESSEN ÜBERLIESS NORA sich Williams Führung und spürte seinen Herzschlag mit ihrem im Gleichklang der Musik. Womöglich war es nur eine Sinnestäuschung, romantisches Wunschdenken oder eine zu schnelle Drehung, doch nicht weniger berauschend. Wie wundervoll wäre es, bis zum Morgengrauen weiterzutanzen, die tägliche dünne Mehlsuppe wie auch den ständigen Ärger in der Apotheke zu vergessen und sich direkt in ein anderes Leben hineinzudrehen.

Dem engen Korsett zu entfliehen, in das der Vater sie zwingen wollte. Die Vorstellung war so tröstlich wie heißer, süßer Kakao an kalten Wintertagen, den die Mutter ihr als Kind gekocht hatte.

Die Kapelle hörte auf zu spielen, der Traum war vorbei.

»Etwas zu trinken?«, fragte William, während er Nora noch mit einem Arm festhielt.

»Mein Glas steht dort drüben.« Sie wies mit einer Kopfbewegung in Richtung der Fensternische, wo tatsächlich noch die Cola mit Rum stand.

»Warme Cola schmeckt doch scheußlich«, sagte William salopp. »Ich besorge uns frische Drinks.« Er bot ihr seinen Arm, als wäre es nach zwei Tänzen vollkommen normal, wie ein Paar durch die Gäste zu spazieren.

Nora zögerte. Ob William tatsächlich ein halb volles Glas stehen ließ? Was für eine Verschwendung. Doch dann überwand sie ihre Bedenken. Heute war Silvester, da wollte sie einmal übermütig sein und sich einfach vergnügen.

Seite an Seite gingen sie in einen Nebenraum, wo ein hoher Tisch als provisorische Bar mit silbrig glänzendem Stoff umhüllt war.

»Was darf ich Ihnen bestellen?«, erkundigte sich William.

»Cola ohne Rum, bitte«, antwortete Nora. Sie musste vorsichtig sein, denn bei Hedi zu Hause, wo sie offiziell feierte, wurde Alkohol nur in Maßen getrunken. Nach Schnaps zu riechen war gefährlich, der Geruchssinn ihres Vaters war durch das jahrzehntelange Herstellen von Tinkturen und Salben hochsensibel. Wenn er Verdacht schöpfte, würde er verlangen, dass sie ihn anhauchte, und dann gäbe es mächtigen Ärger.

»Wollen wir uns setzen?« William deutete auf ein freies Sofa.

»Sehr gerne …« Sie hätte zwar viel lieber in seinen Armen gelegen, um sich zu einem langsamen Foxtrott zu wiegen, aber die von Hedi geborgten Schuhe mit den Absätzen waren etwas zu klein und scheuerten an den Fersen.

William führte sie zum Sofa und wartete, bis sie Platz genommen hatte. Dann setzte er sich zu ihr und hob sein Glas mit dem Whiskey auf Eis leicht an. »Worauf trinken wir?«

»Auf bessere Zeiten«, meinte Nora und sah ihm tief in die Augen. Wenn dieser Abend ein Vorbote war, musste die Zukunft einfach wundervoll werden.

»Bessere Zeiten.« William nahm einen großen Schluck aus seinem Glas.

Nora trank ebenfalls und überlegte erneut, wieso sein Deutsch so fehlerfrei war. Ob er hier vielleicht Verwandte hatte? »Darf ich Sie etwas fragen?«

»Bitte.«

»Lernt man in der Armee auch Deutsch? Ich frage nur, weil …« Sie brach ab, kam sich plötzlich töricht und auch ein wenig taktlos vor.

»Weil mein Deutsch so gut ist?«, beendete William ihre Frage und lächelte sie an, als hätte er mit ihrer Neugier gerechnet.

Nora lächelte ebenfalls, setzte sich aufrecht hin und schaute ihn erwartungsvoll an.

»Das ist kein Geheimnis«, sagte William. »Meine Eltern stammen aus München, bei uns zu Hause wird Deutsch gesprochen. Mein Vater ist Jude, und als Hitler 1933 an die Macht kam, sind wir nach Amerika ausgewandert. Wir hießen Baumann, das wurde in Bowman geändert. Damals war ich sechzehn und sehr unglücklich über unsere Emigration. Ich war zum ersten Mal verliebt, wollte das Mädchen, dessen Namen ich übrigens vergessen habe, nicht verlassen. Heute bin ich dankbar – wer weiß, ob wir den Holocaust überlebt hätten.«

Bestürzt hatte Nora ihm zugehört. Sie erinnerte sich an eine jüdische Familie, langjährige Kunden der Apotheke, die eines Tages einfach verschwunden waren. Sie seien ausgewandert, hieß es, doch später erfuhren sie, dass sie in einem Lager umgekommen waren.

»Es tut mir leid, jetzt habe ich uns die Stimmung verdorben …« William betrachtete sie eindringlich.

»Nein, nein, ich habe mich nur an eine Familie erinnert, die nicht rechtzeitig fliehen konnte.«

»Wie haben Sie die letzten Kriegsjahre überlebt?«, fragte er. »Ich hoffe, Sie und Ihre Familie hatten nicht unter den schweren Luftangriffen zu leiden, die Regensburg im August '43 getroffen haben?«

»Wir waren in unserer Kellerapotheke relativ sicher.« Nora überlegte, ob er einer der Piloten gewesen war, die in jenem August Sprengladungen abgeworfen hatten. Gut zwanzig Mal war die Stadt angegriffen worden. Die Altstadt hatte einiges abbekommen, aber wie durch ein Wunder waren die meisten Bomben auf freien Feldern runtergegangen, wo sie kaum Schaden angerichtet hatten. Die Angriffe hatten den Messerschmitt-

Werken gegolten, um die weitere Produktion von Jagdflugbombern zu verhindern. Die Fertigungshallen waren schließlich auch getroffen und dabei über vierhundert Menschen getötet worden. Sie selbst hatte mit ihrem Bruder und den Eltern im Keller vor Angst gezittert. Um ihr Leben gebangt. Und noch lange nach Kriegsende hatte sie unter Albträumen gelitten, in denen sie verschüttet wurde. Davon wollte sie jetzt nicht erzählen und auch nicht darüber nachdenken. Sie würde William auf keinen Fall fragen, ob er einen der Bomber geflogen und die todbringende Fracht abgeworfen hatte. Stattdessen erwiderte sie seinen Blick und lächelte ihn an, damit er ihr glaubte.

»Eine Apotheke im Keller, wie ungewöhnlich«, bemerkte William und bot ihr eine Zigarette an.

Automatisch streckte sie die Hand aus, wollte danach greifen, zuckte aber wieder zurück, obwohl sie für eine amerikanische Filterzigarette auf dem Schwarzmarkt einen halben Laib Brot bekäme. Mit etwas Glück sogar einen, der nicht mit Sägemehl gestreckt wurde.

»Eigentlich rauche ich nicht«, sagte sie bescheiden. »Aber mein Bruder würde sich freuen.«

»Bitte«, sagte William und reichte ihr das Päckchen Camel.

»Das ... das geht doch nicht ...« Nora wagte nicht, die Zigaretten anzunehmen, doch als William ihr freundlich zunickte, überwand sie ihre Scheu, bedankte sich lächelnd und verstaute sie in dem kleinen Beutel, den sie aus dem Rest Kleiderstoff genäht hatte. »Die Apotheke meines Vaters heißt Schwanenapotheke und war nur aus Sicherheitsgründen während der letzten Kriegsjahre im Keller untergebracht. Als sich die Luftangriffe häuften, ordnete die Reichsapothekenkammer für alle Apotheken den Umzug in die Kellerräume unter den Häusern oder in sichere Bunker an.« Wenn sie daran zurückdachte, fühlte sie heute noch, wie beängstigend diese Anordnung gewesen war. Wie sie anfangs noch gehofft hatten, es würde nicht so

48

schlimm werden. Doch es wurde schlimm, viel schlimmer, als sie befürchtet hatten. Bis zum April 1945 war Regensburg immer wieder angegriffen worden. Sogar die meterdicken Kellerwände hatten gebebt, und der herunterfallende Putz hatte alles in Staub gehüllt. Später war in den Zeitungen zu lesen, dass die Alliierten vierzigtausend Bomben über Regensburg abgeworfen hätten.

William sah sie aufmerksam an. »Davon habe ich noch nie gehört, ein spannendes Thema.«

»Die Medikamente mussten unbedingt geschützt werden. Vor allem Augentropfen, Mullbinden und Schmerzpulver wurden dringend benötigt. Nicht jeder hat die Angriffe ohne Verletzungen überlebt, vor allem die Augen waren von Qualm oder Staub stark gereizt. Diese Reizungen müssen schnell gelindert werden, um bleibende Schädigungen zu vermeiden.«

William blickte einer Rauchwolke nach. »Ein wichtiger Beruf, Apothekerin, nicht nur in Kriegszeiten«, bemerkte er anerkennend.

Nora spürte erneut das Kribbeln in ihrer Magengegend. Es war einfach himmlisch, sich mit William zu unterhalten und wie eine Erwachsene behandelt zu werden.

»Ich bin nur Apothekenhelferin. Mein Vater ist der Apotheker, übernehmen wird das Geschäft später einmal mein Bruder«, gestand Nora und erlaubte sich einen winzigen Seufzer, weil ihr prompt das Argument ihres Vaters einfiel: Mädchen brauchen keinen Beruf, die heiraten, bekommen Kinder und kümmern sich um den Haushalt. Das ist ihre Bestimmung. »Was ist Ihr Beruf? Ich meine, wenn Sie diese Uniform ausgezogen haben. Oder bleiben Sie für immer in der Armee? Ich habe gehört, dass manche Männer praktisch ihr ganzes Leben in Uniform verbringen.« Schwer vorstellbar, fand Nora, ihr war überhaupt alles Militärische zuwider, auch wenn sie den Siegermächten für die Beendigung des Krieges ewig dankbar sein würde.

»Ich bin …«

»Achtung, es ist gleich so weit!«, brüllte jemand in der Menge, der offensichtlich seine Freude mit allen Anwesenden teilen wollte.

Ein Radiogerät war laut aufgedreht worden. Der Countdown wurde angezählt, worauf alle Gäste voller Inbrunst einstimmten.

William sprang vom Sofa auf, sagte etwas, das Nora wegen des Lärms nicht verstand, und rannte davon.

Enttäuscht blickte sie ihm nach. Sich so überstürzt aus dem Staub zu machen war nicht gerade die feine Art. Suchend sah sie sich nach Hedi um, konnte sie jedoch nirgends entdecken. Hoffentlich hält sie wenigstens ihr Versprechen, nach Mitternacht eine Fahrgelegenheit zu organisieren, damit ich rechtzeitig zu Hause bin, dachte Nora enttäuscht. Sonst müsste sie allein durch die Nacht nach Hause laufen.

Unentschlossen, ob sie Hedi suchen sollte, blieb sie sitzen. Zu ihrer Überraschung kehrte William zurück, in den Händen zwei Gläser Sekt, wovon er ihr eines reichte. Erleichtert strahlte sie ihn an.

Im nächsten Moment schallte ein fröhliches »Happy New Year, happy 1948!« durch die Villa. Die Kapelle begann den Silvesterklassiker *Auld Lang Syne* zu spielen, den Nora schon letztes Jahr auf AFN gehört hatte und den alle begeistert mitsangen.

William reichte ihr ein Glas, setzte sich zu ihr und stimmte in den Gesang ein. Sie lauschte nur und genoss die ausgelassene Stimmung. Wie ungezwungen alle waren, ganz anders als zu Hause, wo mit trüben Mienen selbst angesetzter Johannisbeerwein gesüffelt wurde. Fröhliche Lieder oder gar ein Tanz waren für ihre Eltern undenkbar. Selbstverständlich waren der ewige Hunger und die Lebensmittelknappheit kein Grund zur Freude, aber mit jedem Tag wurde doch alles besser.

Das Lied verklang, William prostete ihr zu. »Auf ein glückliches neues Jahr, Nora.«

»Ein glückliches neues Jahr.« Vorsichtig kostete Nora den

Sekt, sie hatte dieses edle Getränk noch nie probiert und kräuselte amüsiert die Nase, als sie das Prickeln im Gaumen spürte. Es schmeckte erfrischend köstlich, ein bisschen wie Zitronenbrause mit leicht herbem Nachgeschmack. Verlegen blickte sie William an, der sie mit liebevoll-warmem Blick betrachtete. Überraschend griff er nach ihrem Glas, stellte es mit seinem auf dem Tisch ab, zog sie stürmisch in seine Arme und küsste sie.

Nora war viel zu überrascht, um sich zu wehren, was sie ohnehin nicht getan hätte. Denn so war sie noch nie geküsst worden, unendlich zärtlich und fordernd zugleich. Ihr ganzer Körper zitterte, gleichzeitig glaubte sie zu schweben und wünschte, in diesem überirdischen Gefühl versinken zu können. Viel zu früh entließ William sie wieder aus seiner Umarmung.

»Damit wir uns nie mehr aus den Augen verlieren«, raunte er.

Nora spürte ein süßes Kribbeln, das seine tiefe Stimme so dicht an ihrem Ohr ausgelöst hatte und das nun ihren Rücken entlangfuhr wie ein zärtliches Streicheln.

»Das wünsche ich mir auch«, flüsterte sie.

William griff nach den abgestellten Sektgläsern und reichte Nora ihres. »Der Silvesterkuss ist ein uraltes Ritual. Es heißt, der Kuss um Mitternacht verbindet zwei Menschen für ein ganzes Jahr und manchmal auch ein Leben lang.«

Nora hatte noch nie davon gehört, und als sie beim Anstoßen ein leises Klirren hörte, wünschte sie sich innig, es möge wahr werden. Doch was, wenn William die Stadt verlassen würde?

»Muss ein Soldat nicht Befehle befolgen, zum Beispiel, wenn er abkommandiert wird?« Ein Gefühl der Unsicherheit erfasste sie. Nachdenklich sah sie ihn an.

William tippte sich spielerisch mit der Hand an die Stirn, als wollte er salutieren, und blickte ihr dabei tief in die Augen.

»Sollte es dazu kommen, werde ich den Befehl verweigern, weil mich eine hinreißende Regensburgerin verzaubert hat.«

Nora erwiderte seinen Blick und schickte einen Silvesterwunsch in die magische Nacht: *William soll nicht abkommandiert werden.*

Die Kapelle begann wieder zu spielen.

»Ah, der *Chattanooga Choo Choo*«, lachte William, erhob sich und streckte ihr eine Hand entgegen. »Sollen wir einsteigen?«

»Einsteigen?« Nora sah ihn überrascht an, obgleich sie den mitreißenden Rhythmus schon in den Beinen spürte.

»In den *Chattanooga-Choo-Choo*-Zug«, erklärte William und ergriff zwinkernd ihre Hand.

Glücklich ließ Nora sich auf die Tanzfläche führen und verdrängte die Angst vor ihrem Vater, der ein zu spätes Nach-Hause-Kommen nicht duldete. Solchen Ungehorsam würde er vielleicht sogar mit der Streichung ihres Lohns bestrafen. Ein kleiner Preis für das überwältigende Glücksgefühl, das sie in Williams Nähe empfand.

Unsanft wurde sie aus dem Zauber ihrer Wunschträume gerissen, als Hedi in Johns Armen vorbeiwirbelte und ihr aufgeregt zurief: »Wir müssen los, es ist schon fast halb eins ...«

Die Mahnung der Freundin durchfuhr Nora wie schmerzhafte Nadelstiche. Abrupt blieb sie stehen.

William ließ die Arme sinken. »Bitte, geh nicht, die Kapelle wird noch lange spielen«, bat er. »Ich bringe dich gerne nach Hause und erkläre deinem Vater, warum es später geworden ist.«

»Nein, das geht nicht«, entfuhr es Nora heftiger als beabsichtigt, obwohl sie so gern geblieben wäre. »Mein Vater ...«, stammelte sie niedergedrückt. »Mein Vater würde toben.«

William sah sie besorgt an.

»Er glaubt, dass ich den Abend bei meiner Freundin Hedi und ihrer Familie verbringe«, erklärte Nora. »Wenn er herausfände, dass ich mit einem ...« Sie brach ab. Die Ansichten ihres altmodischen, verbohrten Vaters waren ihr peinlich und könnten William am Ende noch beleidigen.

»Er hat dir den Umgang mit Soldaten verboten?« William schien zu ahnen, was sie sagen wollte.

Nora war die Situation unangenehm, sie senkte den Blick, wusste nicht, was sie darauf antworten sollte. Gleichzeitig war sie unendlich wütend auf ihren Vater, dessen Moralvorstellungen sie bis hierher verfolgten und ihr diesen wunderbaren Abend verdarben.

»Ich kann das verstehen«, sagte William ganz ruhig und führte sie von der Tanzfläche zu einer freien Couch. »Nicht jeder ist glücklich über die Besatzung. Auch wenn wir den Krieg und damit das sinnlose Sterben beendet haben, fühlt sich manch einer ausgeliefert, gibt uns die Schuld an der schwierigen Versorgungslage und verdächtigt uns, das Land ausbeuten zu wollen und die Bevölkerung verhungern zu lassen.«

Treffender hätte er meinen Vater nicht beschreiben können, dachte Nora nun doch amüsiert, und während sie auf dem Sofa Platz nahm, versicherte sie William eilig: »*Ich* bin sehr glücklich, dass dieser grauenvolle Krieg ein Ende hat und dass Regensburg in der amerikanischen Besatzungszone liegt. Bei den Russen ginge es uns nicht so gut.« In Gedanken fügte sie hinzu: Grenzenlos glücklich wäre ich, wenn der Mitternachtskuss tatsächlich die Macht hätte, William und mich zusammenzubringen. Wenn er mich jeden Tag so küssen würde. Ich täglich in seinen Armen liegen könnte …

Hedi kam mit einer qualmenden Zigarette in der Hand auf sie zu. Sie hatte ihren Mantel bereits angezogen und Noras gleich mitgebracht.

»Los jetzt, sonst kriegst du echt noch Ärger«, drängte sie, nahm einen Zug von der Zigarette und blies eine dicke Rauchwolke in die Luft. »Mein Johnny besorgt grad einen Wagen …«

William erhob sich, nahm Hedi den Mantel ab und half Nora hinein.

»Ich werde Nora nach Hause fahren.« Sein freundlich-energischer Tonfall duldete keinen Widerspruch.

Nora gefiel seine Beharrlichkeit, und sie wollte sich gerne von ihm nach Hause fahren lassen, doch ohne Einschränkung ging es leider nicht. »Aber ich muss eine Straßenecke früher aussteigen ...«

»Passt mir gut in den Kram«, grinste Hedi und verabschiedete sich mit einem zweideutigen Zwinkern. »Tut nichts, was ich nicht auch tun würde.« Kichernd stürmte sie davon.

Nora verstand Hedis Zwinkerbotschaft sofort, aber da hatte sich die Freundin geschnitten. Nach so kurzer Bekanntschaft würde sie sich keinem Mann hingeben, obwohl sie in Gedanken längst schwach geworden war ...

»Sollen wir gehen?«

Seine Frage unterbrach Noras Gedanken. Und da die Kapelle gerade einen Song von Frank Sinatra spielte, der *Five Minutes More* hieß, sagte sie: »Ich würde gerne noch einmal tanzen ...«

William half ihr, den Mantel wieder auszuziehen. »Mit Vergnügen.«

Vielleicht werde ich ihn niemals wiedersehen, dachte Nora, an Williams Schulter geschmiegt, während der Sänger mit rauer Stimme *»Let me stay, let me stay in your arms«* sang. Vielleicht ist mir nur diese eine Nacht mit diesem fremden Mann vergönnt, der all die wundervollen Gefühle in mir auslöst, mich träumend in eine andere Welt entführt. Vielleicht ist es eine Aschenputtel-Nacht. Eine Nacht, in der große Hoffnungen erwachen, die bei Tageslicht zerplatzen wie bunte Seifenblasen.

Die Heimfahrt glich einer lustigen Karussellrunde. Der Beifahrersitz des amerikanischen Jeeps mit den fensterlosen Türen war kein Polsterstuhl. Der kalte Nachtwind blies Nora scharf ins Gesicht, und die kleinste Bodenwelle schüttelte den Wagen kräftig durch. Trotzdem genoss sie die Fahrt durch das zu großen Teilen im Dunkeln liegende Regensburg. An Williams Seite fühlte sich alles so viel leichter an. Sogar die von Trümmern gesäumten Straßen sahen in dieser magischen Nacht wie Pfade ins Paradies aus. Selbst wenn sie über die Steinerne Brücke fahren müssten, die seit der Sprengung im April 1945 nur noch eine wackelige Notbrücke aus Holz war, würde sie sich kein bisschen fürchten. Aber der Weg zu ihr nach Hause führte in weiter Entfernung an der Brücke vorbei, und viel zu schnell waren sie an der Ecke angelangt, an der sie aussteigen wollte.

»Da vorne bei der Bäckerei ...« Nora deutete zur linken Straßenseite. Viel lieber hätte sie gesagt: Bring mich, wohin du willst, nur weg von hier.

William lenkte den Wagen an den Straßenrand, stellte den Motor ab und drehte sich zu Nora. Einen Moment lang sah er sie nur an, tastete dann nach ihrer Hand und nahm sie in die seine.

»Was für eine wundervolle Nacht. Es war das schönste Silvester meines Lebens.« Er beugte sich zu ihr, küsste sie sanft auf den Mund und hielt sie lange fest umschlungen. »Meine wunderschöne Prinzessin aus den Trümmern. Meine süße Nora, wann sehen wir uns wieder?«

Nora fühlte, wie ihr Herz schneller schlug, als wollte es vor Freude hüpfen. Ihr war ganz schwindelig vor Glück. »Bald? Wenn du willst, schon Freitag nach Ladenschluss«, sagte sie leise, und sie verabredeten sich für besagten Abend an der Bäckerei.

Nach tausend Abschiedsküssen ließ William sie aussteigen. Tief in Noras Herzen erwachte die Hoffnung, dass es mit einem Mann wie William ein anderes, glücklicheres Leben geben könnte als das bürgerliche Dasein in Regensburg. Hier würde sie die Wünsche ihrer Eltern erfüllen müssen. Heiraten und Kinder bekommen. Doch sie wollte nicht in der beklemmenden Enge dieser streng katholischen Stadt bleiben. Sie wollte etwas erleben, Abenteuer bestehen ... und heute Nacht hatte sie gespürt, dass es möglich war. Das Schicksal hatte ihr einen kurzen Blick in eine andere Welt gestattet.

5

NORA FÜHLTE SICH, als würde sie das letzte Wegstück nach Hause entlang der Schottenstraße hinüber zum Bismarckplatz schweben. Sie war geradezu rauschhaft glücklich, achtete weder auf die singenden, feucht-fröhlichen Zecher, noch dachte sie daran, wie spät es geworden war. Sie fürchtete sich auch nicht vor dem Ärger, der sie erwartete, falls ihr Vater sie heimkommen hörte. Und wenn schon, sein Geschrei würde an ihr abperlen wie Regentropfen an ihrem erhitzten Gesicht. Nichts und niemandem, nicht einmal ihrem herrischen Vater und auch keiner noch so drakonischen Strafe, würde es gelingen, den Zauber dieser besonderen Nacht zu zerstören.

Sie hatte zum ersten Mal Sekt getrunken.

Hatte mit dem wunderbarsten Mann der Welt getanzt.

War geküsst worden wie noch nie zuvor in ihrem Leben.

Wenn Vater das herausfindet, dann benötigt er eine Überdosis von den hochkonzentrierten Baldriantropfen, um sich wieder zu beruhigen, kicherte sie überdreht in sich hinein. Aber sie würde kein Sterbenswörtchen verraten, wozu auch. Es gab keinen Grund, ihm davon zu erzählen, und würde auch in Zukunft keinen geben. Sie musste nur einen plausiblen Vorwand oder einen Komplizen finden, wenn sie abends wegwollte. Und sie wusste auch schon, wer das sein würde.

Vorsichtig und sehr langsam öffnete sie das altersschwache Rundbogenportal mit den verwitterten Schnitzereien. Vor vielen Jahrzehnten war es vermutlich prächtig gewesen, doch heute war es nicht mehr als eine unansehnliche Holztür, die bei der kleinsten Berührung lautstark protestierte, als litte sie entsetzliche Qualen. Das Patrizierhaus, in dem sich die Schwanenapotheke seit dreihundert Jahren befand – eine Zahl, mit der ihr Vater gerne prahlte –, war insgesamt in einem jämmerlichen Zustand, wobei die knarrende Eingangstür noch das kleinste Übel darstellte. Auch die ausgetretene Holztreppe, die zur Privatwohnung direkt über der Apotheke führte, ächzte bei jedem Schritt. Heute kümmerte Nora das jedoch wenig. Sie fühlte sich so angenehm benommen und würde seit Monaten mal wieder ohne Magenknurren einschlafen.

Beseelt erklomm sie die Stufen, wobei sie die knarrenden Stellen mied, und erreichte lautlos wie ein Mäuschen die Wohnung. Noch in der offenen Eingangstür zog sie ihren Mantel aus, hängte ihn auf den Kleiderbügel an einen Garderobenhaken und schloss die Tür so sachte wie nur irgend möglich. Ein schmaler Flur, der so niedrig war, dass nur sie mit ihren eins sechzig den Kopf nicht einziehen musste, führte vorbei an vier Zimmern. Glücklich lächelnd stellte sie sich vor, William in ihre kleine Kammer zu schmuggeln. Der Arme würde gebückt gehen und dabei achtgeben müssen, sich keine Beule am Kopf zu holen.

Nora schrak aus ihren verwegenen Gedanken, als sie am Ende des Flurs durch das Glasfenster der Küchentür Licht sah. Hatte jemand vergessen, es auszuschalten, oder war es ihr Vater, der noch nicht im Bett lag? Wartete er zornentbrannt auf sie, um ihr die Leviten zu lesen?

Dann will ich es sofort hinter mich bringen, dachte sie, atmete tief durch und trat entschlossen ein. Doch es war ihr zehn Jahre älterer Bruder Alfred, der in einem grün karierten Hausmantel am Küchentisch saß und ihr Kommen nicht mal bemerkte. Den Kopf in die Hände gestützt, das glatte schwarze Haar verstrubbelt und vor sich ein halb volles Glas Wasser. Daneben ein Zehner-Röhrchen Thomapyrin, neuartige Schmerztabletten, die letztes Jahr eingeführt worden waren und stolze 1,50 Reichs-mark kosteten.

»Geht's dir nicht gut?«, flüsterte sie besorgt.

Alfred sah auf, und im fahlen Schein der mit blassgelbem Stoff bespannten Hängelampe wirkte er tatsächlich kränklich.

»Ach, du bist es ...« Müde blickte er zur runden weißen Küchenuhr an der Wand. »Ziemlich spät, junges Fräulein ...« Plötzlich starrte er sie so entgeistert an, als sähe er sie zum ersten Mal. »Herrschaftszeiten, wie siehst du denn aus?«

Nora legte den selbst genähten Stoffbeutel auf einen der schlichten Holzstühle, fasste den Rock an den Seiten, breitete ihn aus und wirbelte herum.

»Schön, oder? Ach, Alfred, es war der aufregendste, großar-tigste, wundervollste Abend meines ganzen Lebens ...« Seuf-zend sank sie auf einen Stuhl.

Alfred verzog den schmalen Mund zu einem abfälligen Lächeln und musterte sie skeptisch mit seinen dunklen Augen.

»Ein wundervoller Abend bei Hedi? Das glaubst du ja wohl selber nicht. Und für Hedis stinkfade Familie hättest du dich niemals so aufgemaschelt. Richtig billig schaust du aus mit den angemalten Nägeln ... wie eine von diesen Bordsteinschwalben. Wenn Vater dich so erwischt, kannst du was erleben.«

»Stimmt, ich war nicht bei Hedi, sondern im Westenviertel, in einer vornehmen Villa auf einem sensationellen Silvesterball«, antwortete sie, Alfreds Kritik übergehend. Und es war ihr egal, ob er es dem Vater verraten würde, sie war einfach so überirdisch glücklich, dass die Worte nur so aus ihr heraussprudelten.

»Doch nicht bei den Amis!« Alfred starrte sie schockiert an, als hätte sie einer Kundschaft die falsche Medizin ausgehändigt und damit den Ruf der Apotheke, den der Familie und damit auch seinen gefährdet.

»Genau dort«, bestätigte Nora, stand wieder auf und ging zu dem UKW-Radio, das auf einer hellbraunen Anrichte stand.

Summend schaltete sie es ein, wartete, bis das grüne Auge aufleuchtete, und suchte mit dem Programmwahlknopf nach Musik. Sie wollte weitertanzen, Williams Namen flüstern und den Rest der Nacht durch die Küche hüpfen. An Schlaf war ohnehin nicht zu denken.

»Mach das aus, mein Schädel brummt immer noch trotz zwei Thomapyrin«, knurrte Alfred missgelaunt, griff nach dem halb vollen Glas Wasser und stürzte den Rest in einem Zug hinunter.

»Und, wie habt *ihr* den Abend verbracht?«, wechselte Nora das Thema. Sie würde sich ihre Glückseligkeit nicht von ihrem miesepetrigen Bruder verderben lassen. Er war einfach ein Muffel, oft schlecht gelaunt und selten zufrieden. Dabei hatte er als Vaters Liebling, Nachfolger der Apotheke und geachteter Bürger von Regensburg doch allen Grund, zufrieden zu sein.

»Sei froh, dass du nicht hier warst, es herrscht nämlich dicke Luft …« Stöhnend massierte Alfred sich die Schläfen mit den Handballen. »So ein Scheißmedikament, es hilft überhaupt nicht. Wer weiß, was die da zusammengepanscht haben.«

Nora erschrak. Wenn Alfred sich nach zwei von den neuen Wundertabletten immer noch krank fühlte, war er es tatsächlich. Normalerweise behauptete er nämlich von sich selbst, durch die kriegsbedingten Entbehrungen zäh wie Leder, hart wie Kruppstahl und flink wie ein Windhund zu sein.

»Tut mir leid, wenn es dir nicht gut geht«, sagte sie mitfühlend, schaltete das Radio wieder aus und kramte die Zigarettenschachtel aus dem Stoffbeutel. »Vielleicht kann ich dich damit ein wenig aufheitern.«

Alfred riss die Augen auf und fixierte ungläubig die heißbegehrten Glimmstängel, als hätte sie einen Zaubertrick vollführt.

Nora konnte sehen, wie die dunkelbraunen Augen ihres Bruders vor Begierde förmlich aufleuchteten, als er zögernd, beinahe andächtig nach der Schachtel griff.

»Nur zu, nimm sie ruhig, sind alle für dich.«

Alfred hielt das kleine Päckchen in der Hand und betrachtete es versonnen. Einen Moment lang sah es so aus, als wollte er es streicheln.

»Woher hast du die?«, fragte er und klang mit einem Mal richtig freundlich. »Die sind ein Vermögen wert. Was musstest du dafür tun? Oder sind sie geklaut?«

»Geklaut? Du spinnst wohl. Ich habe sie geschenkt bekommen«, antwortete sie vage. »Und nun erzähl, wieso war hier dicke Luft?«

Alfred öffnete die Zigarettenpackung, klopfte aus der weichen Verpackung einen Glimmstängel heraus und zündete ihn an. Gierig nahm er einen Zug, inhalierte so stark, dass er seine Backen einsaugte, und blies anschließend eine mächtige Rauchwolke in die Wohnküche, bevor er Nora die gewünschte Antwort gab.

»Gollnik war hier.«

»Dieser widerliche Händeküsser!« Nora spie die Worte in den Raum. Sie hasste Vaters langjährigen Bankier und Freund, der Mutti stets vollkommen übertrieben mit einem Handkuss begrüßte.

»Genau der.« Alfred zog noch einmal inbrünstig an der Zigarette, die feuerrot aufglühte.

Nora musterte ihren Bruder gespannt. »Und was wollte er? An Silvester hat man ja wohl nichts Geschäftliches zu besprechen.« Gollnik war höchst erfolgreich im Bankgeschäft tätig und stammte obendrein aus einer wohlhabenden Holzhändlerfamilie. Er gehörte zu der Sorte Mensch, die mit einem goldenen Löffel im Mund auf die Welt gekommen waren, nie Not gelitten hatten und glaubten, mit Geld alles kaufen zu können. Früher hatte er ihr regelmäßig Schokolade mitgebracht, die Wangen gestreichelt und gesagt, sie solle lächeln, dann wäre sie noch schöner. Nicht ein einziges Mal hatte sie die Mundwinkel gehoben, und die Schokolade hatte sie an ihre Mitschülerinnen verschenkt, damit ihr Vater nicht merkte, wie sehr ein Geschenk von Gollnik sie ekelte.

»Er war nur eine knappe Stunde hier, es ging um die Apotheke und den Kauf des Hauses«, erklärte Alfred.

»Laufen die Geschäfte so schlecht, dass wir verkaufen müssen?«, fragte Nora verwundert. Es gab keinen einzigen Tag im Jahr, an dem die Kasse nicht klingelte. Und solange das der Fall war, würden sie wohl kaum pleitegehen, beruhigte sie sich. Sollte trotzdem alles den Bach runtergehen und Vater die Apotheke verlieren, würde sie als ausgebildete Apothekenhelferin sicher woanders Arbeit finden.

»Nein, wir müssen nicht verkaufen, es handelt sich um die Übernahme von vor dem Krieg. Papa hat das Haus mit der Apotheke doch im Jahr 1933 gekauft«, erklärte Alfred.

»Was ist daran verkehrt?« Nora erinnerte sich nur dunkel daran. Sie war gerade mal fünf Jahre alt gewesen, wusste aber noch, dass die Apotheke und das alte Haus der Familie Mandelbaum gehört hatten. Vater war damals Angestellter beim Apotheker Mandelbaum gewesen. Eines Tages hieß es, die Familie wolle auswandern, und Herr Mandelbaum hatte die Apotheke an ihren Vater verkauft.

Alfred stand auf, schob den Küchenstuhl lautstark zurück und schlurfte in seinen karierten Pantoffeln zum Küchenbüfett. »Die Militärregierung hat im vergangenen November doch dieses Gesetz erlassen, nach dem jede Firma, jedes Geschäft und der Besitzerwechsel großer Immobilien, die während des Dritten Reichs von Juden auf Deutsche überschrieben wurden, genau durchleuchtet werden müssen. Soweit ich es kapiert habe, geht es um Wiedergutmachung, Reparationszahlungen heißt das, und bei der Übernahme unserer Apotheke ging es wohl nicht ganz koscher zu. Es fiel auch das Wort ›Persilschein‹, falls dir das etwas sagt.«

»Natürlich kenne ich das Wort«, sagte Nora. In der Apotheke

war den ganzen Sommer lang über den Nürnberger Prozess um Friedrich Flick und seine Verurteilung kurz vor Weihnachten getratscht worden. Auch aus den Nachrichten im Radio und in den Zeitungen erfuhr man, wie nach Hitlers Machtergreifung jüdische Geschäftsleute zu Zwangsverkäufen genötigt und durch die massenhaften Arisierungen übervorteilt worden waren. »Du meinst, unser Vater hat sich Mandelbaums Geschäft einfach unter den Nagel gerissen, und Gollnik hat seine schmutzigen Finger auch mit drin?« Nora schauderte innerlich. Wenn das der Wahrheit entsprach, waren Gollnik und ihr Vater hinterhältige Gauner, die sich am Unglück einer jüdischen Familie bereichert hatten.

Alfred öffnete die verglaste Tür im oberen Teil des Büfetts, griff nach einem Stofffetzen und einem braunen Fläschchen. »Leider fehlt mir ein großer Teil der Unterhaltung, ich wurde nämlich in den Keller geschickt, um Briketts zum Nachlegen zu besorgen. Wenn Gollnik im Hause ist, spendiert Vater sogar kostbares Heizmaterial. Ich konnte aber noch hören, dass Gollnik versicherte, er hätte gegenüber den Alliierten bezeugt, Vater sei nur ein Mitläufer gewesen. Und er hat ihm damals wohl Geld geliehen, damit er sich die Apotheke kaufen konnte, und nach dem Krieg noch mal ein kleines Vermögen für einen Persilschein. Hier, Aceton ...« Alfred stellte das Fläschchen mitsamt dem Lappen auf den Küchentisch und setzte sich wieder. »Damit kriegst du deine Finger wieder sauber. So kannst du Vater jedenfalls nicht unter die Augen treten.«

»Ich weiß«, seufzte Nora enttäuscht. Sie hatte die rot lackierten Nägel ins neue Jahr mitnehmen wollen, als Erinnerung an diese wundervolle Aschenputtel-Nacht. Aber ihren Vater zu reizen wäre unklug. Folgsam tränkte sie den Lappen mit dem stark riechenden Lösungsmittel und begann zu reiben. »Mutti benutzt doch keinen Nagellack, wieso hat sie Aceton im Küchenschrank?«, wunderte sie sich.

»Gegen Schimmel«, erklärte Alfred. »Sobald sie irgendwo auch nur einen winzigen Fleck entdeckt, schrubbt sie ihn damit weg. Aber jetzt beeil dich mit den Nägeln und wasch die Wimperntusche ab, sonst erwischt dich Vater am Ende noch mit dieser Faschingsbemalung.«

»Ich mach ja schon«, versprach Nora, und während sie emsig weiterschrubbte, schwärmte sie von dem aufregendsten Abend ihres ganzen Lebens und von William.

»Hast du dich etwa in einen Besatzer verliebt? Ja, bist du denn von allen guten Geistern verlassen?«, echauffierte sich Alfred und zündete sich vor Empörung gleich die nächste Zigarette an.

»Du rauchst gerade seine Zigaretten«, gab Nora selbstbewusst zurück, »also komm wieder runter von deinem moralischen Ross.«

Alfred zog die Stirn kraus, starrte den Glimmstängel an und schnappte nach Luft. »Daher also diese Kostbarkeit. Ich kann dir nur raten, das vor Vater geheim zu halten. Du kennst seine Meinung zu diesem Thema.«

Nora ging nicht weiter auf seinen brüderlichen Rat ein. »Wie fändest du es, wenn ich noch mehr Zigaretten besorge?«, fragte sie stattdessen.

Alfred kniff die Augen zusammen. »Willst du etwa für ein paar Glimmstängel was mit diesem Ami anfangen? Du weißt schon …«

Nora wusste genau, was ihr Bruder andeuten wollte, und fragte provokant: »Du glaubst also, ich wäre bereit, mich für ein paar Zigaretten zu verkaufen. Und wenn, würdest du die sündigen Glimmstängel dann nicht annehmen?«

Alfred verschränkte die Arme vor der Brust, verzog die schmalen Lippen und brummelte undeutlich etwas in sich hinein.

Nora grinste siegessicher. Sie kannte ihren Bruder gut genug; er war gierig nach Zigaretten, und es kümmerte ihn nicht die Bohne, woher sie kamen.

»Du musst mir helfen, am Freitagabend nach Ladenschluss wegzukommen, damit ich William treffen kann.«

»William?«

»Meinen *Ami*.«

»Okay, ich bin dabei.« Alfred lehnte sich lässig auf dem Küchenstuhl zurück und bewegte dazu den Unterkiefer wie die GIs, wenn sie Kaugummi kauten. »Was muss ich tun?«

Es wurde spät, ehe sie Alfred ihren Plan erläutert, über dem Spülbecken die restlichen Spuren der Silvesternacht entfernt und sich anschließend ein dünnes Tuch um das Haar gebunden hatte. Wenigstens die Locken würden bis zu ihrem nächsten Treffen mit William halten.

In ihrer eiskalten, winzigen Dachkammer schlüpfte sie eilig in das bodenlange Nachthemd, krabbelte zitternd unter das dicke Federbett und sank mit einem sehnsüchtigen Seufzer auf die schmale Matratze. Doch einschlafen konnte sie nicht, die Erinnerung an Williams Küsse jagte ihr einen Schauer über den Rücken. Die geflüsterte Wiederholung seiner zärtlichen Worte und die Hoffnung auf ein Wiedersehen hielten sie wach.

»Bei jedem Atemzug werde ich an dich denken«, hatte er zum Abschied gesagt, und sie glaubte seine Stimme noch ganz deutlich zu hören. Sie schloss die Augen und sah sich in seinen Armen über die Tanzfläche schweben. Im Jeep neben ihm sitzen, weder Kälte noch Schnee spüren und sich wünschen, die Zeit möge anhalten. Genauso hatte sie sich die Liebe vorgestellt. Wie eine höhere Gewalt, gegen die man sich nicht wehren konnte. Die einem das Gefühl gab, man würde schweben. Durch die das Leben plötzlich federleicht wurde. Sachte legte sie einen Finger auf den Mund, als könnte sie so seine Lippen spüren. »Bald, bald, sehr bald sehe ich dich wieder«, flüsterte sie in die Dunkelheit wie eine Beschwörung. Schließlich wurden ihre Worte träger, die Müdigkeit legte sich wie eine dichte Wolkendecke über ihren Körper und trug sie mit all ihren Hoffnungen in den Schlaf.

6

IN MÜNCHEN LAG Wolf Wagner auf einem Diwan in einem gut beheizten Boudoir. Und er war nicht allein.

Seine Arme umschlangen Marlene, eine betörend erotische Frau von siebenundzwanzig Jahren mit rotgoldenem Haar, dunkelblauen Augen und Kurven, bei deren Anblick Männer nicht nur Stilaugen bekamen. Eine irdische Göttin, die es verstand, seine Fantasien zu erfüllen. Allerdings war ihm heute nicht nach erotischen Spielchen zumute, was nicht an Marlene lag. Die Vorstellung, dass die Templins bald ihren Sohn in die Arme schließen konnten, steckte wie ein scharfes Messer in seinem Herzen und hatte ihm die Lust auf jegliche Ausschweifungen genommen. Seine großartigen Söhne lebten nur noch in seiner Erinnerung weiter, und er war ohne Erben, die sein Lebenswerk weiterführen konnten. Sein hochgeschätzter Neffe Luis war ein lieber Junge und würde sich bestimmt gut als Nachfolger machen, aber er war eben nicht sein leiblicher Sohn.

»Liegt es an Silvester oder an mir?« Marlene richtete sich auf, schüttelte ihre glänzenden Locken und beugte sich zu der Packung Lucky Strike, die neben dem Diwan auf einem zierlichen Servierwagen bereitlag. Daneben standen zwei Sektschalen aus Kristall und ein silberner Eiskühler mit einer Flasche französischem Champagner.

Wolf fühlte sich ertappt, er hatte ein schlechtes Gewissen. »Was meinst du?«, gab er dennoch den Unschuldigen.

»Nun, manche Menschen werden zum Jahresende schon mal melancholisch. Du warst jedenfalls mit deinen Gedanken nicht bei mir«, sagte sie ihm auf den Kopf zu. »Ich merke so etwas genau.« Sie steckte sich eine Zigarette zwischen ihre vollen Lippen und bot ihm die Packung an, während sie ihn eher neugierig als vorwurfsvoll musterte.

»Danke.« Er nahm die Packung und gab zuerst Marlene Feuer, ehe er sich selbst eine Zigarette ansteckte. »Verzeih, Liebes ... Ausgerechnet heute kam alles zusammen. Eigentlich bin ich nicht abergläubisch und gestehe Zufällen auch keine Bedeutung zu ...«

Marlene legte ihre qualmende Zigarette in den Aschenbecher, stand auf und griff nach einem seidenen, am Kragen mit Marabufedern besetzten Morgenmantel, der auf einem zierlichen Sessel lag. »Ich höre ein Aber ...« Sie schlüpfte in den Seidenmantel und schlang den Gürtel um ihre Wespentaille.

»Aber es gibt Tage, da komme ich ins Grübeln«, erklärte er, schob sich eines der Kissen in den Rücken und redete sich seinen Kummer von der Seele.

Marlene setzte sich zu ihm auf den Rand des Diwans und hörte zu.

»Es tut mir so leid, Wolf«, beteuerte sie, als er zum Ende gekommen war. »Wenn ich dir irgendwie helfen kann, scheue dich nicht ...«

»Allein mit dir zu reden hilft mir.« Er küsste sie sanft auf die Wange. »Danke, dass du heute Zeit für mich hattest.«

»Es war mir ein Vergnügen, und du weißt, ich bin äußerst diskret. Geheimnisse sind bei mir so sicher wie in einem Safe.«

Nachdenklich blies Wolf eine kleine Rauchwolke in Marlenes Schlafzimmer. Dieser Raum war das extremste Gegenstück zum Salon in seiner Villa, das er sich jemals hätte vorstellen können. Angefangen von der dunkelroten Bettwäsche, ein Geschenk, das der Schlesier organisiert hatte, über die verspielte weiße Möblierung mit den Goldverzierungen bis hin zum flauschigen Teppich und der gedämpften Beleuchtung. Diese extravagante Umgebung wirkte auf ihn wie eine kurze Erholungs-reise, während der sich seine Probleme zwar nicht auflösten, aber weitaus weniger dramatisch erschienen. Hier fühlte er sich auch nicht als der verheiratete Wolf Wagner aus der Möhlstraße mit zwei gefallenen Söhnen und einer Tochter, von der keine Nachricht kam. Hier war er schlicht ein tatkräftiger Mann mit großen Hoffnungen und kühnen Zukunftsplänen, der kein Risiko scheute und von Marlene die Bestätigung erfuhr, die ihn wieder aufbaute.

»Du kennst all meine Geheimnisse, auch meine Pläne für die Illustrierte.«

Marlenes Augen leuchteten auf. »Und ich kann es kaum erwarten, das erste Heft in den Händen zu halten.« Sie griff nach der Champagnerflasche im Eiskühler. »Darauf trinken wir jetzt ein Glas. Damit sich deine Träume schnellstens verwirklichen.« Geschickt lockerte sie den fest sitzenden Verschluss, entkorkte die Flasche mit einem wohlklingenden »Plopp«, füllte die Sekt-schalen und reichte ihm eine. »Wie weit sind deine Pläne denn schon gediehen?«

Sie stießen auf ein erfolgreiches Jahr an, und Wolf leerte sein Glas in einem Zug, bevor er antwortete.

»Im Prinzip könnte ich sofort loslegen, mir fehlen nur das Redaktionsgebäude, ein Papierlieferant und die Lizenz von den Besatzern. Alles Kinkerlitzchen«, endete er grinsend. Und ver-drängte, dass er bei der Militärregierung antichambriert hatte. Gewissermaßen auf Knien hatte er um die Gunst gebettelt, eine der begehrten Zeitungslizenzen zu erhalten.

»Du brauchst also ein passendes Gebäude?«

»Unter den Ruinen hätte ich freie Auswahl«. Er nahm einen tiefen Zug von der Zigarette. »Intakte Anwesen dagegen findet man so selten wie derzeit Läden mit vollen Auslagen. Und selbst bei den weitgehend unbeschädigten Häusern fehlen die Fenster-scheiben. Glaser müsste man sein …«

»Ja, die Alliierten haben ganze Arbeit geleistet«, stimmte Marlene ihm zu. »Noch Schampus?«

»Darauf leeren wir die Flasche«, entschied Wolf.

»Bevorzugst du ein bestimmtes Stadtviertel?«, fragte sie, während sie nachschenkte.

Wolf stutzte einen Moment, glaubte, sich verhört zu haben. »Deine Frage klingt, als lebten wir bereits in der Zukunft, in der München zur Gänze wiederaufgebaut ist. Ich kann nur hoffen, dass diese pessimistischen Stadtplaner nicht recht behalten. Nach deren Ansicht ist die Stadt aufgrund totaler Zerstörung verloren und kann nicht wiederaufgebaut werden. Es gibt sogar Vorschläge, München komplett an den Starnberger See zu verpflanzen.«

»An der Starnberger See?« Marlene lachte laut auf. »Was für eine Schnapsidee. Ich kann mir nicht vorstellen, dass es so weit kommt. Doch zurück zum Thema. Mit einem unzerstörten Gebäude kämst du ein großes Stück weiter, oder?«

Er nickte, tauchte den Finger in das gefüllte Glas und tupfte sich einige Tropfen hinters Ohr. »Mögen sie mir Glück bringen ...«

»Dann werde ich dich mit Hanno Gollnik bekannt machen.«

»Ein Freund?«

»Ein Stammgast und Besitzer einer Privatbank, der mir in finanziellen Angelegenheiten geholfen hat. Als Banker hat er mehr enge Kontakte zu Entscheidungsträgern als ich Haare auf dem Kopf. Vorher muss ich nur wissen, ob du flüssig bist. Entschuldige die direkte Frage.«

»Ich bitte dich, Geld war nie mein Problem«, entgegnete Wolf launig. »Und es ist mir ein Vergnügen, mit dir über meine Finanzen zu reden.« Obgleich er diese betörende Frau erst einige Monate kannte, wusste er sehr wohl, dass sie sich nicht damit begnügte, als Objekt der Begierde gutes Geld zu verdienen. Sie hatte ein Händchen für Geschäfte jeder Art.

»Dann will ich mal nachsehen, ob Hanno eingetroffen ist. Er wollte Silvester hier feiern.«

Wolf folgte Marlene durch den Personaleingang in die Bar, wo sie ihm mit einer Kopfbewegung signalisierte, dass Gollnik am Tresen saß. Mit einem Glas Sekt in der Hand schaute er dem auf der Bühne dargebotenen Federfächertanz zu. Ob er die Darbietung der blonden Stripteasetänzerin genoss, die bis auf eine Perlenkette in der Taille völlig hüllenlos war, ob sie ihn erregte oder abstieß, war Gollniks unbeweglicher Miene nicht anzusehen – für Wolf das Indiz eines beherrschten, vielleicht sogar kaltblütigen Mannes. Ganz offensichtlich konnte man ihn nicht aus der Ruhe bringen. Wollte man mit so jemandem Geschäfte machen, war höchste Vorsicht geboten.

Ein Tusch erklang, die nackte Tänzerin klappte den Fächer zusammen, verbeugte sich mit einem Lächeln und stöckelte auf hohen Absätzen davon.

»Ich habe Gollnik von deiner Suche nach einem unbeschädigten Gebäude erzählt«, flüsterte Marlene ihm zu, als sie sich Wolf wieder näherte. Während sie ihm Gollnik mit wenigen Worten vorstellte, ergriff Wolf die gepflegt wirkende Hand, die ihm der Mann mit immer noch unbewegtem Gesichtsausdruck entgegenstreckte.

»Freut mich sehr, Ihre Bekanntschaft zu machen«, sagte er höflich, wobei er Gollnik möglichst unauffällig von oben bis unten musterte. Er war um die fünfzig, hatte leicht ergrautes Haar, akkurat geschnitten und mit Pomade geglättet, einen maßgeschneiderten dunklen Anzug, ein blütenweißes Hemd, goldene Manschettenknöpfe, eine dunkle Krawatte mit silbernen Punkten und blank polierte Lackschuhe.

»Angenehm, Hanno Gollnik.«

Wolf nickte zustimmend, wobei er den Anblick des hochgewachsenen Mannes trotz der gepflegten Erscheinung nicht als

»angenehm« bezeichnen würde. Was hauptsächlich an der rötlichen Mensurnarbe lag, die sich quer über Gollniks rechte Wange zog. Ein »Schmiss«, den man sich in schlagenden Studentenverbindungen bei einem Duell mit Florett erwarb und der seinen Träger fortan als mutigen Mann mit festem Charakter auszeichnen sollte. Wolf erinnerte sich an seinen Kommilitonen Reginald, einen dünkelhaften Adelsspross, der Mitglied einer solchen Verbindung gewesen war und eine ähnliche Narbe mit Stolz getragen hatte. Reginald hatte ihm einmal hochtrabend erklärt, ein Schmiss sei das Erkennungszeichen der Akademiker, für Normalbürger die Eintrittskarte in höhere Gesellschaftsschichten, und nicht zuletzt übe er eine gesteigerte sexuelle Attraktivität auf Frauen aus. Ob Marlene beim Anblick von Gollnicks Verletzung romantische Gefühle verspürte, bezweifelte Wolf, sonst hätte sie ihm gegenüber nicht so sachlich über den Mann gesprochen. Aber wenn er tatsächlich so viele Kontakte hatte, wie sie meinte, wären Wolf auch drei Mensurnarben einerlei.

Marlene gab Charlie, dem Mixer hinter der Theke, ein Zeichen, dass die Getränke der beiden Herren aufs Haus gingen, und verabschiedete sich mit einem charmanten Lächeln.

Gollnik schaute ihr bewundernd nach. »Die aufregendste und schönste Frau der Stadt.«

Wolf meinte ein Seufzen herauszuhören und vermutete, dass Marlene ihn hatte abblitzen lassen.

»Das unterschreibe ich blind«, stimmte Wolf ihm zu, griff nach dem Sektglas, das der Mixer vor ihm auf den Tresen gestellt hatte, und hob es an: »Auf Marlene!«

»Auf Marlene!«, echote Gollnik, trank einen Schluck und wandte sich danach an Wolf. »Sie sind Stammgast im Flamingo?«

»Ein enger Freund des Hauses«, antwortete Wolf, um von Anfang an die Fronten abzustecken.

Er hatte Marlene im vergangenen Sommer bereits als Inhaberin des Etablissements kennengelernt und war ihr auf den ersten Blick verfallen. Wenig erfolgreich hatte er anfangs versucht, ihre Gunst zu gewinnen, aber schnell war ihm klar geworden, dass diese ungewöhnliche Frau ihre Zuneigung nicht jedem schenkte. Als er bei seinem ersten Besuch nach einem besonderen Drink fragte, hatte sie schmunzelnd geantwortet: »Cognac mit Sekt, das Lieblingsgetränk von Hans Albers.«

Kino war Marlenes große Leidenschaft, und sie schwärmte für den blonden Hans mit den stahlblauen Augen, seit der Kinostar einmal an ihrer Bar Cognac mit Sekt getrunken hatte. Endgültig gewonnen hatte Wolf sie mit Premierenkarten für den Streifen *Zwischen gestern und morgen,* die Neffe Luis organisiert hatte. Nach der Uraufführung im Luitpold-Theater hatte sie ihn zum ersten Mal in ihr privates Reich mitgenommen und sich nach allen Regeln der Kurtisanenkunst, wie sie es nannte, bedankt.

»Dann sind Sie wohl bestens über die beeindruckende Karriere der Flamingo-Chefin im Bilde«, bemerkte Gollnik im Plauderton.

»Sie hat mir erzählt, dass sie als Barfrau angefangen hatte, sich bewusst war, dass Schönheit nicht ewig währt, sie in ein paar Jahren gegen weitaus Jüngere konkurrieren müsste und von da an nur noch ein Ziel hatte …«

»Besitzerin der Flamingo-Bar zu werden«, fiel Gollnik ihm mit hörbarem Stolz ins Wort, als hätte er Anteil daran gehabt. »Mit Fleiß und auch einer Portion Raffinesse hat sie ein ordinäres Nachtlokal in den nobelsten Nachtclub am Münchner Stachus verwandelt.«

»Vorher war es wohl nur eine gewöhnliche Bar unter vielen, die sich mit Ankunft der Besatzer vermehrt haben wie Pilze im warmen Herbstregen.«

»Äußerst ungewöhnlich für eine Frau«, bestätigte Gollnik, zog ein silbernes Zigarettenetui aus der Innentasche seines Jacketts, klappte es mit geübter Geste auf und hielt es Wolf hin. »Darf ich Ihnen eine meiner Ägyptischen offerieren?«

»Gerne, die sind wirklich etwas Besonderes«, antwortete Wolf mit Kennermiene, obwohl er noch nie eine der flachgedrückten Zigaretten probiert hatte.

Nachdem er sich dankend bedient hatte, nahm Gollnik selbst eine aus dem Etui, verstaute es wieder in seinem Jackett und zog ein silbernes Feuerzeug aus der Hosentasche. »Ich habe Marlene im November 1945 kennengelernt«, fuhr er fort, während er Wolf Feuer gab, »als sie einsame GIs mit gekonntem Augenaufschlag zu sündhaft teurem französischem Champagner verführte und zusah, wie dralle Mädchen sich bei Striptease mit Publikumsbeteiligung von groben Bauernhänden BHs und Höschen ausziehen ließen. So wollte sie niemals enden. Und nun steht sie quasi in ihrer eigenen Goldgrube.«

Während Wolf den ersten Zug von der Ägyptischen tief inhalierte, fand er eine elegante Überleitung zum Thema Immobilien und damit hoffentlich auch zu seinem Anliegen.

»Nachtlokale sind allgemein gut besucht, die Menschen wollen sich einfach amüsieren, wieder lachen, den Krieg vergessen. Sie gieren nach Amüsement, nach Ablenkung, nach Unterhaltung. Genau das beabsichtige ich mit meiner Illustrierten – die Menschen von den täglichen Sorgen ein wenig abzulenken, sie zu unterhalten. Marlene hat Ihnen davon berichtet?«

Gollnik antwortete nicht, er zog selbstvergessen an seiner Zigarette und beobachtete beim Inhalieren die füllige schwarze Tänzerin, die sich auf der kleinen runden Bühne zu heißen Rhythmen bewegte. Um den Hals hatte sie einen riesigen Python geschlungen, als wär's ein Seidentuch.

»Ich plane, in erster Linie über Prominente, die sogenannte feine Gesellschaft und natürlich Filmstars zu berichten«, erklärte Wolf weiter, um Gollnik neugierig zu machen. »Kurze, knackige Artikel mit hübschen Fotos über das Leben der oberen Zehntausend: Liebe, Verlobung, Hochzeit, Scheidung oder Skandälchen. Die Menschen verzehren sich nach allem, was sie ablenkt, und das Kintopp steht ganz oben auf der Vergnügungsskala. Dort gelingt es ihnen, ihr eigenes Elend für wenigstens zwei Stunden zu vergessen. Und da sie möglichst viel über das Privatleben der geliebten Filmstars erfahren wollen, wie sie leben, lachen, lieben und sich streiten, garantiert das den Erfolg meiner Illustrierten.«

Gollnik drückte seine halb gerauchte Zigarette aus, nahm sein Glas und wandte sich Wolf zu. »Ein hochinteressantes Projekt, Marlene hat mir berichtet, und ich kann Ihnen dafür die passende Immobilie anbieten. Völlig unbeschädigt, bis auf ein paar Fensterscheiben. Aber das lässt sich bestimmt beheben.«

Wolf musste schlucken. Ungläubig starrte er Gollnik an. Da redete dieser Verbindungsbruder ewig lang um den heißen Brei oder auch um den kühlen Champagner herum, und nun schüttelte er ein Objekt aus der steif gebügelten Manschette. Als läge München nicht in Trümmern, und er, Wolf, könne sich problemlos ein Bürogebäude wünschen, um seinen Traum zu verwirklichen.

»Schauen Sie mich nicht so entsetzt an, als würde ich Ihnen etwas Unehrenhaftes vorschlagen«, sagte Gollnik sichtlich amüsiert.

»Ganz im Gegenteil. Ein intaktes Gebäude ist heutzutage ein wahres Wunder«, gestand Wolf ein und wagte, sich nach der Gegend zu erkundigen.

»Es liegt in der Schwabinger Königinstraße …«

»Ich werd verrückt, die Straße verläuft quer zum Englischen Garten, eine Traumgegend«, platzte Wolf vor Begeisterung heraus. »Das ist ja, als würde man eine Spielbank sprengen.«

Gollnik steckte sich eine frische Zigarette an. »Freut mich, Ihr Interesse geweckt zu haben.«

»Interesse?«, sagte Wolf euphorisch. »Sie sind gut. Ich suche seit Monaten nach einem passenden Gebäude und habe schon überlegt, selbst zu bauen. Bauland wäre für 'nen Appel und 'n Ei zu haben, nur das Baumaterial nicht. Und jetzt, einfach so, zwischen Federtanz und Schlange ...« Mitten im Satz drängte sich eine Frage in sein Bewusstsein, die das Ganze vielleicht doch noch scheitern lassen könnte. »Kauf oder Miete?«

»Es steht zum Verkauf. Aber ich bin nicht der Besitzer, sondern nur der Vermittler.«

»An einem Kauf wäre ich ernsthaft interessiert«, sagte Wolf erleichtert. In solchen Angelegenheiten pflegte er dem Rat seines Vaters zu folgen, der einmal gesagt hatte: Mieten werden gerne erhöht, das bedeutet nur mehr Kosten. Eigentum dagegen lässt sich wieder verkaufen und bedeutet Gewinne.

»Knappe einhunderttausend Reichsmark«, sagte Gollnik. »Es handelt sich um ein dreistöckiges Gebäude mit Hinterhof, wie erwähnt ohne nennenswerte Schäden.«

Eine Menge Geld, dachte Wolf, doch im Vergleich zu den Preisen für Einfamilienhäuser in begehrten Stadtvierteln war das Angebot eine Gelegenheit, bei der er zugreifen musste. Für den Moment gelang es ihm aber, seine Freude zu verbergen, als gewitzter Geschäftsmann hatte er seine Gefühle im Griff. »Der Preis scheint angemessen«, entgegnete er launig und versicherte Gollnik, die Summe problemlos aufbringen zu können.

»Ich würde empfehlen, das Anwesen über eine Hypothek zu finanzieren«, sagte Gollnik, wobei seine graugrünen Augen funkelten wie die des Schlesiers, wenn der ein besonders trickreiches Geschäft abschließen konnte.

Wolfs Instinkt schrillte. Hypotheken kamen für ihn nicht infrage. Auf die Art schleppte man nur Ballast mit sich herum.

»Verstehe, für Sie als Banker wäre es natürlich zu Ihrem Vorteil. Ich schlafe allerdings besser ohne Schulden.«

»Wer nicht«, stimmte Gollnik ihm überraschend zu. »Aber manchmal können sich Schulden auch zum Vorteil wandeln. Und mein Vorschlag beruht auf einer Information, über die ich zwar noch Stillschweigen bewahren muss, doch so viel sei verraten ...«

Vor der Bühne kam ein Trommelwirbel, als gälte er Gollniks Andeutung und nicht der Tänzerin, die gerade den Kopf der Schlange in den Mund nahm.

Wolf wandte den Blick ab; seinem Empfinden nach war das keine Erotik, sondern eher eine Quälerei, und zwar sowohl für die Frau als auch für das Reptil.

»Sie haben meine volle Aufmerksamkeit«, sagte er mit erhobener Stimme, um den Trommelwirbel zu übertönen.

Gollnik wartete ab, bis der Lärm verklungen und die Tänzerin samt Reptil verschwunden war. Dann begann er mit leiser Stimme von einer bevorstehenden Währungsreform zu sprechen. »Darüber wird seit dem Sommer unter der Leitung von Wirtschaftsminister Ludwig Erhard verhandelt. Detaillierte Einzelheiten kann ich noch nicht preisgeben. Aber wenn Sie meinen Worten vertrauen wollen, wird es Ihr Schaden nicht sein.«

Wolf dachte einen Moment lang nach, und da sein Magen nicht rebellierte, wie er es bei riskanten Abschlüssen gewöhnlich tat, streckte er Gollnik die Hand entgegen. Ein kurzer fester Händedruck, und er kam seinem Ziel, König der Illustrierten zu werden, wieder ein Stück näher. Vorausgesetzt, Gollnik versprach ihm nicht zu viel.

7

SCHOKOLADENTAGE, DAS WAREN für Nora die Tage, an denen sie sich mit William in seiner, wie er es nannte, »Unterkunft« traf. Tatsächlich handelte es sich um die obere Etage einer Villa im Westenviertel, unweit des Anwesens, in dem sie Silvester gefeiert hatten, und mit allem nur erdenklichen Prunk ausgestattet. William fand die Wohnung nicht übermäßig pompös, seine Eltern seien weitaus nobler eingerichtet, doch für Nora waren die schweren Eichenmöbel, die dicken Perserteppiche, der glitzernde Kristalllüster über dem riesigen Esstisch und ganz besonders das hellblau gekachelte Badezimmer der Inbegriff des Luxus. Wenn sie sich auf dem graublauen Plüschsofa vor dem Marmorkamin in seine Arme schmiegte, von ihm mit köstlicher Hershey-Schokolade gefüttert wurde und dabei zusah, wie er Rauchwolken in den Raum blies, war das Leben süß wie die Schokolade.

Mit halb geschlossenen Lidern ließ sie ein Stückchen im Mund zergehen und genoss das cremig-schmelzende Aroma. Ab und zu blinzelte sie in das flackernde Kaminfeuer, dessen rotgelbe Flammen sich um die Holzscheite schlängelten und sie langsam verzehrten. Welch eine köstliche Verschwendung, einen Raum so aufzuheizen, als herrschten draußen keine frühlingshaften sieben Grad über null, sondern sibirische Minusgrade. Zu Hause wurde noch immer mit Feuerholz gespart und wenn, dann nur abends das Wohnzimmer noch etwas beheizt.

Aber an Schokoladentagen verdrängte sie das kalte Zuhause ebenso wie das unerfreuliche Gespräch mit ihrem Vater, das sie wenige Tage nach Neujahr mit ihm geführt hatte. Sie hatte ihm vorgeschwindelt, durch Hedis Vermittlung an den Sonntagen für sechs Stunden im Offizierscasino als Küchenhilfe arbeiten zu können.

Seine Stimme klang ihr noch immer im Ohr …

»Meine Tochter hat es nicht nötig, den Dreck der Besatzer wegzuräumen«, schnauzte er sie an. »Ich verbiete dir solche Sperenzchen.«

»Und wenn ich vom Verdienst etwas abgebe? Für Lebensmittel«, schlug sie impulsiv vor, ohne zu wissen, wie sie zu Extrageld kommen sollte.

Einen Augenblick lang sah er sie überrascht an, als gefiele ihm die Aussicht, endlich mal wieder satt zu werden. Doch dann schüttelte er den Kopf und sagte: »Ich nehme doch kein Bestechungsgeld von den Besatzern. Noch kann ich meine Familie alleine ernähren.«

Alfred, der sie im Austausch für ein paar Zigaretten zu dem Bittgang bei ihrem Vater begleitete, sagte: »Ich finde, es ist eine Arbeit wie jede andere auch. Warum soll Nora sich nicht etwas dazuverdienen?«

»Aber warum ausgerechnet bei den Besatzern?«, brummelte der Vater unnachgiebig.

Verzweifelt suchte sie nach einem neuen, überzeugenderen Argument, als ihr einfiel, dass sie von ihrem Verdienst als Apothekenhelferin regelmäßig etwas für ihre Aussteuer weglegen musste.

»Erlaubst du es mir, wenn ich verspreche, den Nebenverdienst für meine Aussteuer zurückzulegen?«

»Aussteuer? Hmm …«, murmelte er und gab nach einer ewig langen Pause schließlich seine Einwilligung.

Sparsamkeit befürwortete ihr Vater grundsätzlich. Sie meinte sogar, ihn lächeln zu sehen. Ob er hoffte, sie würde bald heiraten und das Haus verlassen? Zum Glück hatte sie den angeblichen Verdienst noch nicht vorzeigen müssen, als Beweis sozusagen. Denn dann wäre sie aufgeflogen und würde William bestimmt nicht wiedersehen dürfen …

Aber an Schokoladentagen entlockte ihr die Erinnerung an diese Unterredung nur ein Lächeln. Es kümmerte sie auch nicht, dass ihre Mutter morgens im Mantel in der kalten Küche stand, um aus gerösteten Eicheln einen Ersatzkaffee zu kochen, in den sie dann trockenes Brot zum Frühstück eintunkten. Oder dass sie den Kartoffeltopf nach kurzem Aufkochen in eine Decke packte und zum Garen ein Federbett darüberbreitete, um die kostbaren Kohlen zu sparen. In Williams Armen war all dies weit entfernt. Da war sie einfach nur wunschlos glücklich.

»Erzähl mir von Amerika«, bat Nora wie schon so oft. Sie war so neugierig auf das Land, seine Kultur und auch auf die Menschen und fragte sich, ob sie anders waren als Deutsche. »Wie ist das zum Beispiel bei der Begrüßung, reicht man sich die Hände? Was sagt man zu einer Frau und was zu einem Mann?«

William schob ihr das nächste Stück Schokolade in den Mund. »Man sagt ›Hello‹, zu guten Freunden einfach nur ›Hi‹ oder ›Nice to meet you‹, wenn man jemanden sympathisch findet.«

»Nice to meet you«, wiederholte Nora laut, um es sich einzuprägen.

»Deine Aussprache ist ziemlich perfekt«, lobte William. »Weißt du, was ich dachte, als ich dich an Silvester zum ersten Mal gesehen habe?«

»Nein, verrate es mir.«

»Ich dachte, dass ich dich unbedingt näher kennenlernen möchte. Dass ich alles über dich erfahren möchte. Dass ich noch niemals eine Frau gesehen habe, die so anmutig, so bezaubernd ist. In diesem blauen Kleid mit den silbernen Blumen … und wie dein Haar auf die Schultern fiel … Das werde ich niemals vergessen.«

Nora schmiegte sich in seine Arme, und obwohl es nicht seine erste Liebeserklärung war, fragte sie: »Wirklich?« Seine Geständnisse waren einfach so romantisch, und sie trugen sie durch die Woche wie eine schützende Blase, in der ihr nichts geschehen konnte.

»Großes Ehrenwort auf die amerikanische Flagge.« Er legte die rechte Hand auf seine Brust. »Und ich dachte, dass du genau die Frau bist, in die ich mich verlieben könnte … oder nein, verlieben möchte. Ja, genau das waren meine Gedanken.« Er küsste sie sanft und flüsterte: »Ich liebe dich, Nora.«

»Ich liebe dich auch, William.«

Nora war so glücklich wie noch nie in ihrem Leben. Nicht einmal, als das Ende des Krieges verkündet worden war, obwohl sie bisher gemeint hatte, das sei der glücklichste Tag in ihrem Leben gewesen. Damals hatte sie die ganze Welt umarmen wollen. Heute wollte sie nur William umarmen, in jeder Sekunde. In seinen Armen erschien ihr das Leben so leicht, als gäbe es keine Not und keine Sorgen. Doch ganz tief in ihrem Innersten meldete sich plötzlich wieder diese Stimme, die ihr zuflüsterte, dass ihr Glück vielleicht nur von kurzer Dauer wäre. Dass sie nicht von einer Zukunft träumen sollte, die es für sie womöglich nicht geben würde. Dass eine junge Liebe wachsen musste, bis sie unerschütterlich war. Doch auf die mahnende Stimme wollte sie heute nicht hören, wollte trotzig wie ein Kind Unmöglichkeiten erträumen.

»Alles in Ordnung, mein Liebling?« William klang besorgt, als spürte er ihre Verunsicherung.

»In bester Ordnung«, beteuerte sie eilig und wechselte das Thema. »Wie ist das Wetter in deiner Heimat? Gibt es dort Schnee? Feiert deine Familie Weihnachten?«

»Wir Juden feiern Chanukka mit der Familie, das ist ähnlich wie euer Heiligabend, wir treffen uns mit Freunden zu fröhlichen Festen, bei denen gegessen, gelacht und auch gesungen wird. Die Kinder bekommen Geschenke und Süßigkeiten, wie bei euch an Weihnachten. Ein traditionelles Chanukka-Gericht ist Latkes, das sind Kartoffelpuffer. Meine Familie lebt in New Haven, das habe ich dir ja schon erzählt. Das Klima dort ist ähnlich wie hier, Winter mit eisigen Tagen und Schneetreiben, im Frühling werden die Bäume grün, im Sommer wächst Korn auf den Feldern, und im Herbst feiern wir Halloween.«

»Halloween? Davon habe ich noch nie gehört. Ist das so ähnlich wie unser Kirchweih, mit gebratenen Gänsen und Ausgezogenen?«, fragte Nora, obwohl sie sich kaum noch an Gänsebraten und die süßen, in Fett ausgebackenen Hefeküchle erinnern konnte. Es musste wohl 1935 gewesen sein, da war sie sieben Jahre alt gewesen, als ihre Mutter zuletzt eine Gans gebraten hatte.

»Halloween ist die Nacht, in der die Verstorbenen zurückkehren. Es wird am letzten Tag im Oktober gefeiert«, erklärte William. »Soweit ich weiß, hat das Fest katholische Wurzeln und wurde von den irischen Einwanderern in die USA gebracht. Wir stellen ausgehöhlte Kürbisse mit Kerzen darin an die Haustür oder in den Garten, um den herumirrenden Geistern den Weg zu leuchten.«

Nora lief ein Schauer über den Rücken. »Wie unheimlich.«

»Es ist nicht unheimlich.« William drückte sie an sich. »Eher ein ausgelassener Abend für Kinder, die in lustigen Verkleidungen allein oder mit ihren Eltern von Haus zu Haus gehen und Süßigkeiten erbetteln.«

»Das würde ich mit meinen Kindern auch machen«, sagte Nora und fügte eilig hinzu: »Wenn es das Fest hierzulande gäbe.« William sollte nicht denken, sie wolle ihn zu irgendetwas drängen. Aber insgeheim stellte sie sich vor, seine Frau zu sein. Sie hätten zwei oder drei Kinder, mit denen sie verkleidet durch die Nachtbarschaft zögen. Wie wundervoll wäre es, wenn diese Vorstellung Wirklichkeit würde. Sie seufzte. Nein, ihr Wunschtraum würde sich nicht verwirklichen, William würde irgendwann abkommandiert werden, und je eher sie sich mit diesem Gedanken anfreundete, umso weniger würde sie leiden, wenn der Tag käme.

Nach Schokoladensonntagen begann für Nora die Arbeitswoche in der Apotheke mit süßen Erinnerungen an Williams Küsse, seine Umarmungen und den Geschmack von köstlicher Schokolade auf der Zunge. Eingehüllt in eine Glückswolke, konnte an Montagen passieren, was wollte, nichts brachte sie aus der Ruhe. Sie war auch zu den ungeduldigsten Kunden freundlich, schreiende Kinder vermochte sie mit wenigen Worten zu beruhigen, und das langweilige Sortieren der Medikamente, das ihr Vater ihr gerne an Montagen auftrug, erledigte sie lächelnd.

Dieser Montagvormittag begann im Schneckentempo. Gerade mal ein Kunde verlangte Tabletten gegen Zahnschmerzen. Alfred war in der Giftküche mit der Zubereitung bestellter Rezepturen beschäftigt. Sie begann freiwillig, die Auslage zu reinigen und nach Anleitung ihres Vaters neu zu dekorieren. Kurz vor der Mittagspause war die Arbeit erledigt.

Ihr Vater blickte auf die Armbanduhr: »In zwei Minuten kannst du abschließen, aber keine Sekunde früher«, sagte er und ging nach oben, wo die Mutter die montägliche Nudelsuppe auf den Tisch bringen würde.

Nora befreite mit einem Staublappen noch die Ladentheke von eventuellen Fusseln, als sich die Ladentür öffnete und Gollnik eintrat.

Vorbei war es mit dem Gefühl, auf Wolken zu gehen.

Egal, ob der verhasste Händeküsser ein Medikament benötigte oder ihren Vater sprechen wollte: Auch nur für wenige Sekunden allein mit ihm in einem Raum zu sein war für sie unerträglich. Seine Gegenwart verlangte ihr äußerste Anstrengung ab, um ihre Abscheu zu verbergen. Mühsam rang sie sich ein höfliches »Guten Tag« ab.

»Fräulein Nora, welch eine Freude an so einem trüben Tag«, säuselte er honigsüß, und sie sah, wie seine Augen aufblitzten.

Sie verkniff sich die Bemerkung, dass die Sonne schien; von trüb konnte also kaum die Rede sein.

»Was darf es sein?«, entgegnete sie in geschäftsmäßigem Tonfall, aus dem er hoffentlich entnahm, dass sie nicht zum Plaudern aufgelegt war. Und da es ihr als Apothekenhelferin nicht erlaubt war, Medikamente auszugeben, fügte sie hinzu: »Soll ich meinen Vater rufen?«

»Bitte nicht, liebes Fräulein Nora, ich werde mir doch nicht das Vergnügen entgehen lassen, von Ihnen *bedient* zu werden. Übrigens sehen Sie heute besonders reizend aus.« Er musterte sie geradezu unverschämt lange.

Nora spürte, wie sie rot anlief. Aber nicht vor Verlegenheit, es war die Wut, die ihr mit einem Blutschwall ins Gesicht schoss. Die Wut über die Art, wie er das Wort »bedient« betont hatte, als erwartete er einen Kniefall oder Knicks.

»Tut mir leid, wir schließen gleich«, sagte sie nun bewusst abweisend. »Der Vater möchte, dass die Geschäftszeiten akkurat eingehalten werden.«

Gollnik grinste genüsslich, als durchschaute er ihre Absicht. Dann öffnete er die Knöpfe seines schwarzen Mantels mit dem feinen Pelzkragen, fischte eine goldene Taschenuhr aus seiner Westentasche und warf einen kurzen Blick darauf: »Oh, schon eine Minute darüber. Bitte, schließen Sie ruhig ab.«

Nora rührte sich nicht, blieb hinter dem Ladentisch stehen und musterte Gollnik abschätzend. Er sollte ruhig merken, was sie von ihm hielt. Nämlich gar nichts, auch nicht als Kunde, der die Taschen voller Geld hatte. Normalerweise freute sie sich über diese Klientel, die teures Rasierwasser oder ähnlich kostspielige Pflegeprodukte erwarb und die Kasse klingeln ließ. Warum auch immer Gollnik hier war, es interessierte sie nicht. Sie wollte ihn nur so schnell wie möglich loswerden.

»Solange noch Kunden im Laden sind, darf die Tür nicht verschlossen werden, Vater erlaubt es nicht«, behauptete sie.

»Schade, sehr schade«, säuselte er.

Nora verlor die Geduld. »Dann gehe ich davon aus, dass Sie nichts aus der Apotheke benötigen, sondern meinen Vater sprechen möchten ...« Demonstrativ griff sie wieder nach dem Staublappen, als könnte sie ihn damit wegwischen wie lästigen Schmutz.

Gollnik beugte sich leicht nach vorne über den Ladentisch und griff nach ihrer Hand mit dem Lappen. »Nein, nein, bitte, bleiben Sie ...«

Erschrocken zuckte sie zurück, konnte sich losreißen.

»Verzeihen Sie, liebe Nora, ich wollte Sie nicht erschrecken, ganz im Gegenteil ... Ich wollte Sie ...«

»Nora, wo bleibst du denn?«

Es war Alfreds Stimme, die aus dem Hintergrund ertönte. Einen Augenblick später tauchte ihr Bruder am Hintereingang auf. Noch nie war sie so froh gewesen, ihren muffeligen Bruder zu sehen.

»Was ist denn los? Ah, Herr Gollnik. Alles in Ordnung, kann Nora das Gewünschte mal wieder nicht finden?«

Nora überging die Unverschämtheit ihres Bruders über ihre angebliche Unfähigkeit. Er hatte sie gerettet, dafür steckte sie die Beleidigung gerne weg.

»Ich wollte etwas gegen leichtes Kopfweh«, behauptete Gollnik plötzlich. »Und Fräulein Nora erklärte mir soeben, dass sie keine Medikamente ausgeben darf.«

»Stimmt.« Alfred nickte und sagte dann freundlich: »Aber ich werde Sie bedienen«, und zog ein Röhrchen Thomapyrin aus einer der Schubladen.

Nora nutzte die Gelegenheit, um grußlos zu verschwinden. Dieser selbstherrliche Widerling verdiente kein »Auf Wiedersehen«.

8

NORA HATTE LANGE überlegt, ob Gollnik an jenem Montag tatsächlich Medikamente hatte kaufen wollen oder nur zufällig an der Apotheke vorbeigekommen war, sie allein im Verkaufsraum gesehen hatte und deshalb eingetreten war. Seinen Blicken und den beinahe anzüglichen Bemerkungen nach zu urteilen, tippte sie auf letztere Möglichkeit. Was auch immer er sich von derartigen »Überfällen« versprach, sie würde nie auch nur ein freundliches Wort für ihn übrighaben. Seither achtete sie darauf, sich seltener im Verkaufsraum aufzuhalten, und fragte ihren Vater oder Alfred, ob Kräutertees abzufüllen waren. Oder sie erledigte Sortier- und Putzarbeiten in den rückwärtigen Regalen, wo sie trödeln, von William träumen und sich auf die Treffen freuen konnte.

Sonntag war ihr Sehnsuchtstag. Und je weiter die Woche voranschritt, umso ungeduldiger fieberte Nora ihm entgegen. Die Eltern hatten sich daran gewöhnt, dass sie sich am Nachmittag auf den Weg ins »Offizierscasino« begab, und ihr Vater ermahnte sie jedes Mal, um zehn Uhr, bevor das Tor abgesperrt wurde, zurück zu sein. Als wäre sie fünfzehn und besäße keinen Haustürschlüssel. Alfred begleitete sie meist noch zur Tür, um sie flüsternd an den Lohn für sein Schweigen zu erinnern. Den bekam er auch, aber nur jeweils drei Stück aus der Packung. William schenkte ihr regelmäßig Zigaretten; einmal hatte sie ihm auf der Heimfahrt von der Schwindelei und Alfreds Forderung erzählt, ohne die es nicht möglich gewesen wäre, ihn wöchentlich zu treffen. Nachdenklich hatte er eine Weile geschwiegen und ihr dann augenzwinkernd eine Packung über-reicht. Zögernd hatte sie das Geschenk angenommen, und erst als William »Für Alfred« hinzugefügt hatte, hatte sie erleichtert gelacht. Wie dumm von ihr zu glauben, er wolle sie für das Zusammensein »bezahlen«.

»Welchen Wunsch darf ich meiner süßen Prinzessin aus den Trümmern jetzt noch erfüllen?« Zärtlich streichelte William ihr Gesicht und ließ seine Finger über ihren Hals zu den Brüsten wandern.

Nora reagierte unwillkürlich mit einem lustvollen Seufzer. Es war nicht ihr erstes Beisammensein, und nicht in ihren wil-desten Träumen hatte sie sich vorstellen können, dass sie Hedi einmal zustimmen würde. Was in Aufklärungsbüchern so unro-mantisch-trocken als Koitus beschrieben wurde, war aufregen-der, geradezu berauschender als jedes andere Gefühl. Beim ers-ten Mal hatte William ihr Zeit gelassen, bis sie bereit gewesen war, sich ihm hinzugeben. Sie war schüchtern gewesen, hatte verlangt, das Licht zu löschen, doch durch Williams zärtliches Erforschen ihres Körpers war ihre Furcht vor dem großen Schritt schließlich verflogen. Nie hatte sie es für möglich gehalten, dass sie vor Erregung zittern, schamlos aufschreien oder im Moment höchster Lust Williams Rücken zerkratzen würde. Nun war sie kein unschuldiges Mädchen mehr, sondern eine erwachsene Frau, die sich mit jedem Atemzug nach dem Mann sehnte, den sie so sehr liebte. Nach seinen Küssen, seinen Umarmungen und den leidenschaftlichen Zärtlichkeiten. Sie wünschte sich nichts mehr, als für immer mit ihm zusammen zu sein. In die Momente höchsten Glücks mischte sich aber immer wieder die Angst, dass niemand ungestraft glücklich sein durfte und das Schicksal eines Tages ein Opfer dafür verlangen würde. Deshalb hatte sie begonnen, jeden Abend vor dem Einschlafen ein kurzes Gebet in die Dunkelheit zu schicken, obwohl sie den Glauben an eine höhere Macht längst verloren hatte. Ein allmächtiges Wesen, das die Menschen angeblich so sehr liebte, wie der Pfarrer nicht müde wurde zu predigen, hätte doch niemals diesen abscheulichen Krieg zugelassen.

Nora schloss die Augen und überließ sich Williams wissenden Händen, die von ihrem Bauch zu ihrer Scham wanderten. Die sie mehr und mehr erregten, sie streichelten und liebkosten, bis sie stöhnend die Beine spreizte.

Sie konnte nicht genug bekommen von seiner ungestümen Leidenschaft, davon, seinen schneller werdenden Atem dicht an ihrem Ohr zu hören und sich ihm bis zur rasenden Erschöpfung hinzugeben. Sich in dieses Tal aus Ekstase, Lust und Verzückung fallen zu lassen, ihn keuchend und verschwitzt festzuhalten, zärtliche Worte zu flüstern und sich zu wünschen, die Zeit möge wenigstens eine Nacht lang anhalten und sie könne nur einmal mit ihm aufwachen. Doch das war unmöglich. Niemals hätte sie gewagt, nicht nach Hause zu gehen. Ihr Vater würde sie für den Rest ihres Lebens einsperren.

Nur jetzt nicht daran denken, rügte sie sich selbst, während sie erschöpft in seinen Armen lag, ihr Atem langsam ruhiger wurde und sie so unbeschreiblich glücklich war. Sie würde sich das Gefühl einprägen, um es für immer im Herzen zu tragen und niemals wieder zu vergessen.

»Eine Cola?«, flüsterte William etwas später.

»Hmm«, murmelte sie wohlig, obgleich sie ihn nur ungern freigab. Aber diesem süßen dunkelbraunen Getränk, das so herrlich erfrischend war, konnte sie kaum widerstehen. Es vertrieb nicht nur den Hunger, es schmeckte außerdem nach großer, weiter Welt, nach Abenteuer, und was immer auch geschah, es würde sie für alle Zeiten an die Schokoladentage mit William erinnern.

»Bin sofort zurück, mein Liebling«, versprach er, küsste sie zärtlich auf die Wange und drehte sich aus der Umarmung.

Versonnen blickte sie ihm nach. Ihre anfängliche Scheu, ihn nackt anzusehen, hatte sie längst abgelegt. Mittlerweile liebte sie es, seinen muskulösen Körper zu betrachten, und bewegte sich selbst auch hüllenlos vollkommen ungezwungen.

William kam mit einer brennenden Filterzigarette im Mundwinkel und einem runden Tablett zurück, das er auf einer Hand balancierte. Darauf standen zwei Flaschen Cola, Gläser, Aschenbecher und Zigaretten.

»Würdest du mit mir ein Schaumbad nehmen?« Eine rhetorische Frage, die zum Spiel zwischen ihnen geworden war, denn er wusste, wie sehr Nora heiße Bäder liebte.

»Habe ich dir schon von unserem Familienbadetag erzählt?«, meinte sie.

William stellte das Tablett auf dem Beistelltisch ab. »Ist das ein typisch deutscher Brauch?«

Nora musste lachen. Andererseits war die Vorstellung, dass ganz Deutschland am Samstag in die Badewanne stieg, gar nicht so abwegig.

»Könnte man so sagen. In den meisten Familien wird am letzten Wochentag gebadet. Bei uns reicht das Wasser im Boiler gerade mal, um eine Wanne zu füllen, aber allein mein Vater hat das Privileg, in sauberes Wasser zu steigen«, erklärte sie und verschwieg, wie sehr sie sich wegen der Seifenreste auf der lauwarmen Brühe ekelte, mit der sie sich als Letzte abfinden musste.

William hatte mit gerunzelter Stirn zugehört. »Vier Personen benutzen ein und dasselbe Badewasser – das ist ein Scherz, oder?«

Nora zog die Schultern hoch. »Heizmaterial ist nach wie vor sehr knapp, sogar auf dem Schwarzmarkt. Kohlen sind mehr wert als Gold und Silber. Mein Bruder hat für die wertvolle silberne Teekanne meiner verstorbenen Großeltern gerade mal einen halben Sack Eierkoks bekommen. Im letzten Winter, als es wochenlang bitterkalt war, wurden die restlichen Allee- und Parkbäume gefällt. Und, stell dir vor, die kleineren Kinos nehmen Briketts statt Eintritt! Aber bald ist Sommer, und niemand muss mehr frieren.«

William schenkte die Cola ein und reichte Nora ein Glas.

Begierig nahm sie einen großen Schluck, bevor sie scherzhaft fragte: »Ob die Besatzungsmacht auch das Wetter beeinflussen kann?« Wer in der beneidenswerten Lage war, täglich eine heiße Badewanne zu genießen und sich mit köstlich duftender Seife zu waschen, dem traute sie nahezu alles zu.

William schmunzelte. »Ich werde deinen Vorschlag weitergeben.«

Feuchtheiße Luft beschlug den sechseckigen Spiegel über dem Doppelwaschbecken, als wollte sie das erneute Liebesspiel des ineinander verschlungenen Paares in der Badewanne verbergen.

Später, als Nora sich ermattet gegen Williams Brust lehnte, flüsterte er heiser: »Wäre es nicht wunderschön, wenn wir für immer zusammen sein könnten?«

»Ich würde vor Glück zerspringen«, meinte Nora und pustete in eine Schaumwolke, die nach kurzem Schweben über den Wannenrand sanft auf der weißen Frotteematte landete. »Jeden Tag mit dir verbringen zu dürfen wäre der Liebeshimmel auf Erden. Vielleicht etwas kitschig gedacht, aber mir fällt keine geeignetere Bezeichnung ein für das, was ich fühle.«

»Oh, Nora, ich liebe dich so sehr, noch nie war ich so verrückt nach einer Frau. Ich liebe den Duft deiner Haut, wie du Schokolade genießt und dabei das Kaminfeuer beobachtest, wie dein nasses Haar sich kringelt und deine Wangen sich röten, wenn wir uns lieben.« William schlang die Arme um sie, zog sie eng an sich und sagte mit ernster Stimme: »Ich weiß, es wäre unmoralisch, aber ich wünschte, du könntest bei mir einziehen.«

Abrupt löste Nora sich aus seiner Umarmung, drehte sich zu ihm um und musterte ihn überrascht. Doch er sah nicht so aus, als wollte er scherzen.

88

»Das wäre einfach wundervoll!« Allein es sich nur auszumalen, bereitete ihr jubelndes Herzklopfen. »Und mit dir zu baden, bis uns Schwimmhäute wachsen …« Sie seufzte, weil sie wusste, wie utopisch ihr Wunsch war. »Aber sobald mein Vater rausfände, wo ich bin, und er würde es sehr schnell herausfinden, würde er dir die Polizei auf den Hals hetzen, wegen Entführung oder sonst einem Unsinn, und mich abführen lassen.«

William blickte sie bestürzt an. »Was für eine schreckliche Vorstellung.«

»Wir müssen uns einfach noch gedulden«, ergänzte Nora, darauf bedacht, fröhlich zu klingen, und lehnte sich wieder an seine Brust. »Nächstes Jahr im Januar werde ich einundzwanzig, dann bin ich offiziell erwachsen und kann tun und lassen, was ich möchte.« Den beängstigenden Gedanken daran, wie lange das noch dauerte und was in den vielen Wochen und Monaten alles geschehen konnte, verdrängte sie eilig.

»Das wäre eine Möglichkeit, aber vielleicht findet sich noch eine andere …«

»Also, in unserer Apotheke gibt es weder Tinkturen noch Tropfen oder Pulver, die zu schnellem Altern verhelfen würden.« Die absurde Vorstellung ließ sie auflachen. »Niemand will doch alt werden, nicht einmal in mageren Zeiten wie diesen, deshalb würde auch keiner solche Mittelchen kaufen.«

William stimmte in ihr Lachen ein. »Ich mag es, wenn du so albern bist. Ob das an den Substanzen in eurer Apotheke liegt, deren Staubwolken du doch sicher einatmest?«, neckte er sie.

»Ich würde liebend gerne in der Giftküche arbeiten. So nennt mein Bruder den abgeschlossenen Raum, wo Rezepturen angerührt werden. Aber mein Vater erlaubt mir höchstens, Hustentees abzuwiegen, bestellte Medikamente auszuliefern und abends den Laden durchzuwischen«, erklärte sie, und bei der Erinnerung an die ungeliebte Putzarbeit zerschlug sie unwillig die letzten kleinen Schaumberge. »Bei großem Kundenandrang darf ich auch die Kasse bedienen. Geld stinkt nicht, sagt man doch, hat also keinen Geruch, der meine Sinne vernebeln ...«

Sie brach ab. Das inzwischen abgekühlte Wasser mahnte sie, sich auf den Weg nach Hause zu machen. Die Leichtigkeit der letzten Stunde zerplatzte wie die Schaumbläschen auf dem Wasser.

»Was hast du?«, fragte William besorgt.

»Es ist spät geworden«, antwortete sie niedergeschlagen.

»Du musst los?«

Auch diese Frage war ein Ritual zwischen ihnen; er stellte sie jedes Mal, wohl in der Hoffnung auf ein Nein.

»Hmm ...« Nora räusperte sich heftig, um den dicken Kloß in ihrem Hals loszuwerden. Es lag an der zunehmenden Vertrautheit zwischen William und ihr, dem Gefühl, füreinander bestimmt zu sein, der Geborgenheit und gleichzeitigen Stärke, die sie in seiner Gegenwart spürte. In seinen Armen hatte sie die Kraft, gegen ihren Vater zu rebellieren – zumindest gedanklich. Doch sobald sie ihm gegenüberstand, wagte sie nicht, gegen seine Autorität aufzubegehren, der sie bis zur Volljährigkeit nicht entkommen würde. Bis zu diesem Tag würde es kein Happy End für William und sie geben.

»So nachdenklich?«

Williams Frage riss sie aus ihren trüben Betrachtungen. Als sie aufblickte, stand er bereits mit einem Badetuch um die Hüften vor der Wanne und hielt eines für sie bereit.

Träge erhob sie sich und nahm seine Hand, die er ihr reichte.

»Willst du mir nicht sagen, was dich beschäftigt?«, fragte William, während er sie fürsorglich abrubbelte.

Stirnrunzelnd sah Nora ihn an. Sie liebte ihn so sehr, und wenn sie in seine braungrünen Augen blickte, beruhigte sie sich ein wenig. War heute der richtige Zeitpunkt, ihm ihre Ängste einzugestehen?

»Ich spüre doch ganz deutlich, dass dich etwas beschäftigt.«

»Es ist alles in Ordnung, ich bin nur traurig, weil ich mich für heute von dir trennen muss«, schwindelte sie und lächelte ihn tapfer an.

Plötzlich kniete William sich hin, nahm ihre Hand und sagte: »Nora Längsfeld, ich liebe dich über alles, willst du meine Frau werden?«

Nora war so überrascht, dass sie ihn nur ungläubig anstarrte.

»Ich kann mir mein Leben nicht mehr ohne dich vorstellen und möchte jeden Tag mit dir verbringen. Bitte sag ja, damit wir uns nie wieder trennen müssen.«

Nora beschloss, ihm als Erstes den Grund ihrer melancholischen Stimmung zu verraten, als das schrille Läuten des Telefons im Flur ertönte. William war sofort auf den Beinen, aber nicht, um ans Telefon zu eilen, sondern um sie zu umarmen und innig zu küssen.

Nora hingegen empfand den durchdringenden Ton wie einen Stein, den das Schicksal ihr auf den Weg zum Glück legte. Wobei ihr Vater mehr als nur ein Stein war, er war wie ein gewaltiger Felsbrocken, denn er würde seine Tochter niemals einem der »Sieger« überlassen.

»Bitte, nimm zuerst das Telefon ab«, bat Nora. Sie wusste mittlerweile, dass er als Captain auch in seiner Freizeit jeden Anruf sofort zu beantworten hatte.

»Du hast recht, aber lauf bloß nicht weg, ich bin in einer Minute zurück.«

Nora huschte ins Wohnzimmer, wo sie ihre Kleider ausgezogen hatte. Auch wenn sie sich mittlerweile vor William relativ ungezwungen aus- und anzog, tat sie es lieber ohne ihn. Ihr Hemd und das Höschen aus praktischer hellrosa Baumwolle waren durch das Schrubben mit Kernseife ausgeleiert und verblasst und beim besten Willen nicht als Reizwäsche zu bezeichnen. Der rote Pullover wiederum, selbst gestrickt aus aufgeribbelter Wolle, war ihr hervorragend gelungen und durchaus vorzeigbar. Sie schlüpfte gerade in die praktische graue Stoffhose, die sie sich von Alfred für ihre angebliche Arbeit in der Küche ausborgte, als William ins Zimmer kam.

»Alles in Ordnung?«, fragte sie. Der Steilfalte zwischen seinen dichten Augenbrauen nach zu urteilen war das Gespräch eher unerfreulich gewesen.

Er schritt auf sie zu, nahm ihre Hände in seine und blickte sie ernst an. »Zwischen uns ist alles in Ordnung, meine süße Nora. Ich liebe dich unendlich, und wenn du mir dein Jawort gibst, werden wir Mann und Frau. Nur leider müssen wir ...«

»Ich hab schon verstanden«, fiel Nora ihm enttäuscht ins Wort. »Du wurdest abkommandiert.« Sie versuchte, ihm ihre Hände zu entziehen, doch er hielt sie fest.

»So ähnlich, doch das hat nichts mit uns zu tun. Darauf gebe ich dir mein Ehrenwort als Soldat. Genaueres kann und darf ich leider nicht sagen, aber bitte, vertrau mir. Alles wird gut.«

Nora holte tief Luft. Wenn Soldaten abkommandiert wurden, stand ihre Rückkehr in den Sternen. »Ich liebe dich auch, William, und vertraue dir. Ich werde auf dich warten, selbst wenn es Jahre dauert.«

Ungestüm zog er sie an sich. »Meine süße kleine Nora, mach dir keine Sorgen, ich komme wieder. Versprochen.«

»Darfst du wenigstens sagen, wann du zurückkommst? Noch in diesem Sommer, erst im Herbst, oder kann es auch Winter werden?«

»Es wird nicht lange dauern, auch wenn ich es auf den Tag genau nicht sagen kann«, meinte William, während er in seine Unterwäsche schlüpfte. Beim Zuknöpfen des Hemds hielt er plötzlich inne und starrte Nora prüfend an. »Warum? Zweifelst du an meinen Worten?«

»Nein, das ist es nicht ...« Nora zögerte. War jetzt der geeignete Moment, ihm die ungeheure Neuigkeit zu verraten? Würde er am Ende denken, sie wolle ihn mit einer List ködern? Doch dann platzte sie damit heraus. »Weil ich guter Hoffnung bin ...«

9

»ICH BEKOMME EIN Baby«, verdeutlichte Nora, als William sie schweigend anstarrte.

»Ich werde Vater?«, fragte er schließlich überrascht, während seine Augen zu glänzen begannen. »Nora, was für wundervolle Neuigkeiten.« Begeistert hob er sie hoch und wirbelte sie durch den Raum. Dann setzte er sie vorsichtig wieder ab und hielt sie fest umschlungen. »Warum hast du nichts gesagt? Bist du auch ganz sicher? Wann ist es so weit?«

»Ja, ich bin sicher. Im Herbst wird es auf die Welt kommen, und ich habe dir erst nichts gesagt, weil … weil ich nicht wollte, dass …« Bedrückt senkte sie den Kopf.

Er legte eine Hand unter ihr Kinn, damit sie ihn direkt ansah. »Ich mich verpflichtet fühle?«, beendete er ihren Satz.

»Hmm …«

»Meine süße Nora …« Zärtlich bedeckte er ihr Gesicht mit Küssen. »Ich könnte Bäume ausreißen vor Glück … Oder nein, es stehen ja kaum noch welche.« Er schüttelte vergnügt den Kopf, während er sie aus seiner Umarmung entließ und nach der karamellfarbenen Uniformhose griff. »Aber ich gebe dir mein Ehrenwort …« Bestätigend hob er die rechte Hand zum Schwur. »Ich fühle mich nicht verpflichtet, und meinen Antrag habe ich dir doch schon vor dieser wundervollen Neuigkeit aus freien Stücken gemacht. Jetzt heiraten wir natürlich in den Staaten, damit erhaltet du und das Kind automatisch die amerikanische Staatsbürgerschaft.« Er nahm ihre Hand und führte Nora zu einem der Armlehnensessel, als wäre sie eine zerbrechliche Porzellanfigur. »Setz dich und ruh dich aus, ich bin gleich zurück.« Er schlüpfte in seine Hose und eilte davon

Selig lehnte Nora sich in das weiche Polster. William freute sich, was für eine Erleichterung. Ihre Angst, er würde das Kind vielleicht nicht wollen, war unnötig gewesen.

Vor vier Wochen war ihre monatliche Blutung ausgeblieben, und ihr gesteigerter Appetit, das Spannungsgefühl in den Brüsten und die einsetzende Übelkeit am Morgen hatten ihren Verdacht bestätigt, auch ohne ärztliche Bestätigung. Nächtelang hatte sie wach gelegen, hatte sich gefragt, wie ihre Eltern auf die skandalöse Botschaft reagieren werden. Bald würde man ein Bäuchlein sehen, und in absehbarer Zeit wäre jede Ausrede unglaubwürdig. Spätestens dann müsste sie die Wahrheit gestehen. Zu deutlich erinnerte sie sich an die Drohungen ihres Vaters, was geschähe, käme sie mit einem Bankert nach Hause.

Oft genug hatte er ihr zudem erklärt, dass Frauen von jeher als Kriegsbeute der Soldaten galten, das sei schon in der Antike so gewesen und habe sich bis heute nicht geändert. Auch Kinder wurden zu allen Zeiten von den Soldaten gezeugt, und egal ob es aus Liebe oder infolge einer Vergewaltigung geschah, wurden sie von den meisten Ländern als Privatangelegenheit betrachtet. Von der US-Armee sei keine Hilfe zu erwarten, die schere sich nicht um diese Brut. Nur die Franzosen betrachteten den Nachwuchs ihrer Soldaten automatisch als Bürger der Grande Nation; die Mütter konnten die Babys dem französischen Staat anvertrauen, der sie zur Adoption freigab.

Allein das Wort *Adoption* ließ Nora erschaudern. Sie vermochte sich keine Situation vorzustellen, in der sie ihr Kind weggeben würde. Lieber würde sie ihr Elternhaus verlassen, wie Angelika, eine junge Frau aus der Nachbarschaft, der die Beziehung zu einem US-Soldaten kein Glück gebracht hatte. Wie sie später erfahren hatte, war der GI in den Staaten verheiratet und bestritt die Vaterschaft, worauf Angelikas Eltern sie aus dem

Haus geworfen hatten. Hätten die entfernt lebenden Großeltern sich nicht erbarmt, wäre sie mit dem Kind auf der Straße gelandet. Wer würde sie im schlimmsten Fall aufnehmen?, hatte Nora sich unwillkürlich gefragt. Ihre Großeltern lebten nicht mehr. Nein, sie musste sich nicht grämen, William würde sie heiraten. Ihre Träume würden sich erfüllen.

William kehrte fertig angezogen zurück, in der Hand ein Blatt Papier, mit dem er vergnügt winkte. »Leider kann ich dir keinen Verlobungsring anstecken, aber das hier ist hoffentlich ein gleichwertiger Ersatz.« Seiner Stimme war die überschäumende Freude deutlich anzuhören. Er setzte sich zu ihr auf die Sessellehne und reichte ihr das Blatt. »Das wird unser Heim!«

Nora richtete sich aus ihrer bequemen Haltung auf und betrachtete die Zeichnung in ihren Händen. Mit wenigen Strichen hatte er ein Haus skizziert – oder eher einen Palast mit Erkern und einer breiten Eingangstreppe. Darunter befand sich ein professioneller Grundriss zweier Etagen, unterteilt in einzelne Zimmer. William hatte ihr inzwischen erzählt, dass er Architekt war.

Sanft legte er die Arme um ihre Schultern. »Dieses Haus möchte ich für dich bauen. Meine Eltern besitzen nämlich ein riesiges Grundstück, auf dem ausreichend Platz für uns wäre. Wie findest du es? Auf der Rückseite könnte man eine große Terrasse anlegen und drum herum natürlich einen Garten mit Pool, in dem unsere Kinder spielen können.«

Nora hielt den Atem an. William wollte sie tatsächlich nach Amerika mitnehmen und für sie und das Kind sorgen. Sie hielt den Beweis für sein Versprechen in ihren Händen. Die Vorstellung erzeugte ein wohliges Gefühl in ihr, als würden Millionen kleiner Glücksbläschen in ihren Adern platzen.

»Gefällt es dir nicht? Kein Problem, ich entwerfe ein neues Haus ganz nach deinen Wünschen.«

»Nein, nein, es ist traumhaft, einfach wundervoll, ich habe

noch nie ein schöneres Haus gesehen«, versicherte Nora ihm rasch. »Ich bin überwältigt … Aber …«

»Sag es, geniere dich bitte nicht.«

»Ich denke an meinen Vater.«

William klopfte sich mit der Hand auf die Stirn. »*Sorry*, mein Liebling, vor lauter Begeisterung habe ich tatsächlich vergessen, dass ich bei deinen Eltern offiziell um deine Hand anhalten sollte … Eine Frage der Höflichkeit … Wir brennen ja schließlich nicht bei Nacht und Nebel durch. Was hältst du davon, wenn wir jetzt sofort deine Eltern aufsuchen?«

»Oh, William«, seufzte Nora. »Du bist der wunderbarste Mann auf der ganzen Welt, ich kann dir gar nicht sagen, wie sehr ich dich liebe. Aber …« Sie zögerte.

William blickte sie irritiert an. »Hast du es dir anders überlegt?«

»Nein, aber du weißt doch, wie mein Vater über die Siegermächte und damit über alle ausländischen Soldaten denkt. Ich glaube, es wäre klüger, wenn ich zuerst allein mit ihm rede.«

William nickte. »In Ordnung, dann besorge ich einen Blumenstrauß für deine Mutter, um sie ein wenig für mich einzunehmen. Sag mir einfach eine Uhrzeit.«

»Heute ist es schon ziemlich spät, und ich brauche etwas Zeit, um ihn auf die doppelte Überraschung vorzubereiten. Vermutlich wird er sich mächtig aufregen, mich anbrüllen, sich aber über Nacht wieder beruhigen. Wie wäre es morgen Abend um acht? Nach dem Abendessen ist er meist guter Stimmung.«

William legte die Hand salutierend an die Stirn und schlug grinsend die Hacken zusammen. »Morgen. Acht Uhr. Verstanden«, sagte er mit gespielt strenger Miene, beugte sich dann zu ihr, küsste sie zärtlich auf den Mund und flüsterte: »Ich liebe dich, meine süße Prinzessin aus den Trümmern.«

Das Abendessen, eine nahrhafte Hühnersuppe und für jeden eine Scheibe Brot, wurde wie gewohnt am fein gedeckten Tisch in der Essecke im Wohnzimmer eingenommen. Noras Vater bestand am Abend stets auf Tischdecke und Servietten. Seiner Ansicht nach ließ sich eine Apothekerfamilie auch bei Wassersuppe und Brot nicht auf das Niveau von Vertriebenen herab. Aber die mageren Zeiten waren vorbei, seit William sie nicht nur mit Zigaretten, sondern auch mit Lebensmitteln und echtem Bohnenkaffee als Tauschwaren versorgte. Seither kam wieder Fleisch auf den Tisch. Selbst an Öl musste nicht mehr so eisern gespart werden. Nora hatte den unerwarteten Überfluss als »Extralohn« für hervorragende Arbeit erklärt, und die Eltern hatten zu ihrer Erleichterung nicht weiter nachgefragt. Sie hätte sich am Ende noch verplappert. Aber heute würden sie erfahren, woher der plötzliche Segen tatsächlich kam.

Während Nora die köstliche Suppe löffelte, suchte sie gedanklich nach geschickten Formulierungen, auf die ihr Vater nicht sofort mit einem cholerischen Anfall reagieren würde.

Die Chancen standen gut, er war überraschend gesprächig, genauer gesagt redete er mit Alfred über brisante Neuigkeiten. Mehrmals fiel der Name Gollnik in Zusammenhang mit der Neugründung einer Landeszentralbank und gemeinsamer Geldpolitik. Nora hörte nur halbherzig zu, sie hatte andere Sorgen, als sich für Banken oder das Geldgeschäft zu interessieren. Ohnehin war ihr alles zuwider, was mit Hanno Gollnik zu tun hatte.

»Gibt es denn kein anderes Thema als Geld?,« versuchte ihre Mutter das Gespräch zu beenden. »Was hat es für einen Sinn, sich über etwas aufzuregen, das man nicht beeinflussen kann? Wir müssen akzeptieren, was die da oben beschließen.«

»Das ist doch mal wieder typisch Frau, von nix eine Ahnung haben, aber mitreden wollen«, donnerte ihr Vater los und ließ den Suppenlöffel fallen, der klirrend in seinem Teller landete. »Wenn es zu einer Währungsreform kommt, und Gollnik ist überzeugt davon, dann brechen neue Zeiten an. Dann geht es uns allen bald wieder besser. Damit wird auch diese verdammte

Zwangsbewirtschaftung enden, die wir den Besatzern verdanken. Es hat denen nämlich nicht gereicht, unser Land mit ihren Luftangriffen in Schutt und Asche zu legen, sie lassen uns auch noch verhungern.« Schnaufend schob er sich einen Löffel Suppe mit einem Stück Hühnerfleisch in den Mund.

Der letzte Satz ließ Nora auf ihrem Stuhl in sich zusammensinken. Sobald die Sprache auf die Sieger kam, zog er über sie her, und seine Laune fiel unter den Gefrierpunkt. Womöglich war heute doch nicht der beste Zeitpunkt, ihm von William und dem Baby zu erzählen?

»Nora, was ist los mit dir, willst du deiner Mutter nicht zur Hand gehen? Soll sie den Abwasch alleine machen?«

Die barsche Aufforderung ihres Vaters holte sie aus ihren Gedanken.

»Entschuldigung«, murmelte sie kleinlaut, erhob sich eilig, räumte Besteck und Teller auf ein Tablett und trug es in die Küche. Brotkrumen waren keine aufzukehren, trotz der verbesserten Lebensmittelsituation wurde jedes noch so winzige Krümelchen mit feuchten Fingern aufgelesen und verspeist. Dennoch kehrte sie mit dem von den Großeltern ererbten Tischbesen und der kleinen Schaufel zurück und säuberte die Tischdecke. Ihr Vater sah es gerne, wenn alles so penibel reinlich wie in seinem Labor war. Womöglich stimmte ihn diese unsinnige Tätigkeit milde. Aber er achtete heute nicht auf sie, sondern schob geräuschvoll seinen Stuhl zurück und verließ nuschelnd den Raum.

Trotz des undeutlichen Gemurmels wusste Nora, er würde den Rest des Tages in seinem »Erfinderkeller« zubringen. Wie jeden Abend seit Kriegsende. Seit die Nazis besiegt waren, konnte er wieder ohne Angst vor Entdeckung an seiner Geheimrezeptur forschen, da die Apotheke nicht länger der Reichsapothekenkammer unterstellt war. Niemand kam und kontrollierte den Bestand oder die Lagerung der gesammelten Heilkräuter, keiner wollte Bücher oder Abrechnungen einsehen. Allein das hätte ihn glücklich machen sollen, aber es schien ihm nicht zu genügen, und natürlich vergaß er, wem er diese neue Freiheit zu verdanken hatte: den verhassten Besatzern.

Nachdem der Abwasch erledigt war, holte Nora den Plan ihres zukünftigen Heims aus ihrem Zimmer. Williams kostbares Geschenk an die Brust gepresst, stieg sie über die schmale Steintreppe hinab in das weitläufige Kellergewölbe, wo ihr Vater sich sein Versuchskämmerchen eingerichtet hatte.

Fest entschlossen, sich weder einschüchtern noch wegschicken zu lassen, legte sie die Hand auf die Türklinke. Ein kurzes Durchatmen, bis ihr Herzklopfen sich legte, dann trat sie mutig ein. Der würzige Duft aus getrockneten Heilkräutern, der sich in den Jahren der Lagerung in den Wänden eingenistet hatte, schlug ihr entgegen und erinnerte sie an tagelange Wanderungen mit der ganzen Familie, um Heilkräuter zu sammeln, wie es von der Reichsapothekenkammer befohlen worden war.

Vaters Kellerstübchen selbst hätte eine hellere Beleuchtung benötigt, um die deprimierende Dunkelheit zu vertreiben. Der triste Eindruck wurde von einem wandhohen Holzregal mit Destillierapparaten, Mikroskop, Präzisionswaagen, Becherglässern und Reagenzien aufgelockert, die Nora schon als Kind fasziniert hatten. Das wertvolle Inventar anzufassen oder gar eines der Fläschchen mit teilweise giftigem Inhalt zu öffnen war bei Prügelstrafe verboten. Alfred hatte es gewagt und eine schmerzhafte Erfahrung gemacht, obwohl er Vaters Liebling war.

Ihr Vater hockte gebückt an dem blank gescheuerten Holztisch, der ihm als Arbeits- und Schreibtisch diente. Er hatte die dicke, von ihrer Mutter gestrickte Jacke und den dazu passenden grauen Schal angezogen, denn trotz milder Außentemperaturen war es im Keller ganzjährig kalt. Den Kopf schützte er mit einem wollenen Stirnband und zusätzlich mit einem Filzhut. Der Grund, warum er sich hier in der Kälte wohler fühlte als in der Wohnung, war sein Traum: ein Rezept für ein wirksames Haarwuchsmittel zu entwickeln. Seit Nora denken konnte, tüftelte er daran herum. Die Wirkung konnte er an sich selbst testen, und wenn es ihm eines Tages gelänge, wäre er für alle Zeiten ein gemachter Mann. Nora wünschte es ihm so sehr, glaubte aber nicht mehr recht an einen Erfolg. Vor etwa einem Jahr hatte ihr Vater nämlich eine Haarwuchscreme hergestellt, die Wunder wirken sollte. Leider war sein Haarwuchs sogar noch spärlicher statt üppiger geworden. Seither war lediglich ein Haarstreifen auf dem Hinterkopf übrig geblieben.

Wohlerzogen blieb Nora im Türrahmen stehen. »Darf ich einen Moment stören?«

»Was gibt's?«, knurrte er, ohne von seinen Notizen aufzusehen. Er hasste Unterbrechungen.

Nora schluckte, nahm allen Mut zusammen und sagte mit fester Stimme: »Ich möchte dir gerne jemanden vorstellen.«

Geräuschvoll legte ihr Vater den Bleistift auf den Tisch und sah sich mit suchendem Blick um. »Was redest du für einen Unsinn? Ich sehe nur dich. Und *du* siehst, dass ich beschäftigt bin. Also lass mich in Ruhe arbeiten.«

Das war eine geradezu freundliche Antwort, fand Nora und ging zielstrebig auf den Schreibtisch zu.

»Morgen Abend«, sagte sie beschwichtigend, »wenn du ein wenig Zeit hast. Und es ist wichtig.«

Zwischen seinen Augenbrauen bildete sich erneut eine tiefe Falte. »Morgen habe ich genauso viel oder wenig Zeit wie heute, also mach es nicht so spannend, sondern sag, was Sache ist.« Mit zusammengekniffenen Augen blickte er sie an.

Nora kannte ihren Vater gut genug, um zu wissen, dass es klüger war, sich so kurz wie möglich zu fassen. Denn ganz egal, wie diplomatisch sie sich verhielt, für ihn würden die Neuigkeiten dem Schlucken gallenbitterer Medizin gleichkommen. Sie nahm allen Mut zusammen und sagte mit fester Stimme: »Es handelt sich um meinen Nebenverdienst – den gibt es nämlich gar nicht. Ich gehe nicht arbeiten, ich habe euch angeschwindelt.«

»Rede keinen Unsinn, Nora. Raus mit der Sprache, was hast du angestellt?«

»Ich habe mich verlobt«, antwortete sie ganz direkt, dachte an William und fühlte sich stark genug, ihrem Vater entgegenzutreten.

Er hob die Hand, als wollte er sie schlagen, ließ sie aber gleich wieder sinken und öffnete den Mund, um nach Luft zu schnappen.

»Du hast was?«, fragte er dann.

»Mich verlobt«, wiederholte sie und begann zu erzählen. Von der Silvesterparty, vom ersten Treffen mit William und dass er morgen ganz offiziell um ihre Hand anhalten wolle.

Während ihres Berichts waren die Augen ihres Vaters immer schmaler und seine Miene immer verkniffener geworden. Dass ihm die Neuigkeit nicht behagte, überraschte sie nicht.

»Das schlag dir mal ganz schnell aus dem Kopf. Du bist noch nicht volljährig, und ich verbiete es. Ein Besatzer in der Familie? Nur über meine Leiche!« Er nahm seinen Bleistift wieder zur Hand und beugte sich über die Notizen. Damit schien die Angelegenheit für ihn erledigt zu sein.

Nicht für Nora. Sie konzentrierte sich auf den Gedanken an das ungeborene Kind in ihrem Leib, an das Leben mit William in Amerika, und sagte: »Ich werde ihn auf jeden Fall heiraten, denn ich erwarte ein Kind von ihm.«

Es dauerte ein, zwei Sekunden, ehe ihr Vater begriff, was sie da eben gesagt hatte. Nora konnte ihm ansehen, wie schockiert er war. Sein Gesicht lief rot an, und seine Augen funkelten vor Zorn, als er vom Stuhl aufsprang und brüllte: »Du verdammtes Luder. Willst du uns alle ins Unglück stürzen? Reicht es nicht, dass wir unter der Fuchtel dieser Sieger stehen? Musst du dich auch noch mit denen verbünden?«

Mit hoch erhobenem Kopf blieb sie an der Tischkante stehen. »Bitte, Vater. Hast du nicht gehört? William will mich heiraten. Es hat also alles seine Ordnung. Er lässt mich nicht im Stich. Niemand wird ins Unglück gestürzt.«

»Ach ja, will er dich also wirklich heiraten. Oder hat er das nur gesagt, um dich gefügig zu machen? Im Moment bist du jedenfalls noch nicht verheiratet, sondern schwanger.« Er musterte sie von oben bis unten. »Und bald wird man es dir wohl ansehen. Was für eine Schande! Ist dir eigentlich klar, was du der Familie und dem Betrieb damit antust?«

»William wird sein Wort halten«, erwiderte Nora mit fester Stimme, um die Zweifel ihres Vaters zu zerstreuen. »Und wenn du ihn erst kennenlernst ...«

»Darauf kann ich verzichten«, unterbrach er sie unwirsch. »Ein Mann, der das Pferd von hinten aufzäumt, ist kein Ehrenmann. Erst kommt die Hochzeit, dann die Kinder. Punktum.«

Er ließ sich wieder auf den Stuhl sinken und musterte sie feindselig.

»William wird mich nicht sitzen lassen. Bitte, Vater, gib ihm doch wenigstens eine Chance«, bettelte sie und holte tief Luft. Langsam gingen ihr die Argumente aus, ihr Kopf dröhnte von seinem Gebrüll, aber sie würde nicht eher gehen, bis sie ihn umgestimmt hatte.

»Ein verdammter Ami.« Fassungslos schüttelte er den Kopf. »Was glaubst du, wie viele Frauen mit einem Bankert sitzen gelassen werden? Die Schande, mit der die Familien leben müssen, ist den Besatzern doch egal. Warum hast du dir nicht einen netten deutschen Mann suchen können?«

Nora schluckte, überlegte, ob sie ihm von Williams deutschen Eltern erzählen sollte, die kurz nach Hitlers Machtergreifung nach Amerika ausgewandert waren. Doch dann entschied sie sich dagegen. Wer wusste schon, wie er dazu stünde. Im Grunde war es auch unwichtig.

»Weil es fast keine deutschen Männer mehr gibt, die hat der Krieg gefressen. Und unter den wenigen, die zurückgekehrt sind, findet sich kaum ein Unversehrter«, sagte sie stattdessen. »Soll ich mein Leben vielleicht mit einem Mann verbringen, der mich nicht mal richtig in den Arm nehmen kann?«

»Das Leben besteht nicht nur aus In-den-Arm-Nehmen, mein Fräulein«, belehrte er sie. »Und was ist, wenn dein Ami einer von denen ist, die möglichst viele Kriegsbräute sammeln wollen?«

»Nein!«, wehrte Nora entschieden ab. »William liebt mich, er will ein Haus für uns bauen.« Stolz legte sie die Skizze auf den Holztisch.

Ihr Vater warf einen flüchtigen Blick auf das Blatt und kommentierte gleichgültig: »Soso, ein Haus. Na ja, Papier ist geduldig …«

Nora hätte ihn am liebsten angeschrien, er solle aufhören, so negativ über William zu sprechen, doch sie beherrschte sich. Denn leider stand sie bis zu ihrem einundzwanzigsten Geburtstag noch immer unter seiner Vormundschaft. »Dann darf er morgen Abend gegen acht Uhr kommen? Er will sich vorstellen und offiziell um meine Hand anhalten, wie es sich gehört. Er ist nämlich kein ungehobelter Ami, sondern ein Mann mit Anstand und Bildung.«

»Meinetwegen«, sagte ihr Vater geradezu gönnerhaft. »Bevor du uns einen Bankert ins Nest setzt und die gesamte Familie dem Gespött der Kundschaft preisgibst, soll er vorstellig werden, der Herr … Wie war noch gleich der Name?«

»Bowman, William Bowman«, antwortete Nora erleichtert. Sie würde William auch ohne die Erlaubnis ihres Vaters heiraten, notfalls mit ihm durchbrennen, um einem Schicksal wie dem von Angelika zu entgehen. Aber die Billigung ihres Vaters und gesetzlichen Vormunds bewahrte sie davor, sich bei Nacht und Nebel davonschleichen zu müssen.

10

München, im Frühjahr 1948

WOLF WAGNER PARKTE den Mercedes Benz 170 V Vierzylinder in der Königinstraße, stellte den Motor ab und stieg beschwingt aus.

Voller Stolz betrachtete er das in helles Sonnenlicht getauchte Anwesen. Beinahe unglaublich, er war tatsächlich Besitzer eines nahezu intakten Gebäudes. In einer großenteils aus Ruinen und Trümmerbergen bestehenden Stadt war mit dem von Gollnik eingefädelten Kauf eine große Hürde überwunden. Nun hatte ihn die Aufbruchstimmung vollends gepackt, und es juckte ihn in den Fingern, sofort loszulegen.

Die leicht beschädigte Fassade, die durch Luftangriffe am nahen Odeonsplatz zerstörten Fensterscheiben wie auch die lange nicht gestrichenen Innenwände waren kein Hindernis. Handwerker sowie einfache Handlanger für Renovierungsarbeiten waren problemlos aufzutreiben. Die Massen an Flüchtlingen suchten nicht nur Wohnungen, sondern auch Arbeit. Lediglich das Baumaterial war schwierig zu organisieren und sogar auf dem Schwarzmarkt Mangelware.

Büromöbel, vor allem für einen Konferenzraum, waren jedoch unverzichtbar. Mit der Beschaffung hatte Wolf bereits den Schlesier beauftragt.

»Fast unmöglich, die meisten Möbel wurden im letzten Winter verfeuert. Das wird also einiges mehr kosten als die Bettwäsche«, hatte der Händler gesagt und sich dabei grinsend die

Hände gerieben. Nicht vor Kälte, denn in den letzten Tagen waren die Temperaturen gestiegen. »Hauptsache, du kannst die Ware auf legalem Wege organisieren«, hatte Wolf entgegnet. Schließlich sollte alles seine Ordnung haben. Kein Schwarzmarktgeschäft durfte seine Illustrierte belasten. Es war ohnehin kompliziert genug, von den Alliierten die Erlaubnis zur Produktion einer Zeitung oder Illustrierten zu bekommen. Den Altverlegern der in der Nazizeit politisch gleichgeschalteten Tageszeitungen hatten sie Berufsverbot erteilt. Die Vergangenheit jedes Antragstellers wurde gründlich durchleuchtet, und seine eigene war nicht gerade lupenrein. Doch darüber wollte Wolf sich im Moment nicht den Kopf zerbrechen. Alles zu seiner Zeit, lautete sein Credo. Damit war er noch immer gut gefahren.

Erst einmal die Räumlichkeiten ausstatten und dann die Geschäfte ankurbeln. Seit Kriegsende war er zur Untätigkeit verdammt gewesen, hatte sich nur um die Familie und seine in Melancholie versunkene Frau gekümmert, doch damit war es jetzt vorbei. Er war schließlich kein alter Mann, der auf ein Lebenswerk zurückblicken konnte und sich ausruhen wollte. Mit seinen achtundvierzig Jahren sprühte er vor Tatendrang und wollte mit talentierten Journalisten und Reportern ein Heft gestalten, so bunt und lebendig wie das Leben, mit aufregenden Fotos und Mut machenden Geschichten. Das Volk war nach dem zwölfjährigen Propagandagebrüll der Nazis ausgehungert nach unverfälschten Informationen, spannender Lektüre und nach leichter Unterhaltung, daran bestand kein Zweifel. Die erste Ausgabe der im Oktober 1945 erschienenen *Süddeutschen Zeitung*, ein dünnes vierseitiges Blatt mit Tagesgeschehen und aktuellen Münchner Themen für 20 Pfennige, war in Windeseile ausverkauft gewesen. Beweis genug für den Bedarf an Lesestoff jeglicher Art. Die Politik wollte er gerne den Tagesblättern überlassen und sich stattdessen der Welt der Mode und Prominenz widmen. Der Menschenauflauf bei der glanzvollen Premierenvorstellung des zeitgeschichtlichen Films *Zwischen gestern und morgen* im vergangenen Dezember war die Initialzündung gewesen. Das war sein Publikum, das wollte er als Leserschaft gewinnen.

Voller Tatendrang öffnete Wolf den Kofferraum seines Wagens, in dem *Erika* deponiert war. Eine handliche Reiseschreibmaschine, mit der man praktisch überall tippen konnte, selbst in einem Automobil. Die Maschine war für ihn ein wertvolles Erinnerungsstück aus seiner Zeit als Chefredakteur der Zeitschrift *Moderne Dame*. Die praktische Kofferschreibmaschine hatte er gerade noch retten können, bevor im letzten Kriegsjahr die Bomben in das Verlagsgebäude eingeschlagen waren und es dem Erdboden gleichgemacht hatten. Damals war er zutiefst erschüttert gewesen, denn dadurch war auch seine berufliche Existenz ausgelöscht worden. Aus heutiger Sicht betrachtete er die Zerstörung als Glücksfall. Je mehr von seiner bräunlich gefärbten Vergangenheit unter Schutt und Asche vergraben war, desto weniger konnte sie ihm schaden.

Zielstrebig schloss er das hohe Messingportal mit den hellgrün getönten Glaseinsätzen auf und eilte, zwei Stufen auf einmal nehmend, über die breite Steintreppe ins erste Obergeschoss. In diesem Stockwerk hatte er bereits während der Besichtigung mit Gollnik sein Chefbüro ausgewählt.

Der Raum lag direkt zum Englischen Garten hin. Durch eine dreiteilige Fensterfront hatte er einen freien Blick über die vereinzelten Baumwipfel, die in den Münchner Himmel ragten. Äußerst feudal, wie es einem Chef gebührte.

Graue Staubwolken wirbelten auf, als er den Raum betrat. Zwei Kellerasseln brachten sich eilig vor seinen Riesenschuhen in Sicherheit. Stofffetzen, nicht größer als ein paar Millimeter, wurden durch den Luftzug über das gut erhaltene Fischgrätparkett geweht. Bis vor einem halben Jahr waren in diesem Gebäude Jacken und Mäntel aus alten Decken hergestellt worden. Der

Inhaber hatte die Fabrikation schließlich mangels Material aufgeben müssen, Bügeleisen, Nähmaschinen und das Haus verkauft und war mit dem Erlös nach Südamerika ausgewandert.

Es roch abgestanden in seiner zukünftigen Wirkungsstätte, aber der Mief und auch der fehlende Schreibtisch waren für Wolf keine Gründe, den geplanten symbolischen Akt des Neubeginns aufzuschieben. Hier, im Redaktionsgebäude, wollte er sich einen zugkräftigen Namen für seine Illustrierte überlegen, der über dem Haupteingang in Leuchtbuchstaben strahlen sollte. Weithin sichtbar in farbigen Buchstaben sollte der Name leuchten und schnell bekannt werden.

Wolf öffnete das mittlere Fenster, um Frischluft hereinzulassen, zog den dunkelblauen Frühjahrsmantel aus, zündete sich eine Zigarette an und genoss den wahrhaft königlichen Ausblick auf den hellblauen, von hauchzarten Schleierwolken überzogenen Himmel. Sein Blick wanderte schräg hinunter zum Bürgersteig, wo eine junge Frau einen Leiterwagen hinter sich herzog. Darin saß ein Kleinkind, dick in Kissen verpackt.

Die kleine Szene ließ ihn an seine Tochter denken. Hoffentlich war sie wohlauf. Auch er fand die ausbleibenden Briefe beunruhigend, was er Helene jedoch niemals eingestehen würde. Sollte Celia etwas geschehen sein, würde er endgültig am Schicksal verzweifeln, und was seine geliebte Frau anging, so würde sie sich womöglich etwas antun. Gierig zog er an der Zigarette, als könnte er damit die düsteren Gedanken ausräuchern.

»Hallo, Onkel Wolf!«

Die fröhliche Stimme seines Neffen drang zu ihm. Luis tauchte pünktlich zur verabredeten Zeit auf. Gerade rechtzeitig, sodass er sich nicht in unnötige Spekulationen über Celias Verbleib verstieg.

Wolf beugte sich über den Fensterrahmen. Luis, im hellen Staubmantel mit schräg sitzendem Hut, stand breitbeinig auf dem Gehsteig. Das braune Lederetui seiner Kamera baumelte um den Hals, das Objektiv war direkt auf ihn gerichtet. Schoss der Jungspund etwa ein Foto, ganz der rasende Reporter, immer auf der Jagd nach interessanten Motiven?

»Komm rauf. Erste Etage, im Flur nach links ... die Tür steht offen.«

Luis ließ den Fotoapparat sinken. »Schon unterwegs«, rief er und trat wenig später in den Raum. »Mann, Mann, Mann, was für ein Standort«, sagte er bewundernd. »Müsste mit dem Teufel zugehen, wenn du keinen Erfolg hättest. Der Anfang ist jedenfalls prächtig.«

»Danke, Neffe, aber was wir dringend brauchen, ist ein zugkräftiger Name. Irgendwelche Ideen?«

»Mal überlegen ...« Luis drehte sich um die eigene Achse, sah zum Fenster hinaus und wandte sich dann ihm zu. »Wie wär's mit *Welt im Blick?*«

»*Welt im Blick*«, wiederholte Wolf nachdenklich. »Hmm, gar nicht übel. Wie bist du auf die Idee gekommen?«

»Als ich dich von unten gesehen habe, wie du in die Ferne schaust ... als hättest du die Welt im Blick«, antwortete Luis und erklärte, davon auch ein Bild geschossen zu haben. »Ich könnte es vergrößern, würde sich prächtig hinter deinem Schreibtisch machen.«

»Wo früher Adolf hängen musste«, lachte Wolf und klopfte seinem Neffen anerkennend auf die Schulter. »Falls sonst noch etwas Brauchbares in deinem Kopf herumspukt, immer raus damit.«

»Du sprühst ja vor Tatendrang«, bemerkte Luis. »Und ja, ich kenne da einen talentierten Fotografen, der bereit wäre, die Fotoreportagen zu übernehmen. Bilder sind doch das Wichtigste in einer Illustrierten, ohne die bleibt sie nur eine stinknormale Zeitung.«

»Kluger Bursche. Ist das zufällig dieser Luis Doll, den man nie ohne seine kleine Leica um den Hals antrifft?«, stieg Wolf auf das heitere Geplänkel ein. »Seine Bewerbung ist notiert. Aber

Scherz beiseite. Ich habe die Reiseschreibmaschine mitgebracht und wollte alles aufschreiben, was uns an Themen so einfällt. Wir haben ja bereits darüber gesprochen, dass dieses Magazin die Menschen aufheitern und sie ihre Tristesse zumindest für eine Weile vergessen lassen soll.«

»*Aufheitern* ist das Wort der Stunde. Wie wäre es mit einer Witzeseite? Endlich darf man doch wieder alles und jeden schamlos durch den Kakao ziehen, ohne irgendeine Partei oder das Lager fürchten zu müssen.«

»Witzeseite. Genehmigt.« Wolf stellte den Lederkoffer mit *Erika* auf das Fensterbrett und öffnete ihn. »Mist, ich habe vergessen, Papier einzuspannen. Ein Jammer, Konrad hat sich so viel Mühe mit dem Putzen und Ölen von *Erika* gegeben.«

»Das fängt ja gut an. Hoffentlich ist das kein dunkles Vorzeichen«, scherzte Luis und fragte seinen Onkel, wie er das nötige Papier beschaffen wolle.

»Mach dir keine Sorgen, ich habe da so meine Quellen«, antwortete Wolf, und mangels Schreibmaschinenpapier fabulierten sie weiter ins Blaue.

Eine Stunde und diverse genüsslich gerauchte Zigaretten später reichte die imaginäre Themenliste von A bis Z. A wie Abenteuergeschichten, L wie Liebe, M wie Modenschauen, P wie Preisausschreiben und Z wie Zigarettenwerbung – hoffte Wolf doch auf reichlich Anzeigenkunden, um mit seiner Zeitschrift möglichst bald schwarze Zahlen schreiben zu können. Was diesen Gesichtspunkt betraf, war er guter Dinge. Nur der fehlende Persilschein bereitete ihm Kopfzerbrechen.

Am Ende der ersten Konferenz fragte er Luis: »Was haben wir?«

»Ein dickes Themenpaket, mit dem du locker eine hundertseitige Illustrierte herausgeben kannst.«

»Na dann, steigen wir in die Startlöcher. Was schlägst du als Titelbild für die erste *Welt im Blick* vor?«

»Das nenne ich Tempo«, lachte Luis. »Keinen Schreibtisch, keine Belegschaft und erst recht keine Lizenz, das ist geradezu verwegen.«

Wolf strich sich vergnügt über sein Oberlippenbärtchen. »Den Mutigen gehört die Welt, Neffe. Wir haben einen Namen, Themen von hier bis Amerika, und Fotos werden nicht schimmelig. Also bring mir was Schönes, dann stelle ich dich als Chef für die Fotoredaktion ein.«

»*Alright*, wie die Amis sagen. Und wann rechnest du mit der ersten Ausgabe? Ich frage nur wegen der Jahreszeit. Demnächst, oder kann es doch Weihnachten werden? Dann brauchen wir Fotos von Pulverschnee und Schihaserln ...«

»Erlaube mal«, unterbrach Wolf seinen Neffen in gespielter Empörung. »Länger als vier Wochen sollte es mit der Lizenz nicht dauern, oder ich fresse einen Besen.«

»Pfui Teufel.« Luis schüttelte sich. »Also dann ein sommerliches Motiv. Wie wär's mit einer jungen, noch unbekannten Schauspielerin? Wenn die eines Tages berühmt wird, war sie quasi unsere Entdeckung. Ich kenne einige«, sagte Luis. »Draußen in Grünwald, in den Geiselgasteig-Studios, habe ich praktisch freie Auswahl.«

»Warum nicht. Sie sollte schön sein, aber nicht zu erotisch wirken, und beim weiblichen Geschlecht den Wunsch erwecken, genauso auszusehen. Schließlich will ich das Heft an beide Geschlechter verkaufen.«

»Kapiert! Dann begebe ich mich sofort auf die Jagd.« Luis zog seinen Mantel an, schnappte sich die auf dem Fensterbrett abgelegte Leica und verabschiedete sich mit einem »Bis später«.

* * *

Fröhlich pfeifend spazierte Luis die Königinstraße entlang und bog in die Schackstraße Richtung Ludwig- und Leopoldstraße ein. Er hatte sich kurzfristig umentschieden: Statt sich auf den weiten Weg nach Grünwald zu machen, würde er sich im Universitätsviertel umschauen. Dort liefen hübsche Mädchen in Rudeln herum. Und nicht wenige wollten entdeckt und Filmstars werden. Es aus den Trümmern ins Rampenlicht schaffen. Berühmt werden. Leichtes Geld verdienen. Nie mehr arm sein.

Von dem klassizistischen Triumphbogen des Siegestors, erbaut als Abschluss der Ludwigstraße und Eingang zum Vergnügungsviertel Schwabing, war nur noch eine Ruine übrig. Wer konnte schon sagen, ob es jemals wiederaufgebaut werden würde.

Ein paar Jungs kletterten auf Trümmerbergen herum, suchten vermutlich nach verwertbarem Metall. Irgendwann würden sämtliche Mahnmale dieses unmenschlichen Krieges hoffentlich beseitigt sein und die Kinder wieder auf den grünen Wiesen im Englischen Garten spielen, statt auf staubigen Steinen herumzuklettern.

Spontan kam ihm der Gedanke zu einer Serie beschädigter Baudenkmäler. Er könnte den Wiederaufbau, die Veränderung, den Neuanfang Münchens in regelmäßigen Abständen festhalten. Das ergäbe jeweils eine prächtige Doppelseite. Luis schälte die Kamera aus dem Ledergehäuse und begann aus der Entfernung zu knipsen.

Die Lausbuben bemerkten ihn, zeigten mit Fingern auf ihn und amüsierten sich dabei köstlich. Einer der kleineren Burschen verlor das Gleichgewicht, rutschte ab und fiel hin. Luis hastete über die Straße, um dem Unglücksraben zu helfen. Der kauerte bereits heulend auf den Trümmersteinen. Luis konnte nicht anders, er musste zuerst ein paar Mal auf den Auslöser drücken, das Motiv war einfach zu prächtig. Ein Kind weinte, weil es hingefallen war und sich verletzt hatte, aber das Gesamtbild suggerierte auch die Trauer über die Zerstörung seiner Heimat – eine aussagekräftige Bildunterschrift.

»Tut es sehr weh?«, sprach er den Buben an.

»Sau ... saumäßig«, schluchzte der etwa Fünfjährige.

Luis zog ein von Friederike sauber gewaschenes Taschentuch heraus und reichte es dem Jungen. Der putzte sich lautstark die Nase, während Luis die aufgeschürften Knie beäugte. Sie bluteten nur wenig, aber gesäubert werden sollten die Verletzungen dennoch schnellstens.

»Wo wohnst du? Ich bringe dich nach Hause«, bot Luis an.

»Mein ... mein Bruder«, jammerte der Junge und sah sich suchend um. Doch der Bruder hatte sich mit den anderen Kindern davongemacht.

»Wie heißt du denn?«, fragte Luis.

»I bin ... i bin der Schorschi«, stammelte der Junge.

Durch weiteres geduldiges Nachfragen erfuhr Luis zwar nicht die Adresse, aber eine ziemlich genaue Wegbeschreibung. Schorschi an der Hand, marschierte er los und stand bald vor einem Kellerloch in der Akademiestraße.

Mühsam verbarg er seine Erschütterung und fragte den Jungen: »Hier wohnst du?«

Schorschi nickte heftig. »Aber meine Mutti ist net da. Die sucht eine Arbeit, damit mia was zum Essen haben. Hast du was? I hab immer Hunger.« Er sah ihn hoffnungsvoll an.

Hilflos zuckte Luis mit den Schultern und wünschte sich nichts mehr, als ihm eines von Friederikes belegten Broten, die sie meist abends servierte, in die Hand drücken zu können. Sogar ein halbes davon würde Schorschi sättigen. Doch er musste verneinen, und noch nie in seinem Leben war ihm etwas so schwergefallen. Gleichzeitig schämte er sich, in einem – aus Schorschis Sicht – Palast zu leben, nie Hunger leiden zu müssen, sich in einem Badezimmer waschen zu können und keine Unwetter fürchten zu müssen. Denn in diese Behausung regnete es garantiert hinein.

»Hat der Bub was angestellt?«

Eine Frau tauchte unerwartet auf und blickte ihn ängstlich

aus blauen Augen an. Luis schätzte sie auf ungefähr dreißig, vielleicht auch jünger, ein entbehrungsreiches Leben hatte seine Spuren hinterlassen. Ihr dunkelblondes Haar war im Nacken als Knoten zusammengesteckt und benötigte sichtlich eine Wäsche, die auch ihrem blauen Kleid nicht schaden würde. Ob sie in dieser Aufmachung Arbeit finden würde?

»Nein, nein, er ist nur hingefallen, und ich war zufällig in der Nähe«, erklärte Luis beruhigend.

»Tut mir sehr leid, wenn Sie Scherereien hatten …« Sie zog Schorschi an sich und legte den Arm um seine mageren Schultern.

»Er hat nichts angestellt, im Gegenteil«, versicherte Luis, hob seine Kamera etwas an und erklärte, als Fotoreporter für eine Illustrierte unterwegs zu sein.

Die junge Mutter sah ihn verunsichert an. Sie schien wenig mit Luis' Erklärung anfangen zu können.

»Ich durchstreife die Stadt nach interessanten Motiven, und die Kinder auf dem Trümmerhaufen am Siegestor erinnerten mich an meine Jugend …« Luis brach ab. Der Vergleich hinkte; er war 1919 geboren, und als er etwa so alt wie Schorschi gewesen war, hatte es keine Trümmerlandschaft gegeben. »Nun, ich habe ein paar sehr schöne Fotos von den Kindern schießen können, und der Schorschi war praktisch mein Modell …« Im selben Moment wusste er die Lösung. »Dafür würde ich gerne bezahlen. Denn auch ich werde für die Fotos bezahlt.« Er griff in seine Hosentasche, angelte die Münzen heraus, die er bei sich hatte, und reichte sie der überraschten Frau.

»Aber … das kann ich doch nicht annehmen«, protestierte sie halbherzig. Ihre glänzenden Augen verrieten jedoch, dass sie nur höflich sein wollte.

»Selbstverständlich, und es ist ja auch nur eine Kleinigkeit«, entgegnete Luis und verabschiedete sich mit einem Lächeln.

11

Regensburg

VORSICHTIG STRICH NORA über ihr Haar, um die sorgfältig gelegten Locken zu kontrollieren, soweit das ohne Spiegel überhaupt möglich war. Die Frisur schien in Ordnung zu sein, auch die rot lackierten Nägel waren makellos, genau wie ihr frisch gebügeltes Sonntagskleid mit den Mohnblüten, das eigentlich für Kirchgänge reserviert war. Nur die von den Großeltern geerbte vergoldete Standuhr auf der Anrichte war offensichtlich defekt. Warum sonst bewegten sich die verschnörkelten Zeiger keinen Millimeter vorwärts? Als wollten sie verhindern, dass es acht wurde und William endlich erschien.

»Ist die Uhr kaputt?«, fragte Nora in die Stille des Wohnzimmers, in dem sich die Familie in festlicher Kleidung versammelt hatte.

Ihr Vater, der in seinem besten dunklen Dreiteiler im Lehnstuhl saß, wandte Nora den Kopf zu. »Rede keinen Unsinn.«

»Sei nicht so zappelig«, tadelte ihre Mutter, wobei sie selbst aufs Äußerste gespannt war, was Nora an dem ihr eigenen nervösen Blinzeln erkannte.

Einzig Alfred, der in einem dunkelgrauen Anzug, dessen Ärmel viel zu kurz waren, lässig auf seinem Stammsessel saß, flüsterte ihr beruhigend zu: »Noch zwei Minuten.«

Zwei Minuten, einhundertzwanzig Sekunden, dachte Nora, legte die Hände auf den Leib und begann im Stillen zu zählen. Als sie bei einhundertelf angelangt war, schlug die Uhr acht.

Panik stieg in ihr auf. Hatte William es sich anders überlegt? Waren seine Liebesschwüre doch nichts als leere Worte gewesen? Der Wunsch, sie in Amerika zum Altar zu führen, nichts weiter als eine dünne Ausrede, um sie zu beschwichtigen? Für Angehörige der Armee gab es längst keine unüberwindlichen Hürden mehr, wenn sie ein deutsches Mädchen hierzulande heiraten wollten. Es war allgemein bekannt, dass sie lediglich ein *wedding license* beantragen, diverse Formulare ausfüllen und auf die Genehmigung warten mussten. War er vielleicht doch nur einer von denen, die Eroberungen sammelten und dann zurück in die Heimat verschwanden, ohne auch nur einen Gedanken an die schwangere Geliebte zu vergeuden?

Nora zählte weitere zwei Minuten, dann hielt es sie keine Sekunde länger auf ihrem Platz. Ungeduldig sprang sie auf. »Ich gehe runter an die Tür …«

»Du wirst keinem Soldaten nachlaufen! Setz dich sofort wieder hin«, kommandierte ihr Vater.

Sie achtete nicht auf den lächerlichen Befehl, huschte an die Tür und hetzte die Treppen nach unten. Ihr Vater hatte keine Ahnung von der Liebe. Wenn es nötig wäre, würde sie William bis ans Ende der Welt nachlaufen. Sie erwartete sein Kind, sie waren für immer miteinander verbunden, und er war bestimmt nur aufgehalten worden. Eine dringende Angelegenheit, daran würde sie sich als Soldatenfrau gewöhnen müssen, und darauf wollte sie sich ab sofort einstellen.

Milde Frühlingsluft empfing sie, den Abendhimmel zierten blassrosa Wolken, und zur perfekten romantischen Stimmung fehlte nur der Blumenduft. Stattdessen roch es nach frisch umgepflügter, mit reichlich Pferdemist gedüngter Scholle, denn jeder noch so kleine Vorgarten wurde zum Anbau von schnell wachsendem Gemüse wie Salat oder Radieschen genutzt.

Nora atmete dennoch tief ein; dass sie den Vater ihres Kindes der Familie vorstellte, war der Beginn ihres neuen Lebens, einerlei, wonach ein solcher Tag roch.

Mit flackerndem Blick suchte sie die Straße zu beiden Seiten ab. Ein Paar schlenderte eingehakt an ihr vorbei. Aus dem Haus gegenüber trat der alte Herr Körber, ein langjähriger Kunde, mit Lumpi, dem grau gewordenen Mischlingshund, an der Leine. Gemächlich begaben sich die zwei auf ihre abendliche Gassirunde. Ein tuckernder Laster, beladen mit weißen Leinensäcken, ratterte Richtung Schaller-Bäcker, und zwei Lausbuben vergnügten sich mit einem Fahrrad. Von William keine Spur.

Wenig später gesellte sich Alfred zu ihr. »Er kommt sicher gleich. Hoffentlich bringt er ein paar Zigaretten mit.«

Nora verpasste ihrem Bruder einen kräftigen Schubs in die Seite. »Es gibt Wichtigeres als deine blöden Glimmstängel«, rügte sie ihn.

»Nicht für mich«, gab er scherzend zurück. Dann deutete er mit ausgestrecktem Arm nach links, wo sich ein Jeep der US-Armee näherte. »Da kommt er ja schon ...«

Nora war so erleichtert, dass sie einen Freudenschrei nur mit Mühe unterdrücken konnte. In Zeiten von anhaltender Not und Lebensmittelknappheit war schon eine Lieferung Kartoffeln oder Kohlen ein Grund zum Jauchzen, und das würde die Nachbarn aus dem Haus locken. Statt zu jubeln, lächelte sie und winkte dem Wagen entgegen.

Ihre übermächtige Freude wandelte sich in schmerzhafte Enttäuschung, als der Jeep vor ihrem Haus anhielt und sie erkannte, dass nicht William, sondern ein ihr fremder Soldat am Steuer saß. Ohne den Motor abzustellen, sprang er mit einem eleganten Satz aus dem Wagen, wandte sich zur Rückbank und griff nach einem unförmigen hellbraunen Paket.

Mit fragendem Blick kam der junge Uniformierte auf sie zu. »You're Nora?«

Nora nickte, und als der Mann ihr das Päckchen mit den

Worten »*From Captain Bowman*, mit eine große *sorry*« in die Hände drückte, war ihr sterbenselend zumute. Noch ehe sie ihn fragen konnte, was passiert war, saß der Bote bereits wieder hinterm Steuer und brauste davon.

Unfähig, sich zu bewegen, umklammerte sie das Bündel aus braunem Packpapier und starrte mit brennenden Augen dem Jeep nach. Sie zitterte am ganzen Körper, in ihrem Kopf schwirrten tausend Fragen umher, und gleichzeitig hoffte sie, in nächster Sekunde aus einem bösen Traum aufzuwachen.

»Na, komm, lass uns nach oben gehen und nachsehen, was da drin ist«, sagte Alfred, als hätte sie ein spätes Weihnachtsgeschenk bekommen. »Womöglich erklärt der Inhalt, warum dein William nicht kommen konnte.« Brüderlich legte er den Arm um ihre Schulter und bugsierte sie sanft ins Haus.

Als sie den Flur betrat, wartete ihr Vater im Türrahmen zum Wohnzimmer. Er hatte das Knarren der Treppenstufen gehört und blickte ihr feindselig entgegen. »Kein Verlobter?«

Nora sah, dass er die Situation erfasste, und ahnte, welches Verhör ihr blühte. Das zu ertragen war ihr unmöglich. Noch bevor er weitere Fragen stellen konnte, schlüpfte sie in ihr Zimmer und schloss die Tür von innen ab.

Bei der letzten Umdrehung des Schlüssels hämmerte es an die Tür. »Nora, öffne die Tür. Sofort. Ich verlange eine Erklärung.«

Sie kümmerte sich nicht darum. Wie sollte sie auch erklären, was sie selbst nicht verstand? Das Päckchen immer noch in den Armen, warf sie sich schluchzend auf ihr Bett.

Wieder und wieder hämmerte ihr Vater gegen die Tür, verlangte Antworten, brüllte ihren Namen und drohte mit Bestrafung.

Beinahe hätte sie lauthals gelacht. Die schlimmste aller Strafen waren Williams Lügen. Wie wollte ihr Vater die übertrumpfen?

In einem plötzlichen Wutanfall schleuderte sie das Päckchen in die Zimmerecke. Es interessierte sie nicht, welch schäbiges

Abschiedsgeschenk er ihr geschickt hatte. Vermutlich Schokolade oder Seidenstrümpfe. Nein danke, sie verzichtete auf billige Trostpflaster, die er aus den Armeebeständen für ein paar lumpige Dollar erwerben konnte.

Das Hämmern an der Tür verstummte. Ihr Vater hatte aufgegeben. Jedenfalls für den Moment.

Weinend verkroch Nora sich unter der Bettdecke. Hier würde sie für den Rest ihres Lebens bleiben; ob sie das Kleid ruinierte, kümmerte sie nicht. Sonntagskleider waren nicht mehr von Bedeutung. Ihre Welt lag in Scherben. All ihre Hoffnungen hatten sich als Traumgespinst erwiesen. Sie würde für immer allein bleiben, kein Mann wollte eine Frau mit einem Bankert. Sie würde auf die Almosen ihrer Familie angewiesen sein. Würde von ihrem Vater Beschimpfungen ertragen und sich tagein, tagaus anhören müssen, den guten Ruf der Apotheke ruiniert zu haben. Die Vorstellung erschreckte sie so sehr, dass sie aufhörte zu weinen, die Bettdecke zurückwarf und sich aufsetzte.

Nein, sie durfte sich nicht gehen lassen. Musste an ihr Kind denken. Musste tapfer sein. Vielleicht erwartete sie eine dunkle, traurige Zukunft, aber nicht sofort und schon gar nicht heute. Bis es so weit war, konnte sie auch das Paket öffnen.

Entschlossen kramte sie in der Nachttischschublade nach einem Taschentuch, trocknete ihre Tränen, putzte sich die Nase und besann sich auf die Realität: Wenn William tatsächlich Seidenstrümpfe und Schokolade geschickt hatte, wäre es allerbeste Schwarzmarktware, die sie gegen notwendige Dinge wie Babykleidung eintauschen konnte.

Das Päckchen hatte den Wutausbruch einigermaßen unbeschadet überstanden, nur an einer Stelle war das Papier aufgeplatzt, und dort lugte ein Stück Stoff hervor. Karamellfarben, wie die Uniformen der US-Armee.

William schickte ihr Stoff?

Sehr eigenartig.

Ungeduldig riss sie das Papier auf.

Heraus kam eine Uniformjacke, in die drei Stangen Zigaretten eingewickelt waren.

Wenn das eine Überraschung sein soll, ist sie gelungen, dachte Nora verwundert. Unschlüssig legte sie die Zigaretten auf den Nachttisch und warf die Jacke auf ihr Bett. Dabei fiel ein Kuvert heraus und flatterte zu Boden.

Ohne Zweifel enthielt der Umschlag einen Brief von William, auch wenn kein Name darauf stand.

Mit klopfendem Herzen öffnete sie ihn und zog ein dicht beschriebenes Blatt heraus.

Geliebte Nora, meine süße Prinzessin,
bitte verzeih, dass ich nicht zu unserer Verabredung erschienen bin. Ein dringendes Anliegen hat all meine Pläne boykottiert, und leider darf ich nicht einmal darüber schreiben. Ich kann Dich nur bitten, mir zu vertrauen. Es ist eine Frage von wenigen Wochen, bis ich zurückkomme. Dann werde ich mein Versprechen einlösen, Deine Eltern aufsuchen und Dich anschließend nach Hause entführen.
Bis dahin soll die Jacke ein kleiner Ersatz sein. Ich hatte sie an Silvester an, als ich Dich zum ersten Mal in den Arm genommen habe. Vielleicht magst Du sie anziehen und Dir vorstellen, ich würde Dich umarmen.
In meinen Gedanken schließe ich Dich in die Arme und sende Dir all meine Liebe.

Noras Augen füllten sich mit Tränen. Das war bestimmt das Romantischste, was jemals ein Mann einem Mädchen geschrieben hatte. Ihr Traum war nicht gestorben, nur in die Zukunft verschoben. Unfähig weiterzulesen, legte sie den Brief zur Seite, schlüpfte in die Jacke und schloss für einen seligen Moment die Augen. »Ach, William«, seufzte sie und fühlte sich trotz allem getröstet und mutig genug, ihrem Vater entgegenzutreten. Doch zuerst wollte sie wissen, was William ihr noch geschrieben hatte.

Heiraten werden wir wie verabredet in den Staaten, worüber sich auch meine Eltern sehr freuen, die Deinen aber hoffentlich nicht zu enttäuscht sein werden.

Uns in Deutschland zu vermählen würde die Armee unter Umständen zu verhindern versuchen. Wenn man nämlich beabsichtigt, den »Feind« zu heiraten, gehen auf dem Dienstweg schon mal Formulare »verloren«, um die Brautleute zu zermürben. Obendrein kommt ein extra scharfes »Vergrößerungsglas« zum Einsatz. Da wird die politische Einstellung der Braut und ihrer Eltern akribisch untersucht, und sollte auch nur der kleinste Zweifel bestehen …

Nora hielt inne. Politische Einstellung der Eltern? Eine höfliche Umschreibung für die Annahme, dass alle Deutschen Nazis waren oder es immer noch sind, dachte sie. Gleich darauf erinnerte sie sich an das nächtliche Gespräch mit Alfred, in dem es um die Übernahme der Apotheke gegangen war. Hatte die Armee etwa herausgefunden, wie es damals mit dem Verkauf der Apotheke genau vonstattengegangen war? War ihr Vater etwa einer von diesen hinterhältigen Nazis, die sich die jüdischen Betriebe, Fabriken und ganze Kaufhäuser auf kriminelle Art und Weise angeeignet hatten? War William deshalb abkommandiert worden? War das der übliche Weg, um ihre Verbindung zu boykottieren?

Bei dem Gedanken umschlang sie die Angst wie ein dickes Seil, das ihr die Luft abschnürte. Ihr Herz begann zu rasen, und sie fühlte ihren Pulsschlag in den Ohren hämmern. Mal den Teufel nicht unnötig an die Wand, mahnte sie sich zur Besonnenheit. Such keine Probleme, wo keine sind. Lies erst einmal den Brief zu Ende.

... sollte auch nur der kleinste Zweifel bestehen, würde man uns die Erlaubnis verweigern. Aber wenn wir in Amerika heiraten, sind das nur ungelegte Eier (so sagt man doch?), und es juckt uns nicht weiter. Wir werden in meiner Heimat zum Altar schreiten, das verspreche ich Dir hiermit noch einmal schriftlich.

Meine süße Nora, seit ich weiß, dass Du mich liebst, ist jeder Tag ein glücklicher Tag. Meine Liebe zu Dir ist unauslösch- lich wie die Sterne am Firmament. Ich werde Dich in jeder Sekunde vermissen, mein erster Gedanke am Morgen und der letzte am Abend werden Dir gehören. Pass gut auf Dich und unser Kind auf und vergiss mich nicht. Denke immer an unseren Silvesterkuss, der unsere Liebe besiegelt hat. Liebe hat keinen Ort, sie wohnt für alle Zeiten in unseren Herzen.

I will always love you!
Dein William

Ein wenig erleichtert faltete Nora den Brief zusammen, steckte ihn zurück ins Kuvert und schob es in die Seitentasche ihres Kleides. William hatte sie nicht vergessen, liebte sie immer noch, und sie beschloss, wie er dem Silvesterkuss zu vertrauen. Bis zur Geburt ihres Kindes würde er bestimmt zurück sein. Sie musste nur an das Schicksal glauben, das sie zusammengeführt hatte.

Im Badezimmer wusch sie sich das Gesicht, kämmte ihr Haar und fühlte sich gestärkt für ein Gespräch mit ihrem Vater. Sie beschloss, die genauen Hintergründe der Apothekenübernahme herauszufinden. Bei einer eventuellen Befragung wollte sie nicht ahnungslos herumstammeln.

Vor der Tür zum Wohnzimmer straffte sie die Schultern und holte den Brief aus der Kleidertasche, bevor sie eintrat.

Ihre Eltern hatten die Sonntagskleidung abgelegt, der Vater

saß wieder in »Kelleruniform« – Strickjacke, Schal und Woll-stoffhose – in seinem Lehnsessel. Nur sein fast kahler Kopf, den er über eine Heilkräuterfibel beugte, war ohne Hut. Die Mutter trug das einfache graue Hauskleid mit halben Ärmeln, dar-über eine Kittelschürze und hatte es sich auf dem Sofa bequem gemacht, wo sie Topflappen häkelte. Alfred war nicht anwesend, offensichtlich war ihm die Luft hier zu dick. Der Ärger ihres Vaters hing nämlich in der Luft wie Zigarettenqualm, und sie ahnte, dass er einmal mehr die Sieger verfluchte, die nicht nur das Land zerstört, sondern auch noch seine Tochter geschändet hatten. Aber er irrte und würde sich entschuldigen müssen.

Ihr Vater blickte auf, bemerkte das Kuvert in ihrer Hand und musterte sie mit spöttischer Miene. »Na, hat der amerikanische Held dir noch ein Luftschloss gemalt?«

Ihre Mutter ließ seufzend die Häkelarbeit sinken.

»Nein«, antwortete Nora, wobei sie selbstbewusst den Kopf hob und auf ihren Vater zuging. »Er hat mir geschrieben.«

»Und weiter?«

Ihre Mutter hob den Kopf und sah sie voller Hoffnung an.

Mit wenigen ruhigen Worten berichtete Nora, was geschehen war und dass William ihr schriftlich die Ehe versprochen habe.

Ihr Vater klopfte sich mit flacher Hand auf den Schenkel, lachte höhnisch auf und brüllte: »Donnerwetter!«

»Das freut mich«, sagte ihre Mutter leise.

»Mich freut es erst, wenn du vor dem Altar stehst«, ergänzte ihr Vater und wollte den Termin wissen.

»Sobald William zurückkommt, fliegen wir in die Staaten und heiraten dort.« Nora war wütend, weil das Gespräch ganz und gar nicht so verlief, wie sie es sich vorgestellt hatte.

»Geht's etwas genauer? Schließlich haben wir nicht ewig Zeit«, zischte er und fixierte ihre Taille.

»Beruhige dich doch«, versuchte die Mutter zu vermitteln. »Noch ist es nicht so weit.«

»Aber bald wird man die Schande deutlich sehen können.« Wütend klappte er das Buch zu. »Wenn du dann immer noch als Ledige rumläufst, will ich dich nicht mehr im Laden haben. Kapiert? Und überhaupt, warum will er dich nicht in Regensburg heiraten? Da ist doch was faul. Raus damit, was hat der Herr angestellt?«

Nora lächelte. Ihr Vater hatte ihr das perfekte Stichwort gegeben, um ihn auf die schicksalhafte Zeit vor dem Kriegsausbruch anzusprechen. »Bei William stimmt alles, seine Weste ist schneeweiß, aber es scheint, als wäre deine ziemlich fleckig. Gibt es da etwas, das ich wissen sollte oder das meine Heirat mit William verhindern könnte?«

Ihr Vater blieb ihr eine Antwort schuldig, aber seine Mundwinkel begannen heftig zu zucken. Er hatte Angst. In dieser Verfassung hatte Nora ihn während der Fliegerangriffe erlebt. Auch andere hatten sich gefürchtet, als der Putz gebröckelt hatte, die Mauern gebebt und die Flaschen im Regal gewackelt hatten, aber er war das reinste Nervenbündel gewesen.

Ohne Hast setzte sie sich in den Sessel, den sonst Alfred für sich beanspruchte, strich ihr Kleid glatt und sah ihn herausfordernd an.

»Offensichtlich habe ich ins Schwarze getroffen.«

Er schnaufte empört. »Was erlaubst du dir, du missratene Rotzgöre?«

Nora ignorierte seine Bosheit und erklärte stattdessen, was William über die Erforschung der politischen Einstellung der Braut und deren Familie geschrieben hatte. »Ich selbst muss so eine Untersuchung nicht fürchten, aber wie steht es mit dir? Haben Mandelbaums die Apotheke freiwillig verkauft, oder wurde nachgeholfen? Auch wenn ich damals noch zu klein war, um zu begreifen, was die Nazis den Juden angetan haben, weiß ich inzwischen eine Menge darüber. William hat mir erzählt, mit welcher Raffinesse den Juden alles weggenommen wurde. Unter

dem Begriff Arisierung wurden Firmen, Geschäfte, Grundstü-
cke, Häuser und Wohnungen konfisziert. Manchmal wurde ein
ordnungsgemäßer ›Verkauf‹ inszeniert, doch angemessene Preise
wurden nie bezahlt. Gehörst du auch zu denen, die sich bereichert ...«

»Du dämlicher Fratz«, unterbrach ihr Vater sie lautstark.
»Lässt sich von einem Ami schwängern und wagst es, mir Vor-
haltungen zu machen. Verschwinde auf dein Zimmer, ich will
dich hier nicht mehr sehen.«

Seine Antwort war ihr Eingeständnis genug. »Dann stimmt
es also, du gehörst zu den Nutznießern«, entgegnete sie, bevor
sie aufstand und mit hoch erhobenem Kopf das Zimmer verließ.

12

Regensburg, im Herbst 1948

NORA BLINZELTE IHRE Tränen weg und schluckte ihre Wut hinunter. Sie würde weder freche Antworten geben noch weinen, den Gefallen würde sie diesem Scheusal von Vater nicht tun. Ganz egal, wie sehr er sich auch bemühte, sie mit überflüssigen Arbeiten zu nerven. Sie war jetzt im achten Monat und der Bauch natürlich nicht mehr zu übersehen. Doch ihr Vater nahm keine Rücksicht auf ihren Zustand, ließ sie täglich den Laden durchwischen, postierte sich währenddessen mit verschränkten Armen hinter der Verkaufstheke und beobachtete jede ihrer Bewegungen, ob sie auch ja kein Eckchen vergaß. Seit jenem Gespräch wegen des unrechtmäßigen Erwerbs der Apotheke schien er unter Gewissensbissen zu leiden, und sie war überzeugt, dass er sie deshalb so drangsalierte. Für sie war seine Schuld bewiesen. Wenn sich endlich eine Gelegenheit bot, würde sie nachhaken und hoffentlich die genaueren Hintergründe herausfinden.

»Mach voran, die Mittagspause ist gleich vorbei, ich muss aufschließen, dann will ich dich hier nicht mehr sehen, das weißt du.« Ungeduldig klimperte er mit dem Schlüsselbund, den er bereits in der Hand hielt. »Eine deutsche Apotheke hat jederzeit blitzsauber zu sein«, setzte er nach.

»Wie könnte ich das vergessen? Du reibst es mir ja täglich unter die Nase.« Normalerweise putzte sie den Boden nach Ladenschluss, und ihrer Meinung nach war das ausreichend.

Aber an herbstlichen Schmuddeltagen wie diesem behauptete er, der Fliesenboden sei verdreckt und müsse auch in der Mittagspause gewischt werden. Seit der Währungsumstellung im Juni hatte der Kundenzulauf deutlich zugenommen, es wurden wieder Luxusartikel wie Duftwasser, feine Seifen und Hautcremes gekauft, und ihr Vater zählte jeden Abend mit glänzenden Augen die gestiegenen Einnahmen.

Wütend warf sie den Putzlappen in den Eimer, freute sich über das herausspritzende Wasser, das ihr Vater, der Wächter über Ordnung und Reinlichkeit, nicht bemerkte. Ohne Hast packte sie den Putzeimer mit der rechten, den Schrubber mit der linken Hand und verschwand durch die Hintertür. Egal, wie sehr er sie auch quälte, ihre Würde konnte er ihr nicht nehmen. Putzen war keine Schande, obwohl er das zu glauben schien.

»Trödle nicht«, rief er ihr nach, als könnte sie gar nicht schnell genug aus seinem Blickfeld verschwinden.

Nora antwortete nicht. Er wollte sie nur weiter antreiben, um ihr sogleich die nächste Aufgabe zu erteilen. Als würde sie das Säubern und Wegstellen der Putzutensilien zu einer ewig langen Pause ausweiten. Demnächst würde er noch auf die Uhr schauen, wenn sie auf die Toilette musste.

Während sie das schmutzige Wasser in die Toilette goss, den Eimer ausspülte und den Putzlappen im gusseisernen Waschbecken auswusch, erinnerte sie sich an die ersten Wochen nach Williams Abreise. Solange man ihr die Schwangerschaft noch nicht angesehen hatte, war ihr Vater unerwartet freundlich gewesen. Zumindest hatte er sie nicht schikaniert und wohl wie sie selbst gehofft, William würde zurückkommen und sein Versprechen einlösen. Vielleicht hatten auch die Lebensmittel, die sie gegen einen Teil der Zigaretten auf dem Schwarzmarkt getauscht hatte, besänftigend auf ihn gewirkt. Butter, Zucker, Kaffee, Fleisch und Öl hatten der Familie einige Wochen lang erspart, mit der Zuteilung von täglich eintausendzweihundert

Kalorien auskommen zu müssen. Die milde Stimmung ihres Vaters schlug jedoch urplötzlich um, als sie mit einem Korbkinderwagen nach Hause gekommen war, den sie gegen die letzten Zigarettenpackungen eingetauscht hatte. Nie würde sie seinen fassungslosen Gesichtsausdruck vergessen, als sie den Wagen mit Kissen und einer Lage alter Decken ausgepolstert hatte. In dem Moment schien er begriffen zu haben, dass sein Albtraum Realität und sie tatsächlich Mutter werden würde.

Eine ledige Mutter.

Eine Schande für die Familie.

Eine, die versteckt werden musste.

In der Apotheke hatte sie bald freiwillig die Hinterzimmer aufgesucht und sich dort mit den routinemäßigen Arbeiten beschäftigt, die sie seither ganz besonders zuverlässig verrichtete. In den hinteren Räumen lief sie auch nicht Gefahr, Gollnik zu begegnen, den sie seit jenem Besuch im Frühjahr nicht mehr gesehen hatte. Der arrogante Banker käme am Ende noch auf die Idee, ihren Bauch streicheln zu wollen. Allein die Vorstellung ließ sie schaudern! Sie versuchte, sich möglichst unsichtbar zu machen und sich den Anweisungen ihres Vaters zu fügen. Sie hatte keine Wahl, keine andere Bleibe, und als ledige Schwangere würde ihr auch niemand eine Unterkunft vermieten. Hedi war anderer Meinung und hatte sie überredet, beim Wohnungsamt wenigstens mal anzufragen. Als sie nach stundenlangem Anstehen schließlich an die Reihe kam, stand sie vor einem älteren Herrn mit Übergewicht, der sichtlich nicht am Hungertuch nagte und sie an einen liebenswerten Gartenzwerg erinnerte. Doch schon die erste Frage, wo sie zurzeit lebe, ließ seine Miene zu Eis erstarren.

»Sie wohnen bei Ihren Eltern und wagen es, mir hier meine Zeit zu stehlen? Was glauben Sie, wie viele Flüchtlinge in Kellern oder Nissenhütten hausen? Die sind wirklich in Not. Sie nicht!«, wetterte er los. Damit war die Angelegenheit für ihn erledigt, und er brüllte: »Nächster, bitte.«

Sie war die Gefangene ihres Vaters, und nur ihre Mutter verhinderte, dass er sie auch noch zu Wasser und Brot verdammte.

Abends oder an den Wochenenden half sie ihrer Mutter mit dem Abwasch und dem, was sonst noch an Hausarbeit zu erledigen war. Anschließend verzog sie sich in ihr Zimmer. Meist war sie zu müde, um zu lesen oder Babymützchen zu stricken, aber immer wach genug, um AFN zu hören. Oft schlief sie dabei ein, die fremde Sprache im Ohr, und träumte von dem fremden Land. Sie hatte nicht die geringste Vorstellung, wie es dort drüben aussah, aber in ihren Träumen spazierte sie zwischen Wolkenkratzern umher, die höher waren als der Regensburger Dom. Jedes einzelne Haus war umgeben von grünen Bäumen, saftigen Wiesen und blau schimmernden Swimmingpools, eine Stadt wie ein Märchenland.

Besuchte sie ihre Freundin Hedi, wurde sie auf der Straße oft schief angesehen. Man tuschelte hinter ihrem Rücken oder wechselte die Straßenseite, als wäre sie eine Aussätzige. Einer Nachbarin hatte sie »Guten Abend, Frau Gründler. Wie geht es immer?« zugerufen, doch die hatte demonstrativ den Kopf weggedreht. Längst hatte Nora sich daran gewöhnt, grüßte dennoch und scherte sich nicht um Menschen, deren Moral noch aus dem Mittelalter stammte. Es gab aber auch freundliche Zeitgenossen, wie einige ältere Frauen, die ihren Bauch liebevoll betrachteten, vielleicht in Erinnerung an ihre eigene Zeit der guten Hoffnung oder an Enkelkinder.

An den Sonntagnachmittagen unternahm sie allein oder mit Hedi ausgedehnte Spaziergänge im Westenviertel, wo sie sich William verbunden fühlte. Einmal war sie einer hübschen Dunkelhaarigen mit Kinderwagen begegnet und hatte sich getraut, sie anzulächeln. Die junge Mutter war stehen geblieben und hatte gefragt: »Wann ist es denn bei Ihnen so weit?« Daraus hatte sich eine Unterhaltung und schließlich ein Stück gemeinsamen Weges ergeben. Nora hatte sich getraut zu fragen, wie die Geburt verlaufen war, denn davor fürchtete sie sich ein wenig. Die junge Mutter hatte sie beruhigt, es könne sehr schnell gehen, wie bei ihrer Tochter, die nach einer halben Stunde ihren ersten Schrei losgelassen hatte. Manchmal dauere es aber auch ein paar Stunden. Niemand könne es vorhersagen, und sie solle sich keine Gedanken machen. In dem Moment, wenn sie ihr Kind in der Armen hielt, seien alle Schmerzen vergessen.

Die Hebamme in der Klinik, in der Nora sich zur Entbindung angemeldet hatte, war weniger gesprächig gewesen. Auf ihre Frage nach Geburtsschmerzen hatte die spindeldürre Frau in der weißen Schwesterntracht nur lapidar geantwortet: »Daran sterben Sie nicht.«

Nachdem Nora Eimer, Schrubber und Putzlappen in die Abstellkammer geschafft hatte, genehmigte sie sich eine kurze Pause in der Wohnung. Im Badezimmer zog sie die graue Schürze und das im Nacken geknotete dunkelgrüne Kopftuch aus und schüttelte ihr länger gewordenes Haar. Friseurbesuche waren auf unbestimmte Zeit verschoben, sie benötigte ihren gesamten Verdienst für die Babyausstattung.

Aufatmend stieg sie in die leere Wanne und lehnte sich zurück. Das war ihr Zufluchtsort geworden, hier erinnerte sie sich an die gemeinsamen Schaumbäder mit William und die glücklichen Stunden. Hier fühlte sie sich mit ihrer großen Liebe verbunden.

Zärtlich streichelte sie den Babybauch, der unter dem weiten Schwangerschaftskleid aus grauem Flanell verborgen war.

»Keine Sorge, mein Schatz, dein Vater wird bald zurück sein«, flüsterte sie, auch um sich selbst Mut zuzusprechen. Dennoch liefen ihr die Tränen über die Wangen, die sie in den letzten fünfzehn Minuten zurückgehalten hatte. Plötzlich spürte sie eine Bewegung, ganz deutlich ein Füßchen und dann noch eines. Sanfte Tritte, als wollte das Baby auf diese Weise antworten. Ihr zu verstehen geben, dass sie nicht weinen solle, dass sie nicht mehr alleine sei, auch wenn sie immer noch verzweifelt auf eine Nachricht von William wartete.

»Wie gefällt dir Hedi als Name?« Nora durchströmte ein warmes Gefühl, wenn sie an die Freundin dachte. Hedi wollte sich gerne als Taufpatin zur Verfügung stellen, wenn sie eine Tochter bekäme. Einen Sohn würde sie William nennen. Aber die Frage der Taufe wollte sie mit ihrem Ehemann besprechen. Als Jude würde er vielleicht eine jüdische Zeremonie vorziehen, und sie wollte sich seinen Wünschen gerne anschließen. Noch immer war sie fest davon überzeugt, dass William sie nicht belogen hatte und es für sein Schweigen einen triftigen Grund gab. Daran, dass ihm etwas zugestoßen sein könnte, wollte sie nicht denken. So grausam konnte das Schicksal nicht sein.

»Nora, bist du da drin?«

Es war die zaghafte Stimme ihrer Mutter, die durch die Badezimmertür drang.

»Komm rein«, antwortete Nora.

Die Tür öffnete sich zögernd. Ihre Mutter, die ein braunes Wollkleid mit weißem Bubikragen und langen Ärmeln unter der Kittelschürze trug, sah sie besorgt an.

»Kind, was ist mit dir? Hast du etwa schon Wehen?« In den Händen hielt sie etwas Weißes aus Stoff.

»Nein, nein, mir geht es gut, ich wollte mich nur kurz ausruhen«, beruhigte sie ihre Mutter. »Und die kühle Wanne tut meinem Rücken gut.«

»Er bürdet dir zu viel Arbeit auf.« Seufzend setzte sich die Mutter auf den Wannenrand und strich ihr zärtlich übers Haar. »Soll ich nicht doch mal mit ihm reden?«

»Auf keinen Fall«, wehrte Nora entschieden ab. »Das wäre nur Wasser auf seine Mühlen, und am Ende wirft er mich noch aus dem Haus. Mit den Extraarbeiten stimme ich ihn milde, bis William wieder da ist.«

»Ja, er kommt bestimmt bald«, seufzte die Mutter halbherzig und reichte ihr das Stoffpäckchen.

»Hier, das habe ich auf dem Dachboden gefunden. »Strampelhöschen und eine Gummihose, die Sachen sind noch von dir.«

»Danke, Mutti, das ist lieb.« Nora nahm das Bündel entgegen, richtete sich auf und stieg mithilfe ihrer Mutter aus der Wanne. »Langsam habe ich eine schöne Ausstattung zusammen. Hedi hat auch einige Sachen über ihren amerikanischen Freund organisiert.«

»Mit Hedi hast du wirklich eine sehr gute Freundin«, sagte die Mutter anerkennend.

Stöhnend rieb Nora sich den Rücken. »Hoffentlich dauert es nicht mehr lange. Ich kann es kaum erwarten, mein Baby endlich in den Armen zu halten ...«

»Ja, irgendwann will man diesen Bauch einfach loswerden«, sagte ihre Mutter und lächelte. »Ich weiß noch, wie es mir mit Alfred erging. Der war nämlich zehn Tage überfällig und wollte das gemütliche Nest anscheinend nicht verlassen ...«

Nora ergriff die Gelegenheit, um ihre Mutter zur Geburt auszufragen. »Wie schlimm waren denn die Schmerzen? Und wie lange hat die Geburt gedauert?«

»Oh, das weiß ich gar nicht mehr genau, aber schlimm war es nicht. Na ja, es tut schon etwas mehr weh als beim Zahnarzt, aber die Hebammen sind ja bei dir und sagen dir, was du tun musst, wann du pressen musst und wann nicht. Und wenn das Kind den ersten Schrei tut, wirst du einfach nur glücklich sein, und alle Schmerzen sind vergessen.«

Sechs Wochen später, an einem sonnigen Oktobersonntag, gebar Nora einen Sohn. Sie hatte gehofft, er käme an Halloween, das hätte William sicher gefallen. Leider hatte es nicht geklappt, aber Hauptsache, das Kind war gesund. Und das war der Kleine mit seinen strahlend blauen Augen und den dünnen blonden Locken. Ihr kleiner süßer William, der seinem Vater wie aus dem Gesicht geschnitten war.

13

NORA BEDECKTE DEN zierlichen Milchglasschirm der Nachttischlampe mit einem dunkelblauen Tuch, um das Licht zu dämpfen.

»Gute Nacht, mein Liebling, schlaf schön«, flüsterte sie ihrem Sohn zu, setzte sich auf den Rand ihres Bettes und summte den Kleinen in den Schlaf.

Manchmal las sie ihrem Sonntagskind auch den einzigen Brief seines Vaters vor, in dem er schrieb, wie sehr er sie vermisse und dass er bald zurückkehre. Eigentlich musste sie ihn nicht mehr lesen, sie kannte jedes Wort auswendig und glaubte immer noch fest daran, dass William sie und seinen Sohn bald holen würde. Obwohl sie nun schon über ein Jahr auf ihn wartete.

Sie liebte das allabendliche Ritual, wenn sie Willi zuerst sein Abendfläschchen gab, ihn danach in eine frische Windel wickelte und mit einem Schlaflied in den Stubenwagen legte, der direkt neben ihrem Bett stand. Eine friedliche halbe Stunde hielt sie noch die kleine Hand ihres bald fünf Monate alten Sohnes fest, bis sich sein Griff lockerte und er eingeschlafen war. Dann erst verließ sie beruhigt das Zimmer, um die täglich anfallenden Windeln zu waschen und ihren Aufgaben in der Apotheke nachzugehen. Apothekenschränke und Ladenfenster mussten geputzt und Böden gewischt werden. Diese Arbeiten durfte sie weiterhin erledigen, um sich das Bleiberecht zu verdienen, aber nur abends oder an den Sonntagen, damit niemand die »Familienschande« sah. Sie schützten sie davor, auf der Straße zu landen, obwohl ihr Vater sie lieber heute als morgen aus dem Haus geworfen hätte. Ihre Mutter unterstützte sie auf ganz eigene Art und schob regelmäßig eine Kreislaufschwäche vor, sodass sie für die große Wäsche und andere schwere Haushaltsverrichtungen dringend die Hilfe ihrer Tochter benötigte.

Für Willi scheute Nora keine Anstrengung, nur der Unmut ihres Vaters brachte sie oft an ihre Grenzen. Seine abfälligen Kommentare, wenn sie nach der Post fragte. »Dein Traumprinz hat dich wohl vergessen?« Oder wenn sie es wagte, während des Essens aufzustehen, um nach dem Baby zu sehen, weil es weinte. »Kinder müssen schreien, das kräftigt die Lunge«, pflegte er zu knurren. Sie war anderer Meinung. Ihr Sohn war ein äußerst friedliches Kind, schlief nach seiner Abendmahlzeit nachts durch und weinte nur, wenn ihm etwas fehlte. Wie sonst sollte er sich bemerkbar machen, solange er nicht sprechen konnte?

Nora spürte, wie der Kleine ihren Finger losließ. Er war eingeschlafen. Ein paar Minuten wollte sie noch bei ihm bleiben, ihren süßen Liebling beobachten, soweit es bei der schwachen Beleuchtung möglich war.

Er war ihr ganzes Glück, und wenn es jemals nötig wäre, würde sie ihr Leben für ihn geben. Niemals hätte sie es für möglich gehalten, welche tiefen Gefühle dieses kleine Wesen in ihr auslöste, und nur seinetwegen ertrug sie weiterhin die Ablehnung ihres Vaters. Wo sollte sie auch hin mit einem Säugling? Im erzkatholischen Regensburg war sie schon als unverheiratete Schwangere eine Sünderin gewesen, die mit Verachtung gestraft werden musste. Als ledige Mutter war sie endgültig zur Aussätzigen geworden. Aber in ihr brannte die Flamme der Hoffnung, dass alles gut würde.

Vorsichtig erhob sie sich. Manchmal knarrte das Bett, und sie wollte den Kleinen auf keinen Fall wecken.

Müde schlüpfte sie in ein altes Hauskleid aus dunkelblauem Leinen, band eine Schürze und ein Tuch um ihr Haar und stieg die Treppen hinab. Am heutigen Samstagabend stand die gründliche Reinigung des Fliesenbodens im Laden auf dem Putzplan. An den Wochentagen genügte ein einfaches Durchwischen, aber einmal wöchentlich verlangte ihr Vater, dass sie mit Bürste und Sodalauge zu Werke ging. Das dauerte eine gute Stunde; danach schmerzten nicht nur Knie und Rücken, sondern auch ihre Hände waren brennend rot und rissig.

Im größten Hinterzimmer der Apotheke, in dem ihr Vater die Bücher führte, Geschäftsbesuche oder die Vertreter von Pharmafirmen empfing, schimmerte Licht durch die halb offene Tür. Hatte er Besuch?

Sie trat näher, um sich bemerkbar zu machen und dann die Tür zu schließen. Nach zwei Schritten erkannte sie die Stimme des Besuchers: Hanno Gollnik, der verhasste Händeküsser. Der Mann mit der Mensurnarbe. Der unangenehmste Mensch der ganzen Stadt.

Sie schauderte bei der Erinnerung an den Tag, als er sie alleine in der Apotheke erwischt, zweideutige Anmerkungen gemacht und auch noch versucht hatte, ihre Hand zu packen. Jetzt wollte sie weglaufen, doch zugleich war sie neugierig, was der Fiesling an einem Samstagabend von ihrem Vater wollte. Sie duckte sich in eine Ecke, wo sie zuhören konnte.

»Nur zwei, drei Monate«, hörte sie ihren Vater sagen.

»Ich bedaure, Längsfeld, dein Schuldenberg ist einfach zu hoch, noch einmal kann ich die Frist unmöglich verlängern«, antwortete Gollnik in dem sonoren Tonfall, in dem er zu sprechen pflegte. Wie der gierige Wolf im Märchen, der Kreide gefressen hatte.

Es ging natürlich um Geld, wie gewöhnlich bei Gollnik, und Nora war neugierig, wie die Unterhaltung ausgehen würde.

»Du weißt doch besser als ich, dass die Währungsreform mit

den lausigen vierzig Mark Kopfgeld ein hinterhältiger Plan war, um uns kleine Leute zu ruinieren. Das bisschen Bargeld war schnell ausgegeben, wir nagen weiterhin am Hungertuch.«

»Übertreibst du da nicht ein wenig?«

»Im Gegenteil.« Ihr Vater lachte bitter auf. »Die Mieten wurden eins zu eins umgestellt, während man für eintausend Reichsmark auf dem Sparkonto gerade noch fünfundsechzig D-Mark bekam. Und die Konten waren auch noch bis letzten Oktober gesperrt, bevor sie noch weiter zusammenschrumpften. Das war ein Verlust von … ach, das kannst du selbst ausrechnen.«

»Etwas über neunzig Prozent«, entgegnete Gollnik, ganz das Mathematikgenie.

»Na, bitte! Wir kleinen Sparer haben alles verloren. Wenn das kein Betrug war, weiß ich auch nicht.«

»Du hast anscheinend vergessen, wem du die Finanzierung deines Persilscheins verdankst. Ohne den hättest du die Apotheke verloren. Mit der Rückzahlung habe ich mich lange genug geduldet. Was kannst du mir also anbieten?« Gollniks Tonfall klang herablassend, ohne einen Funken Mitleid für die Not ihres Vaters.

»Anbieten?«, wiederholte ihr Vater. »Meine Taschen sind leer, ich wurde bis auf den letzten Pfennig von euch Bankengaunern ausgeraubt.«

Nora hatte ihn selten so aufgebracht sprechen gehört.

»Bleib mal auf dem Teppich, Längsfeld. Die Währungsreform ist von den westlichen Alliierten geplant und durchgeführt worden. Ich gehöre nur zu den ausführenden Organen.«

»Einerlei, wer plündert, pleite bin ich dennoch …« Ihr Vater schnaufte wütend.

»Ich bedauere unendlich, aber ohne einen Gegenwert für deine Schulden wirst du mit der Pfändung des Hauses rechnen müssen.«

»Pfändung?«, brauste ihr Vater auf. Es folgte ein dumpfes Geräusch, das nach einem umfallenden Stuhl klang.

Nora erschrak. Gollnik wollte das Haus pfänden! Dieses Ungeheuer war der reichste Mann der Stadt und bekam den Hals doch nicht voll.

Es entstand eine lange Pause, in der Nora das leise Rascheln von Papieren hörte und wie sich jemand eine Zigarette anzündete; vermutlich Gollnik, ihr Vater rauchte nicht. Als dicke Rauchwolken aus dem Hinterzimmer zogen, musste Nora mühsam einen Hustenanfall unterdrücken, um sich nicht zu verraten.

»Du willst mein Lebenswerk zerstören, mich und meine Familie auf die Straße setzen. In Gottes Namen, Gollnik, denk doch bitte an die arme Nora und das Baby …«

Nora presste sich die Hand vor den Mund, um nicht laut aufzulachen. Plötzlich war sie ihrem Vater gut genug, um mit ihr zu betteln. Das würde sie ihm bei nächster Gelegenheit unter die Nase reiben.

»Meine arme kleine Nora, das schönste Mädchen von Regensburg«, entgegnete Gollnik mit beinahe sanfter Stimme. »Wie geht es ihr, nachdem sie sitzen gelassen wurde? Ich habe sie seit Ewigkeiten nicht mehr gesehen. Sicher ist sie noch schöner geworden, es heißt ja, dass die Mutterschaft eine Frau zum Strahlen bringt.«

Nora drückte sich noch enger an die Wand. Sie zitterte vor Wut und Empörung. Dieses Scheusal wagte es, sie »meine kleine Nora« zu nennen? Und sie war keineswegs sitzen gelassen worden. Zu gerne wäre sie in das Hinterzimmer gerannt und hätte Gollnik die Meinung gesagt. Aber sie beherrschte sich.

»Es geht ihr gut«, antwortete ihr Vater knapp.

Gollnik räusperte sich vernehmlich. »Fassen wir zusammen. Du bist bankrott, weißt nicht, wie du den Kredit bedienen sollst, und hast einen Bankert am Hals. Verdammte Bredouille aber auch.«

Nora ballte die Fäuste. Obwohl sie und ihr Vater momentan nicht das beste Verhältnis zueinander hatten, tat er ihr leid. Gollnik streute auch noch Salz in die Wunde. Ihr Vater brummte etwas, das sie leider nicht verstehen konnte.

Stampfende Schritte drangen nun aus dem Hinterzimmer, ihr Vater lief schnaufend auf und ab, wie Nora vermutete. Gollnik hatte jedenfalls keinen Grund, nervös herumzustiefeln. Vermutlich thronte er auf einer Ecke des Schreibtisches und beobachtete ihren Vater herablassend.

»Setz dich, mein Freund, ich will dir einen Vorschlag unterbreiten, der dich retten kann.«

Nora glaubte, sich verhört zu haben. Gollnik gab plötzlich den Gönner? Das konnte nur ein zweischneidiges Schwert sein. Gespannt trat sie einen halben Schritt aus ihrer Nische, um ja kein Wort zu verpassen.

»Ich werde dir einen Handel anbieten, der dich mit einem Schlag von deinen Schulden befreit und dich keinen Pfennig kostet, ganz im Gegenteil«, sagte Gollnik. Nora sah ihn förmlich vor sich, wie er selbstgefällig an seiner Zigarette zog und dicke Rauchwolken in den Raum paffte. »Du wirst sogar noch dein Hauptproblem los.«

»Lass die dummen Scherze«, erwiderte ihr Vater, der scheinbar keinen Sinn für Gollniks Launen hatte. »Ich weiß selbst, dass die Geschäfte wegen Nora und ihrem Bankert so mies laufen. Seitdem hat uns das Glück verlassen. Die Leute meiden uns und zerreißen sich das Maul, dabei verstecke ich sie, so gut es geht, in der Hoffnung, dass die Blamage bald vergessen ist.«

»Genau dieses Hauptproblem meinte ich ja. Also höre. Ich bitte dich hiermit um Noras Hand.«

Nora hielt den Atem an. Was Gollnik vorschlug, konnte nicht wahr sein. Sie musste sich verhört haben.

»Was?« Die Stimme ihres Vaters überschlug sich vor Überraschung.

»Ich möchte Nora heiraten, sie zu einer ehrbaren Frau machen und dich zu meinem Schwiegervater. Rede mit Nora darüber, lege ein gutes Wort für mich ein, und wenn sie Ja sagt, übernehme ich deine gesamten Schulden.«

»Ich verstehe nicht … Warum solltest du Nora heiraten wollen?«

»Sie ist eine wunderschöne junge Frau, und ich begehre sie seit Langem. Sie würde es gut haben bei mir und ein Luxusleben führen. Sobald sie und ich vor dem Traualtar oder auch nur vor dem Standesbeamten stehen, tilge ich deine Schulden«, wiederholte Gollnik mit ruhiger Stimme.

Wie Nora erwartet hatte, lachte ihr Vater nun bitter auf. »Guter Witz.«

»Kein Witz, ich meine es todernst.«

Nora presste die Lippen aufeinander. Da war es, das zweischneidige Schwert. Sie konnte nicht glauben, dass dieser ekelhafte Kerl sich einbildete, sie würde in die Ehe mit ihm einwilligen. Nicht im Traum und nicht in tausend Jahren, auch wenn die Anschuldigungen ihres Vaters einen Tropfen Wahrheit enthielten. Durch sie und ihr uneheliches Kind war die Apotheke letztlich in die roten Zahlen gerutscht, was umso bitterer war, da sich die Geschäfte nach den entbehrungsreichen Kriegsjahren und der Umstellung von Reichsmark auf D-Mark anderswo erholt hatten.

»Na gut, nehmen wir an, Nora wäre einverstanden, was mache ich dann mit dem Balg?«

»Ich muss doch sehr bitten, Längsfeld, hältst du mich für einen Unmenschen?«, entrüstete sich Gollnik. »Das Kind bleibt natürlich bei der Mutter, also bei uns, und ich würde es selbstverständlich adoptieren. Es ist ein Junge, soweit ich gehört habe. Ich liebe Kinder, konnte nur leider nie welche bekommen. Es wäre mir eine große Freude, endlich Vater zu werden und für beide zu sorgen. Nicht zuletzt hätte ich einen männlichen Erben, es wäre also für alle Beteiligten zum Vorteil.«

Geschockt biss Nora sich in die Hand, um nicht aufzuschreien. Dann stahl sie sich lautlos aus der Nische und rannte durch die Hintertür der Apotheke in den Hausflur. Dort holte sie erst einmal tief Luft und versuchte, sich zu beruhigen. Was bildete dieser Händeküsser sich eigentlich ein? Sie war doch kein Kartoffelacker, den man sich mal eben unter den Nagel reißen konnte. Und die Leibeigenschaft war ja wohl längst abgeschafft worden.

Keuchend hetzte sie die Treppen nach oben in ihr Zimmer, um nach dem Kind zu sehen und Kraft zu schöpfen.

Klein Willi lag friedlich schlafend in seinem Körbchen. Zärtlich streichelte sie seine runden Wangen und meinte trotz der Dunkelheit, ein Lächeln zu erkennen. Und obwohl er noch so winzig war, sie weder beschützen noch auf irgendeine Weise verteidigen konnte, spürte sie in seiner Nähe eine große Kraft. Trotzdem sehnte sie sich nach dem großen William. Leider blieb ihr im Moment nur seine Jacke, die sie aus dem schmalen Kleiderschrank holte, hineinschlüpfte und dann die Arme verschränkte.

Nach ein paar Minuten hatte sie den Schock etwas verdaut, und das eben Gehörte kam ihr nur mehr wie ein böser Traum vor. Ihr Vater mochte verbittert sein, aber er würde Gollniks absurdem Ansinnen niemals zustimmen, ja, nicht einmal drüber nachdenken. Er würde sein eigenes Enkelkind nicht verkaufen. Und selbst wenn: Nie und nimmer würde sie einwilligen, nicht einmal wenn Gollnik sie mit Gold und Edelsteinen überhäufen würde.

Je länger sie darüber nachsann, umso lächerlicher kam ihr das Ganze vor. Nur diese eine hypothetische Frage ihres Vaters ließ ihr keine Ruhe: »Nehmen wir an, Nora wäre einverstanden, was mache ich dann mit dem Balg?« Hatte er Gollnik nur provozieren oder sichergehen wollen, dass sich bei diesem grotesken Handel tatsächlich all seine Probleme in Luft auflösten?

Nora zwang sich, nicht länger darüber nachzudenken, und brühte stattdessen eine Tasse Baldriantee auf. Sie brauchte dringend etwas zur Beruhigung. Morgen würde die Welt wieder anders aussehen.

In der Küche traf sie ihre Mutter an, wie gewöhnlich in einer Kittelschürze, das Haar mit einem Kopftuch vor den Küchendämpfen geschützt. Sie war am Spülbecken noch mit dem Geschirr vom Abendessen beschäftigt.

Durch das geöffnete Fenster wehte eine leichte Frühlingsbrise herein, und ganz in der Nähe zwitscherte eine Amsel ein letztes Lied. Es war ein lauer Samstagabend, dem ein sonniger Sonntag folgen würde, das jedenfalls hatten die Nachrichten gemeldet.

»Lass mich das doch machen, Mutti«, sagte Nora. »Dann kannst du ins Bad gehen und dich in der heißen Wanne entspannen.«

Am samstäglichen Badetag hatte sich nichts geändert. Außer, dass Nora und ihr Bruder sich jeder eine halbe Wanne füllen durften, weil nicht mehr ganz so eisern an Brennmaterial gespart werden musste.

»Ich bin gleich fertig, nur noch das Besteck. Wenn du magst, kannst du abtrocknen. Schläft der Kleine schon?«

Nora griff nach dem über die Jahre fadenscheinig gewordenen blau-weiß karierten Küchenhandtuch, das an einem Haken neben dem Spülbecken hing. »Er hat vorhin gut getrunken und schläft ganz ruhig«, antwortete sie und begann, die Teller abzutrocknen. Kurz überlegte sie, ob sie ihrer Mutter von Gollniks Ansinnen erzählen sollte, doch dann entschied sie sich dagegen. Es kam ihr inzwischen zu unwirklich vor, am Ende würde die Mutter sie noch für übergeschnappt halten.

»Er ist wirklich ein sehr braves Kind«, sagte ihre Mutter, während sie geschäftig mit dem Besteck klapperte.

»Das ist er«, stimmte Nora ihr zu und drehte den Kopf in Richtung Tür, hörte ihn aber nicht weinen.

»Sobald er den ersten Zahn bekommt, kannst du ihm auch mal einen Brotkanten geben.«

»Das werde ich«, sagte Nora und war gespannt, wann es endlich so weit war. Wann er sie mit zwei niedlichen Zähnchen anlächeln würde.

Kurz nachdem ihre Mutter ins Bad verschwunden war, betrat ihr Vater die Küche. Er wirkte gehetzt, sank wortlos auf einen der Stühle am Küchentisch und starrte trübsinnig ins Leere.

Nora war überrascht, dass er kein Wort über den ungeputzten Boden im Laden verlor. Sie überlegte, ihn selbst darauf anzusprechen und ihm zu versichern, dass sie die Arbeit am nächsten Tag nachholen würde, entschied sich dann aber dagegen. Sein starrer Blick sagte ihr, dass er sich gedanklich quälte. Vielleicht fand er doch eine Möglichkeit, Gollnik umzustimmen. Wozu ihn also jetzt unnötig aufregen? Denn aufregen würde er sich, wenn sie gestand, gelauscht statt die Fliesen geschrubbt zu haben.

14

SONNTAGE WAREN NORAS Erholungstage. Die Eltern und Alfred besuchten am Vormittag den Gottesdienst, dem sie als Schandfleck der angesehenen Apothekerfamilie gefälligst fernzubleiben hatte, was sie nicht bedauerte.

Sie nutzte die zwei Stunden, um Willi ungestört im Kinderwagen auszufahren, denn seit dem Ende des Naziterrors waren alle Nachbarn wieder fleißige Kirchgänger und die Straßen menschenleer. Manchmal besuchte sie auch Hedi, wenn die Freundin frei hatte. Sie war im Offizierscasino zur zweiten Köchin aufgestiegen, arbeitete länger, verdiente besser und erhielt zusätzlich Lebensmittel als Bonus.

Das angekündigte Frühlingswetter kam in Begleitung eines kühlen Windes, sodass Nora dem Baby den baumwollenen Strampler anzog und darüber die selbst gestrickte Ausgehgarnitur aus hellblauer Wolle. Dann wickelte sie Willi in eine Decke. Die Ankleideprozedur fand auf ihrem Bett statt, für einen Wickeltisch war kein Platz gewesen in ihrem winzigen Zimmer.

Willi quengelte ein wenig. Nicht zum ersten Mal hatte sie den Eindruck, er war es leid, nicht endlich aufspringen und loslaufen zu können. Um ihn zu beruhigen, drückte sie ihm die bunte Rassel in die Hand. Ein paar Sekunden spielte er damit, dann schleuderte er sie zur Seite, folgte ihr mit dem Blick und drehte sich leicht. Jetzt sah er die Uniformjacke seines Vaters, die noch auf dem Bett lag.

»Gut gemacht«, lachte sie, und wie gewöhnlich, wenn Willi etwas Neues entdeckt hatte, wollte er es unbedingt haben. Sie gab ihm den Jackenärmel, den er sofort in den Mund steckte. Anscheinend schmeckte er besonders fein, denn als sie Willi auf den Arm nahm, wollte er ihn nicht wieder loslassen. Schließlich fiel die Jacke auf den Fußboden.

Nora legte Willi zuerst in den Stubenwagen, bevor sie die Jacke aufhob und auf dem Flur kräftig ausschüttelte. Der Holzboden in ihrem Zimmer war nämlich ziemlich staubig, da sie ihn wegen der Zusatzarbeit seit Tagen nicht ausgefegt hatte.

Ein Umschlag fiel heraus.

Eigenartig, dachte sie beim Aufheben. Wieso hatte sie ihn nicht vorher bemerkt? Andererseits hatte sie die Hände auch nie in die Taschen gesteckt.

Vor Freude über den Fund schlug ihr Herz schneller, doch das Kuvert war leer. Adressiert war es an B. Bowman in Boston. Vielleicht stand das B ja für Bill, als Abkürzung für William? War es Williams Heimatadresse beziehungsweise die seiner Eltern? Lag New Haven in der Nähe von Boston? Und wer hatte an ihn geschrieben? Sie drehte den Umschlag um, doch ein Absender fehlte.

Willi begann wieder zu quengeln, ihm war langweilig und sicher auch zu warm in dem wollenen Anzug und der Decke.

Eilig zog Nora den leichten dunkelblauen Popelinemantel über, steckte das Kuvert in die Tasche und nahm das Kind aus dem Stubenwagen. »Schon gut, wir gehen ja an die frische Luft.«

Sofort beruhigte er sich und strahlte sie an. Und wie so oft erinnerte sein Blick sie an seinen Vater. Die gleichen braungrünen Augen. Gerührt drückte sie Willi an sich und bedeckte sein kleines Gesicht mit Küssen.

Dann stieg sie vorsichtig die steile Treppe hinunter in den Hausflur, wo der Korbwagen bereitstand, legte ihren Liebling hinein, deckte ihn mit dem Federkissen zu, das sie extra für den Kinderwagen besorgt hatte, und marschierte los.

Normalerweise erzählte sie dem Kleinen, wie sich die Gegend

veränderte, welche Blumen blühten oder wo sie Wildkräuter entdeckte. Ohne Scheu plauderte sie auf ihren Spaziergängen mit ihrem Kind und musste angesichts der menschenleeren Straßen nicht fürchten, jemand könne sie beobachten und für übergeschnappt halten, weil es aus der Ferne so wirken musste, als führte sie Selbstgespräche. Aber heute war sie in Gedanken bei dem Kuvert. Fragte sich, ob es nur ein seltsamer Zufall war, dass es ausgerechnet jetzt zum Vorschein gekommen war, oder ob es ein Zeichen des Schicksals war. Ob William über diese Adresse zu erreichen war?

Unbewusst hatte sie den Weg zu Hedi eingeschlagen und stand nun vor dem Haus in der Kreuzgasse. Nora war nicht sicher, ob die Freundin heute frei hatte, und klingelte einfach.

Es dauerte lange, ehe im ersten Obergeschoss ein Fenster geöffnet wurde und Hedis Kopf erschien. »Ach, ihr zwei …« Sie schien gerade erst aufgestanden zu sein, zumindest hatte sie einen Morgenrock an, und ihre dunklen Locken hingen ungekämmt um ihr rundliches Gesicht.

»Entschuldige den Überfall. Hab ich dich geweckt?«

Hedi schüttelte den Kopf. »Bin nur noch nicht angezogen. Magst raufkommen, ich habe echten Bohnenkaffee.«

»Danke, gerne.«

»Warte, ich werfe den Schlüssel runter … Sonntag ist doch die Haustür abgesperrt …«

Die Wohnung von Hedis Eltern bestand aus zwei Zimmern, einer großen Wohnküche und einem nagelneuen Badezimmer, das Hedi von ihrem Verdienst hatte einbauen lassen. Bis zu ihrem sechsten Lebensjahr hatte sie in einer Nische in der Küche geschlafen, seit ihrer Schulzeit nächtigte sie im Wohnzimmer auf dem hellbraunen Ausklappsofa. Längst verdiente sie genug für eine eigene Wohnung, wenn sie denn eine fände. Auch sie war vom Wohnungsamt abgewiesen worden, weil Flüchtlinge und ausgebombte Familien bei der Vergabe bevorzugt wurden.

Unverheiratete wie Hedi und sie selbst mussten sich ganz hinten anstellen, erst recht, wer eine Bleibe bei den Eltern hatte.

»Drüben ist noch nicht aufgeräumt. Solange die Eltern in der Kirche sind, mache ich mir einen schönen Lenz«, erklärte Hedi, als sie Nora in die Küche führte.

»Stört mich nicht, dann kann ich den Kleinen in dein Bett legen«, freute sich Nora, die ihre Freundin gut genug kannte, um zu wissen, dass ihr ein wenig Unordnung nicht wirklich peinlich war.

»Endlich mal wieder ein Mann in meinem Bett«, lachte Hedi und strich sich eine vorwitzige Strähne aus der Stirn.

»Noch immer keinen Ersatz für John gefunden?«

»Verehrer habe ich schon, aber ich kann John einfach nicht vergessen.« Traurig senkte die Freundin den Lockenkopf, während sie kochend heißes Wasser in den Kaffeefilter goss, das sie aus dem seitlichen Wasserkessel des gusseisernen Herdes schöpfte. »Mein Johnny war so ein liebevoller Mann, so einen finde ich nie wieder. Doch bis jetzt kam kein Lebenszeichen, seit er vor drei Monaten abkommandiert wurde. Dabei hat er fest versprochen zu schreiben.«

»Tut mir leid«, sagte Nora, während sie den Kleinen auf den Küchentisch legte, um ihn von dem Wollanzug zu befreien. Falls Hedi darüber reden wollte, würde sie gerne zuhören.

Aber Hedi fragte nur, ob sie Milch und Zucker in den Kaffee nahm. Nora bejahte, Hedi stellte Tassen, Teller, Zuckerdosen und Milchkännchen auf einen Teewagen, und sie fuhren damit ins Wohnzimmer. Der Raum war mit einem hellbraunen Sofa, zwei passenden Polstersesseln, einem schweren Couchtisch aus Eichenholz und einem wuchtigen Vitrinenschrank möbliert. Das zum Schlafen aufgeklappte Sofa reichte knapp an den Tisch heran, weshalb man sich nur schwer umdrehen konnte.

»Ich beneide dich um deinen süßen Schatz. Du bist nie allein, hast immer jemanden zum Schmusen, und wenn du mal alt bist, wird er sich um dich kümmern«, sagte Hedi, als Nora den Kleinen auf das dicke Kopfkissen legte, ihren Mantel auszog und Willi dann auf den Schoß nahm.

»Ja, ich bin sehr glücklich mit meinem Goldschatz«, versicherte sie, während sie Zucker in ihre Tasse rührte, den Löffel ableckte und ihn Willi zum Spielen gab.

Wie bei jedem Treffen entstand eine Pause, in der die unausgesprochene Frage im Raum hing, ob sie etwas von William gehört habe.

»Heute habe ich einen Umschlag in der Uniformjacke gefunden. Er steckte in der Tasche«, sagte Nora in die Stille hinein. Sie hatte ihrer besten Freundin natürlich von der Jacke erzählt.

»Mit einem Brief?«, folgerte Hedi.

»Nein, leider nicht. Nur ein leeres Kuvert«, antwortete sie und bat Hedi, ihn aus der Manteltasche zu holen.

Hedi angelte das Kuvert heraus, drehte und wendete es und murmelte: »Das B steht bestimmt für Bill als Abkürzung von William, das bedeutet, du hast jetzt seine Adresse in Amerika.«

»Hmm … Ganz sicher weiß ich es natürlich nicht, aber ich überlege, ob ich dorthin schreiben soll?«

»Was gibt's denn da zu überlegen? Selbstverständlich schreibst du, und zwar sofort«, entgegnete Hedi bestimmt. »Und falls du kein Briefpapier hast, besorge ich welches.«

Wieder zu Hause, forderte der Kleine seine Mittagsmahlzeit. Nachdem er sein Haferschleim-Fläschchen leer getrunken hatte, war eine frische Windel fällig, und wenige Minuten später fielen ihm die Augen zu. Er würde gut zwei Stunden schlafen, und die Eltern waren noch nicht zu Hause, vermutlich waren sie nach der Kirche noch in Vaters Stammwirtshaus eingekehrt, oder sie spazierten durch den baumlosen Park. Ihr blieb genügend Zeit, um nach Briefpapier und einem Kuvert zu suchen.

Beides fand sie im Hinterzimmer der Apotheke in einem

Aktenschrank mit Schiebetüren, wo ihr Vater auch sämtliche Unterlagen der Apotheke verwahrte.

Einen kurzen Moment war sie versucht, die Bücher durchzublättern, um herauszufinden, ob die Existenz der Familie tatsächlich in Gefahr war. Aber das könnte länger dauern, und sie wollte auf keinen Fall von ihrem Vater dabei erwischt werden. Schnüffeleien jeglicher Art waren ihm verhasst.

Wenig später hörte Nora die Haustür knarren. Dem vertrauten Geräusch folgten Schritte auf der Treppe. Als Nächstes wurde zaghaft an ihre Zimmertür geklopft, und die Stimme ihrer Mutter erklang.

»Nora, bist du da?«

Nora öffnete und trat in den Flur, um den Kleinen nicht zu wecken.

Ihre Mutter war noch in Hut und Mantel, sah müde aus und hatte dunkle Schatten unter den Augen, die trotz des schwachen Flurlichts deutlich zu erkennen waren. Ob die finanzielle Misere der Grund dafür war?

»Dein Vater möchte mit dir reden, unten in seinem Keller«, flüsterte die Mutter in verschwörerischem Tonfall, wie früher, wenn sie etwas angestellt hatte.

Nora erschrak. »Warum?«

»Ich weiß es nicht, aber es sei wichtig, hat er noch betont. Soll ich auf den Kleinen aufpassen?«

»Er ist gerade eingeschlafen, ich hoffe, er wacht nicht auf«, erklärte Nora.

»Der liebe Bub.« Die Mutter nahm den mit einem Stück Netz und einer Stoffblume verzierten schwarzen Hut ab und strich ihr Haar glatt. »Lass die Tür einen Spalt offen. Ich bin in der Küche, um das Mittagessen vorzubereiten, dann höre ich ihn, wenn er schreit.«

»Danke, Mutti«, sagte Nora und stieg mit klopfendem Herzen hinunter in das Kellergewölbe. Während des Krieges, als die

Apotheke hier untergebracht gewesen war und auch die Kunden sich nach unten hatten bemühen müssen, hatte sie stets das Gefühl gehabt, unter der Erde eingesperrt zu sein und nicht entkommen zu können. Obwohl das solide gemauerte Ziegelgewölbe seit dreihundert Jahren allen Kriegen und Katastrophen standgehalten hatte.

Ihr Vater saß in seinem dunklen Kirchganganzug, mit weißem Hemd und dezent gestreifter Krawatte am Versuchstisch wie ein Richter, der über sie urteilen wollte.

»Wenn du böse wegen der Fliesen im Laden bist, das erledige ich heute«, sagte sie, als könnte es sich nur um die säumige Arbeit handeln.

Er ging nicht auf ihre Worte ein, sondern deutete auf einen Stuhl an der Seite des Tisches. »Setz dich.«

»Danke, aber ich möchte lieber stehen. Der Kleine schläft, und ich will nicht allzu lange fortbleiben.«

Er zuckte mit den Schultern. »Dann bleibst halt stehn.«

Nora sah ihn gespannt an.

»Vom Vater deines Sohnes hast du nichts mehr gehört, oder?«

»Er kommt zurück, ganz sicher«, antwortete sie mit einem dicken Kloß im Hals. So direkt danach gefragt zu werden war, als müsste sie einsehen, dass William sie im Stich gelassen hatte.

»Sobald Schweine fliegen«, sagte ihr Vater höhnisch grinsend. »Der feine Herr Sieger hat sich verdünnisiert und seinen eigenen Trümmerhaufen zurückgelassen.«

Nora schluckte und zwang sich zu schweigen. Es war unsinnig, mit ihm darüber zu reden. Ihr Vater würde und wollte seine Meinung über die verhassten »Sieger« niemals ändern. Dennoch drängte es sie, ihm die Meinung zu sagen.

»Die Geschenke von William hast du aber gern genommen, oder? Mutter bekam regelmäßig glänzende Augen beim Anblick der herrlich duftenden rosa Seifenstücke oder des schneeweißen Waschpulvers, das richtig schäumt und den Namen auch verdient. Nicht so wie unser pappiges graues Pulver, das aus Tierknochen hergestellt wird und weder schäumt noch sauber wäscht, sondern nur nach Not und Trostlosigkeit müffelt.«

Ihr Vater runzelte die Stirn, als verstünde er kein Wort. Mit einem Mal schien es, als ränge er nach Luft. »Wir haben finanzielle Probleme.«

Nora wusste genau, was er damit sagen wollte, erwiderte aber nichts.

»Es fehlt nicht viel, und die Bank pfändet das Haus …«

»Du meinst, Gollnik pfändet es«, ergänzte Nora.

»Es ist deine Schuld«, platzte er zornig heraus. »Die ganze Stadt redet über dich, die Leute nennen dich Dollarhure, und wir verlieren immer mehr Kunden. Lange kann es nicht mehr dauern, dann sind wir bankrott. Aber es gibt eine Lösung.«

Er will mich also tatsächlich an Gollnik verschachern, erkannte Nora und spürte, wie sich ihr Magen zusammenkrampfte. Hasste ihr Vater sie so sehr, dass er zu solch einer unmenschlichen Tat fähig wäre?

»Gollnik hat um deine Hand angehalten.«

»Wie bitte?«, fragte Nora und riss die Augen weit auf, als wäre sie völlig überrascht.

»Er verehrt dich schon sehr lange, will dich heiraten und sogar dein Kind adoptieren. Dafür erlässt er uns die Schulden, und wir werden nicht gepfändet.«

Nora setzte sich nun doch auf den Stuhl. Bis zu dieser Sekunde hatte sie insgeheim gehofft, ihr Vater würde Gollnik trotzen, diesem geldgierigen Ungeheuer die Stirn bieten, sie vielleicht sogar um Rat bitten, was sie unternehmen könnten. Aber er war eingeknickt, wollte sie verhökern wie eine Ware.

»Was sagst du dazu?«

»Nein!«

»Nora, bitte, denk wenigstens darüber nach«, bettelte er unerwartet freundlich. »Du würdest damit zu einer ehrbaren Frau werden, die Familie und unsere Existenz retten. Und Gollnik liebt Kinder, das hat er mir versichert. Du hättest es gut bei ihm, er ist sehr reich, würde dir alle Wünsche …«

»Nein«, unterbrach Nora ihn bestimmt. »Ich bin nicht allein verantwortlich für deine Schulden, und ich lasse mich nicht verkaufen wie ein Stück Vieh.« Zugegeben, sie als ledige Mutter mochte den Kundenschwund ausgelöst haben, aber deshalb konnte er sie unmöglich zur Ehe zwingen. Sie stand auf, um ihre endgültige Entscheidung zu untermauern, und wollte gehen.

»Warte.«

Schweigend sah sie ihn an. Seine Mundwinkel zuckten heftig. Offensichtlich hatte er schreckliche Angst.

»Wie wäre es, wenn du einwilligst und nach einer gewissen Zeit die Scheidung verlangst. Ein Grund lässt sich bestimmt finden.«

»Nein und noch mal nein. Auch wenn er mich mit Gold und Edelsteinen überschütten würde, könnte ich nicht derart heucheln.« Nora war laut geworden. »Außerdem möchte ich mit diesem Scheusal nicht eine Stunde allein sein.« Sie ging zur Tür, wo sie sich kurz umdrehte. »Und sosehr ich Gollnik auch verabscheue, halte ich ihn doch für intelligent genug, vorgespielte Zuneigung schnell zu durchschauen. Dass er auf solch eine arglistige Täuschung nicht nur mit einem Schulterzucken reagieren würde, kannst du dir sicher vorstellen.«

Gehetzt verließ sie das Kellerloch und hastete die Treppen hinauf in ihr Zimmer, um an die Adresse in Boston einen Brief zu schreiben.

15

NACHDEM NORA DEN Brief an William zur Post gebracht hatte, wartete sie vormittags sehnsüchtig auf den Briefträger und erschrak beim Läuten des Telefons, denn sie hatte William geschrieben, er könne sie auch über den Anschluss in der Apotheke erreichen. Sie wünschte sich so sehr, ein paar Zeilen von ihm in Händen zu halten, und noch sehnlicher, seine Stimme zu hören. Doch sie wurde jeden Tag aufs Neue enttäuscht.

Kein Brief aus Amerika.

Kein Anruf.

Kein Lebenszeichen.

Nachts lag sie schlaflos in ihrem Bett und fragte sich unablässig, was mit William geschehen war. Sie zweifelte nicht an seiner Liebe und glaubte unbeirrt an seine Versprechen. Aber irgendetwas war passiert, das ihn daran hinderte, zurückzukommen oder sich zu melden. Vielleicht hatte man ihn in den entlegensten Winkel der Welt versetzt, wohin keine Briefe befördert wurden und nicht einmal Telefonleitungen verlegt worden waren.

Tagsüber ging sie ihrem Vater, der sie mit bohrenden Blicken verfolgte, als hätte sie ein Verbrechen begangen, möglichst aus dem Weg.

Nur ihr kleiner, süßer Sohn gab ihr die Kraft, nicht zu verzweifeln, durchzuhalten, die quälenden Gedanken und beängstigenden Vorstellungen beiseitezuschieben. Jeden Morgen neue Hoffnung zu schöpfen und jeden Abend an ein mögliches Wunder zu glauben. Obgleich ihr Verstand flüsterte: Wunder gibt es nur in Märchen, blieb ihr Herz standhaft und erinnerte sie an den Silvesterkuss.

Als sie schon glaubte, ihr Vater hätte sich mit Gollnik auf andere Weise geeinigt, zitierte er sie erneut über ihre Mutter zu sich in den Keller.

Nora war auf ein Ultimatum gefasst oder darauf, aus dem Haus geworfen zu werden. Darüber hatte sie mit Hedi gesprochen, und die Freundin hatte gemeint: »Dein Vater mag in einer großen Notlage sein, aber so weit würde er nicht gehen. Und wenn doch, dann kommst du zu mir, und wir finden einen Ausweg.«

Als sie eintrat, saß er in seiner Erfinderkluft am Arbeitstisch, vor sich in penibler Ordnung aufgereiht Kräuter in Gläsern, Essenzen in Flaschen, dazu Reagenzgläser und sein geheiligtes Notizbuch.

Sie hatte beschlossen, einem möglichen Streit nicht länger aus dem Weg zu gehen, und fragte angriffslustig: »Was gibt es?«

»Hast du nachgedacht?« Worüber, musste er nicht betonen.

»Meine Antwort lautet immer noch nein«, sagte sie.

»Dann wirst du mit Konsequenzen rechnen müssen«, verkündete er drohend, als würde er das Datum des nahenden Weltuntergangs kennen.

»Bitte, Vater …«

»Ich habe dir unsere Notlage ausführlich erklärt«, unterbrach er sie mit düsterer Miene. »Aber da du nicht kooperierst, werde ich das Jugendamt informieren.«

»Was hat denn das Jugendamt damit zu tun?«, rief sie aufgebracht.

»Ich werde berichten, dass du mit dem Kind nicht zurechtkommst. Es vernachlässigst. Es nicht richtig ernährst. Was dann geschieht, muss ich dir nicht erklären.«

Nora schluckte, nahm sich aber zusammen und konterte: »Ich werde es bestreiten, und jeder wird erkennen, wie gesund und fröhlich mein Sohn aussieht.«

»Mir als deinem Vater werden sie mehr Glauben schenken, und dann dauert es keine Woche, bis sie dir das Kind wegnehmen. Du weißt, bei ledigen Müttern ist das Amt automatisch der Vormund des Kindes.«

»Vater, bitte, das kannst du nicht machen …«

Mitleidlos blickte er sie an. »Du lässt mir keine Wahl. Ich habe mich lange genug geduldet, und da du auf das großzügige Angebot von Gollnik nicht eingehen willst, bleibt mir nur das Amt als letzter Ausweg.«

Nora hörte deutlich, dass er zu allem entschlossen war. Ihr wurde übel vor Angst. Gleichzeitig war ihr schrecklich kalt. Schwindel erfasste sie. Für einen kurzen Moment glaubte sie, das hohe Holzregal mit den unzähligen Glasflaschen würde auf sie einstürzen und sie unter sich begraben. Zitternd hielt sie sich am Tisch fest, hoffte auf ein versöhnliches Wort ihres Vaters. Stattdessen durchbohrte er sie mit kalten Blicken, als wollte er ihren Willen doch noch brechen.

»Du kannst gehen«, sagte er schließlich, als sie nicht antwortete.

»Vater, bitte«, versuchte sie erneut, ihn milde zu stimmen.

»Geh mir aus den Augen.«

Schweigend verließ sie den Keller. Schleppte sich langsam die Stufen nach oben, als erwartete sie am Treppenabsatz bereits jemand von der Fürsorge. Und bei jedem Schritt hallte es in ihrem Kopf:

Wegnehmen.

Wegnehmen.

Wegnehmen.

»Nein! Solange ich atmen kann, werde ich das nicht zulassen«, murmelte sie halblaut. Niemand wird mir mein Kind entreißen, schwor sie sich selbst. Aber wie sollte sie solch eine Katastrophe verhindern? Ihr Herz begann zu rasen, und die Gedanken in ihrem Kopf drehten sich wie in einem immer schneller werdenden Karussell. Was sollte sie tun? Wen um Hilfe bitten? Wem sich anvertrauen?

Noch ehe sie die Tür zu ihrem Zimmer öffnete, wusste sie, dass es nur einen einzigen Ausweg gab. Sie musste sich mit dem Kind verstecken.

Aber wo?

Bei Hedi?

Nein, sie war ihre einzige Freundin in Regensburg, dort würde ihr Vater zuerst nachfragen.

In der elterlichen Wohnung saß sie wie in einer Falle. Wer in dieser bigotten Bischofsstadt würde ihr helfen? Niemand. Eher würde man sie, den Schandfleck der Gegend, an das Amt verraten.

Noras Mutter war bei dem Kleinen geblieben, hatte ihn jetzt auf dem Schoß und spielte *Hoppe, hoppe, Reiter* mit ihm, was ihm so großen Spaß bereitete, dass er fröhlich quietschte.

»Hat er geweint?«, fragte Nora so ruhig, wie es ihr möglich war.

»Nur ein bisschen, deshalb habe ich ihn aus dem Stubenwagen genommen. Ihm war einfach langweilig«, antwortete die Mutter und sah Nora neugierig an. »Was ist eigentlich los? Zum zweiten Mal hat dein Vater dich zu sich beordert, als hättest du etwas angestellt.«

»Es ist nichts«, behauptete sie schulterzuckend und überlegte hastig, was sie antworten sollte. »Ich meine, nichts Wichtiges. Es geht ... ach, nur um die Arbeitszeiten, aber wir haben alles geklärt.«

Die Mutter gab sich mit der lapidaren Antwort zufrieden und wiegte mit seligem Lächeln ihren Enkelsohn. Zum Glück war sie total vernarrt in das Kind und blendete alles um sich herum aus, sobald sie bei ihm sein konnte. Die liebe Mutti, sie hatte ihr stets beigestanden, hatte zu vermitteln versucht, aber in dieser bedrohlichen Angelegenheit konnte sie ihr nicht helfen.

»Wenn du noch bei William bleiben magst, würde ich das Abendessen vorbereiten«, schlug Nora vor, um ungestört nachdenken zu können. Wie erwartet war ihre Mutter einverstanden.

In der Küche atmete sie erst einmal tief durch. Was ihr Vater plante, war so entsetzlich, dass sie kurz überlegte, ob eine Ehe mit Gollnik nicht das kleinere Übel wäre. Doch allein die Vorstellung, an der Seite dieses Mannes leben zu müssen, und sei es auch nur für eine begrenzte Zeit, oder gar Zärtlichkeiten mit ihm auszutauschen, sorgte dafür, dass sie sich vor Ekel schüttelte. Noch grausamer war der Gedanke, dass er ihren Sohn adoptieren wollte. Sie schätzte Gollnik so gerissen ein, dass er das Kind als Druckmittel benutzen würde, falls sie je die Scheidung verlangte.

Eine Ehe mit Gollnik wäre ein Albtraum, aber niemals ein Ausweg.

Ungewollt wurden ihre Augen feucht. Und sosehr sie sich auch anstrengte, nicht zu weinen, es gelang ihr nicht, die Tränen zurückzuhalten. Hemmungslos schluchzend sank sie auf einen Küchenstuhl, legte die Arme auf den Tisch und bettete ihren Kopf darauf.

Sie fühlte sich so allein, konnte sich nicht einmal Hedi anvertrauen, ohne die Freundin in Gewissenskonflikte zu bringen, falls ihr Vater sie bedrängen würde.

Die Tür wurde aufgerissen. Alfred, noch im weißen Kittel, das glatte schwarze Haar mit Birkenhaarwasser gebändigt und ordentlich gescheitelt, betrat die Küche.

Nora sprang ruckartig auf, wischte sich eilig die Tränen von den Wangen und strich sich eine Haarsträhne aus der Stirn.

»Was ist denn mit dir los?«

»Schlecht geschlafen, Kopfschmerzen«, schwindelte sie.

»Nimm bloß keine Thomapyrin, die taugen nichts. Mentholsalbe auf die Stirn«, empfahl Alfred und wollte wissen, ob das Abendessen schon fertig sei.

»Fünf Minuten«, antwortete sie und wünschte, ihre Notlage wäre auch ganz einfach mit Mentholsalbe zu beseitigen.

Alfred trat an den Herd, wo ein Topf mit Suppe stand. Er hob den Deckel hoch, schnüffelte kurz und fragte angewidert: »Was ist das denn?«

»Brennnesselsuppe, angereichert mit Kartoffeln. Und dir als Pharmazeut muss ich ja nicht sagen, wie gesund Brennnesseln sind, eisenhaltiger als Spinat«, erklärte Nora. Dennoch war die magere Abendmahlzeit ein sicheres Indiz der finanziellen Probleme im Apothekerhaushalt. Der Kundenschwund hatte auch im Speiseplan deutliche Spuren hinterlassen, und die Tauschzigaretten waren längst unter die Leute gebracht.

»Angereichert? Höchstens mit Wunschträumen. In der Realität schwimmen gerade mal fünf oder sieben winzige Stückchen, kaum größer als ein Daumennagel, in der Brühe. Wer soll denn davon satt werden?«, beschwerte er sich und ließ den Deckel auf den Topf fallen.

»Jeder bekommt noch eine Scheibe Brot und Streichkäse«, tröstete ihn Nora, erleichtert wegen des Themenwechsels.

»Pfui Teufel, diese pappige Schmiere, die einem am Gaumen klebt.« Angewidert verzog er den Mund. »Wann kommt denn dein Ami endlich zurück? Ich vermisse seine Zigaretten.«

Nora zuckte schweigend mit den Schultern, zu gerne hätte sie ihren egoistischen Bruder angebrüllt, ob er keine anderen Sorgen als seine dämliche Sucht habe. Aber wie gewöhnlich kreisten seine Gedanken ausschließlich um seine Bedürfnisse.

»Deck schon mal den Tisch«, sagte sie stattdessen, obgleich sie seine Reaktion vorhersah.

»Seit wann bin ich für Weiberarbeit zuständig?«, antwortete er prompt.

»Pass bloß auf, dass dir kein Zacken aus der Krone bricht«, spottete sie, war gleichzeitig aber zutiefst traurig. Auch von ihrem Bruder wäre keine Hilfe zu erwarten.

An diesem Abend versuchte sie zum ersten Mal, Willi mit einem Brei aus Zwiebackmehl zu füttern, gesüßt mit Säuglings-nährzucker – ein absolutes Luxusprodukt, das sich nur wohl-habende Familien leisten konnten und das sie heimlich aus der väterlichen Apotheke entwendet hatte. Willi griff begeistert nach dem Löffel, als wäre er ein neues Spielzeug, und der Brei landete auf ihrem Kleid. Die nächsten zwei, drei Löffel zierten das Lätzchen, doch dann gelang es ihr, ihm eine winzige Portion in den Mund zu schieben. Erstaunt sah er sie an, nahm den süßen Geschmack wahr, sperrte den Mund auf und aß brav die ganze Portion auf.

»Weißt du, mein kleiner Schatz, am nächsten Morgen sieht das größte Problem oft nur noch halb so schlimm aus«, sagte sie und bemühte sich, positiv zu klingen, als würde sie ihm gleich eine schöne Geschichte erzählen. Aber noch während sie ihn fütterte, wurde ihr bewusst, dass es nur einen einzigen Ausweg aus ihrer Notlage gab.

16

München, im März 1949

LUIS LIESS DEN Telefonhörer auf die Gabel des Apparats sinken, die mit leisem Klack einrastete. Der Anruf von Arthur Sternberg hatte ihn freudig überrascht. Arthur war ein berühmter Kameramann, der vor dem Krieg nach England in die Emigration geflüchtet und vergangenes Jahr nach Berlin zurückgekehrt war. Inzwischen sei er wieder gut beschäftigt und suche einen Stadtfotografen für seinen nächsten Film, hatte er gesagt. Ob Luis Interesse habe mitzuwirken? Was für eine Frage! Mit einem renommierten Künstler wie Sternberg zu arbeiten war ein Vergnügen, bei dem er auch noch eine Menge lernen konnte, und dazu eine lukrative Chance, die er unter anderen Umständen sofort annehmen würde.

Nachdenklich betrat er das Esszimmer, wo die Familie noch beim Frühstücken war. Samstags und sonntags saß man länger beisammen als an den Wochentagen. Onkel Wolf hoffte jedes Wochenende aufs Neue, dass seine Frau ihr Bett verließ und am Familienleben teilnahm. Seine Hoffnung war auch heute enttäuscht worden, Helene hatte sich wie üblich von Friederike ein Tablett nach oben bringen lassen. Außer seinem Onkel war nur seine Mutter anwesend.

Luis liebte die ausgedehnten Vormittage in dem nach Osten liegenden, gemütlich eingerichteten Zimmer; die antiken honigfarbenen Eichenmöbel, die glatt gebügelte weiße Leinendecke auf dem ovalen Tisch, an dem Platz für acht Personen war. Das geblümte Frühstücksgeschirr, zwischen dem die silberne Kaffee-kanne, das Milchkännchen und die Zuckerschale im Sonnen-licht glitzerten. Nicht zuletzt strahlte der Gummibaum im Erker eine biedere Zuverlässigkeit aus, die er als Heimatloser beruhi-gend fand.

»Gute Neuigkeiten?«, fragte Elvira und musterte ihn mit unruhigem Blick.

»Das war Arthur, ein alter Freund aus Berlin«, antwortete er und wusste nur zu gut, wovor sich seine Mutter fürchtete.

»Wie geht es ihm? Berlin ist ja fast total zerstört worden, das Überleben dort muss unendlich viel schwieriger sein als in ande-ren Großstädten«, sagte seine Mutter in möglichst unverfäng-lichem Plauderton, während sie eine Brötchenhälfte mit guter Butter bestrich.

Die Frage nach seinem Freund war rein rhetorisch, seine Mutter kannte Arthur nicht. Möglicherweise bekümmerte sie die Situation der Berliner auch ein wenig, in Wahrheit aber wollte sie ihm nur Einzelheiten entlocken.

Er setzte sich auf den Platz neben ihr, nahm die auf dem Tisch abgelegte Serviette zur Hand und breitete sie über seine dunkelgraue Wollstoffhose.

»Arthur ist ein jüdischer Kameramann und war lange Zeit in England. Nach seiner Rückkehr vor einigen Monaten konnte er bei einem befreundeten Schauspieler in Dahlem unterkommen, ihm geht es also weitaus besser als vielen anderen.«

»Das freut mich für deinen Freund«, meinte seine Mutter und fragte nun ganz direkt: »Und was wollte er?«

»Er hat mir angeboten, bei seinem nächsten Film als Stand-fotograf mitzuwirken«, antwortete Luis und konnte deutlich erkennen, wie seine Mutter schluckte.

»Du gehst nach Berlin?«

»Nein, ich habe dankend abgelehnt«, antwortete er, obwohl es ihn unendlich viel Kraft gekostet hatte. Doch die Erleichterung in den Augen seiner Mutter war das Opfer wert. Sie fürchtete sich davor, allein zu bleiben, auch wenn es nur für kurze Zeit wäre und Wolf sie gut versorgen würde. Noch immer litt sie an den Folgen jener Luftangriffe, durch die sie ihren Mann – seinen Vater – und ihre gesamte Existenz verloren hatte. In manchen Nächten hörte er sie weinen, den Namen ihres Mannes oder seinen rufen, obwohl ihre Zimmertür geschlossen war. Zugeben würde sie das natürlich nicht und ihn stattdessen ohne Einwände ziehen lassen, aber er hätte keine ruhige Minute in der Ferne.

»Du weißt, dass du keine Rücksicht auf mich nehmen musst«, behauptete sie.

»Weiß ich doch, Mamilein …« Zärtlich tätschelte er ihre Hand, das verräterische leichte Zittern in ihrer Stimme war ihm nicht entgangen. »Ich habe abgelehnt, weil ich im Wort mit dem Städtischen Fremdenverkehrsamt bin.«

»Hier in München?«, wandte sich nun sein Onkel an ihn.

Luis nickte. »Das Verkehrsamt plant eine Broschüre mit dem Titel ›München 1949‹, die schon im Juli erscheinen soll. Und ich wurde beauftragt, Gaststätten, Hotels und Pensionen zu fotografieren, die bereits wieder in Betrieb sind.« Er verschwieg, dass er das Angebot zwar reizvoll fand, aber noch nicht zugesagt hatte.

»Ist mir auch lieber, wenn du in der Stadt bleibst«, sagte Onkel Wolf. »Es kann jederzeit losgehen mit der Illustrierten, und dann brauche ich dich an meiner Seite.«

»Noch ein Grund, warum ich nicht nach Berlin gehen werde, denn sobald die Lizenz ins Haus flattert, legen wir los. Ich stehe quasi in den Startlöchern«, warf er voller Zuversicht ein.

Das glückliche Lächeln auf den Lippen seiner Mutter bestätigte, dass er sich richtig entschieden hatte. Die Absage würde er bald vergessen. Gleich am Montag wollte er im Amt zusagen und mit der Motivsuche schon heute beginnen.

»Fährst du später noch Richtung Innenstadt?«, wandte er sich an den Onkel. »Odeonsplatz, Ludwigstraße oder Leopoldstraße. Dort möchte ich die infrage kommenden Objekte für die Broschüre besichtigen, und danach treffe ich Fritz und seine Truppe in einer Gaststätte. Die proben ein neues Stück, das bald Premiere hat.«

»Lässt sich machen, ich wollte in die Königinstraße«, antwortete Wolf. »Passt dir zwei Uhr?«

»Passt sehr gut …«

Luis schlenderte über den Odeonsplatz, wo Onkel Wolf ihn abgesetzt hatte. Die Feldherrnhalle mit den steinernen Löwen, errichtet als Denkmal für die Bayerische Armee, war nach der Machtergreifung Hitlers auserkorener Lieblingsplatz für Aufmärsche, Paraden und sonstige NS-Propaganda gewesen. An der Ostseite hatte man eine Tafel mit den Namen der vier Polizisten der Bayerischen Landespolizei angebracht, die im November 1923 getötet worden und von einer Ehrenwache geehrt worden waren. Wer während der Nazizeit an dieser Tafel vorbeikam, war verpflichtet, den rechten Arm zum Hitlergruß zu erheben. Wer darauf keine Lust hatte, nahm den Schleichweg über die Viscardigasse, auch Drückebergergassl genannt, die hinter der Ruhmeshalle verlief. Die Amerikaner hatten die Tafel bald nach ihrem Einmarsch entfernt, und vier Jahre nach Kriegsende verblasste die Erinnerung daran mit jedem Tag mehr.

Luis stellte die Belichtung ein, wählte den Blickwinkel und drückte ein, zwei Mal auf den Auslöser. Als er die kaum beschädigte Ruhmeshalle im Sonnenlicht eingefangen hatte, musste er an Maurice Bavaud denken. Der mutige junge Schweizer hatte am 9. November 1938 beim jährlichen »Marsch auf die Feldherrnhalle« versucht, Hitler zu erschießen. Wie viel Leid wäre der Menschheit erspart geblieben, wenn der Anschlag geglückt wäre. Nach seiner Festnahme war Bavaud zum Tode verurteilt und im Alter von fünfundzwanzig Jahren hingerichtet worden.

Luis behielt die Leica griffbereit in der Hand, um die nächsten lohnenden Motive sofort einfangen zu können. Wie den tuckernden Schaufelbagger vor der eingerüsteten Theatinerkirche, der hoffen ließ, dass die schwer beschädigte Kirche eines Tages in altem Glanz erstrahlen würde. Als er Kirchenruine und Schaufelbagger im Kasten hatte, lief er in nördliche Richtung, die Ludwigstraße entlang. Noch war Münchens ehemalige Prachtstraße größtenteils von Ruinen und Trümmern gesäumt. Aber überall wurde fleißig gearbeitet; Schutt wurde abgetragen, noch verwertbare Holzbalken wurden gesäubert und Steine zurechtgeklopft. Auch an dem zu großen Teilen zerstörten Bazargebäude hatte der Wiederaufbau begonnen. Das alteingesessene Café Tambosi befand sich im Eckpavillon der Stirnseite des klassizistischen Prachtbaus mit seinem Mittelpavillon, je einem Eckpavillon und den Arkaden zum Hofgarten. In den Bavaria Studios wurde geflüstert, ein Kino solle in der Nähe des Cafés eröffnet werden. Luis liebte Filme über alles, und wenn es nach ihm ginge, sollte an jeder Ecke eines aus dem Boden schießen, damit man es nicht weit hatte ins Land der Träume. Wo sonst konnte man für kurze Zeit alles vergessen, was einen bedrückte, sich einbilden, es gäbe Hoffnung und Liebe für jeden und eine Welt ohne Kriegsschäden?

Auf dem Weg zu seinem Termin mit Fritz fing er zahlreiche Motive für die geplante Bilderserie zu Münchens Wiederaufbau ein und war gerüstet für die erste Ausgabe der *Welt im Blick*. Die Mühlen der Alliierten schienen jedoch auch nicht schneller zu mahlen als die deutschen, jedenfalls dauerte es verdammt lange mit der Lizenzgenehmigung.

Mit einer halben Stunde Verspätung betrat er das Wirtshaus.

Der Gastraum war um diese nachmittägliche Uhrzeit fast leer. Ein älteres Pärchen saß an einem der rechteckigen Holztische und löffelte Suppe aus weißen Tellern. An der Schanktheke spülte ein rundlicher Mann um die fünfzig Biergläser und zog nebenbei an einer Zigarette, die lässig in seinem Mundwinkel hing.

Luis blickte sich suchend um und hörte im nächsten Moment Stimmen aus der linken Ecke des weitläufigen Raumes. Eine doppelt breite Fenstertür aus dunkelbraunem Holz führte offenbar zu einem Nebenraum, verwehrte aber durch die geriffelten Glaseinsätze den Einblick.

Der Spüler an der Theke musterte ihn kurz. »Wennsd den Fritz und seine Burschen suchst, die sind dort drin«, sagte er mit einer Kopfbewegung in Richtung Doppeltür.

Luis bedankte sich, öffnete die Tür und wurde mit großem Hallo empfangen.

»Wir dachten schon, du hast was Besseres zu tun ...«, spekulierte Fritz, als er ihn mit kräftigem Händedruck begrüßte.

»Quatsch, ich würde euch doch nie im Stich lassen, versprochen ist versprochen ... Wir können auch gleich loslegen, sag mir nur, was du gerne hättest.«

Der restliche Nachmittag verging wie im Flug. Fritz erklärte ihm kurz den Inhalt des Stückes *Der Lampenschirm* von Curt Goetz, einem der brillantesten Komödienschreiber im deutschsprachigen Raum. Es handelte von einem Theaterstück, das geschrieben werden sollte, dazu einer Verlobung, die auseinanderging, einer Heirat, die keine wurde, einem Bettler, der nicht bettelte, einem Komiker, der nicht lachen konnte, und einer Wirtin, die zu viel trank.

Fritz und seine Schauspieler gingen für einige aussagekräftige Szenen in Pose, Luis verknipste drei Kleinbildfilme und hatte schließlich genug Aufnahmen, um die Schaukästen neben dem Wirtshauseingang mit den lustigsten Fotos zu bestücken, die Besucher anlocken sollten.

Nach erledigter Arbeit spendierte Fritz ihm ein Glas Bier,

und Luis verfolgte die weiteren Proben. Gute zwei Stunden lang amüsierte er sich so gut wie lange nicht, und die Enttäuschung wegen der entgangenen Chance in Berlin war vergessen. Wer weiß, wozu mein Hierbleiben noch gut ist, dachte er schicksalsergeben.

***

Wolf war Richtung Stachus weitergefahren, um Marlene abzuholen. Sie hatte angeboten, ihn bei der Möblierung der Redaktionsräume zu beraten. Und er war schon immer der Meinung gewesen, ein femininer Blick schade nie. Zu gerne hätte er Helene darum gebeten, doch leider hatte sich der Zustand seiner Frau nicht gebessert, und noch immer hielt sie sich die meiste Zeit in ihrem Zimmer auf.

Als er den Nachtclub betrat, war er einen Moment geblendet von der Festbeleuchtung, die von der Decke strahlte und den sonst mit Dämmerlicht effektvoll in Szene gesetzten Clubraum gänzlich veränderte. Der Grund waren die beiden Putzfrauen in Kittelschürzen und Kopftüchern. Eine bearbeitete den Fußboden mit Schrubber und Wasser, die andere reinigte die großen Spiegel vom Zigarettenqualm.

»Suchen Sie wen?«, fragte eine der Frauen.

Er war am Eingang stehen geblieben und bemerkt worden. »Die Chefin«, antwortete er und fügte hinzu: »Wir sind verabredet.«

»Wenn S' wolln, können S' an der Bar auf sie warten«, genehmigte die andere und warnte ihn zur Vorsicht, der Boden sei rutschig.

»Vielen Dank, ich bleibe hier am Eingang stehen.«

Marlene erschien wenige Minuten später. Als sie aus der Tür trat, die zu ihren Privaträumen führte, musste Wolf zwei Mal hinsehen. Wäre er ihr auf der Straße begegnet, er hätte sie kaum erkannt. Das graublaue Kostüm, der Verzicht auf Schminke – bis auf einen hellroten Lippenstift – und das zu einem Knoten frisierte Haar veränderten sie auf verblüffende Weise.

»Was für eine Verwandlung«, bemerkte er staunend. »Ich bin beeindruckt und bezaubert.«

Marlene lachte vergnügt, schritt auf ihn zu und küsste ihn auf die Wange. »Hast du gedacht, ich trage rund um die Uhr Dekolleté?«

»Ähm, da hast du mich jetzt kalt erwischt«, gab er schmunzelnd zurück. »Und sei versichert, ich finde die Tagesmarlene nicht weniger bezaubernd als die geheimnisvolle der Nacht.«

»Das hast du schön gesagt, vielen Dank, mein Lieber. Sollen wir los?« Sie hakte sich bei ihm ein.

Wolf nickte und führte sie zum Wagen, den er drei Schritte entfernt geparkt hatte. Höflich öffnete er die Beifahrertür und reichte ihr die Hand, damit sie bequem einsteigen konnte. Er war lange genug verheiratet, um zu wissen, dass dies mit einem hautengen Rock gar nicht so einfach war.

»Ich bin sehr gespannt auf das Gebäude«, plauderte Marlene auf der Fahrt und meinte, dass es ihr großes Vergnügen bereite, leere Räume und Wohnungen zu besichtigen. »Es sind die Neuanfänge, die Glück oder Unglück gleichermaßen beinhalten.«

»Du erstaunst mich immer mehr«, sagte Wolf. »Sogar deine Gedankengänge scheinen sich mit deinem Aussehen verändert zu haben.«

»Du übertreibst, und außerdem sollte man niemanden nach seinem Äußeren beurteilen«, bemerkte sie, als wollte sie ihn sanft zurechtweisen. »Im Übrigen erledige ich in dieser Aufmachung Bankgeschäfte und ähnlich offizielle Termine. Meine Abendkleider wären dafür ebenso unpassend wie für eine Bürobesichtigung«, erklärte sie weiter, während sie aus der schwarzen Wildlederhandtasche eine Packung Zigaretten kramte und sich eine anzündete.

Wolf bemerkte staunend, dass sie auch keinen Nagellack wie gewöhnlich aufgetragen hatte. Ob sie fürchtete, er würde sich ihrer schämen, wenn sie sich zurechtmachte? Mitnichten, aber er gestand sich ein, geschmeichelt zu sein.

Marlene hatte ihre Zigarette kaum zu Ende geraucht, als er in die Königinstraße einbog und knapp einhundert Meter weiter vor dem Gebäude anhielt. Er stellte den Motor ab, stieg aus und eilte um die Kühlerhaube, um ihr beim Aussteigen behilflich zu sein.

Zu seiner Überraschung stieß sie einen leisen Pfiff aus. »Gut gemacht, Herr Wagner!«

»Herzlichen Dank, aber das Kompliment muss ich dir machen. Ohne deine Vermittlung stünde ich vielleicht noch immer ohne solch ein großartiges Redaktionshaus da.«

»Na, dann mal los, ich bin sehr gespannt, wie es drinnen aussieht.«

Wolf reichte ihr den Arm und führte sie zum Eingang. Nicht ohne Besitzerstolz schloss er das hohe Messingportal mit den hellgrün getönten Glaseinsätzen auf, trat einen halben Schritt in die Eingangshalle und wies mit einer Handbewegung in das Entree. »Du bist meine erste Besucherin.«

»Welche Ehre«, scherzte Marlene.

Gemeinsam schritten sie über die breite Steintreppe ins erste Obergeschoss. »Hier werde ich mein Chefbüro einrichten«, erklärte er, während er die Tür öffnete. »Es liegt direkt zum Englischen Garten hin …«

Marlene verharrte einen Augenblick lang im Türrahmen. Hoffentlich fühlt sie sich nicht von dem unverändert muffigen Geruch oder den unverändert vielen Staubwolken abgestoßen, dachte Wolf. Doch sie sagte kein Wort und rümpfte auch nicht die Nase. Eilig öffnete er eines der Fenster.

Marlene trat zu ihm und folgte seinem Blick über die Baumwipfel des Parks. »Gefällt mir sehr gut. Schönes Licht und eine angenehme Atmosphäre.« Sie drehte sich um, lehnte sich kurz ans Fensterbrett und spazierte dann gemächlich durch den Raum, während sie aufzählte: »Ich stelle mir einen großen Schreibtisch vor, zum Beispiel aus dunklem Holz, mit dem du beeindrucken kannst, dazu einen bequemen Sessel, Leder wäre passend, eine helle Schreibtischlampe, damit du auch in der Dunkelheit genug sehen kannst. Und einen Aschenbecher aus Marmor, den werde ich dir schenken. Und die Wände …« Sie drehte sich um die eigene Achse. »Ich würde Weiß vorschlagen. Darauf heben sich Bilder oder was immer du an den Wänden anbringen möchtest, besonders gut ab.«

»Ich hoffe, bald das erste Titelbild aufhängen zu können. Davon abgesehen haben wir einen sehr ähnlichen Geschmack. Was du soeben beschrieben hast, würde mir gut gefallen. Mal sehen, was der Schlesier auftreiben kann.«

Unvermittelt hielt Marlene sich die Hand vor den Mund und gähnte. »Bitte entschuldige – und denke nicht, dass ich mich langweile …«

»Ach was, der Nachmittag ist einfach nicht deine Zeit«, winkte er ab, wunderte sich aber dennoch.

»Es hat weniger mit dem Nachmittag zu tun als mit der übermäßig langen Nacht. Ich bin nämlich erst im Morgengrauen ins Bett gekommen«, erklärte sie, als spräche sie von den Überstunden einer Sekretärin.

Wolf wollte fragen, was es gegeben habe, beherrschte sich aber und musterte sie nur neugierig.

Marlene trat wieder zum Fenster und setzte sich auf das Marmorbrett. »Gollnik hat gestern seine Verlobung gefeiert.«

»Seine was?« Er glaubte, sich verhört zu haben.

»Verlobung«, wiederholte Marlene. »Man mag es kaum glauben, aber er hat tatsächlich eine Frau gefunden, die ihn haben möchte.«

Wolf war ehrlich überrascht. »Das ist ja kaum zu glauben.

Hat er Einzelheiten preisgegeben? Entschuldige meine Neugier, aber es würde mich wirklich interessieren.«

Marlene nickte. »Ich war selbst sehr neugierig und habe ihn vorsichtig ausgefragt. Im Laufe der Nacht kam dann die Wahrheit ans Licht. Es handelt sich um die Tochter eines Apothekers, sie hat ein Kind von einem GI, der spurlos verschwunden ist. Er spielt sich nun als ihr Retter auf, weil er sie trotzdem heiraten und das Kind adoptieren wird. Er war derartig glücklich, dass er strahlte wie ein Weihnachtsbaum. Hat eine Runde nach der anderen ausgegeben und den ganzen Laden ausgehalten, weil es auch sein Abschied sei. Nach der Hochzeit würde er nicht mehr wiederkommen, meinte er augenzwinkernd. Ich wäre dumm gewesen, ihn zu bremsen, denn die Kasse hat ordentlich geklingelt.«

Staunend hatte Wolf zugehört. Dieser Gollnik war anscheinend immer für eine Überraschung gut. Und so eine aufregende Story! Die würde er sofort in seiner Illustrierten veröffentlichen. Zu dumm, dass die Lizenzgenehmigung auf sich warten ließ.

17

NORA ERWACHTE MIT Herzrasen. Sie war erst gegen Morgen eingeschlafen und hatte schrecklich geträumt. Vom erfolglosen Schrubben des Fliesenbodens, weshalb ihr Vater sie in ein Verlies sperrte und Willi dem Jugendamt übergab, da sie eine unfähige Mutter war.

Die Uhr zeigte sieben. Sie setzte sich auf und blickte in den Stubenwagen, der Kleine schlief noch. Erleichtert atmete sie auf. Es war nur ein Albtraum gewesen, und der sättigende Zwiebackbrei war Willi gut bekommen.

Leise stand sie auf, trat zum Fenster und zog den bunt gemusterten Vorhang ein wenig zurück. Der dicht mit grauen Wolken überzogene Himmel über Regensburg war so düster wie ihre Situation. Sie hatte große Angst vor der Zukunft und davor zu fliehen. Noch wusste sie nicht, wohin, fühlte sich wie von Nebel umgeben, der so dicht war, dass sie keinen Ausweg sehen konnte.

Dennoch musste sie schnell handeln, am morgigen Sonntag schon, während der zwei Stunden, in denen die Eltern und Alfred auf den harten Kirchenbänken knieten, beteten und fromme Lieder sangen. Wie scheinheilig, fuhr es ihr bitter durch den Kopf, ein angeblich so braver Katholik wie ihr Vater war seiner Tochter gegenüber ohne jegliches Mitgefühl.

Darüber nachzudenken war jedoch verschwendete Zeit, die sie besser darauf verwenden sollte, ihre Flucht zu planen. Sich auf das unbekannte Abenteuer einzustellen. Denn das würde es werden. Allein mit einem Kind und mittellos. Sie hatte kaum

Erspartes, ihren Lohn für die stundenweise Arbeit in der Apotheke behielt ihr Vater seit Williams Geburt ein. Jeweils am Monatsende legte er ein Kuvert auf den Tisch. Als sie beim ersten Mal danach hatte greifen wollen, hatte er es blitzschnell weggezogen und erklärt: »Das behalte ich für Kost und Logis.«

Solange der Kleine noch schlief, eilte sie ins Badezimmer, wusch sich und schlüpfte in die Kleider von gestern, damit niemand Verdacht schöpfte.

Der restliche Samstagvormittag verlief in gewohnter Routine: Alfred spielte Chef in der Apotheke, und während ihre Mutter sich um Willi kümmerte, übernahm sie die anfallenden Arbeiten: mittags Essen kochen, Geschirr spülen, die Küche aufräumen und am Nachmittag nach Ladenschluss den verhassten Fliesenboden säubern.

Ihr Vater verzog sich bereits am Morgen in seinen Versuchskeller; womöglich hoffte er, sein Wundermittel doch noch zu entwickeln, bevor er Haus und Laden an die Bank verlor. In seinem Keller würde er mindestens bis zum Abendessen bleiben.

Nachdem der Fliesenboden sauber war, nutzte Nora die Gelegenheit, sich einige Medikamente als Gegenwert für ihren Lohn zu nehmen. Salben, Mullbinden, Heftpflaster, Kopfschmerzpillen und auch Jodtinktur würden sich auf jedem Schwarzmarkt leicht verkaufen lassen. In die Kasse zu greifen wagte sie nicht, aber morgen, wenn sie allein im Haus war, würde sie es tun.

Nach dem Abendessen packte sie ihren Sohn in den Korbwagen, schlüpfte in den Staubmantel und versteckte ihr Haar unter einem Kopftuch. So war sie nicht auf den ersten Blick zu erkennen. Und eine Mutter mit Korbkinderwagen war nichts Ungewöhnliches.

Mit mulmigem Gefühl spazierte sie zum Bahnhof. Ein bestimmtes Reiseziel hatte sie nicht, und im Grunde war es einerlei, Hauptsache weg aus der Gefahrenzone. Sie wollte es dem Zufall überlassen, welcher Zug am Vormittag zwischen neun und zehn Uhr in Regensburg hielt, und hoffte auf ein wenig Glück, dass es keine lange Reise werden würde.

In der Bahnhofshalle blickte sie sich verstohlen nach bekannten Gesichtern um. Drehte eilig den Kopf zur anderen Seite, wenn sie glaubte, jemanden erkannt zu haben. Doch meist war es eine Täuschung, ihrem schlechten Gewissen geschuldet. Trotz ihrer Zwangslage herrschte in ihr das Gefühl, sie würde sich wie eine Diebin davonstehlen.

»Um neun Uhr zwanzig fährt ein Eilzug nach München«, antwortete der Beamte am Schalter auf ihre Frage nach Zügen am Sonntagvormittag.

Nora lächelte.

Im Eilzug raus aus Regensburg. Und in München lebten entfernte Verwandte, wie sie sich in diesem Moment erinnerte, Onkel und Tante mütterlicherseits. War es nur Zufall oder ein gnädiges Schicksal? Als sie sieben oder acht Jahre alt gewesen war, hatten sie und ihre Mutter das Ehepaar einige Male besucht. Martha, so hieß die Tante. Eine herzensgute Frau, die köstliches Gulasch gekocht und herrlichen Kuchen gebacken hatte. An den Namen des Onkels und den Nachnamen erinnerte sie sich leider nicht, nur, dass er ein sehr dünner Mann mit Nickelbrille und Glatze gewesen war. Auch nicht daran, warum der Kontakt abgebrochen war. Vielleicht fand sie einen Hinweis in Mutters Keksdose, in der sie Briefe und Postkarten verwahrte.

Nora fühlte, wie sich der Nebelschleier über ihrer Zukunft lichtete, und auf dem Rückweg verschwand auch das mulmige Gefühl in ihrem Magen. Sie hatte ein Ziel, würde nicht ins Ungewisse reisen, und das war beruhigend.

Konzentriert überlegte sie, was sie einpacken musste, wie sie es transportieren konnte und wie sie das Kind unterwegs ernähren sollte.

»Siehst du, mein Schatz«, flüsterte sie in den Wagen. »Es war gut, dass wir gestern Abend den Zwiebackbrei probiert haben. Der lässt sich überall einfach zubereiten.«

Zurück in ihrem Zimmer, breitete sie zwei Kleider auf dem Bett aus, ein graublaues mit dreiviertellangen Ärmeln, ein geblümtes ärmelloses für den Sommer und auch die Sachen für Willi. Schnuller, Spielzeug, ein gehäkelter Hampelmann und den roten Stopfpilz aus Holz mit den weißen Punkten. Auf dem Stiel konnte er rumkauen, was ihm das Zahnen erleichterte. Hinzu kamen ausreichend Stoffwindeln, Puder und Wundcreme, Gummihöschen und Strampler zum Wechseln. Die Sachen würde sie unter der Matratze im Wagen verstauen. Sie selbst benötigte ansonsten nur wenig – Unterwäsche, Waschzeug, den fast unbenutzten Lippenstift, Nagellack und die Wimperntusche von Silvester, vielleicht noch das schwarze Kleid, eine dünne rote Strickjacke und einen Mantel, den sie auf der Reise tragen konnte. Jemand würde sicher im Schrank nachsehen, sobald sie vermisst wurde, und dann war ein komplett leerer Kleiderschrank verdächtig. Was Schmuck anbelangte, besaß sie nur das dünne Goldkettchen mit dem Kreuz, das ihrer Großmutter gehört hatte, und die Armbanduhr, die sie von der Firmpatin bekommen hatte.

Später, als alle zu Bett gegangen waren, schlich sie in die Küche und fand die bewusste Keksdose zwischen den Vorräten. Sie war gefüllt mit Ostergrüßen, Weihnachtskarten, die traditionell als Tannenbaumschmuck verwendet wurden, und einigen Briefen in Kuverts, jeweils mit Paketschnur zu Päckchen gebunden.

Gespannt öffnete sie das Briefbündel und warf einen Blick auf die Absender. Tatsächlich, zwei Briefe waren aus München abgesandt worden. Stockmeier lautete der Familienname von Onkel und Tante, und sie wohnten in der Ismaninger Straße.

Die Briefe aus dem Jahr 1937 gaben keine Erklärung darüber, warum der Kontakt abgebrochen war. In dem einen Schreiben bedankte sich die Tante für die Schlaftabletten, und im zweiten, das auf vier Wochen später datiert war, berichtete sie, wie gut sie seitdem schlafe und dass der gebrochene Fuß langsam heile. Tante Martha hatte also unter Schlafstörungen wegen eines gebrochenen Fußes gelitten, entschlüsselte Nora den Inhalt des Briefes. Keine besonders hilfreiche Information. Dennoch steckte sie den Brief einfach ein; falls die Tante sie nicht erkennen würde, wäre er eine Art Ausweis.

Am sonntäglichen Frühstückstisch gelang es Nora nur mühsam, ihre Nervosität zu verbergen. Sie beschäftigte ihren Sohn mit dem Hampelmann, damit niemand ihre zitternden Hände bemerkte. Tausend Gedanken schwirrten durch ihren Kopf wie lästige Wespen.

Würde sie unerkannt in den Zug steigen können?

War sie kräftig genug, um den Kinderwagen samt Willi allein über die Stufen in den Waggon zu zerren?

Waren die Verwandten wirklich ein sicherer Zufluchtsort?

Würde sie in München freundlich empfangen werden?

Würde das Wetter mitspielen?

Würde ihr Vater sie von der Polizei suchen lassen?

Fragen über Fragen und niemand, mit dem sie ihre Ängste teilen konnte. Keiner, der sie beruhigte, ihr sagte, dass sie vielleicht schon morgen Mittag in Sicherheit sein würde. Sie hatte nur ihren Sohn, der fröhlich gluckste.

Nach dem halbstündigen Frühstück, das Nora wie eine Ewigkeit erschien, spülte sie wie üblich das Geschirr, trocknete ab und wischte den Tisch sauber. Währenddessen wurde Willi von seiner Großmutter mit dem Treppenmann-Spiel unterhalten. Dazu hielt ihre Mutter mit einer Hand seine fest, krabbelte mit zwei Fingern und den Worten »Kommt ein Mann die Treppe rauf« an seinem Arm entlang zum Ohr, zupfte ihn sanft am Ohrläppchen, sagte: »Klopft an«, krabbelte weiter zu seiner Nase und endete dort mit »Guten Tag, Herr Nasemann« und einem zärtlichen Zwicken. Klein Willi konnte gar nicht genug davon kriegen und quietschte so fröhlich, dass Noras Augen feucht wurden.

Das ist also mein letzter Tag zu Hause, ein Sonntag im Frühling, schoss es ihr durch den Kopf. Der Kleine saß zum letzten Mal auf dem Schoß seiner Oma, würde irgendwo in der Fremde aufwachsen, ohne die Liebe seiner Großmutter. Und auch sie würde ihre Mutter und deren Hilfe vermissen. Mühsam bekämpfte sie ihre Wehmut, schluckte den dicken Kloß im Hals hinunter. Den Grund für ihre aufsteigenden Tränen hätte sie kaum zu erklären vermocht. Offenbar hatte ihre Mutter keine Ahnung von den Existenzsorgen ihres Ehemannes und würde womöglich zu ihm halten, wenn sie davon erführe. Wie sie es am Altar versprochen hatte: »In guten wie in schlechten Zeiten.« Ihr die Wahrheit über Gollnik, seine Forderung und ihre geplante Flucht zu gestehen, wäre also hochgefährlich.

Schließlich siegte ihr Verstand über die Traurigkeit, riet ihr, sich zu konzentrieren, nichts zu vergessen und nicht zurückzuschauen. Willi und ich sind hier nicht mehr sicher, sagte sie sich in Gedanken vor und trieb sich selbst damit zur Eile an.

Nachdem alle das Haus verlassen hatten, verstaute sie wie geplant Willis Sachen unter der Matratze im Kinderwagen, fütterte ihn mit Brei und wickelte ihn frisch. Als Notration steckte sie eine Packung Zwiebackmehl und ein fertiges Fläschchen mit sättigendem Haferschleim in den Wagen. Dick mit Windeln umwickelt, blieb das Fläschchen warm, sodass Willi es auf der Zugfahrt trinken konnte. Ihre wenigen Habseligkeiten und die gestohlenen Medikamente packte sie in einen Leinenrucksack, der noch aus ihrer Schulzeit stammte.

Als Willi im Wagen lag, glaubte sie, er sehe sie erwartungsvoll an. »Gleich geht es in die Freiheit, mein Süßer. Bitte, bitte, sei brav und weine nicht, damit wir kein Aufsehen erregen.«

Dann drückte sie ihm den Hampelmann in die Hand und

ließ ihn für eine Sekunde allein, um in der Apotheke wie geplant in die Kasse zu greifen. Viel Wechselgeld war nicht in den Kassenfächern, gerade mal achtzehn Mark und zwanzig Pfennige. Sie nahm alles heraus, legte ihren Hausschlüssel hinein und eine Notiz dazu, die sie vorbereitet hatte: *Ich habe mir meinen Lohn genommen. Nora.*

Habe ich auch nichts vergessen?, überlegte sie kurz bevor sie das Haus verließ. Als sie ihre Hand auf die Haustürklinke legte, fiel ihr die Uniformjacke ein. Sie hetzte die Stufen nach oben und war in einer halben Minute zurück.

Seltsam, dachte sie irritiert, während sie die Jacke in den Rucksack stopfte. Wie hatte sie die nur vergessen können. Hoffentlich war das kein böses Omen.

Doch sie hatte sich unnötig gesorgt. Trotz des wolkenverhangenen Himmels kam sie trocken am Bahnhof an, begegnete weder Bekannten noch Kunden, erstand ungehindert die Fahrkarte, und ein freundlicher Schaffner war ihr beim Einsteigen mit dem Kinderwagen behilflich. Offensichtlich hatte das Schicksal ein Einsehen. Sie schob den Korbwagen in das Zugabteil der dritten Klasse, fand einen freien Sitzplatz mit ausreichend Raum für den Kinderwagen und ließ sich auf die harte Holzbank niedersinken. Ihr Geld hätte auch für eine bequemere Reise in der zweiten Klasse gereicht, aber die Fahrt würde nur knapp zwei Stunden dauern, und die ertrug sie auch auf harter Unterlage.

Ihr gegenüber saß ein älterer Mann, über dessen dicken Bauch sich eine graugrüne Lodenjoppe spannte. Ein federgeschmückter Filzhut saß schräg auf seinem runden Kopf, und freundliche braune Augen blitzten hinter einer Nickelbrille. Auf Nora machte er den Eindruck eines gutmütigen Bauern vom Land.

»Wo soll's denn hingehen, kleine Mutti?«, fragte er leutselig, als Nora Willi auf den Schoß nahm.

»Zu Verwandten«, antworte sie vage und lächelte zurück.

Noch nie war sie Mutti genannt worden, und obgleich es sich seltsam anfühlte, störte es sie nicht.

»Soso«, murmelte er, lehnte sich zurück, schloss die Augen und war bald eingeschlafen.

Nora war froh darüber, keine Unterhaltung führen zu müssen, rutschte mit Willi ans Fenster und erklärte ihm die draußen vorbeifliegende Welt, über der sich schwere dunkle Wolken zusammenbrauten. Dunkelheit breitete sich auch im Abteil aus, Willi gähnte, und wenig später lag er friedlich schlafend im Kinderwagen.

Als der Herr gegenüber wach wurde, klatschten dicke Tropfen gegen die Scheibe, die der Fahrtwind zu breiten Rinnsalen zusammentrieb. Doch ihm schien das miese Wetter zu gefallen: »Regen bringt Segen. Die Frühjahrssaat braucht Wasser. Nur hageln darf's net, des wär fatal.« An der ersten Haltestelle in Eggmühl murmelte er: »Zeit für eine Vesper«, griff in den mit einem dunkelgrauen Leinentuch bedeckten Korb, der auf dem Nebensitz stand, und begann auszupacken: Einen halben Laib Brot, eine ganze Salami, und aus der Tasche seines Lodenjankers holte er ein Messer hervor.

Nora starrte gebannt auf die seltenen Köstlichkeiten. Woher hatte der Mann nur solch ein Brot, das wie frisch aus dem Backofen duftete und nicht aussah, als wäre es mit Sägemehl gestreckt worden? Und dazu eine Wurst voller Speckstücke? Es war viele Jahre her, dass sie so etwas gesehen hatte. Und jetzt fiel ihr ein, was sie vergessen hatte: ihre Lebensmittelkarten, ohne die sie nichts einkaufen konnte. Zum Glück hatte sie wenigstens die Medikamente aus der Apotheke.

Ihr Gegenüber klemmte sich den Brotlaib vor den Bauch, setzte das Messer an und säbelte gekonnt eine dünne Scheibe ab, die er ihr entgegenhielt.

»Hast an Hunger, gell?«

Natürlich hatte sie Hunger, abgesehen von der kurzen Zeit

mit William war sie seit Jahren eigentlich immer hungrig. Dennoch war es ihr peinlich, beim ungenierten Starren ertappt worden zu sein. Verlegen knetete sie ihre vom Putzen und Waschen rot gewordenen Hände und ärgerte sich, in der Hektik auch die weißen Stoffhandschuhe vergessen zu haben, mit denen sie etwas besser gekleidet wirken würde.

»Nimm ruhig, kleine Mutti, des langt für uns zwei. Des Brot hat mein Weiberl gebacken, und die Wurscht hab i selber gewurstet. Alles von unserem Hof und vom Allerfeinsten«, erklärte er mit glänzenden Augen.

»Wenn ich darf, dann danke ich auch schön«, sagte Nora, nahm die Brotscheibe entgegen und atmete den köstlichen Duft ein.

Ihr Gönner legte den Laib zurück in den Korb, schnitt ein Stück von der Salami ab, das er mit der Messerspitze aufspießte und Nora direkt vor die Nase hielt. »Sonst is des Brot zu trocken.«

»Danke, vielen Dank«, flüsterte Nora und musste schlucken. Ihr lief bereits das Wasser im Mund zusammen.

»Schon recht, lass es dir schmecken«, entgegnete er, sichtlich zufrieden, jemanden gefunden zu haben, den er mit seinen Gaben erfreuen konnte.

Beinahe andächtig biss Nora ein kleines Stück vom Brot ab, dann ein wenig von der Wurst und begann bewusst langsam zu kauen. Der würzige Geschmack der Salami vermischte sich mit dem des mild-säuerlichen Brotes zu einer himmlischen Gaumenfreude. Sie schloss kurz die Augen, konzentrierte sich ganz auf dieses so lange vermisste Erlebnis, und mit einem Mal erwachte in ihr die Hoffnung, dass sie in München eine Welt ohne Hunger und ohne Angst vor Verfolgung erwartete. Was wäre das für ein Glück.

»Schmeckt's?«

Die warme Stimme ihres freigiebigen Sitznachbarn holte Nora zurück in das Zugabteil.

»Oh ja, ich habe schon lange nicht mehr so etwas Gutes gegessen«, versicherte sie ehrlich und spürte, wie sie rot anlief, gestand sie damit doch ihre Armut ein.

Er schien es zu ignorieren und strahlte sie an. »Des freut mich.«

»Richten Sie Ihrer Frau einen lieben Gruß aus, sie ist die beste Brotbäckerin der Welt«, sagte Nora und hätte gerne noch weitergeschwärmt, wollte aber nicht aufdringlich wirken.

Ihr Gegenüber nickte zustimmend, schnitt ein großes Stück Wurst ab, schob es sich in den Mund und schmatzte ungeniert.

Nora genoss ebenfalls jeden einzelnen Bissen und spürte, wie eine wohlige Wärme sie durchströmte. Die Reise, die sie mit mulmigem Gefühl angetreten hatte, war dank dieses freundlichen Mannes zu einem gemütlichen Ausflug geworden. Wie gerne hätte sie sich irgendwie erkenntlich gezeigt, doch sie hatte nichts als das Wort »Danke«. Sie überlegte, ob er sich unterhalten mochte, und erkundigte sich, ob sein Hof in der Nähe von Regensburg lag und ob er viele Tiere hielt.

»So stucka hundert Milchkühe und dreißig Muttersäue«, antwortete er und erzählte mit gestrafften Schultern von seinem Bauernhof in Tannenreuth. »Des is ein winziger Weiler in der Oberpfalz. Unser Hof ist seit fünfhundert Jahren in Familienhand.«

Nora hörte den Besitzerstolz heraus. »Das klingt wunderschön, aber auch nach sehr viel Arbeit«, sagte sie. »Es dauert sicher lange, bis alle Tiere gefüttert sind.«

Er nickte heftig. »Da kannst recht haben. B'sonders lang dauert's, bis dann alle Kühe gemolken sind.«

Nora hörte aufmerksam zu und nickte lächelnd, auch wenn sie an nichts anderes denken konnte als an köstliche Braten, frisches Brot und warme Milch an kalten Tagen.

»Wennsd mal in die Gegend kommst, musst mich besuchen, kleine Mutti. Für dein Boberl wär's bestimmt schön, Kinder brauchen frische Luft.«

Ein lautes Zischen übertönte die Unterhaltung, ein Ruck schüttelte die Reisenden auf ihren Plätzen kurz durch, und der Zug kam zum Stehen.

»Freising! Freising! Freising!«, ertönte die Stimme des Schaffners, der am Zugfenster vorbeilief.

Der Dicke sprang erschrocken auf. »Oh, Jessas, i muass ja aussteigen.«

Nora bedankte sich nochmals für Brot und Wurst und wünschte ihm alles Gute.

Er nickte, zerrte einen riesigen Rucksack aus dem Gepäcknetz, verabschiedete sich mit einem kurzen »Wiederschaun«, griff nach seinem Korb und stürzte aus dem Abteil. Nora wollte das Fenster öffnen, ihm noch nachwinken, doch Willi wachte auf und streckte ihr die Ärmchen entgegen. Er verlangte nach seiner Vormittagsmahlzeit.

»Schade«, flüsterte sie Willi zu, als sie zuerst das in Windeln eingewickelte Fläschchen und dann ihn aus dem Wagen holte. »Das war unser erster Freund im neuen Leben, und nun werden wir nie erfahren, wo genau sein Hof mit den vielen Kühen und Schweinen liegt, und ihn leider auch niemals besuchen können.«

Bald spazierte der Schaffner durch die einzelnen Waggons und verkündete, der Zug werde demnächst München erreichen, Endstation.

Schüchtern fragte Nora, ob er ihr beim Aussteigen behilflich sein könne.

»Ja, freilich«, antwortete er und tippte sich an die dunkelblaue Schildmütze. »Des gehört doch auch zu meinem Dienst, dass ich mich um die Fahrgäst' kümmern tu.«

Nora bedankte sich erleichtert und drückte ihrem kleinen Schatz einen dicken Kuss auf die Wange. »Weil du so brav warst, ist die Reise so gut verlaufen. Ich habe mir vollkommen unnötig Sorgen gemacht.«

18

NORA WAR ÜBERWÄLTIGT. Sie war doch erst vor knapp zwei Stunden in den Eilzug gestiegen und jetzt in Sicherheit. Es fühlte sich jedenfalls so an, auch wenn sie mit ihrem Sohn im Kinderwagen noch auf dem Bahnsteig stand und ein kräftiger Frühlingswind an ihrem Mantel zerrte, als wollte er sie wegpusten.

Neugierig und auch ein wenig ängstlich blickte sie sich um. Ein mächtiges Stahlrohrgerippe überspannte in weitem Bogen die Gleise. Aus Zeitungsberichten wusste sie, dass gezielte Luftangriffe den strategisch wichtigen Bahnhof schwer beschädigt hatten. Nicht nur die Glasabdeckung des Stahlrohrgewölbes war zu Bruch gegangen, auch das Bahnhofsgebäude selbst hatte schwer gelitten, wie sie deutlich sehen konnte. Trümmer waren zwar keine mehr zu entdecken, dafür aber unzählige Arbeiter, die mutig wie Bergsteiger auf die hohen Gerüste kletterten. Es würde sicher lange dauern, den riesigen Bahnhof wiederaufzubauen, doch der Betrieb schien reibungslos zu laufen.

Was für ein Treiben, ein Gerenne und Gehetze. Menschen mit Koffern, Rucksäcken, Leiterwagen, Fahrrädern und Kinderwagen. Zahlreiche Kriegsversehrte mit schmutzigen Mullbinden um Kopf oder Hände. Anderen wiederum fehlten Arme oder Beine. Dicht an ihr vorbei spazierte ein elegant gekleidetes Paar, das einem Dienstmann folgte, der einen hohen Gepäckstapel auf seinen Karren geladen hatte. Eine alte Frau mit einem Korbgestell auf dem Rücken zog zwei offensichtlich müde Kinder hinter sich her, die höchstens fünf, sechs Jahre alt waren. Und über allem lag eine Geräuschkulisse aus lauten und leisen Stimmen, verzweifelten Rufen und schmerzlichem Weinen, dröhnenden Durchsagen, marktschreierischen Zeitungsverkäufern und schrillen Abfahrtssignalen. Dagegen war der Regensburger Bahnhof ländlich-beschaulich, fand Nora und wusste nicht, wohin sie zuerst schauen, wem sie zuerst ausweichen sollte und in welcher Richtung sich der Ausgang befand. Klein Willi blickte mit weit aufgerissenen Augen zu ihr auf. Auch wenn er in seinen Kissen nicht viel sehen konnte, spürte er deutlich die Hektik um sich herum und nuckelte aufgeregt an seinem Schnuller.

Instinktiv folgte Nora dem Strom der Menschen, wie ein braves Schaf, und hoffte, die Herde würde sie zum Ausgang führen.

Jemand drängelte sich dicht an ihr vorbei. »Sie, Fräulein, gehen S' halt aus dem Weg. Oder wolln S' Wurzeln schlagen?«

»Entschuldigung«, sagte Nora, fragte sich aber gleich darauf verärgert, ob hier alle so unhöflich zu Müttern mit Kindern waren.

Von der Menge vorwärtsgeschoben, gelangte sie zum Ausgang und auf einen Vorplatz. Sie erinnerte sich, damals mit ihrer Mutter in eine Straßenbahn gestiegen zu sein. Aber in welche Bahn und wo sie abfuhr, das hatte sie längst vergessen. Eine Haltestelle konnte sie jedenfalls nicht entdecken, nur einen Taxistandplatz.

Sie überlegte, ob der Fahrer auch eine Mutter mit Kinderwagen transportieren würde, und steuerte direkt auf einen wartenden Wagen zu. Sie war müde und würde sich den kleinen Luxus gönnen.

»Entschuldigung, können Sie mich auch mit dem Kinderwagen mitnehmen, und was kostet es? Ich muss in die Ismaninger Straße.«

»Ja mei, junge Frau, wenn mei Auto a Lastwagen wär, tät ich

Sie gern chauffieren«, antwortete der Fahrer grinsend und gab ihr den Rat, die Tram zu nehmen. »Die Eins fahrt vom Sendlinger Tor direkt zum Max-Weber-Platz, dort fangt die Ismaninger Straße an.«

Nachdem er ihr den Weg zum Sendlinger Tor erklärt hatte, machte sie sich eilig auf den Weg. Willi begann unruhig zu werden, er brauchte dringend eine frische Windel. Seit heute Morgen war er nicht mehr gewickelt worden, und sie würde sich wundern, wenn er nach dem Haferschleim nicht die Hosen voll hätte.

Nach etwa zehn Minuten erreichte sie die Haltestelle, doch bis die Bahn kam, vergingen weitere zehn Minuten, in denen Willi zu weinen anfing. Nora gelang es, ihn kurzzeitig mit seinem Hampelmann abzulenken. Dann kam die Bahn, und zwei junge Männer halfen ihr mit dem Wagen, obwohl der Schaffner ihr zuerst die Mitfahrt verweigern wollte. Ihr flehentliches Bitten stimmte ihn schließlich um, und auch die Fahrgäste auf der hinteren Plattform rückten zusammen.

Nora achtete nicht darauf, wie lange die Fahrt dauerte, sondern kümmerte sich nur um Willi, der sich unruhig im Wagen aufbäumte und unbedingt auf den Arm wollte. Aber sie konnte ihn unmöglich herausnehmen, denn sie musste sich selbst festhalten, da die Tram rumpelte und wackelte wie ein Ochsenkarren über einen löchrigen Feldweg.

Endlich hörte sie den Schaffner rufen: »Max-Weber-Platz, Max-Weber-Platz …«

Diesmal war der Schaffner selbst ihr beim Aussteigen behilflich. Nicht ganz freiwillig, aber er wusste wohl nur zu gut, dass sie es allein niemals hinausgeschafft hätte.

»Wir sind fast am Ziel«, erklärte sie Willi, den das Schaukeln der Trambahn schläfrig gemacht hatte und dem die Augen bald zufallen würden. »Es dauert gar nicht mehr lange, bis du deine nasse Windel loswirst«, versprach sie ihm und hoffte, dass die Stockmeiers sie fürs Erste aufnehmen würden.

Es war anstrengend, ständig aufmerksam zu sein, sich auf die neue Umgebung zu konzentrieren und nebenbei noch das Kind zu beruhigen. Und im Moment wusste sie nicht einmal, wo die gesuchte Straße ihren Anfang nahm. Straßenschilder waren keine zu entdecken, nur Trümmerberge, Häusergerippe und Ruinen. Nora bekam ein mulmiges Gefühl. Was, wenn das Haus, in dem die Stockmeiers lebten, ebenso in Trümmern lag? Wo sollte sie dann hin, wo die Nacht verbringen?

Vor einer Bäckerei hatte sich eine Schlange gebildet. Nora fragte sich unwillkürlich, wie lange es wohl noch dauern würde, bis man endlich wieder ohne Lebensmittelmarken einkaufen konnte. Die Währungsreform hatte nur skrupellosen Menschen wie Gollnik den erhofften Wandel gebracht. Für alle anderen war die Not längst zurückgekehrt.

Eine ältere Frau erklärte ihr schließlich, dass sie am Krankenhaus vorbeimüsse, die gesuchte Hausnummer befinde sich geschätzte fünfzehn Minuten weiter Richtung Norden.

Nora marschierte, so schnell sie konnte. Nach dem Krankenhaus nur noch eine Querstraße passieren, und dann war sie auch schon da. Das Haus und auch die Nebengebäude waren vollkommen unversehrt. Sogar die Hausnummer stand über der Haustür. Nora fiel ein mächtiger Stein vom Herzen.

Erleichtert atmete sie auf. Sie hatte es geschafft.

Aufmerksam studierte sie die Klingelschilder. Hatte sie den Namen auch richtig in Erinnerung? Wurde er vielleicht mit ai oder ay geschrieben?

Sie kramte den Brief aus ihrem Rucksack.

Nein, sie hatte sich nicht geirrt. Stockmeier mit »ei«.

Aber das Namensschild fehlte. In Sekundenschnelle schlug ihre Erleichterung um in rasendes Herzklopfen. War das Ehepaar womöglich im Krieg umgekommen? War der Kontakt zu ihrer Mutter deshalb abgerissen?

Mit zitternden Fingern läutete sie bei »Vogel« im Erdgeschoss.

Vielleicht wussten die Nachbarn etwas über den Verbleib ihrer Verwandten.

Es dauerte eine Weile, ehe sich eines der Fenster zur Straße hin öffnete und eine Frau in Noras Alter mit dunklen Haaren und strahlend blauen Augen herausschaute. »Sie wünschen?«

»Entschuldigung, ich suche meine Verwandten, Stockmeier heißen sie, die müssten doch hier wohnen.«

»Stockmeier? Ja … ähm … die haben hier mal gewohnt«, sagte die Dunkelhaarige und wirkte, als wäre ihr die Frage unangenehm.

Mit einem Mal wachte Willi auf und begann zu schreien.

Die junge Frau beugte sich etwas weiter aus dem Fenster, sodass sie in den Kinderwagen schauen konnte. »Oh mei, oh mei, was hat er denn?«

»Er braucht dringend eine frische Windel. Wir sind seit dem frühen Morgen unterwegs, und langsam wird er ungeduldig. Obwohl er sonst ein ganz braver Bub ist«, antwortete Nora und wiederholte ihre Frage nach Onkel und Tante.

»Das ist nicht so einfach zu erklären, vielleicht kommen S' einen Moment herein. Sie können den Kleinen auch gern bei mir wickeln«, sagte sie freundlich.

Dankbar nahm Nora die Einladung an. Mit Frau Vogels Hilfe bugsierte sie den Kinderwagen in den Hausflur.

»Auf der Straße würde ihn sofort jemand stehlen, es gibt zu viele mittellose Vertriebene, die aus Not einfach alles mitnehmen«, erklärte Frau Vogel.

Willi beruhigte sich sofort, als Nora ihn aus dem Wagen holte und ihm gut zuredete, während sie eine Windel und einen Waschlappen unter der Matratze hervorholte.

»Nur noch eine Minute, dann hast du wieder einen trockenen Popo, mein Schatz.«

»Hereinspaziert«, sagte Frau Vogel an der Wohnungstür und führte Nora in eine geräumige Wohnküche.

Unauffällig blickte Nora sich um: Ein großer runder Tisch mit karierter Tischdecke wurde von vier gepolsterten Stühlen umringt. Neben dem Spülbecken stand ein antik aussehendes Büfett aus dunklem Holz. Unter dem Fenster, aus dem Frau Vogel geschaut hatte, entdeckte Nora eine hochglänzende Kommode mit den gleichen verschnörkelten Messingbeschlägen wie am Büfett, daneben fünf aufeinander gestapelte Pappkartons und drei gefüllte Waschkörbe, die mit Tüchern abgedeckt waren. Bis auf den schweren Kohleherd wirkte das Mobiliar viel zu wertvoll für den täglichen Gebrauch in einer Küche. Es schien, als wäre hier gerade jemand eingezogen.

»Umschauen dürfen Sie sich nicht so genau, ist alles sehr beengt, weil sie Ausgebombte bei uns einquartiert haben. Deshalb stehen die Wohnzimmermöbel in der Küche. Aber was soll man machen ...« Frau Vogel zuckte mit den Schultern.

»Wo darf ich?«, fragte Nora mit Blick auf Willi. Es wäre der netten Frau bestimmt nicht recht, wenn sie den Kleinen mitsamt seiner vollen Windel auf die feine weiße Sonntagstischdecke legte.

Frau Vogel wies mit dem Kopf zu dem runden Tisch. »Am besten dort ... Einen Moment ...« Sie zog aus einem der Körbe drei benutzte Handtücher hervor. Flink schob sie die Tischdecke zur Seite und breitete die Frotteetücher auf dem Tisch aus. »Falls was danebengeht ... Aber so müsste es passen. Geben S' mir den Waschlappen, ich halte ihn unter den Wasserhahn.«

Nora bedankte sich ganz herzlich. »Das war Rettung in letzter Sekunde, sehr viel länger hätte er es nicht mehr ausgehalten.«

Nachdem Willi trocken und mit Wundpuder versorgt war, strahlte er wieder. Ohne Weinen ließ er sich von Frau Vogel auf den Arm nehmen, damit Nora den Inhalt der vollen Windel in der Toilette entsorgen und sie zusammen mit dem Waschlappen im Waschbecken auswaschen konnte.

»Nehmen S' Platz«, sagte Frau Vogel, als Nora zurückkehrte. »Ich kann Ihnen leider nichts anbieten, höchstens Wasser.«

»Ach, Sie haben mir schon mehr als genug geholfen. Aber ein Glas Wasser würde ich gerne nehmen.« Nora setzte sich an den Tisch. Es war eine Wohltat, einen Moment sitzen zu können. »Würde es Sie stören, wenn ich dem Kleinen kurz die Flasche gebe?«

»Ach, woher. Wo ham S' denn das Flascherl?« Frau Vogel trat an das edle Büfett und nahm ein Glas heraus, das sie mit Wasser füllte.

»Im Wagen.« Was für eine hilfsbereite Frau, dachte Nora und lächelte Frau Vogel dankbar an.

Nachdem sie das noch halb volle Fläschchen aus dem Wagen geholt hatte, setzte sie sich zu Frau Vogel in die Küche.

»Also, das mit Ihren Verwandten«, begann die gastfreundliche Frau.

»Können Sie mir die neue Adresse bitte aufschreiben?«, bat Nora und hob Willi auf die Schulter. Er hatte die Flasche leer getrunken. »Ich habe leider gar nichts bei mir.«

»Sie sind nicht umgezogen«, erklärte Frau Vogel und senkte einen Atemzug lang den Blick, bevor sie Nora wieder anschaute.

Nora klopfte Willi sanft auf den Rücken, damit er aufstoßen konnte. Nach der ganzen Aufregung und dem Mittagsfläschchen würde er die nächste Stunde friedlich schlafen. Genug Zeit, um Onkel und Tante zu finden. »Entschuldigung, aber haben Sie nicht gesagt, dass die beiden nicht länger hier wohnen? Wo kann ich sie denn finden?«

»Es tut mir sehr leid, Ihnen sagen zu müssen … Das Ehepaar ist im letzten Winter gestorben. Niemand im Haus hat es bemerkt, erst als es zu spät war …«

»Gestorben?«, wiederholte Nora tonlos.

»Es war im vorletzten Winter, als es so bitterkalt war, da sind viele Menschen erfroren, weil sie nicht genug zu essen und kein

Heizmaterial hatten. Ihre Verwandten wurden erst im Frühjahr gefunden, sie lagen einfach in ihren Betten ...«

»Aber ... aber ...«, stammelte Nora verwirrt.

»Ham S' nix davon gewusst?«

Mutlos schüttelte sie den Kopf. Diese Nachricht beraubte sie all ihrer Hoffnungen. Mühsam schluckte sie die aufkommenden Tränen hinunter. Wo sollte sie jetzt unterkommen? Bald würde es dunkel werden, und um diese Jahreszeit war es nachts noch empfindlich kalt.

Willi stieß einen kräftigen Rülpser aus und holte sie zurück in die Realität. Mit äußerster Beherrschung klopfte sie ihm sanft auf den Rücken und setzte ihn sich dann auf den Schoß.

»Nein, ich hatte keine Ahnung«, antwortete sie einigermaßen gefasst. »Sonst wäre ich nicht hergekommen. Ich ...« Konnte sie Frau Vogel die Wahrheit gestehen? Würde sie ihre Notlage nachvollziehen und ihr vielleicht helfen können? Nein, es war sicherer, niemandem zu vertrauen. Stockend begann sie, eine tragische Geschichte zu erfinden. »Ich wurde nämlich auch ausgebombt und habe in einem Lager gelebt, doch mit dem Kleinen ist es zu schrecklich. Deshalb hatte ich gehofft, eine Weile bei meinen Verwandten unterzukommen. Was mache ich denn jetzt?« Verzagt starrte sie ins Leere.

»Mei, Sie armes Hascherl«, sagte Frau Vogel mitfühlend. »Ich tät Ihnen ja gern helfen, aber mit den Einquartierten sind wir schon neun Leut in zwei Zimmern und dieser Küche. Ham S' denn eine Zuzugserlaubnis?«

Nora schüttelte den Kopf.

»Oh mei, dann wird's schwierig«, sagte Frau Vogel. »Ohne den Wisch bekommen S' offiziell nicht mal ein Kellerloch und ohne festen Wohnsitz auch keine Lebensmittelmarken. Und selbst für uns mit den Marken ist es heikel, Essen für alle zu besorgen. Mein Erwin ist heute mit unseren drei Kindern aufs Land ...«

»Ich versteh schon«, sagte Nora. Offensichtlich war Herr Vogel mit den Kindern zum Hamstern gefahren, und seine Frau schämte sich, darüber zu reden. »Es war eine große Hilfe, dass ich meinen Kleinen hier wickeln durfte. Vielen Dank dafür. Irgendwo werde ich schon eine Unterkunft finden. Hätten Sie eine Idee, wo ich fragen könnte? Ich habe auch einiges zum Tauschen ...«

Frau Vogel verstand die Andeutung. »Wenn ich was such, das es auf keinem Amt und nicht auf Marken gibt, gehe ich in die Möhlstraße. Keine zehn Minuten von hier«, sagte sie und erklärte ihr den Weg.

Es war tatsächlich nur ein kleiner Spaziergang zu Münchens größtem Tauschmarkt, auch wenn die dunklen Wolken am Himmel nicht gerade dazu einluden. Dennoch fasste Nora neuen Mut. Willi lag friedlich schlafend in den Kissen, und normalerweise dauerte sein Mittagsschläfchen mindestens eine Stunde, manchmal sogar zwei. Genug Zeit, um eine Unterkunft zu finden. Die Nachricht vom Tod ihrer Verwandten war ein schwerer Schlag, auch wenn sie sich kaum noch an die beiden erinnern konnte. Aber wenn Frau Vogel recht hatte, würde sie in dieser Straße alles bekommen, solange sie Zigaretten oder andere begehrte Tauschwaren anbieten konnte. Sogar ein sauberes Bett.

Die Möhlstraße war eine Mischung aus vornehmer Gegend und Marktplatz. Zwischen beeindruckenden Villen mit parkähnlichen Gärten entdeckte Nora Bretterbuden und flache Häuschen. Über einigen Schaufenstern hingen rot-weiß gestreifte Markisen und sogar gemalte Werbeschilder wie an ganz normalen Geschäften. Obst, Feinkost, Südfrüchte, Fisch und Fleisch wurden in Schönschrift angepriesen. »Das sind alles legale Händler mit offizieller Erlaubnis der Militärregierung«, hatte Frau Vogel erklärt. »Dort können Sie ohne Furcht einkaufen und sich nach freien Zimmern erkundigen.«

Zur ersten Orientierung spazierte sie die Straße entlang und staunte über die wunderschönen Villen. Einer der Prachtbauten ähnelte sogar der Villa in Regensburg, wo sie Silvester gefeiert hatte. Wo sie ihrer großen Liebe begegnet war und William zum ersten Mal geküsst hatte. Wo er ihr versprochen hatte, für immer an ihrer Seite zu sein.

Der Gedanke an die schicksalhafte Nacht und die gleichzeitig auflodernde Sehnsucht nach William durchfuhren sie schmerzhaft wie ein scharfes Messer. Was war mit ihm geschehen? Wieso meldete er sich nicht? Würde sie ihn jemals wiedersehen? War ihr Traum von einem glücklichen Leben mit ihm tatsächlich geplatzt wie eine schillernde Seifenblase? Sie musste schnellstens eine Bleibe finden und ihm ihre neue Adresse schreiben.

Reiß dich zusammen, mahnte sie sich. Denk an dein Kind, du brauchst ein Dach über dem Kopf. Heulen kannst du später noch.

Fest entschlossen, nicht in Wehmut zu versinken, betrat sie einen Gemüseladen und erkundigte sich nach einer möglichen Zimmervermietung.

»Och, kleenet Frollein, hätt ich eins, könnt ich sein Millionär. Sooo viele Flüchtlinge, keener hat een Dach überm Kopp ...«

Ähnliche Absagen erhielt sie überall. Doch so schnell wollte sie nicht resignieren. Beherzt lief sie die Straße in beiden Richtungen entlang und sprach Passanten an. Ergebnislos. Sie spürte, wie unterschwellige Panik sie erfasste, doch sie gab nicht auf.

Etwa eine Stunde später bemerkte sie in der Nische zu einem feudalen Hauseingang eine kauernde Gestalt, die ein Bündel an sich presste. Ein bedauernswertes Häufchen Elend, dem das Schicksal noch übler mitgespielt hatte als ihr. Nora hatte sie schon vor einer Weile aus den Augenwinkeln gesehen, blieb nun stehen und sah genauer hin. Es war eine Frau mit völlig verdreckten blonden Haaren und Kleidern, die wirkten, als wären sie seit Wochen nicht gewaschen worden. Nora näherte sich ihr und hörte sie singen. Sehr befremdlich.

»Au clair de la lune, mon ami Pierrot …«

Das mochte Französisch sein, überlegte Nora, war sich aber nicht sicher. Regensburg stand unter amerikanischer Hoheit, da hatte sie lieber Englisch statt Französisch gelernt.

»Brauchen Sie Hilfe?«, fragte sie auf Deutsch.

Keine Reaktion.

»Wo wohnen Sie?«, fragte Nora und beugte sich näher zu der jungen Frau. Aus der Nähe erkannte sie, dass diese krank sein musste. Sanft befühlte sie die Stirn der Frau, die sich nicht dagegen wehrte. Sie glühte, hatte eindeutig hohes Fieber. Sie musste dringend ins Bett, und eine Badewanne würde auch nicht schaden.

»Au clair de la lune, mon ami Pierrot …«

Nora überlegte, ob sie einfach von sich erzählen sollte, um das Vertrauen der Unbekannten zu gewinnen. »Ich will nur helfen … Ich bin mit meinem Kind auf der Suche nach einer Unterkunft.«

Die Frau blickte hoch.

»Ich heiße Nora, und das ist mein Sohn William …« Sie deutete in den Kinderwagen. »Aber ich nenne ihn Willi.«

Die Unbekannte sah sie mit fiebrig glänzenden Augen an. »Nora?«

»Ja, mein Name ist Nora, und wie ist Ihrer?«

Wortlos rappelte die Frau sich auf, ließ ihr Bündel fallen und trat an den Korbwagen. »Willi, kleiner süßer Willi«, flüsterte sie, und auf ihrem Gesicht erschien ein versonnenes Lächeln.

Nora nickte ihr freundlich zu. »Wo wohnen Sie?«, wiederholte sie ihre Frage. »Wenn Sie mir Ihre Adresse verraten, kann ich Sie nach Hause begleiten. Bestimmt werden Sie schon vermisst.« Bei den letzten Worten durchfuhr sie ein verwegener Gedanke. Vielleicht winkte ihr ja als Belohnung eine warme Suppe.

Die Unbekannte reagierte nicht auf ihre Frage, sondern begann wieder zu singen: »*Au clair de la lune, mon ami Pierrot ...*«

Nora bückte sich nach dem Bündel. Es stank ekelhaft nach alten Lumpen, aber vielleicht befanden sich Ausweispapiere darin, die ihr etwas mehr über die Fremde verraten konnten. Als sie sich wieder umdrehte, sah sie die Frau mit dem Kinderwagen davonfahren.

Nora ließ das Bündel fallen und rannte panisch hinterher, schrie »Halt«. Nach wenigen Metern hatte sie die Frau eingeholt. »Was soll das?«, herrschte Nora sie an und schob sie vom Wagen weg.

Unvermittelt begann die Frau zu zittern, klammerte sich an den Wagen und jammerte: »Kleiner Willi, kleiner Willi ...«

»In Ordnung, wir schieben den Wagen zusammen«, sagte Nora.

Ihre Worte hatten offensichtlich eine beruhigende Wirkung auf die Frau.

»Ich heiße Celia und wohne in der Möhlstraße«, sagte sie plötzlich mit klarer Stimme.

»Das hier ist die Möhlstraße«, erklärte Nora und fragte nach der Hausnummer.

Celia klopfte sich mit einer Hand auf die Stirn, als helfe ihr das beim Nachdenken, zuckte dann aber mit den Schultern und wandte sich wieder dem Kinderwagen zu.

Ratlos liefen sie gemeinsam die Straße entlang, in der Hoffnung, Celia würde das richtige Haus erkennen. Doch sie summte nur weiter das Lied und schien vollkommen glücklich zu sein. Nora hingegen war verzweifelt. Die Zeit drängte, Willi würde bald aufwachen, und dann wüsste sie endgültig nicht mehr weiter. Denn mit dieser fremden jungen Frau hatte sich ihr Problem um einiges vergrößert. Inzwischen war ihr auch kalt, sie hatte Hunger, und sie war kurz davor, in Tränen auszubrechen.

Aber die Fremde zurück in die feuchtkalte Hausnische zu schicken brachte sie nicht übers Herz.

Mit einem Mal blieb Celia stehen. »Wagner in der Möhlstraße ...«

»Wagner ist Ihr Nachname?«

Celia nickte. »Wagner.«

Die Hausnummer wollte Celia nicht einfallen, trotz mehrmaliger Nachfrage. Es sah auch nicht so aus, also würde sie sich besonders anstrengen, sie interessierte sich einzig und allein für Willi, den sie unablässig anlächelte.

Nora erkundigte sich in einigen Läden nach einer Familie Wagner, die hier in der Straße leben würde. Niemand kannte den Namen. Schließlich wandte sie sich an einen patrouillierenden Polizisten. Irritiert beäugte er Celia, als käme sie ihm bekannt vor.

»Ja, doch ... Eine Familie Wagner wohnt hier ganz in der Nähe«, sagte er schließlich. Als er auch noch anbot, sie dorthin zu begleiten, wäre Nora ihm am liebsten um den Hals gefallen.

19

»HEREIN«, BRUMMTE WOLF Wagner unwillig, als es an der Tür zu seinem Arbeitszimmer klopfte.

Er hatte ausdrücklich gebeten, nicht gestört zu werden – außer zu den Mahlzeiten. Aber das Mittagessen war längst vorbei, der Nachmittagskaffee getrunken, und fürs Abendessen war es noch zu früh.

Die positive Nachricht von der Militärregierung bezüglich seiner Lizenz fehlte zwar immer noch, aber das war für ihn kein Grund, untätig zu sein. Der Mahagonischreibtisch war übersät mit Notizen. Vor ihm ausgebreitet lagen unter anderem Ideen für diverse Preisrätsel, die immer ein Garant für gute Verkaufszahlen waren. Wenn es etwas zu gewinnen gab, verdoppelte sich die Leserschaft ohne große Kosten oder weiteres Zutun.

Die schwere Eichentür öffnete sich einen Spalt, und seine Schwester Elvira lugte hindurch.

»Wolf, entschuldige die Störung, aber du solltest an die Tür kommen.«

»Ich bin beschäftigt.« Irritiert blickte er Elvira an, die im Türrahmen verharrte. Er hatte die Klingel wohl gehört, aber auch wenn Konrad heute seinen freien Tag hatte, waren doch genug Leute im Haus, um Besuchern zu öffnen.

Sie lächelte schwach. »Bitte, es ist wichtig … und …«

»Meine Güte, Elvira, mach's doch nicht so spannend.«

»Ein Polizist ist an der Tür«, sagte sie mit ernster Miene, die Probleme ankündigte.

Wolf schob die Entwürfe und Notizen in eine Aktenmappe,

klappte sie zu und erhob sich. Die Zeiten, in denen man der Polizei besser aus dem Weg ging, waren zum Glück vorbei, aber sie direkt im Haus zu haben bedeutete hoffentlich kein Unglück. Er musste sich wohl oder übel selbst davon überzeugen.

Wolf erkannte den Uniformierten, der in gewohnt strammer Haltung im Entree stand. Es war Wachtmeister Schöberl, der regelmäßig auf Streife in der Möhlstraße war. Auf den ersten Blick war er erleichtert, auf den zweiten stockte ihm der Atem. Ungläubig kniff er die Augen zusammen. Zwischen dem Polizisten und einer hübschen Unbekannten stand eine verwahrloste Frau mit Kinderwagen, die ... Er wagte es kaum, den Gedanken zu Ende zu denken. Doch die Ähnlichkeit konnte kein Zufall sein ... Zwei Schritte, und er war bei ihr.

»Celia, bist du es wirklich?« Vor lauter Aufregung war er laut geworden, doch sie schaute nur aus großen, fiebrig-glänzenden Augen zu ihm auf. Es waren die grünbraunen Augen seiner lange vermissten Tochter. »Mein Gott, Kind, was ist mit dir?«

»Der süße kleine Willi«, flüsterte Celia.

»Was ist denn hier für ein Tumult?«

Er blickte über die Schulter. Helene, unfrisiert und in ihrem üblichen Morgenmantel, kam über die Treppe in die weiträumige Diele. Einen kurzen Moment verharrte sie auf der letzten Stufe, starrte den Polizisten, die fremde Frau und dann den Kinderwagen an. Dann schrie sie hysterisch »Ceeelia!« und stürmte mit offenen Armen auf ihre verschollene Tochter zu.

Über Celias rot glühendes Gesicht huschte ein kleines Lächeln. »Der süße kleine Willi«, sagte sie noch einmal, ließ den Kinderwagen los und sank in die Arme ihrer Mutter.

Wachtmeister Schöberl tippte sich an die Schildmütze. »Scheint ja alles zum Besten zu sein. Ich darf mich verabschieden«, murmelte er und wandte sich zum Gehen.

»Danke schön für Ihre Hilfe«, rief die Unbekannte dem Polizisten nach.

Wolf achtete nicht weiter auf Schöberl, er würde die Situation bei nächster Gelegenheit erklären. Alles, was ihn in diesem schicksalhaften Moment interessierte, waren seine heimgekehrte Tochter und das Baby im Wagen. Tief gerührt hatte er den Namen vernommen. Sie hatte ihn also Wilhelm getauft, nach seinem Vater und Großvater. Seine geliebte Tochter brachte ihm einen Enkelsohn. Was für ein Glück! Sein Herzschlag beschleunigte sich vor Euphorie.

Wie aus weiter Ferne hörte er Helenes bekümmerte, aber erstaunlich klare Stimme: »Celia, mein Liebes, was ist mit dir? Du glühst ja! Komm, ich bringe dich in dein altes Zimmer.« Seine praktisch veranlagte Schwester Elvira verkündete sogleich, den Hausarzt zu verständigen.

Automatisch nickte er seiner Schwester zu. Ihm war es unmöglich, den Blick von dem schlafenden Kind im Wagen abzuwenden. Zu gerne hätte er seinen Enkelsohn auf den Arm genommen, aber er wollte ihn nicht wecken.

»Verzeihen Sie, aber ich möchte etwas erklären …«

Die hübsche Fremde, die bislang etwas abseits gestanden hatte, war an den Kinderwagen getreten.

»Nicht doch, *wir* müssen uns entschuldigen für unsere Unhöflichkeit.« Wolf streckte ihr die Hand entgegen. »Wenn ich mich vorstellen darf: Wolf Wagner, und meinen aufrichtigen Dank für Ihre Hilfe, Fräulein …?«

Sie ergriff seine Hand. »Längsfeld, Nora Längsfeld … und ich …«

»Sehr angenehm, Fräulein Längsfeld. Wir stehen tief in Ihrer Schuld für die Rettung unserer vermissten Tochter und meines Enkelsohns.« Er neigte den Kopf, während er innig ihre Hand drückte. »Bitte, bleiben Sie und berichten uns von den Umständen.« Mit einer Handbewegung wies er in Richtung Salon.

***

Fassungslos fixierte Nora den attraktiven Mann mit den grau melierten Haaren und dem Strichbärtchen über der Oberlippe, der sie an Clark Gable erinnerte, und begriff binnen einer Sekunde: Celia war die Tochter der Frau im geblümten Morgenmantel und des Mannes im erkennbar maßgeschneiderten dunkelgrauen Anzug, der sehr viel mehr Würde ausstrahlte als seine ungepflegte Gattin. Offensichtlich war er überzeugt, Willi sei Celias Sohn und damit beider Enkelkind. Letztlich konnte das nur bedeuten, dass Celia einen Sohn im selben Alter wie Willi hatte. Aber was war mit dem Kind geschehen? Und wieso hatte Celia, die offensichtlich aus einer wohlhabenden Familie stammte, krank und verwirrt in einer Hausnische gekauert, als müsste sie sich verstecken? Was auch immer mit der armen jungen Frau geschehen war, Willi war *nicht* ihr Sohn, und den Irrtum musste sie sogleich aufklären.

»Verzeihen Sie, Herr Wagner, aber ich würde gerne etwas erklären …«, begann sie erneut.

Kaum hatte sie Celias Vater angesprochen, fiel er ihr wieder ins Wort, nahm irrtümlicherweise an, sie wolle sich für die Störung entschuldigen, bat seinerseits um Verzeihung und schob sie mitsamt dem immer noch friedlich schlafenden Willi im Wagen in einen hochherrschaftlichen Salon.

Auch gut, dachte sie schicksalsergeben. Ob ich den Irrtum im Stehen oder im Sitzen aufkläre, macht keinen Unterschied. Zudem spürte sie die wohltuende, von dem Kaminfeuer ausgehende Wärme in dem feudal eingerichteten Wohnraum, und ihre eiskalten Finger und Füße begannen zu kribbeln. Sie war müde und hungrig; bereits in der Diele hatte es nach warmen Mahlzeiten geduftet, und bei dem Gedanken an einen Teller Suppe als Belohnung meldete sich ihr Magen mit leisem Grummeln.

»Bitte, nehmen Sie Platz.« Der Hausherr behielt eine Hand am Kinderwagen und deutete zu dem dunkelbraunen Ledersofa, auf dem dicke Kissen zum Anlehnen einluden. »Darf ich Ihnen etwas anbieten … vielleicht …«

Seine Worte wurden von einem Donnerschlag und dem darauf folgenden, wolkenbruchartigen Regenguss übertönt, der jetzt an die breite Fensterfront trommelte. Verschwommen erblickte Nora einen parkähnlichen Garten mit einer gelb getupften Rasenfläche, vermutlich blühende Narzissen.

»Danke schön«, sagte sie. Das heftige Gewitter war Grund genug, sich zu setzen und der Familie die Wahrheit in kleinen Häppchen beizubringen.

»Eine Tasse Tee?« Herr Wagner drehte sich zu ihr. »Und vielleicht möchten Sie zum Abendessen bleiben?«

»Danke, sehr freundlich, eine Tasse Tee wäre wundervoll, und ich bleibe gerne zum Essen«, nahm sie die Einladung an.

Die attraktive Frau in dem dunkelgrünen Tweedkostüm, die ihnen die Haustür geöffnet und die Herr Wagner Elvira genannt hatte, betrat den Salon. »Der Arzt ist jetzt oben bei Celia, vielleicht möchtest du mit ihm sprechen«, sagte sie.

»Darf ich Ihnen den kleinen Willi einen Moment überlassen?« Herr Wagner wandte sich an die Frau. »Elvira, würdest du Franziska bitten, eine Tasse Tee für das Fräulein zu kochen?«

»Selbstverständlich«, antwortete Elvira und verließ mit dem Hausherrn den Raum.

Nora erhob sich, trat an den Wagen und tastete nach Willis Windel. Der Wärme nach war wieder eine frische Windel und bald auch seine Abendmahlzeit fällig.

Willi hatte wohl ihre Hand gespürt, schlug die Augen auf und begann zu wimmern. Das Zeichen für Hunger und nasse Hosen.

»Schon gut, mein Schatz«, flüsterte sie ihm zu und nahm ihn auf den Arm. »Alles wird gut, hier sind wir erst mal in Sicherheit vor dem Regen, dem Jugendamt und anderen bösen Menschen.

Niemand wird uns hier vermuten. Wenn der Hausherr zurückkommt, werde ich ihm erklären, dass *ich* deine Mutter bin, und das auch beweisen ...« Abrupt brach sie ab. Nein, sie konnte es nicht beweisen. Siedend heiß fiel ihr ein, dass sie vergessen hatte, die Geburtsurkunde einzustecken. Panik erfasste sie. Was sollte sie tun, wenn Celia weiterhin im Fieberwahn behauptete, Willi sei ihr Sohn? Sie konnte nicht zurück zu ihren Eltern fahren, um die Geburtsurkunde zu holen – nicht, wenn sie sich nicht Gollnik oder dem Jugendamt ausliefern wollte. Sie musste weg hier, schnell weg ... Doch wie würde das aussehen? Ehe sie Willi in den Wagen legen konnte, betrat Elvira den Raum, in der Hand ein Silbertablett.

»Er hat geweint«, erklärte Nora, als Elvira sie wie eine Kindsdiebin musterte.

»Ah«, sagte diese und platzierte das Tablett auf dem Marmortisch. »Darf ich einschenken?«

»Ähm ... ja, vielen Dank«, antwortete Nora, während ihr Blick auf das edle Geschirr fiel: Teekanne, Milchkännchen und Zuckerdose aus glänzendem Silber. Wehmütig erinnerte sie sich an das Service ihrer Großeltern, das Alfred auf dem Schwarzmarkt verhökert hatte. Würden die beiden noch leben, hätten sie Willi und sie unterstützt.

Goldbrauner Tee perlte in eine weiße Porzellantasse mit Goldrand. Ein feiner Faden aus heißem Dampf stieg nach oben und mit ihm ein köstliches Aroma.

»Nehmen Sie doch Platz.« Elvira deutete auf die Couch und streckte dann ihre Hände nach Willi aus. »Na, kommst du mal zu deiner Großtante?«

Nora schluckte. Das wurde ja immer verrückter, jetzt glaubte diese Frau ebenfalls an eine Verwandtschaft!

Willi schaute die fremde Frau neugierig an, lächelte zurück und ließ sich tatsächlich auf den Arm nehmen.

Verzweifelt überlegte Nora, wie sie dieser absurden Situation ohne überzeugende Beweise entkommen konnte, als Herr Wagner mit sorgenvoller Miene den Salon betrat.

»Wie geht es Celia?«, fragte Elvira und setzte sich mit Willi aufs Sofa.

Auch Nora war gespannt, wie es um die Tochter des Hauses stand. Mit ihrer Hilfe wäre der Irrtum problemlos aufzuklären. Sobald das Fieber gesunken wäre, würde Celia bestätigen, dass sie einander in der Möhlstraße begegnet waren und sie, Nora, die Mutter von Willi war.

Schwer atmend sank Herr Wagner neben Elvira auf das Sofa. »Den Umständen entsprechend, sagt der Arzt. Sie ist extrem unterkühlt, hat hohes Fieber und fantasiert. Keuchend ruft sie nach ihrem Kind …« Gequält verzog er das Gesicht, dann streckte er die Hände nach Willi aus. »Na, du kleiner Schatz, deiner Mutter geht es im Moment nicht gut, aber hier bist du in Sicherheit. Und ich bin dein Großvater.«

Elvira setzte ihm Willi einfach auf den Schoß, und als sein vermeintlicher Enkelsohn ihn anlachte, begannen Herrn Wagners braune Augen zu leuchten, als wäre dies der aufregendste Moment seines Lebens.

Nora konnte förmlich spüren, wie glücklich dieser elegante Mann war, seinen angeblichen Enkel in den Armen zu halten. Mit Bitterkeit dachte sie an ihren Vater, der Willi niemals so liebevoll angesehen hatte. Er hatte ihn nicht mal auf den Arm genommen oder ihr für einen Enkel gedankt.

Herr Wagner hingegen strahlte, wie man es sich von einem Großvater erhoffte, und um seine Augen bildeten sich Lachfältchen, als er zu Willi auf seinem Schoß sagte: »Ich mag mir gar nicht vorstellen, was geschehen wäre, wenn deine arme Mama mit dir auf der Straße herumgeirrt wäre.« Er hob den Kopf. »Wir stehen tief in Ihrer Schuld, liebes Fräulein, ich kann es gar nicht oft genug betonen. Bitte, erzählen Sie, wie kam es, dass Sie Celia nach Hause brachten?«

»Wird sie denn wieder gesund?«, fragte Nora, um Zeit zu gewinnen. Der Regen war heftiger geworden, und bei dem Gedanken, hinausgehen zu müssen und in der Nacht kein Dach über dem Kopf zu haben, zog sich alles in ihr zusammen. Sie musste nachdenken, sich möglichst eine plausible Erklärung ausdenken, die ein Nachtlager und Verpflegung wert wären.

Unerwartet begann Willi zu brüllen und streckte die Arme nach ihr aus.

»Hast du Hunger?«, fragte Elvira und wandte sich erneut dem Kleinen zu.

»Ich denke, er braucht eine frische Windel«, sagte Nora automatisch, obwohl er vermutlich auch deshalb weinte, weil er von den vielen neuen Eindrücken und fremden Menschen überfordert war.

Herr Wagner und auch Elvira schienen erstaunt zu sein über die Antwort.

»Ihre Hose hat etwas abbekommen«, sagte Nora mit Blick auf den dunklen Fleck auf dem Hosenbein des Hausherrn.

»Ach, das macht doch nichts …« Herr Wagner sah direkt vergnügt aus, als wäre das kleine Malheur ein weiterer Beweis, dass Willi sein Enkel war.

Noras Gedanken überschlugen sich. Sie wusste, Willi würde nicht eher aufhören zu schreien, bis er seine nasse Windel loswurde. Doch gerade das unerträgliche Gebrüll würde sie vor weiteren Fragen schützen, denn ein schreiendes Baby wollte ihrer Erfahrung nach jeder loswerden. Routiniert nahm sie Willi auf den Arm.

»Wenn es Ihnen recht ist, könnte ich ihn wickeln, Sie müssten mir nur sagen, wo.«

»Das wäre sehr freundlich«, meinte Herr Wagner, der nun doch etwas unglücklich aussah, weil Willi nicht aufhören wollte zu weinen. »Benötigen Sie irgendetwas dazu?«

»Im Wagen liegt alles«, sagte Nora und raffte eilig das Nötige zusammen.

Elvira schlug vor, den Kleinen im Badezimmer zu wickeln.

Herr Wagner fand das eine sinnvolle Idee und erbot sich voranzugehen.

Nora folgte ihm durch die Diele zu der Treppe aus dunklem Holz und weiter hinauf ins Obergeschoss und versuchte, Willi mit gut Zureden zu beruhigen.

Oben angekommen wandte Herr Wagner sich nach rechts, schritt den Flur entlang und blieb vor einer dunklen Tür stehen, die er öffnete. »Hier wäre es, und bitte, bedienen Sie sich ganz ungeniert an Handtüchern oder was immer Sie benötigen ...« Höflich schloss er die Tür, nachdem Nora mit Willi eingetreten war.

Als sie allein waren, beruhigte Willi sich etwas, und Nora blickte sich suchend um. Was für ein wunderschöner, luxuriöser Raum: blassrosa Kacheln bis zur halben Wandhöhe, schneeweiße Doppelwaschbecken auf weißem Fuß und glänzende Wasserhähne. Ein extra Handtuchständer, auf dem samtweiche weiße Handtücher hingen. Eine große weiße Badewanne unter einem Fenster, das wegen der geriffelten Scheiben allerdings keinen Ausblick bot, und eine Toilette mit geschlossenem Deckel. Alles blitzblank, auf Hochglanz poliert. Doch das in ihren Augen Schönste im ganzen Raum war eine weiß lackierte Schubladenkommode, bestens geeignet, um Willi von seiner nassen Windel zu befreien.

Nora setzte sich Willi auf die Hüfte und breitete mit der freien Hand eines der weißen Handtücher auf der Kommode aus, bevor sie ihn auf die Unterlage bettete. Ein paar geübte Handgriffe, und ihr Liebling war wieder trocken. Die schmutzige Windel deponierte sie einstweilen in einem der Waschbecken.

Mit dem Kind auf dem Arm setzte sie sich auf den Toilettendeckel und versprach ihm, dass er gleich sein Abendfläschchen bekäme. Kaum hatte sie es ausgesprochen, füllten sich ihre Augen mit Tränen. Würde ich noch stillen, dachte sie mutlos, wäre das der Beweis für meine Mutterschaft. Doch ihre Milch war wegen der strengen Lebensmittelrationierung schon zwei Monate nach der Geburt nicht mehr nahrhaft genug gewesen.

»Spätestens morgen wird es Celia besser gehen, und dann kann sie alles aufklären«, flüsterte sie ihrem Sohn zu. »Bis dahin ist es wohl am besten, dass du für eine Nacht der Enkelsohn dieser reichen Familie bist. Wir beide genießen einfach den ungewohnten Luxus, ja?«

Die nächste halbe Stunde verbrachte sie mit Willi im Souterrain in Friederikes Reich. Und obwohl kein einziger Sonnenstrahl in die Küche fiel, war sie hell, freundlich und heimelig wie ein Wohnzimmer. Friederike, die herzliche Wirtschafterin der Villa, bereitete eigenhändig den Brei aus dem mitgebrachten Zwiebackmehl zu. Zum Füttern bot sie Nora den bequemen Polsterstuhl vor dem gusseisernen Kanonenofen an, schob ein Tischchen dazu, auf dem sie den Teller platzierte, und setzte sich auf den Sessel gegenüber.

»Mei, oh mei, so ein Glück, so ein Glück …«, murmelte Friederike ergriffen, wischte sich mit einem Taschentuch über die Augen und begann vom Heldentod der Wagner-Zwillinge zu erzählen. Dass Frau Wagner den Verlust ihrer beiden Söhne bis heute nicht verwunden hatte und der Chef natürlich auch um seine Erben trauerte, aber seinen Kummer niemals zeigte.

»Einen Sohn zu verlieren ist schon traurig, aber zwei Söhne zu verlieren ist eine Tragödie«, bekundete Nora ihr Mitgefühl.

»Wir alle und auch die Schwester vom Chef und ihr Sohn Luis, sein Neffe, waren völlig geschockt«, erzählte Friederike. »Aber dieser kleine Mann bringt wieder Leben und Sonne ins Haus. Nicht wahr, du goldiger Sonnenschein?« Vorsichtig kitzelte sie Willi an den Fußsohlen, doch ihn interessierte nur der Brei, den er mit großem Appetit verspeiste.

Nora schwieg. Jedes Wort musste gut überlegt sein. Ohnehin ging es nur um diese eine Nacht, und Friederike hatte sie bereits gefragt, ob sie Hunger habe.

Eine Stunde später schlüpfte Nora in Unterwäsche unter ein dickes Federbett, seit Ewigkeiten ohne Magenknurren.

In dem mit antiken Möbeln ausgestatteten Esszimmer war ein üppiges Abendessen serviert worden mit frischem Brot, Eiern, Käse, Wurst und echter Butter. Ungläubig hatte Nora den Überfluss auf dem weiß gedeckten ovalen Tisch bestaunt, während Herr Wagner von seiner Tochter erzählt hatte. Vor über einem Jahr hatte Celia geheiratet und war ihrem Mann in seine Heimatstadt Berlin gefolgt. Die Familie war in großer Sorge gewesen, weil weder ihre Briefe beantwortet worden waren noch Celias Ehemann sich auf irgendeine Art gemeldet hatte. Am Ende hatte sich Herr Wagner erkundigt, ob sie eine Freundin von Celia sei.

»Ich bin kurz nach Berlin in den Zug gestiegen. Celia und Willi sind mir aufgefallen, weil die Mutter schlafend auf der Bank kauerte und nicht auf Willis Weinen reagierte«, hatte sie geschwindelt, um zu erklären, warum sie so vertraut mit Willi umging. Kaum hatte sie die Notlüge ausgesprochen, kroch die Angst in ihr hoch wie eine giftige Schlange. Wie sollte sie morgen erklären, warum sie gelogen hatte? Doch das Ehepaar Wagner und auch Elvira gaben sich mit der Antwort zufrieden und fragten sie nicht weiter aus. Vielleicht war das normal, wenn man unter Schock stand, obgleich Celias Auftauchen ein freudiger Schock war. Aber dass sie sich auf der achtstündigen Reise um das Kind gekümmert habe, berührte alle zutiefst. Und offensichtlich waren sie erleichtert, als sie versicherte, sich gut mit Babys auszukennen und Willi gerne für die Nacht zu sich zu nehmen.

Nun lag ihr Sohn in der Babywiege der gefallenen Helden –

von Konrad, dem Chauffeur des Hauses, frisch gereinigt, von Friederike mit Kissen ausstaffiert – und schlief. Seine Welt war in allerbester Ordnung.

Nur Nora lag hellwach in den Kissen, starrte in die Dunkelheit des mit allem Luxus ausstaffierten Gästezimmers und versuchte, ihre Gedanken zu ordnen, die wie ein Schwarm schwarzer Krähen durch ihren Kopf flatterten und laut kreischten: Steh auf und flüchte mit dem Kind, so weit du kannst. Dann vernahm sie Schritte auf der Treppe, Getuschel im Flur und wagte nicht, sich heimlich davonzuschleichen. Wo sollte sie auch Unterschlupf finden in dieser Regennacht? Ihr fehlte nach wie vor die überlebenswichtige Zuzugsgenehmigung. Frau Vogel, ihre einzige Anlaufadresse in München, würde ihr diese absurde Geschichte mit Celia und dem vermeintlichen Enkel der Wagners vielleicht nicht abnehmen. Und mit Sicherheit würde Herr Wolf ihr die Polizei wegen Kindesentführung auf den Hals hetzen. Der Streifenpolizist war den Wagners namentlich bekannt, er würde sich an sie erinnern. Nein, sie musste bis morgen ausharren, bis Celia aus ihrem Fieberwahn aufwachte und sie bei der Aufklärung unterstützte. Am nächsten Morgen sieht das größte Problem oft nur noch halb so schlimm aus, sagte sie sich, holte die Uniformjacke aus dem Rucksack und schlüpfte hinein. Ein jämmerlicher Trost, doch der Gedanke an William, an seine Küsse und Umarmungen beruhigte sie ein wenig, und nicht zuletzt das wohlige Gefühl eines vollen Magens verscheuchte den kreischenden Krähenschwarm.

Morgen würde sich alles aufklären. Morgen würden sich ihre Sorgen in Wohlgefallen auflösen. Morgen würde alles gut werden.

20

NORA WURDE VON lautem Klopfen geweckt. Sie hatte tief und fest geschlafen und benötigte zwei, drei Sekunden, um sich zu erinnern, wo sie sich befand. Um zu erfassen, was gestern geschehen war.

Die Sonne schien als gleißender Lichtstreifen durch einen Spalt der schweren Samtvorhänge. Es hatte also aufgehört zu regnen, und wenn Celia wieder gesund war, würden sich ihre Probleme bald erledigt haben.

Erneut klopfte es. »Fräulein Längsfeld, ist alles in Ordnung?«

Nora erkannte die Stimme von Friederike, und jetzt meldete sich auch Willi mit Gebrüll.

Sofort war sie auf den Beinen, holte ihn aus der Wiege und ging mit ihm auf dem Arm zur Tür, die sie abgesperrt hatte.

»Guten Morgen, gut geschlafen, du kleiner Engel?« Friederike strahlte Willi an, der tatsächlich aufhörte zu weinen. »Tut mir leid, Sie zu wecken, aber Herr Wagner bittet Sie nach unten.«

Nora erschrak. Wollte man sie loswerden? Friederike wirkte niedergeschlagen, wie die Überbringerin einer schlechten Nachricht.

»Hat er gesagt, worum es sich handelt? Ich muss den Kleinen nämlich erst wickeln.«

»Das kann ich Ihnen leider nicht sagen.« Friederike reichte ihr das ordentlich gefaltete Stoffpäckchen, das sie in der Hand hielt. »Die Windel von gestern ist gewaschen, am Herd wurde sie schnell trocken … Kommen S' halt, wenn der Kleine fertig ist. Ich sag unten Bescheid.«

Im blassrosa Gästebadezimmer genoss sie erneut den Luxus um sich herum und merkte, wie viel einfacher es war, Willi auf einer Kommode in Hüfthöhe zu wickeln statt auf einem Bett. Frisch verpackt legte sie ihn zurück in die Wiege und drückte ihm den Hampelmann in die Hände.

»Nur fünf Minuten, bis ich mich gewaschen und angezogen habe, dann bekommst du dein Frühstück«, versprach sie ihm.

Es dauerte dann doch etwas länger, denn Nora hatte dem fließend warmen Wasser nicht widerstehen können und eine Dusche genommen. Gerne hätte sie sich umgezogen, aber ihr bestes Kleid war das schwarze, und das würde nach Trauer aussehen.

Mit Willi auf dem Arm und einem unangenehmen Grummeln der Vorahnung im Magen begab sie sich nach unten. Schon auf der Treppe sah sie die Tür zum Salon offen stehen. Sie trat zum Türrahmen und klopfte leise an.

»Guten Morgen.«

»Guten Morgen, Fräulein Längsfeld«, grüßte Herr Wagner, der korrekt gekleidet in einem dunklen Anzug und Krawatte auf der vordersten Kante des Ohrensessels saß.

Seine Frau, unverändert im geblümten Morgenrock, das Haar zerzaust, hatte auf dem Sofa Platz genommen. Daneben saß Elvira, ordentlich frisiert, in einem pflaumenblauen Kleid mit langen Ärmeln. Elvira blickte auf und nickte ihr zu. Noch eine Person war im Raum, ein ihr unbekannter junger Mann in dunkelgrauen Hosen und einer Tweedjacke. Unruhig lief er auf und ab, hielt aber bei ihrem Eintreten inne und musterte sie ungeniert. War das Celias Mann?

»Bitte, nehmen Sie Platz.« Herr Wagner deutete auf den zweiten Polstersessel.

»Vielen Dank ... Wie geht es Celia?« Ein Gefühl des Unbehagens beschlich sie, und die bedrückten Mienen der Anwesenden verhießen keine guten Nachrichten.

Frau Wagner schluchzte auf.

Herr Wagner schüttelte müde den Kopf. »Sie ist heute Nacht von uns gegangen«, sagte er schließlich.

Nora fühlte sich, als hätte ihr jemand einen Stromstoß versetzt. Absurderweise kam ihr der Gedanke, das schwarze Kleid wäre doch passend gewesen. Dann presste sie die Lippen aufeinander, um nicht aufzuschreien.

Frau Wagner schluchzte und bäumte sich unter einem heftigen Weinkrampf auf. Der junge Mann in Tweed trat zu ihr.

»Komm, Tante Helene, ich bringe dich auf dein Zimmer. Hast du noch welche von den Beruhigungstabletten?«

»Luis Doll haben Sie noch nicht kennengelernt«, hörte Nora Herrn Wagner sagen. Sie nickte, und da Willi in dem Moment zu jammern begann, blieb ihr eine Antwort erspart. »Er hat Hunger«, sagte sie stattdessen und stand auf. »Ich würde ihm in der Küche gerne eine Flasche zubereiten.« Das gäbe ihr die Gelegenheit nachzudenken. Über was eigentlich? Eines war klar: Die Situation hatte sich verschärft, im Grunde hatte sie keine Wahl, als mit Willi die Flucht zu ergreifen.

Herr Wagner lächelte schwach. »Natürlich, das arme Kind …«

Nora stand auf und hetzte nach unten in die Wirtschaftsräume.

Mit Friederikes Hilfe war der Haferschleim schnell zubereitet, ins Fläschchen gefüllt und auf die richtige Temperatur abgekühlt. Die Köchin erlaubte ihr auch, Willi wieder vor dem Kanonenofen in dem Sessel zu füttern.

Währenddessen beruhigte Nora sich etwas, sagte sich, dass es einen Ausweg gab, geben musste. Doch als sie ihren kleinen Liebling im Arm hielt und beobachtete, wie selbstvergessen er an seinem Morgenfläschchen nuckelte, gelang es ihr kaum, ihre Tränen zurückzuhalten. Sie fühlte sich so allein, sehnte sich so sehr nach William, dass es körperlich schmerzte. Wie bin ich nur in diese vertrackte Situation geraten? Wäre es nicht klüger gewesen, zu Hause zu bleiben, gegen das Jugendamt und ihren Vater zu kämpfen? Aber nun war es zu spät, um verschüttete Milch zu heulen, wie ihre Großmutter in solchen Situationen gesagt hatte.

Willi hatte brav alles ausgetrunken. Nora nahm ihn auf die Schulter und klopfte ihm sanft auf den Rücken, damit er aufstoßen konnte.

»Mei, wenn's nur so klein bleiben täten, aber sie werden ja so schnell groß«, seufzte Friederike, die mit wehmütigem Blick im Sessel gegenüber saß.

Leider nicht schnell genug, dachte Nora bitter. Wenn Willi schon reden könnte, würde sie problemlos dem Schlamassel entkommen.

»Wenn's für das Buberl was zum Waschen gibt, erledige ich das gerne«, bot Friederike an, während sie emsig das Fläschchen an sich nahm. »Ich werd mal das Flascherl und den Nuckel gleich auskochen.«

Die liebevolle Fürsorge brachte Nora an den Rand ihrer Beherrschung. Mühsam blinzelte sie die Tränen weg.

Friederike hatte es wohl bemerkt. »Weinen S' nur, ist keine Schand … Ich hab auch schon um die arme Celia geweint.« Sie zog ein Taschentuch aus ihrer gestreiften Kittelschürze und reichte es Nora. »Und jetzt mach ich Ihnen einen starken Kaffee, der …« Sie stockte und schlug sich mit der Hand auf den Mund. »Jetzt hätt ich beinah g'sagt, der Tote aufweckt. Aber das hätt sich komisch angehört.«

Als köstlicher Kaffeeduft in Noras Nase stieg und Friederike ihr eine Scheibe Brot mit Butter und selbst gemachter Marmelade auf den kleinen Tisch stellte, wurde Nora von einem Weinkrampf geschüttelt. Willi spürte wohl ihre Verzweiflung und begann ebenfalls zu schluchzen.

»Komm, Buberl, wir gehen Kochtöpfe zählen«, sagte Friederike und nahm ihr Willi ab.

Durch ihren Tränenschleier hindurch beobachtete Nora, wie Friederike im Wirtschaftsraum mit einem Holzlöffel sachte auf die Töpfe schlug und Willi dabei erzählte: »Das ist der Milchtopf ... den da nehm ich für deinen Grießbrei ... und in dem großen, da brate ich ein feines Gulasch. Bald, wenn du genug Zähne hast, kannst du auch am Tisch mitessen ... Fleisch und Knödel, aber auch Gemüse ... damit du ein starker Mann wirst wie mein Bub ...«

Für Friederike schien es selbstverständlich zu sein, dass Willi ab sofort zur Familie gehörte. Und sie schien glücklich darüber.

Von draußen drangen schnelle Schritte in die Küche.

Nora fühlte ein beklemmendes Stechen in der Brust, sie zitterte bis in die Fingerspitzen, und kalter Schweiß stand auf ihrer Stirn. Vor ihren Augen flimmerten schwarze Punkte, und eine Welle der Angst drohte sie zu verschlingen, kopflos werden und unüberlegt handeln zu lassen. Entschlossen schob sie das Marmeladenbrot zur Seite. Es war ihr unmöglich, weiter zu essen, wo in nächster Minute die totale Katastrophe über sie hereinbrechen würde. Sie ging zu Friederike in den Wirtschaftsraum, bedankte sich für die Hilfe und das Frühstück und nahm Willi auf den Arm. Ihren Sohn zu verlieren wäre schlimmer, als zu sterben, und um das zu verhindern, musste sie den Irrtum selbst aufklären. Jetzt! Sie durfte weder lügen noch Ausflüchte vorbringen, wie gestern Abend. Letztlich würde sie das nur ins Unglück führen.

Herr Wagner betrat die Küche. »Fräulein Längsfeld, alles in Ordnung mit dem Kleinen?«

»Mein Beileid zum Verlust Ihrer Tochter.« Sie blickte ihm direkt in die Augen, suchte nach Anzeichen von Feindseligkeit und ob er sie hinauskomplimentieren wollte, ehe sie die Gelegenheit bekam, sich zu erklären. Doch da war nur ein kaum sichtbares, aber freundliches Lächeln, ein liebevoller Blick auf Willi und eine fast zärtliche Geste, als er dem Kleinen über die Wange streichelte.

»Ich danke Ihnen. Können wir uns einen Moment setzen?«
Mit einer Kopfbewegung wies er in den Nebenraum zu den beiden Sesseln vor dem Kanonenofen.

Schweigend folgte Nora ihm zurück in das Aufenthaltszimmer, wo er höflich wartete, bis sie mit Willi Platz genommen hatte.

»Friederike hat Ihnen hoffentlich ein anständiges Frühstück bereitet ...« Er musterte die halb volle Kaffeetasse und das angebissene Brot.

»Ja, vielen Dank«, sagte Nora und hielt es vor Spannung kaum aus. Ihre Verköstigung konnte ihn doch unmöglich beschäftigen.

»Nun ...« Herr Wagner lächelte Willi an. »Es geht um den kleinen Mann hier, um meinen Enkel.«

Das letzte Wort traf Nora wie ein giftiger Pfeil. Sie zwang sich, ruhig zu bleiben.

»Willi ist nicht ...«, begann sie und wurde von Herrn Wagner unterbrochen.

»Ja, es geht um Willi, aber auch um Celias letzte Worte kurz vor ihrem Tod«, redete er weiter.

Nora atmete auf. Celia hatte in einem klaren Moment den Irrtum gestanden. Alles würde wieder gut werden. Sie musste sich nur gedulden.

»Leider war meine Tochter viel zu krank, um in klaren Sätzen zu sprechen. Sie hat in ihrem Fieberwahn nur Willis und Ihren Namen geflüstert, als wollte sie mir etwas mitteilen. Und mit ihrem letzten Atemzug hat sie sich an meinen Arm geklammert und ganz laut *Nora* gerufen. Ich habe lange darüber nachgedacht ...«, er blickte sie an, nestelte verlegen an seiner Krawatte, »und mich gefragt, ob Sie bereit wären, sich um Willi zu kümmern. Ich glaube, das war es, was Celia mir sagen wollte, ein letzter Wunsch. Dass Sie sich um ihren Sohn kümmern sollen. Danach ist sie friedlich eingeschlafen.«

Nora zuckte zusammen, als hätte man sie geschlagen. Sie öffnete den Mund, wollte antworten, doch ihre Stimme versagte. Es gab keine passenden Worte, um ihre Fassungslosigkeit auszudrücken.

»Um ihn kümmern?«, krächzte sie schließlich. Sie sollte als Kindermädchen ihres eigenen Sohnes in diesem Haus bleiben?

Der Hausherr nickte, sah sie fragend an, als erhoffe er eine positive Antwort, und tätschelte Willi die Wange. »Wir haben das innerhalb der Familie besprochen. Meine Frau Helene leidet unter schweren Stimmungsschwankungen, seit unsere Zwillingssöhne gefallen sind, und jetzt haben wir auch noch Celia verloren ...« Er stöhnte leise auf, bevor er weitersprach. »Helene ist außer sich vor Schmerz, sie wäre nicht imstande, einen Säugling zu versorgen. Meine Schwester Elvira fühlt sich mit dreiundfünfzig Jahren zu alt und schlug vor, Ihnen diese verantwortungsvolle Aufgabe anzubieten, da Sie gestern erwähnten, sich mit kleinen Kindern auszukennen. Und Willi scheint sich ja bereits an Sie gewöhnt zu haben ...« Er streichelte ihm über den Kopf. »Nicht wahr, mein Schatz?«

Nora wusste nicht, was sie antworten sollte. Kindermädchen ihres eigenen Sohnes? Was für eine absurde Vorstellung!

»Sind Sie denn ungebunden? Verzeihen Sie, dass ich erst jetzt danach frage ...«

»Ähm ... ja, ich bin unverheiratet«, antwortete sie. Das war nicht gelogen, wohingegen »ungebunden« nicht die Wahrheit gewesen wäre. Sie und William waren verlobt, auch wenn sie keinen Ring am Finger trug. Willi war das Liebespfand.

»Celias überraschendes Auftauchen und ihr Tod haben uns völlig aus der Bahn geworfen. Aber dieser kleine Mann gibt uns Hoffnung. Er ist Celias Vermächtnis, und ich ... wir alle sind unendlich dankbar, dass Sie unsere Tochter und ihren Sohn nach Hause gebracht haben.«

Instinktiv zog Nora Willi noch ein wenig enger an sich. Doch der Kleine versuchte sich zu befreien, als wäre es auf dem Schoß seiner Mutter nicht mehr bequem genug. Um ihn zu beruhigen, gab sie ihm den Kaffeelöffel zum Spielen.

Nora fühlte sich außerstande, einen klaren Gedanken zu fassen. Es entstand eine kleine Pause, und schließlich sagte Herr Wagner: »Sie müssen sich nicht sofort entscheiden, denken Sie in Ruhe darüber nach.«

»Wären Sie einverstanden, wenn ich mit Willi einen Spaziergang mache? Kleine Kinder brauchen regelmäßig frische Luft«, erklärte sie. Nora wollte ungestört überlegen, und solange sie keinen Ausweg für ihre Lage gefunden hatte, war es klüger, die Erlaubnis einzuholen und keinen Argwohn zu wecken. Vielleicht bot sich auch eine Chance zu fliehen.

»Aber selbstverständlich«, antwortete Wagner erleichtert, als hätte sie bereits eingewilligt. »Das Wetter ist ja herrlich.«

Frisch gewickelt und ausgehfertig angezogen, bettete Nora ihren Sohn in den Korbwagen. Als sie ihren Mantel anzog, beschloss sie, ihren Rucksack aus dem Zimmer zu holen und zu verschwinden. Die günstige Gelegenheit zu ergreifen. Noch ein paar klärende Zeilen zu hinterlassen. In dem Moment kam Luis die Treppe hinunter. Leichtfüßig, zwei Stufen auf einmal nehmend, in der Hand ein Lederetui für eine Kamera.

»Wie geht es dem Kleinen?«, fragte er sie freundlich.

»Ähm … gut«, sagte sie. Erst jetzt fielen ihr seine breiten Schultern auf, das volle brünette Haar und wie übermütig seine graugrünen Augen blitzten. Hedi würde sagen: *Ein charmanter Draufgänger, dem keine Frau widerstehen kann.* Aber Nora war nicht empfänglich für draufgängerischen Charme. Was attraktive Männer mit breiten Schultern zum Anlehnen anging, so sehnte sie sich nur nach William, erinnerte sich an die Silvesternacht, seine Blicke, den ersten Tanz und den süßen Kuss, der sie für immer verband.

»Celia war meine Cousine, und dieser kleine stramme Bursche müsste demnach mein Neffe sein ...« Luis betrachtete Willi, zog dann aber die Brauen zusammen und schüttelte den Kopf. »Vielleicht nicht in direkter Linie, aber so ähnlich ... Egal, ich freue mich jedenfalls, Sie kennenzulernen. Auch wenn die Umstände ... na ja, Sie wissen, was ich meine ...«

»Die arme Celia, sie war noch so jung«, sagte Nora mitfühlend. Natürlich tat es ihr leid um Celia, die ihrer Vermutung nach ein Kind verloren hatte, aber sie hatte allen Kummer hinter sich. Während sich vor ihr selbst immer mehr Probleme türmten.

»Soll ich Ihnen mit dem Wagen helfen?«, wechselte Luis das Thema.

Es gab keinen Grund, seine Hilfe abzulehnen. Willi samt Korbwagen über die Eingangsstufen zu zerren war für Nora allein zu schwierig. Doch sie wollte Luis loswerden, damit sie den Rucksack holen konnte. »Ähm ... ich will Sie nicht aufhalten.«

***

Luis fragte sich verwundert, warum Nora so nervös war und warum er das Gefühl hatte, sie wolle seine Hilfe ablehnen.

»Ach was, das dauert keine drei Sekunden«, wehrte er lächelnd ab und packte mit an. »Wo soll's denn hingehen?«, erkundigte er sich, als sie durch das Gartentor auf die Möhlstraße traten.

»Nur ein bisschen durch die Gegend spazieren ... ohne bestimmtes Ziel, um mich ein wenig umzusehen«, antwortete Nora ausweichend und zupfte das Kissen fürs Baby zurecht, als wollte sie Zeit schinden.

Sie will mich loswerden, dachte er. »Wenn es Ihnen recht ist, laufe ich einfach nebenher.« Demonstrativ hielt er die Kamera hoch. »Ich bin nämlich auf Motivsuche. München verändert sich mit jedem Tag, und mit dem Verschwinden der Trümmer wächst die Hoffnung.«

»Das klingt interessant«, sagte Nora, klang aber eher desinteressiert.

»Ich bin Fotograf und Fotoreporter«, erklärte er und berichtete von der geplanten Illustrierten seines Onkels. »Es fehlt nur noch die Lizenzerlaubnis der Alliierten, dann kann's losgehen.«

Nora nickte ihm höflich zu und schob den Wagen an.

Was war nur mit ihr los?, fragte sich Luis. Normalerweise interessierten sich die Menschen brennend für seinen Beruf, überhäuften ihn mit Fragen, und die Frauen wollten Modell stehen. Nora dagegen wirkte teilnahmslos, beinahe abweisend. Schade, dass sie nicht zu denen gehörte, die keine Scheu vor der Kamera hatten, sie wäre nämlich ein ganz bezauberndes Motiv. Ihr ebenmäßiges Gesicht, die melancholisch anmutende Miene, der volle Mund und die schlanke Gestalt hatten ihn vom ersten Augenblick an magisch angezogen. Allein die Begegnung mit dieser geheimnisvollen jungen Frau war es wert gewesen, Berlin abzusagen.

»Bei Sonne wirken die unversehrten Villen in der Möhlstraße noch prächtiger«, wechselte er das Thema, um das Gespräch in Gang zu bringen. »Obwohl die Gemüsebeete rund um die Anwesen eher an Schrebergärten erinnern.« Er blieb an einem reich verzierten gusseisernen Zaun stehen und knipste ein frisch umgegrabenes Beet, in welches die ersten Pflänzchen gesetzt worden waren.

»Der Kampf ums Überleben bleibt wohl auch den Wohlhabenden nicht erspart«, sagte Nora, ohne über den Gartenzaun zu blicken. Sie starrte stur in den Korbwagen, als fürchtete sie, jemand könne den kleinen Willi entführen.

Auf der Höhe des Friedensengels angelangt, überquerten sie die Straße und gelangten in die Maximiliansanlagen.

»Auf der Ismaninger Straße zwischen staubigen Trümmern

herumzuspazieren ist wenig erholsam«, plauderte Luis leichthin. »Und eher deprimierend, wenn man sieht, wie viele Vertriebene in Kellerlöchern oder zerstörten Wohnungen ohne intakte Fenster, Strom und Wasser leben müssen.«

»Stimmt es, dass man ohne Zuzugsgenehmigung keine Unterkunft bekommt?«, fragte Nora und klang auf einmal sehr neugierig.

Luis wurde hellhörig. Suchte sie etwa eine Wohnung? Wollte sie doch nicht als Willis Kindermädchen in der Villa bleiben? Das wäre sehr schade. Er würde diese verschlossene junge Frau gern näher kennenlernen. Herausfinden, warum ihre veilchenblauen Augen so traurig wirkten.

»Die Wohnungsknappheit ist unverändert groß, die Innenstadt wurde im Krieg zu neunzig Prozent zerstört, und in jedem Gebäude, das halbwegs sicher steht und ein dichtes Dach aufweist, drängen sich die Menschen auf engstem Raum zusammen. Es kann Jahrzehnte dauern, bis die Schäden beseitigt sind.« Er blieb stehen, drehte sich zu ihr und musterte sie wie ein seltenes Tier. »Gibt es tatsächlich noch einen Flecken in diesem zerstörten Land, das diese verflixten Bomberpiloten einfach nur überflogen haben? Wo haben Sie denn bisher gelebt?«

Sie öffnete den Mund, als wollte sie antworten, schluckte dann aber nur.

»Verzeihung, wenn ich so neugierig frage«, entschuldigte er sich. »Alte Journalistenkrankheit.«

»Ich ... ich habe außerhalb von Berlin gelebt.«

Ihre verzögerte Antwort war in Luis' Augen der eindeutige Beweis, dass sie etwas verheimlichte. Ein Umstand, der ihn umso neugieriger machte. Aber er musste vorsichtig sein und würde besser keine direkten Fragen mehr stellen. Bislang hatte sie jede nur ausweichend beantwortet.

»Sie Glückliche«, seufzte er daher bloß und erzählte vom 17. Dezember 1944, als er und seine Mutter obdachlos geworden waren. »Den Tag werde ich mein ganzes Leben lang nie vergessen. Die Alliierten waren bereits im Juni in der Normandie gelandet, und wir hofften so sehr auf das Ende des Krieges. Aber dann kam es noch mal ganz dick runter, im wahrsten Sinne des Wortes. Die königlichen Flieger der Royal Air Force haben an dem Tag rund dreihundert Bomben über der Münchner Altstadt abgeworfen. Dabei wurde auch unser Haus in der Innenstadt vollkommen zerstört.«

»Es war bestimmt schrecklich«, sagte sie voller Mitgefühl.

»Es war auf jeden Fall traumatisch, und wenn Onkel Wolf uns nicht aufgenommen hätte, wären wir womöglich auch im Park gelandet ...« Er wies mit einer Kopfbewegung auf einen provisorischen Unterschlupf, den sich jemand aus Zweigen und einer Zeltplane gebastelt hatte. »Seit Kriegsende sind gut dreihunderttausend Menschen in München ohne Wohnung.«

»Ein, zwei Tage und bei milden Temperaturen wie heute mag das vielleicht erträglich sein«, murmelte Nora. »Aber niemals mit einem Säugling und erst recht nicht bei Sturm und Regen wie gestern Nacht.«

Luis zog die Stirn in Falten. Irgendetwas stimmte nicht mit Nora. Woher diese Assoziation? Warum sollte sie draußen schlafen müssen? Der Onkel hatte ihr doch Obdach angeboten. »Wie kommen Sie darauf? Ich meine, mit einem Säugling bei Sturm und Regen im Park ...«

»Ähm ... nein ...«, stammelte sie fahrig, blieb ebenfalls stehen und zog ihren Mantel aus, wie um Zeit zu gewinnen. Schließlich sagte sie: »Ich dachte an Celia, die ich frierend auf der Straße wiedergetroffen habe, nachdem wir uns getrennt hatten.«

»Ah, verstehe. Der Onkel hat mir erzählt, dass Celia ganz verwahrlost und beinahe wie eine Obdachlose ausgesehen hat ...«

»Ihr Onkel scheint ein großzügiger Mensch zu sein«, wechselte Nora ihrerseits das Thema.

»Das ist er, in der Tat«, versicherte Luis. »Außerdem ist er ein

Familienmensch. Für ihn kommt die Familie an erster Stelle. Umso mehr seit dem Verlust seiner Zwillingssöhne, um die er lange getrauert hat. Dass er nun auch noch seine Tochter verloren hat, ist ein schwerer Schicksalsschlag. Dieser kleine Mann jedoch …«, er lächelte Willi an, »gibt ihm neue Hoffnung.«

»Willi ist aber auch ein liebes Kind«, sagte Nora, als würde sie ihn schon lange kennen.

»Wenn Sie bleiben, werden Sie es nicht bereuen. Oder haben Sie andere Verpflichtungen?« Luis betrachtete sie aus den Augenwinkeln, um ihre Reaktion zu ergründen.

Wieder schien sie nach Ausflüchten zu suchen, bevor sie antwortete. »Ähm … nein, keine Verpflichtungen …«

»Dann heißt das ja?« Seinem Empfinden nach war das eine Zusage. »Der kleine Mann und Sie scheinen sich doch gut zu verstehen.«

»Ich liebe ihn jetzt schon wie meinen eigenen Sohn«, sagte Nora leise, als wäre es ihr peinlich, Gefühle für den Kleinen zu haben.

Luis wurde einfach nicht schlau aus ihr und hatte nach wie vor das Gefühl, dass sie etwas zu verbergen hatte.

»Ach, und falls Sie noch wegen der Bezahlung unschlüssig sind«, schnitt er einen Punkt an, der ihr sicher wichtig war. »Darüber müssen Sie sich keine Gedanken machen. Onkel Wolf ist nämlich der großzügigste Mensch, den ich kenne. Er teilt sogar seine Zigaretten mit mir, und die sind trotz Währungsreform immer noch Gold wert.«

In dem Moment schlug Willi die Augen auf und begann zu weinen. »Ich glaube, er hat Hunger«, erklärte Nora. »Ich sollte schnellstens zurück …«

»Hunger ist schlimmer als Heimweh«, sagte Luis mit Betonung auf Heimweh. Vielleicht konnte er dadurch mehr über sie herausfinden. Woher kam sie? Wo hatte sie gelebt? Hatte sie noch Angehörige? Doch sie redete nur auf den weinenden Willi ein und versuchte, ihn mit dem Schnuller zu beruhigen, was tatsächlich klappte. »Finden Sie allein nach Hause? Ich würde dann weiter Richtung Innenstadt laufen und nach lohnenden Motiven suchen. Etwas, das eine Geschichte erzählt. Für mich ist die Fotografie eine Sprache ohne Worte.«

***

Nora atmete erleichtert auf. Endlich verabschiedete sich Luis. Sie wünschte ihm viel Glück und machte sich auf den Rückweg.

Das Gespräch hatte sie extrem angestrengt, mehrmals war sie kurz davor gewesen, die Wahrheit herauszuschreien. Doch sie fürchtete, dass es längst zu spät war. Dass sie den richtigen Zeitpunkt verpasst hatte – den Moment nämlich, als sie und Celia die Villa betreten hatten. Sie hatte aus existenzieller Not geschwiegen und war nun in der Lüge gefangen. »Wie soll ich das nur ohne Geburtsurkunde aufklären?«, flüsterte sie Willi zu, der friedlich an seinem Schnuller nuckelte, aber sicher bald seine Mahlzeit einfordern würde.

Sie beschleunigte ihre Schritte. Nur wenige Meter von der Villa Wagner entfernt, erblickte sie Wachtmeister Schöberl, der forsch auf sie zumarschierte. Der hatte ihr gerade noch gefehlt.

Als er schon fast am Kinderwagen angelangt war, hatte Nora keine Wahl, als anzuhalten und zu grüßen. »Guten Morgen.«

»Guten Morgen, Fräulein Längsfeld.« Schöberl tippte sich an die Mütze.

Woher kennt er meinen Namen?, fragte sie sich voller Angst und spürte, wie ihr das Blut ins Gesicht schoss. Hatte das Jugendamt sie bereits gefunden?

Schöberl beugte sich ein wenig über den Kinderwagen. »Der arme mutterlose Wurm ist ein echter Glückspilz.« Er richtete sich wieder auf und lächelte gütig. »Freut mich, dass Sie Wagners Enkel betreuen wollen …«

»Ähm ... ja ...« Nora war unendlich erleichtert über die harmlose Wendung der Begegnung.

»Konrad, der Chauffeur, hat mir davon berichtet. Genau genommen ist es ja für alle Beteiligten ein Glücksfall.«

Auch wenn es keine Frage war, fürchtete Nora, der Wachtmeister könne sie durch diese geschickte Formulierung ausfragen wollen. Ob Herr Wagner ihn beauftragt hatte? Zu ihrem Glück fing Willi wieder an zu weinen, und sie konnte dem Gesetzeshüter entkommen, bevor er sich aus reiner Routine auch noch nach ihren Personalien erkundigt hätte.

Nachmittags begann Willi zu husten, am Abend war sein kleines Gesicht voller roter Flecken, und er verweigerte sein Fläschchen.

Herr Wagner rief sofort den Hausarzt, der in kürzester Zeit vorbeikam und Röteln diagnostizierte. »Er muss sich vor etwa zwei Wochen infiziert haben, aber keine Sorge, es ist eine relativ harmlose Krankheit. In zwei, drei Tagen wird es ihm schon wieder besser gehen«, beruhigte er die Familie.

Nora stand hilflos dabei und versuchte sich zu erinnern, wo Willi sich angesteckt haben könnte, aber im Grunde war es unwichtig. Als Herr Wagner den Arzt gerufen hatte, war ihr klar geworden, wie sehr sie auf die Familie angewiesen war. Welches Glück sie und Willi hatten, von Wagners mit allem versorgt zu werden. Sie vermochte sich kaum vorzustellen, wie es ihr auf der Straße ergangen wäre. Hätte man Willi in einem Krankenhaus aufgenommen? Oder das Jugendamt verständigt, weil sie obdachlos war? Und während sie an der Wiege wachte, ihren Liebling mit leichtem Tee gegen den Durst und mit wässrigem Haferschleim fütterte und seine heiße Stirn mit kalten Umschlägen kühlte, fasste sie einen Entschluss: Sie würde bei den Wagners bleiben und ein weiteres Mal an Bill Bowman schreiben. Wenn es Williams Heimatadresse war, würden sich alle Irrtümer aufklären. Bis dahin blieb ihr Sohn der vermeintliche Enkel einer reichen Familie, wurde heiß geliebt und verwöhnt. Die Frage, ob Willi sie Nora statt Mama rufen würde, würde erst dann akut werden, wenn er zu sprechen begann. Das würde noch eine Weile dauern. Im Moment war die Hauptsache, dass sie in Sicherheit waren und nicht in den Trümmern hausen mussten.

21

WOLF VERLIESS DIE Villa in einem leichten Anzug, in der Hand einen Strauß prächtiger Rosen. Äußerlich betrachtet erweckte er den Eindruck eines Erfolgsmenschen, den kein Schicksalsschlag bezwingen konnte. Und doch war ihm schwer ums Herz, als er wenig später bei milder Frühlingsluft den alten Bogenhausener Friedhof betrat.

»Rosen waren immer deine Lieblingsblumen«, flüsterte er seiner geliebten Tochter zu, als er den Strauß auf dem seit achtzig Jahren bestehenden Familiengrab ablegte. Vor knapp vier Wochen hatte Celia hier ihre letzte Ruhestätte gefunden. Die angehäufte Erde war noch zu frisch, um den Grabstein zu setzen, in den der Steinmetz derzeit den Namen seiner Tochter gravierte. Sobald der Marmorblock wieder an Ort und Stelle stand, hatte er es sozusagen schriftlich vor Augen, dass alle seine Kinder unter der Erde lagen, dass sie für immer von ihnen gegangen waren. Helene hingegen fand die Grabstätte tröstlich. »Du magst mich verrückt nennen«, hatte sie gesagt, »doch das Grab und auch der Stein sind für mich wie die letzte Wohnung meiner Kinder.« Verrückt würde er seine Gattin nicht unbedingt nennen, ein wenig überkandidelt vielleicht. Aber das änderte nichts an der Tatsache, dass sie alle drei Kinder verloren hatten. Diese Ungerechtigkeit würde er dem Schicksal niemals verzeihen.

»Ich danke dir tausend Mal, meine geliebte Tochter, für den kleinen Willi«, murmelte er in stiller Zwiesprache und erzählte von dem wonnigen Prachtburschen, der das ganze Haus mit Lachen und Leben erfüllte. »Bald wird er groß genug sein, um dir selbst Blumen zu bringen.« Die Vorstellung, mit seinem Enkel an der Hand das Grab zu besuchen, erfüllte ihn trotz der Trauer, die er in seinem Herzen verschlossen hielt, mit Wärme. Der kleine Willi stand für den Fortbestand der Familie, für die Zukunft, für Glück.

Nachdem er seiner Tochter von Willis Entwicklung berichtet hatte, verabschiedete er sich leise. Die täglichen Besuche an ihrem Grab, wo er ihr von Willi erzählte und für frische Blumen sorgte, trösteten ihn ein wenig. Und bei angenehmem Wetter und hellblauem Himmel, der heute von leichten Federwolken durchzogen war, verplauderte er sich oft. Ein Blick auf seine goldene Armbanduhr bestätigte es, er war weitaus länger geblieben, als seine Termine es erlaubten.

Mit großen Schritten verließ er den Friedhof; den Schlesier warten zu lassen war gefährlich, die Razzien hatten zugenommen, und immer mehr Waren wurden beschlagnahmt. Was eine kleine Katastrophe wäre. Er hatte nämlich kein Gold und auch keine Edelsteine bestellt, mit denen der Schlesier offiziell handeln durfte, sondern Kinderkleidung, Stoffe und Wolle, je nachdem, was auf dem Markt war. Klein Willi wuchs wie Spargel im Mai, wie Friederike gern scherzte, und benötigte dringend neue Kleidung.

Die Tür zur Baracke des Schlesiers stand weit offen. Trebitsch saß in einer sandfarbenen Popelinehose und einem hellblauen Kurzarmhemd auf einem alten Küchenstuhl. Genüsslich zog er an einer Zigarette und hielt die gebräunte Nase in die Sonne, als würde er hier seinen Urlaub verbringen.

»So lässt es sich aushalten«, begrüßte Wolf seinen Stammhändler.

»Ah, der Herr Zeitungsbesitzer«, konterte Trebitsch.

»Ist alles noch inoffiziell, trotz der Büromöbel, die mir

unlängst von einem gewissen Händler geliefert wurden ...« Wolf klopfte ihm auf die Schulter. Er wusste leider nur zu genau, wo das Problem mit der Lizenz lag, doch dabei konnte der Schlesier ihm nicht helfen.

»Womit kann ich sonst noch dienen?«, wechselte Trebitsch das Thema.

»Am liebsten mit meiner Bestellung«, antwortete Wolf.

Trebitsch warf seine Zigarette auf den Boden und trat sie mit dem Absatz aus. »Der kleine Enkelsohn wächst und gedeiht.«

»Ganz recht, und er braucht dringend neue Kleidung.«

»Wer nicht? Die Währungsreform hat zwar wieder Fettaugen auf die Suppen gezaubert, aber in der Textilindustrie läuft es ohne Materialien eben nur im Schneckentempo«, brummte Trebitsch, während er in die Baracke ging und Wolf, der ihm gefolgt war, bat, die Tür zu schließen. »Die Luft hier drin ist zwar zum Schneiden, aber ich möchte nicht, dass jemand auf die Idee kommt, ich würde außer Gold und Edelsteinen auch noch Klamotten verschieben.«

Wolf schwieg dazu, er kannte die Taktik des Schlesiers, die Preise in die Höhe zu treiben.

Trebitsch verschwand hinter einem wackelig wirkenden Regal und tauchte, gehüllt in eine Staubwolke, mit einem Stoffbündel im Arm wieder auf. Umständlich platzierte er den mit Paketschnur umwickelten Packen auf einer Biedermeierkommode und entfernte die Schnur. »Ich konnte eine echte Rarität auftreiben ...« Ganz der erfolgreiche Jäger, hielt er die Beute hoch: eine gestrickte Hose und einen Pullover mit großem Kragen aus dunkelblauer Wolle.

»Ein Bleyle-Matrosenanzug!«, rief Wolf freudig überrascht.

»So ist es, und nicht nur das.« Trebitsch reichte ihm die kleine Hose mit den kurzen Beinen. »Fass an, Zeitungsmann, feinste Strickarbeit aus edelster Wolle, daunenweich würde ich meinen ...«

Wolf befühlte das erstaunlich weiche Material und suchte dabei nach Mottenlöchern. »Fühlt sich gut an und wirkt gepflegt …«

»Das will ich meinen, von mir kriegst du nur beste Ware.« Selbstsicher hob Trebitsch den Kopf. »Dieser Anzug stammt nämlich noch aus der Zeit vor dem Krieg, als die erstklassigen Strick- und Wollgarne noch nicht von den Nazis beschlagnahmt waren. Was diese braune Bagage der Firma Bleyle später zugeteilt hat, war unerträglich kratzig, daran hat auch der schicke Matrosenkragen nichts geändert.«

Wolf war hingerissen. Genau solche Anzüge hatten schon die Zwillinge getragen. Gerührt stellte er sich Klein Willi darin vor. Er würde ihn von Luis fotografieren lassen und das Bild in einem silbernen Rahmen auf seinen Schreibtisch stellen.

Trebitsch legte noch Hemdchen, Kniestrümpfe und einen Meter dunkelgrauen Baumwollstoff auf die Kommode. »Na, jetzt bist du platt, oder?«

»Sehr schön, wirklich sehr schön, ich weiß das zu schätzen. Fehlen nur noch die Windeln.«

Bedauernd zuckte Trebitsch die Schultern. »Schon seit Monaten nicht mehr aufzutreiben. Die Dinger verschleißen schneller, als die Wochentage wechseln. Einmal reingekackt, schon muss man se wieder waschen. Neulich hat mir eine junge Frau berichtet, dass sie ihren Hosenscheißer in Zeitungspapier wickelt.«

»Das arme Kind«, sagte Wolf. Er kannte die Problematik mit Wickelkindern, hatte Klein Willi sogar schon gewickelt. Aber das öffentlich zu bekennen könnte ein falsches Licht auf ihn werfen.

Trebitsch verpackte die Schätze wieder zu einem Bündel und verschnürte es. »Zu meiner Zeit wurde man ja mit sechs Monaten auf den Topf gesetzt, aber was weiß ich schon …«

»Was bin ich schuldig?«

»Mal überlegen …« Trebitsch umklammerte mit einer Hand

das Stoffbündel, mit der anderen kratzte er sich am Hinterkopf. »Wie wär's mit der Uhr an deinem Arm?«

»Meine Uhr?« Wolf fand die Forderung übertrieben. Er hatte mit hundert D-Mark gerechnet, was für ein paar gebrauchte Sachen auch Wucher wäre. Aber die massiv goldene Uhr war das Hochzeitsgeschenk von Helene, und die stand nicht zur Diskussion. »Wie wär's mit Zigaretten?«

Ungerührt fixierte Trebitsch die Uhr. »Ich bin Goldhändler, schon vergessen? Aber du musst die Sachen ja nicht nehmen, es gibt reichlich Interessenten für Matrosenanzüge.«

Die Andeutung war unmissverständlich. »Halsabschneider«, brummte Wolf, während er den Verschluss des Lederarmbands öffnete. Helene würde ihm hoffentlich verzeihen. Letztlich war es nur glänzendes Metall, und sein Enkel war ihm jede Unze wert.

Trotz des wucherischen Handels war Wolf bester Laune, als er später die Limousine in Redaktionsnähe parkte. Eigentlich hätte Konrad ihn chauffiert, aber sein sonst so zuverlässiger Fahrer war seit der Heimkehr seines Sohnes ziemlich unkonzentriert und überfuhr schon mal eine rote Ampel. Michael war im letzten Frühjahr endlich aus der Gefangenschaft entlassen worden, und die Freude war riesengroß gewesen. Was Michael in seinen Briefen nie erwähnt hatte, war eine schwere Verletzung an seinem linken Arm, die nicht hatte heilen wollen. Schließlich war der Arm zur Hälfte amputiert worden. Seither schien es, als hätte man dem jungen Mann jeglichen Lebensmut genommen. Er lag nur noch apathisch im Bett, wollte nichts essen und redete vom Sterben. Konrad und Friederike waren in großer Sorge um ihren einzigen Sohn und dementsprechend beunruhigt. Wolf hatte vollstes Verständnis für die Familie und Konrad als Chauffeur für ein halbes Jahr freigestellt. Bis auf Weiteres kümmerte er sich nur noch um Haus und Garten und wäre somit im Notfall sofort in Michaels Nähe. Wolf fand es nicht tragisch, den

Mercedes währenddessen selbst zu lenken. Die Straßen waren längst von Trümmern befreit, und je nach Tageszeit konnte er auch mal richtig auf die Tube drücken. Nachts veranstaltete er hin und wieder sogar ein kleines privates Rennen, wie er es als junger Mann geliebt hatte.

Vor der Glastür des Redaktionsgebäudes warteten zwei magere Burschen von etwa fünfundzwanzig Jahren in schmutzigen Arbeitshosen und karierten Hemden. Im Alter meiner Zwillinge, durchfuhr es Wolf.

»Herr Wagner?«, sprach ihn der etwas kleinere der beiden an und straffte die Schultern. »I bin der Hubert, und des is mein Freund, der Karl, mia kommen wegen die Malerarbeiten.«

Richtig, die Verabredung. Jetzt erkannte Wolf auch, dass die Hosen nicht schmutzig, sondern voller Farbkleckse waren.

»Na, dann, hereinspaziert, Hubert und Karl«, forderte er sie auf und fragte sich, ob diese beiden Hänflinge nicht nach der ersten Wand schlappmachen würden. Aber sie waren ihm von einem Stammgast aus Marlenes Nachtclub wärmstens empfohlen worden, und wohlgenährte Menschen waren auch vier Jahre nach Kriegsende noch so selten wie Neubauten.

Schweigend folgten Hubert und Karl ihm ins Büro, das seit letzter Woche von einem Armlehnenstuhl nebst einem Zwei-Meter-Schreibtisch geziert wurde. Darauf *Erika,* ein Stapel Papier, bereit für den Einsatz, und der Marmoraschenbecher von Marlene. Die antiken Möbel aus Walnusswurzelholz stammten angeblich aus der Konkursmasse einer Fabrik in Pasing, was ihn nicht tangierte. Aberglaube war nicht seine Religion. *Erfolg* war es, und seine Illustrierte würde auch mit Konkursmöbeln erfolgreich sein, daran bestand kein Zweifel.

»So, meine Herren, dieser Raum …« Wolf breitete die Arme aus, »soll zuerst gestrichen werden. Was meinen Sie, wie lange wird das dauern, und vor allem, wie kommen wir an das notwendige Material? Farbe, Pinsel, Leitern, Decken, um den

Schreibtisch von Farbspritzern zu schützen, und was sonst noch benötigt wird?« Er hatte absichtlich die Wir-Form gewählt, um es den beiden zu überlassen, ob sie sich darum kümmern und vielleicht noch ein paar Mark nebenbei verdienen wollten. Er war von jeher der Meinung gewesen, auch anderen ein Stück vom Kuchen zu gönnen.

Hubert begab sich zu einer Wand, zog einen Spachtel aus der Gesäßtasche, kratzte ein wenig am blätterigen Anstrich herum, schritt dann den Raum ab und erklärte mit fachmännischer Miene: »Reine Arbeitszeit sechs Stund, dann sind die Wänd wieder weiß wie Schnee. Oder wollen S' eine Farbe?«

»Weiß ist perfekt«, antwortete Wolf und führte die Burschen durch die anderen Zimmer, die ebenfalls einen Anstrich nötig hatten.

Nach der Besichtigung erklärte Hubert, sie seien beide gelernte Malergesellen, und der übliche Arbeitslohn betrage für jeden 1,20 Mark die Stunde. Oder sechzig Mark pro Mann für eine Achtundvierzig-Stunden-Woche, ohne Sonntage. Auf Wunsch würden sie natürlich auch Überstunden leisten.

»Ja, und was die Farben angeht, die san koa Problem, mia ham da eine Quelle«, meldete sich nun auch der bislang schweigsame Karl zu Wort.

»Sehr gut, das erspart mir viel Zeit«, freute Wolf sich, denn derartige Materialien waren nur über Bezugsscheine zu bekommen, und dafür musste man ewig lang auf Ämtern anstehen. »Wann könnt ihr mit der Arbeit beginnen?«

Hubert hob den Kopf und blickte zur Decke. »Beleuchtung ham S' noch keine, aber jetzt im April wird's ja scho uma Siebene in der Früh hell ... dann könnt ma antreten, wenn's recht is«, erklärte der offensichtliche Chef der Zweiertruppe.

»Hervorragend.« Wolf streckte ihm die Hand entgegen. »Hiermit seid ihr für eine Woche eingestellt, je nachdem, wie viel ihr in der Zeit schafft. Danach sehen wir dann weiter.«

Hubert schlug ein. »Dank schön …«

Karl räusperte sich vernehmlich.

»Noch Fragen?«, erkundigte Wolf sich.

»Ja, scho … wegen die Farben und dem anderen Zeug.« Hubert trat verlegen von einem Bein aufs andere.

Wolf verstand die Andeutung. »Die müssen gleich bezahlt werden?«

»Ja, scho …«

Wolf holte sein Portemonnaie aus der Innentasche seines Jacketts, zog einen Fünfzigmarkschein heraus und reichte ihn Hubert. »Wird der fürs Erste genügen?«

»Passt. Und dank schön, dass Sie uns vertrauen …« Hubert neigte den Kopf, als wollte er einen Diener andeuten. »Mia san ehrliche Handwerker, keine Hallodri, die mit dem Geld in die nächste Wirtschaft spazieren täten.«

Wolf hatte die beiden schon auf den ersten Blick als grundehrlich eingeschätzt, sonst hätte er Hubert das Geld nicht gegeben. Seine Menschenkenntnis, geschult während der NS-Zeit, hatte ihn noch nie getäuscht. Damals hatte er gelernt, die überzeugten, zu allem bereiten Nazis von den Menschen zu unterscheiden, die nur aus Angst um ihr eigenes Leben den Arm zum Hitlergruß ausstreckten.

Er verabschiedete die beiden Malergesellen per Handschlag. Sichtlich gut gelaunt zogen sie davon.

Auch Wolf war, was das Berufliche anging, bester Stimmung. In letzter Zeit gelangen beinahe all seine Unternehmungen. Nicht zuletzt war sein Enkelsohn eine sprudelnde Kraftquelle. Das Wissen, wieder einen Erben in der Familie zu haben, sein Lebenswerk weitergeben zu können, verlieh ihm ungeheure Energie. Selbst das Hauptproblem der zerbrochenen Fensterscheiben hatte er gelöst. Eine ganze Woche war er von Glaserei zu Glaserei gefahren, bis er endlich eine gefunden hatte, die über einen eisernen Vorrat verfügte, den der Meister natürlich nicht herausrücken wollte. Letztlich war es dann doch nur eine Frage der Bezahlung gewesen, wie alles im Leben. Der Glasermeister hatte einen Sack Kartoffeln verlangt, den er ihm gerne beschafft hatte. Eines Tages würde er Willi erklären, welch phänomenale Wirkung er auf das Leben seines Großvaters gehabt hatte.

Zufrieden genoss er den Ausblick auf den Englischen Garten und atmete tief ein. In der Nacht hatte es geregnet, und die Luft duftete nach frischer Erde und Bärlauch, der auch in Teilen seines Gartens wuchs und den Friederike zum Würzen verwendete.

Mit dem Erwerb dieses Gebäudes hatte er tatsächlich das Geschäft seines Lebens gemacht. Nicht nur wegen der Lage, auch finanziell hatte es sich als höchst einträglich erwiesen. Durch die Währungsreform waren Schulden und auch Hypotheken im Verhältnis von zehn zu eins umgestellt worden, und so hatte er die Hypothek von zehntausend Reichsmark mit lächerlichen tausend D-Mark tilgen müssen. Ein gerechter Ausgleich für den Verlust seines Privatvermögens. Seine in Gold angelegten hunderttausend Reichsmark waren nämlich nach der Umstellung nur noch knapp fünftausendfünfhundert D-Mark wert gewesen. Er konnte Marlene gar nicht genug dafür danken, ihn mit Gollnik, diesem Bankenfuchs, bekannt gemacht zu haben.

In bester Laune setzte er sich auf den ledergepolsterten Schreibtischstuhl und zündete sich eine Camel an. Es ging in großen Schritten vorwärts, stellte er fest und schwor sich, die letzte Hürde auch noch zu schaffen. Leider waren Persilscheine nicht so einfach zu bekommen wie Glasscheiben. Dass die Besatzer sich aber auch so sehr auf die Durchleuchtung seiner Vergangenheit versteiften! Mit ein paar Scheinchen oder Kartoffeln war da nichts zu regeln. Gollnik wollte er nicht noch mal um Hilfe bitten, denn dann hätte er die dunklen Flecken seiner Vergangenheit eingestehen müssen. Ohnehin hatte sich der Banker nicht mehr im Flamingo sehen lassen. Es war anzunehmen, dass er im Hochzeitstaumel oder sogar auf Hochzeitsreise war.

Während Wolf den Rauchkringeln nachblickte, malte er sich den geschäftigen Redaktionsalltag aus: ständig schrillende Telefone, eilig durch die Gänge sausende Journalisten und fröhlich klappernde Schreibmaschinen. Ganz besonders das melodische Klack-Klack-Klack der Tasten auf der Maschinenwalze war wie süße Musik in seinen Ohren. Jedes Klack ein Buchstabe, vereint zu aussagekräftigen Wörtern und bedeutungsvollen Artikeln. Die Auflagenzahlen würden anfangs noch mickerig sein, lausige hunderttausend hatten die Besatzer einem Konkurrenten genehmigt, sofern der überhaupt das nötige Papier beschaffen konnte. Aber die Zeiten würden nicht immer so bleiben … Apropos bleiben – wo blieb eigentlich sein Neffe?

Luis wollte heute die Räume besichtigen, die für eine Dunkelkammer infrage kämen. Wie spät mochte es sein? Zu blöd, dass der Schlesier so scharf auf seine Uhr gewesen war. Er würde sich eine neue kaufen müssen, vermutlich hatte der Händler genau damit gerechnet. Was für ein raffinierter Halsabschneider, dachte Wolf und lachte in sein fast leeres Büro.

Das Geräusch der zufallenden Eingangstür drang zu ihm. Es folgte ein vergnügtes Pfeifen, und eine Minute später klopfte Luis an die offen stehende Tür. Wie meist im Trenchcoat, den Hut frech zurückgeschoben, um den Hals die Kamera im Lederetui.

»Ist der Chef zu sprechen?«

»Für den Chef der Fotoreportagen immer«, parierte Wolf lässig und winkte ihn herein.

»Ich habe noch jemanden mitgebracht«, sagte Luis und rief über seine Schulter: »Nicht so schüchtern …«

Aus der Dämmerung des Flurs tauchte eine junge Frau in einem grauen Kostüm auf, die Wolf an Hertha Feiler, die Frau von Heinz Rühmann, erinnerte. Reflexartig erhob er sich, schloss den mittleren Knopf seines Jacketts und trat hinter dem Schreibtisch hervor.

»Das ist Ursula Hagen, eine begnadete Werbezeichnerin«, stellte Luis ihm die Dunkelhaarige vor.

Wolf streckte der attraktiven Frau die Hand entgegen. »Wolf Wagner, sehr erfreut.« Verdammt hübsch, dachte er und musste sich beherrschen, nicht auf ihren üppigen Busen zu starren, der die Knöpfe der dunkelgrauen, figurbetonten Kostümjacke zu sprengen drohte. Diese Sexbombe mit dem verheißungsvollen roten Schmollmund und den haselnussbraunen Augen hätte er gerne als Sekretärin. »Auf Arbeitssuche?«, fragte er.

Ursula Hagen lächelte vielsagend.

»Wie hast du denn das erraten?«, meinte Luis.

»Wer sucht heutzutage keine Arbeit?«, entgegnete Wolf mit einem Blick auf die grau-grün melierte Mappe unter ihrem Arm. »Die hat sicher auch etwas damit zu tun.«

»Ich würde dir gerne einige von Ursulas Arbeiten zeigen«, erklärte Luis.

Diese aufreizende Dame durfte ihm alles zeigen, wenn es sein musste, auch Zeichnungen. »Bitte schön, hier können Sie ablegen.« Er deutete auf seinen Schreibtisch und entschied im Stillen: Schon eingestellt! Für solch ein Prachtweib würde er notfalls einen Posten erfinden. Eines war jedoch vorher noch zu klären. »Ihr Mann erlaubt Ihnen also zu arbeiten?« Er konnte zwar keinen Ehering entdecken, aber das musste nichts bedeuten.

»Ich bin nicht verheiratet«, antwortete Ursula, während sie die Arbeitsmappe auf den Schreibtisch legte und die seitlich angebrachte schwarze Schleife öffnete. »Vielleicht kommt Ihnen die eine oder andere Zeichnung ja bekannt vor ... Das waren Werbeaufträge für etablierte Firmen.«

»Sie sind eine echte Künstlerin«, sagte Wolf, während er die halbseitige Werbung für eine Zigarettenmarke betrachtete. Er war ehrlich beeindruckt vom Talent dieser Frau.

»Eine Federzeichnung«, erklärte Ursula, ohne auf sein Lob zu reagieren.

»Großartig, der Glasaschenbecher sieht aus wie fotografiert«, urteilte er anerkennend. Mit einer gekonnten Mischung aus kräftigen Linien und feinen Strichen hatte sie eine plastische Darstellung von Kristall zustande gebracht und den Eindruck erzielt, als würde die darauf abgelegte Zigarette tatsächlich brennen. »Nur leider habe ich keine Werbeaufträge zu vergeben, ganz im Gegenteil …« Er hielt inne, weil ihm eine Idee kam. »Aber die Position des Anzeigenleiters wäre noch frei.« Auch wenn es absolut unüblich war, Führungsposten an Frauen zu vergeben, da sie angeblich der Verantwortung nicht gewachsen waren. Doch Wolf hatte andere Erfahrungen gemacht. In seiner Frauenzeitschrift *Moderne Dame* waren einige der wichtigen Posten mit Frauen besetzt gewesen, und nie hatte es Probleme gegeben. Frauen waren durchaus belastbar. Einer kurvigen Schönheit wie dieser Ursula würde kaum ein Mann widerstehen können, wenn sie ihm mit einem lasziven Augenaufschlag erklärte, jede Firma könne von einer Anzeige in der *Welt im Blick* nur profitieren.

»Ich dachte, dass Ursula die Witzeseite übernehmen könnte«, unterbrach Luis seine Überlegungen.

»Solch ein Talent an Witze zu verschleudern … das soll wohl ein Witz sein«, entgegnete Wolf und musste ungewollt grinsen. »Tut mir leid wegen des Kalauers«, entschuldigte er sich sofort. »Ist mir nur so rausgerutscht, ich wollte Sie nicht beleidigen.«

»Schon in Ordnung«, sagte Ursula und blickte ihn mit ihren funkelnden Haselnussaugen herausfordernd an. »Ich kann beide Posten übernehmen. Falls Sie einer Frau nicht zutrauen, dass sie genauso hart arbeiten kann wie ein Mann, sollten Sie sich vom Gegenteil überzeugen lassen.«

Donnerwetter, nicht nur schön, sondern auch noch schlagfertig, dachte Wolf und strich sich über sein akkurat gestutztes Bärtchen.

Ursula schob die Zeichenblätter zusammen und verschloss

die Mappe. »Was genau hätte ich in der Position der Anzeigen-
leiterin zu tun?«

»Anfangs ginge es um telefonische Akquise, dann aber sollten Sie die Firmen auch persönlich aufsuchen. Die zuständigen
Herren müssten jeweils überzeugt werden, in unserer Illustrierten auf einer viertel, halben oder sogar ganzen Seite ihre Werbung zu platzieren«, antwortete Wolf.

Ursula stemmte beide Hände in die Taille, streckte die Brust
noch ein wenig mehr raus und hob den Kopf, als posierte sie
selbst für ein Werbeplakat. »Vor Ihnen steht die Telefonköni-
gin!«

»Wie bitte?« Wolf runzelte die Stirn.

Die junge Frau lachte leise, als freute sie sich über einen
gelungenen Scherz.

»Ursula hat keinen Wettbewerb im Dauertelefonieren gewonnen«, erklärte Luis, »sondern ist Telefonistin bei der Bavaria
Film. Und wenn sie eines beherrscht, dann, wie man am Telefon
ein freundliches Gespräch führt.«

Wolf griff nach der Zigarettenpackung auf dem Schreibtisch
und bot zuerst Ursula und dann Luis eine an. »Demnach haben
Sie bereits eine Anstellung?«

»Danke schön.« Ursula nahm die angebotene Zigarette und
beugte sich über Wolfs Hand, als er ihr das brennende Feuerzeug
entgegenhielt. »Das schon, aber ich suche eine neue Stellung«,
sagte sie mit dem Ausatmen der ersten Rauchwolke. »Was ich
in der Bavaria verdiene, ist nämlich … sagen wir, bescheiden.«

Wolf verstand die versteckte Anspielung. »Also, reden wir
über Ihr Gehalt«, sagte er und bot einhundert D-Mark monatlich plus Erfolgsbonus. Über die Bezahlung der Witze wollte er
entscheiden, sobald sie ihm einige Ideen vorlegen würde.

»Abgemacht«, freute sich Ursula. »Wann geht's los?«

Wolf nahm einen tiefen Zug von seiner Zigarette. Es war
ihm peinlich, vor einer Frau zugeben zu müssen, dass er den

allmächtigen Besatzern ausgeliefert war. Lässig überging er ihre Frage und erkundigte sich seinerseits, ob sie in den Studios keine Kündigungsfrist einhalten müsse.

»Nicht, wenn ich eine Nachfolgerin empfehlen kann, und die findet man an jeder Straßenecke«, antwortete Ursula fast flüsternd, als unterhielten sie sich über ein schlüpfriges Thema.

Lächelnd reichte er Ursula die Hand: »Dann reden wir weiter, sobald Sie eine Nachfolgerin gefunden haben, Fräulein Hagen«, sagte er und fand es schade, weder Cognac noch anderen Alkohol anbieten zu können, um die Vereinbarung gebührend zu begießen. Immerhin war er geneigt, den ersten weiblichen Anzeigenleiter einzustellen, und das war doch ein Grund für eine kleine private Feier.

22

WOLF STILLTE SEINE Lust auf Hochprozentiges und auch die seiner Lenden am Abend bei Marlene.

»Du hattest heute einen besonders erfolgreichen Tag, oder?«, fragte sie, während sie nackt durch ihr weißgoldenes Boudoir zu der zierlichen Eckbar schlenderte.

Bewundernd blickte er ihr nach. Es war ein Vergnügen, dieser hinreißenden Frau dabei zuzusehen, wie ungeniert sie sich ohne Kleider bewegte, wie ihr das rotgoldene Haar dabei über die Schultern fiel und auch, wie sie sich mit katzenhaft-geschmeidigen Bewegungen auszog, bevor sie einander in die Arme fielen.

»Danke, Liebling, es war ein großartiger Tag, und bis auf eine Kleinigkeit laufen die Dinge prächtig. Wieso fragst du?«

Sie griff nach der Whiskeyflasche im Regal, goss zwei Fingerbreit in ein Kristallglas und reichte es ihm. »Du warst heute ganz groß in Form. Manch junger Mann wäre neidisch.«

Alarmiert richtete Wolf sich auf und setzte sich auf den Bettrand, ohne seine Nacktheit zu bedecken, wie er es im ehelichen Schlafzimmer tun würde.

»Meinst du einen ganz bestimmten jungen Mann?« Im nächsten Moment ärgerte er sich über sich selbst. Er hoffte, nicht wie ein verletzter Liebhaber geklungen zu haben; auch hatte er nicht den Eindruck, Marlene würde seiner müde. Trotzdem schadete es nicht, wachsam zu sein und mögliche Konkurrenten frühzeitig aufzuspüren.

Marlene setzte sich zu ihm und küsste ihn auf die Wange. »Ich liebe es, wenn du eifersüchtig bist. Aber nein, es gibt keinen anderen. Interessante Männer sind rar in diesen Zeiten. Dieser gottverdammte Krieg hat doch alle verschlungen.«

»Wie wahr«, murmelte Wolf bedrückt.

»Oh, bitte verzeih.« Marlene streichelte ihm sanft über den Rücken.

»Schon gut, lass uns das Thema wechseln …« Er hatte ihr vom Heldentod seiner Söhne erzählt, wollte aber weder darüber sprechen noch daran erinnert werden. Fahrig griff er nach den Zigaretten auf dem verschnörkelten weißen Nachttisch.

»Erzähl mir von der Illustrierten.« Marlene nahm ebenfalls eine Zigarette und lehnte sich rauchend in die Satinkissen zurück.

Wolf berichtete, dass er stolzer Besitzer eines bequemen Ledersessels sowie eines respektablen Schreibtisches mit Marmoraschenbecher sei. Auch erzählte er von Hubert und Karl und von Ursula – ohne deren erotische Ausstrahlung zu erwähnen. Es war unnötig, Marlene glauben zu machen, er wäre hinter jedem Weiberrock her. Denn das war er nicht. Es gab immer noch Helene, und auch wenn es im Ehebett eiskalt war, würde er sie niemals verlassen. Sie waren für alle Zeiten durch schwere Schicksalsschläge miteinander verbunden. Seine Beziehung zu Marlene war erotischer Natur, sie war seine Göttin der Lust. Aber sie war auch intelligent, was er im Gegensatz zu den meisten Männern an Frauen durchaus schätzte, und ihm stets eine kluge Ratgeberin.

»Ich dachte, eine schlagfertige junge Frau hat in der Anzeigenbranche vielleicht mehr Erfolg als ein Mann, von denen es ja leider nicht mehr so viele gibt, wie du eben so treffend bemerkt hast.«

Marlene schmiegte sich dicht an ihn. »Sehr mutig, eine Frau für diese verantwortungsvolle Aufgabe einzustellen. Aber ich wusste schon immer, wie mutig du bist, Wolf. Also, geht es endlich los, sobald die Wände gestrichen sind?«

Wolf unterdrückte einen Seufzer. Er wollte nicht schon wieder über das leidige Lizenzproblem klagen und fragte stattdessen: »Was würdest du gerne in der ersten Ausgabe lesen?«

»Nur Positives über die wenigen schönen Dinge des Lebens. Etwas, das gute Laune vermittelt. Zum Beispiel Mode ...« Marlene zog an ihrer Zigarette, bevor sie weiterredete. »Sicher hast du in einer der Illustrierten gelesen, dass im vergangenen Herbst ehemalige Meisterschülerinnen der Münchner Meisterschule für Mode eine Kollektion vorgestellt haben. Kleider mit weichen Schultern, schmalen Taillen und glockigen Röcken in blassen Pastellfarben. Und praktische Hosen, die eine Handbreit unterm Knie enden.« Sie seufzte. »Ich kann es kaum erwarten, bis es endlich wieder genug Auswahl an Kleidern gibt. Doch es scheint noch an Materialien zu fehlen. Neulich habe ich ein simples Gummiband gebraucht und musste mehrere Kurzwarenläden ablaufen, bis ich endlich das passende fand.«

»Wäre das nicht eher ein Thema für eine reine Frauenzeitschrift?«, überlegte Wolf.

»Warum soll eine bunte Illustrierte nicht auch über aktuelle Modethemen berichten und damit die weibliche Leserschaft erreichen?«, wandte Marlene ein. »Außerdem ist Kleidung existenziell für alle Menschen. Nicht zu vergessen die Flüchtlinge und Ausgebombten, denen oft nur das geblieben ist, was sie am Leib haben.«

Er küsste sie zärtlich auf die Wange. »Meine kluge, wunderschöne Marlene ...«

»Und bitte keine Politik, davon haben alle die Nase gründlich voll. Die Herren da oben möchten uns ja gerne glauben machen, das Land wäre in Aufbruchstimmung, aber das gilt nur für diejenigen, die genug Tauschwaren für den Schwarzmarkt haben. Alle anderen müssen mit diesen elenden Lebensmittelkarten zurechtkommen ...«

»Keine Sorge, Politik überlasse ich den Tageszeitungen.« Wolf nahm einen tiefen Zug von der Lucky und blickte der Rauchwolke nach. »Wie wär's mit einer Skulptur aus Butter als Titelbild ... vielleicht die Venus von Milo ... Und dazu als Schlagzeile: ›Hunger bald vorbei!‹ Mit so einem Foto müsste sich das Heft doch verkaufen wie die berühmten warmen Semmeln.«

Marlene verpasste ihm einen sanften Schubs mit dem Ellbogen. »Na, du hast vielleicht verrückte Ideen«, lachte sie. »Am Ende kommen die Leute noch auf den Gedanken, die Buttervenus würde in deinem Büro stehen, und schon hast du Plünderer in der Redaktion.«

Sie scheint sich um mich zu sorgen, dachte er geschmeichelt und fühlte eine Welle der Zuneigung. Achtlos legte er die Zigarette in den Kristallaschenbecher, schlang die Arme um sie und vergrub die Nase in ihren Haaren, deren exotisch süßer Duft wie ein Aphrodisiakum wirkte. Seine Lenden brannten sofort wie Feuer, und er war aufs Neue bereit, sie und auch sich zu befriedigen.

In dieser Sekunde klingelte das Telefon auf der Kommode neben der Tür.

»Verzeih, das ist die direkte Leitung in die Bar«, murmelte Marlene und wand sich aus seiner Umarmung. »Es muss wichtig sein, sonst würde Charlie mich nicht stören.«

»Aber natürlich ...«

Marlene griff nach dem Mantel aus schwerem lila Samt, den sie vorhin über einen Stuhl geworfen hatte, als könnte man sie durch den Hörer beobachten. Nachdem sie sich gemeldet hatte, führte sie ein sehr kurzes Gespräch, das mit dem Versprechen endete, in wenigen Minuten unten zu erscheinen.

»Gibt es Ärger?«

»Ein Streit zwischen zwei Tänzerinnen«, antwortete sie, zog den Mantel wieder aus und öffnete eine Tür, hinter der sich ihr Kleiderschrank verbarg. Auf hohen schwarzen Riemchenschuhen und in einem nachtblauen Kleid mit großem Ausschnitt kehrte sie zu ihm zurück. »Hilfst du mir bitte?« Sie setzte sich auf die Bettkante.

»Soll ich dich begleiten?« Er küsste sie sanft zwischen den Schulterblättern, bevor er den rückwärtigen Reißverschluss vorsichtig nach oben zog.

»Danke ... Wenn du möchtest, gerne. Vermutlich ist es harmlos, ein GI hat den beiden Damen ein Glas Sekt spendiert, und nun will ihn jede auf ihr Zimmer schleppen, in der Hoffnung, dass mehr daraus wird. Meiner Erfahrung nach sind diese Kerle oft viel zu betrunken, um aufrecht zu gehen, geschweige denn ein anderes Körperteil hochzukriegen. Trotzdem muss ich dazwischengehen, bevor noch Blut fließt.«

Wolf erfrischte sich im Badezimmer, kleidete sich rasch an und tupfte etwas von dem hier deponierten Rasierwasser auf Gesicht und Hals. Gespannt folgte er Marlene in die Bar. Er verstand durchaus, dass jemand dieses zerstörte Land verlassen wollte, aber sich deshalb um einen betrunkenen GI zu streiten war eine neue Dimension.

Auch an Wochentagen wie dem heutigen Dienstag war Marlenes Nachtclub gut besucht. Etwa drei Viertel der Gäste waren Soldaten, deren Taschen mit harten Dollars gefüllt waren. Besuche in Nachtclubs wie der Flamingo-Bar empfanden sie als preiswerten Zeitvertreib.

Charlie, Chef hinter dem Tresen und stellvertretender Geschäftsführer, bedeutete Marlene mit einer Kopfbewegung, dass sich die Tänzerinnen in ihrer Garderobe aufhielten.

»Ich warte an der Bar«, sagte Wolf. Die Räume der Mädchen waren tabu für Gäste.

Er bestellte ein Glas Champagner bei Charlie, rauchte eine Zigarette und genoss die Darbietung einer zierlichen Blondine, die zu orientalisch anmutender Musik einen Schleiertanz zeigte, der vermutlich die Illusion einer Haremsdame erwecken sollte. Als die Kapelle mit einem Trommelwirbel endete, ließ sie den letzten Schleier fallen. Graziös verbeugte sie sich in hüllenloser Schönheit vor den grölenden GIs, bevor sie ihre Tücher einsammelte und davoneilte.

Wolf applaudierte kräftig. Die Kleine war für seinen Geschmack zwar viel zu mager, aber sie hatte hart gearbeitet, und dafür verdiente sie Anerkennung.

Auch der Mann neben ihm klatschte begeistert. »Manch einer mag darin nur billigen Striptease sehen, aber meiner Ansicht nach ist es große Kunst, vor diesem Pöbel gelassen zu bleiben.«

Wolf erkannte die wohlklingende Stimme. »Herr Gollnik, was … ähm … für ein angenehmer Zufall.« In der ersten Verwunderung, ihn hier zu sehen, hatte er »Was für eine Überraschung« sagen wollen, aber das hätte sich nicht gehört. Die Hochzeit war offensichtlich geplatzt, sonst wäre der Mann nicht hier. Zu gerne hätte er ihn direkt gefragt, was sich selbstverständlich verbot.

»In der Tat.« Gollnik drehte sich ihm zu und streckte ihm die Hand entgegen. »Freut mich, Sie zu sehen. Wie geht es voran?«

Wolf zuckte innerlich ein wenig zusammen, als Gollnik sich ihm zuwandte und er die Mensurnarbe quer auf der rechten Wange erblickte. Im schummerigen Licht erschien sie ihm heute noch hässlicher, als sie vermutlich bei Sonnenschein war, und ließ Gollnik trotz des exklusiven nachtblauen Nadelstreifenanzugs, der dezent getupften Krawatte und des tadellosen Haarschnitts unsympathisch wirken. Ob die Narbe das Eheglück verhindert hatte?

»Danke der Nachfrage«, antwortete Wolf, lächelte besonders freundlich und berichtete von den Fortschritten. »Mein Büro im ersten Stock ist fertig eingerichtet, und der idyllische Ausblick über die Baumkronen des Englischen Gartens inspiriert mich jeden Tag«, schwärmte er.

»Dann kann man die erste Ausgabe wohl in Bälde erwerben«, sagte Gollnik im Plauderton.

»Wenn es nach mir ginge, läge sie bereits im Laden, doch leider sind die Besatzer ziemlich knauserig mit ihren Lizenzen, und davon ist der Startschuss abhängig. Ein genaues Datum ist also noch ungewiss«, gestand Wolf und lud Gollnik zu einem Getränk ein, um sich ihm gegenüber nicht vollends wie ein Verlierer zu fühlen.

Gollnik bedankte sich und bot ihm eine seiner ägyptischen Zigaretten an. »Woran liegt es denn? Einige Blätter sind ja bereits auf dem Markt, auch eine Illustrierte mit dem eigentümlichen Namen *Quick*. Und wenn ich richtig informiert bin, sind Sie kein Anfänger in dieser Branche. Marlene hat angedeutet, Sie hätten bereits Erfahrung in der Zeitschriftenbranche.«

»Das entspricht der Wahrheit ...« Wolf zögerte, von den Hintergründen zu erzählen. Andererseits, ein Gespräch unter Männern wirkte oft wie ein heilsamer Aderlass. »Ich war während der NS-Zeit Herausgeber und Schriftleiter einer Frauenzeitschrift. Der Chefredakteur sozusagen. Und genau deshalb gelte ich als belastet. Sämtliche Presseerzeugnisse unterstanden ja dem allmächtigen Reichspropagandaministerium und damit Joseph Goebbels, der die Marschrichtung vorgab. Themen, Bildmaterial und sämtliche Textbeiträge wurden kontrolliert und notfalls zensiert.«

Gollnik schüttelte kaum merklich den Kopf. »Frauenthemen sind doch vollkommen unpolitisch. Oder irre ich mich da? Als unverheirateter Mann fehlt mir leider der Einblick in die Welt der Damen.«

Ah, er ist tatsächlich noch immer Junggeselle, dachte Wolf und bedauerte erneut, nicht nachfragen zu können. Aber eine geplatzte Hochzeit war nun mal kein Thema für eine Unterhaltung zwischen Männern. Wer gab schon gerne zu, einen Korb bekommen zu haben. »Genau das habe ich dem zuständigen Presseoffizier schon mehrfach versucht zu erklären«, beantwortete er stattdessen Gollniks Frage. »Die Schwerpunkte meiner vierwöchentlich erscheinenden Zeitschrift *Moderne Dame* waren romantische Kurzgeschichten oder Fortsetzungsromane. Bastel-tipps zu Ostern oder Weihnachten, wie man ein gemütliches Heim gestaltet und jede Menge Rezepte plus Ratschläge zur sparsamen Haushaltsführung. Nicht ein Wort über Politik oder gar zu den Kriegsereignissen. Doch der zuständige Offizier am Entscheidungsposten schaltet auf stur. Als wären die Hauptzutaten in Back- und Kochrezepten nationalsozialistisches Gedankengut gewesen.«

Gollnik betrachtete schmunzelnd die schwarze Sängerin, die sich zu den vier Musikern gesellt hatte und mit dunkler Soulstimme von Liebesleid sang.

»Man stelle sich vor, die brave Hausfrau kocht ein Gulasch und würzt das Ganze mit pulverisierten Propagandasprüchen. Scharf genug würde es bestimmt.«

Wolf musste unwillkürlich lachen. »Vielleicht sollte ich bei der nächsten Anhörung ein paar Rezepte mitnehmen, um den strengen Presseoffizier milde zu stimmen.«

»Warum präsentieren Sie keine Beweishefte?«, erkundigte sich Gollnik. »Damit ließen sich Zweifel sofort beseitigen.«

»Würde ich gerne, aber leider wurde das Verlagsgebäude im letzten Kriegsjahr bombardiert, und wie Sie sich vorstellen können, ist Papier allerbestes Bombenfutter. Sämtliche Hefte sind verbrannt.«

»Eine verfahrene Situation«, murmelte Gollnik, drehte sich in Richtung Bühne und hob dabei sein Sektglas.

»Sie sagen es.« Wolf gestattete sich einen befreienden Seufzer, der von der Musik davongetragen wurde.

Gollnik wartete, bis das Lied der Liebe verklungen war, drehte sich dann zu Charlie und sagte: »Noch mal dasselbe.« Dann wandte er sich Wolf zu. »Warum suchen Sie sich keinen vertrauenswürdigen Strohmann?«

Wolf war nicht sicher, ob er Gollnik richtig verstanden hatte. »Sie meinen, jemand der statt meiner …«

»Ja, warum nicht? Man glaubt gar nicht, wie viele Geschäfte ohne Strohmänner *nicht* zustande gekommen wären.«

Charlie stellte die Gläser auf den Tresen. »Zum Wohl, die Herren.«

»Mag wohl sein, aber der Schuss könnte auch nach hinten losgehen. Wenn so ein Strohmann enttarnt wird, bin ich vollkommen weg vom Fenster und handle mir am Ende noch eine Anklage wegen versuchten Betrugs ein«, erwiderte Wolf.

Gollnik stippte Asche auf den Boden. »Dazu verrate ich Ihnen eine uralte Regel. Jeder gute Geschäftsmann lügt auch hin und wieder. Wer sich dabei erwischen lässt, ist kein guter Geschäftsmann.«

»Danke für den Rat, verehrter Herr Gollnik!« Wolf hob das Sektglas und dachte: Warum eigentlich keine »Strohfrau«? Eine unbelastete Dame mit unwiderstehlicher Ausstrahlung wie Marlene. Der halsstarrige Presseoffizier würde ihren Reizen schneller erliegen, als sie vor seinem Schreibtisch Platz genommen und die Beine übereinandergeschlagen hätte. Marlene würde bestimmt niemand für eine »Narzisse« halten, die den alten Zeiten nachtrauerte.

»Meine beiden Lieblingsgäste an der Bar, das lasse ich mir gefallen …« Mit einem strahlenden Lächeln kam Marlene auf sie zu. Ihr schulterlanges Haar glänzte in der schwachen Beleuchtung wie das Licht der untergehenden Sonne, und Wolf konnte sich seines Besitzerstolzes nicht erwehren.

Gollnik stellte sein Glas auf dem Tresen ab, und als Marlene ihm die Hand reichte, beugte er sich darüber und küsste sie. Kein richtiger Kuss, eher eine Andeutung, dennoch fand Wolf diese Art der Begrüßung in einem Nachtclub fehl am Platz und obendrein antiquiert. Schließlich lebten sie nicht mehr im vorigen Jahrhundert.

Wolf beobachtete Marlene. Sie lächelte verbindlich und ließ sich nicht anmerken, ob die schmierige Begrüßung sie abstieß oder nicht. Sie nimmt es einfach hin, dachte er, als sie ihre Hand ohne Hast zurückzog. Als Besitzerin eines Nachtclubs konnte sie sich ihre Gäste auch nur bedingt aussuchen.

Marlene nahm auf dem Barhocker zwischen ihnen Platz, bestellte bei Charlie einen kleinen Hans Albers und wandte sich Gollnik zu.

»Was sagen Sie als Fachmann zu den Gerüchten, dass von dem neuen Geld bereits Blüten im Umlauf sind?«

Gollnik kniff die Augen zusammen, als wäre Marlene eine Spionin, die geheime Informationen öffentlich ausplauderte.

»Wie kommen Sie denn auf diese Idee?«

Marlene hob das Kinn und lachte vergnügt auf. »Der Schaffner in der Straßenbahn hat mich gefragt, ob der Zwanzig-Mark-Schein echt sei, mit dem ich meine Fahrkarte bezahlen wollte. Auf meine Frage, wie er auf diese Idee käme, meinte er, es seien gefälschte Zwanziger im Umlauf.«

»Eine schöne Frau wie Sie sollte es nicht nötig haben, mit dem Pöbel in einer schmutzigen Trambahn zu fahren, sondern einen eigenen Chauffeur haben«, entgegnete Gollnik blasiert.

Wolf ahnte, dass Gollnik wieder auf Freiersfüßen unterwegs war und sich in dieser Eigenschaft gerne für den Chauffeursposten bewerben würde. Doch das würde er zu verhindern wissen. Wenn Marlene sich einen ständig verfügbaren Wagen wünschte, würde er ihr einen bereitstellen.

Charlie stellte einen Cognacschwenker auf den Tresen, der zur Hälfte mit einem bernsteinfarbenen Getränk gefüllt war. »Einmal den kleinen Hans.«

»Danke, Charlie.« Marlene griff nach dem Glas. »Ach, ich begebe mich ganz gerne mal unters Volk, lieber Herr Gollnik«, sagte sie leichthin. »Man erfährt doch jede Menge Neuigkeiten, einfach durch Zuhören. Und wenn tatsächlich Falschgeld im Umlauf ist, interessiert mich das sehr. Schließlich betreibe ich ein öffentliches Lokal, in dem vor allem zum Wochenende reichlich Geldscheine im Umlauf sind. Wäre ich Geldfälscher, würde ich meine Blüten nicht in der Straßenbahn, sondern eher in Gastwirtschaften und anderen Lokalitäten verteilen.«

Wolf musste sich beherrschen, Marlene nicht auf der Stelle zu umarmen und mit Küssen zu bedecken. Bei der ersten Begegnung hatte er in ihr nur die makellose Schönheit gesehen, doch gerade ihr wacher Intellekt machte sie für ihn so begehrenswert. Da sie aber nicht alleine waren, beschränkte er sich für den Moment auf verzehrende Blicke.

»In der Tat!« Auch Gollnik schien beeindruckt, wie sein überraschter Ausruf erkennen ließ. »Da stimme ich Ihnen uneingeschränkt zu, verehrte Marlene. Aber was die Fälschungen betrifft – meines Wissens hat der Schaffner nur gescherzt.«

»Das klingt doch sehr beruhigend«, sagte Wolf und überlegte, mit welcher unverfänglichen Frage er Marlene zurück in ihr privates Reich locken konnte, ohne Gollnik zu verstimmen. Obwohl er ihn nicht als engen Freund bezeichnen würde, wollte er den für ihn wichtigen Geschäftspartner bei Laune halten.

Marlene trank ihren Hans Albers aus und stellte das Glas zurück auf den Tresen »Meine Herren, es war eine Freude, mit Ihnen zu plaudern, doch die Geschäfte rufen.« Mit der geschmeidigen Bewegung einer Raubkatze glitt sie vom Barhocker, strich flüchtig über ihr Kleid und zwinkerte ihm fast unmerklich zu.

Erfreut bemerkte Wolf die vertraute Aufforderung und beabsichtigte, noch die Vorstellung der nächsten Tänzerin abzuwarten, deren Körper aus Gummi und gelenkig wie eine Schlange war.

Doch Gollnik verabschiedete sich, sobald Marlene außer Sichtweite war.

Sie schüttelten sich höflich die Hände, versicherten einander, das Treffen sehr genossen zu haben und auf baldige Wiederholung zu hoffen.

»War Gollnik sehr verstimmt, weil ich mich so schnell verdrückt habe?«, fragte Marlene, als er ihr privates Reich betrat. Sie hatte Kleid und Stöckelschuhe bereits ausgezogen, war in den bequemen Samtmantel geschlüpft, lag ausgestreckt auf dem Bett und wackelte mit den Zehen. »Diese Schuhe bringen mich noch um, aber eine Nachtclubbesitzerin in Hausschuhen wäre albern …«

»Gollnik war bestimmt nicht glücklich, aber zeigen würde er das niemals.« Wolf gelang es nicht, sich ein Siegergrinsen zu verkneifen. »Nebenbei bemerkt bin ich sehr froh über dieses zufällige Treffen. Obwohl ich mich gewundert habe, dass er sich wieder hat blicken lassen. Seine Hochzeit ist wohl geplatzt.«

»Dachte ich auch sofort, als ich ihn an der Bar gesehen habe. Schade für ihn, doch gut für mein Geschäft. Bei nächster Gelegenheit werde ich vorsichtig nachhaken. Und … habt ihr über Geschäfte geredet?«

Wolf lockerte nur seine Krawatte. Er wollte mit Marlene über sein momentan wichtigstes Problem reden und dabei nicht nackt sein.

»Haben wir, und er hatte eine clevere Idee …« Er setzte sich zu ihr aufs Bett, begann ihre Füße zu massieren und erklärte das Prozedere. »Du beantragst bei dem zuständigen Offizier eine Lizenz für eine bunte Illustrierte. Bekommst du sie, richte ich dir in der Redaktion ein Büro ein, an dessen Tür dein Name mit dem Zusatz ›Verlagsleitung‹ steht. Erscheinen müsstest du natürlich nicht, keiner würde es kontrollieren. Das Ganze ist eine reine Formsache, ohne Verpflichtungen für dich.«

Marlene hörte ihm aufmerksam zu. »Es ehrt mich sehr, dass du mich für eine vertrauenswürdige Person hältst …«, sie lächelte ihn liebevoll an, »und ich würde dir diesen Gefallen auch gerne tun. Aber wenn die Mauschelei doch herauskäme, könnte man mir den Laden dichtmachen. Außerdem würde man sich bestimmt wundern, warum eine Nachtclubbesitzerin in die Zeitungsbranche einsteigen möchte.«

Wolf musste ihr zustimmen, sosehr er es auch bedauerte.

»Und noch ein Argument spricht dagegen: Dieser Presseoffizier hat dich wegen deiner Vergangenheit doch ohnehin schon auf dem Kieker, die Gefahr ist also ziemlich groß, dass er unser kleines Komplott herausfände. Dann würde auch unsere private Beziehung publik, und das wäre dir bestimmt nicht recht, oder?«

»Allerdings«, murmelte er beschämt und entschuldigte sich kleinlaut, nur seinen Vorteil gesehen zu haben. Um nichts in der Welt wollte er Marlene in Schwierigkeiten bringen.

23

Mai 1949

DEPRIMIERT LEGTE NORA den Bleistift zur Seite. Seit Stunden kaute sie darauf herum, wie damals in der Schule, wenn sie nicht gelernt hatte und in ihrem Kopf nichts als Leere herrschte. Heute suchte sie verzweifelt nach geeigneten Formulierungen, um den Brief zu beantworten, der vor ihr lag. Aber wenn sie genau in sich hineinhörte, suchte sie nicht nach Worten, sondern rang um Fassung, seit sie das kurze Schreiben gelesen hatte.

Die wenigen Zeilen in Englisch, verfasst von einem amerikanischen Anwalt, hatte sie nur teilweise verstanden und mithilfe eines Wörterbuchs zu entschlüsseln versucht. Mr. Bill Bowman sei nie in Regensburg stationiert gewesen, sie solle weitere Belästigungen unterlassen.

Drei Briefe hatte sie seit ihrer Ankunft in München nach Boston geschrieben, zwei, drei Wochen abgewartet und dann täglich den Postboten am Gartenzaun abgepasst. Gestern war endlich ein Brief für sie dabei gewesen.

Das Luftpostkuvert in ihrem Ausschnitt versteckt, war sie in ihr Zimmer geflüchtet. Mit zitternden Fingern und auflodernder Hoffnung hatte sie den Umschlag geöffnet. Die Worte, seltsamerweise mit Schreibmaschine getippt, begriff sie zwar mit dem Verstand, aber ihr Herz wehrte sich mit aller Kraft dagegen. Sie wollte, konnte es einfach nicht glauben, egal, wie oft sie das Schreiben las.

Bill Bowman war nicht ihr William, der ihr ewige Liebe

versprochen hatte. Nicht der Mann, nach dem sie sich so sehr sehnte. Nicht der Vater ihres Sohnes. Doch was hatte der Umschlag mit der fremden Adresse in seiner Uniformjacke zu bedeuten? Oder war es vielleicht gar nicht Williams Jacke? Aber warum hätte er ihr die eines anderen Mannes schicken sollen? Oder ließ William sich durch einen Anwalt verleugnen? Waren seine Liebeserklärungen und Versprechen nur Lügen gewesen? Sie fand einfach keine schlüssigen Erklärungen. All ihre Hoffnungen waren zerstört. Als hätte sie sich die Silvesternacht nur eingebildet. Als hätte William sie nie geküsst. Als hätten sie einander nicht ihre Liebe gestanden. Und doch gab es einen Beweis ihrer Liebe: ihren Sohn.

Sie schob den zierlichen Schreibtischstuhl zurück, ging drei Schritte zum Fenster und öffnete den blassgelben Seidenvorhang. Die Sonne schien ihr direkt ins Gesicht, sie musste die Augen zusammenkneifen, um von ihrem Zimmer im ersten Stock auf die Terrasse blicken und etwas erkennen zu können. Willi lag schlafend im Wagen und wurde von Helene sanft geschaukelt. Nach dem Mittagsbrei hatte ihn die »Großmutter« in den Korbwagen gelegt und durch den Garten geschoben. Das habe sie schon mit ihren Kindern so gehalten, in frischer Luft schliefen Babys wie die Engel.

Helene war nach der Ankunft des falschen Enkelkinds langsam aus ihrer Trauer hervorgekrochen, wie ein Schmetterling aus seinem Kokon. Manchmal spazierte sie noch im Morgenmantel durchs Haus, aber immer häufiger zog sie sich vorzeigbar an, frisierte ihr Haar und überschüttete Willi bei jeder sich bietenden Gelegenheit mit Liebe. Genau wie alle anderen im Haus. »Großvater« Wolf kam beinahe täglich mit einer Rassel, ein paar Bauklötzchen oder sonst einer Kleinigkeit nach Hause. Einen Matrosenanzug hatte er gegen das Hochzeitsgeschenk seiner Frau getauscht, die großzügig darüber hinweggesehen hatte. Helene war über den kleinen Anzug zu Tränen gerührt gewesen, erinnerte er sie doch an ihre Zwillinge. Elvira hatte Bettlaken geopfert, um den Windelnotstand zu beenden, die Laken auf die passende Größe zugeschnitten und von Friederike mit der Nähmaschine umsäumen lassen. Die Köchin strickte Mützchen und Jäckchen, und Konrad hatte das alte Schaukelpferd der Wagner-Kinder vom Speicher geholt, abgeschliffen und frisch gestrichen. Sogar Michael, Templins bedauernswerter Sohn, schleppte sich aus dem Bett, wenn Willi in der Küche gefüttert wurde.

Nora war sich in jeder Sekunde bewusst, dass sie inmitten einer tristen grauen Trümmerwelt in einem fröhlich-bunten Schlaraffenland lebte. Bei Ausfahrten mit Willi beobachtete sie regelmäßig die Menschenschlangen vor den Bäckereien; nach wie vor wurde Brot auf Marken verteilt. Sie sah Frauen, alte Männer und sogar Kinder teilweise mit bloßen Händen die Trümmer wegräumen, nur um die begehrte extra Lebensmittelzuteilung für Schwerarbeiter zu erhalten. Vertriebene suchten verzweifelt nach einem freien Kellerloch, und der Schwarzmarkt in der Möhlstraße florierte nach wie vor, dagegen kam keine Razzia an. Halbwüchsige Jungs rannten den Jeeps der Amerikaner hinterher und bettelten um Zigaretten, nach wie vor die begehrteste Tauschware. Ihr selbst aber blieben Sorgen und Nöte erspart, weil sie ihren Sohn »verschenkt« hatte. Und was sie nie für möglich gehalten hatte: Sie hatte sich tatsächlich daran gewöhnt, für Willis Kinderfrau gehalten zu werden. Für das Zusammensein mit ihrem Sohn entlohnt zu werden. Welch eine Ironie: Sie erhielt Geld, damit sie ihn gut versorgte, ihn aber auch küssen und liebkosen durfte. Dafür war sie der Familie unendlich dankbar; ihre Angst vor dem Jugendamt hatte sich gelegt, und die Gewissheit, bei Krankheiten oder anderen Problemen auf die Hilfe der Familie Wagner bauen zu können, war mehr wert als pures Gold. Dafür lohnte es sich, ihr Geheimnis zu bewahren, egal, wie schwer es ihr manchmal auch fiel.

Aber ohne ein Lebenszeichen von William war es letztlich ein bitteres Glück, ein Leben im goldenen Käfig, aus dem ihr Verdienst sie eines Tages vielleicht befreien könnte. In spätestens einem Jahr hätte sie genug für einen Neuanfang gespart, und noch ehe Willi ganze Sätze zu sprechen begann, wollte sie die erste Gelegenheit ergreifen und mit ihm die Stadt oder sogar das Land verlassen. Irgendwo in der Fremde ein neues Leben beginnen, wo sie einfach wieder Willis Mutter sein und er Mama zu ihr sagen durfte. Obgleich das im Moment noch ein unausgereifter, vielleicht sogar blauäugiger Traum war.

Helene, die am Vormittag mit Elvira beim Friseur gewesen war und in einem hellen Kostüm mit Seidenbluse sehr elegant aussah, winkte ihr zu.

»Nora, kommen Sie doch zu uns, die Sonne scheint so herrlich. Friederike hat eben frischen Tee und Kekse gebracht ... «

Nora lächelte. Wie konnte sie es einer vom Schicksal so schwer geprüften Frau verübeln, dass sie sich mit ganzer Kraft an den kleinen Willi klammerte? Zu sehen, wie Helene mehr und mehr aufblühte, wieder neuen Lebensmut fasste, berührte sie zutiefst. Herr Wagner behauptete sogar, Willi habe seiner Frau das Leben gerettet. Dennoch vermied sie allzu privaten Kontakt, um vertraulichen Gesprächen und neugierigen Fragen über ihre Herkunft, ihre Eltern und die Vergangenheit auszuweichen. Bislang hatte sie Teestunden zu zweit vermeiden können. Und bei den gemeinsamen Abendessen gelang es ihr meist, eher zuzuhören oder einsilbige Antworten zu geben. Gewöhnlich wurde die Unterhaltung von Herrn Wagner und seinem Neffen Luis dominiert und drehte sich fast ausschließlich um die Illustrierte oder das neu gekaufte Gebäude in Schwabing. Nur einmal war sie gefragt worden, was sie gerne in einer Illustrierten lesen würde, und sie war erleichtert gewesen, sagen zu können, dass sie Fortsetzungsromane mochte, und sich nicht noch mehr Lügen ausdenken musste. Wie schnell entschlüpfte einem ein verräterisches Wort, das nicht mit früheren Erklärungen übereinstimmte.

Helene forderte sie erneut auf, in den Garten zu kommen. Nora überwand sich, denn die Einladung ohne einen triftigen Grund abzulehnen wäre unhöflich gewesen.

»Schauen Sie nur, wie süß er schläft«, flüsterte Helene, als Nora durch den Salon auf die Terrasse trat. »Setzen Sie sich doch …« Sie deutete auf den verschnörkelten weißen Gusseisenstuhl, auf dem ein dickes hellblaues Sitzpolster lag. Der dazu passende runde weiße Tisch war mit einem goldgerandeten Teeservice gedeckt. Auf einem Silbertablett standen Teekanne, Zuckerdose und ein Teller mit einfachen Keksen bereit. »Bitte, bedienen Sie sich.«

Nora setzte sich, schenkte sich Tee ein, genehmigte sich einen gehäuften Löffel Zucker und nahm ein Plätzchen.

»Ist es nicht ein herrlicher Tag?« Helene blinzelte in den wolkenlosen blauen Himmel und seufzte wohlig.

Nora bemerkte den Duft von frisch gemähtem Gras, den ein sanfter Wind, kaum spürbar, herüberwehte. Der Korbwagen, in dem Willi zufrieden am Schnuller nuckelte, stand im Halbschatten unter einem ansehnlichen Magnolienbaum, dessen Zweige sich unter der Last der aufgeblühten rosa-weißen Kelche bogen. Wie Helene erzählt hatte, war dieser Baum für Celia kurz nach ihrer Geburt gepflanzt worden, und Nora ahnte, was es bedeutete, dass Willi genau unter dessen Zweigen schlief. Für Willi hatte Konrad vor wenigen Tagen ebenfalls einen jungen Magnolienbaum gepflanzt – mit etwas Abstand zu Celias Baum. Und für die gefallenen Zwillinge waren links und rechts neben dem Haupteingang Rhododendren gesetzt worden, die sich mit den Jahren zu mächtigen Büschen entwickelt hatten. Auf diese Weise bewachten Wagners Söhne die Villa. Nora hatte beobachtet, dass Wolf Wagner, wenn er das Haus verließ oder es betrat, mit den Handflächen kurz über die Blätter strich. Er schien seine Söhne wirklich sehr zu vermissen.

»Ich werde meine Schneiderin fragen, wann sie Zeit hat, Ihnen ein paar hübsche Kleider nach der neuesten Mode anzufertigen«, sagte Helene plötzlich. »Sie sind jung, Sie sollten Spaß an Mode haben ...«

Verunsichert blickte Nora an sich herab. Wirkte das einfache Kleid aus blaugrauem Baumwollstoff mit dem weißen Bubikragen, den Dreiviertel-Ärmeln und dem schmalen Gürtel wirklich so ärmlich? Zwar hatte Helene nicht ganz unrecht, sie besaß nur zwei weitere Kleider, wobei es für das Ärmellose noch zu früh und das Schwarze zu warm war. Ja, sie hätte gerne etwas Neues, doch wozu Geld ausgeben? Sie hielt sich fast ausschließlich in der Villa auf, und für die Spaziergänge mit Willi war sie schick genug gekleidet. Um nicht direkt antworten zu müssen, schob Nora sich schnell noch eines von den Plätzchen in den Mund, und so genügte ein »Sehr freundlich ...«, bis ihr ein passendes Argument einfiel, um abzulehnen.

Fürs Abendessen wollte Nora sich etwas mehr zurechtmachen, damit Helene nicht wieder von ihrer Schneiderin und der neuesten Mode anfing.

Sie wählte das schwarze Kleid, das weniger abgetragen aussah als das schlichte hellgraue. Eine schwere Goldkette, wie Elvira sie manchmal trug, würde phänomenal auf dem Schwarz aussehen. Leider besaß sie nur das schlichte Kreuz an dem dünnen Kettchen, das seltsam ärmlich wirkte. Die Armbanduhr musste genügen, entschied sie, tuschte die Wimpern und trug auch den roten Lippenstift auf. Ihr blondes Haar, das in den letzten Monaten schulterlang und fülliger geworden war, steckte sie im Nacken zu einem Knoten zusammen. Ob wohl das reichhaltige Essen und die gute Luft der Grund für die Veränderung waren?, überlegte sie und musste an die vergebliche Suche ihres Vaters nach einem Haarwuchsmittel denken.

Bei Tisch überkamen sie weitere Erinnerungen an ihre Familie in Regensburg. Zu Hause wurde abends auch gemeinsam gegessen, doch der Unterschied hätte gravierender nicht sein können. In Regensburg hatte meist gedrückte Stimmung bei Tisch geherrscht, die keine noch so weiße Tischdecke hatte aufhellen können. Hier saß man in angenehmer Geselligkeit und elegant gekleidet an einer langen Tafel. Helene hatte das helle Kostüm und die Seidenbluse gegen ein burgunderrotes Kleid aus fließendem Crêpe de Chine mit breiten Schultern, V-Ausschnitt und figurbetonter Taillenraffung getauscht. Wolf, in einem maßgeschneiderten Anzug mit breiten Revers aus dunkelgrauem Flanell und einem weißen Hemd mit dunkler Fliege, war unverkennbar der Hausherr. Seine Schwester Elvira hatte fürs Essen ihr langärmliges kupferfarbenes Kleid mit hochgezogenem Kragen angezogen, das sie beim letzten Weihnachtsfest mit ihrem Mann getragen und bei jedem Luftangriff in einem Koffer mitgenommen hatte. Nur Luis hatte auch heute auf besondere Garderobe verzichtet und es bei dem Freizeitjackett im Fischgrätmuster samt offenem Hemdkragen belassen, das er gerne als seine zweite Haut bezeichnete.

Friederike servierte Heringssalat zu frischem Weißbrot, und der Hausherr öffnete wie jeden Sonntag eine Flasche Weißwein.

Luis berichtete von der Uraufführung des Films *Der Ruf,* die in Berlin stattgefunden hatte. Gedreht worden war in den Ateliers von Geiselgasteig und in der Münchner Umgebung, wo Luis bei den Aufnahmen als Standfotograf mitgewirkt hatte. Begeistert war er seinen Worten nach von Fritz Kortner, der die Hauptrolle gespielt und auch das Drehbuch verfasst hatte. Kortner, der Jude war und von 1932 bis 1947 im Exil gelebt hatte, erzählte darin zum Teil sein Leben und spielte also sich selbst. Ein Schauspieler, der sein eigenes Leben nachspielte …

Seit Nora in der Villa lebte, fühlte auch sie sich wie eine Schauspielerin unter der Regie von Wolf Wagner, der sie jederzeit als »falsche Besetzung« enttarnen und auf die Straße setzen konnte.

Sie hoffte, dass dieser Tag nie kommen würde, fürchtete aber gleichzeitig, dass er mit jeder Stunde unausweichlich näher rückte.

Während Luis von Berlin und seiner Zeit als Komparse schwärmte, zitterte sie, als säße sie auf einer Sprengbombe, die jederzeit explodieren konnte. Was sollte sie bloß sagen, wenn jemand nachfragte, an welcher Station sie in den Zug gestiegen war? Ob Celia über ihren Mann oder die Schwiegereltern gesprochen habe? Wo sie, Nora, herkomme. Ob sie einen Beruf gelernt habe? Dann hätte sie improvisieren müssen. Doch keiner erkundigte sich nach ihrer Herkunft oder Vergangenheit. Anscheinend waren alle glücklich, dass sie die Stelle als Kinderfrau angenommen hatte, Willi am liebsten bei ihr war und sich in ihren Armen schnell beruhigte, wenn er weinte. Mehr wurde nicht von ihr verlangt.

In den ersten Tagen hatte sie angeboten, Friederike in der Küche oder bei Tisch zu helfen, denn wenn Willi schlief, war ihr langweilig. Doch die anderen hatten sie nur mit großen Augen angesehen. Nein, nein, sie solle sich ausschließlich um Klein Willi kümmern, das sei ihre Aufgabe und zudem genug Verantwortung. Irritiert hatte sie an zu Hause gedacht, wo sie als faul beschimpft worden war, wenn sie den Suppenlöffel nicht schnell genug aus der Hand gelegt hatte, um ihrer Mutter beim Abräumen zu helfen.

»Sie sehen heute Abend besonders hübsch aus, Nora«, sagte Luis, als er die Schüssel mit dem Heringssalat an sie weiterreichte.

»Danke schön«, flüsterte sie und überlegte, ob es klug gewesen war, sich so auffällig zurechtgemacht zu haben. Am Ende glaubte Luis noch, sie hege Gefühle für ihn. Konzentriert widmete sie sich den Heringshappen mit Äpfeln und Zwiebeln in Mayonnaise, die einfach köstlich schmeckten.

»Nehmen Sie doch noch eine Portion«, forderte der Hausherr sie auf, als sie ihr Besteck auf dem Teller ablegte.

Nora bedankte sich und griff noch einmal zu, auch wenn sie bereits satt war. Die Zeit, als sie meist hungrig vom Tisch hatte aufstehen müssen, war noch nicht vergessen. Zweimal zugreifen zu dürfen war einfach zu verlockend.

»Wolf, mein Lieber, benötigst du morgen den Wagen?«, wandte Helene sich an ihren Mann.

Herr Wagner sah seine Gattin neugierig an. »Das klingt ja sehr erfreulich. Was hast du denn vor?«

»Ich möchte zu meiner Schneiderin.«

Schmunzelnd strich Herr Wagner sich über das schmale Bärtchen. »Das höre ich gerne«, sagte er, schenkte seiner Frau Wein nach und hob dann sein Glas. »Darauf trinke ich. Und bitte, halte dich nicht zurück mit deinen Wünschen, du hast dir seit Jahren kein neues Kleid gegönnt.«

»Danke, du bist wirklich großzügig …«, liebevoll tätschelte Helene ihrem Ehemann die Hand, »aber ich brauche nichts. Ich wollte Nora ein neues Kleid schenken, sie hat eine Belohnung verdient.«

Überrascht musterte Herr Wagner seine Frau und antwortete dann mit strahlender Miene: »Großartige Idee, meine Liebe, ganz großartig. Darauf hätte ich selbst längst kommen müssen. Selbstverständlich kann Konrad euch fahren …«

»Das … das geht doch nicht«, protestierte Nora leise, weil ihr auf Anhieb keine plausible Ausrede einfallen wollte.

Helene betrachte sie erstaunt. »Seien Sie nicht so schüchtern, Nora, wir können Ihnen gar nicht genug danken, das wissen Sie doch.«

Herr Wagner hob sein Glas in Noras Richtung. »Unbedingt. Was Sie getan haben, können wir niemals vergüten.«

»Sehe ich auch so«, unterstützte nun auch Luis Helenes Vorhaben.

»Ähm … ich meine …« Nora rutschte hilflos auf ihrem Stuhl herum, suchte nach einer Ausrede. Als sie glaubte, Willi weinen zu hören, fiel ihr endlich das plausibelste aller Argumente ein: »Wegen Willi ... Was ist, wenn er weint, und ich bin nicht da?«

»Oh ...« Helene verzog die schön geschwungenen Lippen. »Wie wäre es, wenn wir ihn mitnehmen? Oder meinen Sie, ihm wird übel?«

Einige Minuten wurde gerätselt, ob einem sieben Monate alten Wickelkind beim Autofahren schwindelig würde oder es Angst bekäme.

»Er hat doch die lange, wackelige Zugfahrt überstanden, da wird er die Fahrt in einer Luxuslimousine vermutlich genießen«, meinte Luis. »Konrad muss ja kein Rennen fahren. Wenn Willi schreit, kehrt ihr einfach wieder um, und wenn nicht, geht's direkt zur Schneiderin.«

»Gut kombiniert, Neffe«, lobte Wolf und entschied: »In diesem Fall chauffiere ich euch selbst! Die erste Ausfahrt mit meinem Enkelsohn lasse ich mir doch nicht nehmen. Wann soll's losgehen? Nora, wann ist die günstigste Tageszeit?«

Nun gab es kein Zurück mehr. Sie musste die Belohnung annehmen. »Vielleicht am Vormittag, nach dem Frühstück ...«

Wolf klopfte mit der flachen Hand auf den Tisch. »Abgemacht. Das wird ein Riesenspaß. Ich kann es kaum erwarten.«

»Wenn noch ein Platz ist, würde ich auch gerne mitfahren«, meldete sich Elvira zu Wort.

»Warum nicht? Im Fond ist reichlich Platz. Dann hat Klein Willi freie Auswahl, auf welchem Schoß er sitzen möchte. Davon abgesehen prophezeie ich euch, dass Willi als waschechter Wagner-Abkömmling ein komfortables Auto zu schätzen weiß. Der kleine Ausflug wird ihm bestimmt gefallen.«

Nora plagte das schlechte Gewissen, und es wollte ihr nicht gelingen, sich über die unerwartete Freundlichkeit zu freuen. Ein maßgeschneidertes Kleid war natürlich etwas ganz Besonderes, aber auch teuer, und das fühlte sich nach Verpflichtung an.

Wo sie doch bereits tief in Wolf Wagners Schuld stand. Doch wenn sie die Belohnung ablehnte, würde die Familie das vielleicht als undankbar empfinden, und da nun mal entschieden worden war, man sei ihr etwas schuldig, wehrte sie sich nicht länger, sondern bedankte sich freundlich.

24

LUIS WARTETE NERVÖS darauf, dass Onkel Wolf endlich damit rausrückte, was er so Wichtiges mit ihm bereden wollte. Nach dem Abendessen hatte er ihm geheimnisvoll zugeflüstert, er möge in sein Arbeitszimmer zu einer Besprechung kommen. Weshalb man nun zuerst Cognac trinken und eine Zigarre rauchen musste, war ihm schleierhaft.

Luis paffte eine Rauchwolke in den Raum und beobachtete versonnen, wie die wertvollen Antiquitäten aus rotbraunem Mahagoniholz von den Schwaden verhüllt wurden. Ob er heute wohl den Vertrag als Fotoreporter bekäme? Nein, darum hätte Onkel Wolf kein solches Geheimnis gemacht. Ob er mit ihm über Nora reden wollte? Er musste doch auch bemerkt haben, dass die wunderschöne junge Frau ein Geheimnis umgab. Dieses zierliche Wesen mit der Ausstrahlung einer verstoßenen Prinzessin. Gleich bei der ersten Begegnung war es ihm aufgefallen, dieses unruhige Flackern in ihren Augen, deren helles Blau an Vergissmeinnicht, manchmal aber auch an lila Veilchen erinnerte. Seit ihrer Ankunft beobachtete er Nora aufmerksam. Er würde sich gerne etwas länger mit ihr unterhalten und sie möglichst unauffällig ausfragen, um mehr über sie zu erfahren. Doch der Onkel hatte ihn und auch seine Mutter gebeten, Nora keine neugierigen Fragen über ihre Herkunft oder Vergangenheit zu stellen. Er war der Überzeugung, sie sei eine der Millionen Vertriebenen, die auf der Flucht Schreckliches erlebt habe, das sie einfach nur vergessen wolle. Womöglich habe sie sogar ein Kind verloren. Zu dem Schluss war sein Onkel wegen Noras stillen

Wesens und ihrer sofortigen Zusage gekommen, als Willis Kinderfrau bei ihnen zu bleiben. Oft sehe sie auch sehr traurig aus, und es habe ganz den Anschein, als wäre sie allein auf der Welt, ohne Familie oder sonstige Angehörige. Onkel Wolf vertraute ihr dennoch, auch wenn er nichts über sie wusste. Ihm genügte es zu sehen, wie liebevoll sie Willi betreute, das war in seinen Augen wichtiger als alles andere. Eines Tages würde sie ihnen erzählen, was sie erlebt hatte. Und bis dahin sollte niemand sie mit neugierigen Fragen verschrecken.

»Noch ein Schlückchen?« Onkel Wolf deutete auf die leeren Cognacschwenker.

»Nein danke, sonst kriege ich vielleicht nicht mit, welch wichtiges Anliegen du mit mir besprechen möchtest«, scherzte Luis und legte die Zigarre auf den schweren Kristallaschenbecher. Eine Kubanische zwischen den Fingern zu halten mochte männlich sein, er bevorzugte Zigaretten.

»Es handelt sich um die Lizenz«, eröffnete Onkel Wolf nun endlich das Gespräch.

Mannhaft schluckte Luis seine Enttäuschung hinunter, richtete sich aus seiner lässigen, halb liegenden Position auf und stützte sich mit den Unterarmen auf die Armlehnen des rotbraunen Mahagonistuhls. Er war schließlich kein Milchbubi, der wegen unerfüllter Hoffnungen heulte. Stattdessen freute er sich ehrlich für den Onkel. »Du hast sie bekommen. Gratuliere. Dann starten wir durch?«

»Leider nein.« Onkel Wolf stöhnte genervt. »Aber dieser Gollnik, du weißt, der, dem ich die Vermittlung der Königinstraße verdanke, hat mir einen cleveren Tipp gegeben, wie man die Pressefuzzis austricksen kann.«

»Lass hören.« Luis musterte ihn gespannt.

Sein Onkel nahm einen tiefen Zug von der Kubanischen und erklärte dann: »Gollnik schlug vor, ich solle mir einen vertrauenswürdigen Strohmann nehmen.«

Luis kombinierte blitzschnell. »Und da hast du an mich gedacht?«

»Richtig, Neffe. Noch vertrauenswürdiger als du wäre nämlich nur meine geliebte Gattin, doch die ist als Großmutter vollends ausgelastet«, scherzte Onkel Wolf.

»Kapiert.«

»Sehr schön.« Der Onkel strahlte ihn an. »Du musst lediglich die amerikanischen Presseoffiziere in der Renatastraße aufsuchen, die dort in einer prächtigen Villa residieren. Selbstredend erwähnst du mit keinem Wort unsere Verbindung oder meinen bereits registrierten Antrag. Du bist ein unbeschriebenes Blatt ... Warst du eigentlich in der Partei?«

»Du meinst, weil ich als Komparse für Durchhaltefilme unabkömmlich gestellt war?«

»Könnte mir vorstellen, dass Goebbels darauf geachtet hat.«

»Nein, ich war nie in der Partei. Und im Grunde war ich nur ein kleines, unbedeutendes Licht, das kaum auffiel.«

»Prächtig, dann bist du der beste Strohmann überhaupt, und das Prozedere dürfte ratzfatz erledigt sein. Konrad kann dich fahren, bis nach Neuhausen ist es doch ein ziemliches Stück Weg.«

Luis ahnte, dass der Onkel diese Gefälligkeit als Gegenleistung für die kostenlose Unterkunft und Verpflegung ansah, was er selbst als gerechtfertigt empfand. Andererseits war die Illustrierte für ihn *die* Chance voranzukommen. Er wollte seine eigenen Träume verwirklichen, endlich einer sinnvollen Aufgabe nachgehen. Die unregelmäßige Beschäftigung als Standfotograf in den Filmstudios in Geiselgasteig war doch sehr unbefriedigend. »*Alright* ...«, sagte er, legte eine Kunstpause ein und holte Luft. »Bekomme ich dann den Vertrag als Fotoreporter?«

Onkel Wolf zog die Stirn in Falten. »Kann das nicht noch warten? Ich habe kein gutes Gefühl dabei, das Pferd quasi von hinten aufzuzäumen.«

»Hast du das nicht bereits getan, als du Ursula Hagen zugesagt hast?«

»Da erinnerst du dich falsch. Ich habe nur gesagt, sie solle
sich melden, wenn sie eine Nachfolgerin gefunden habe.«

Mist, ärgerte sich Luis, die kleine Provokation ging daneben.
Klein beigeben wollte er aber auch nicht. Er stand auf und ver-
beugte sich mit gewohnt übertriebener Geste. »Ich werde dein
Angebot in Betracht ziehen.«

* * *

»Das nenne ich mal eine elegante Erpressung«, schnaufte Wolf,
als sein Neffe die Bürotür leise zuzog.

Missmutig zog er an seiner Kubanischen, gönnte sich noch
einen Schluck aus der Flasche und betrachtete die Fotos seiner
Kinder, die ihn aus silbernen Rahmen anlachten. Wie jedes Mal
verspürte er einen schmerzhaften Stich.

Ein Jammer, dass Willi noch ein Hosenscheißer ist, sinnierte er, und seine schwermütigen Gedanken zerplatzten wie
die Seifenblasen, mit denen Willi so gerne in der kleinen Zink-
badewanne spielte. Sein Enkel war inzwischen der eigentliche
Ansporn für sein neues Projekt, denn eines Tages wollte er ihm
ein florierendes Zeitschriften-Imperium übergeben, das zwar
nicht genau, aber beinahe im Jahr seiner Geburt gegründet worden war. Vorausgesetzt, er fände einen passenden Strohmann.
Zu ärgerlich, dass sein Neffe sich so anstellte. Auf dessen Erpressung wollte er aber nicht eingehen, auch wenn sie noch so raffi-
niert formuliert war.

Konzentriert überlegte er, wer in seinem Haus dafür infrage
käme. Konrad? Eher nicht. Die Besatzer würden sich fragen,
warum ein Hausmeister plötzlich ins Zeitungsgewerbe wechseln
wollte, und schnell dahinterkommen, wo er beschäftigt war.
Konrads kriegsversehrter Sohn Michael könnte ein geeigneter

Kandidat sein, wäre er nicht so schrecklich deprimiert. Wenn der arme Junge es tatsächlich mal aus dem Bett schaffte, vermittelte er den Eindruck eines Lebensmüden. Jeder Presseoffizier würde Michael in Sekundenschnelle enttarnen. Seine Schwester Elvira? Sie war nie berufstätig gewesen, wie sollte sie das plötzliche Interesse an der Herausgabe einer Illustrierten begründen? Die einzige Person, die sonst noch infrage käme, war Nora Längsfeld. Aber war es eine gute Idee, eine Wildfremde in solch ein konspiratives Unterfangen hineinzuziehen? Er wusste rein gar nichts über sie. Dass sie seinen Enkel liebte, als wäre er ihr eigener Sohn, erkannte er an jeder ihrer Gesten, ihren Blicken und dem innigen Lächeln, wenn sie Willi im Arm hielt. Wenn sie mit ihm auf dem Teppich im Salon spielte oder ihm leise Lieder vorsang, wenn er weinte. War das ausreichend? Würde er sich damit nicht auch für sie erpressbar machen? Was, wenn sie plötzlich ein kleines Vermögen für ihr Schweigen verlangte?

Ob es grundsätzlich verboten war, Unternehmen via Strohmann zu gründen, war ihm nicht bekannt, dazu müsste er einen Anwalt konsultieren. Aber in seinem Fall wären die Besatzer garantiert empört, wenn sie dahinterkämen.

»Oh, Celia, mein liebes Kind«, seufzte er und blickte auf das Foto seiner Tochter, »wenn du mir nur mehr über dieses Mädchen verraten hättest. Wenn ich wüsste, was Nora für ein Mensch ist.«

Frag sie einfach.

Wie eine Leuchtschrift bei Nacht blitzten diese drei Worte vor seinem inneren Auge auf. Warum nicht? Er hatte Nora genug Zeit gelassen, sich in seiner Familie heimisch zu fühlen und Vertrauen zu fassen. Nun war es an der Zeit, dass sie ihm vertraute und mehr über sich verriet als die dünne Aussage, kurz nach Berlin in den Zug gestiegen zu sein.

***

Noras Herz klopfte so heftig, dass sie fürchtete, Willi könnte es hören. Sie hatte ihn nach dem Mittagsbrei frisch gewickelt, in die Wiege gelegt und die Vorhänge zugezogen. Nun saß sie auf dem Rand ihres Bettes und hielt seine Hand, bis er einschlief. Dann würde sie den schweren Weg in Herrn Wagners Büro antreten müssen. Er hatte sie um eine Unterredung gebeten, aber nicht gesagt, worum es sich dabei handelte. Hatte er etwas über sie herausgefunden? War er nicht mit ihrer Arbeit zufrieden? Oder hatte sich gar das Jugendamt bei ihm gemeldet? Ihr war so elend zumute wie zuletzt nach dem Gespräch mit ihrem Vater, als er sie mit Gollnik verheiraten wollte.

Nach einigen Minuten drehte Willi den Kopf zur Seite, und sein Händchen öffnete sich. Er war eingeschlafen.

»Wünsch deiner Mami Glück, mein Liebling«, flüsterte sie im Aufstehen und schlüpfte eilig in das neue zweiteilige Kleid aus weichem weinrotem Jersey. Zu dem Glockenrock gehörte ein eng sitzendes Oberteil mit halblangen Ärmeln. Dazu hatte die Schneiderin aus demselben Stoff einen Taillengürtel und eine ärmellose Bluse mit großem Ausschnitt für warme Sommertage genäht. Das Ensemble passte perfekt und war das schönste Kleidungsstück, das sie jemals besessen hatte. Helene war höchst zufrieden, ihr diese »kleine Freude« – wie sie es nannte – bereitet zu haben.

Auf dem Weg ins Erdgeschoss wurden ihre Schritte über die mit einem hellbraunen Läufer ausgelegten Treppenstufen immer schleppender, je mehr sie sich Herrn Wagners Arbeitszimmer näherte. Schließlich stand sie vor der honiggelben Holztür, deren gedrechselte Facetten sie so wertvoll erscheinen ließen, genau wie jedes einzelne Möbelstück in dieser Villa. Zaghaft klopfte sie an. Das »Herein« kam so unvermutet laut, dass sie zusammenzuckte.

Zögerlich trat sie ein.

Herr Wagner lächelte freundlich und deutete auf einen

bequem aussehenden Stuhl vor dem ausladenden Schreibtisch aus rötlich braunem Holz. »Bitte, setzen Sie sich.« Er betrachtete sie freundlich. »Das neue Kleid steht Ihnen ausgezeichnet.«

»Sehr freundlich.«

Nora nahm Platz. Herr Wagner vermittelte nicht den Eindruck, als wollte er sie beschimpfen oder bedrohen. Der Stuhl war bequem, und die Situation hatte nicht die geringste Ähnlichkeit mit der im Keller ihres Vaters. Dennoch versagte ihre Stimme, als sie sich für das Kompliment und vor allem das Kleid bedanken wollte. »Da ...«, begann sie und räusperte sich hinter vorgehaltener Hand. »Danke auch noch mal für die Belohnung.«

»Sind Sie krank? Soll ich den Arzt rufen?«

»Nein, nein, vielen Dank, ich bin nur etwas heiser. Ich werde mir nachher einen Salbeitee aufbrühen, der hilft bei rauem Hals.«

»Sie kennen sich gut mit Kräutern aus, das ist mir schon mehrmals aufgefallen«, meinte Herr Wagner lächelnd. »Hatten Sie beruflich damit zu tun?«

Nora biss sich auf die Lippen. Sie hatte nicht nachgedacht, doch ihm schien die Antwort ein Hinweis auf ihre Vergangenheit zu sein.

»Tut mir leid, ich wollte nicht indiskret sein«, sagte er, als sie nicht antwortete.

»Ich bin ...« Sie schluckte, bemühte sich, das Zittern in ihrer Stimme in den Griff zu bekommen. »Gelernte Apothekenhelferin.« Das war zumindest ein Tropfen Wahrheit im Meer der Lügen. Und was konnte er schon daraus entnehmen?, dachte sie. Ein Beruf war noch kein Hinweis auf ihre Familie oder Herkunft.

Herr Wagner schien ehrlich überrascht. »Sicher ein interessanter Beruf«, kommentierte er und sah sie durch seine Brille so erwartungsvoll an, als hoffte er auf mehr Einzelheiten.

Sie spürte, dass sie noch ein wenig mehr erzählen musste, um kein Misstrauen zu erregen. »Ich habe in der Apotheke meiner Eltern gelernt, aber der Krieg … sie wurden …« Sie stockte. Nein, sie konnte die Eltern unmöglich sterben lassen, nicht einmal mit Worten. »Bitte verzeihen Sie, ich kann nicht …« Ihre Stimme klang jetzt so rau, als wäre sie tatsächlich erkältet.

»Schon gut, ich verstehe«, sagte Herr Wagner mit sanfter Stimme. »Ich habe Sie auch nicht hierhergebeten, um Sie auszuhorchen. Im Gegenteil, ich wollte Ihnen etwas über mich erzählen und Sie um etwas bitten.«

Nora nickte erleichtert. Sie war noch einmal davongekommen.

»Es handelt sich um die Illustrierte, die ich gründen möchte«, begann er. »Bei Tisch habe ich mich ja schon öfter mit Luis darüber unterhalten. Leider gibt es ein paar Schwierigkeiten mit der Militärbehörde.«

Nora hatte nie wirklich aufgepasst und fragte sich nun, worum er sie bitten wollte.

Herr Wagner nahm die Brille ab und legte sie auf den Schreibtisch. »Was Sie nicht wissen: Während der NS-Zeit war ich Chef einer Frauenzeitschrift. Vielleicht hatten Sie schon mal ein Exemplar in den Händen? Sie hieß *Moderne Dame.*«

»Ja, eine …« Wieder stockte sie. Beinahe hätte sie geantwortet, dass Hedi das Heft regelmäßig gelesen und es ihr später geschenkt hatte. Sie mahnte sich zur Vorsicht: erst denken, dann antworten. Die Gefahr, als Lügnerin aus dem Haus gejagt zu werden, war immer noch akut.

Herr Wagner hatte ihr Zögern wohl nicht bemerkt, denn er nickte lediglich. »Nun, dann erinnern Sie sich vielleicht auch, dass es in den Heften zwar nicht um Politik ging, sie aber auch nicht ganz frei von politischen Ansichten waren. Deshalb gelte ich als vorbelastet. Mir fehlt dieser Persilschein, der bescheinigt, dass meine politische Vergangenheit makellos ist und ich keine

Kriegsverbrechen begangen habe. Ich bin keiner dieser Verbrecher, ich wurde auch nicht eingezogen, die *Moderne Dame* galt als wichtige moralische Unterstützung der deutschen Frau.«

»Ich erinnere mich vor allem an die Kurzgeschichten und die Fortsetzungsromane«, warf Nora ein und blickte verträumt aus dem Fenster. Sie hatte es geliebt, sich bei Regen oder im Winter mit einem Heft im Bett zu verkriechen.

»Tja, leider waren selbst diese Texte nicht frei von nationalsozialistischem Gedankengut. Der Frauen höchstes Glück sei ausschließlich die Mutterschaft. Sie sollten dem Führer zahlreiche Kinder schenken, wofür sie nach dem sechsten das Mutterkreuz erhielten.«

»Arbeitende Frauen waren nicht gerne gesehen«, sagte Nora und dachte an ihren Vater. Wie oft hatte er gepredigt: Mädchen heiraten, bekommen Kinder und kümmern sich um den Haushalt. Den Beruf der Apothekenhelferin hatte er sie aus rein egoistischen Motiven erlernen lassen, denn ohne Ausbildung hätte sie im Notfall nicht für ihren Bruder einspringen können.

»Die Zeiten sind zum Glück vorbei. Heute wird die Arbeit von Frauen geschätzt, die Wirtschaft benötigt jede weibliche Kraft. Millionen Männer befinden sich noch immer in Gefangenschaft, sind nicht aus dem Krieg heimgekehrt, haben schwere Verletzungen erlitten oder gelten als vermisst.«

Vermisst, welch einfaches Wort, dachte Nora. Welche Qualen damit verbunden waren, spürte sie mit jedem Atemzug. Sie vermisste William so sehr, dass es körperlich schmerzte. Ihm galt ihr erster Gedanke am Morgen und der letzte, bevor sie einschlief. Von einer anderen Person daran erinnert zu werden, dass sie ihn vielleicht niemals wiedersehen würde, füllte ihre Augen mit Tränen. Sie blinzelte nervös, knetete die Hände, schniefte möglichst unauffällig. Warum erklärte Herr Wagner nicht endlich, was er von ihr wollte?

»Verzeihen Sie, wenn ich schmerzhafte Erinnerungen geweckt

habe ...« Er zog die Schreibtischschublade auf, holte ein hellblaues Taschentuch heraus und reichte es ihr über den Tisch hinweg.

Dankbar nahm sie es entgegen und tupfte sich damit die Tränen aus den Augenwinkeln. Er schien zu vermuten, dass sie wegen ihrer Eltern traurig war. Berichtigen würde sie ihn nicht.

»Und damit komme ich zu meiner Bitte.«

»Wenn ich helfen kann ...« Nora bemühte sich zu lächeln.

»Das können Sie in der Tat. Ich wollte Sie bitten, bei der Militärregierung die Lizenz für die Illustrierte zu beantragen.«

Was war eine Lizenz?, überlegte Nora. Sie kam sich dumm und naiv wie eine unaufmerksame Schülerin beim Unterricht vor, denn vermutlich hatte es Herr Wagner im Laufe des Gesprächs erwähnt.

»Es ist ganz einfach«, sagte er nun, und während er sich eine Zigarette ansteckte, erklärte er das Prozedere.

Nora hörte aufmerksam zu, verstand die Hintergründe und Folgen für Herrn Wagner. Sie war volljährig, und der Ausweis steckte in ihrer Handtasche, aber mit Behörden, egal mit welcher, wollte sie nichts zu tun haben. Doch welches Argument war einleuchtend genug, ihm diesen Gefallen zu verwehren? Um Zeit zu gewinnen, fasste sie seine Bitte zusammen: »Ich müsste also nichts weiter tun, als diesen Antrag auszufüllen?«

Herr Wagner drückte die zur Hälfte gerauchte Zigarette in dem Kristallaschenbecher aus.

»Eine Sache von Minuten«, behauptete er. »Das ausgefüllte Antragsblatt durchläuft eine erste Prüfung. Hat es die bestanden, wird man zu einer ausführlicheren Besprechung beordert. Wenn es so weit kommt, würde ich Sie darauf gründlich vorbereiten.«

Nora stellte sich vor, am Schreibtisch eines amerikanischen Offiziers zu stehen und wie bei einer Prüfung einstudierte Antworten zu geben. Würde er sie argwöhnisch mustern, weil sie nicht aussah wie eine Frau, der man dergleichen Ambitionen zutraute? »Und wenn ich gefragt werde, warum ich als Apothekenhelferin eine Illustrierte mit Berichten über Prominente aus Film und Gesellschaft gründen möchte und ob ich Erfahrung in der Branche habe? Was wäre dann eine glaubhafte Begründung?«

Herr Wagner betrachtete sie einige Sekunden lang schweigend, als hätte sie etwas ganz und gar Einfältiges gesagt. Schließlich schüttelte er leicht den Kopf. »Sie sind eine kluge junge Frau.«

»Tut mir sehr leid.« Nora bedauerte, ihn enttäuscht zu haben.

»Es ist nicht Ihre Schuld. Ich hatte nicht zu Ende gedacht …« Er zündete sich eine Zigarette an und blickte nachdenklich ins Leere.

Nora überlegte, ob sie einfach aufstehen und gehen sollte oder ob es klüger war, seine »Erlaubnis« zu erbitten. Höflichkeit schadet nicht, warnte sie eine innere Stimme. Vorsichtig schob sie ihren Stuhl zurück. »Falls Sie mich nicht mehr …«

»Wie umfangreich ist Ihr Kräuterwissen?«, unterbrach Herr Wagner sie plötzlich und beugte sich etwas über den Schreibtisch, als hielte er sie für eine Kräuterhexe, die ihm einen Zaubertrank für den Presseoffizier mixen konnte.

Nora rutschte auf die Vorderkante des Stuhls. Sie fühlte sich mit einem Mal genauso unbehaglich wie im Kellerlabor ihres Vaters.

»Ich kenne die Wirkung aller heimischen Wildkräuter, wo sie wachsen und wann man sie am besten sammeln sollte«, antwortete sie schließlich.

»Sehr schön«, sagte er und nickte zufrieden. »Dann beantragen Sie einfach eine Lizenz für ein Heft, in dem es …«

Ein forderndes Klopfen an der Tür unterbrach ihn. »Herein.« Unwillkürlich blickte Nora über die Schulter.

Luis Doll, mit wehendem Staubmantel und der unvermeidlichen Kamera um den Hals, stürmte mit forschen Schritten in den Raum. Am Schreibtisch angelangt, starrte er sie unverschämt grinsend an.

»Mein lieber Scholli!«

Nora senkte den Kopf. Das direkte Kompliment war ihr unangenehm.

»Also, ich muss sagen, diese Schneiderin versteht ihr Handwerk. Onkel Wolf …« Er stützte sich mit beiden Händen auf dem Schreibtisch ab.

»Neffe?«

»Rate, wo ich heute Vormittag war.«

»Bitte, Luis, ich unterhalte mich gerade mit Fräulein Längsfeld.«

Luis störte sich nicht an der Rüge, richtete sich wieder auf und forderte erneut: »Na, komm schon, rate.«

Herr Wagner zuckte mit den Schultern, er schien nicht begeistert über die Störung. »Auf der Jagd nach Chemikalien für die Dunkelkammer?«

»Falsch.«

»Dann sag es mir oder verschwinde aus meinem Büro.« Herrn Wagners Miene verdüsterte sich zusehends.

Nora wäre am liebsten aufgesprungen und davongerannt. Sie hasste Streitereien, auch wenn Luis anscheinend nur Spaß machte. Jetzt hob er die Hände.

»Schon gut. Ich komme gerade aus der Renatastraße.«

Einen Moment schien Herr Wagner zu überlegen, was Luis ihm genau mitteilen wollte, dann änderte sich sein Gesichtsausdruck. »Wirklich? Ich danke dir. Und, wie ist es gelaufen?«, fragte er gespannt.

»Bestens! Ich war nämlich nicht alleine dort, sondern mit Ursula«, antwortete Luis und setzte sich auf eine Ecke des Schreibtisches, sodass er sie im Blick hatte. »Darf ich Sie fotografieren?« Gleichzeitig öffnete er die Lederhülle seines Apparats.

»Bitte?«

»Ich würde Sie gerne porträtieren.«

Nora spürte, wie ihre Wangen glühend heiß wurden. Verunsichert strich sie sich eine Strähne hinters Ohr. »Ich … ich bin nicht besonders fotogen.«

Luis hielt sich die Kamera vors Auge. »Sie sind sogar sehr fotogen, und ich wage zu behaupten, Ihr Gesicht eignet sich locker für ein Titelbild.«

»Nein! Unter keinen Umständen«, entgegnete sie ungewollt heftig. Die Vorstellung, ihr Vater könnte solch ein Titelbild irgendwo entdecken und dadurch herausfinden, wo sie sich aufhielt, jagte ihr Angst ein. Und Luis war gefährlich neugierig. Sie musste schnellstens weg hier. Entschlossen stand sie auf. »Ich muss nach Willi sehen, er wird bestimmt bald aufwachen.« Ohne auf eine Antwort zu warten, verließ sie das Büro. Ehe sie die Tür hinter sich zuzog, hörte sie noch, wie Herr Wagner von Luis einen genauen Bericht forderte. Das Kräuterthema hatte er glücklicherweise vergessen. In letzter Sekunde hatte sie ihren Hals noch einmal aus der Schlinge ziehen können.

25

EIGENARTIG, DACHTE LUIS, als er Nora nachschaute. Sie benahm sich, als hätte er ihr einen unsittlichen Antrag gemacht, nur wegen eines Fotos. Und was hatte dieses entschiedene »Nein« gegen ihr Porträt auf einem Titelblatt zu bedeuten? Die meisten Frauen würden ihm dafür um den Hals fallen. Doch sie gebärdete sich, als wäre es etwas Unanständiges. Dabei hatte er ganz ohne Hintergedanken nur die Wahrheit gesagt, im professionellen Sinn. Sie war tatsächlich extrem fotogen. Das ebenmäßige Gesicht, die großen hellblauen Augen, die sich verdunkelten, wenn sie sich unwohl fühlte, der volle Mund und das auf die Schultern fallende goldblonde Haar – sie hatte alles, was eine Titelblattschönheit ausmachte. Und dann dieser süße Duft, der sie umgab, nach Babypuder, Creme und feiner Seife. Zudem reizte ihn als Mann die mädchenhafte Schüchternheit, von der er nicht wusste, ob sie echt oder gespielt war. Vermutlich Letzteres, um ihr Geheimnis zu verbergen. Denn sie hatte eines, dafür würde er seinen wertvollsten Besitz, die Leica, verwetten.

»Luis, nun erzähl doch bitte, was genau du unternommen hast!«

Onkel Wolfs ungeduldige Aufforderung holte ihn aus seinen Überlegungen.

»Entschuldige bitte … Ist Nora nicht eine umwerfende Schönheit?«

»Ähm … wie, was? Ach so … ja, ein wahrlich hübscher Anblick. Aber falls du da irgendwelche Absichten hast, vergiss es. Sie gehört Willi, verstanden? Ich möchte nicht, dass sie durch irgendwelche Amouren von ihren Aufgaben abgelenkt wird.«

Luis hob lachend die Hände und rutschte vom Schreibtisch auf den Stuhl. »Ich werde mich doch nicht mit dem niedlichsten Windelpupser von ganz Bogenhausen anlegen.«

Wolf nickte zufrieden. »Dann ist ja alles gut. Aber wie kam es denn zu deinem Sinneswandel bezüglich der Lizenz?«

»Ganz einfach, weil du der beste Onkel bist, den man sich nur wünschen kann«, antwortete Luis und betonte, wie dankbar er sei, mit seiner Mutter hier leben zu dürfen. »Es war egoistisch, nicht sofort zuzusagen.«

Wolf schmunzelte sichtlich erfreut. »Schon in Ordnung«, sagte er großzügig. »Und wieso hast du Ursula Hagen mitgenommen?«

»Also, ich dachte, damit das auch wirklich klappt, brauche ich sozusagen eine Waffe, angesichts derer die Jungs von der Militärregierung sich freiwillig ergeben. Wenn du mir den platten Vergleich gestattest.«

»Gestattet.« Schwungvoll öffnete Wolf das Kästchen aus Wurzelholz, in dem er die Kubanischen aufbewahrte, und schob es über den Schreibtisch. »Auch eine?«

»Lieber eine davon«, bat Luis und deutete auf die Schachtel Camel, die ebenfalls auf dem Schreibtisch lag.

»Bitte, bedien dich …«

»Du hast Ursula ja kennengelernt«, erzählte Luis, während er eine Zigarette aus der weichen Packung klopfte und sie anzündete. »Sie schaut nicht nur fabelhaft aus, sie ist auch sehr begabt und verdammt clever. Als ich ihr von deinem Lizenzproblem erzählt habe, war sie sofort bereit mitzumachen. Und zur Antragstellung hat sie dann ihre Zeichenmappe mitgenommen …«

»Wozu das denn?«, fiel Wolf ihm ins Wort.

»Nun, anhand ihrer Zeichnungen haben wir dem Presseoffizier erklärt, wie die Unterhaltungsillustrierte aussehen soll, mit Fotos und Berichten von Filmstars, Sängern und anderen Persönlichkeiten sowie Geschichten über München. Ich habe ihm die Fotos der spielenden Kinder auf dem Trümmerberg gezeigt, die fand er *great*. Für die Witzeseite hatte Ursel drei Beispiele angefertigt. Über eine hat der Presseoffizier Tränen gelacht. Stell dir vor: Ein Wohnzimmer, der Ehemann in Hut und Mantel, kommt gerade von der Arbeit nach Hause. Ein Esstisch, gedeckt für zwei, darauf zwei brennende Kerzen. Der Mann guckt verwundert auf die Kerzen, die Frau hat die Fäuste in die Hüften gestemmt. Dazu die Textzeile: ›Von wegen romantisch, du hast die Stromrechnung nicht bezahlt.‹ Damit hatten wir den Offizier quasi im Sack.«

»Gut gemacht, Neffe, und mein Kompliment an Ursula. Ich habe sie also richtig eingeschätzt.« Wolf nahm einen tiefen Zug von der Zigarre und lehnte sich entspannt in seinem Stuhl zurück. »Dann läuft die Sache endlich.«

Luis schüttelte bedauernd den Kopf. »Leider müssen wir uns noch ein wenig gedulden. Inzwischen gebe es nämlich Hunderte Anträge, sagte der zuständige Mann, sie kämen mit der Arbeit kaum hinterher. Sieht ganz so aus, als wären Zeitungslizenzen im Moment begehrter als frisches Brot.«

»Wie lange?«

Luis zuckte mit den Schultern. »Hat er nicht gesagt. Aber mit Ursel habe ich bereits vereinbart, dass wir in spätestens vier Wochen noch mal nachfragen. Kann ja nicht schaden.«

»Verdammt!« Erbost drückte Wolf seine Zigarre in dem schweren Kristallaschenbecher aus. »Ich will endlich loslegen.«

»Was hindert dich daran? Wenn du mich fragst, dauert die Bearbeitung keine vier Wochen, der Herr Offizier war nämlich sehr angetan von Ursel.« Deutlicher wollte Luis vor Onkel Wolf nicht werden, damit der keinen falschen Eindruck von ihr bekam, die bewusst ein tief ausgeschnittenes Kleid getragen hatte. Der Presseoffizier, ein Mann in den Fünfzigern, hatte gar nicht erst versucht, seine Begeisterung zu verbergen, und war ihr beinahe in den Ausschnitt gekrochen. Ein Indiz, das für ein baldiges Wiedersehen sprach.

»Angetan!« Wolf lachte amüsiert. »Wenn du meinst, es geht jetzt tatsächlich voran, dann konzipieren wir die erste Ausgabe. Was hast du?«

Luis zog einen Kugelschreiber aus der Innentasche seiner Jacke und hielt ihn in die Höhe. »Einen Stift, um den Vertrag zu unterschreiben.«

»In Ordnung«, nickte Wolf, zog die Schreibtischschublade auf, holte ein bedrucktes Blatt heraus und schob es Luis zu. »Den hast du dir verdient.«

»Der ist ja bereits fix und fertig!«, rief Luis, nachdem er seinen Namen in der betreffenden Zeile erblickt hatte.

»Als Chef muss man auf alle Eventualitäten vorbereitet sein«, sagte Wolf mit Unschuldsmiene und deutete auf die unterste Zeile. »Datum nicht vergessen.«

»Luis Doll, München, den 27. Mai 1949«, murmelte Luis halblaut, während er schwungvoll seinen Namen unter den Vertrag setzte.

***

Wolf Wagner beraumte die erste Themenkonferenz für den Nachmittag desselben Tages ein. Die Belegschaft versammelte sich in der Königinstraße im sonnigen Konferenzzimmer, das noch nach frischer Wandfarbe roch.

Obgleich das Personal mit Ursula Hagen und Luis Doll sehr überschaubar und die Möblierung des Raumes äußerst spärlich war – runder Tisch, sechs Stühle, einer davon mit Armlehnen, leeres Aktenregal –, genoss Wolf Wagner den offiziellen Beginn seiner *Welt im Blick*. Ihm war direkt feierlich zumute, als er in die kleine Runde blickte. Ursula Hagen, in weit geschnittenen schwarzen Hosen und schwarzem Rollkragenpullover, mit Hochsteckfrisur und schillernden Perlmuttclips an den hübschen Ohren, wirkte höchst kompetent. Als sie ihren Anstellungsvertrag unterschrieb, lächelte sie glücklich. Luis im üblichen Freizeitgewand – Flanellhose, offener Hemdkragen und auf den Hinterkopf geschobener Hut – und mit der vor ihm liegenden Leica hingegen war die ideale Verkörperung eines rasenden Fotoreporters.

»Dann mal los. Her mit den Ideen und Vorschlägen«, wandte sich Wolf an seine Mitarbeiter.

»Als Erstes würde ich gerne ein Foto von unserer Runde schießen, um diesen unvergesslichen Gründungstag festzuhalten«, schlug Luis vor.

»Da bin ich grundsätzlich dafür, aber wie soll das gehen?«, wunderte sich Wolf.

»Mit der Selbstauslöserfunktion«, erklärte Luis, und Minuten später war das denkwürdige Foto im Kasten. »Ich werde einen großen Abzug davon machen, und den hängen wir zur Erinnerung hier an die Wand. Dann sieht der Raum gleich nicht mehr so kahl aus.«

»Ich könnte einen Gummibaum spendieren, der schafft Atmosphäre«, meldete sich Ursula zu Wort.

»Schön, schön, aber mit Fotoabzügen und Topfpflanzen lässt sich keine Illustrierte gestalten.« Wolf klopfte mit dem Bleistiftende auf den Tisch. »Konzentration bitte. Ich sitze hier vor einem leeren Blatt Papier und warte auf Themenvorschläge.«

»Papier scheint mir ein gutes Stichwort zu sein«, griff Luis den letzten Satz auf.

Wolf sah seinen Neffen fragend an. »Wie soll ich das verstehen?«

Luis angelte sich eine Zigarette aus der Packung, die Wolf anlässlich der ersten Konferenz spendiert hatte. »Nun, die Themenmenge hängt doch vom Umfang des Heftes ab und der wiederum vom Papier. Die Tageszeitungen erscheinen mit gerade mal sechs oder acht Seiten. Für eine Illustrierte wäre das eher peinlich.«

»Das lasst mal meine Sorge sein«, wehrte Wolf unterkühlt ab. Auf diese Diskussion hatte er im Moment überhaupt keine Lust, denn Papier war tatsächlich immer noch ein höchst ärgerliches Problem. Es gab einfach keines, außer auf dem Schwarzmarkt, wo es zu Wucherpreisen angeboten wurde. Selbst der Schlesier hatte nicht liefern können.

»Wie steht es mit Kultur? Die Menschen gieren nach leichter Unterhaltung, wollen abgelenkt werden von ihrem mühseligen Alltag«, wechselte Luis das Thema. »Ich hätte da eine Idee. Mein Freund Fritz Feldmann …« Er blickte zu Ursula. »Du kennst ihn ja auch.«

»Der Rothaarige mit den Sommersprossen«, sagte Ursula. »Talentierter Schauspieler.«

»Genau der. Fritz hat eine illustre Theatergruppe von sieben oder acht Kollegen zusammengetrommelt. Viele Schauspieler sind ja noch immer ohne Engagement, weil etliche Theater zerbombt wurden. Aber Fritz hat verschiedene große Gaststätten angesprochen und konnte drei Verträge aushandeln. Sie treten in den Nebenräumen gegen Eintritt auf. Der Wirt macht sein Geschäft, wenn die Besucher zumindest ein Getränk konsumieren. Erst vor Kurzem war ich bei den Proben für eine Komödie dabei und konnte großartige Fotos schießen.«

Ursula verdrehte schwärmerisch die Augen. »Ich liebe Komödien, wann schauen wir sie uns an?«

»Leider wurde sie schon wieder abgesetzt, aber die Truppe probt bereits ein neues Stück, *Kasimir und Karoline* aus der Feder Ödön von Horváths. Gespielt wird auf dem Münchner Oktoberfest. Horváth war einer der massenhaften Autoren, deren Stücke während der NS-Zeit verboten waren.«

»Nicht uninteressant«, meinte Wolf. »Und welchen Aufhänger hast du dir vorgestellt?« Er zündete sich ebenfalls eine Zigarette an.

»*Die Wiesn auf der Bühne* als Titel, Fotos der Proben, darunter erklärende Textzeilen und eine Kurzbeschreibung des Stückes. Wird sich wie eine Fotogeschichte lesen, die zeigt, wie eine Theateraufführung entsteht. Damit würden wir nicht nur Information und Unterhaltung bieten, sondern den Leser neugierig auf das Stück machen und die Truppe unterstützen. Ein bisschen Propaganda …« Luis brach ab. »Blödes Nazi-Wort, streich das bitte. Ein bisschen Werbung füllt die Säle.«

»Klingt gut.« Wolf notierte Luis' Vorschlag in Stichworten. »Das könnte ich mir auf zwei Doppelseiten vorstellen.«

»Klasse«, freute sich Luis.

Ursula schlug ihre Zeichenmappe auf. »Ich habe mal einige Hefte der Konkurrenz besorgt, um die Platzierung der Witze zu ergründen.«

Wolf nickte anerkennend, obwohl er die Konkurrenzblätter selbst regelmäßig las.

»Hier zum Beispiel …« Sie schob Wolf ein Heft über den Tisch. »Auf der letzten Seite nur Witze. In anderen Heften sind sie auf verschiedenen Seiten untergebracht, um eine Textseite aufzulockern oder, wie ich annehme, freie Flächen zu füllen, wenn Anzeigen fehlen.«

Wolf war das alles längst bekannt, aber eine derart beflissene Mitarbeiterin würde er niemals unterbrechen. »Gefällt mir«, sagte er, als Ursula mit ihrem kleinen Vortrag geendet hatte. »Wegen der Witze müssen wir uns im Moment noch nicht festlegen, sie hängen tatsächlich von der Anzeigenmenge ab. Vor allem fürs erste Heft fehlt uns ein Kundenstamm, mit dem sich kalkulieren ließe, aber bis zur endgültigen Gestaltung ist ja noch Zeit.«

»Würde dir ein Fortsetzungsroman gefallen?«, fragte Luis.

»Das trifft sich gut, Fräulein Längsfeld hat erwähnt, dass sie diese Romane sehr gerne gelesen hat«, antwortete Wolf. »In meiner früheren Frauenzeitschrift gab es in regelmäßigen Abständen Romane, die in zehn oder zwölf Folgen veröffentlicht wurden.«

»Ich bin verrückt nach Fortsetzungsromanen«, schwärmte Ursula. »Man kann es kaum erwarten, bis das nächste Heft erscheint, und muss es sich einfach kaufen, selbst wenn man es sich vielleicht nicht leisten kann. Ich spreche da aus Erfahrung.«

Luis erinnerte sich an Kreuzworträtsel, die er in den oft endlos langen Drehpausen während seiner Komparsenzeit gelöst hatte.

Ursula schlug eine Sparte für Leserbriefe und Berichte über die neueste Mode vor.

Beide Ideen fanden Wolfs Zustimmung, das Thema Mode hatte auch Marlene bereits angesprochen.

Die Zigaretten waren zur Hälfte aufgeraucht, als Wolf die Notizen zusammenfasste: »Zwei Doppelseiten Fotogeschichte mit Texten. Vier Doppelseiten über Kino und seine Stars, plus das Neueste aus der Gesellschaft. Eine Doppelseite über Mode. Ungefähr eine halbe Seite für Leserbriefe, das wird von den Zuschriften abhängen. In der ersten Ausgabe werden wir die Leser bitten, uns zu schreiben. Ein bis zwei Seiten Fortsetzungsroman, je nach Anzahl der Anzeigen. Die wiederum auch die Verteilung der Witze beeinflusst.«

»Wenn ich richtig gezählt habe«, sagte Luis, »sind wir bei neun Doppelseiten.«

»Mit Titel und Rückseite würde der redaktionelle Teil des ersten Heftes rund zwanzig Seiten umfassen«, fügte Wolf hinzu. Leicht erschöpft, aber hochzufrieden erklärte er damit die Konferenz für beendet. Die nächsten Wochen würden zeigen, ob er nur einer Fantasie nachhing oder Nägel mit Köpfen machen könnte.

26

Ende Oktober 1949

WOLF ERINNERTE SICH nur an einen einzigen Tag in seinem Leben, an dem er das gleiche berauschende Hochgefühl verspürt hatte. Das Gefühl, etwas Großartiges erreicht zu haben. Wunschlos glücklich zu sein. Die Welt umarmen zu wollen. Diese Empfindung war damals, als Johannes und Heinrich, die Zwillinge, geboren worden waren, durch seine Adern gerauscht wie allerfeinster Champagner. Heute war es der Geburtstag seiner Illustrierten, der ihn mit solchem Stolz erfüllte, dass er einfach nicht aufhören konnte zu grinsen. Das erste Heft der *Welt im Blick* lag seit einigen Tagen an Kiosken und in den unterschiedlichsten Läden aus. Die erste Ausgabe war mit einer Auflage von einhundertfünfzigtausend Stück erschienen, kostete fünfzig Pfennige, und der Herausgeber sowie Chefredakteur war weder ein Strohmann noch eine Strohfrau, sondern Wolf Wagner höchstpersönlich. Seine *Welt im Blick* war nun eine der fünfhundert neuen Zeitschriften, die seit Kriegsende in der amerikanischen Zone entstanden waren. Und das hatte er weder Luis noch Ursula, sondern dem Zufall zu verdanken. Oder dem Schicksal, wie Helene behauptete, das die Karten einmal zu seinen Gunsten gemischt habe. Genau genommen waren es aber die Besatzer, die nach wie vor alle Trümpfe in der Hand hielten und ihm indirekt ein Ass zugespielt hatten.

Am Mittwoch, dem 21. September 1949, hatten die Alliierten Hohen Kommissare das Presse- und Rundfunkgesetz unterzeichnet und Pressefreiheit in Deutschland garantiert. Damit war eine Generallizenz erteilt worden, und jedem, der die Mittel hatte und vor allem das nötige Papier beschaffen konnte, stand es frei, eine Zeitung oder Zeitschrift zu gründen. Ohne leidigen Persilschein, endlose Prüfungen, enervierende Untersuchungen oder lästige Vorzensur des Blattes. Mit der Generallizenz verfielen auch sämtliche Vorgaben zu Umfang und Gestaltung des redaktionellen Teils und zur Größe der Anzeigen, die bislang von der Militärregierung millimetergenau festgelegt worden war. Von dieser für ihn so günstigen Wendung hatte Wolf über Marlene bereits im August erfahren und sich nach Wochen und Monaten des vergeblichen Wartens mit Volldampf an die Arbeit gemacht. Nun endlich war es vollbracht.

Das verlangte nach einer Siegesfeier.

Nach kulinarischen Genüssen.

Nach besonderen Getränken.

Mit wohlwollendem Kontrollblick schlenderte er am üppigen Büfett entlang, das Elvira zusammen mit Friederike gezaubert hatte. Die weiß eingedeckte Tafel bog sich unter dem berühmten Kartoffelsalat mit Mayonnaise, Schinkenröllchen mit Cornichons, Ölsardinentoast, Lachsschnittchen, Käsehappen mit Weintrauben und ähnlichen Gaumenfreuden. Nach dem neuesten Trend würden Cocktails mit Maraschinokirschen, Pfirsichbowle und auch Sekt gereicht werden. Später würde man vielleicht zu Musik aus der neu angeschafften Musiktruhe tanzen.

»Wann erwarten wir die ersten Gäste?«

Helene betrat das geräumige Esszimmer, in dem die prachtvolle Tafel aufgebaut war.

»In etwa zwanzig Minuten«, antwortete er, eilte auf sie zu und ergriff ihre Hände, die sich längst nicht mehr an das dunkelblaue Lederkästchen mit den Verdienstorden der Zwillinge klammerten. »Du siehst bezaubernd aus, und wenn du mir den Vergleich erlaubst: Du bist die schönste Großmutter der Stadt.«

Er küsste sie sanft auf eine Wange und atmete dabei ihren Duft ein. Kein Alkoholgeruch mehr. Es war ausschließlich das blumige Bouquet Chanel N° 5, das sie umgab. Sie hatte ihr dunkelblondes Haar kürzer schneiden und in Locken legen lassen, was ihr ausgezeichnet stand. Genau wie das neue, schmal geschnittene Cocktailkleid aus fliederfarbenem Satin, das ihrer hellen Haut schmeichelte.

Das Wunder ihrer Rückverwandlung in die schöne Frau, die er geheiratet hatte, war Klein Willi zu verdanken, und auch dafür vergötterte er seinen Enkelsohn.

»Wie gefällt dir der veränderte Salon?«, erkundigte sich Helene.

»Du hast ihn umgestaltet? Wie aufregend.« Wolf strich erwartungsvoll über sein frisch gestutztes Menjou-Bärtchen. »Entschuldige, meine Liebe, ich hatte noch keine Zeit, dein Werk zu besichtigen.«

»Dann lass dich von mir führen.« Helene hakte sich bei ihm unter und zog ihn sanft in das angrenzende Wohnzimmer.

Begeistert blickte Wolf sich um. Seine Gattin hatte den schweren dunkelgrünen Damast an den Fenstern gegen schimmernden sattgelben Taft getauscht, der dem Raum etwas Sonniges verlieh. Der dunkelrot und braun gemusterte Perserteppich war ebenso verschwunden wie der klobige Marmortisch. Stattdessen lag vor dem Chesterfieldsofa nun ein Teppich in pastellfarbenem Blumendesign, und darauf stand ein Couchtisch aus Teakholz. Sein geliebter Ohrensessel war unverändert geblieben, wirkte mit einem sonnengelben Kissen aber richtig fröhlich. Mit wenig Mitteln war es Helene gelungen, den Salon einladender zu gestalten. Das Ergebnis war bewundernswert und geradezu belebend. Der Anblick der hellen Vorhänge und des fröhlichen Blumenteppichs würde an trüben Tagen aufheiternd wirken. Sie hatte nicht nur die wertvollen Erinnerungsstücke an die Zwillinge aus der Hand gelegt, um sie in ihrem Frisiertisch zu verwahren, sondern auch ihre Schwermut endgültig überwunden und die alte Leidenschaft der Innenausstattung wiederentdeckt.

»Und, was sagst du?«

»Ich bin sprachlos«, gestand Wolf, setzte sich in den Ohrensessel und lehnte sich an das Kissen. »Es ist höchst wirkungsvoll, meine Liebe. Aber du hattest ja schon immer eine Begabung, mit wenig Aufwand viel zu erreichen.«

Helene nahm ihm gegenüber auf dem Sofa Platz und lächelte geschmeichelt. »Danke, mein Lieber. Ich hatte tatsächlich vergessen, wie viel Freude es mir bereitet.«

»Und welchen Erfolg du damit hattest«, erinnerte er sie.

Wolf würde nie vergessen, welch kreative Ideen Helene für die *Moderne Dame* geliefert hatte. Der landesweite Erfolg der Zeitschrift war teilweise auch ihr Verdienst gewesen, hatten ihre saisonalen Basteltipps oder Vorschläge zur Gestaltung des Heims doch stets große Begeisterung und Unmengen von Leserbriefen ausgelöst. Er sah sie noch vor sich, die gebündelten Briefe, in denen Frauen jeden Alters und aus allen Gesellschaftsschichten sich bedankten. Wollte sie ihm mit dem veränderten Salon vielleicht durch die Blume – oder genauer gesagt, durch den Blumenteppich – mitteilen, dass sie Lust hätte, auch an der *Welt im Blick* mitzuwirken?, fragte er sich, und in seinem Kopf blitzte eine Idee auf.

»Was hältst du davon, Leserbriefe zu beantworten? Im ersten Heft haben wir die Leser aufgefordert, ihre Meinung oder Wünsche zu äußern, aber manch einer wird auch um Rat zu persönlichen Problemen bitten. Das sagt mir meine Erfahrung.«

»Welch ein verlockendes Angebot«, antwortete Helene und strich mit der Hand über ihre makellose Frisur, als würde sie in wenigen Sekunden der Belegschaft der *Welt im Blick* vorgestellt werden.

»Dann nimmst du an?«

»Tut mir leid, mein Lieber, ich muss dir einen Korb geben.«

»Wirklich?« Wolf war ehrlich enttäuscht.

»Ja, denn ich möchte meinen Enkel aufwachsen sehen und jede Minute für ihn da sein. Er hat nur noch uns, wir wissen nicht, was mit seinem Vater geschehen ist. Unsere Briefe wurden nicht beantwortet, kamen auch nicht zurück, und die Anzeige bei der Vermisstenstelle vom Roten Kreuz war bislang erfolglos. Willi ist das Einzige, was mir von meiner Tochter geblieben ist, und er wird auch das einzige Enkelkind bleiben.« Helenes grüne Augen schimmerten feucht.

Wolf erhob sich aus dem Ohrensessel, setzte sich auf das Sofa neben seine Frau und nahm ihre Hand. »Natürlich verstehe ich das, auch wenn ich es sehr bedauere. Fantasievolle Mitarbeiter, die obendrein absolut zuverlässig sind, lassen sich schwer finden.«

Helene holte tief Luft und lächelte wieder. »Warum fragst du nicht Fräulein Nora? Während ich mich um Willi kümmere, hätte sie Zeit, Briefe zu beantworten. Womöglich macht es ihr sogar Freude.«

»Hmm …« Wolf war nicht wirklich überrascht von Helenes Vorschlag, hatte er doch selbst schon an eine Mitarbeit Noras gedacht, als er mit ihr über die Lizenz gesprochen hatte, war aber von Luis' Erscheinen unterbrochen worden.

»Außerdem wird Willi wachsen. Bald wird er nicht mehr das hilflose Kleinkind sein, leider …« Sie seufzte, als bedauerte sie es sehr. »Und Fräulein Nora wird auch nicht ewig ein fremdes Kind großziehen wollen. Sie ist doch noch so jung, eines Tages möchte sie bestimmt ihre eigene Familie gründen und selbst Kinder bekommen. Mit einem Posten in deiner Redaktion könnte sie das Geld für ihre Aussteuer verdienen. Sie redet zwar nicht über sich, aber mir scheint, sie ist völlig mittellos, sonst wäre sie doch nicht bei uns geblieben.«

»Den Eindruck habe ich auch gewonnen«, meinte Wolf nachdenklich.

Ihre Unterhaltung wurde vom Läuten der Haustürglocke unterbrochen. Wolf eilte zur Tür, um die Gäste zu begrüßen.

Als Erster traf Fritz Feldmann mit seinen Schauspielern ein. Jeder Einzelne der Theatertruppe, die auf zehn Mitglieder angewachsen war, schüttelte Wolf ausgiebig die Hand, gratulierte zum ersten Heft und bedankte sich gerührt für die wundervolle Fotogeschichte. Sie hatten Wolf zum Ehrenmitglied ernannt, was ihm und seiner Begleitung freien Eintritt zu allen Vorstellungen garantierte.

Bald waren die Erdgeschossräume erfüllt von elegant gekleideten Menschen, heiteren Stimmen und hellem Gläserklirren.

Luis, in einem dunklen Anzug von der Stange, hatte in seiner Funktion als Chef der Fotoredaktion für das erste Titelbild eine blutjunge, umwerfend schöne Schauspielerin fotografiert, die demnächst mit Johannes Heesters in einem Revuefilm tanzen würde. Neben ihm stand die rassige Ursula Hagen, die in einem knallroten Organzakleid mit engem Oberteil und weitem Rock alle Blicke auf sich zog. Wolfs waghalsige Idee, einen weiblichen Anzeigenleiter einzustellen, hatte eingeschlagen wie eine Bombe. Ursula hatte ihn unter anderem mit ganzjährigen Anzeigenbuchungen überrascht – darunter auch ein Auftrag des Familienunternehmens Mülhens, Produzenten des berühmten Kölnisch Wasser *4711*, deren Anzeigen Ursula vor einigen Jahren gezeichnet hatte. Ob ihr Erfolg auf alten Kontakten, wortgewandter Überzeugungskunst oder ihrem Sexappeal beruhte, interessierte Wolf nicht weiter. Für ihn zählte das Ergebnis, und darüber konnte er wahrlich nicht klagen. Auch der attraktive Robert von Falkenstein mit der aristokratischen Nase, zuständig für Gesellschaft, Klatsch und Tratsch, war ein Glücksfall für das Heft. Der hünenhafte Sohn eines aus Ostpreußen vertriebenen Gutsherrn hatte Kontakte in die »besseren Kreise« und wurde regelmäßig zu feudalen Festen eingeladen, zu denen Normalsterbliche höchstens als Servierkräfte Zugang bekämen. Robert musste sich keine Geschichten ausdenken, sondern nur zuhören, während er Sekt süffelte. Er war auch unter den Ehrengästen gewesen, die am 17. September 1949 in einer blumengeschmückten Brauerei-Pferdekutsche zur Theresienwiese zogen, als das erste Oktoberfest seit Kriegsende eröffnet worden war. Über dreihundert Schausteller und mehr als einhundert Standlbetreiber hatten auf Millionen von Besuchern gehofft, trotz der utopischen Preise von zwei D-Mark für eine Maß Bier und sechs D-Mark für das Brathendl. Luis hatte brillante Fotos vom Festzug, von Kindern mit Zuckerwatte und vom fliegenden Kettenkarussell geliefert, die zwei Doppelseiten füllten. Leider nur in Schwarz-Weiß oder auch Braun-Grau-Weiß, was der miserablen Qualität des Papiers geschuldet war. Eine leidige Tatsache, an der Wolf vorerst nichts ändern konnte. Er tröstete sich damit, dass auch die Konkurrenz, egal ob Tageszeitung oder Zeitschrift, mit diesem Problem zu kämpfen hatte.

Dann war da noch Gunnar Grimm, kein Nachkomme der berühmten Märchenbrüder, aber gesegnet mit unerschöpflichem kreativem Talent, das er als grafischer Gestalter für die Illustrierte auslebte. Wie Wolf beobachtete, war auch Gunnar von Ursulas erotischer Ausstrahlung geradezu gefangen, was sein starrer Blick auf ihre pralle Oberweite verriet. Nur der kriegsversehrte Michael, den Wolf als Pförtner eingestellt und ihm damit neuen Lebensmut gegeben hatte, musterte Ursula aus schüchterner Entfernung. Friederike und Konrad waren selbstverständlich auch anwesend, ohne das treue Ehepaar würde sein Haushalt nicht so reibungslos funktionieren. Friederike hatte es sich nicht nehmen lassen, von der Küche aus für Nachschub am Büfett zu sorgen. »Bei solch einem Anlass darf es keine leeren Platten auf der Tafel geben«, hatte sie resolut entschieden. Konrad hütete in Livree die Diele und kümmerte sich um die Garderobe.

Wolf genoss das Treiben mit geradezu kindhafter Freude,

flanierte von einem Raum zum anderen, behielt die brennenden Kerzen auf den silbernen Leuchtern im Auge, offerierte
Getränke und Zigaretten, unterhielt sich mit den Gästen und
wartete ungeduldig auf den Gast, der sich für später angekün-
digt hatte. Die Person, ohne die seine Zeitschrift nicht in so
kurzer Zeit hätte erscheinen können.

27

NORA SUMMTE DAS elfte Schlaflied und war selbst kurz davor einzuschlafen, aber Willi schaute sie nur mit neugierigen Augen an, als wollte er sich beschweren, weil er nicht mitfeiern durfte. Er war inzwischen fast ein Jahr alt, und wenn er Stimmen hörte wie jetzt aus dem Erdgeschoss, wollte er raus aus dem Bettchen. Die Wiege war längst zu klein geworden, nun schlief er in Celias ehemaligem Gitterbettchen, das frisch geputzt und mit feinster Bettwäsche ausgestattet worden war.

»Mami singt noch einmal das Lied vom Mond«, flüsterte Nora »aber dann ist es wirklich genug für heute.«

Sie hoffte, er würde endlich einschlafen, denn sie freute sich schon sehr auf die Feier anlässlich des Erscheinens der ersten *Welt im Blick*.

Endlich fielen Willi die Augen zu, er ließ ihren Finger los und drehte den Kopf zur Seite.

Eilig huschte Nora ins Badezimmer. Das neue Kleid mit weitem Rock und Schleifengürtel aus blumenbedrucktem, türkisschwarzem Georgette, das sie von ihrem eigenen Geld erstanden hatte, hing auf einem Bügel an der Tür des Kleiderschranks. Helene hatte ihr ein Paar silberne Abendschuhe aus weichem Leder geschenkt und sie zu einem Friseurbesuch eingeladen. Als die Friseuse die Schere in die Hand genommen hatte, war Nora für einen Moment unentschlossen gewesen, ob sie den Schritt wagen sollte. William hatte ihr Haar so sehr geliebt. Würde sie ihm auch mit kurzen Haaren gefallen?

»Das wächst wieder nach«, hatte die Friseuse gesagt und sie

aufmunternd angelächelt, als ahnte sie ihre Bedenken. Es hatte einige Tage gedauert, sich an die neue Kurzhaarfrisur zu gewöhnen. Inzwischen fand Nora die Veränderung aber sehr schick. Sie wirkte erwachsener, und sollte der Teufel es bewerkstelligen, dass ihr Vater plötzlich auftauchte, er würde sie auf den ersten Blick vermutlich nicht wiedererkennen.

Nora hatte keine Ahnung, ob die Eltern ihr Verschwinden bei der Polizei angezeigt oder gar dem Jugendamt gemeldet hatten. Ob jemand nach ihr und Willi suchte. Aber eines wusste sie genau: Würde man sie finden, würde man ihr Willi wegnehmen, und was das für sie beide bedeutete, darüber wollte sie lieber nicht nachdenken.

Seit sieben Monaten lebten sie nun bei den Wagners, und sie hatte wahrhaftig keinen Grund zur Klage. Allein das Zimmer mit dem hübschen Sofa, das eigene Badezimmer und der kleine Balkon boten allergrößten Komfort. Luis hatte das Zimmer vorher bewohnt und das Bad mit seiner Mutter geteilt; beide waren ihretwegen unters Dach gezogen, wo sich ein weiteres Badezimmer befand. Mittlerweile fühlte sich dieser für sie ungewohnte Wohlstand wie auch der gesamte Alltag in der Villa beinahe normal an. Sie musste jedoch immer noch vorsichtig mit Antworten auf verfängliche Fragen sein. Ermahnte sich regelmäßig, erst nachzudenken und dann zu antworten. Beim Friseur hatte Helene wissen wollen, ob Celia nicht über Willis Alter gesprochen habe oder darüber, was mit Gero Boysen, ihrem Mann, passiert sei.

Nora hatte die Gelegenheit ergriffen und behauptet, Celia habe Willis Alter mit fünf Monaten angegeben. Die Frage nach Celias Mann hatte sie nicht beantworten können. Sie wusste ja tatsächlich nichts von ihm. Vielleicht waren Briefe, Fotos oder Papiere in jenem Bündel gewesen, an das Celia sich geklammert hatte. Aber darauf hatte Nora nicht geachtet, als Celia einfach mit dem Kinderwagen davongefahren war. Das Bündel hatte längst jemand gefunden und an sich genommen.

Helene hatte ihre vagen Erklärungen akzeptiert und seufzend gemeint: »Wir müssen uns eben gedulden. Auch vier Jahre nach Kriegsende sind die Suchorganisationen noch vollkommen überlastet mit Vermisstenanzeigen. Hauptsache, der kleine Willi ist bei uns, alles andere wird sich irgendwann aufklären.«

Was würde geschehen, wenn Celias Mann unerwartet auftauchen würde? Bliebe ihr genug Zeit, um erneut zu fliehen? Sich und Willi in Sicherheit zu bringen? Inzwischen hatte sie einige hundert Mark gespart, aber wäre das genug für ein Leben im Ausland? Genug, um sich für einige Wochen über Wasser zu halten? In Deutschland zu bleiben wäre zu riskant, auch das Wohnungsproblem bestand nach wie vor. Erst vor Kurzem hatte sie in der Tageszeitung genaue Zahlen gelesen: Über neunzigtausend Anträge lagen auf dem Münchner Wohnungsamt, und ohne Zuzugsbescheinigung wurde man nicht registriert. Bei jeder Ausfahrt mit Willi konnte sie beobachten, wie schleppend der Wiederaufbau voranschritt. Obwohl Oberbürgermeister Thomas Wimmer schon mehrmals zum »Rama dama« aufgerufen und auch selbst zur Schaufel gegriffen hatte, um zusammen mit Tausenden Münchnern die Trümmerberge zu beseitigen. In den meisten Straßen gab es mehr Lücken in den Häuserreihen als bewohnbare Gebäude. Niemand konnte vorhersagen, wann die Wunden des Krieges endlich verheilt wären. Und das war nicht nur in München so.

Oft lag sie nachts lange wach, gequält von der Ungewissheit ihrer Zukunft. Es war ein Gefühl, als befände sie sich in einem brennenden Haus und würde verzweifelt nach dem Ausgang suchen. Schlief sie dann endlich ein, tauchte eine schattenhafte Gestalt in ihren Träumen auf, die sie aus der Wagner-Villa jagte und den schreienden Willi mitnehmen wollte. Meist war es tatsächlich Willi, der sie durch sein Weinen aus diesen Albträumen holte.

Aber nicht nur die Gedanken an Celias verschwundenen Ehemann oder die Notwendigkeit einer erneuten Flucht beschäftigten sie, es waren die Wagners selbst. Diese Familie hatte ihr in höchster Not ein sorgenfreies Leben in einer Traumvilla ermöglicht. Sie überschütteten Willi mit Liebe und verwöhnten ihn wie einen kleinen Prinzen. Sie selbst hatte alle in diesem Haus lieb gewonnen. Konnte sie wirklich heimlich verschwinden und nur einen Brief hinterlassen? Ihnen damit großes Leid zufügen? Wäre sie zu so einer herzlosen Tat fähig? Andererseits hielt sie mit jedem Tag, den sie schwieg, die Lüge aufrecht. Eine Lüge, die sie eines Tages zugeben müsste. Wenn sie bloß wüsste, wie ...

Doch etwas war stärker als alle Skrupel gegenüber der Familie Wagner, als die Angst vor Celias Ehemann oder die Frage, wohin bei Nacht und Nebel. Es war die Sehnsucht nach William, die sie mit jedem Atemzug quälte. Das Verlangen, ihn wiederzusehen, in seinen Armen zu liegen und eine Familie zu werden. Sie vermisste seine Küsse, seine Zärtlichkeiten und seine Stimme, die ihr zuflüsterte: *Ich liebe dich so sehr.* Niemals würde sie die Hoffnung aufgeben, eines Tages wieder mit ihm vereint zu sein. Sobald sie erfuhr, wo er sich aufhielt, würde sie Willi in den Wagen setzen und das Haus verlassen. Dafür musste sie aber genau hier in der Villa ausharren, denn das war die Adresse, die sie Bill Bowman geschrieben hatte. Der einzigen Verbindung, die noch zu William bestand.

Seufzend trug sie Lippenstift auf. Keiner durfte ihr ansehen, welche Sorgen sie beschäftigten. Rote Lippen täuschten wunderbar über dunkle Gedanken hinweg und gaben ihr ein blühendes Aussehen. Die Komplimente von Schwerenöter Luis klangen jedenfalls ehrlich. Nicht zuletzt erinnerte sie der Lippenstift an Silvester 1947, die Nacht, in der die Hoffnung erwacht war, dass sich ihr Leben für immer verändern könnte. Die Hoffnung hatte sich erfüllt – ihr Leben hatte sich radikal geändert, nur nicht auf die erträumte Art und Weise.

Nachdem sie sich fertig angezogen und zurechtgemacht hatte, sah sie noch einmal nach Willi. Er schlief tatsächlich tief und nuckelte zufrieden an seinem Schnuller. Noch einen letzten Blick in den Spiegel, dann begab sie sich auf den Weg ins Erdgeschoss.

In der weitläufigen Diele erblickte sie zuerst Konrad, der in seiner feinen Chauffeurslivree die Tür hütete und sie anlächelte.

»Sie sehen heute besonders hübsch aus, Fräulein Nora.«

»Danke schön. Und Sie sehen besonders beeindruckend aus.« Sie freute sich ehrlich über sein Kompliment. Konrad war wie ein liebevoller Großvater, obwohl er noch längst nicht so alt war. Es waren vielmehr seine verständnisvolle Art und die Lebenserfahrung, die ihn großväterlich wirken ließen.

»Es ist ein ganz besonderer Tag heute, alle sind mächtig guter Laune«, sagte Konrad und wünschte ihr viel Spaß.

Möglichst unauffällig mischte Nora sich unter die Gästeschar, blickte sich orientierend um und suchte nach bekannten Gesichtern. Jeder hatte sich in Schale geworfen: dunkle Anzüge, glatt rasierte Gesichter, blitzblank geputzte Schuhe. Dekolletierte Kleider aus glänzenden Stoffen, frisch ondulierte Haare, blumige Düfte. Außer den Wagners, Elvira und Luis kannte sie niemanden. Nicht weiter tragisch, fand sie und entschied, sich erst einmal umzusehen und dann etwas zu essen. Das normale Abendbrot war heute ausgefallen, und als sie am Büfett ankam, meldete sich ihr Magen. Sie war hungrig und freute sich auf die besonderen Delikatessen wie den geräucherten Lachs, der auch in der Villa nicht oft auf den Tisch kam.

»Was darf ich Ihnen auflegen?«

Nora erkannte die warme Stimme hinter ihr als die von Luis. Sie drehte sich um, musterte ihn kurz und bemerkte sogleich, dass etwas fehlte. »Keine Kamera?«

»Ich bin heute Ihr *Maître de Plaisir.*« Er zog ein Taschentuch aus der Jacke, wedelte damit durch die Luft und legte es sich wie ein Oberkellner über den linken Arm. Dann zwinkerte er ihr mit dieser fast unverschämten Selbstverständlichkeit zu, die sie

noch bei keinem anderen Mann bemerkt hatte. »Den Kartoffelsalat kann ich empfehlen.« Er hielt Daumen und Zeigefinger
an den Mund und spitzte dazu die Lippen. »Erste Mayonnaise.«

Nora hatte sich längst an seine draufgängerische Art gewöhnt.
Sie mochte seine Fröhlichkeit und die flapsigen Sprüche, mit
denen er sie zum Lachen brachte. Sie freute sich, wenn er zufällig
die Treppe herunterkam, während sie Willi in den Kinderwagen
packte, und sie dann einfach begleitete, ohne lange zu fragen.
Die Spaziergänge mit ihm waren kurzweilig, und manchmal
wartete sie geradezu darauf, dass er mitkäme. Aber verliebt war
sie nicht in ihn, er war einfach nur das ausgelassenste Mitglied
der Familie.

»Also, meine Dame, bitte wählen Sie.« Luis vollführte eine
seiner übertriebenen Verbeugungen.

»Einen Löffel Kartoffelsalat, bitte, und von allem eine kleine
Portion zum Probieren«, bat Nora.

Luis häufte das Gewünschte auf einen Teller. »Und wo belie-
ben Gnädigste zu speisen? Dort könnte ich ein verschwiegenes
Plätzchen anbieten.« Er deutete auf den Erker, in dem die ein-
gebaute Eckbank zum Sitzen einlud.

»Warum nicht«, meinte Nora. »Im Stehen zu essen ist ja eher
unbequem.«

Luis legte noch eine Gabel auf den Teller und lief dann
geschäftig vor ihr zum Erker. Mit dem Taschentuch wedelte er
auf den gelb-weiß gestreiften Sitzkissen herum, als wären sie
staubig. »Wäre es so genehm?«

»Vielen Dank, der Herr, leider muss ich das Trinkgeld schuldig bleiben. Ich bin in der Eile ohne Handtasche und Portemonnaie aus dem Haus gegangen«, stieg sie auf seinen flapsigen
Tonfall ein.

»Ich bitte Sie, von einer schönen Frau würde ich niemals
Geld nehmen …«

»Ah, Fräulein Längsfeld, das passt ja gut.«

Herr Wagner kam auf sie zu. In seinem Smoking mit weißer Fliege sowie mit einer Sektschale in der einen und der Zigarette in der anderen Hand sah er in Noras Augen wie der personifizierte Filmstar aus.

»Ein gelungenes Fest, und nochmals herzlichen Glückwunsch zum Heft, ich habe schon fleißig darin geblättert«, sagte Nora, setzte sich auf eines der Kissen und nahm den Teller entgegen.

»Demnächst werden Sie auch einen Fortsetzungsroman darin finden«, verkündete Herr Wagner und nahm neben ihr Platz. »Aber ich wollte mit Ihnen über ein anderes Thema reden.«

»Willi schläft tief und fest«, versicherte Nora und erzählte, dass er lange den Stimmen der Gäste gelauscht habe, als würde er gerne mitfeiern.

»Er ist eben ein echter Wagner, wir sind alle sehr gesellig«, schmunzelte Herr Wagner und schaute seinen Neffen an. »Nicht wahr, Luis?«

»Meide niemals eine Feier, es sei denn, die Gäste sind gefährlich oder wollen Geld« entgegnete Luis.

»In meinem Haus verkehren nur angesehene Menschen. Deine verqueren Fantasien hebe dir für den Fortsetzungsroman auf. Da ist Spannung gefragt«, rügte Herr Wagner seinen Neffen spaßeshalber und berichtete von Luis' Ambitionen, sich als Romanautor zu etablieren.

Nora war überrascht, davon zu hören. »Sie schreiben?«

Luis nickte ungewöhnlich ernsthaft. »Die Fotografie ist eine wunderschöne, aber sprachlose Kunst, die ich wohl beherrsche – wenn ich mich selbst loben darf. Aber mich dürstet nach neuen Herausforderungen. Und das Leben schreibt doch die aufregendsten Geschichten über tragische Schicksale. Nicht wahr, Fräulein Nora?« Während der letzten Worte sah er ihr tief in die Augen.

Nora senkte den Blick auf ihren Teller, nahm die Gabel zur Hand und probierte den Kartoffelsalat. Wie kam Luis auf diese

Andeutung, die genau zu ihrem Leben passte? Er konnte doch unmöglich etwas über sie wissen.

»Nun lass mal deine Süßholzraspelei, ich habe mit Fräulein Nora geschäftlich zu reden«, verlangte Herr Wagner und bot seinem Neffen eine Zigarette an. »Damit du für einen Weile beschäftigt bist.«

Luis nahm die Zigarette, steckte sie hinters Ohr und sagte: »In Ordnung, Chef!« Dazu hielt er sich die Hand an die Schläfe, als wollte er salutieren.

Herr Wagner kümmerte sich nicht weiter um seinen übermütigen Neffen, sondern wandte sich Nora zu. »Es handelt sich um einen noch unbesetzten Posten in der Redaktion, den ich Ihnen gerne anbieten möchte.«

»Als Empfangsfräulein?«, fragte Nora. Es war die einzige Stelle, die sie sich vorstellen konnte. Aber warum glaubte Herr Wagner, sie wäre daran interessiert? Eine Welle der Bedrohung durchflutete sie. »Sind Sie mit meiner Arbeit als Kindermädchen nicht mehr zufrieden?«, platzte sie ängstlich heraus.

»Nein, nein, keine Sorge.« Herr Wagner legte seine Hand auf ihren Unterarm, um sie zu beruhigen. »Es handelt sich um das Beantworten von Leserbriefen. In meiner vorherigen Zeitschrift war das eine beliebte Sparte, wir bekamen jede Woche haufenweise Briefe. Nicht alle müssen beantwortet werden, einige aber unbedingt, und da dachte ich an Sie. Auf Fragen oder Probleme von Unbekannten zu reagieren bedarf großer Empathie, und auf Anhieb fällt mir niemand ein, der so feinfühlig ist wie Sie.«

»Sehr freundlich«, flüsterte Nora heiser. Auch wenn es ein Lob war, es behagte ihr nicht. »Aber was ist dann mit Willi?«

»Ach, darüber müssen Sie sich nicht sorgen«, winkte Herr Wagner lachend ab. »Willi wird doch von seiner Großmutter nach Strich und Faden verwöhnt. Und Sie können auch gerne zu Hause arbeiten. Während Willi schläft, sind Sie ja ungestört.

Der Posten ist nicht von einer permanenten Präsenz in der Redaktion abhängig.«

Nora suchte instinktiv nach Ausflüchten, um das Angebot ablehnen zu können. Es mochte eine interessante Aufgabe sein, andererseits würde Helene die Gelegenheit nutzen, um Willi noch mehr zu vereinnahmen.

Herr Wagner sah sie fragend an. »Könnten Sie sich das vorstellen, Briefe von fremden Menschen zu beantworten? Wir wissen natürlich noch nicht, wie häufig und mit welchen Fragen sich die Leser an uns wenden werden. Vielleicht möchte jemand Ratschläge zur Babypflege, und da fällt mir niemand ein, der darüber besser Bescheid wüsste.«

Nora verzog den Mund zu einem missglückten Lächeln. In einem hatte Herr Wagner recht. Wenn Helene sich um Willi kümmerte, womit sollte sie sich dann beschäftigen?

»Also, mir würde es gut gefallen, wenn Sie Mitarbeiterin und wir Kollegen würden«, sagte Luis nun.

Herr Wagner ging nicht auf das Geplänkel seines Neffen ein. »Was sagen Sie?«

»Ah, da seid ihr.«

»Helene, meine Liebe, das trifft sich gut.« Herr Wagner lächelte seiner Gattin zu, die sich mit einem Cocktailglas in der Hand zu ihnen gesellte.

Luis rückte einen Stuhl vor die Eckbank, auf dem Helene sich mit einer anmutigen Bewegung niederließ. »Was gibt es?«

»Ich habe Fräulein Längsfeld gerade gefragt, ob sie die Leserbriefe beantworten möchte«, antwortete er.

»Eine hervorragende Idee«, fand Helene und fragte wie bereits ihr Mann: »Würde Ihnen das gefallen?«

»Ich weiß nicht«, sagte Nora in dem Versuch, dem Ganzen zu entkommen.

»Wenn Sie sich wegen Willi sorgen, ich kümmere mich gerne den ganzen Tag um ihn, dann haben Sie ausreichend Zeit.«

Nora beobachtete das Ehepaar, das lächelnd einen Blick tauschte, wie es Verbündete taten. Hatte Helene diese Sache eingefädelt, um Willi in Zukunft ganz für sich alleine zu haben?

»Wenn ich die Briefe zu Hause beantworten kann, wäre es machbar«, sagte sie vorsichtig.

»Wunderbar, dann sind Sie mit an Bord«, freute sich Herr Wagner. »Wo Sie schreiben, spielt wirklich keine Rolle, Hauptsache, die Leser bekommen Antworten.«

»Ähm ... dann ... nehme ich an«, stotterte sie überrumpelt. Herr Wagner schien wild entschlossen, sie zu beschäftigen.

»Wolf, du wirst übrigens gesucht«, wechselte Helene nun das Thema. »Dein Papierlieferant.«

Herr Wagner sprang auf. »Hanno Gollnik ist eingetroffen?«

Hanno Gollnik ... Der Name traf Nora wie ein brutaler Schlag. Gollnik hier? Wie war das möglich? Nur am Rande bekam sie das Gespräch zwischen den Wagners mit.

»Ich habe ihn mit einem Getränk versorgt und Fräulein Ursula vorgestellt. Er scheint sich prächtig zu amüsieren«, sagte Helene.

»Danke, meine Liebe, aber ich werde mich sofort persönlich um ihn kümmern«, entgegnete ihr Mann. »Verzeihen Sie, Fräulein Längsfeld, wir sprechen später weiter, auch über die Bezahlung.« Eilig ging er davon.

Voller Angst sah Nora Herrn Wagner nach, der auf einen groß gewachsenen Mann mit einer Mensurnarbe über der rechten Wange zusteuerte. Hatte sie bis zu dieser Sekunde noch gehofft, sich verhört zu haben, gab es nun keinen Zweifel mehr, es war tatsächlich Hanno Gollnik. Elegant wie immer, in einem hellgrauen Anzug mit silberner Weste, die aus der Entfernung wie eine weiße Weste wirkte. Was hatte Herrn Wagner mit diesem Monster zu tun? Oder hatte ihr Vater sie gefunden? War Gollnik am Ende ein Abgesandter ihres Vaters?

Der Raum begann sich zu drehen. Schwarze Punkte tanzten

vor Noras Augen. Ihr Herz begann zu rasen. Ihr Körper verkrampfte sich, die Hände zitterten, konnten den Teller kaum mehr halten. Undeutlich hörte sie Luis fragen, was ihr fehle. Panisch rang sie nach Luft, doch sie fühlte sich, als würde sie ersticken. »Ent... schuldigung«, krächzte sie, stand auf, stellte den Teller auf die Eckbank und schlängelte sich in einem weiten Bogen um Gollnik durch die fröhliche Gesellschaft.

»Ist Ihnen nicht gut?«, fragte auch Konrad, als sie die Diele durchquerte.

»Nur eine kleine Übelkeit, ich werde mich kurz hinlegen«, schwindelte sie und rang sich ein Lächeln ab. Mit letzter Kraft zwang sie sich, möglichst normal die Treppe hinaufzugehen. Erst als sie Konrads Blickfeld entkommen war, rannte sie in ihr Zimmer.

Willi lag friedlich nuckelnd in seinem Gitterbett. Der Anblick ihres schlafenden Sohnes und auch der halbdunkle Raum, der nur vom schwachen Schimmer der überdeckten Nachttischlampe beleuchtet wurde, beruhigten sie. Erschöpft setzte sie sich aufs Bett und atmete tief durch. Ihre Gedanken kreisten. Sollte sie noch heute Nacht das Haus verlassen? Was aber wären die Folgen? Und wohin, mitten in der Nacht?

Nur jetzt nicht kopflos reagieren, ermahnte sie sich, als es leise klopfte. Sie sprang auf, hetzte zur Tür, um abzuschließen, als sie sich einen Spalt öffnete. Es war Luis, der sie besorgt musterte.

»Nora, geht es Ihnen gut?«, flüsterte er.

»Ich ... ich ...« Sie spürte, wie ihr vor Erleichterung die Tränen kamen. In diesem Moment erschien Luis ihr wie ein Helfer in allergrößter Not. Sollte sie sich ihm anvertrauen? Konnte sie ihm vertrauen? Würde er einen Ausweg finden?

28

LUIS ÜBERLEGTE NICHT lange und trat nach dem Anklopfen einfach in Noras Zimmer. Ihr Verhalten hatte ihn zuerst geschockt und dann geängstigt. Irgendetwas stimmte nicht. Ihm war sofort klar geworden, dass die sonst so ausgeglichene Nora nicht grundlos davonlief, schon gar nicht, wenn sie vollkommen ruhig auf der Bank saß.

»Nora, geht es Ihnen gut?«

Er schloss die Tür und betrachtete sie genau, soweit das in der schummerigen Beleuchtung überhaupt möglich war. Doch seine Augen funktionierten auch bei schwachem Licht ganz gut, schließlich waren sie durch die Arbeit in der Dunkelkammer daran gewöhnt. Er sah, dass ihre Wangen tränenfeucht schimmerten, meinte ihre Angst förmlich zu spüren und hörte deutlich ihr unterdrücktes Stöhnen. Aber wovor fürchtete sie sich? Was hatten Onkel Wolf oder Tante Helene gesagt, das sie derart kopflos machte?

»Nora, kann ich Ihnen helfen?«, flüsterte er erneut, um zu ihr durchzudringen. Es schmerzte ihn, sie in dieser aufgewühlten Verfassung zu sehen und nicht zu wissen, wie er ihr beistehen konnte.

Schwer atmend antwortete sie schließlich: »Es ist nichts ...«

»Was ist da unten gerade geschehen? Sagen Sie es mir, vielleicht kann ich helfen. Irgendeine Möglichkeit findet sich bestimmt ...«

»Psst«, mahnte Nora leise, als Willi ein schmatzendes Geräusch von sich gab. »Wir wecken den Kleinen auf.«

Luis öffnete die Tür zum Balkon und bedeutete ihr mit einer Kopfbewegung, dass sie sich draußen unterhalten konnten. Schweigend folgte sie ihm.

Der Oktoberhimmel war an diesem milden Spätherbstabend von wenigen Wolken bedeckt, man musste nur den Kopf heben, um die Sterne blinken zu sehen. Aus dem Erdgeschoss drangen Stimmen zu ihnen, gepaart mit hellem Gläserklirren. Die Nachtluft duftete nach feuchter Erde und Laub. In der Nähe hielt ein Auto, der Motor wurde abgestellt, kurz darauf schlugen Wagentüren zu. Irgendwo bellte ein Hund. Kurz darauf klägliches Katzenjammern. Der Abendwind wehte ein leises Lachen durch die ruhige Villenstraße.

Luis lehnte sich entspannt an das geschmiedete Balkongeländer, um Nora nicht sofort mit Fragen zu bedrängen. Sie verschränkte schweigend die Arme und blickte an ihm vorbei in den dunklen Garten.

»Ich hoffe, Sie sind mir nicht böse, dass ich so einfach in Ihr Zimmer gestürmt bin«, sagte er schließlich. »Aber ich war ziemlich erschrocken, als Sie panisch davongerannt sind. Das ist so gar nicht Ihre Art.«

»Tut mir leid … es war … ich … ich habe jemanden gesehen, der mich …« Sie stockte, schien zu überlegen, was sie sagen sollte.

»Möchten Sie eine Zigarette?«, fragte er und versprach: »Es beruhigt, wenn man nervös ist.«

Ungläubig sah sie ihn an. »Ich habe noch nie geraucht.«

Er angelte ein Zigarettenpäckchen aus der Jackentasche und bot ihr eine an. »Dann werde ich mir eine anzünden, vielleicht beruhigt es ja auch, wenn Sie meinen Rauchwolken nachschauen«, scherzte er in der schwachen Hoffnung, sie irgendwie aus der Reserve zu locken, vielleicht sogar aufzumuntern. Bewusst langsam kramte er nach den Zündhölzern, entflammte eines an der schwarzen Reibefläche und hielt die auflodernde

Flamme an das Zigarettenende. Wie ein emsiges Glühwürmchen leuchtete der Tabak auf und erhellte für einen Moment die Dunkelheit zwischen ihnen.

»Kennen Sie diesen Herrn Gollnik?« Ihre Stimme klang rau, als würde sie einen Schrei unterdrücken.

»Ähm … flüchtig«, antwortete Luis nicht wenig überrascht und erklärte: »Er ist ein Geschäftsfreund von Onkel Wolf, ich selbst hatte noch nie mit ihm zu tun.«

Fröstelnd rieb Nora sich die nackten Arme. »Was für Geschäfte?«

»Sie frieren ja …« Luis zog sein Jackett aus, legte es ihr über die Schultern und widerstand der Versuchung, sie einfach in seine Arme zu ziehen, sie zu trösten, ihr zu versichern, sie könne ihm vertrauen. Doch sosehr er sich auch nach ihrer Nähe sehnte, er würde die emotionale Situation nicht ausnutzen, um ihr ausgerechnet jetzt seine zärtlichen Gefühle zu gestehen.

»Danke …« Sie lächelte, kaum sichtbar. »Verkehrt er regelmäßig hier im Haus?«

»Nein, soweit ich weiß, war er heute zum ersten Mal hier.«

»Ist er ein enger Freund von Herrn Wolf?«

Luis wunderte sich, warum Nora sich so hartnäckig nach diesem Mann erkundigte. Ihre panische Reaktion hatte offensichtlich mit Gollnik zu tun.

»Soweit ich informiert bin, treffen die Herren sich normalerweise in einem Nachtclub. Außerdem hat Gollnik meinem Onkel das Gebäude in der Königinstraße vermittelt, war wohl auch bei Geldgeschäften behilflich und konnte wichtige Kontakte zu Papierlieferanten herstellen. Sonst wäre die Illustrierte vielleicht erst nächstes Jahr erschienen. Papier ist immer noch Mangelware, ich denke, ein Kontaktmann wie Gollnik ist da immens wichtig. Aber wie gesagt ist das eine rein geschäftliche Beziehung.«

Nora murmelte etwas, das sich für Luis nach einem aufatmenden »Gott sei Dank« anhörte. Deshalb wagte er jetzt, direkt nachzufragen.

»Ist Gollnik der Grund für Ihre Aufregung?«

»Hmm …«

»Also ja?« Er spürte, dass sie etwas bedrückte.

»Nicht direkt, es … Es war diese hässliche Narbe in seinem Gesicht, die mich an … ein widerliches Scheusal mit genau der gleichen Narbe erinnert hat … Deshalb bin ich so erschrocken.«

»Und Sie dachten, Gollnik sei dieses Scheusal?« Luis nahm einen tiefen Zug von der Zigarette und wartete auf Einzelheiten.

»Ja, im ersten Moment, weil … Also dieser andere Mann hat großes Unheil über … eine Freundin gebracht.«

»Das tut mir leid«, sagte Luis höflich, war aber hundert Prozent sicher, dass Nora seinen Fragen auswich und ihre Antworten nur die halbe Wahrheit enthielten. »Erzählen Sie mir, was ist passiert, ich bin ein guter Zuhörer.«

»Meine … Freundin«, begann Nora stockend, »hatte sich in einen amerikanischen Soldaten verliebt, wurde schwanger von ihm, und er wollte sie auch heiraten. Doch dann wurde er abkommandiert, und …« Nora hielt inne und atmete schwer, bevor sie mit zitternder Stimme weiterredete. »Und sie wurde von allen Nachbarn als Dollarhure beschimpft. Ihr Vater wollte sie daraufhin zu einer Heirat mit diesem Narbenmann zwingen, um die Familienehre wiederherzustellen.«

»Und Gollnik hat Sie an diesen … diesen Heiratskandidaten erinnert?«

Nora antwortete nicht. Zitternd lehnte sie am Balkongeländer. Er hörte ihren Atem, der in keuchenden Stößen kam, und wie sie vergeblich versuchte, sich durch Luftholen zu beruhigen.

»Es war nur eine Täuschung«, flüsterte er, und einem Impuls folgend, legte er einen Arm um sie, strich mit der anderen Hand sanft über ihr Haar und über die Wange zum Kinn. Als sie sich an seine Schulter lehnte, beugte er sich über ihr Gesicht. Doch kurz bevor ihre Lippen sich berührten, zuckte Nora erschrocken zusammen und wand sich aus seiner Umarmung.

»Willi ist aufgewacht«, raunte sie heiser und hetzte zurück in das Zimmer.

Er folgte ihr nach zwei Atemsekunden, schloss ruhig die Balkontür und entschuldigte sich leise: »Tut mir leid, ich wollte Sie nicht erschrecken.«

Sie stand nahe an Willis Bettchen, der keinen Mucks von sich gab. Als sie seine Gegenwart spürte, sagte sie leise: »Danke fürs Zuhören.«

Luis hatte verstanden, wünschte: »Gute Nacht, schlafen Sie gut«, und schlich auf Zehenspitzen aus dem Zimmer.

* * *

Nora atmete erleichtert auf, als Luis die Tür hinter sich zugezogen hatte, setzte sich neben Willis Bettchen und fand doch keinen Trost in seinem Anblick. Die Unterhaltung auf dem Balkon hatte sie anfangs getröstet; Luis' Fürsorglichkeit hatte ihr so gutgetan, sie aber auch unvorsichtig werden lassen. Als er sie dann auch noch in seine Arme gezogen hatte, war sie einen Moment lang in Versuchung gewesen, ihm alles zu gestehen. Ihn ins Vertrauen zu ziehen. Endlich einen Verbündeten zu haben. Die drückende Last der monatelangen Lügen loszuwerden. Vielleicht hätte er sogar einen Ausweg gewusst. Aber jetzt war es zu spät.

Morgen würde er an der Illustrierten arbeiten, seinen Roman schreiben oder Fotos machen und ein paar Tage später die Unterhaltung hoffentlich vergessen haben.

Erschöpft zog sie ihr Kleid aus und hängte es auf einen Bügel an die Schranktür. Es hat mir kein Glück gebracht, dachte sie müde. Dabei hatte sie sich so sehr auf die Feier gefreut. Sich hübsch zu machen, einen Abend lang alle Sorgen zu vergessen und sich einfach nur zu amüsieren. Soweit das in ihrer Situation überhaupt möglich war.

Während sie die Zähne putzte, fragte sie sich, was geschehen wäre, hätte Golnik sie inmitten der Gästeschar entdeckt. Hätte er sie nach ihren Eltern oder ihrem Sohn gefragt? Abrupt legte sie die Zahnbürste auf dem Waschbecken ab. Gollnik könnte ihre Mutterschaft bestätigen! Warum hatte sie diese Möglichkeit nicht genutzt? Wie dumm und kindisch, einfach davonzurennen.

Aber würde er es auch tun?

Würde er nicht viel eher aus verletztem Stolz oder Rachegefühlen abweisend reagieren?

Sie verraten?

Nein, Gollnik würde ihr nicht helfen. Wenn sie daran dachte, wie er ihren Vater erpresst hatte, war es naiv, von diesem berechnenden Scheusal Hilfe zu erwarten. Es war sicherer, Gollnik aus dem Weg zu gehen. Und wenn er tatsächlich nur wegen des Festes zu Besuch war, bestand keine Gefahr, ihm noch einmal über den Weg zu laufen.

Später, als sie in den Kissen lag, fiel ihr das Angebot von Herrn Wolf ein. Sie hatte nicht direkt zugesagt und wusste nicht, ob sie es annehmen sollte. Leserbriefe zu beantworten war bestimmt eine interessante Aufgabe, aber sie fürchtete sich einfach vor negativen Folgen für das »Kindermädchen Nora«.

***

Luis hatte sich in sein Dachgeschossrefugium zurückgezogen. Er konnte jetzt unmöglich fröhlich feiern, musste in Ruhe über Noras Verhalten und ihre gestammelten Sätze nachdenken, die alle keinen Sinn ergaben. Die Geschichte mit der Freundin war erfunden, so viel stand für ihn fest. Zum einen hatte sie bei den Antworten immer wieder innegehalten und überlegt, ein siche-

res Indiz für Schwindeleien, zum anderen war da ihre aufge-
wühlte Verfassung. Die Behauptung, Gollniks Ähnlichkeit mit
einem anderen Mann habe sie so aufgewühlt, mochte er gleich
gar nicht glauben. Jede Mensurnarbe war einmalig – wie groß
war da die Wahrscheinlichkeit, einen Mann mit solch einem
Schmiss zu verwechseln? Seiner Meinung nach ziemlich gering.
Eine Voraussetzung dafür wäre ein Doppelgänger, und dem über
den Weg zu laufen war praktisch chancenlos. Das wäre die Stei-
gerung von Zufall, auch Schicksal genannt. Für ihn ein Ding
der Unmöglichkeit, er glaubte nicht an schicksalhafte Zufälle.
Die gehörten ins Reich der Wahrsager.

In der Stille seines Zimmers öffnete er das Fenster und starrte
in die Nacht.

Er steckte sich noch eine Zigarette zwischen die Lippen, und
mit der Streichholzflamme blitzte eine mögliche Erklärung auf:
Nora kannte Gollnik persönlich. Genau so musste es sein, denn
sonst hätte sie ihn auf diese Entfernung niemals »verwechselt«,
sprich: wiedererkannt und wäre auch nicht panisch geflüchtet.
Seinem Empfinden nach hatte Gollnik mit dem Geheimnis zu
tun, das sie umgab. Luis würde nicht eher ruhen, bis er herausgefunden hatte, was geschehen war. Aber wie?

Konzentration.

Fakten aufschreiben.

Als konstruierte er einen Roman.

Das würde ihm helfen, seine Spekulationen zu fokussieren
und Noras vielleicht dramatisches Schicksal zu ergründen. Und
in jedem Drama, wie auch in jedem Märchen, steckte ein Tropfen Wahrheit.

Er stellte den Bugholzstuhl, der mit einem Kissen recht
bequem war, vor den kleinen ausrangierten Küchentisch, der
ihm als Schreibtisch diente. Hier hatte er seinen Roman schreiben wollen. Durch die umfassenden Fotoarbeiten für die erste
Ausgabe der *Welt im Blick* war es jedoch nur bei der Absicht

geblieben. Er schlug eines der linierten Hefte auf, die für einen Romanentwurf bereitlagen. Dann griff er nach einem Bleistift, spitzte ihn an und begann zu notieren:

Was ist Noras Geheimnis?
Was verbirgt sie vor mir und vor allen Bewohnern im Haus?
Warum redet sie nie über ihre Vergangenheit?
Wie lange kannten sich Celia und Nora?
Sind sich die beiden wirklich erst im Zug begegnet?
Wo ist Nora in den Zug gestiegen?
Was ist mit Noras Familie geschehen?
Wieso hatte der kleine Willi von Anfang an so viel Vertrauen …
Willi!

Luis legte den Stift zur Seite.

Willi!

War das Kind der Schlüssel zur verschlossenen Tür?

Der Tropfen Wahrheit in Noras Lügen?

Er lehnte sich zurück. Ihm war sofort aufgefallen, dass Nora mit dem Kleinen umgegangen war, als wäre *sie* seine Mutter. Wie sie mit ihm spielte, mit ihm redete, ihn mit so viel Hingabe versorgte. Wenn er weinte, musste sie ihn nur auf den Arm nehmen, und er war augenblicklich getröstet. Und hatte sie nicht gesagt, sie würde ihn lieben wie ihren eigenen Sohn? Wenn das zutraf, wenn Willi tatsächlich ihr Kind war, warum hatte sie den Irrtum dann nicht sofort aufgeklärt, als Onkel Wolf und Tante Helene den Kleinen als ihren Enkel bezeichnet hatten? Warum hat sie nicht gesagt: Willi ist mein Sohn. Das wäre der passende Moment gewesen.

In seinem Kopf rasten die Gedanken gleich einem immer schneller werdenden Kreisel, bis er schließlich erkannte, dass er komplett auf dem Holzweg war.

Welche Frau würde ihr Kind einer fremden Familie überlassen, um als dessen Kindermädchen angestellt zu werden? Nur eine völlig herzlose Mutter, und Nora hatte ein zu mitfühlendes Herz.

Deine Fantasie geht mit dir durch, amüsierte er sich über seine konfuse Theorie und zerriss die Notizen.

Es blieb die Frage: Was war wirklich mit Nora geschehen?

29

Oktober 1950

NORA WINKTE PFÖRTNER Michael zu, der in einer schmucken weinroten Uniform seinen Dienst in der verglasten Kabine versah.

Michael tippte sich mit der linken Hand an die schwarze Portiersmütze, trat höflich hinter dem Empfangstresen hervor und überreichte ihr einen Stapel Briefe: »Für Sie, Fräulein Längsfeld.«

Dankend nahm Nora die Leserbriefe entgegen. Sie freute sich über die vielen Zuschriften und war jedes Mal gespannt, mit welchen Anliegen die Leserschaft sich an die Redaktion wandte.

Ihr kleines Büro befand sich in der zweiten Etage des Redaktionsgebäudes mit Blickrichtung Englischer Garten. Möbliert war es mit einem niedrigen Schreibmaschinentisch, einer roten Schreibmaschine und einem Drehstuhl. Den zweiten Stuhl für Besucher benutzte sie meist als Ablage. An der Wand links stand ein heller Aktenschrank mit Rollladentür, darauf ein gerahmtes Foto von Willi in seinem geliebten Tretauto aus Holz, ein Weihnachtsgeschenk von den »Großeltern«, in dem er täglich durch die Villa sauste. Luis hatte das Foto geschossen und ihr einen Abzug geschenkt. Ein Gummibaum von Ursula zum Einstand verlieh der nüchternen Schreibstube etwas wohnliche Atmosphäre.

Nora legte die Kuverts auf dem Schreibtisch ab, schlüpfte aus der taillierten Jacke des modischen schwarz-weißen Pepitakostüms mit dem engen Rock und hängte sie über die Stuhllehne. Bevor sie mit der Arbeit begann, trat sie gerne ans Fenster, um den Blick über die herbstlich bunten Baumkronen zu genießen. Es waren diese Momente, in denen sie immer wieder spürte, wie sehr sie es genoss, eine berufstätige Frau zu sein … Geld zu verdienen und sich damit eine Freiheit zu erarbeiten, die sie als alleinerziehende Mutter kaum hätte erreichen können. Wolf überließ es ihr, ob sie in der Redaktion oder zu Hause arbeiten wollte, und wenn Willi nicht krank war, was dank bester Ernährung, viel frischer Luft und noch mehr Zuwendung kaum vorkam, schätzte sie Dienstag- und Donnerstagvormittag die Stille ihres Büros.

Fast ein Jahr war vergangen, dass Wolf Wagner, der ihr mittlerweile das Du angeboten hatte, ihr von der Stelle erzählt hatte. Der Grund dafür, dass sie zugesagt hatte, war ganz einfach: Sie hätte es nicht übers Herz gebracht, ihn zu enttäuschen. So wie sie es bisher nicht übers Herz gebracht hatte, ihn mit der Wahrheit über Willi zu konfrontieren.

Wolf war hocherfreut, noch ein »Familienmitglied« unter seinen Mitarbeitern zu haben, und Helene war überglücklich, Willi an diesen beiden Vormittagen ganz für sich zu haben. Und die Arbeit verhinderte, dass Nora zu viel nachdachte. Darüber, dass Willi zu sprechen begonnen hatte und sie *Nola* nannte, weil das »r« noch zu schwierig für ihn war. *Mama* hätte ihm keine Probleme bereitet, doch das durfte nicht sein. Solange sie bei der Familie blieb, war dieses Wort verboten. Eilig schluckte sie die aufkommenden Tränen hinunter.

Denk lieber an das kleine Vermögen, das du verdienst, sagte sie sich. Wolf zahlte ihr großzügige einhundertfünfzig Mark monatlich, zusätzlich zu ihrem Gehalt als Kindermädchen. Sollte sie eines Tages, aus welchen Gründen auch immer, das Haus verlassen müssen, hätte sie ein finanzielles Polster, das sie und Willi für eine Weile auffangen würde. Und dieser Tag würde kommen. Der Tag, an dem sie sich verraten würde und die Wahrheit gestehen musste. An dem sie Wolf und Helene aufs Tiefste verletzen würde.

Nachdenklich setzte sie sich an den Schreibtisch und öffnete zuerst den kompletten Stapel Briefumschläge mit dem edlen Brieföffner aus Silber, den sie sich zum Andenken an ihren ersten Tag im Verlag selbst gekauft hatte. Als Nächstes fischte sie eng beschriebene Briefbögen und graubraune Schulheft-Blätter heraus, strich sie mit der Hand glatt, versah sie mit dem Eingangsstempel und befestigte sie mit einer Büroklammer an den Umschlägen. Erst dann begann sie, die Briefe zu überfliegen, nach Themen zu sortieren und fünf bis sieben auszuwählen, die inklusive der Antwort veröffentlicht werden sollten. Thema Nummer eins war die Liebe in all ihren Facetten. Beispielsweise die einer glühenden Verehrerin von Johannes Heesters:

Liebe Welt im Blick,

ich bin unsterblich in Johannes Heesters verliebt, ich kann nichts mehr essen und nachts nicht mehr schlafen. Bitte, bitte verraten Sie mir die Adresse von Johannes, ich will ihn heiraten.
Ihre verzweifelte
Irene

Der charmante Johannes Heesters, der so leichtfüßig in Frack und Zylinder mit Spazierstock tanzen und dazu auch noch großartig singen konnte, war das Sehnsuchtsobjekt vieler Frauen. Nach jedem Fotobericht in der Illustrierten häuften sich die schmachtenden Liebesbriefe an den attraktiven Schauspieler.

Andere Frauen warteten fünf Jahre nach Kriegsende noch immer auf ein Lebenszeichen ihres Geliebten, Verlobten oder Ehemannes und baten um Veröffentlichung von Fotos, die sie beigelegt hatten. Leider musste Nora diese zurückschicken, die *Welt im Blick* druckte keine Suchanzeigen, auch wenn sie vielleicht Erfolg hätten.

Die Auflagenzahl der Illustrierten war innerhalb eines Jahres von wöchentlich einhundertfünfzigtausend auf fünfhunderttausend Exemplare gestiegen. Obendrein wurden die Hefte weitergegeben, somit von schätzungsweise einer Million Menschen gelesen, und mit den Lesern wuchs auch die Anzahl der Briefe.

Manche Bitten erinnerten Nora an das spurlose Verschwinden ihrer großen Liebe und brachten sie oft an den Rand der Tränen. Sie spürte den brennenden Schmerz wieder, den sie lange Zeit empfunden und an den sie sich nur langsam gewöhnt hatte. Er war wie ein Stein im Schuh, der bei jedem Schritt wehtat. Aber wenn sie die Augen schloss, sah sie William noch immer vor sich, wie er sie anlächelte, sie »meine süße Prinzessin aus den Trümmern« nannte und ihr zuflüsterte: »Liebe hat keinen Ort, sie wohnt für alle Zeiten in unseren Herzen.«

Nora holte tief Luft, straffte die Schultern und griff nach dem nächsten Schreiben, mit dem die Verfasserin sich an die Redaktion wandte.

Liebe Welt im Blick,
ich möchte die nächste Miss Germany werden. Ich bin 25 Jahre alt, sehr schön und habe eine tolle Figur, wie Sie auf dem Foto sehen können.
Mit vorzüglicher Hochachtung
Monika Huber

Nora betrachtete das sieben mal zehn Zentimeter große Schwarz-Weiß-Foto, das Fräulein Huber im Badeanzug zeigte. Schönheit liegt im Auge des Betrachters, dachte sie und fragte sich, ob eine extrem mollige Figur bei den Preisrichtern eines Miss-Wettbewerbs auf Begeisterung stoßen würde. Wenn man die Bilder

der diesjährigen Gewinnerin anschaute, war das eher unwahrscheinlich. Denn im September 1950 war das sehr schlanke vierundzwanzigjährige Mannequin Susanne Erichsen zur schönsten Frau des Landes gewählt worden. Die Wahl zur Miss Germany hatte in Baden-Baden im Kurhaus stattgefunden, und Luis war in die am Rande des Schwarzwalds liegende Kurstadt gereist, um den Wettbewerb für die Illustrierte zu fotografieren. Die Veröffentlichung der Bilder hatte eine wahre Sintflut von Leserbriefen ausgelöst. Ein Indiz für die These, dass jedes Heft von mehr als einer Person gelesen wurde. Wolf überlegte bereits, ob er nicht selbst einen Schönheitswettbewerb veranstalten sollte, das ließe die Auflage vermutlich um weitere hunderttausend in die Höhe schnellen. Eine *Miss-Welt-im-Blick* bekäme als Preis ein Krönchen und einen Pelzmantel. Natürlich keinen echten Nerz wie Miss Germany, eher ein preiswertes Hasenfelljäckchen, das von den gestiegenen Einnahmen locker zu finanzieren wäre.

Ähnlich überwältigend war die Reaktion auf Luis' Bilderserie der Münchner Baustellen. Zwei Doppelseiten zum Wiederaufbau der Stadt, die den Menschen Mut machen und zeigen sollten, dass fleißig gebaut wurde. Dass es voranging, jeden Tag ein Stückchen mehr, und es eine bessere Zukunft geben würde. Und niemand die Hoffnung auf eine Wohnung aufgeben müsse. Eine Botschaft, die ankam, wie die vielen Zuschriften zeigten.

Der Rentner Ludwig Sauer schrieb dazu, er kenne eine der Baustellen, denn dort habe das Haus gestanden, in dem er vierzig Jahre gelebt habe. Im Moment hause er im Gartenhäuschen aus Brettern, das im Winter eisig kalt sei und weder über fließend Wasser noch über eine Toilette verfüge. Nun besuche er die Baustelle regelmäßig und beobachte mit großer Spannung die Fortschritte.

Auch die Anzeige einer Nährmittelfabrik war erfolgreich gewesen. Die Firma suchte dicke Babys, die es Noras Beobachtung nach nicht gab. Doch genau so eines sollte mit dem Babybrei abgelichtet werden. Interessierte wurden um Fotos ihrer Kinder gebeten. Dazu schrieb eine Mutter:

Sehr geehrte Damen und Herren,
mein kleiner Sohn ist sechs Monate alt und leider nicht dick,
sondern ziemlich mager, weil wir nicht genug zu essen haben
und sehr arm sind. Einen Fotografen kann ich nicht bezahlen.
Aber er ist mein ganzer Sonnenschein, und wenn die Fabrik ein
Versuchsbaby braucht, dann ist mein goldiger Heribert mit den
himmelblauen Augen der Richtige.
Hochachtungsvoll
Helga Baierl

Briefe wie dieser ließen Noras Herz schwer werden, bestätigten sie aber auch in ihrer Entscheidung, bei der Familie Wagner geblieben zu sein. Bayern hatte inzwischen zwei Millionen Flüchtlinge aufgenommen, die alle irgendwo unterkommen mussten. Ihr war es erspart geblieben, um eine Unterkunft betteln zu müssen und Klein Willi und sich dem Hunger auszusetzen.

Ein Klopfen an der Tür unterbrach ihre Gedanken.

»Herein!«

Die Tür öffnete sich einen Spalt, und der Chef, wie gewohnt in Anzug, Krawatte und mit Brille auf der Nase, blickte in den Raum. »Störe ich?«

»Aber nein«, sagte Nora und bat ihn einzutreten. »Willst du dich setzen?« Sie stand auf, um die Kostümjacke von der Stuhllehne zu nehmen.

»Lass nur, ich stehe ganz gerne mal zur Abwechslung«, sagte er und ging zum Fenster, wo er sich an das Fensterbrett lehnte. Lässig holte er eine Packung Zigaretten aus der Hosentasche und bot auch ihr eine an.

»Danke, gerne.« Sie hatte tatsächlich angefangen zu rauchen, allerdings nur eine oder zwei in ihrem Büro. Die erste Zigarette hatte sie mit Luis geraucht, einfach nur, um es probiert zu haben. Inzwischen gefiel es ihr, am offenen Fenster zu stehen, Rauchwolken in den Himmel zu blasen und sich dabei vorzustellen, es wären Williams Zigaretten.

Wolf gab ihr Feuer, zündete sich selbst eine an und öffnete das Fenster. »Wie läuft es mit den Briefen?«

»Werden eher mehr statt weniger«, antwortete Nora. »Es macht großen Spaß, sie zu beantworten. Ich finde es nach wie vor spannend, die Probleme der Leser auf diese Weise kennenzulernen … wie sie leben, was sie sich wünschen. Oder wie sie auf einzelne Werbeanzeigen reagieren. Ich bin immer wieder überrascht, wie viele Menschen unverändert an den Folgen des Krieges leiden.«

»Genau darüber würde ich gerne mit dir sprechen.«

»Über den Krieg?«

»Nein, über die Briefe – oder die Sparte Leserbriefe.«

Nora erschrak. »Willst du sie einstellen?« Das würde sie bedauern, auch wegen des Verdienstes.

»Im Gegenteil, ich überlege, daraus einen ›Kummerkasten‹ zu machen oder sie umzubenennen in ›Fragen Sie Frau Nora‹. Wir würden auf die Weise eine breitere Leserschaft ansprechen, die uns nicht nur im Zusammenhang mit unseren wöchentlichen Beiträgen, sondern zu allen erdenklichen Themen kontaktieren könnte. Meiner Erfahrung nach würde sich das positiv auf die Anzeigen auswirken.«

Nora hatte inzwischen erfahren, wie eine Zeitschriftenredaktion funktionierte, und durfte bei Themenkonferenzen mit dabei sein. Sie wusste, wie wichtig Anzeigen waren, da die Einnahmen durch den Verkaufspreis nicht ausreichten, um die Ausgaben für das Papier, die Herstellung und vor allem die Personalkosten zu decken. Nur genügend Anzeigen garantierten Arbeitsplätze und schließlich auch ihr Gehalt.

»Kummerkasten‹ gefällt mir«, stimmte sie eilig zu. »Damit könnten wir auch Männer erreichen, einer Frau würden sie ihre Sorgen vielleicht nicht anvertrauen«, fügte sie hinzu, um zu verhindern, dass Wolf die Rubrik personalisierte und am Ende noch ein Foto von ihr veröffentlichen wollte. Sie fürchtete sich unverändert vor ihrem Vater und dem Jugendamt. Deshalb hatte sie auch Angst vor einem weiteren Besuch Gollniks, der zu ihrer Erleichterung bisher ausgeblieben war. Offenbar trafen sich Wolf und Gollnik bevorzugt in einem der Nachtclubs in der Innenstadt, wie Luis angedeutet hatte.

»Na, bestens, dann machen wir es so.« Wolf reichte ihr die Hand. »Vertrag auf Handschlag, den Papierkram erledigen wir später. Und sollte der Kummerkasten einschlagen und du mehr arbeiten müssen, sprechen wir noch mal über deinen Lohn.«

Dankend schlug sie ein und freute sich auf die neue Aufgabe. Niemals hätte sie es für möglich gehalten, wie aufregend es sein konnte, Briefe von Fremden zu lesen. Manchmal träumte sie davon, endlich einen von William in den Händen zu halten, ihn wiederzufinden, auch wenn sie fürchtete, dass dieser Traum niemals wahr würde. Und wenn kein Wunder geschah, würde die leere Stelle in ihrem Herzen für alle Zeiten schmerzen.

Kurz nachdem Wolf sich verabschiedet hatte, drangen anhaltendes Hupen und schrille Pfiffe durch das noch offen stehende Fenster. Ungewöhnlich, dachte Nora. In der ruhigen Königinstraße war kaum Verkehr, und in nächster Nähe würde auch nicht gebaut werden. Bauarbeiter, denen sie ein solches Benehmen zutraute, waren es also keine. Neugierig blickte sie hinunter.

Luis, in einer schwarzen Lederjacke mit zurückgeschobenem Hut, saß auf einem dieser neuartigen Motorroller in Knallgelb und winkte ihr vergnügt zu.

»Hast du einen Moment Zeit?«

»Komm doch rauf.« Einmal mehr stellte sie fest, wie attraktiv er aussah. In Lederjacke mit Roller wirkte er eher wie ein Student und nicht wie ein erfolgreicher Fotograf Anfang dreißig.

»Komm du bitte runter, ich will den Roller nicht unbeaufsichtigt lassen, böse Buben lauern überall«, entgegnete er.

»Ist gut, ich komme gleich …«

Nora schloss das Fenster, schlüpfte in die Kostümjacke und lief nach unten. Luis empfing sie mit strahlendem Grinsen, als säße er auf dem Kutschersitz einer goldenen Prachtkutsche.

»Na, was sagst du?«

»Sehr schick!« Sie umrundete ihn einmal. »Und das kräftige Sonnenblumengelb ist wunderschön.«

»Das ist eine Lambretta, und das Gelb sticht ins Auge, damit mich keiner von diesen Lastwagen überfährt. Wie wär's mit einer kleinen Spritztour?« Er deutete auf den Rücksitz, der wie ein großer Fahrradsattel geformt war.

»Ich würde wirklich gerne«, antwortete sie. »Aber oben wartet ein Haufen wichtiger Briefe auf mich.«

Luis verdrehte theatralisch die Augen. »Das sind die modernen Zeiten! Schöne Frauen sitzen in Büros, anstatt sich mit einem Verehrer zu vergnügen.«

»Du übertreibst mal wieder, wie immer«, lachte Nora, fühlte sich aber doch ein wenig geschmeichelt. »Du weißt genau, dass ich nur an zwei Tagen die Woche arbeite.«

Luis verschränkte die Arme und musterte sie herausfordernd.

»Was schreiben die Leser denn so?«

Nora berichtete ihm von der positiven Resonanz auf die Serie der Baustellenfotos. »Damit hast du einigen Menschen wirklich Mut gemacht.«

»Ein Kompliment von dir freut mich ganz besonders«, sagte er und sah ihr in die Augen.

Verunsichert von seinem Annäherungsversuch, blickte sie zur Seite.

»Tut mir leid, ich muss zurück an die Arbeit …« Nervös wandte sie sich zum Gehen.

»Sekunde, ich wollte dich noch um etwas bitten …«

Sie drehte sich zu ihm um.

»Hast du am Freitagabend schon etwas vor?«

»Und wo ist die Bitte?«

»Die kommt jetzt«, lachte er frech. »Es handelt sich um meinen Fortsetzungsroman, du weißt bestimmt, dass er gut ankommt …«

»Er ist wirklich gelungen, ich lese ihn mit Spannung«, lobte sie ihn.

»Danke! Onkel Wolf möchte zukünftig jede Folge mit einem Foto schmücken. In der übernächsten gibt es eine Partyszene, und die wollte ich gerne fotografieren. Hättest du Zeit mitzumachen?«

Noras Alarmglocken meldeten sich laut und schrill. »Wäre ich dann auf den Fotos?«

»Das wird lustig«, sagte Luis, ohne ihre Frage zu beantworten. »Es gibt was zu essen und zu trinken, wie auf einer echten Party, es wird getanzt, oder man steht einfach mit einem Glas rum, unterhält sich, raucht ein Zigarettchen … Fritz kommt mit seiner Theatertruppe, die sind ja immer hungrig und dankbar für kostenloses Futter. Ursula hat auch zugesagt und noch ein paar aus der Redaktion. Für einen Haufen professioneller Statisten ist leider kein Geld da, sagt der Chef. Die ganze Chose darf also nicht zu teuer werden.«

»Ich bin nicht sehr fotogen«, behauptete sie erneut und spürte, wie sie rot anlief. Hoffentlich merkte er es nicht.

Luis klopfte sich vergnügt auf den Oberschenkel. »Nicht fotogen, der Witz des Jahres.«

»Ehrlich, ich werde nervös, sobald ich eine Kamera nur sehe, ziehe seltsame Grimassen und ruiniere jedes Bild«, beharrte sie.

»Vorschlag: Ich positioniere dich mit dem Rücken zur

Kamera. Ein schöner Rücken kann auch entzücken, heißt es doch. Im Moment sind nämlich zu viele Männer dabei, und ich brauche einfach noch ein paar Frauen im Bild und natürlich für die Tänze. Sonst wirkt die Szene wie ein Junggesellenabschied, und das passt so gar nicht zum Roman, dort wird nämlich Geburtstag gefeiert.«

Nora senkte den Blick und überlegte. Sie wollte gerne helfen, aber unter keinen Umständen in der Illustrierten erscheinen.

»Du würdest mir einen großen Gefallen tun. Und es tut auch bestimmt nicht weh – versprochen.« Er hob die rechte Hand, als wollte er schwören.

»Na gut«, stimmte sie zu und betonte: »Ich werde mich nicht mit dem Gesicht zur Kamera drehen, das muss klar sein.«

Er strahlte siegessicher. »Sonnenklar!« Dann startete er den Motorroller und rief über das Motorengeräusch hinweg: »Ich freue mich.«

»Vorsicht vor den dicken Lastwagen«, rief sie ihm nach, auch wenn es vielleicht vom Lärm verschluckt wurde und er die Mahnung nicht mehr hören konnte.

30

NORA ZÖGERTE, ALS sie vor der doppelt breiten Tür des Foto-studios in der Blumenstraße stand, das Luis zusammen mit einem Kollegen gemietet hatte. Wenn sie jetzt die Hand auf die Klinke legte und die Tür tatsächlich öffnete, gab es kein Zurück mehr. Dann bestand das Risiko, ihr Gesicht demnächst in einer *Welt im Blick* wiederzufinden. Ein wenig fürchtete sie nämlich, Luis würde sein Versprechen nicht halten, sie von der Seite erwischen und dann genau dieses Bild veröffentlichen. Noch konnte sie umkehren, die Gefahr abwenden und sich morgen bei ihm wegen starker Kopfschmerzen oder eines kränkelnden Willis entschuldigen. Es wäre nur eine notwendige Lüge, um ihre Sicherheit nicht zu gefährden.

Mach dich nicht lächerlich, sagte sie sich im nächsten Moment. Luis grundlos zu misstrauen war gemein. Sie fühlte sich wohl in seiner Gegenwart, und vielleicht würde es ein gelun-gener Abend werden mit Musik, Tanz und der lebenslustigen Schauspielertruppe um Fritz Feldmann. Nicht zuletzt freute sie sich, das Kleid aus blumenbedrucktem türkis-schwarzem Geor-gette mit dem weiten Rock wieder einmal tragen zu können. Es war viel zu schön, um nur im Schrank zu hängen, und sie fühlte sich darin nicht wie Nora, die ständig auf der Hut vor Gefahren war, sondern wie eine Frau, die das Leben ohne die schwere Last der Vergangenheit genießen durfte.

Entschlossen drückte sie die Klinke herunter. Die Tür öffnete sich zu einem weitläufigen Raum, größer als der Salon der Villa, und wurde von einer Neonleuchte an der Decke in kaltes Licht getaucht. An der linken Wand, schwarz gerahmt, hingen die besten *Welt-im-Blick*-Titelfotos des vergangenen Jahres, die meisten von Luis geschossen. Darunter war ein länglicher, weiß gedeckter Tisch aufgebaut, mit Schüsseln, Tellern, Gläsern und diversen Flaschen. Gegenüber erblickte sie ein hohes Metallregal voller Bücher, Stapel von Illustrierten, Aktenordner und Kartons, daneben eine nicht besonders gepflegt aussehende Musiktruhe, bei deren Anblick ihre Mutter sofort zur Möbelpolitur greifen würde. Die liebe Mutti, dachte Nora wehmütig, sie würde die Truhe so lange bearbeiten, bis sie wieder glänzte.

Über die freie Fläche in der Mitte waren bunt zusammengewürfelte Stühle willkürlich verteilt worden. An der Stirnseite standen drei riesige runde Lampen, größer als Friederikes Spülschüsseln, auf dünnen Metallbeinen, die darauf zu warten schienen, eingeschaltet zu werden.

Während Nora ihren dunkelgrünen Popelinemantel auszog, wunderte sie sich über die fehlenden Gäste. War sie zu früh erschienen? Seltsam, Luis hatte sieben Uhr gesagt, und ihre Armbanduhr zeigte zehn Minuten nach sieben. Waren Schauspieler nicht an Pünktlichkeit gewöhnt? Wie sonst sollten ihre Vorstellungen rechtzeitig beginnen?

Ein knarrendes Geräusch ließ sie zusammenzucken. In der hinteren rechten Ecke öffnete sich eine Tür, die ihr nicht aufgefallen war.

»Nora!« Mit ausgestreckten Händen eilte Luis auf sie zu. Er hatte eine schwarze Anzughose an, in der ein blütenweißes Hemd steckte, dessen Kragen offen stand. Die Ärmel waren bis über die Ellbogen umgeschlagen und betonten seine Muskeln. »Es tut mir so leid«, sagte er mit zerknirschter Miene und vollführte eine seiner übertriebenen Verbeugungen, die sie unweigerlich an einen stolzen Pfau erinnerte.

»Habe ich mich in der Zeit geirrt?«

»Nein, nein, ich Trottel habe mich im Datum geirrt. Die ganze Chose ist erst für nächste Woche angesetzt. Gerade habe ich mit Fritz telefoniert, wollte hören, wo er und seine Jungs bleiben. Der hat mich aufgeklärt. Kannst du mir verzeihen? Im Übrigen siehst du hinreißend aus. Dieses Kleid. Der absolute Traum. Dafür gibt es nicht genug Komplimente. Würdest du trotzdem bleiben? Es wäre doch jammerschade um die ganzen feinen Sachen, die Konrad hierherkutschiert hat. Bitte, sag ja. Bis nächste Woche hält sich das Essen nämlich nicht. Und wenn ich alles alleine futtern muss, platze ich und hänge in Einzelteilen an der Decke. Sag doch was. Bist du mir böse? Ich könnte es verstehen.« Mit hängenden Schultern hatte er seine ellenlange Entschuldigung vorgetragen und sie dabei mit seinen graugrünen Augen schuldbewusst angesehen.

»Wenn du mal Luft holen würdest, könnte ich was sagen«, erwiderte Nora schmunzelnd. Sie war tatsächlich hungrig, obwohl ihr Bauchgefühl ihr signalisierte, dass es klüger wäre zu gehen. Luis klang nervös, wie jemand, der nach Ausreden suchte. Aber sein Blick war aufrichtig, und sein Lächeln wirkte nicht verschlagen. Dennoch, so ganz nahm sie ihm die Geschichte mit dem falschen Datum nicht ab. Aber dann dachte sie daran, dass sie in diesem Kleid nicht die ängstliche Nora sein wollte, und kaum merklich erfasste sie ein angenehmes Kribbeln.

»Ich könnte tatsächlich eine Kleinigkeit vertragen«, sagte sie. »In Erwartung deiner improvisierten Feier habe ich das Abendessen ausgelassen.«

***

Luis war zutiefst erleichtert, dass Nora nicht die Flucht ergriff. »Das trifft sich hervorragend, ich kann nämlich ein reichhaltiges Büfett offerieren, zubereitet von einer exzellenten Köchin namens Friederike.« Er nahm ihr den Mantel ab und reichte ihr dann den linken Arm.

»Das klingt verlockend.«

»Für den Anfang vielleicht einen Cocktail?«, fragte er auf dem kurzen Weg zum gedeckten Tisch. »Falls du rauchen möchtest …« Er deutete auf drei Packungen unterschiedlicher Marken, die neben einem gläsernen Aschenbecher und einem Päckchen Streichhölzer bereitlagen. »Bediene dich ganz ungeniert.« Er bemühte sich, möglichst locker zu klingen, um seine aufsteigende Nervosität zu unterdrücken. Wenn sie herausfände, dass er einen Abend zu zweit geplant hatte und deshalb auf diesen Trick verfallen war, würde sie zu Recht sauer auf ihn sein. Aber ohne diese Notlüge hätte sie niemals zugesagt, und er wollte sie unbedingt näher kennenlernen, was ihm zu Hause bislang nicht gelungen war.

Zu Hause konnte er sich ihr nicht nähern, ohne dass seine Mutter, Tante Helene oder der Onkel es mitbekommen würden. Und das könnte unangenehm für Nora werden, hatte Wolf ihn doch schon gewarnt, sie nicht von ihren Aufgaben abzulenken.

Im Studio waren sie allein, konnten sich ungestört unterhalten, miteinander lachen, sich näherkommen. Hier würde sie vielleicht eher ihre Zurückhaltung aufgeben und ihre traurigen Erlebnisse für kurze Zeit vergessen. Im Gegensatz zu ihm selbst, der trotz allem Glück gehabt hatte, schien sie die Vergangenheit noch nicht überwunden zu haben. Oft schon hatte er einen Ausdruck in ihren Augen bemerkt, der verriet, wie allein und verlassen sie sich fühlte.

Er wünschte sich so sehr, ihr Vertrauen zu gewinnen, ihr sagen zu dürfen, dass seine Gefühle für sie ehrlich waren und tiefer, als er je für eine andere Frau empfunden hatte.

Während Nora sich eine Zigarette anzündete und staunend die Leckereien betrachtete, die er zur Tarnung für mindestens zehn Gäste bestellt hatte, wählte er zwei hohe Gläser aus dem Sammelsurium aus.

»Ich glaube mich zu erinnern, dass du eine Schwäche für Maraschinokirschen hast.« Mit einer lässigen Handbewegung holte er aus einem metallisch glänzenden Kübel ein paar Eiswürfel und ließ sie klappernd in die Gläser purzeln. Dann goss er etwas Wodka, flüssigen Zucker und Zitronensaft darüber, füllte mit Soda auf und rührte alles mit einem langen Löffel um.

»Hmm, das stimmt, diese zuckrigen Kirschen sind einfach zu köstlich. Aber bitte nur eine, sonst verderbe ich mir den Appetit«, sagte sie und erkundigte sich, welche Bedeutung die über den Raum verteilten Stühle hätten.

»Die sollen Partygetümmel simulieren«, sagte er.

Genüsslich blies sie eine Rauchwolke in den leeren Raum. »Und, hat es funktioniert?«

»Nicht wirklich, die doofen Stühle stehen einfach nur steif in der Gegend herum.« Er fischte eine Cocktailkirsche aus dem Schraubglas, legte sie vorsichtig auf die oben schwimmenden Eiswürfel und reichte ihr das Glas, wobei er ihre Finger berührte.

»Bitte schön, ein ›Nora Collins‹ mit Kirsche. Der Originalcocktail heißt Tom Collins, und das Rezept schreibt Gin mit einer Zitronenscheibe vor. Aber die gestrenge Cocktailpolizei wird wohl nicht auftauchen und mich verhaften, wenn ich meinem Ehrengast einen Spezialdrink mixe.«

»Ich bin gespannt«, sagte Nora mit einem sanften Lächeln.

Er hob sein Glas. »Auf dich und auf den Abend«, sagte er und suchte ihren Blick. Doch sie wich ihm aus und konzentrierte sich auf das Glas.

»Zum Wohl«, erwiderte Nora höflich, nahm einen großen Schluck und lobte: »Schmeckt köstlich. Leicht säuerlich und sehr erfrischend.«

»Der Mixer dankt … Möchtest du dich setzen? Dann hole ich zwei der stummen Statisten, dazu werden sie ja wohl taugen.«

»Ach, ich finde Stehpartys ganz schick.«

»Darauf trinken wir!«

Sie erhoben erneut ihre Gläser.

»Übrigens …«, sagte er, stellte sein Glas ab, nahm einen Teller zur Hand und legte eine Auswahl der Schnittchen darauf, die er mit kleinen Gürkchen dekorierte. »Neulich habe ich gehört, wie niedlich Willi spricht. Er nennt dich Nola, aber ›Auto‹ geht schon fehlerfrei.«

Nora verschluckte sich und musste husten, als hätte er etwas Unpassendes gesagt.

»Helene übt auch fleißig mit ihm«, erklärte sie schließlich. »Ich glaube, wenn es nach ihr ginge, würde sie ihm schnellstens Lesen und Schreiben beibringen.«

»Die gute Tante Helene«, grinste er. »Der Kleine hat sie aus ihrer Lethargie geholt. Also nicht verwunderlich, dass sie total verschossen in ihn ist.«

Nora nickte stumm, stellte ihr Glas ab und fragte: »Hast du nicht was von Tanzen erzählt? Ohne Musik wird es wohl nichts damit.«

»*Alright* … dann wollen wir mal hören, was die Kapelle zu bieten hat«, entgegnete er flapsig und beschloss, nicht weiter nachzuhaken. Stattdessen würde er auf den Tag hoffen, an dem sie ihm unaufgefordert alles erzählte. Eilig räumte er die Stühle zur Seite und war mit drei Schritten bei der Musiktruhe. »Die Jungs von der Combo sind leider auch erst für nächste Woche gebucht, und Schallplatten besitze ich keine, deshalb müssen wir uns mit dem Programm von AFN begnügen«, erklärte er und drehte am Einstellungsknopf.

»Das ist ein toller Sender, den höre ich sehr gerne«, sagte Nora, und als eine dunkle Frauenstimme zu flotten Tönen »*Come on, get happy* …« sang, rief sie: »Hey, das ist Judy Garland!«

Luis kam mit tänzelnden Schritten zurück an den Tisch und blickte ihr tief in die Augen.

»Wann warst du zuletzt so glücklich, dass du die ganze Welt umarmen wolltest?«

»Gehört man nicht automatisch zu den Auserwählten des Glücks, wenn man genug zu essen hat und nicht in Trümmern hausen muss?«, antwortete sie ausweichend, während er ihr die Hand entgegenstreckte.

»Ich bin jetzt gerade sehr happy«, raunte er dicht an ihrem Ohr, doch dann schubste er sie mit leichter Hand etwas von sich weg und wirbelte sie am ausgestreckten Arm herum. »Ich tanze nämlich für mein Leben gerne und mit dir ganz besonders.«

Nora sah ihn nur freundlich an und konzentrierte sich augenscheinlich auf die schnellen Schritte, als fürchtete sie, auf dem glatten Holzboden zu straucheln. »Kleine Pause ...«, keuchte sie am Ende des Liedes. »So ein Tempo bin ich nicht gewöhnt.«

»Ich auch nicht«, behauptete Luis, hielt sich die Rippen und stöhnte theatralisch: »Hab schon Seitenstechen.«

Er reduzierte die Lautstärke, führte sie zurück an den Tisch und fragte, was sie trinken wolle.

»Gerne ein Glas Weißwein.«

Gekonnt öffnete er die Flasche und füllte zwei Gläser. »Erzähl mir von deiner Arbeit ... Sind auch lustige Briefe darunter oder solche mit schrägen Fragen, über die du dich dann so richtig amüsierst?«

»Hmm, lass mich nachdenken ...« Überlegend sah sie an ihm vorbei in Richtung Wand. »Doch, der Brief einer Frau auf die Anzeige der Firma Cutex hin war ziemlich seltsam. Der Wortlaut ging ungefähr so: ›Sehr geehrte Redaktion, in Ihrer Zeitschrift bewerben Sie Nagellack, und dazu habe ich eine Frage. Können Sie mir bestätigen, dass Nagellack ungiftig ist? Ich finde rote Nägel einfach todschick, aber mein Mann sagt, er würde nichts essen, was ich mit lackierten Nägeln angefasst habe. Er ist felsenfest davon überzeugt, dass der Lack giftig ist und mir erst die Finger und dann die Hände abfaulen werden.‹«

Luis hatte mit erstaunter Miene zugehört. »Der Kerl lebt wohl auf dem Mond. Wenn das wahr wäre, würden massenhaft Frauen ohne Hände rumlaufen. Was hast du geantwortet?«

»Dass ich seit Jahren Nagellack benutze und meine Hände vollkommen gesund sind.«

»Und wunde …«

»Ich würde gerne noch einmal tanzen«, unterbrach Nora seinen neuen Versuch, ihr zu schmeicheln.

Er sprang so schnell von seinem Stuhl auf, als bekäme er den Pulitzer-Preis in der Sparte Fotografie verliehen. »Mit dem größten Vergnügen.«

Kaum hatte er sie in die Mitte des Raumes geführt, endeten die schnellen Rhythmen, und eine weiche Männerstimme sang *Surrender.* Er zog sie in seine Arme, atmete ihren Duft ein und bemerkte, wie sie die Augen schloss. Eine heiße Welle der Zuneigung schoss durch seinen Körper. Mit äußerster Beherrschung gelang es ihm, sie nicht sofort zu küssen. Ein Gefühl sagte ihm, dass es dafür noch zu früh sei.

Ohne Vorwarnung stoppte sie mitten in der Drehung und wand sich aus seinen Armen, als fühlte sie sich belästigt. »Es tut mir leid, ich muss nach Hause.«

Hilflos ließ er die Hände sinken. »Was … was ist los, gefällt dir die Musik nicht?«

»Nein … nein …«, stotterte sie ausweichend und behauptete, mit einem Mal Kopfschmerzen zu haben. »Vielleicht vertrage ich keinen Wodka.«

»Das tut mir leid«, entgegnete er höflich. Insgeheim wusste er, dass der Grund nur vorgeschoben war. Der romantische Song hatte sie an etwas erinnert, das sie vergessen wollte. Warum sonst rannte sie grundlos davon?

31

Erster Advent, 3. Dezember 1950

NORA KÄMPFTE MIT den Tränen der Rührung. Zu beobachten, wie Helene und Willi den Weihnachtsbaum schmückten, war einfach zu niedlich. Traditionell geschah das in der Villa bereits am ersten Advent. Stolz spazierte Willi mit einer rot glitzernden Kugel durch den Salon und brachte sie ihr zur Bewunderung: »Nola ssau, Weinachtsdudel.«

»Sehr schön, mein Schatz, soll ich auch mithelfen?«

»Omi kann son«, sagte er und nickte heftig mit dem runden Kopf, wobei ihm eine Strähne seiner lockigen blonden Haare in die Stirn fiel.

Ihr Sohn fühlte sich so wohl in dieser Familie, die längst auch die ihre geworden war. Irgendwann würde der Tag kommen, an dem sie ihm sagen konnte, dass sie seine Mutter war. Solange empfand sie »Nola« als Kosenamen. Und es machte sie glücklich zu sehen, wie seine Backen vor lauter Aufregung rot glühten. Wenn er vorsichtig die Kugeln anfasste und sie wohlbehalten bei Helene ablieferte, war sie stolz wie jede Mutter und grämte sich nicht wegen eines einzigen Wortes. Sie spürte, wie sehr Willi sie liebte, und nur das zählte. Ob Willi seine richtige Oma jemals wiedersehen oder den Weihnachtsbaum mit ihr schmü-cken würde?, überlegte Nora. Sie vermisste ihre Mutter, und oft schon hatte sie überlegt, ihr ein Lebenszeichen zu schicken. Doch ihre Mutter hatte sich nie gegen ihren Mann behaupten können und würde ihm vielleicht verraten, wo sie sich aufhielt.

»Bring der Omi die Kugel«, meldete sich Helene, die in einem eleganten roten Kleid, geschmückt mit Goldkette und goldenen Ohrringen, neben der deckenhohen Tanne wartete und strahlte wie ein Weihnachtsengel, der himmlischen Frieden verteilte.

Willi marschierte aber nicht zu Helene, sondern zu dem etwas abseits stehenden Servierwagen. Dort griff er in die Kristallschale mit den Weihnachtsplätzchen, die er und Friederike ab Mitte November gebacken hatten. Fragend schaute er zuerst Nora und dann Helene an. »Noch eins?«

Helene genehmigte ihm sofort ein weiteres Plätzchen. »Nimm nur, mein kleiner Liebling.«

Nora hätte es gerne unterbunden, er naschte bereits den ganzen Nachmittag, aber seine »Oma« hatte natürlich die höhere Erziehungsgewalt. Dagegen war nicht anzukommen.

Ein Siegerlächeln huschte über Willis Gesicht, bevor er samt Plätzchen und »Weihnachtsdudel« zu Helene spazierte.

Die Plätzchen ließen Nora an das Preisausschreiben denken, das in der letzten Novemberausgabe erschienen war und noch bis zum zweiten Advent lief. Wolf hatte sich eine simple, nicht allzu komplizierte Lösungsfrage mit Bezug zu Weihnachten gewünscht. Die Lösung sollte inklusive Absender auf eine Postkarte geschrieben und an die Redaktion geschickt werden. Das Echo war gewaltig, die Antworten stapelten sich bereits im Büro.

Die Frage für das Preisausschreiben war Nora eingefallen, als sie mit Willi und Friederike Butterplätzchen gebacken hatten: *Welches ist die Hauptzutat für Butterplätzchen?* Eine simple Frage, über die manch einer vielleicht zu lange nachdachte in der Annahme, es könne unmöglich die noch immer sehr teure echte Butter sein. Drei Gewinne waren ausgeschrieben:

1. Preis: Ein echter Tannenbaum.

2. Preis: Zweimal je einen Karton mit vierundzwanzig Glitzer-kugeln.

3. Preis: Dreimal je eine Packung Lametta.

Auch eine Kleinigkeit wie Lametta war durchaus verlockend, wenn man nicht im Luxus lebte und die Luftangriffe alle Weih-nachtskugeln zerstört hatten. Nora erinnerte sich an den Leser-brief einer Mutter mit vier Kindern, die jede Mark zweimal umdrehen musste.

Lieber Kummerkasten,
heute wollte ich mich für den Bericht über die Ausstellung »So
wohnen wir« bedanken. Auf einem Foto war eine Puppenwiege
aus Holz, die sich in ein Schaukelpferd oder eine Wippe ver-
wandeln lässt. Etwas Ähnliches will mein Mann nun für unsere
vier Kinder bauen. Das wäre nichts Besonderes, viele Männer
basteln Spielzeuge, weil sie kein Geld haben, um welches zu
kaufen, aber meinem Mann hat der Bericht das Leben gerettet.
Er kam nämlich erst vor ein paar Wochen aus russischer
Gefangenschaft nach Hause und war nur noch ein Häufchen
Elend. Nachts ist er schreiend aufgewacht, hat russische Wörter
geschrien und geweint. Er ist gelernter Schreiner, fand aber
keine Arbeit, weil er so klapprig ausschaut, als könnte er kein
größeres Brett tragen. Tagsüber saß er am Fenster und hat die
Straße beobachtet, als wartete er auf jemanden. Geredet hat er
kaum etwas, weder mit mir noch mit unseren vier Kindern.
Ich habe ihm oft die Welt *im* Blick *hingelegt und gesagt, er*
muss sie ja nicht lesen, aber die Bilder anschauen, damit er
auf andere Gedanken kommt. Manchmal hat er auch darin
geblättert, und als er die Puppenwiege entdeckte, rief er plötz-
lich: »Traudl, wir brauchen Holz.« Für Extra-Ausgaben haben
wir kein Geld, aber für meinen Mann habe ich meinen letzten

Schmuck im Pfandhaus versetzt, um Material besorgen zu kön-
nen. Seitdem ist er wie ausgewechselt. Er plant, mit der Ver-
wandlungs-Puppenwiege ins Spielwarengeschäft einzusteigen,
und hofft, dass sich unsere finanzielle Situation dann endlich
verbessert.
Die Kinder werden sich auf jeden Fall über das selbst gebastelte
Geschenk freuen. Das wird das schönste Weihnachten seit vielen
Jahren.
Ihre dankbare
Traudl Fischer

Solche Zuschriften erfüllten Nora mit der Gewissheit, dass sie
mit der Illustrierten gute Arbeit leisteten. So viele Menschen
litten noch immer unter dem Trauma des Krieges und den viel-
fältigen Wunden, die er geschlagen hatte. Wolfs Idee, mit den
Inhalten der Zeitschrift nicht nur zu unterhalten, sondern auch
Mut zu verbreiten und eine Anlaufstelle für die unterschiedlichsten Sorgen zu bieten, war ein voller Erfolg. Im Moment
überlegte sie, ob man nicht alle Postkarten in einen Sack füllen und Willi die Lösungen ziehen lassen könnte. Luis müsste
es fotografieren, und das Bild würde mit den Fotos von den
Gewinnern in der Weihnachtsausgabe erscheinen.

Am Abend, als sich alle um den Esstisch versammelt hatten,
erzählte sie von ihrer Idee.

Wolf stimmte ihr begeistert zu. »Großartig, ich sehe die Doppelseite schon vor mir. Hervorragende Idee, Nora, was würde
ich nur ohne dich tun!«

Nora lächelte glücklich. Wenn sie für ihre Arbeit gelobt
wurde, und Wolf sparte nie mit Anerkennung, musste sie oft an
ihren Vater denken. Er hatte nie ein gutes Wort für sie übrig-
gehabt. Jedes noch so winzige Versäumnis hatte er groß aufge-
bauscht und hätte sich eher auf die Zunge gebissen als sie gelobt.

»Das wird auch für euch eine schöne Erinnerung an den kleinen Willi sein«, meldete Elvira sich zu Wort. »Leider sind all unsere Familienfotos bei dem Luftangriff verbrannt.« Seufzend widmete sie sich ihrem Teller und lobte Friederikes traditionelles Adventssonntagessen: Kartoffelbrei, Sauerkraut und Bratwürste.

»Da wäre nur ein winziges Problem. Was machen wir, wenn die Gewinner nicht in München wohnen?«, gab Luis zu bedenken. »Die Illustrierte wird nicht nur in Bayern gekauft und gelesen, sondern deutschlandweit. Wir müssen also mit Antworten aus allen Teilen des Landes rechnen. Das könnte bedeuten, dass ich für die Fotos nach Hamburg oder Berlin reisen müsste, und das sprengt doch sicher das Budget, oder?« Er blickte seinen Onkel an. »Obwohl ich nichts gegen einen kleinen Ausflug in den Norden einzuwenden hätte.«

Nachdenklich schnitt Wolf ein Stück Bratwurst ab, tauchte es in scharfen Senf und schob es sich in den Mund. »Hmmm ... köstlich«, murmelte er kauend und sagte schließlich: »Berechtigter Einwand.«

»Warum warten wir nicht, welche Gewinner schlussendlich gezogen werden?«, sagte Elvira mit fragendem Blick in die Tischrunde.

Helene nickte ihrer Schwägerin lächelnd zu. »Stimmt, warum sich unnötig Gedanken machen. Vielleicht hat Willi ja ein glückliches Händchen, was die Kosten betrifft.«

Zärtlich tätschelte Wolf den Arm seiner neben ihm sitzenden Gattin. »Raffinierte Idee, meine Liebe. Leider kann unser Enkel noch nicht lesen.«

»Das weiß ich doch, mein Lieber, aber *ich* kann lesen«, bemerkte Helene mit unbeweglicher Miene, als müsste sie vor Gericht schwören, die Wahrheit und nichts als die Wahrheit zu sagen.

Ihre Andeutung wurde allgemein verstanden, und heiteres Gelächter beendete die Unterhaltung für einige Sekunden.

»Sollte doch jemand aus dem hohen Norden gewinnen, gibt es sicher Fotografen vor Ort. Vielleicht kann die DPA dir jemanden vermitteln«, wandte Luis sich an seinen Onkel. »Diese Presseagentur, die im November letzten Jahres gegründet wurde … Von der hast du doch unter anderem Bildmaterial von der Biennale gekauft.«

»Stimmt. Auf dem Filmfest in Venedig war auch ein deutscher Film im Wettbewerb, *Frauenarzt Dr. Prätorius.* Wir haben Fotos der beiden Hauptdarsteller Curt Goetz und Valérie von Martens bei der Agentur bestellt.« Wolf sah Luis an. »Das ist die Lösung. Falls unser kleiner Mann einen Gewinner in Buxtehude aus dem Sack zaubert, werde ich mich an sie wenden.«

Bis zum Einsendeschluss häuften sich die Zuschriften in ungeahntem Ausmaß. Der Postbote witzelte, wenn das so weitergehe, benötige er einen Lastwagen. Am Ende waren es drei prall gefüllte Säcke mit richtigen Lösungen. Um niemanden zu benachteiligen, kippte Wolf die Säcke in seinem Büro auf das glänzende Parkett, Willi sauste auf dem Postkartenteppich hin und her und zog insgesamt sechs Gewinner. Luis schoss fleißig Fotos von der lustigen Auslosung. Anschließend schob Wolf den Haufen zu einem ansehnlichen Berg zusammen und setzte Willi obendrauf, der die gezogenen Karten mit strahlendem Lächeln in die Kamera hielt.

Das Ergebnis war eine wirkungsvolle Doppelseite, die Nora mit einem lachenden und einem weinenden Auge betrachtete. Willi sah seinem Vater mit jedem Tag ähnlicher, wurde ihr schmerzlich bewusst. William versäumte die besten Jahre im Leben seines Sohnes.

Kurz vor Weihnachten erreichte die Redaktion ein besonders berührender Leserbrief.

Sehr geehrte Damen und Herren,

dem Fotografen haben mein Mann, unsere vier Kinder und ich ja schon gedankt, obwohl ein Händedruck nicht ausreicht für diese wundervolle Weihnachtsüberraschung. Wir konnten es zuerst gar nicht glauben, als die Nachricht vom Gewinn kam, und waren stumm vor Staunen und Rührung, als der Baum tatsächlich geliefert wurde. Die Überraschung ist Ihnen wirklich gelungen.

Deshalb wollte ich mich auch noch mal schriftlich bedanken und Ihnen versichern, dass dieser Baum unserer Familie das erste richtige Weihnachtsfest seit Kriegsende bescheren wird.

Wir wurden von unserem Gutshof in Masuren vertrieben und hofften, bei Verwandten in Bayern unterzukommen. Leider sind sie bei Luftangriffen verstorben, und so leben wir seit unserer Ankunft im Frühjahr 1946 zu sechst zur Untermiete in zwei Zimmern.

Von einem Weihnachtsbaum, wie wir ihn früher auf dem Gut jedes Jahr hatten, konnten wir nur träumen. Nun ist unser Traum wahr geworden, die Kinder basteln fleißig Strohsterne und freuen sich riesig auf Heiligabend. Der Baum wird uns trösten und Hoffnung auf eine bessere Zukunft geben. Wir werden ihn auch nicht wie üblich am 6. Januar wegräumen, sondern uns an ihm erfreuen, solange noch eine einzige Nadel an den Ästen hängt.

Meine Familie wünscht allen gesegnete Weihnachten!

Ihre sehr ergebene

Christiane Penkwitz

Auch in der Villa Wagner liefen die Vorbereitungen für das große Fest auf Hochtouren, und Nora bastelte mit Willi Strohsterne. Wolf, in Hochstimmung wegen der ständig steigenden Auflagenzahlen, kam regelmäßig mit Paketen im Arm nach

Hause. Helene und Elvira stöberten auf dem Christkindlmarkt am Marienplatz nach besonderen Geschenken. Einmal durfte Willi mit auf den Markt.

Begeistert erzählte er Nora von Weihnachtshäusern und breitete die Ärmchen aus, um zu verdeutlichen, dass dort »sooo viele Weihnachtsdudeln« verkauft würden. Und Luis fertigte Porträts von Willi an, die er gerahmt an Onkel und Tante verschenken wollte.

Nora fürchtete sich wie jedes Jahr ein wenig vor den Feiertagen, vor dem darauffolgenden Jahreswechsel und der Erinnerung an jene Nacht. Leserbriefe zu beantworten war eine willkommene Ablenkung.

Lieber Kummerkasten,
als treue Leserin wende ich mich heute mit einem etwas deli-
katen Problem an Sie: Mein Mann weigert sich, Zahnpasta
zu benutzen! Er behauptet, sie würde schleimig schmecken.
Und solange Zahnpasta nicht nach Cognac schmeckt, würde
er sie auch nicht benutzen. Er nimmt lieber Schlämmkreide,
die es während des Krieges gab, doch die reinigt eben nicht
sehr gut, und inzwischen hat er scheußlichen Mundgeruch.
Ich verweigere ihm auch kleine Küsschen, aber lange wird das
unsere Ehe nicht aushalten. Was soll ich tun? Haben Sie ein
Patentrezept?
Ihre verzweifelte
Margot Lemke

Nora wusste nicht, ob sie lachen oder weinen sollte, und überlegte lange, ob sich der Brief anonym zur Veröffentlichung eignen würde, entschied sich aber dagegen. Sollte Herr Lemke das zufällig lesen, gäbe es eine Katastrophe. Deshalb schrieb sie zurück:

Liebe Frau Lemke,

es gibt tatsächlich eine Lösung: Besorgen Sie sich in der Apo-
theke einen leeren Behälter für Salben, der kostet nur ein paar
Pfennige. Füllen Sie ihn zur Hälfte mit Zahnpasta und geben
Sie einen Esslöffel Cognac hinzu. Das Ganze gut umrühren,
und schon ist die Zahnpasta mit Cognac-Geschmack fertig. Die
überreichen Sie Ihrem Mann mit der Behauptung, die Paste
habe der Apotheker extra für ihn hergestellt. Er wird Ihnen
glauben, denn sie befindet sich ja in einem Salbentöpfchen, das
nur in Apotheken verwendet wird.
Viel Glück wünscht Ihnen
Ihr Kummerkasten

Heiligabend, als sie ihren Sohn beim Geschenke-Auspacken
beobachtete, waren Noras melancholische Gedanken an die
Feiertage 1947 wie weggewischt. Aufgeregt schälte er eine Holzeisenbahn aus dem Geschenkpapier, die Opa Wolf sofort mit
ihm aufbauen musste. Willi, fein gekleidet in dunkle Flanellho-
sen mit weißem Hemd und rotem Pullunder, und Opa Wolf,
wie immer an Feiertagen im Smoking, mit der geschnitzten
Lokomotive spielen zu sehen, berührte sie so sehr, dass sie zwischen Lachen und Weinen schwankte.

Währenddessen wurden Päckchen verteilt, und die
Beschenkten bestaunten ihre Gaben. Helene freute sich über
die neue goldene Kette, eine exakte Kopie derjenigen, die Wolf
in schweren Zeiten auf dem Schwarzmarkt verhökert hatte.
Elvira schlüpfte in ein Paar rote Absatzschuhe und stöckelte
im Salon umher, als wäre er ein Laufsteg. Luis war ganz begeistert von dem neuen Objektiv, mit dem er noch bessere Porträts zu schießen hoffte. Nora band sich das Seidentuch mit
dem floralen Muster um den Hals, das auf dem schwarzen
Cocktailkleid mit Spitzenärmeln apart zur Wirkung kam. Friederike, Konrad und Michael schielten verschämt in die Geld-

scheinkuverts, die Wolf ihnen mit einer geballten Ladung an Dankesworten überreicht hatte.

Anschließend ordnete Luis die Aufstellung vor dem Tannenbaum an, um mit Selbstauslöser ein Familienfoto zu schießen, das Helene sich für die Kommode wünschte.

»Nora, bitte etwas freundlicher«, bat Luis, bevor er den Auslöser betätigte.

Nora verzog gequält die Mundwinkel. Ihren Sohn auf dem Schoß von Omi Helene zu sehen war einfach zu viel. Ein kleiner Trost war das anschließende Zubettbringen, das Helene ihr überließ.

Als Willi eingeschlafen war, las sie nach langer Zeit wieder einmal den Brief seines Vaters. Keines seiner Versprechen hatte sich erfüllt. Vielleicht würde sie niemals erfahren, was geschehen war. Nur eines blieb bestehen: *Liebe hat keinen Ort, sie wohnt für alle Zeiten in unseren Herzen. I will always love you, Dein William*

»Jetzt lassen wir aber endlich die Champagnerkorken knallen«, verkündete Wolf, als Nora in den Salon zurückkehrte, und griff nach der im Eiskübel bereitstehenden Flasche. Gekonnt öffnete er sie und füllte die Gläser. »Auf das erfolgreichste Jahr in der Unternehmensgeschichte!«, sagte er, bevor er mit den anderen anstieß.

»Mögen noch viele weitere folgen«, wünschten die Anwesenden.

Nachdem alle den kostbaren Champagner genossen hatten, angelte Wolf ein winziges Päckchen unter dem Weihnachtsbaum hervor, das niemandem aufgefallen war, und überreichte es Nora mit feierlicher Miene: »Für besondere Verdienste um die Illustrierte.«

»Aber …«, protestierte sie überrascht.

»Kein Aber«, stoppte Wolf ihren Einwand. »Der Riesenerfolg des Kummerkastens ist allein dein Verdienst, dafür hast du einen Extrabonus verdient.«

»Dann bedanke ich mich herzlich«, sagte Nora und öffnete gespannt die rote Schleife, die das bunte Papier zusammenhielt. Zum Vorschein kam ein hellbraunes Lederetui, kaum größer als ihre Handfläche.

»Na los, mach auf«, drängte Wolf sie, obgleich er doch den Inhalt kennen musste.

Das Etui ließ sich durch beidseitiges Aufklappen öffnen. Auf schwarzen Samt gebettet, lag ein Schlüssel. Nora nahm ihn in die Hand und sah Wolf fragend an.

»Das ist ein Zündschlüssel, der gehört zu einem kleinen Wagen, damit du schneller in die Redaktion gelangst und im Winter bei Eis und Schnee nicht an der Straßenbahnhaltestelle frieren musst«, sagte er grinsend.

Nora benötigte ein, zwei Sekunden, um zu begreifen. »Ein Auto? Für mich?«

Wolf klatschte begeistert in die Hände angesichts der gelungenen Überraschung. »Es ließ sich irgendwie nicht in den Salon befördern, daher steht es auf der Straße vor dem Haus. Du müsstest dich also nach draußen begeben.«

Nora sprang auf, rannte durch die Diele, öffnete die Tür, lief die Stufen hinunter und durch den Vorgarten zur Straße. Atemlos stand sie vor einem sandfarbenen Volkswagen, der direkt vor dem Tor parkte. Ein Käfer! Und der sollte ihr gehören? Sie konnte es nicht fassen.

Verblüfft sah sie Wolf an, der ihr gefolgt war. »Das kann ich unmöglich annehmen.«

»Ach was«, winkte er generös ab. »Das ist nur ein Häuflein Blech, hübsch zusammengeschraubt. Und wenn du meinst, er sei zu wertvoll, dann betrachte ihn als Firmenwagen, der dir zur Verfügung steht.«

Typisch Wolf, dachte Nora gerührt. »Dann bedanke ich

mich sehr herzlich«, sagte sie, und im selben Moment durchfuhr sie ein verrückter Gedanke: Sie könnte Willi einpacken und einfach verschwinden. Doch sie besaß weder einen Führerschein, noch hatte sie Fahrpraxis und würde vermutlich am erstbesten Baum landen. Ganz zu schweigen davon, dass sie Wolf, dessen Großzügigkeit keine Grenzen kannte, bitter enttäuschen würde.

32

VERSONNEN BETRACHTETE NORA das Modellauto im Schaufenster der Fahrschule Hieber in der Herzogstraße. Das schicke rote Miniatur-Cabriolet mit dem unverkennbaren Stern auf
dem verchromten Kühlergrill, den glänzenden Stoßstangen, den
schwarzen Kotflügeln und dem aufgeklappten schwarzen Ver-
deck war ein atemberaubender Blickfang und vermutlich der
Traum vieler Männer. Auch ihr kleiner Mann zu Hause hätte
viel Freude damit. Sie hingegen träumte vom Erwerb einer Fahrerlaubnis, die sie aber erst einmal beantragen musste, um dann
unzählige Fahrstunden zu absolvieren, bevor sie den begehrten
Schein in Händen halten konnte.

Luis hatte gemeint, es würde sechs, acht Wochen dauern.
Deshalb hatte sie sich am ersten Wochentag nach Weihnachten in ihrem neuen Kamelhaarmantel auf den Weg gemacht,
um die Anmeldeformalitäten schnellstens zu erledigen. Helene
hatte ihr einen eng am Kopf sitzenden schwarzen Hut mit großer Stoffblume geliehen, der sie erwachsener wirken ließ. Die
knöchelhohen schwarzen Lederstiefel schützten ihre Füße gut
vor Kälte, die passenden Lederhandschuhe ihre Hände, und in
der schwarzen Wildlederhandtasche steckten Ausweispapier,
Geldbörse, Handspiegel und ein roter Lippenstift. Sie war recht
zufrieden mit ihrem Spiegelbild in der Schaufensterscheibe.

Durch die Scheibe erspähte sie einen älteren Herrn in Anzug
und Krawatte, der über Papiere gebeugt an einem Schreibpult
saß. Sein weit zurückgewichener Haaransatz erinnerte sie an
ihren Vater, und sofort verkrampfte sich ihr Magen. Sei nicht

kindisch, der Tyrann ist weit weg, sagte sie sich und betrat entschlossen den Laden. Die Tür streifte ein Glöckchen, das sie mit hellem Klingeln anmeldete.

»Einen wunderschönen guten Morgen«, grüßte sie freundlich.

»Sie wünschen?« Der Mann hinter dem Pult ließ den Bleistift sinken und musterte sie argwöhnisch durch seine schwarz gerandete Brille, als wollte sie ihm stinkende Socken verkaufen, nach denen es hier seltsamerweise müffelte.

Nora hob den Kopf. »Ich möchte mich gerne zur Fahrschule anmelden.«

»Hä?«

»Ich würde gerne Fahrstunden nehmen und die Fahrerlaubnis erwerben«, erklärte sie und zog ihre Handschuhe aus, um für das Ausfüllen des Anmeldeformulars bereit zu sein. »Ich möchte fahren lernen.«

Ein kurzer, krächzender Lacher, dann fragte er in ziemlich herablassendem Tonfall: »Was meint denn Ihr Mann dazu, dass Sie die Straßen unsicher machen wollen?«

»Wie bitte?« Nora verstand nicht, was er mit dieser herabsetzenden Bemerkung sagen wollte.

»Ob Ihr Ehemann einverstanden ist, dass Sie ans Steuer wollen«, verdeutlichte er mit bohrendem Blick.

»Ich bin nicht verheiratet«, entgegnete sie. Erbost über diese persönliche Frage, verdrehte sie die Handschuhe zu einer Wurst.

»Auch gut, dann fragen S' halt Ihren Vater. Frauen benötigen das Einverständnis ihres Ehemannes, ledige Frauen die des Vaters.«

Entgeistert starrte Nora den unfreundlichen Zeitgenossen an.

»Sind Sie überhaupt schon volljährig?«, bohrte er weiter.

»Ich bin zweiundzwanzig«, erklärte sie selbstbewusst.

»Immerhin, dann wissen S' ja, dass Autofahren gefährlich ist. Und genau deshalb benötigen Frauen am Steuer eine Erlaubnis.

Irgendjemand muss doch die Verantwortung übernehmen. Das ist Gesetz, dagegen kann ich nichts machen«, knurrte er und fügte noch hinzu: »Jetzt verstanden?«

Rein akustisch hatte sie ihn verstanden, aber jeder Blutstropfen in ihr rebellierte gegen diesen haarsträubenden Schwachsinn, von dem sie keine Ahnung gehabt hatte. Stur blieb sie vor dem Pult stehen. Sie war eine erwachsene Frau und Mutter, und einen Mann um Erlaubnis zu fragen war einfach lächerlich.

»Kommen S' mit Ihrem Vater vorbei, der muss die Erlaubnis vor meinen Augen unterschreiben ...«

»Wieso das denn?«, unterbrach Nora ihn.

»Des ist ja wohl logisch, oder?«

Jetzt verdächtigte er sie auch noch der Fälschung einer Unterschrift, als wäre sie eine Kleinkriminelle. Sie musste an sich halten, um nicht ausfallend zu werden. Innerlich kochend, aber äußerlich beherrscht wünschte sie einen guten Tag und verließ die Fahrschule.

Draußen schimpfte sie den Mann einen Schwachkopf, inhalierte die kalte Dezemberluft und beruhigte sich bei einem Spaziergang auf schneebedeckten Bürgersteigen. Unterwegs beschloss sie, Wolf um den Gefallen zu bitten. Seine Autorität würde diesen ungehobelten Kerl schnell zur Räson bringen. Oder sollte sie sich eine andere Fahrschule suchen, in der man sie freundlicher behandelte?

Am Siegestor stieg sie in die Straßenbahn, um direkt in die Redaktion zu fahren, wo sie Wolf antreffen würde.

»Da ist ja unerhört«, echauffierte er sich, als sie ihm von dem Vorfall berichtete. »Und bitte glaube mir, Nora, ich hatte keine Ahnung von dieser Vorschrift. Selbstverständlich würde ich dir den Gefallen tun. Ich frage mich nur, wie erklären wir die unterschiedlichen Familiennamen, falls ich mich ausweisen muss?«

»Dann solltest du den Wagen besser zurückgeben, und das

Problem wäre erledigt«, sagte sie entmutigt. Sie hatte sich schon ausgemalt, wie sie durch die Stadt fuhr.

»Du behältst den Wagen, zurückgeben kommt nicht infrage. Wegen des Führerscheins lasse ich mir etwas einfallen. Ich finde eine Lösung, versprochen«, sagte er augenzwinkernd. »Wir haben doch schon ganz andere Schwierigkeiten gemeistert.«

»Da kann ich nur zustimmen«, sagte Nora und dachte: Er hat ja keine Ahnung, wie genau er damit mein Schicksal umschreibt.

Dennoch bezweifelte sie, dass Wolf ihr diesmal helfen konnte. Wie es schien, war die Gesellschaft noch nicht bereit für Frauen am Steuer. Oder waren es die Männer, die sich das Steuer nicht aus der Hand nehmen lassen wollten?

Ihre Vermutung wurde durch die Zuschrift einer verzweifelten Leserin untermauert, die sie auf ihrem Schreibtisch fand.

Marianne Alwin schrieb, ihr Mann verbiete ihr zu arbeiten. Sie habe dennoch eine Halbtagsstelle als Verkäuferin in einer Bäckerei angenommen, wo sie zusätzlich zu ihrem Lohn übrig gebliebenes Brot oder Backwaren erhielt. Sie würde also doppelt entlohnt werden, und die Kinder bekämen nicht nur am Sonntag ein Stück Kuchen. Als ihr Mann davon erfuhr, brauste er auf, verlangte, sie solle sofort kündigen, oder er würde es tun. Seine Frau habe es nicht nötig zu arbeiten, außerdem könnten die Nachbarn sie sehen, und dann hieße es, er sei nicht in der Lage, seine Familie zu ernähren. Frau Alwin schrieb, sie sei verzweifelt und hoffe auf baldigen hilfreichen Rat.

Nora recherchierte im Bürgerlichen Gesetzbuch, das sie in Wolfs gut sortiertem Bürobücherregal fand. Sie hatte natürlich gewusst, dass der Mann als Familienoberhaupt das Sagen hatte, da musste sie nur an ihren Vater denken. Was sie aber nicht für möglich gehalten hatte, war, dass es tatsächlich einen eigenen Paragrafen für diese Ungerechtigkeit gab: den sogenannten Gehorsamsparagrafen! Der Text war in umständlichem Amtsdeutsch formuliert, die Botschaft hingegen eindeutig: Mit der Hochzeit wurde die Frau zum Eigentum des Ehemannes. Er durfte über alles bestimmen, und egal was sie tat oder tun wollte, die letzte Entscheidungsgewalt lag beim Ehemann.

Nora wunderte sich nicht länger über das arrogante Verhalten des Mannes in der Fahrschule. Männer waren vollwertige Menschen, Frauen nur lästige Anhängsel und taugten höchstens zur Ehefrau, Mutter und fleißigen Hausfrau. Ihr Bruder hätte niemals auch nur einen schmutzigen Teller angefasst, und auch ihr Vater hatte diese »gottgegebene« Ordnung verinnerlicht. Seine Ansicht, was ihre Ausbildung betraf, und den Versuch, sie mit Gollnik zu verheiraten, würde sie niemals vergessen. Frauen, egal welchen Alters, wurden unterdrückt, und dass es dafür sogar einen eigenen Paragrafen gab, dessen Name nach Züchtigung klang, machte sie umso wütender.

Wut war jedoch weder eine Lösung für ihr aktuelles Problem noch für das der Leserin. Nora überlegte lange, welchen Rat sie Frau Alwin geben sollte. Schließlich erinnerte sie sich daran, was unerfüllte Wünsche in einem Menschen bewirken konnten. Sie veränderten festgefahrene Ansichten oder verliehen ungeahnte Kräfte, niemand wusste darüber so gut Bescheid wie sie selbst.

Sehr geehrte Frau Alwin,
bedauerlicherweise unterstützt die Gesetzeslage das Verhalten Ihres Mannes. In dieser Angelegenheit kann Ihnen leider niemand helfen. Aber Sie sollten nicht verzweifeln, sondern es mit einer kleinen List versuchen. Hat Ihr Mann unerfüllte Wünsche? Vielleicht ein neues Fahrrad, ein Radiogerät oder sogar ein Auto? Ködern Sie ihn damit. Erklären Sie umsichtig, dass Ihr Verdienst den seinen doch aufstocken würde und sich sein Wunschtraum in Kürze erfüllen könnte. Versprechen Sie ihm, Nachbarschaftsklatsch selbstbewusst entgegenzutreten, und den Klatschtanten erklären Sie, dass Ihr Mann seine Familie sehr wohl ernähren könne, aber er sei eben ein sehr moderner

Mensch, der nicht an alten Zöpfen festhalte. Ich wünsche Ihnen
viel Glück und gutes Gelingen.
Mit herzlichen Grüßen
Ihr Kummerkasten

Später erzählte sie Luis von dem Vorfall in der Fahrschule und auch vom Gehorsamkeitsparagrafen.

»Man könnte meinen, wir leben im vorigen Jahrhundert«, grummelte er und schüttelte den Kopf. »Aber von heute auf morgen wird sich das wohl nicht ändern, deshalb werde ich dich begleiten und mich als dein Ehemann ausgeben.«

Spontan wäre Nora ihm am liebsten um den Hals gefallen. Dann aber erinnerte sie sich daran, dass sie gesagt hatte, nicht verheiratet zu sein.

»Und das hat er nicht angezweifelt?«, erwiderte Luis, als sie ihm davon erzählte. »Der Mann muss ein Vollidiot sein, wenn er glaubt, eine schöne Frau wie du fände keinen Ehemann.«

»Er hat sich darauf versteift, dass Frauen nicht ans Steuer gehören. In seinen Augen sind wir wohl unfähig, einen Wagen zu lenken. Ledig oder verheiratet spielt dabei keine Rolle«, überging sie sein indirektes Kompliment und fragte provokant: »Ist Autofahren denn schwieriger, als … eine Schreibmaschine zu bedienen?«

»Damit würde ich es nicht vergleichen, obwohl ich nur mit zwei Fingern tippen kann. Aber im Grunde ist es kinderleicht«, versicherte ihr Luis und bot an, ihr irgendwo auf einem Waldweg Fahrstunden zu geben.

»Ein wirklich verlockendes Angebot. Aber ich würde doch gerne auf öffentlichen Straßen fahren dürfen«, sagte sie mit gespielter Ernsthaftigkeit, ahnend, dass Luis auf einen romantischen Ausflug spekulierte.

»Tja, dann weiß ich auch nicht weiter …« Luis ließ den Kopf sinken wie ein Halbstarker, der etwas angestellt hatte. Plötzlich grinste er übermütig und erklärte ihr, wie er ihr doch noch helfen könne.

»Ein typischer Luis-Vorschlag«, lachte sie, als er ihr seinen verwegenen Plan erklärt hatte. Doch sie bezweifelte, dass er funktionieren würde.

»Wetten wir um einen Kuss?«

»In Ordnung«, stimmte sie amüsiert zu. »Und was bekomme ich, wenn es nicht funktioniert?«

»Dann gebe ich *dir* einen Kuss.«

Noch vor Jahresende suchten sie eine andere Fahrschule auf. So dreist der Unsympath auch gewesen war, er könnte Luis' Finte durchschauen, und das Risiko wollte Nora auf keinen Fall eingehen.

Wolf überließ ihnen die Limousine, und Luis zwängte sich Nora zuliebe in einen Anzug. Das war der erste Streich der Täuschung.

Arm in Arm betraten sie die Schule in der Münchner Innenstadt, wo Luis von Anfang an das Reden übernahm. Nach einem höflichen Gruß wandte er sich an den etwa gleichaltrigen Mann, der hinter einer Ladentheke Formulare sortierte.

»Ich möchte meine Verlobte zum Fahrunterricht anmelden.«

Nora hielt kurz den Atem an, hoffte, der Mann ihnen gegenüber würde den Köder schlucken. Der hob die dichten Augenbrauen, blickte von Luis zu ihr und wieder zu Luis.

»Da kann ich leider gar nichts für Sie tun«, entgegnete er. »Laut Vorschrift benötigen wir die Zustimmung eines Ehemannes oder des Vaters.«

Luis ließ sich nicht einschüchtern. »Schon klar, aber es ist so: Ihr Vater lebt nicht mehr, doch wir wollen im Frühling heiraten und die Flitterwochen in Italien verbringen. Mit dem Auto ist das eine ziemliche Strecke, wie Sie sich vorstellen können, und die möchte ich nicht alleine fahren.«

»Im Frühjahr ... hmm. Und wann genau?«

»Fünfzehnter April«, antwortete Luis, als könnte er dieses Datum im Schlaf aufsagen.

Der Mann zog die Stirn kraus, schien zu überlegen, ob er Luis glauben sollte. »Bis Mitte April sind es über drei Monate, das sollte ausreichen, um genügend Fahrstunden zu absolvieren ...«

»Na, bestens, dann wollen wir mal die Formalitäten erledigen«, freute sich Luis und strahlte Nora siegesgewiss an.

»Da wäre nur noch ein Problem.«

»Welches?«

»Sie sind nicht verheiratet. Wie gesagt benötige ich das Einverständnis des Vaters Ihrer Braut.«

»Hören Sie, Herr ...«

»Übeleis.«

Nora presste die Lippen aufeinander, damit ihr kein Lacher entschlüpfte.

»Herr Übeleis, wie ich schon sagte, der Vater meiner Braut lebt nicht mehr ...« Luis legte eine dramatische Pause ein. »Ist das nicht traurig?«

Übeleis nickte. »Sehr traurig ... Mein Beileid.«

»Danke, er starb schon vor fünf Jahren«, sagte Nora und verbarg ihre Belustigung, dass Luis ihren Vater hatte sterben lassen.

»Deshalb übernehme *ich* jetzt die Verantwortung«, meldete Luis sich wieder zu Wort.

»Ich würde Ihnen ja gerne helfen, aber ...«

»Moment ...« Luis griff in die Innentasche seines Jacketts und holte seine Brieftasche hervor. Bedächtig öffnete er sie, zog ein dunkelblaues Heft heraus und legte es auf den Ladentisch.

Irritiert starrte Übeleis darauf und las das eingeprägte Wort. »›Presseausweis‹. Noch nie was von gehört. Was soll das sein?«

»Das Dokument bestätigt, dass ich als Pressefotograf tätig bin, und zwar bei der *Welt im Blick*. Schon mal gehört von dem Blatt?«

»Aber ja, meine Frau liest sie regelmäßig.«

»Na, bestens, dann wissen Sie, wie beliebt die Zeitschrift ist und dass sie von über einer Million Menschen gelesen wird. Übrigens arbeitet auch meine Verlobte dort, und ich denke, wir könnten Ihre Fahrschule ins Heft bringen. Völlig kostenlos natürlich.«

Übeleis' dunkle Augen funkelten. »Wie sähe das aus?«

»Wir machen ein Foto von meiner Verlobten mit dem Führerschein in der Hand vor Ihrem Laden. Sie können sich gerne dazustellen, das Foto wird dann mit Erwähnung Ihres Namens veröffentlicht.«

Übeleis runzelte die Stirn, brummelte »Hmm, hmm, hmm«, als kalkulierte er seinen Profit, und streckte Luis schließlich die Hand entgegen. »Einverstanden!«

Luis schlug ein, und fünfzehn Minuten später war Nora zum Fahrunterricht angemeldet.

»Wie war ich?«, fragte Luis auf dem Weg zu dem ein Stück entfernt geparkten Mercedes.

»Es hat tatsächlich funktioniert«, lachte Nora. »Ich bin erleichtert. Nur eine winzige Sache gefällt mir nicht.«

»Die da wäre?«

»Ich möchte nicht fotografiert werden, das weißt du doch.«

»Auch nicht für den Führerschein?«

Nora schüttelte den Kopf.

Luis kratzte sich kurz am Kinn, als würde er überlegen. »Du kannst den Führerschein so vors Gesicht halten, damit man nur noch ein Auge erkennt. Wäre das in Ordnung?«

»Sehr in Ordnung«, sagte Nora und bedankte sich für sein Verständnis.

»Dank angenommen.« Luis blieb stehen. Die Dezembersonne schien ihm direkt ins Gesicht und brachte das Grün in seinen Augen zum Leuchten. »Aber du bist mir immer noch was schuldig«, erinnerte er sie verschmitzt grinsend.

Nora wusste genau, worauf er anspielte, doch es geziemte sich nicht. »Nicht hier auf der Straße, was sollen die Leute denken.«

»Dass sich zwei Verliebte küssen«, konterte er, zog sie einfach an sich und küsste sie leidenschaftlich.

Nora war zu überrascht, um sich zu wehren.

Gleichzeitig flüsterte eine innere Stimme:

Genieße den Moment.

Es ist nur ein Kuss.

Lass dich in seine Umarmung fallen.

Es fühlt sich wundervoll an.

Als sein Kuss fordernder wurde, bekam sie Angst und schob ihn sanft von sich. Wie grelle Blitze leuchteten die Warnungen auf. Verliebe dich nicht in Luis. Er ist und bleibt ein charmanter Draufgänger, dem keine Frau trauen kann.

Er würde sie genauso enttäuschen wie William. Hinzu kam: Er war Wolfs Neffe und Wolf ihr Chef. Wenn der keine Liebeleien zwischen den Mitarbeitern duldete, würde sie in neue Schwierigkeiten geraten.

33

NORA PARKTE »NUMMER eins«, wie sie ihren Wagen getauft
hatte, vor der Redaktion. Ihr erstes Auto würde nicht ihr letztes
sein, das hatte sie sich selbst versprochen. Inzwischen konnte
sie sich kaum noch daran erinnern, wie sie ohne ein eigenes
Fahrzeug ins Büro gekommen war. Besonders bei stürmischem
Wetter oder heftigem Sommerregen wie heute genoss sie den
Luxus, von Tür zu Tür fahren zu können. Pfenniggroße Tropfen waren während der gesamten Strecke von der Möhlstraße in
die Königinstraße gegen die Windschutzscheibe geklatscht. Die
Wischer hatten Mühe gehabt, für freie Sicht zu sorgen. Und
durch die nassen Scheiben hatten die verschwommenen Ampel-
lichter wie ein abstraktes Aquarellgemälde gewirkt.

Am Ziel angekommen, wurde sie in den wenigen Sekunden,
in denen sie den Wagen abschloss und über die Straße zum Hauseingang rannte, nass bis auf die Haut. Der weich fallende Rock
ihres rot-weiß getupften Sommerkleids klebte an den Beinen,
und die gestern Abend frisch auf Wickler gedrehten Haare hingen traurig herunter, noch ehe sie das Gebäude betreten hatte.

»Oh, mei, Fräulein Längsfeld, der Regen hat Sie aber g'scheit
erwischt. Hätten S' nur gehupt, dann hätt ich Sie mit dem
Schirm abgeholt«, sagte Pförtner Michael, als sie die Post für
den Kummerkasten in Empfang nahm.

»Das ist sehr lieb, ich merke es mir für das nächste Mal«, sagte
Nora lächelnd.

Auf der Toilette rieb sie sich die nackten Arme mit einem Handtuch und auch den Kopf möglichst trocken, um nicht mehr wie eine aus dem Wasser gezogene Katze auszusehen. Mit wenig Erfolg – feuchtes Haar ergab keine anständige Frisur, selbst wenn es kurz geschnitten war. Wolf legte Wert auf ein gepflegtes Äußeres, aber in ihrem Büro war sie allein, niemand würde sich an ihrem Aussehen stören.

In der Stille ihres eigenen Reichs zündete sie sich eine Zigarette an, öffnete das Fenster und atmete die vom Regen gesäuberte Luft ein. Vom Englischen Garten wehte der Duft nach feuchtem Gras herüber. Durch den gleichmäßig prasselnden Regenschleier hindurch beobachtete sie eine Schar Stockenten, die auf den nassen Wiesen nach Regenwürmern pickten. Spatzen hüpften aufgeregt um die Pfützen auf den Spazierwegen und stritten sich laut zwitschernd um die besten Plätze in der schlammigen Badewanne.

Ein Klopfen an der Tür unterbrach ihre Zigarettenpause. Ausgerechnet jetzt, wo ihr Haar noch nicht getrocknet war. Aber Dienst war Dienst. Sie schloss das Fenster, wischte sich einen letzten Wassertropfen von der Stirn und rief: »Herein.«

Es war Luis, gut gebräunt, in hellgrauen Hosen und einem schneeweißen Hemd mit aufgeschlagenen Ärmeln, als käme er direkt aus dem Urlaub. Nora spürte, wie ihr Herzschlag sich erhöhte. Nervös drückte sie die Zigarette aus und hoffte, Luis würde nicht bemerken, dass sie wieder an den Kuss auf der Straße denken musste.

***

Luis hatte Noras Wagen vor der Redaktion stehen sehen. Seit dem Kuss vor der Fahrschule war ein halbes Jahr vergangen, und es hatte sich keine Gelegenheit mehr ergeben, sie in die Arme zu nehmen. Ihr seine Zuneigung zu gestehen, ihr zu sagen, dass sie ihm vertrauen könne. Nach wie vor wehrte sie auch den kleinsten Annäherungsversuch ab und vermied es, allein mit ihm zu sein. Nur in der Redaktion konnte sie ihm schwer ausweichen.

Mit einem fröhlichen »Wie geht es meiner Verlobten?« betrat er ihr Büro.

»Hallo, Luis.« Fahrig drückte sie ihre Zigarette im Aschenbecher aus. Wie so oft, um seinem Blick auszuweichen.

»Ich wollte dir ...« Verdutzt registrierte er, dass sie rot wurde. War es ihr etwa peinlich, von ihm mit nassem Haar gesehen zu werden? Wie albern. Einerlei, ob sie zurechtgemacht war oder gerade aus dem Bett käme – ein Anblick, der ihm leider noch nicht vergönnt war –, für ihn war und blieb sie die Schönste von allen.

Lässig schritt er auf sie zu und küsste sie flüchtig auf die Wange, wie er es seit dem Tag tat, an dem er ihr mit einer List zu Fahrstunden verholfen hatte. Unzählige Male hatte er seither versucht, mit ihr allein zu sein, in der Hoffnung, es könnte mehr aus ihnen beiden werden als Kollegen. Aber sie hielt eisern an der Distanz fest. Wenn er sie in die Dunkelkammer lockte, um ihn bei der Fotoauswahl der frischen Abzüge zu beraten, folgte sie ihm, bat ihn aber jedes Mal, die Tür offen zu lassen. Sie fürchte sich in geschlossenen Räumen. Warum, wollte sie ihm nicht verraten. Das sei eine traurige Geschichte, eines Tages könne sie vielleicht darüber reden. Er glaubte nicht so ganz an diese »traurige Geschichte«. Eher verfügte sie über einen siebten Sinn, der sie vor romantischen Fallen warnte. Aber aufgeben würde er nicht. Obwohl sie sogar seine Schwärmerei über Ursel kaltgelassen hatte. Die Eifersuchtsmasche war normalerweise sehr erfolgreich, doch bei Nora wirkungslos geblieben. Noch aber hatte er nicht alle Register gezogen.

»Hast du für Sonntag schon Pläne?«

»Ähm ... nein. Warum fragst du?« Nervös betastete sie ihr Haar.

Er würde ihr so gerne sagen, wie zauberhaft sie aussah, doch mit Komplimenten war bei ihr kein Pluspunkt zu machen, das hatte er längst begriffen.

»Ich habe da so eine Idee für eine Fotoserie an einem See, und wenn du deinen Käfer nicht selbst brauchst ...«

»Na klar, kein Problem. Ist doch ein Firmenwagen.«

Hervorragend, freute er sich. Die erste Runde ging an ihn.

»Klasse, vielen Dank. Und wenn du nichts geplant hast, was hältst du von einer Spritztour? Wenn es am Sonntag nicht regnet oder schneit, packen wir Willi in den Käfer, lassen uns von Friederike einen Fresskorb füllen und fahren an irgendeinen der unzähligen Seen in der Münchner Umgebung. Wir verbringen den Tag am Ufer mit Sandkuchen-Backen und Schwimmen, wie eine richtige kleine Familie.«

»Willi würde es sicher gefallen«, sagte sie vage. »Ein Sonntag am See, fernab von der gluckenhaften Helene, wäre bestimmt ein erholsames Vergnügen. Aber sie würde es niemals erlauben. Du hast es sicher auch schon bemerkt. Jegliche Unternehmungen außerhalb der Villa sind ihr viel zu gefährlich. Zu Hause ist ihr Liebling am sichersten aufgehoben, und im Wasser planschen kann er auch im Garten.«

Mist, der Punkt ging an Nora. Er hatte nicht daran gedacht, wie besorgt die Tante war. Verständlich, nachdem sie all ihre Kinder verloren hatte.

»Stimmt! Konrad hat doch sogar einen großen Waschzuber aus Holz organisiert und mit Wasser gefüllt. Willi kann reinspringen, und alle Hausbewohner sind zur Stelle, um den Spaß zu beaufsichtigen ...«

»Und alle lassen sich von Willi mit Wasser bespritzen«, ergänzte Nora lachend. »Und Wolf liebäugelt bereits mit dem Gedanken, einen eigenen Pool bauen zu lassen.«

»Wenn der Kleine Sonntag bei Oma und Opa bleibt, könnten aber doch wir beide ...« Er setzte seine Unschuldsmiene auf.

Nora musterte ihn, ein amüsiertes Lächeln umspielte ihren
vollen, rot geschminkten Mund.

»Du willst mit mir an einen See fahren?«

Er probierte es mit einer Gegenfrage: »Würde dir das nicht
gefallen?«

»Hmm ...« Unschlüssig zuckte sie mit den Schultern. »Schon
möglich.«

Ha! Das klang nach einem Ja. »*Alright*, dann ist es abgemacht.« Luis drückte sich mit beiden Händen vom Fensterbrett
ab und verabschiedete sich. In der Tür drehte er sich noch einmal zu ihr um. »Ach ... falls du dir einen neuen Badeanzug
zulegen möchtest, ich begleite dich gerne und helfe dir bei der
Auswahl. Wenn du mich vermisst, ich bin in der Dunkelkammer ...« Übermütig zwinkerte er ihr zu und verschwand in der
Dunkelheit des Flurs.

***

Nora blickte ihm überrascht nach. Seit dem geraubten Kuss auf
der Straße hatte sich etwas zwischen ihnen verändert. Sie konnte
es nicht genau benennen, Luis schien nach wie vor der energie-
geladene Draufgänger mit den blitzenden Augen zu sein, aber in
seiner Stimme lag ein sanfter Unterton, der sie seltsam berührte.
Oder war das nur Einbildung?

Genug geträumt, ermahnte sie sich, nahm an ihrem kleinen
Schreibtisch Platz und griff nach dem Brieföffner. In gewohnter
Routine schlitzte sie die Kuverts rückseitig auf und befestigte sie
mit Büroklammern an den Schreiben.

Ein Schaudern packte Nora, als sie den Brief einer Maria
Ertl in den Händen hielt. Der Adresse nach lebte sie in Regensburg – ausgerechnet!

Regensburg – nur der Name einer Stadt, aber beladen mit schmerzhaften Erinnerungen, tränenreichen Nächten und immerwährender Sehnsucht nach der Liebe ihres Lebens.

Gespannt begann sie zu lesen.

Lieber Kummerkasten,

ohne lange Einleitung komme ich direkt zum Grund meines Schreibens: Ich suche den Vater meiner Tochter, einen GI. Und da die Armee mir nicht dabei helfen will – die Kinder der Soldaten seien Privatsache –, wende ich mich heute an Sie. Ich weiß, Sie sind keine Vermisstenbehörde, aber jede Woche lese ich die Ratschläge im Kummerkasten und schreibe Ihnen voller Hoffnung.

Vor drei Jahren lernte ich bei einem Tanzabend einen amerikanischen GI kennen. Wir verliebten uns, ich wurde schwanger und bekam ein kleines Mädchen, das bald zwei Jahre alt wird. Bill hatte mir die Ehe versprochen, und ich weiß, er hat es ehrlich gemeint. Doch dann hat die Armee ihn abkommandiert, bevor unser Kind auf die Welt kam, und man will mir nicht sagen, wie ich ihn erreichen kann.

Ihre verzweifelte

Maria Ertl

Ungläubig las sie die letzten Zeilen ein zweites Mal. Nein, sie fantasierte nicht, der Name des Mannes war Bill. Derselbe Name wie auf dem Umschlag in Williams Jacke. Aber war das nicht ein Allerweltsname bei den Amerikanern? Vermutlich hießen die Hälfte der US-Soldaten Bill, genau wie unzählige deutsche Männer Hans oder Peter. Und doch – war dieser Brief vielleicht der sprichwörtliche Wink des Schicksals? Sollte sie, während sie der Frau half, vielleicht an Williams Adresse kommen? Beantworten konnte niemand ihre Fragen, deren Ursprung romantische Wunschträume waren. Gewissheit oder die Hintergründe

konnte sie nur von Maria Ertl erfahren. Am besten von Angesicht zu Angesicht, überlegte sie und entschied sich, der Lei-
densgenossin ein Treffen vorzuschlagen. Wenn nichts dabei
rauskam, so hatte sie es wenigstens versucht.

34

NERVÖS UMKLAMMERTE NORA das Lenkrad, wechselte kontrollierend den Blick von der Fahrbahn zum Tachometer zum Rückspiegel … Fahrbahn … Tacho … Rückspiegel … Die Autobahn war ungewohntes Terrain, trotz der Pflichtfahrstunden und des halbstündigen Abstechers während der Fahrprüfung. Die Geschwindigkeit in Kombination mit den vorbeirauschenden Lastwagen vermittelte ihr ein Gefühl, als säße sie in einem rasenden Gefährt, das nicht zu bändigen war. »Auch an schnelles Fahren gewöhnt man sich«, hatte Luis gemeint und ihr geraten, nicht sofort auf die Tube zu drücken, sondern das Tempo langsam zu steigern. Wie schnell »auf die Tube drücken« genau war, hatte sie dummerweise nicht gefragt. Im Moment fuhr sie achtzig und empfand es schwindelerregend.

Aufmerksam lauschte sie dem gleichmäßigen Brummen des Motors und ließ auch die dunklen Wolken am Horizont nicht aus den Augen. Doch eigentlich war es nicht die Geschwindigkeit, die sie beunruhigte, die Angst vor Regen oder einer möglichen Überhitzung des Motors. Es war das Ziel der Fahrt – Regensburg.

An einem Sonntag im März 1949 war sie verzweifelt und doch voller Zuversicht in den Zug nach München gestiegen. Hatte am Ende des Tages tatsächlich gütige Menschen gefunden, die ihr so viel mehr geboten hatten als ein Dach über dem Kopf. Wäre da nicht ihr Sohn, den sie gegen all das eingetauscht hatte, sie könnte glücklicher nicht sein. Aber seinetwegen unternahm sie nun die Fahrt in die Vergangenheit. Vor dem nachmittäglichen Treffen mit Maria Ertl wollte sie Willis Geburtsurkunde aus ihrem Elternhaus holen, um endlich den Irrtum aufklären zu können. Um endlich nicht mehr Nola für Willi sein zu müssen, sondern seine Mama. Aber das bedeutete auch eine Begegnung mit ihrem Vater, und davor fürchtete sie sich am allermeisten.

Ihre Heimatstadt lag rund einhundertvierzig Kilometer von München entfernt. Wenn sie weiter in diesem Tempo fuhr, war die größtenteils über Landstraße führende Strecke in gut zwei Stunden zu schaffen. Zwei Stunden, um sich emotional auf ihren Vater einzustellen. Wie würde er auf ihr Erscheinen reagieren? Gehörte das Haus immer noch der Familie? Wurde die Apotheke noch von ihrem Vater geführt? Oder hatte Gollnik seine Drohung wahrgemacht und alle auf die Straße gejagt?

Um sich abzulenken, griff sie nach dem Apfel, der neben ihr auf dem Beifahrersitz lag.

Der langgezogene Hupton eines vorbeirauschenden Lastwagens erschreckte sie so sehr, dass er ihr aus der Hand und auf den bleistiftschmalen Rock des Pepitakostüms fiel. Schon während der Fahrstunden war sie mehrmals von Lastwagen durch Hupen oder obszöne Handzeichen belästigt worden. Die Mahnung ihres Fahrlehrers fiel ihr wieder ein: »Konzentrieren Sie sich auf die Straße. Autofahren ist kein Freizeitvergnügen, sondern eine ernste Sache. Und kümmern Sie sich nicht um rüpelhafte Kraftfahrer, die machen sich über jede Frau am Steuer lustig.«

Nach etwa fünfzig Kilometern wiesen riesige Hinweistafeln auf eine Tankstelle und Raststätte hin. Danach, hatte Luis gesagt, führte die Strecke auf der Landstraße weiter. Kurz entschlossen bog sie ein, trank im Gasthaus eine Cola und entspannte sich bei einer Zigarette. Anschließend wagte sie es tatsächlich, auf die Tube zu drücken. Die Tachonadel zeigte auf einhundert, und obwohl »Nummer eins« ziemlich laut brummte, genoss sie die restliche Fahrt. Die sommerlich gelben Kornfelder flogen vorbei, das Wetter spielte ebenfalls mit, und hupenden Kraftfahrern zeigte sie die kalte Schulter. Sie begann sogar, leise *Get Happy* zu singen.

Gegen dreizehn Uhr erreichte sie Regensburg. Statt direkt den Bismarckplatz anzusteuern, kurvte sie kreuz und quer durch die Straßen wie eine Jugendliche, die eine ganze Nacht lang ausgeblieben war und Angst vor väterlicher Strafe hatte.

Sie kurbelte beide Fenster herunter, um den vertrauten Geruch der Stadt einzuatmen. Den Staub, der sich in den düsteren, schmalen Gassen der Altstadt sammelte. Die modrige Dunstwolke, die über den uralten, von der Donau umspülten Gemäuern hing. Und sie lauschte den holpernden Fahrgeräuschen der Pferdewagen auf dem Kopfsteinpflaster.

Durch die Windschutzscheibe sah sie, wie auch hier der Wiederaufbau rasant voranschritt. Das Wirtschaftswunder war nicht aufzuhalten, die Passanten waren wieder besser gekleidet, die Schaufenster gefüllt, und Kriegsversehrte bettelten nur noch vereinzelt auf den Straßen um ein Almosen. Der schwer von Luftangriffen beschädigte Bahnhof war eingerüstet, der Wiederaufbau im vollen Gange. An den im Februar 1945 vollkommen zerstörten Hafenanlagen wurde gebaut, und Schiffe wurden bereits wieder beladen. Auch an der lädierten Kirche St. Leonhard standen Gerüste, auf denen unzählige Arbeiter wie Ameisen auf ihrem Bau herumkletterten.

Schließlich ging es auf vierzehn Uhr zu. Bald war die Mittagspause vorbei, und die Apotheke würde wieder öffnen. Mit einem flauen Gefühl im Magen steuerte sie Richtung Bismarckplatz. Mit jedem Meter, der sie näher ans Ziel brachte, wuchs der Kloß in ihrem Hals.

Vor der Bäckerei, an der William sie in jener Silvesternacht abgesetzt hatte, parkte sie den Wagen und stellte den Motor ab. Zitternd hielt sie sich am Lenkrad fest, ihr Magen rumorte, und ihre Augen brannten. Dreieinhalb Jahre waren seit jener Schicksalsnacht vergangen, so viel hatte sich verändert: Ruinen verschwanden mehr und mehr, sämtliche Fensterscheiben waren ersetzt und Straßen neu geteert worden. Die Schaufenster waren voller schöner Dinge, und die Teller blieben selten leer. Nur ihre Hoffnung, eines Tages in Williams Armen zu liegen, würde niemals verlöschen.

Schließlich überwand sie ihre Angst, fuhr weiter und fand kurz vor der Schwanenapotheke eine günstige Ecke, um das Haus erst einmal zu beobachten. Das Gebäude wirkte unverändert, und das geschmiedete Schild mit dem Schwan auf einer stilisierten Donauwelle baumelte sanft im Sommerwind. Nichts deutete darauf hin, dass Gollnik der neue Besitzer war. Dass die Eltern und Alfred nicht mehr dort lebten. Dennoch zögerte sie, auszusteigen und die Apotheke zu betreten. Zu deutlich war die Erinnerung an die Beschimpfungen ihres Vaters. Er war nie gütig gewesen, so wie Wolf, der seine Hand niemals gegen ein Kind erheben würde.

Die Turmuhr der nahen Schottenkirche schlug zwei Uhr.

Ende der Mittagspause.

Es war Zeit, sich ihren Dämonen zu stellen.

Nora atmete tief durch und griff nach ihrer Handtasche. Stieg aus. Und schritt ohne Zögern auf das Gebäude zu.

Sie warf einen Blick durch das Schaufenster in den leeren Verkaufsraum. Die Deckenlampe brannte nicht. War sie defekt, oder musste extrem gespart werden?

Entschlossen öffnete Nora die Ladentür. Das helle Klingeln des Glöckchens kündigte sie an. Zwei Schritte vor der Verkaufstheke blieb sie stehen, atmete den vertrauten Geruch nach Jodtinkturen, Desinfektionsmitteln und Mentholsalben ein. Rechts auf dem Ladentisch befanden sich wie eh und je die Hustenbonbons in einem Verkaufsaufsteller aus Pappe. Daneben der gläserne Teller für das Wechselgeld. An der linken Ecke die antike, mit Blumenornamenten verzierte Ladenkasse. Nichts hat sich verändert, seit ich mir meinen ausstehenden

Lohn genommen habe, dachte sie, und eine heiße Welle der Schuld durchflutete sie. Das Geld hatte ihr zugestanden, dennoch wäre es ihr lieber gewesen, hätte sie es nicht heimlich aus der Kasse nehmen müssen.

Schritte näherten sich. Die Tür zum Hinterzimmer wurde lautlos geöffnet. Ein alter Mann trat hinter den Ladentisch. »Sie wünschen?«, fragte er mit tonloser Stimme und blickte sie durch die in dünne Metallrahmen gefassten Brillengläser an.

Nora erkannte ihren Vater kaum wieder. Er hatte stark abgenommen, sein Kopf war völlig kahl, und die Gesichtshaut hing faltig von seinem knochigen Schädel herab. Unter dem weißen Kittel blitzte eine Strickjacke hervor; trotz der sommerlichen Temperaturen schien er zu frieren.

»Grüß dich, Vater«, sagte sie und presste ihre Handtasche an den Körper, als müsste sie sich schützen.

Seine Augen weiteten sich vor Überraschung. Er schluckte, dann hatte er sich wieder im Griff.

»Was willst du?«, brummte er mit eisigem Blick, während sich in seinen Mundwinkeln weiße Spucketröpfchen sammelten wie giftiger Schleim.

Nora ersparte sich die Frage nach seinem Befinden. Sie hatte sich auf Beschimpfungen eingestellt, hatte dennoch freundlich sein wollen, aber diese eiskalte Frage und der vernichtende Blick, mit dem er sie musterte, ließen sie verstummen. Verstört starrte sie ihn an. Innerhalb von Sekunden wurde sie wieder zu der eingeschüchterten Tochter, die sich nicht traute, ihrem Vater zu widersprechen.

Er trat an die antike Ladenkasse, legte schützend eine Hand darauf und knurrte: »Falls du glaubst, hier gibt es was zu holen, irrst du dich.«

»Ich möchte nur …« Ihr Hals war wie zugeschnürt, sie musste sich räuspern.

»Zum Donnerwetter!«, brüllte er. »Wenn du mir das Geld

zurückgeben willst, das du gestohlen hast, lege es auf den Tisch.« Mit spitzen Fingern klopfte er auf das blank polierte Holz. »Und dann verschwinde wieder, darin hast du ja Übung.«

Das tyrannische Wesen ihres Vaters steckte also doch noch in diesem abgemagerten kleinen Mann, den sie unter anderen Umständen nur bemitleidet hätte.

»Ich wollte …«, begann sie erneut, wurde aber sofort von ihm unterbrochen.

»Verschwinde, habe ich gesagt. Ich will dich hier nicht mehr sehen!« Er kam hinter der Ladentheke hervor, umrundete sie und ging zur Tür. »Raus!«, brüllte er, während er sie öffnete.

Wortlos drehte Nora sich um, verließ die Apotheke und hörte, wie er die Tür hinter ihr verschloss, als wäre sie eine Verbrecherin, vor der man das Haus verriegeln musste.

Draußen im hellen Tageslicht erfasste Nora ein leichter Schwindel. Keuchend lehnte sie sich an die Mauer. Sie sehnte sich nach einem Glas Wasser, um den abscheulichen Geschmack der Verachtung hinunterzuspülen.

»Nora, warte …«

Nora drehte sich um. Es war ihre Mutter, die in der halb offenen Haustür stand, wo sie nicht von ihrem Mann gesehen werden konnte. Sie eilte zurück.

»Mutti …« Gerührt umarmte sie ihre Mutter. Auch sie war merklich dünner geworden. Nora spürte die knochigen Schultern unter der Kittelschürze, die sie über einem Hauskleid trug. Ihr Haar war kurz geschnitten und von vielen grauen Fäden durchzogen. Unwillkürlich musste sie an Helene denken, die ihre Mutter sofort zu ihrem exklusiven Modefriseur in der Münchner Maximilianstraße geschleppt und erklärt hätte, dass jede Frau eine schicke Frisur verdiene.

»Kind, du bist es wirklich … Mein Gott, ich kann es kaum glauben … Aber als ich ihn brüllen hörte, wusste ich sofort, dass du im Laden bist.«

»Wie geht es dir, Mutti?«

Schwer atmend zog ihre Mutter sie in den dunklen Hausflur. »Wie geht es dir? Und dem Kleinen? Ich habe mir solche Sorgen gemacht. Einfach zu verschwinden ...«

»Es tut mir so leid«, entschuldigte sich Nora. »Es ging nicht anders, es war höchste Not, und Vater ... Hat er dir erzählt, was vorgefallen war?«

Ihre Mutter nickte seufzend und zog sie zur Treppe. »Komm mit in die Küche. Dort können wir reden.«

»Aber ...«

»Keine Angst. Während der Öffnungszeiten besteht keine Gefahr, dass er nach oben kommt«, beruhigte die Mutter sie. »Sollte er doch erscheinen, werde ich ihm Paroli bieten, schließlich bist du auch meine Tochter.«

Als sie die dunkle Treppe hinaufstiegen, mied Nora instinktiv die knarrenden Stellen, wie eine Diebin, die sich ins Haus schlich.

Auch in der Küche hatte sich nichts verändert. Alles war penibel aufgeräumt, und die blassgelbe Hängelampe hing noch immer über dem Tisch mit dem sauberen Tischtuch. Auf den Stühlen lagen ausgewaschene Kissen, die für etwas mehr Bequemlichkeit sorgten. Und in der Luft hing noch der Geruch nach gerösteten Zwiebeln. Da Willi nicht bei ihr war, fühlte es sich einen Wimpernschlag lang so an, als wäre sie wieder zwanzig Jahre alt und höchstens eine Stunde weg gewesen.

»Setz dich«, forderte die Mutter sie auf. »Hast Hunger? Ich hab noch Gemüsesuppe.«

Nora lehnte dankend ab. Sie konnte unmöglich etwas essen. »Ein Glas Wasser würde ich gerne trinken«, sagte sie und setzte sich auf einen der Stühle.

Die Mutter nahm ein Glas aus dem Küchenschrank, drehte den Wasserhahn über dem Spülbecken auf und ließ es kurz laufen, damit es kalt wurde. Mit dem Glas in der Hand kam sie an den Tisch. »Trink aber nicht zu schnell, es ist eiskalt.«

Lächelnd nickte Nora ihrer Mutter zu. Auch diese Mahnung war wie eh und je.

Die Mutter nahm ihr gegenüber Platz und blickte sie mit tränenfeuchten Augen an. »Erzähl, wie ist es dir ergangen, wo lebst du, wo ist der Kleine? Ich habe jeden Abend für euch gebetet, damit es euch gut geht. Manchmal habe ich auch geträumt, ihr seid gestorben ...« Sie zog ein Taschentuch aus der Kittelschürze, putzte sich lautstark die Nase und schob es zurück in die Tasche.

Nora trank einen Schluck Wasser, bevor sie ihrer Mutter vom Tod der Verwandten und dann ausführlich von allen Geschehnissen berichtete. Schließlich schloss sie mit den Worten: »Es geht uns wirklich sehr gut bei den Wagners.«

Ihre Mutter hatte mit weit aufgerissenen Augen zugehört. »Du bist das Kindermädchen deines eigenen Sohnes?« Entsetzt presste sie eine Hand auf den Mund.

»Was hätte ich denn machen sollen? Ohne die Familie wäre ich mit meinem Säugling in irgendeinem eiskalten Loch gelandet. Du kannst dir nicht vorstellen, wie zerstört München war. Trotzdem ist es natürlich kein Dauerzustand, und genau deshalb bin ich hier. Ich brauche Willis Geburtsurkunde.«

»Oh, mei ... Du hast ja keine Ahnung, was damals los war. Dein Vater ...« Erneut zog die Mutter das Taschentuch aus der Schürzentasche und betupfte sich damit die Augen.

Nora ahnte, dass er getobt haben musste. »Es tut mir leid, wenn du meinetwegen seine Wut ertragen musstet. Aber bitte, Mutti, wo ist die Urkunde?«

»Verbrannt.«

Nora hielt den Atem an. »Verbrannt?«, wiederholte sie ungläubig. »Gab es ein Feuer, oder was ist passiert?«

»Kein Feuer, *er* hat alles verbrannt«, begann die Mutter und berichtete: »Nachdem er deinen Zettel in der Kasse gefunden hatte, ist er den ganzen Sonntag wie vom Teufel besessen durch die Wohnung gelaufen, hat dich verflucht und geknurrt, du wärst für ihn gestorben. In Laufe der Woche hat er die Möbel aus deinem Zimmer, deine Kleider und sämtliche anderen Sachen verschenkt. Als das Zimmer leer war, hat er es ausgeräuchert, als wäre jemand an der Pest verstorben. Die Papiere hat er hier in der Küche im Spülbecken verbrannt.«

Nora war schockiert und dennoch nicht sonderlich überrascht. Was die Mutter erzählte, passte zu seinem Verhalten vorhin in der Apotheke. »Hat er dir von seiner Vereinbarung mit Gollnik erzählt?«

Schniefend unterdrückte die Mutter ihre Tränen. »Glaub mir, ich war entsetzt und wollte es zuerst gar nicht glauben. Leider hat Gollnik seine Drohung wahrgemacht. Das Haus gehört jetzt diesem raffgierigen Mann, der sowieso nicht weiß, wohin mit seinem Geld. Vater muss Pacht für den Laden und Miete für die Wohnung bezahlen. Uns gehört nichts mehr, wir sind Gollniks Leibeigene geworden. Alfred hat sich bei der Konkurrenz anstellen lassen, der gute Bub unterstützt uns mit seinem Gehalt. Ich putze bei unserem Hausarzt, sonst würden wir es nicht schaffen. Die Schulden …« Sie brach ab, ein Weinkrampf schüttelte sie.

Gollnik, dieses Monster, dachte Nora voller Wut, und eine Welle tiefen Mitleids überkam sie, während sie ihre Mutter umarmte. »Es tut mir so leid, was du meinetwegen durchmachen musstest …«

»Schon gut, Kind.« Sie nahm Noras Hände in die ihren und streichelte sie. »Ich bin froh, dass es dir und dem Kleinen an nichts fehlt.«

»Es könnte uns kaum besser gehen«, bestätigte Nora erneut, öffnete ihre Handtasche, kramte nach der Geldbörse und nahm drei Einhundert-Mark-Scheine heraus, die sie für Notfälle eingesteckt hatte. Sie drückte die Scheine der Mutter in die Hand. »Für dich. Gib es nur für dich aus, ja?«

»Aber …« Ungläubig starrte die Mutter auf die Scheine. »Woher hast du denn so viel Geld?«

»Ich verdiene sehr gut durch die Arbeit in der Redaktion. Und da ich weder fürs Wohnen noch fürs Essen bezahlen muss, kann ich alles sparen«, versicherte Nora ihrer Mutter.

»Dann danke ich dir recht schön, mein liebes Kind. Und ich habe auch etwas für dich.« Sie schob die Scheine in die Schürzentasche und stemmte sich mit beiden Händen auf der Sitzfläche ab. Der Stuhl schrappte beim Zurückschieben über die blank geschrubbten Holzdielen. Schwerfällig erhob sie sich, als bereitete es ihr große Mühe. Leicht gebückt schlurfte sie zum Küchenbüfett und öffnete die Schublade mit den Kochlöffeln, Schälmessern und Schneebesen. Lautstark kramte sie einige Sekunden darin herum, um dann mit einem Kuvert an den Tisch zurückzukehren. »Hier, das kam, nachdem du weg warst.«

Es war ein Kuvert aus dünnem weißem Papier, umrandet mit rot-blauen Schrägstrichen. In der oberen linken Ecke befand sich ein blaues Feld, darin in weißer Schrift: *By Air Mail. Par Avion. Mit Luftpost.* In der rechten Ecke klebten drei exotische Briefmarken. Adressiert war der Brief an Nora Längsfeld, Regensburg, Bismarckplatz 5. Die Absenderadresse lautete: William Bowman, New Haven, Connecticut.

Noras Herzschlag beschleunigte sich. Ein Glücksschwindel erfasste sie. Zu gerne hätte sie laut gejubelt. Aber sie beherrschte sich, griff mit zitternden Fingern nach dem bereits geöffneten Umschlag. Doch er war leer. »Mutti, wo ist der Brief?«

»Den hat *er* kurz überflogen und dann ins Feuer geworfen. Nur das Kuvert hat er behalten ...«

»Wozu?«, fragte Nora irritiert und hoffte gleichzeitig, die Mutter habe sich geirrt. Der Vater habe Williams Brief versteckt. Vielleicht, um sie irgendwann damit zu erpressen.

»Um William zu schreiben, das Kind sei bei der Geburt gestorben und du hättest inzwischen einen anständigen deutschen Mann geheiratet.«

Nora sackte auf dem Stuhl in sich zusammen wie unter tödlichen Schlägen. Warum war ihr Vater so kaltherzig? Was half es ihm, sich so grausam an ihr zu rächen? Stammelnd wandte sie sich an ihre Mutter: »Er hat Willi …« Sie vermochte es kaum auszusprechen. »Er hat ihn … sterben lassen?«

Die Mutter war neben ihr stehen geblieben und legte ihr den Arm um die Schulter. »Es tut mir so leid, Nora. Ich weiß es auch nur deshalb so genau, weil er mir den Brief gezeigt hat. Ich kann dir gar nicht sagen, wie entsetzt ich war. Mit Engelszungen habe ich versucht, ihm ins Gewissen zu reden, doch er war wie ein tollwütiger Hund. Deinetwegen wären wir in dieser Lage, du wärst schuld daran, dass uns kein einziges Reagenzglas mehr gehöre, und das könne gar nicht schwer genug bestraft werden. Mein Angebot, den Brief zur Post zu bringen, hat er leider durchschaut und mich höhnisch ausgelacht. Höchstpersönlich hat er ihn aufgegeben. Das Kuvert konnte ich in einem günstigen Moment in Sicherheit bringen, bevor er das auch noch verbrannt hätte.«

Nora griff nach dem Glas Wasser, als wäre darin eine wirksame Medizin gegen ihren rachsüchtigen Vater, und leerte es in einem Zug. Dann schaute sie fragend zu ihrer Mutter auf. »Und es kam nie wieder ein Brief?«

Traurig schüttelte sie den Kopf. »Lange Zeit noch habe ich den Postboten abgefangen, ihn gebeten, Luftpostbriefe nur mir zu übergeben. Auch wenn ich nicht wusste, wo du bist, habe ich gehofft, dass du eines Tages zurückkommst.«

»Aber warum … warum hast du nicht sofort einen zweiten Brief geschrieben und den Irrtum aufgeklärt? Du hattest doch die Adresse?«

Die Mutter atmete schwer und setzte sich wieder an den Tisch, ehe sie antwortete. »Darüber habe ich lange nachgedacht. Aber ich hatte doch keine Ahnung, wo du bist. Hätte William nicht angenommen, wir sind alle verrückt geworden, wenn ich ihm geschrieben hätte, ohne irgendeine Information, wie es euch geht? Ich habe gehofft und war mir an manchen Tagen sogar sicher, dass du mit dem Kleinen nicht lange fortbleiben würdest. Dann hättest du ihm selbst schreiben können. Irgendwann war einfach zu viel Zeit vergangen, um die boshaften Behauptungen deines Vaters richtigzustellen und alles logisch zu erklären. Ich bin auch keine geübte Briefeschreiberin … hätte vielleicht nicht die passenden Worte gefunden und den Schaden nur noch vergrößert …«

»Ich verstehe schon«, sagte Nora und verstaute das Kuvert in ihrer Handtasche. »Danke, dass du den Umschlag gerettet hast, jetzt wird alles gut.« Sie verabschiedete sich mit einer innigen Umarmung und notierte die Anschrift der Redaktion. »Schreibe mir unter ›Kummerkasten-Tante‹, noch möchte ich meine Herkunft geheim halten.«

»Schicke mir bald ein Foto von Willi«, bat die Mutter unter Tränen.

»Das mache ich sofort, wenn ich in München bin. Vielleicht finde ich ja auch eine Möglichkeit, dass du uns besuchen kommst«, sagte Nora und drückte die Mutter ein letztes Mal fest an sich.

Später am Nachmittag fuhr Nora wieder Richtung München und versuchte, die aufwühlenden Erlebnisse des Tages zu verarbeiten.

Nach dem emotionalen Abschied von ihrer Mutter war sie zum Standesamt geeilt, um nach einer Ersatzurkunde zu fragen. Ein nicht besonders freundlicher Beamter hatte ihr mit gerunzelter Stirn zugehört, als sie die Geschichte von einem angeblichen Küchenbrand erzählt und versichert hatte, ihre Mutter könne es bezeugen. Seiner Miene waren die Zweifel deutlich anzusehen gewesen, aber dennoch hatte er zugesagt, eine Kopie der Geburtsurkunde nach München zu schicken.

Das Treffen mit Maria Ertl hatte eine weitere Überraschung

für Nora bereitgehalten. Marias Tochter stammte tatsächlich aus ihrer Beziehung zu Bill Bowman. Im ersten Moment hatte Nora gelacht. Solche schicksalhaften Fügungen gab es doch nur in romantischen Filmen! Maria aber fand, es sei durchaus glaubhaft: Die Einheit in Regensburg sei überschaubar gewesen, die beiden Männer hätten sich vermutlich wegen der Namensgleichheit angefreundet, und so sei die Bostoner Adresse in Williams Uniformjacke gelandet. Maria freute sich sehr über die Adresse, endlich konnte sie *ihren* Bill erreichen. Sie ließ sich auch nicht von der Behauptung des amerikanischen Anwalts entmutigen, dass Mr. Bowman nie in Regensburg stationiert gewesen sei. Noch heute wollte Maria an Bill schreiben und dem Brief auch ein Foto seiner Tochter beilegen. Sie glaubte unbeirrt an seine Liebeserklärungen, und wenn auch nur ein Wort wahr gewesen war, würde er antworten.

Nora hingegen konnte es kaum erwarten, endlich an William zu schreiben. Nun, wo sie seine Adresse hatte, konnte sie mit den falschen Behauptungen ihres Vaters aufräumen, und dann würde ihr Traum wahr werden. Bald würde er sie wieder in seine Arme nehmen, sein Versprechen einlösen, ihr zuflüstern: *I will always love you.*

35

AM ABEND BOG Nora in die Möhlstraße ein und parkte den Wagen vor der Villa Wagner.

»Wieder zu Hause«, seufzte sie beim Aussteigen, und zum ersten Mal wurde ihr bewusst, dass dieses prächtige Anwesen tatsächlich ihr Zuhause geworden war. Hier hatte sie – abgesehen von den ersten Verwirrungen – seit ihrer Ankunft viele glückliche Tage erlebt.

Versonnen blickte sie die Straße entlang. Der stürmische Schwarzmarkt-Trubel aus den ersten Nachkriegsjahren war verebbt. Aber der Handel mit allen möglichen Waren, legal und illegal, ging unverdrossen weiter. Wer noch ein wertvolles Stück besaß, konnte es hier gegen echten Bohnenkaffee eintauschen, der in den offiziellen Geschäften extrem teuer war.

Ein Stück die Straße hinunter wirbelte eine Staubwolke auf. Zwei Männer in grauen Unterhemden und blauen Arbeiterhosen, bewaffnet mit Werkzeugen, nahmen rigoros einen Bretterkiosk auseinander. Nach und nach verschwanden die illegalen Holzbuden, die Händler wanderten ab, manche hatten legale Lizenzen erworben und eröffneten Geschäfte in der Innenstadt oder in Straßen mit »normaler« Laufkundschaft. Nicht zuletzt ein Erfolg der täglich patrouillierten Polizisten. Nora erinnerte sich an die Großrazzia im Oktober letzten Jahres, als es von Beamten nur so gewimmelt hatte. Laut Zeitungsberichten waren an dem Tag eintausend Polizisten unterwegs gewesen – mehr als Käufer – und hatten rund dreihundert Tonnen illegale Waren beschlagnahmt. Das Wirtschaftswunder war noch nicht überall angekommen.

»Straße der Schicksalsdramen« nannte sie den Schwarz-markt in der Möhlstraße insgeheim, denn auch ihr Schick-sal hatte hier eine erstaunliche Wende genommen. Wie wäre ihr Leben verlaufen, hätte sie Celia nicht angesprochen? Was wäre aus ihr und Willi geworden? Hätte er sich eine der überall grassierenden Kinderkrankheiten wie Diphtherie ein-gefangen und wäre gestorben? Nora lief ein Schauer über den Rücken.

»Nora!«, hörte sie ihren Namen rufen, als sie den Schlüssel für den Wagen am Bund suchte.

Luis auf seinem gelben Lambrettaroller stoppte mit quiet-schenden Bremsen dicht vor ihr. »Du bist heil zurück«, sagte er leise, als hätte er sich ernsthaft Sorgen um sie gemacht.

»Warum auch nicht«, entgegnete sie flapsig und versuchte das warme Gefühl zu unterdrücken, das in ihr aufwallte. Fahrig schloss sie den Wagen ab, um dem Blick aus seinen graugrünen Augen auszuweichen, die im sanften Licht des Sommerabends provokant aufblitzten.

»Also, ich bin jedes Mal erleichtert, wenn ich unbeschadet von dieser *Rennbahn* runterkomme«, erklärte er lachend, wäh-rend er den Zündschlüssel seines Rollers umdrehte. In einer fließenden Bewegung kickte er mit dem Fuß die Abstützung nach vorne, stellte den Roller in die Parkposition und öffnete schwungvoll den Reißverschluss seiner Lederjacke. »War's denn aufschlussreich?« Lauernd musterte er sie, als wüsste er, dass sie ihn angeschwindelt hatte.

»Doch, doch, aber weniger spannend als erhofft«, antwortete sie ausweichend. Wolf hatte nicht nach Einzelheiten gefragt, als sie vor der Fahrt erklärt hatte, der Leserbrief einer Frau aus »Ulm« habe sie so sehr beeindruckt, dass sie die Frau unbedingt persönlich sprechen wolle. Luis war neugieriger als sein Onkel gewesen und hätte gerne mehr erfahren, aber sie hatte ihn wie so oft abgewimmelt. »Ich bin total ausgehungert, langes konzentriertes Autofahren macht Appetit«, wechselte sie auch jetzt lieber das Thema, ehe er weiterfragen konnte.

Während sie Handtasche und Kostümjacke in der Diele ablegte, hörte sie Willi lachen. Sein typisches glucksendes Lachen, wenn ihm ein Spiel so richtig Spaß machte.

Sie öffnete die Tür zum Salon und erstarrte innerlich. Willi, in einem weißen Oberhemd und kurzen Hosen aus blau-weiß gestreiftem Baumwollstoff, saß auf Helenes Schoß und küsste sie liebevoll auf die Wange. »Liebe Omi ...«

Es war nicht so sehr der unschuldige Kuss, diese Szene sah sie nicht zum ersten Mal. Aber zu beobachten, wie sicher und geborgen Willi sich in der Nähe seiner vermeintlichen Groß-mutter fühlte und sie keine Sekunde vermisste, war wie ein eisi-ger Hauch, der sie packte und frösteln ließ.

Helene hatte ihr Eintreten bemerkt, stellte Willi auf die Füße und sagte: »Schau mal, wer da kommt.« Mit einer beiläufigen Bewegung erhob sie sich und strich ihr ärmelloses zitronengel-bes Sommerkleid glatt, dessen schmaler Rock zerdrückt war.

»Nola, Nola ...« Fröhlich kichernd, mit ausgestreckten Ärm-chen, kam Willi auf sie zugerannt.

Nora breitete die Arme aus, fing ihn auf und hob ihn hoch. »Hallo, mein Schatz. Wie war dein Tag, habt ihr schön gespielt?« »Ssön, ganz ssön.«

Innig drückte sie ihren Sohn an sich. Wie gerne würde sie auf der Stelle die Koffer packen und sich mit ihm auf den Weg zu seinem Vater begeben. Aber wie so eine Reise begrün-den? Helene genehmigte ja nicht einmal einen Ausflug an den See, geschweige denn eine mehrwöchige Schiffsreise über den Ozean. Sie hatte kaum eine Wahl, solange sie die Geburtsur-kunde nicht in den Händen hielt. Helene, das ahnte sie, würde nicht nur verletzt reagieren – sie würde um Willi kämpfen. Also blieb Nora nur, weiter in der Situation auszuharren, an William zu schreiben und geduldig auf eine Antwort zu warten.

»Der freut sich aber mächtig, dass seine Nola wieder zu Hause ist.«

Es war Luis, der ihr diese Worte zuraunte und jetzt so dicht hinter ihr stand, dass sie seine Körperwärme spürte.

»Ich habe ihn auch vermisst«, sagte sie, ohne sich umzudrehen. Vorsichtig setzte sie Willi auf dem Fußboden ab, der sogleich zur Eingangstür lief, die sich in dem Moment öffnete.

»Opa, Opa!«, kreischte er begeistert.

Wolf, im hellen Sommeranzug, trat schnaufend in die Diele. Sein Gesicht war gerötet, und er wirkte ungewöhnlich aufgeregt, als er eine gefaltete Tageszeitung aus der Jacketttasche zog und sie auf die neu angeschaffte schwarzlackierte Kommode warf.

»Na, kleiner Held, hast du deinen Opa vermisst?«, fragte er mit belegter Stimme, als er Willi schwungvoll hochhob. Wie gewöhnlich wirbelte er mit dem glucksenden Kind einmal um die eigene Achse, setzte ihn mit einem »Lauf zur Oma« wieder ab und wandte sich dann Luis zu. »Kann ich dich einen Moment im Büro sprechen? Nora, dich bitte auch.«

Helene hatte Willi an die Hand genommen und trat zu ihnen in die Diele. »Was ist denn los?«

»Ach, nur eine Idee, die mir auf dem Nachhauseweg kam und die ich mit meinen Mitarbeitern besprechen möchte, bevor sie sich verflüchtigt«, erklärte er und griff nach der Zeitung. »Das Abendessen heute vielleicht fünfzehn Minuten später? Danke, meine Liebe.«

Nora hörte an Wolfs Tonfall, dass es sich ganz und gar nicht um eine »Idee« handelte, die es dringlich zu besprechen galt. Auch Luis schien sich zu wundern, wie sie an seinem angedeuteten Kopfschütteln erkannte, während sie Wolf in sein häusliches Arbeitszimmer folgten.

»In Ordnung, ich gebe Friederike Bescheid«, rief Helene ihnen nach. Nora hörte noch, wie sie zu Willi sagte: »Komm, wir gehen in die Küche und schauen, was Friederike Feines gekocht hat.«

»Kooochen«, quietschte Willi begeistert.

* * *

Wolf stieß die Tür zu seinem privaten Arbeitszimmer auf, knallte die Zeitung auf den Mahagonischreibtisch und schloss das offene Fenster. Was es zu besprechen gab, musste vorerst in diesem Raum bleiben. Aus dem Seitenteil des Schreibtisches holte er eine Flasche Cognac und zwei Gläser hervor. Nach Luft schnappend, ließ er sich in den bequemen Stuhl hinter dem Schreibtisch fallen.

»Setzt euch, bitte«, sagte er zu Luis und Nora, deutete auf die beiden Armlehnenstühle mit den gepolsterten Sitzflächen und fragte, an Luis gewandt: »Auch einen Schluck?«

»Nicht bevor die Nacht hereinbricht«, scherzte sein Neffe leicht theatralisch, während er Nora den Stuhl zurechtrückte.

Wolf war längst aufgefallen, wie sehr Luis sich um Nora bemühte. Besonders erfolgreich schienen seine Avancen jedoch nicht zu sein.

»Ja, es ist noch ein wenig zu früh, aber ich habe mich eben so schrecklich über einen Zeitungsartikel aufgeregt. Und um den zu verdauen, brauche ich dringend einen Beruhigungsschluck«, erklärte er und goss ungeniert das Glas halb voll. »Lies bitte die Schlagzeile, dann wirst du verstehen.«

Luis griff nach der Tageszeitung, schlug sie auf und las laut: »Oberschicht in der Unterwelt.«

»Grauenvoll«, grummelte Wolf.

»Du kennst doch diese Boulevardfritzen«, entgegnete Luis. »Die arbeiten nach dem Motto ›Blut ist immer für 'ne Titelseite gut‹! Und wenn gerade kein Massenmörder unterwegs ist, zerreißen sie sich eben das Maul über die feine Gesellschaft.«

374

»Sieh dir das Foto unter der Schlagzeile an. Erkennst du die Personen darauf?«

»Ein miserables Foto von Kollege Reimers«, urteilte Luis. »Aber wenn ich mich nicht täusche, bist das du und neben dir dein Geschäftsfreund, dessen Name mir entfallen ist, in Abendanzügen vor der Flamingo-Bar.«

»Hanno Gollnik«, entgegnete Wolf.

»Gollnik?«, murmelte Nora.

Wolf bemerkte verwundert, wie blass Nora geworden war. Sie wurde doch nicht krank? Dann müsste sie sich von Willi fernhalten, um den Kleinen nicht anzustecken.

»Richtig«, nickte Luis und sah Wolf verständnislos an. »Wie seid ihr denn in dieses Blättchen geraten? Werdet ihr beschattet?«

Wolf nahm einen großen Schluck Cognac. »Wenn ich das wüsste«, schnaufte er und setzte das Glas geräuschvoll ab. »Aber lies den Artikel auf Seite zwei.«

»Ah, noch mehr schlechte Fotos … eines von einer zweifelhaften Größe der Münchner Gesellschaft, genannt Graf Galosche wegen der Galoschen, ohne die er noch nie gesichtet wurde. Seinen richtigen Namen kennt kaum einer«, lachte Luis, als er die Zeitung aufgeschlagen hatte. Mit leiser Stimme begann er vorzulesen: »»Wolf Wagner, Chefredakteur und Herausgeber der Illustrierten *Welt im Blick,* lässt es gerne in zwielichtigen Nachtclubs krachen. In dergleichen Lokalitäten erhält der Mann von Welt alles, was man für Geld kaufen kann. Zuwendung der holden Weiblichkeit, geistige Getränke und selbst unerlaubte Genüsse, wahlweise zum Anzünden oder Schlucken …‹« Luis brach ab und schnappte hörbar nach Luft. »Nette Umschreibung für Prostitution, Drogen- und Zigarettenhandel. Aber mal abgesehen von den miesen Fotos und der lächerlichen Umschreibung – was willst du dagegen unternehmen?«

»Ein Skandal, ein einziger Skandal!«, stöhnte Wolf.

»Kann man die Zeitung verklagen?«, fragte Nora. »Wegen Rufschädigung, übler Nachrede, Verleumdung ... oder was immer es da für Möglichkeiten gibt?«

»Das wäre eine Option, doch was würde das bringen? Erstens dauern solche Klagen ewig, und die Gegendarstellungen werden gewöhnlich auf den letzten Seiten gedruckt, die kein Mensch liest. Nein, ich brauche jetzt sofort eine Idee, wie man den größten Schaden abwenden kann. Der Bericht kann uns Tausende von Lesern kosten«, unkte Wolf. »So mancher Moralist wird glauben, es sei *sein* Geld, das ich in Nachtclubs verprasse. Nebenbei bemerkt sind diese geschäftlichen Treffen auch für das Blatt wichtig, ich finanziere sie aber aus meiner Privatschatulle. Und wer, bitte schön, bestimmt, dass man Geschäfte nur in Geschäftsräumen abhandeln darf?«

»Nicht mal der Fiskus«, scherzte Luis.

»Eben!« Wolf hob sein Glas und leerte es in einem Zug. »Wobei ich die Kosten gar nicht in den Spesenabrechnungen deklariere, obwohl ich es könnte. Aber das nur nebenbei. Luis? Nora?« Voller Hoffnung auf einen hilfreichen Geistesblitz sah er seine kreativsten Mitarbeiter an. »Was können wir tun?«

»Eine Frage«, begann Nora, die sich eine Zigarette aus der Schachtel Camel auf seinem Schreibtisch genehmigte, an der sich jeder ohne zu fragen bedienen durfte. »Kannst du dich erinnern, wann dieses Treffen stattgefunden hat und worüber ihr gesprochen habt?«

Wolf reichte ihr Feuer. »Das muss vor ein paar Tagen gewesen sein. Wir sprachen über Geldanlagen, das Wirtschaftswunder nimmt Fahrt auf, da sollte man dabei sein. Warum ist das wichtig?«

»Ich dachte, vielleicht könnte man es verwenden. Aber Bankgeschäfte sind eventuell zu fragwürdig.«

»Meine nicht«, entrüstete er sich.

»Verzeih, so war das nicht gemeint«, entschuldigte sich Nora und erklärte, sich nur ungeschickt ausgedrückt zu haben.

»Schon gut, ich bin im Moment etwas dünnhäutig«, winkte Wolf ab und goss sich ein Schlückchen Beruhigungscognac nach. Dieses miese Boulevardblättchen brachte ihn in eine verdammt missliche Lage.

***

Luis verstand, warum Onkel Wolf derart aufgelöst war. Aber nicht wegen möglicher Umsatzeinbußen. Vor der Flamingo-Bar fotografiert zu werden war vielleicht nicht die erste Wahl, um die Auflagenhöhe der Illustrierten anzukurbeln. Andererseits waren die Leser durchaus empfänglich für Klatsch und Tratsch, durch den sie einen Einblick hinter die Kulissen bekamen. Nein, der Onkel fürchtete, dass Tante Helene herausfinden könnte, wo ihr geliebter Gatte sich abends tatsächlich aufhielt, wenn er angeblich in Geschäften unterwegs war. Ihm persönlich war es egal, wo und mit wem der Onkel sich vergnügte, aber er hasste Streitigkeiten jeglicher Art, und das hier könnte im schlimmsten Falle eine Scheidung nach sich ziehen. Um das zu verhindern, würde Wolf alles tun.

»Hast du Tante Helene von diesem ... sagen wir mal, *Ausflug* ins sündige Münchner Nachtleben erzählt?«, erkundigte er sich vorsichtig. Er und natürlich auch Konrad wussten seit Langem, wen der Onkel dort besuchte, auch wenn es im Flamingo gelegentlich zu geschäftlichen Verabredungen kam.

Verständnislos sah Wolf ihn an. »Warum sollte ich?«

»Weil du in dem Fall unbedingt die Zeitung vor ihr verstecken solltest«, antwortete Luis und griff ebenfalls nach der Zigarettenschachtel. »Aber mir ist eine Möglichkeit eingefallen, wie wir die Zeitungsfotos auf harmlose Weise erklären können.«

»Lass hören.«

»Noch eine wichtige Frage …« Luis zündete sich die Zigarette an, bevor er absichtlich naiv weiterfragte: »Wie gut kennst du den Besitzer des Nachtclubs?«

»Das Flamingo wird von einer Frau geführt«, antwortete Wolf und erklärte, durch etliche Besuche gut mit ihr bekannt zu sein.

»Dann wird uns die Dame sicher einen Gefallen erweisen, oder?«

»Ich denke schon. Was schwebt dir denn vor?«

Luis legte seinen Rettungsplan, mit dem Wolfs guter Ruf wiederhergestellt werden konnte, detailliert dar. Und je länger er redete, umso mehr hellte sich Wolfs düstere Miene auf. Am Ende konnte der Onkel kaum an sich halten vor Begeisterung.

»Eines musst du aber vorher noch erledigen«, fügte Luis hinzu.

»Und das wäre?«

»Du musst deiner Frau diesen Artikel zeigen und ihr erzählen, dass du einen Geschäftsfreund getroffen hast.«

Unwillig zog der Onkel die Augenbrauen hinter der Brille zusammen, überlegte kurz und grinste dann verschlagen. »Auch wenn es eine bittere Pille ist, aber ich werde Helene den Ausflug beichten, sonst funktioniert die Chose nicht.«

Luis warf einen Blick auf Nora, die lächelnd zugehört hatte. Ihr schien die Idee zu gefallen, und das erfüllte ihn mit Stolz. Auch wenn sie nicht von der Angelegenheit betroffen war, legte er Wert auf ihre Anerkennung. Vielleicht würde er auf diese Weise eines Tages doch noch ihr Herz gewinnen.

Dass der Onkel seine Nachtclubabstecher tatsächlich gestehen würde, daran zweifelte er noch. Umso erstaunter war er, als Wolf nach dem Abendessen beim Schlummertrunk im Salon seiner Frau tatsächlich die Zeitung präsentierte. Kleinlaut murmelnd erzählte er von einem Termin mit Gollnik und anderen Geschäftsfreunden, die er vorzugsweise in Nachtclubs treffe.

Tante Helene bewies einmal mehr ihre vornehme Abstam-

378

mung. Mit einem spöttischen Lächeln betrachtete sie die Fotos. »Habt ihr euch gut amüsiert?«, erkundigte sie sich freundlich, als wäre ein Treffen im Nachtclub ebenbürtig mit einem Kinobesuch.

»Soweit das bei trockenen Gesprächen über Finanzen möglich ist. Aber du weißt ja, wie wichtig gerade Gollnik für unser Blatt ist«, verteidigte Onkel Wolf sich.

»Versteht sich«, entgegnete Tante Helene knapp.

Luis entnahm dem kurzen Wortwechsel mehr Information, als laut ausgesprochen worden war. Die Tante mochte lange getrauert haben, aber deshalb war sie nicht vollkommen abgestumpft gewesen. Vermutlich hatte sie schon früh geahnt, wohin Konrad ihren Gatten spätabends noch chauffierte, und den Rest des Geheimnisses von Friederike erfahren können, die es ihrem Konrad leicht entlocken konnte. Nun, die Katze war aus dem Sack, und die »Rettungsaktion« konnte starten.

Ausführlich erklärte Luis seiner Tante, wie er sich das Ganze vorstellte und dass auch Klein Willi mitmachen müsste.

»Selbstverständlich«, stimmte Helene sofort zu, um noch im selben Atemzug eine Bedingung an ihren Gatten zu stellen.

Onkel Wolf, der mit einem Whiskey auf dem Chesterfieldsofa saß, sackte leicht in sich zusammen. »Und die wäre?«

»Für solch eine *Gelegenheit* habe ich nichts anzuziehen.«

»Würde es helfen, wenn Konrad dich gleich morgen zu deiner Schneiderin fährt?«, parierte der Onkel weltmännisch.

Tante Helene lächelte zufrieden. »Doch, ja«, sagte sie und verlangte, eine Flasche Sekt zu öffnen, um den Rettungsplan zu begießen.

Luis amüsierte sich im Stillen über Tante Helenes raffinierte Taktik, den Onkel nicht merken zu lassen, dass sie keine naive Gattin war. Gegen ein Schlückchen Sekt hatte er selbst auch nichts einzuwenden. Dabei konnte er Nora tief in ihre wunderschönen veilchenblauen Augen sehen, ohne dass sie sich wegdrehen durfte. Denn das brächte Unglück.

36

DREI WOCHEN SPÄTER schlug Nora die druckfrische Ausgabe der *Welt im Blick* auf und blätterte eilig zu dem bebilderten Kurzroman auf Seite zwölf.

Die Nacht hat viele Gesichter, lautete der Titel einer frivolen Geschichte von Luis Doll, die von Schwarzmarktgeschäften im großen Stil handelte. Im Grunde war alles ziemlich harmlos, waren Zigaretten, die Hauptwährung in der Geschichte, doch weiterhin eine beliebte Währung beim illegalen Warenverkehr. Illustriert wurde das Ganze mit Fotos von Männern in Abendanzügen, darunter Wolf, und Frauen in Abendkleidern, die sich in der Flamingo-Bar vergnügten.

Auf den folgenden Seiten bekam der Leser Einblicke in das Privatleben des Chefredakteurs: Wolf Wagner mit seiner attraktiven Gattin und dem Enkelkind Willi; Ball spielend im sommerlichen Garten der Bogenhausener Villa und abends bei einem Glas Wein, das er mit der charmanten Ehefrau genoss.

Die häusliche Idylle konnte perfekter nicht sein, die Gefahr für die Illustrierte war gebannt und Wolf Wagners guter Ruf als verantwortungsvoller Geschäftsmann und treusorgender Gatte wiederhergestellt.

Marlene, die betörend schöne Inhaberin des angeblich so zwielichtigen Nachtclubs, hatte dem reißerischen Boulevardblatt Modell gestanden und von jenem Fototermin berichtet, bei dem ihr Nachtclub als Schauplatz gedient hatte. Der Bericht samt Fotos war letzte Woche erschienen, die Flamingo-Bar hatte gratis Werbung bekommen, und alle waren glücklich.

Nur Nora war zutiefst unglücklich. Zum wiederholten Male blätterte sie durch das Magazin und rauchte nervös die vierte Zigarette. Aber keine noch so dichte Wolke aus Zigarettenqualm war in der Lage, die Katastrophe für sie abzumildern.

Willi war nun ganz offiziell das Enkelkind des Ehepaars Wagner. Millionen von Lesern hielten den fotografischen Beweis in Händen.

Vielleicht habe ich meinen Sohn für immer verloren, dachte sie, während Tränen der Verzweiflung über ihre Wangen flossen.

An William hatte sie noch am Abend ihrer Rückkehr aus Regensburg geschrieben und von der freundlichen Familie in München berichtet, bei der sie und Willi lebten. Näher ins Detail wollte sie nicht gehen, er sollte sich keine unnötigen Gedanken machen. Solch eine ungewöhnliche Konstellation musste sie ihm persönlich erklären. Den Brief hatte sie sofort am nächsten Tag zur Post gebracht und wartete seither auf Antwort. Ein Lebenszeichen aus Amerika hätte das Blatt wenden können. Drei Wochen waren inzwischen vergangen – warum meldete er sich nicht? Interessierte er sich nicht mehr für sie und seinen Sohn? Hatte ihr Vater recht gehabt mit seiner Behauptung, Frauen gehörten zur Kriegsbeute der Sieger und William zu denen, die sich ihren Teil der Beute nahmen und nicht um die Folgen scherten?

Trotz aller Tränen, die sie um William und ihr Schicksal geweint hatte, bereute sie es keine Sekunde, sich ihm hingegeben zu haben. Sobald sie die Augen schloss, sah sie sich nackt in seinen Armen liegen, hörte ihn zärtliche Worte flüstern und fühlte seine Hände auf ihrer Haut. Und oft verlor sie sich in Tagträumen, stellte sich vor, wie ihr Leben verlaufen wäre, wenn sie geheiratet hätten. Wie sie mit Willi im Kinderwagen spazieren gegangen wären. Sich verstohlen geküsst hätten. Die Nächte zusammen verbracht hätten und am Morgen nebeneinander aufgewacht wären.

Reiß dich zusammen, ermahnte sie sich, du bist selbst schuld an deiner Misere. Hast im passenden Moment geschwiegen. Bist den bequemen Weg gegangen, statt dich als alleinerziehende Mutter durchzukämpfen.

Leise fluchend drückte sie die Zigarette aus und putzte sich die Nase. Auf dem Tisch wartete ein Stapel Leserbriefe darauf, geöffnet und gelesen zu werden. Weinen konnte sie nachts allein in ihrem Bett, hier im Büro bestand die Gefahr, dass jemand reinschneite und neugierige Fragen zu ihren rot verweinten Augen stellte. Ursula kam nach Terminen mit Wolf, wenn sie ihm die neuesten Witzezeichnungen vorgelegt hatte, regelmäßig auf ein Schwätzchen vorbei.

Eine Tasse Kaffee aus der vor Kurzem eingerichteten Kaffeeküche für Mitarbeiter und die durchs offene Fenster wehende Sommerluft brachten Nora zurück in die Realität. Konzentriert machte sie sich an die Arbeit. Schlitzte Umschläge auf, heftete die Briefe mit einer Büroklammer daran. In Kombination mit dem aufmunternden Kaffee verscheuchte die monotone Tätigkeit ihre trüben Gedanken. Nach einer halben Stunde war der erste Teil ihrer Arbeit erledigt, und sie begann zu lesen.

Die Zeilen einer Leserin aus Nürnberg ließen sie schmunzeln.

Lieber Kummerkasten

ich bin eine verheiratete Frau von fünfunddreißig Jahren, habe drei Kinder und einen braven Mann. Der leidige Haushalt wächst mir oft über den Kopf, und an manchen Tagen weiß ich nicht, was ich zuerst erledigen soll. Aber dann kommt der Donnerstag und mit ihm das neue Heft! Dann lasse ich einfach alles stehen und liegen und verziehe mich in ein stilles Eckchen, um die neue Fortsetzung des Romans von Luis Doll zu lesen. Dabei vergesse ich alles um mich herum, schere mich weder um

hungrige Kinder, schmutzige Böden noch um dreckige Wäsche
und bin einfach zufrieden.
Dafür wollte ich mich einmal bedanken.
Mit freundlichen Grüßen
Anneliese Rothballer

PS: Wäre es möglich, ein Autogramm von Luis Doll zu bekom-
men? Briefmarken liegen bei.

Nora faltete das Schreiben zusammen und verstaute es in ihrer
Handtasche, um es Luis zu überreichen. Er würde sich bestimmt
darüber freuen.

Sie sortierte weiter Leserbriefe, um geeignete Schreiben für
die Veröffentlichung zu finden. Das Anliegen eines Mannes aus
Berlin schien ihr passend.

Verehrter Kummerkasten,
verzeihen Sie, wenn ich Sie ohne Höflichkeitsfloskeln sogleich zu
meinem Problem behellige.
Seit einigen Wochen bemühe ich mich um eine junge Frau, der
ich sehr zugetan bin und die meine Gefühle erwidert. Nun
würde ich die Dame meines Herzens gerne mit einem gemein-
samen Herbsturlaub an den wunderschönen Bodensee überra-
schen. Aber ich fürchte, dass sie sich genötigt fühlt zuzusagen.
Oder gar glaubt, ich wolle sie auf diese Weise bedrängen.
Bitte raten Sie mir, wie ich am geschicktesten vorgehe?
Ihr sehr ergebener
Gustav Leinweber

Nora fragte sich, ob dem besorgten Kavalier der sogenannte
Kuppelparagraf bekannt war. Sie würde Gustav Leinweber
antworten und seinen Brief auch anonym veröffentlichen, um
Verliebte darüber aufzuklären, dass jeder Hotel- oder Pensions-

wirt gesetzlich verpflichtet war, von Paaren bei Buchung eines Doppelzimmers den Nachweis zu verlangen, dass sie verheiratet waren.

Nachdem der Text für die Veröffentlichung getippt war, schrieb sie an Gustav persönlich.

Verehrter Herr Leinweber,
fragen Sie Ihr Herz, ob Sie mit dem Fräulein nur einen Urlaub
oder Ihr ganzes Leben verbringen wollen. Wenn ja, erstehen
Sie einen Blumenstrauß, stellen sich damit bei den Schwieger-
eltern in spe vor und halten um die Hand Ihrer Liebsten an.
Der Urlaub am Bodensee wäre dann ein schönes Verlobungs-
geschenk, das sie bestimmt gerne annimmt, selbst wenn Sie die
Urlaubsnächte in getrennten Zimmern verbringen müssen.
Angeblich existieren welche mit Verbindungstüren …
Alles Gute für die Zukunft,
Ihr Kummerkasten

Gustav würde ihre Andeutung verstehen und die Angebetete hoffentlich ehelichen. Sie selbst hatte erfahren, was ein uneheliches Kind bedeutete.

Stunden später, nachdem Nora die restliche Korrespondenz erledigt hatte, waren nur noch die Kuverts zu adressieren. Auf-atmend schob sie den Stuhl zurück.

Feierabend.

Sie fühlte sich erschöpft, beinahe ausgelaugt nach der inten-siven Konzentrationsphase, die heute länger als gewöhnlich gedauert hatte. Aber sie war stolz auf sich. Sie hatte viel geschafft und während der Arbeit ihren Kummer tatsächlich vergessen. Die Dämonen hatten sich verflüchtigt, die Hoffnung auf Nach-richt von William war neu erwacht. Bald würde sie Post von ihm erhalten, das spürte sie.

Zufrieden schnappte sie sich die schwarze Handtasche, die

das Pepitakostüm zusammen mit den schwarzen Stöckelschuhen perfekt ergänzte, und klemmte sich die taillierte Kostümjacke unter den Arm. Noch rasch die Antwortbriefe in der Poststelle abliefern und dann nach Hause zu ihrem Sohn.

»Nora, warte einen Moment«, rief Pförtner Michael, als sie an ihm vorbei Richtung Ausgang eilte. »Für dich kam ein Brief mit der Nachmittagspost.« Er schwenkte ein dünnes Kuvert mit blau-roter Umrandung und drei exotischen Briefmarken.

Ein Luftpostbrief aus Amerika!

Nora unterdrückte einen Freudenschrei, schaffte es, freundlich lächelnd Danke zu sagen, und wünschte Michael einen schönen Spätdienst.

Mit allergrößter Beherrschung schlenderte sie zu ihrem Wagen.

Sie hatte absichtlich die Adresse der Redaktion angegeben, um zu Hause keine Post aus Übersee erklären zu müssen. Sobald sie im Auto saß, drehte sie den Umschlag um und zog die Brauen zusammen. Der Absender auf der Rückseite war nicht William, sondern Jonathan Bowman. Zitterig öffnete sie das Kuvert und zog ein dicht in deutscher Sprache beschriebenes Blatt heraus.

Liebe Nora,
William hat uns so viel von der wundervollen jungen Frau
erzählt, die er in Regensburg kennen- und liebengelernt hat,
die sein Kind erwartet und die er heiraten wollte. Welch
eine Freude zu hören, dass Du und der Kleine wohlauf seid.
Herzlichen Dank für die zauberhaften Bilder, sie stehen nun
gerahmt auf dem Kaminsims.
Du wirst Dich fragen, warum wir statt William schreiben; das
ist leider eine traurige Geschichte. Wir sind zutiefst unglücklich
darüber, Dir auf diesem Wege davon berichten zu müssen. Kurz
nachdem William in Amerika angekommen war, litt er an starken Bauchschmerzen. Doch er hatte noch in der Armee-Basis

zu tun und wollte sich später untersuchen lassen. Er glaubte, es würde vorübergehen. Erst als die Schmerzen unerträglich wurden und auch noch hohes Fieber dazukam, bestanden wir auf einer Einweisung in die Klinik. Dort wurde ein entzündeter Appendix diagnostiziert. Die sofortige Notoperation kam zu spät, der Blinddarm war bereits durchgebrochen und die Blutvergiftung so weit fortgeschritten, dass es keine Hilfe mehr gab. Wir waren in seiner letzten Stunde bei ihm, doch er war nicht mehr ansprechbar. So erfuhren wir nicht, wo wir Dich erreichen könnten, wie Dir schreiben. Vielleicht tröstet es Dich ein wenig, dass er im Fieberwahn immer wieder nach Dir gerufen hat.

Nora starrte die letzten Sätze an.

Ihr wurde schwindelig. Ihr Herz begann zu rasen.

Es fühlte sich an, als hörte die Erde auf, sich zu drehen, als öffnete sich ein mächtiger Abgrund, in den sie hineinstürzte.

Das Schreiben von Williams Eltern konnte doch unmöglich wahr sein! Sie musste nur die Augen schließen und sah ihn vor sich, fühlte seine Umarmung, seine Lippen auf den ihren. Und jetzt sollte er von einem Atemzug zum anderen gestorben sein? Nein, sie wollte es nicht glauben. Völlig verstört las sie weiter ...

Liebe Nora, gewiss dachtest Du, William habe sein Versprechen nicht eingehalten und Dich im Stich gelassen. Das hat er nicht, und wir glauben, dass er noch in seiner letzten Stunde darunter gelitten hat, Dich nicht benachrichtigen zu können. Wir bedauern es so sehr, Dir diese traurigen Ereignisse berichten zu müssen. Es ist so unendlich traurig, dass er diesen schrecklichen Krieg überlebt hat, um dann an einer Blutvergiftung zu sterben.

Wir würden Dich und den entzückenden kleinen William sehr gerne kennenlernen und möchten euch einladen, uns zu besu-

chen. Bei uns zu leben, wenn Du möchtest. Die Kosten über-
nehmen selbstverständlich wir; William hätte bestimmt gewollt,
dass wir uns um Dich und seinen Sohn kümmern. Wann
kannst Du die Reise antreten? Wir können es kaum erwarten,
Dich und den kleinen William kennenzulernen. Bitte schreibe
bald. Wir umarmen Dich aus der Ferne.
In Liebe
Jonathan und Ethel

Entsetzt ließ Nora das Blatt sinken, starrte auf die Straße, las
den Brief ein zweites, drittes Mal, doch die verheerende Botschaft blieb dieselbe. Langsam begriff sie, was das bedeutete.

»William ist tot«, flüsterte sie mit belegter Stimme.

Er ist tot.

Ich werde ihn nie wiedersehen.

Er ist tot.

Ich werde nie wieder in seinen Armen liegen.

Er ist tot.

Er wird mir nie wieder sagen, dass er mich liebt.

Er ist tot.

Er wird seinen Sohn niemals kennenlernen.

Er ist tot.

Und mit ihm alle meine Hoffnungen.

Er ist tot.

Tot. Ein Wort mit mehr Zerstörungskraft als tausend Luftangriffe. Tränen liefen über ihre Wangen, und als sie durch die
Windschutzscheibe blickte, hatte die Welt ihre Farben verloren.

37

Herbst 1951

LUIS LIEBTE SONNTAGE. Mit der Familie bei einem gemeinsamen Frühstück am üppig gedeckten Tisch zu sitzen, über Gott und die Welt zu klatschen und, vor allem, neben Nora zu sitzen. Und wenn sich alle über Willi freuten, der unabsichtlich, manchmal auch absichtlich, das blütenweiße Tischtuch bekleckerte.

Seine Mutter und Tante Helene unterhielten sich gerade über den Einkaufsbummel im neu eröffneten Kaufhof am Stachus. Er selbst hatte am Eröffnungstag, dem 21. September, die ungeduldig Wartenden vor dem Haupteingang fotografiert. Der Ansturm war so gewaltig gewesen, dass die Geschäftsführung das Haus nach kurzer Zeit wegen Überfüllung hatte schließen müssen. Die Fotos hatten eine plakative Doppelseite in der *Welt im Blick* ergeben. Mit der Schlagzeile: *Wirtschaftswunder auf fünf Etagen!*

»Kaufhäuser sind ja keine neue Erfindung, die gab es auch schon vor dem Krieg, der leider alle zerstört hat. Wie habe ich es vermisst, alle Besorgungen in einem Aufwasch erledigen zu können«, schwärmte Tante Helene und verdrehte verzückt die Augen. »Ganz egal, ob man ein Abendkleid, Handschuhe, Hut, Schmuck oder Kochtöpfe benötigt.«

»An dem Tag, an dem du Kochgeschirr einkaufst, informiere ich die Tageszeitungen«, lachte Elvira.

»Das wirst du schön bleiben lassen, liebe Schwester«, mahnte Onkel Wolf und drohte scherzhaft mit dem Zeigefinger. »Für weltbewegende Ereignisse haben wir schließlich Extraseiten im Heft. Moment …« Über den Rand seiner Brille hinweg sah er seine Gattin an. »Wäre das nicht eine fabelhafte Idee, meine Liebe? Du in der Haushaltsabteilung, in der einen Hand eine Pfanne, in der anderen ein Bügeleisen, die du mit hausfraulichem Blick prüfst. Luis fotografiert dich, und wir gewinnen auf diesem Wege den Kaufhof als Anzeigenkunden.«

»Meinetwegen.« Tante Helene zuckte mit den Schultern und wischte Willi den Kakao von der Schnute.

»Danke, meine Liebe.« Onkel Wolf tätschelte seiner Gattin die Hand.

Der Onkel war glänzender Laune. Die Auflage wuchs und wuchs, und die Leser waren durchweg begeistert, wie die unzähligen Briefe bekundeten. Doch Luis kannte ihn genau. Statt sich auf seinen Lorbeeren auszuruhen, war der Onkel wie jeder gute Journalist stets auf der Jagd nach Aktualitäten, und seine Antennen vibrierten sofort, wenn er auf eine Idee stieß.

»Ich habe uns für Samstag einen ruhigen Tisch auf der Empore des Schützenzeltes reserviert«, wechselte Wolf nun zum Thema Oktoberfest. »Meiner Meinung nach werden wir dieses Jahr einen Besucherrekord haben, nachdem man so um die Eröffnung bangen musste.«

Luis erinnerte sich an schwere Gewitter Mitte August. »Die sind mit Orkanböen über die bereits aufgebauten Buden und Bierhallen gefegt und haben sie niedergerissen, als wären es Kartenhäuser. Einen Toten und elf Schwerverletzte hat es gegeben.«

»Du sagst es, Neffe, deshalb bitte die Leica mitnehmen. Willi ist doch inzwischen groß genug für ein Kinderkarussell, und davon hätte ich gerne Fotos. Magst du Karussell fahren?«, wandte Onkel Wolf sich an seinen geliebten Enkelsohn.

»Lussell«, wiederholte Willi, der gerade einen Löffel Haferflocken in den Mund stecken wollte und die Hälfte davon auf den neuen Pullover kleckerte.

Luis bemerkte, dass Nora nichts von alledem registrierte. Sie beteiligte sich selten an den Gesprächen und hatte auch heute wieder kaum Appetit. Sie wirkte seit Wochen niedergeschlagen und begab sich abends mit den Hühnern ins Bett. Fragte er sie nach ihrem Befinden, antwortete sie einsilbig oder wich ihm aus. Zu ihr durchzudringen war, als wollte man den Wind fangen. Auch legte sie kaum noch Wert auf ihre Erscheinung. Sie benutzte den roten Lippenstift, der ihren hübschen Mund so vortrefflich zur Geltung brachte, nicht mehr. Ihr länger gewordenes blondes Haar hielt sie im Nacken mit einem Band zusammen, als wäre sie eine gestrenge Lehrerin.

Die Frau seines Herzens derart verändert und schwermütig zu sehen, nicht zu wissen, was sie bedrückte, ihr nicht helfen zu können, schmerzte ihn beinahe körperlich. Nora war seine Sonne, sie erhellte seine Tage, auch wenn sie jeden Annäherungsversuch bisher abgewehrt hatte. Aufgeben würde er dennoch nicht. »Steter Tropfen höhlt den Stein«, hieß es doch.

Ein erster Erfolg war ihre überraschende Zusage, ihm bei den Fotos für den nächsten Fortsetzungsroman Modell zu stehen. Ihre optische Verwandlung war entscheidend für seine Bitte gewesen. Das strenge Aussehen passte perfekt zu einer seiner Romanfiguren, und Noras Bereitwilligkeit, vor die Kamera zu treten, wertete er als Zeichen ihrer wachsenden Zuneigung oder zumindest Sympathie. Um sicherzugehen, dass sie es sich nicht anders überlegt hatte, fragte er lieber nach.

»Bleibt es bei unserer Verabredung für morgen, Nora?«

Sie antwortete nicht, schaute stumm ins Leere.

»Passt es dir, wenn wir hier um zehn Uhr wegfahren?«, sprach er sie erneut an. »Dann könnte ich einige Requisiten in deinem Wagen mitnehmen.«

Beinahe unmerklich zuckte sie zusammen und blickte ihn fragend an. »Ähm ... entschuldige, ich war in Gedanken ...«

Geduldig wiederholte er seine Frage.

»Natürlich, zehn Uhr«, antwortete sie. Ihr Mund verzog sich zu einem Lächeln, aber ihre Augen blieben traurig, hatten allen Glanz verloren.

Fünfzehn Minuten vor der verabredeten Zeit wartete er am nächsten Morgen mit einem Koffer neben Noras Wagen und rauchte genüsslich eine Zigarette.

Es war einer dieser milden Herbsttage, an denen die Morgennebel von einer noch kräftigen Sonne vertrieben wurden, die bis in den späten Nachmittag hinein von einem tiefblauen, wolkenlosen Himmel strahlte und die Blätter leuchtend gelb und rot färbte. Tage, an denen man stundenlang auf einer Liege im Garten ausharren und sich mit einem guten Buch von seinen Sorgen ablenken konnte. Tage, um mit einem geliebten Menschen durch herbstlich bunte Blätterberge zu spazieren und sich im letzten Sonnenlicht zu küssen. Tage, um glücklich zu sein.

Nora erschien pünktlich. Sie trug einen Trenchcoat, worum er sie gebeten hatte, darunter ein schmal geschnittenes rotes Kleid.

»Guten Morgen«, grüßte er lächelnd, ersparte sich aber seine übliche Verbeugung, als er ihre melancholische Miene bemerkte.

Fragend musterte sie den Koffer. »Doch nicht ins Fotostudio?«

»Requisite fürs Foto«, erklärte er achselzuckend.

Sie nickte abwesend, schloss den Wagen auf, setzte sich hinters Steuer und beugte sich zur Beifahrerseite, um die Tür für ihn zu öffnen.

Lässig trat er die Zigarette mit dem Absatz aus, beförderte den Koffer auf den Rücksitz und ließ sich auf den Beifahrersitz fallen. Möglichst unauffällig betrachtete er sie aus den Augenwinkeln. Den Schatten unter ihren Augen nach zu urteilen hatte sie schlecht geschlafen. Kommentieren würde er das aber nicht. Für Schwarz-Weiß-Fotos war es ohne Belang, und er war ein talentierter Retuscheur. Doch Retusche war bei Nora nicht nötig, denn kein noch so sichtbarer Makel konnte ihren ebenmäßigen Zügen etwas anhaben. Heute würde er ihre Schönheit mit vorteilhaft gesetzten Lichtern noch betonen und auf den entwickelten Bildern für alle Zeiten festhalten.

Schweigend fuhr Nora los.

»Möchtest du eine Zigarette?«, fragte er, um Konversation zu machen.

»Nicht während der Fahrt«, antwortete sie teilnahmslos.

Der Verkehr hielt sich an den Vormittagen in Grenzen, die Fahrt in die Blumenstraße zum Studio dauerte höchstens fünfzehn Minuten. Kurz vor einer auf Grün stehenden Ampel auf der Ludwigstraße bremste der Wagen vor ihnen abrupt ab. Nora reagierte blitzschnell, trat auf die Bremse, würgte den Motor ab und kam so rechtzeitig zum Stehen, ohne die Stoßstange des Wagens vor ihnen zu touchieren. Die Reaktion des Fahrers hinter ihnen war weniger schnell, und ein kleiner Schubs kündigte an, dass er aufgefahren war. In dem Moment fuhr der Vordermann weiter und überquerte die Ampel bei Orange.

»Hoffentlich ist nichts passiert«, sagte Nora, die keuchend das Lenkrad umklammerte. »Bei dir alles in Ordnung?«

Die Ampel schaltete auf Rot.

»Es war nicht so schlimm, hat nur ein wenig gewackelt«, erklärte Luis über das aggressive Hupen des Hintermannes hinweg. Als er sich umdrehte, sah er, wie der Fahrer ausstieg und mit wütender Grimasse auch schon neben dem VW stand. »Das ist kein Parkplatz«, schrie er und hämmerte mit der Faust ans Fenster.

Nora drehte die Scheibe herunter.

»Ah, Frau am Steuer, jetzt wundert mich nix mehr!«, zeterte er mit hochrotem Kopf. »Das sollte verboten werden!«

»Tut mir leid«, entschuldigte Nora sich, obwohl sie völlig unschuldig war.

»Frauen am Steuer sind eine Gefahr für die Menschheit ... Ihr gehört in die Küche und nicht auf die Straße!«

Luis öffnete die Tür und stieg aus. »Was erlauben Sie sich!«, brüllte er über das Wagendach hinweg. »Der Wagen vor uns hat urplötzlich angehalten, meine Begleiterin musste bremsen. *Sie* haben am Steuer geschlafen und sind aufgefahren ... Die Schuld liegt bei Ihnen, und Sie müssen den Schaden bezahlen ...«

»Sie unverschämter Bengel, Sie«, schrie der Mann zurück.

Luis marschierte hinten um den Wagen herum, sah sofort die verbeulte Stoßstange und baute sich dann vor dem etwas kleineren Mann auf. »Muss ich Sie an die Verkehrsregeln erinnern? Der Abstand muss der Geschwindigkeit angemessen eingehalten werden, um Auffahrunfälle zu vermeiden.«

Dem Gegner brach der Schweiß aus. »Sind Sie verrückt?«

Luis stemmte die Fäuste in die Hüften und reckte kämpferisch den Hals vor. »Ganz im Gegenteil, ich bin völlig klar im Kopf. Deshalb verlange ich auch Ihre Adresse und den Namen Ihrer Versicherung, damit wir uns wegen der kaputten Stoßstange ...«

»Das hättest du wohl gerne, du windiges Bürscherl«, knurrte der Unfallverursacher.

»Luis, lass gut sein«, hörte er Nora rufen.

»Sie geben mir jetzt Ihre Adresse und die Ihrer Versicherung«, wiederholte Luis und hob dem Kerl die Fäuste entgegen. »Oder Sie werden es bereuen.«

»Wollen Sie mir drohen?«

Luis fühlte sich jetzt so richtig in Fahrt. Dieser Idiot kam ihm gerade recht, um Dampf abzulassen. »Wonach sieht es denn aus?«

»Luis, bitte, der Schaden ist lächerlich, außerdem staut sich hinter uns der Verkehr«, rief Nora ihm zu.

Sein Gegenüber schien aufzuatmen. »Na, also, da hörst du es doch, du wild gewordener Affe.« Er streckte den Arm aus und deutete auf die inzwischen grüne Ampel und dann zur Wagen-schlange, die ein Hupkonzert gestartet hatte. »Wir halten den ganzen Betrieb auf.«

Aber so leicht wollte Luis diesen unflätigen Zeitgenossen nicht davonkommen lassen. »Entschuldigen Sie sich wenigstens bei der Dame.«

»Was?«

»Sie sollen sich entschuldigen«, brüllte Luis ihn so laut an, dass der Mann den Kopf einzog.

»Ähm … Entschuldigung«, grummelte er kleinlaut, machte kehrt und hetzte zu seinem Wagen.

Luis schickte ihm ein »Glück gehabt, billig davongekommen« hinterher und stieg dann selbst wieder ein.

»Das war sehr lieb von dir«, sagte Nora lächelnd. Ein ehrli-ches Lächeln mit strahlenden Augen, beinahe liebevoll.

»Ehrensache«, sagte er grinsend, lehnte sich entspannt zurück und dachte: Für Nora würde ich mich jederzeit auch prügeln.

Als sie wenig später das Fotostudio betraten, erinnerte Luis sich an den fingierten Fototermin, mit dem er Nora hergelockt hatte. Natürlich hatte sie ihn an jenem Abend durchschaut, sie war ja kein argloses Dummchen. Es war naiv von ihm gewe-sen zu glauben, sie würde auf seine Ausreden reinfallen. Doch heute war die Situation eine andere. Bernhard, sein Fotografen-kollege und Mitinhaber des Studios, würde beim Aufbau mit anpacken. Mit vier Händen waren die schweren Lichtwannen leichter zu postieren, und er konnte eher mit der eigentlichen Arbeit beginnen. Außerdem hatte er Karin engagiert, eine Mas-kenbildnerin aus den Filmstudios in Geiselgasteig. Karin hatte sich zwei Stunden frei genommen, um Nora zurechtzumachen. Frisur und Make-up auf professionellem Niveau waren uner-lässlich für qualitativ hochwertige Ergebnisse. Er erinnerte sich an die Maxime seines Onkels und Lehrmeisters Hermann Doll:

Fotos sind Momentaufnahmen, die ein Objekt für alle Ewigkeiten fixieren. Kleinigkeiten wie ein Blatt an falscher Stelle, ein ungünstiger Lichteinfall oder eine abstehende Haarsträhne, die in der Realität kaum Beachtung finden würden, können beim Betrachten eines Bildes die Harmonie stören.

»Kann ich auch irgendetwas tun?«, fragte Nora. »Vielleicht ein paar Cocktails mixen?« Sie warf ihm einen vielsagenden Blick zu.

Luis grinste erleichtert, dass sie seine Schwindelei von der heiteren Seite nahm. »Cocktails trinken wir nach den Aufnahmen als Belohnung. Es müssten auch noch Maraschinokirschen da sein«, entgegnete er schmunzelnd. »Aber mach es dir doch schon mal in der Maske gemütlich, Karin wird gleich eintrudeln.«

Was er so großspurig als »Maske« bezeichnete, war im Vergleich zu den Schminkräumen, die man in Filmstudios vorfand, nur ein armseliges Provisorium: eine mit Stellwänden abgetrennte Ecke, eine gebrauchte Frisierkommode mit dreiteiligem Spiegel, die Bernhard von seiner Großmutter geerbt hatte, ein bequemer Stuhl, ein Garderobenständer und helle Beleuchtung.

Eine gute Stunde später standen die Lichtwannen und zwei weitere Scheinwerfer an den entsprechenden Positionen, der Hintergrund war effektvoll ausgeleuchtet, und auch Karin hatte ihr Werk vollendet. Luis zahlte Karin das vereinbarte Honorar, besprach mit Bernhard Belichtungszeiten, Kameraobjektive und ob er zusätzlich zur großen Plattenkamera auch mit der Leica fotografieren sollte. Dann verabschiedete sich der Kollege, und er war allein mit Nora, die jetzt aus der Maske kam. Luis stockte der Atem.

Karin hatte Noras schulterlange blonde Haare seitlich gescheitelt und sie mit einem heißen Eisen in Wellen gelegt, wie die Hollywoodschauspielerin Lauren Bacall sie trug. Die Haut schimmerte sanft, die Augen waren mit schwarzen Lidstrichen betont, die Lippen leuchteten blutrot. Karin hatte Noras Schönheit mit wenigen Mitteln unterstrichen, ihre natürliche Anmut aber nicht übertüncht, und das Ergebnis war einfach atemberaubend.

»Du siehst wunderschön aus«, sagte er, obgleich das untertrieben war. Aber er hatte Nora in den letzten Jahren kennengelernt. Mit euphorischen Komplimenten würde er sie nur verschrecken.

»Karin ist eine echte Künstlerin«, sagte Nora, als hätte die Maskenbildnerin magische Kräfte und ihr ein völlig neues Gesicht gezaubert. »Wie geht es jetzt weiter?« Sie blickte ihn gespannt an.

»Zuerst bitte den Mantel anziehen ...« Luis hielt ihr den Trenchcoat entgegen, den sie auf einem Stuhl abgelegt hatte. Er verharrte noch einen Moment hinter Nora, während sie in den Mantel schlüpfte, und atmete ihren zarten Duft nach Lavendel ein. Mit aller Macht riss er sich los. Während sie den Gürtel lässig in der Taille verknotete, schaltete er die Lampen ein.

Er bemerkte, wie Nora die Augen erschrocken zusammenkniff. Mit einem Mal wirkte sie angespannt, als fühlte sie sich unwohl.

»Ich weiß, es ist ziemlich hell, aber man gewöhnt sich daran«, erklärte er. »Du musst auch nicht in die Kamera schauen, und es dauert wie versprochen höchstens eine Stunde. Bitte dorthin, Nora.« Er deutete auf eine mit Kreide markierte Stelle. »An diesem Punkt bist du in der Schärfe, der Hintergrund verläuft in der Unschärfe, wird aber noch zu erkennen sein. Durch die weibliche Figur im Vordergrund entsteht eine ganz spezielle, leicht melancholische Stimmung. Im Roman verlässt die Frau nämlich bei Nacht und Nebel ihr Zuhause.«

38

NORA DREHTE SICH in Richtung Hintergrund und zuckte zusammen wie unter einem elektrischen Schlag, der ihren gesamten Körper erfasste.

Mit wenigen Strichen war ein Bahnhofsgebäude skizziert, ein menschenleerer Bahnsteig, links und rechts Gleise, die sich in die Dunkelheit hinein verjüngten. Ein exaktes Abbild ihrer düsteren Albträume, in denen sie nachts allein am Bahnsteig stand und vergebens auf den Zug wartete. Noch lange nach der geglückten Flucht hatte sie regelmäßig diesen Traum durchlebt, war mit Herzrasen aufgewacht und hatte stundenlang wach gelegen.

»Wer …« Sie räusperte sich. Ihre Stimme klang unnatürlich rau, belegt von starken Emotionen. »Wer hat das gemalt?«

»Franz Goldammer, ein befreundeter Kulissenmaler aus den Filmstudios«, antwortete Luis. »Der Franz war überglücklich, einmal keine kitschigen Berge und Alpenseen mit blauem Himmel malen zu müssen. Das ist zurzeit nämlich sein täglich Brot, es werden ja fast nur noch Heimatschnulzen gedreht.«

»Ich kann mir gut vorstellen, dass solche Filme helfen, die schrecklichen Kriegsjahre zu vergessen«, sagte Nora, während sie zur Markierung schritt und sich wünschte, ihr Leben wäre ein kitschiger Heimatfilm. Ein süßlicher Heile-Welt-Film mit einigen harmlosen Verwirrungen und einem glücklichen Ende.

»Vielleicht kann man nicht völlig vergessen, aber die Schnulzen helfen, für ein paar Stunden alles zu verdrängen, und das ist ja auch viel wert«, entgegnete Luis, während er noch an den Lichtwannen hantierte.

Unerwartet tauchte er neben ihr auf und stellte den mitgebrachten Koffer zu ihren Füßen ab. »Du musst nichts weiter tun, als hier im Profil zu stehen«, erklärte er. »Wie gesagt handelt es sich um einen dramatischen Schicksalsroman, in dem die Hauptfigur bei Nacht und Nebel ihr Zuhause verlässt. Sie wartet auf den Zug, es ist dunkel und kühl. Sie hat die Hände in den Manteltaschen. Später mache ich noch eine Aufnahme mit hochgeschlagenem Kragen. Aber jetzt erst die Hände in die Taschen.«

»In Ordnung«, antwortete Nora und spürte, wie ein flaues Gefühl vom Magen in ihre Kehle stieg. Reiß dich zusammen, ermahnte sie sich, es ist nur ein Foto, nur ein Foto und nicht dein Leben. Niemand zwingt dich zurückzuschauen.

Sie drehte sich ins Profil und bemerkte aus dem Augenwinkel, wie Luis unter einem schwarzen Tuch verschwand, das über der monströsen Plattenkamera lag. »Bitte, nicht mehr bewegen ...«, hörte sie seine gedämpfte Stimme.

Sie antwortete nicht, sondern konzentrierte sich darauf, ihre düsteren Gedanken zu verscheuchen und an etwas Schönes zu denken. An Willi, der seit einigen Tagen unbedingt allein die Treppe nach unten laufen wollte. »Ohne Hand, ohne Hand«, forderte er, und sie ließ ihn gewähren. Er war alt genug, schaffte es, ohne zu fallen, und strahlte jedes Mal vor Stolz. Nur Helene verunsicherte ihn mit ihrer übertriebenen Fürsorge.

»Ich bin so weit«, hörte sie Luis sagen. »Noch einmal Luft holen und dann bitte nicht mehr bewegen. Mit der großen Plattenkamera ist die Belichtungszeit etwas länger ...«

Nora atmete tief ein. Ihr Blick fiel auf ihren langgezogenen Schatten. Gespenstisch, wie ihre grauschwarze Silhouette durch die geschickt positionierte Lampe mit den grauschwarzen Bahngleisen verschmolz. Nein, sie würde nicht rührselig werden. Würde Haltung bewahren und nicht die Fassung verlieren. Nächtelang hatte sie an Willis Bett gesessen, ihm »Ich bin deine Mami zugeflüstert« und dabei um ihre große Liebe geweint. Um den Vater ihres Sohnes. Um ein Leben, das sie mit Williams Tod verloren hatte.

Wie Nebel im November, der langsam aus den Wiesen kroch, spürte sie nun doch eine gewaltige Welle brennender Tränen aufsteigen und ihren ganzen Körper erfassen. Sie versuchte zu blinzeln, den Kloß in ihrem Hals hinunterzuschlucken, die Trauer zurückzudrängen. Ballte die Hände in den Manteltaschen mit aller Kraft zu Fäusten. Drückte ihre Fingernägel in die Handflächen, bis der Schmerz fast unerträglich war. Doch die Erinnerung an ihre Flucht ins Ungewisse und die Qual um den Verlust waren stärker. Es fühlte sich tatsächlich so an, als stünde sie nachts allein auf einem zugigen Bahngleis und warte auf einen Zug, der niemals kommen würde. Welch eine passende Metapher für ihr Leben. So lange hatte sie auf eine Nachricht von William gewartet, und als sie endlich kam, war sie der Todesstoß für all ihre Hoffnungen, die mit dem Briefumschlag mit Williams Heimatadresse wieder erwacht waren. Seitdem hatte sie das Gefühl, auf einem Berg aus Glassplittern zu stehen, und egal, wohin sie auch trat, jeder Schritt verursachte Leid und Qualen.

Ein Weinkrampf schüttelte sie. Ihre Schultern verspannten sich. Ihr Körper zitterte.

Wie aus weiter Ferne hörte sie Luis fragen, ob alles in Ordnung sei. Sie vermochte nicht zu antworten, nur ein kehliger Laut kam aus ihrem Mund.

Die Scheinwerfer verlöschten, und kurz darauf stand Luis neben ihr. »Nora, was ist mit dir?« Sanft legte er einen Arm um ihre Schulter.

»Ent... entschuldige«, schluchzte sie. »Ich ... ich ... Es geht gleich wieder ...« Doch ihre Tränen versiegten nicht, sie hatte keine Gewalt über ihre Gefühle. Hemmungslos weinend legte sie den Kopf an Luis' Schulter und wehrte sich nicht, als er sie an sich drückte und zärtlich auf die Stirn küsste.

»Komm, setzen wir uns einen Moment«, sagte er schließlich. »Ich mixe uns einen Cocktail.« Fürsorglich lenkte er sie zu der ramponierten Musiktruhe, auf der einige Flaschen standen.

»Warte«, sagte er, zog zwei Stühle heran, die bei der »Party« in der Mitte herumgestanden hatten, und schob einen für sie zurecht. »Setz dich doch.«

Durch einen Tränenschleier beobachtete sie, wie Luis zu dem Waschbecken nahe dem Eingang trat. Dort war eine provisorische Küche aufgebaut, die lediglich aus einem halbhohen Regal bestand. Darin Gläser, Tassen, Teller, Besteck in einem Bierkrug und das angebrochene Glas Maraschinokirschen.

Luis drehte den Wasserhahn auf, spülte zwei Gläser aus, angelte einen Löffel aus dem Bierkrug und klemmte sich das Glas mit den eingelegten Kirschen unter den Arm. Mit diesen Zutaten und den noch tropfnassen Gläsern kam er zu ihr zurück.

Schweigend füllte er zwei Fingerbreit Wodka in die Gläser, angelte mit dem Löffel zwei Maraschinokirschen heraus und ließ je eine in den Wodka plumpsen. »Wodka-Kirsch-pur«, sagte er, reichte ihr das Getränk und strahlte sie an, als hätte er soeben einen neuen Cocktail kreiert.

Noras Hand zitterte, als sie nach dem Glas griff.

»Auf Ex«, forderte Luis. »Sonst wirkt er nicht. Und verschluck die Kirsche nicht, die musst du im Mund behalten.«

Folgsam kippte sie das starke Getränk hinunter und zerquetschte die süße Kirsche mit der Zunge. Sogleich spürte sie, wie der Alkohol sie wärmte, und sie wurde ruhiger.

»Und jetzt erzähl, was dich beschäftigt«, forderte Luis mit sachlicher Stimme, als unterhielten sie sich über ein Thema, das die Illustrierte betraf.

»Es geht schon wieder«, sagte sie ausweichend.

Luis griff nach ihrem leeren Glas, stellte es auf die Truhe und nahm dann ihre Hände in seine. »Nora, bitte …« Er sah ihr tief in die Augen. »Ich merke seit Wochen, dass es dir nicht gut geht. Was ist passiert, das dich völlig aus der Bahn geworfen hat? Erzähl es mir, vielleicht kann ich irgendetwas tun. Und wenn nicht, dann hilft es bestimmt, einfach darüber zu reden.«

Sie schluckte, zog die Nase hoch, räusperte sich. Konnte sie Luis vertrauen? Bei ihm ihren Kummer abladen? In ihm einen Verbündeten finden? Oder sollte sie ihr Geheimnis besser für sich behalten?

»Hier …« Luis hatte ein Taschentuch hervorgezaubert. »Und dann erzähl einfach alles … von Anfang an. Egal, wie lange es dauert, wir haben alle Zeit der Welt.«

Folgsam putzte sie die Nase und trocknete ihre von der Wimperntusche geschwärzten Tränen. »Jetzt habe ich dein Taschentuch ruiniert …«

»Mach dir darüber keine Gedanken, ich wette, Friederike weiß, wie man das auswäscht«, sagte er leichthin und forderte sie erneut auf, ihre Sorgen bei ihm abzuladen.

Nora zögerte. Luis war in direkter Linie mit den Wagners verwandt. Würde er sich aus Dank für die freie Unterkunft und Versorgung nicht verpflichtet fühlen, seinem Onkel etwas anzudeuten?

»Du kannst mir vertrauen«, erklärte er unerwartet, als ahnte er ihre Bedenken. »Was immer dich beschäftigt, ich werde es für mich behalten. Tief in mir begraben wie in einem Schweizer Banksafe.«

»Danke«, sagte Nora. Sie spürte selbst, dass die Last mit der Nachricht von Williams Tod zu groß geworden war, um sie alleine zu tragen. Zögernd begann sie mit dem ersten Silvesterball ihres Lebens. Erzählte von William, seiner Abreise, der Geburt ihres Sohnes, von Gollniks unmoralischem Angebot und dass ihr Vater sie regelrecht verkaufen wollte. Von ihrer Flucht mit dem wenige Monate alten Säugling, vom Tod ihrer Verwandten in München, weshalb sie völlig verzweifelt gewesen war. Wie sie Celia fiebernd in einer Ecke gefunden und nach Hause gebracht hatte. »Von da ab kennst du die Geschichte«, schloss sie.

»Puh«, schnaufte Luis, als sie geendet hatte, und sah sie lange schweigend an, bevor er sagte: »Deshalb hast du bei der großen Feier zur ersten Ausgabe der Illustrierten so panisch auf Gollniks Erscheinen reagiert. Und mir dann die Geschichte von dieser Freundin aufgetischt, die mich nur halbwegs überzeugt hat. Damals habe ich kurz überlegt, ob Willi nicht dein Sohn sein könnte.«

»Wirklich? Warum hast du mich nicht darauf angesprochen?«

»Letztlich erschien es mir doch zu unwahrscheinlich, dass eine Frau ihren Sohn *verschenkt.* Ich fand einfach keinen schlüssigen Grund, warum du es getan haben könntest.«

Nora verbarg ihr Gesicht in den Händen. Es stimmte ja, sie hatte Willi verschenkt. Einmal ausgesprochen, schmerzte es noch stärker.

Luis streichelte sanft über ihr Haar. »Warum hast du das Missverständnis nicht sofort berichtigt? Die Situation muss doch quälend für dich gewesen sein.«

»Weil ich nicht wusste, wohin. Weil ich Angst hatte, allein mit einem Säugling in dieser Trümmerwüste nicht überleben zu können. Weil ich ohne Zuzugsgenehmigung zu einem Leben auf der Straße verdammt gewesen wäre. Weil Willi noch so klein war und er sich in einem zugigen Kellerloch den Tod hätte holen können. Weil es schon in der Diele so herrlich nach Essen duftete. Weil es zu regnen begonnen hatte und es in der Villa so herrlich warm war. Weil alle so freundlich waren. Weil ich seit langer Zeit einmal wieder richtig satt werden wollte. Vor allem aber, weil ich Angst hatte, dass man mir nicht glauben würde.

Weil mir einfiel, dass ich vergessen hatte, die Geburtsurkunde mitzunehmen. Also hoffte ich darauf, dass Celia am nächsten Tag mit klarem Kopf aufwachen und mir helfen würde, den Irrtum aufzuklären. Ich dachte, es wäre nur für eine Nacht, und am nächsten Morgen würde ich weitersehen.«

»Aber dann ist Celia gestorben«, ergänzte Luis.

»Ja«, seufzte Nora.

»Ich kann mir gut vorstellen, wie du dich gefühlt hast, und vielleicht hätte ich in dieser Situation genauso gehandelt.«

Erleichtert, dass Luis sie verstand und nicht verurteilte, gelang ihr ein kleines Lächeln. Sich alles von der Seele zu reden hatte ihr geholfen. Sie war nicht mehr allein mit ihrem Problem.

»Aber ich weiß einfach nicht, wie es weitergehen soll. Wolf und Helene würden mich vermutlich in eine Anstalt einweisen lassen, wenn ich plötzlich behaupten würde, Willi sei mein Sohn. Wie soll ich es beweisen? Mir fehlt nämlich immer noch die Geburtsurkunde.« Sie erzählte von der Fahrt nach Regensburg und dem Versprechen des Beamten, ihr eine Ersatzurkunde zu schicken, die aber bis heute nicht angekommen war.

»Ich dachte mir schon, dass du nicht wegen einer Leserin unterwegs warst. Jedenfalls nicht nur ihretwegen.« Luis zog eine Schachtel Zigaretten aus der Tasche seiner schwarzen Hose. »Noch einen Drink oder eine davon?«

Nora nahm die angebotene Zigarette. »Tut mir leid, dass ich auch dich immer wieder angelogen habe.« Schuldbewusst sah sie ihn an. Doch er lächelte sanft, und sie fühlte, dass er ihre Lage nachvollziehen konnte.

»Geschenkt!« Luis gab ihr Feuer und zündete dann sich selbst eine an. »Aber wie Wolf und Helene auf die Neuigkeit reagieren würden, lässt sich nicht hundertprozentig vorhersagen. Ein Riesenschock wäre es bestimmt. Vor allem meine Tante ist ja total fixiert auf Willi, für sie ist der Kleine Celias Vermächtnis und gleichzeitig der Ersatz für den Verlust ihrer drei Kinder.

Sie wird keine leiblichen Enkelkinder haben können. Und nicht zuletzt wäre sie zutiefst enttäuscht, würde sich hintergangen und schändlich ausgenutzt fühlen …«

»Was ich auch getan habe. Ich habe nur meinen Vorteil gesehen und nicht genug an die Familie gedacht. Das Leben in der Villa war und ist sehr bequem für Willi und mich. Ich schäme mich, vor allem daran gedacht zu haben«, gestand Nora leise. »Aber plötzlich eine Bleibe zu haben, mich um nichts sorgen zu müssen und auch noch dafür bezahlt zu werden, war einfach zu verführerisch, nach all der Mühsal. Als Wolf mir auch noch die Arbeit in der Redaktion angeboten hat, die mir so viele Freude macht, fühlte sich mein Leben völlig normal an. Ich sehe meinen Sohn aufwachsen und weiß, wie glücklich er ist, auch wenn er mich Nola nennt.«

»Das ist bestimmt nicht leicht«, sagte Luis mitfühlend.

»Das Verrückte ist, ich habe mich daran gewöhnt. Vor allem aber habe ich gehofft, eine Lösung zu finden – spätestens wenn William sich meldet. Doch er ist tot, er kann mir nicht helfen … Und ich kann nicht bei Nacht und Nebel zu Willis leiblichen Großeltern verschwinden, ohne Helene und Wolf zu verletzen …« Erneut wurde ihr die Ausweglosigkeit ihrer Lage bewusst. Verzweifelt starrte sie auf die Zigarette zwischen ihren Fingern, an der sie nicht gezogen hatte und die bis auf einen kleinen Rest zu Asche verglüht war. Sinnlos, wie alles, was sie getan hatte. Als sie die Nase hochzog, um eine neue Tränenflut zu stoppen, nahm Luis ihr den Zigarettenstummel ab und legte auch seinen in den Aschenbecher, der neben dem Stuhl auf dem Fußboden stand.

»Noch einen Wodka-Kirsch oder nach Hause?«, fragte er beiläufig, als säßen sie im Salon beim abendlichen Schlummertrunk, den Wolf so liebte.

»Danke fürs Zuhören, mir geht es schon viel besser«, sagte Nora, straffte die Schultern und erhob sich. »Lass uns die Fotos machen. Deshalb sind wir doch hier.«

»Fühlst du dich auch wirklich dazu in der Lage?« Er betrachtete sie mit zurückhaltendem Lächeln.

Nora spürte seinen zweifelnden Blick. Etwas schien nicht in Ordnung zu sein. Dann ahnte sie es. Die Tränen hatten Karins Werk ruiniert, vermutlich die Wimperntusche total aufgelöst und die Grundierung verschmiert. Ihr Haar war bestimmt auch zerzaust.

»Ich muss scheußlich aussehen. Lass mich versuchen, die Schminke aufzufrischen und die Frisur …«, sagte sie, klang aber nicht besonders überzeugend. Traurig ließ sie den Kopf sinken. Luis war so freundlich, so liebevoll, so fürsorglich, und sie hatte ihn enttäuscht.

»Nicht wichtig«, sagte er leise, stand auf, zog sie an sich und schloss sie in seine Arme.

Nora schmiegte den Kopf an seine Schulter. Luis war einen Kopf größer, sie musste sich nur anlehnen, als wäre es völlig selbstverständlich. Und es tat gut, sie war erschöpft von ihrem Gefühlsaufruhr, aber auch ausgebrannt durch das jahrelange Alleinsein mit ihren Ängsten. Seine Umarmung war tröstlich wie eine warme Decke in einer kalten Winternacht. Als er behutsam seine Hand unter ihr Kinn legte, ihren Kopf hob und sie zärtlich küsste, öffnete sie ihren Mund und erwiderte seinen Kuss.

Stürmisch zog er sie enger an sich, küsste sie leidenschaftlicher. Seine Hände wurden fordernder. Sein Atem heftiger.

Nora genoss seine Nähe. Das Gefühl, in seiner Umarmung geborgen zu sein. Sich einmal unkontrolliert fallen zu lassen.

»Nora«, raunte er zwischen den Küssen.

Sein Keuchen verriet ihr, wie sehr er sie begehrte. Dass er mehr wollte als nur ein paar heiße Küsse.

Einen seligen Moment spürte auch sie ein längst vergessenes Gefühl des Begehrens aufflammen. Ähnlich der Leidenschaft, die sie mit William erlebt hatte. Abrupt tauchte sein Gesicht vor ihrem inneren Auge auf. Szenen gemeinsamer Stunden ... wie er sie in den Armen gehalten, sie geküsst und gestreichelt hatte. Wie sie sich zum ersten Mal geliebt, wie sie ihm ihre Schwangerschaft gestanden und er sie um ihre Hand angehalten hatte. Dann war er fortgegangen – für immer. Mit seinem Tod war ihre Hoffnung auf Glück gestorben. Konnte sie mit Luis glücklich werden? Oder würde auch er sie enttäuschen? Tief in ihrem Herzen spürte sie eine Angst, die stärker war als der Wunsch, sich anlehnen zu können. Behutsam wand sie sich aus Luis' Umarmung.

»Lass uns weiterarbeiten«, sagte sie ohne Erklärung und begab sich zur Frisierkommode, um die Schminke in Ordnung zu bringen. Sie wollte Luis die Fotos nicht verderben. Das war sie ihm schuldig.

39

November 1951

NORA ORDNETE DIE zahlreichen Leserbriefe nach ihrem bewährten System. Nachdem sie die einzelnen Schreiben über eine Stunde lang überflogen hatte, fischte sie das von Emilie Oberhauser heraus, das an eine vorige Ausgabe anknüpfte.

Lieber Kummerkasten,
von einer Nachbarin bekam ich die Ausgabe mit dem Sem-
melknödel-Rezept. Ich habe es sofort ausprobiert, und sie sind
gut gelungen. Aus meiner Heimat Böhmen kenne ich nämlich
nur Serviettenknödel, da wird der Teig in ein Tuch gewickelt
und dann gekocht. Die gelingen zwar auch, machen aber nur
zusätzliche Wäsche.
Außerdem freue ich mich als versierte Köchin immer über neue
Ideen zu preiswerten Gerichten. Die Lebensmittelpreise sind ja
ein Skandal, allein dreizehn Pfennige für ein Pfund Kartoffeln.
Wie soll man da mit dem Lohn eines Arbeiters eine fünfköp-
fige Familie satt bekommen? Ich bin gespannt auf die nächsten
Rezeptideen.
Mit freundlichen Grüßen
Emilie Oberhauser

Nachdenklich ließ Nora den Brief sinken und blickte durchs Fenster in den winterlichen Villengarten. Im vergangenen Sommer hatte sie sich mit Wolfs Einverständnis eine Schreibecke in ihrem Zimmer eingerichtet. Arbeitete sie von zu Hause aus, sparte sie nicht nur Zeit, sondern konnte in den Pausen mit Willi spielen, ihm etwas vorlesen oder auch gemeinsam mit ihm zu Mittag essen. Willi war inzwischen drei Jahre alt und bewohnte nun sein eigenes Reich auf dem Flur gegenüber. Im Moment aber tobte er mit Konrad durch den Garten. Der gute Geist von Haus und Garten schnitt Zweige von den immergrünen Sträuchern mit den roten Beeren ab, und Willi sammelte Tannenzapfen – Material für den Adventskranz, der am ersten Adventssonntag fertig gebunden sein musste. Helene hatte sich an die Bastelanleitungen erinnert, die sie für die *Moderne Dame* erarbeitet hatte. Mit Willi etwas zu gestalten und den Salon weihnachtlich zu schmücken, wie sie es auch mit ihren Kindern getan hatte, war ihr ein besonderes Anliegen. Allerdings ging ihr Ehrgeiz nicht so weit, dafür die teuren Stöckelschuhe auf dem feuchten Gartenboden zu ruinieren. Außerdem würde Helene niemals einem Angestellten ins Handwerk pfuschen, das wäre gerade so, als wollte sie ihm die Arbeit wegnehmen. Für den Garten war Konrad zuständig, und der liebte Willi wie einen eigenen Enkel. Was auf Gegenseitigkeit beruhte, denn Konrad war nicht so ängstlich wie Helene, die ihm nicht erlaubte, »Flugzeug« zu spielen, wie er es gerade tat. Mit ausgebreiteten Armen und lautem »Brumm, brumm, brumm« flitzte er auf seinen kurzen Beinchen über die Wiese. Sein größter Spaß war »Abstürzen« spielen; dazu ließ er sich einfach fallen und zappelte mit den Beinen, stellvertretend für die Propeller. Dieses Absturzspiel war es, was Helene nicht erlaubte: Willi könnte auf einen herabgefallenen Ast oder eine Wurzel stürzen und sich verletzen. Eindeutig der Sohn eines Piloten, dachte Nora amüsiert. Ob sie ihn jemals über seine wahre Herkunft aufklären durfte? Noch immer hatte sie keinen Ausweg aus ihrer Situation gefunden. Noch immer fehlte die Geburtsurkunde. Ihre Mutter hatte auf dem Amt in Regensburg nachgefragt und im letzten

Brief geschrieben, der »Vorgang« sei in Bearbeitung. Es könne aber nicht schaden, wenn sie selbst baldmöglichst noch einmal nachfragen würde. Das bedeutete, sie müsste erneut nach Regensburg fahren und eventuell ihrem Vater begegnen, doch dazu fehlte ihr die Kraft.

Nora schaltete das Radio ein, das sie angeschafft hatte. Sie hörte gerne die Nachrichten oder Musik beim Lesen. Im Moment wurden häufig Weihnachtslieder gespielt, die ein friedliches Gefühl vermittelten.

Der nächste Brief ließ ihre Gedanken in die Vergangenheit abgleiten. Eine junge Frau war traurig, weil sie vorerst nicht kirchlich heiraten konnte. Ihr Verlobter sei kriegsversehrt und finde deshalb keine Arbeit, aber nun sei sie guter Hoffnung, und ihnen fehle das Geld für ein weißes Brautkleid, selbst für ein gebrauchtes. Dennoch wollten sie schnellstens auf dem Standesamt heiraten, damit das Kind einen ehrlichen Namen erhielt und sie eine ehrbare Frau wäre. Nun behauptete der Pfarrer ihrer Gemeinde, sie käme in die Hölle, wenn sie nicht auch vor den Altar trete.

»Religiöse Eiferer und verknöcherte Spießbürger sind schlimmer als die Pest«, murmelte Nora in die Stille ihres Zimmers hinein. Auch ihr Schicksal wäre anders verlaufen, wenn ein uneheliches Kind nicht den Ausstoß aus der Gesellschaft bedeutet hätte. Obgleich eine bombastische weiße Hochzeit nicht zu ihren unerfüllten Träumen gehörte; ein schlichtes »Ja« von William vor einem Standesbeamten hätte ihr vollauf genügt.

Aber sie wollte nicht undankbar sein. Trotz allem war das Schicksal sanft mit ihr und Willi umgegangen, hatte sie in ein warmes Nest geweht und überschüttete sie regelmäßig mit den Gaben das Wirtschaftswunders.

Der Braut ohne Brautkleid würde sie schreiben, dass es nicht auf das schönste Kleid, sondern auf die tiefste Liebe ankomme. Und sie könne auch in einem hübschen Alltagskleid vor den

Altar treten. Der Geistliche wäre bestimmt einverstanden, wenn sie ihm die Situation erklärte.

Die Tür flog auf, und Willi stürmte ins Zimmer. Mit glänzenden Augen und roten Backen stand er vor ihr. Noch dick eingepackt in eine praktische Jacke aus robustem dunkelblauem Wollstoff, zu der eine Hose gehörte, die am Knöchel mittels einer Schließe eng gebunden werden konnte, damit kein Lufthauch an die Haut kam. Die Füße steckten in dunkelbraunen Schnürstiefeln, und die graue Bommelmütze mit den roten Streifen und den dazu passenden Fäustlingen hatte Friederike gestrickt. Die Köchin sehnte sich nach einem Enkelkind, und solange Sohn Michael das nicht zustande brachte, bestrickte sie eben Willi, obwohl Wolf regelmäßig betonte, sie solle sich die Arbeit ersparen, er könne seinen Enkelsohn durchaus einkleiden.

»Nola, Nola, ich ... ich hab ...«, keuchte Willi aufgeregt und streckte die Arme zur Decke, »sooo gaaanz viele Zapfen sammelt.«

»Dann wird es ein besonders schöner Adventskranz werden«, lobte Nora, während sie ihm Jacke, Handschuhe und Mütze auszog. »Setzt dich mal auf den Fußboden«, forderte sie ihn auf. »Damit ich dir die Schuhe ausziehen kann.«

Folgsam ließ er sich auf den Parkettboden fallen. »Kann allein«, behauptete er und begann mit aller Kraft die Schnürsenkel aufzuziehen, wobei sie sich leider verhedderten. Enttäuscht begann er zu weinen. »Geht ... geht nich ... blöder ... blöder Schuh ...«

»Morgen versuchst du es noch mal, dann klappt es bestimmt«, tröstete Nora ihn beim Entknoten.

Mit großen tränenfeuchten Augen blickte er zu ihr auf. »Morgen bestimmt«, wiederholte er andächtig.

»Was ist passiert?« Helene, die fein gestrichelten Augenbrauen sorgenvoll zusammengezogen, stand im Türrahmen.

»Alles in Ordnung«, antwortete Nora und erklärte das »Drama«.

Helene breitete die Arme aus. »Komm zur Oma, mein armes Schätzchen. Schuhe ausziehen oder binden musst du doch nicht selbst, das machen Nora oder ich. Wir gehen jetzt nach unten, dort stehen deine Hausschuhe, und anschließend lassen wir uns von Friederike einen schönen heißen Kakao kochen.«

Willi rappelte sich auf, sauste auf Strümpfen zu Helene, und im Weggehen hörte Nora ihn sagen: »Opa kann auch Schuhe binden.«

Lächelnd sammelte Nora die Kleidungsstücke zusammen, hob die Schuhe auf und brachte alles in Willis Zimmer. Der kleine Prinz wurde mehr verwöhnt, als ihr lieb war.

Nach dem Mittagessen forderte Willi, dass sie ihm aus seinem Lieblingsbuch vorlas, *Die Abenteuer des kleinen Stupsi.* Seit einem Urlaub in Österreich, wo er den gutmütigen Bernhardiner des Pensionsehepaars ins Herz geschlossen hatte, wünschte er sich genau so einen Hund. Zu Noras Erstaunen zögerte Helene noch. Für ihren Liebling ging sie jederzeit in die Knie, um Schnürsenkel zu binden, aber ein Tier im Haus kam anscheinend nicht infrage. Vielleicht fürchtete sie um die schicke neue Möblierung im Salon: Cocktailsessel in Pastellfarben, dazu ein Sofa in Hellgrün, Stehlampen mit Glasschirmen in Tulpenform, niedrige Tische in Nierenform mit kunstvoll gestalteten Glasplatten und ein neues Fernsehgerät, das sich in einer Kommode aus honigfarbenem Kirschholz versteckte. Ein Luxusmodell für unfassbare eintausendvierhundert D-Mark, wie Nora von Konrad erfahren hatte, der beim Kauf dabei gewesen war. Der Bildschirm war mit zweiundzwanzig mal zweiundzwanzig Zentimeter kleiner als Wolfs Illustrierte. Bislang gab es noch nichts zu sehen, doch Wolf wollte mit dabei sein, sobald die ersten Sendungen landesweit ausgestrahlt werden würden.

Nachdem Willi über Stupsis Abenteuer eingeschlafen war und Helene wie gewöhnlich seinen Schlaf bewachte, fuhr Nora in die Redaktion, um die Post abzuliefern und Nachschub zu holen.

In ihrem Büro lag ein ansehnlicher Stapel Leserbriefe bereit. Geschätzte einhundert, die Arbeit wurde nicht weniger. Wolf hatte bereits gefragt, ob es zu viel würde, und angeboten, eine zweite Kraft einzustellen. Sie hatte dankend abgelehnt. Noch hatte sie die Hoffnung nicht aufgegeben, eines Tages ein eigenes Leben führen zu können, und dafür sparte sie jede Mark.

Als sie im Auto saß und den Motor startete, schoss ein Roller an ihr vorbei. Es war Luis, vermummt mit Helm und dickem Schal um den Hals, den sie nur an der Lederjacke erkannte. Er war wohl in Eile, hatte sie nicht gesehen oder ignorierte sie absichtlich.

Dass sie neuerlich weniger im Redaktionsbüro und mehr am häuslichen Schreibtisch arbeitete, hatte auch mit Luis zu tun. Seit dem verunglückten Fototermin benahm er sich merklich abgekühlt. Nicht direkt unfreundlich, aber distanziert. Wenn er grüßte, dann höflich, ohne die üblichen Scherze oder seine lustige Verbeugung. Zudem erkundigte er sich nicht mehr nach ihrer Arbeit, und seine Besuche auf einen Kaffee in ihrem Büro waren Vergangenheit. Er hatte sie auch nicht mehr gebeten, für Fotos zu seinen Romanen Modell zu stehen. Er schien die Zurückweisung doch weniger sportlich zu nehmen, als er vorgegeben hatte.

Zurück in der Villa, wandte Nora sich wieder ihren Briefen zu, unter denen sich ein weiterer von Willis leiblichen Groß-eltern befand. Sie warteten sehnlichst auf einen Besuch, boten ihr erneut an, die Reisekosten zu übernehmen und, wenn sie wolle, ganz nach Amerika zu ziehen. Aber ihr wollte kein Argument einfallen, das Wolf und Helene akzeptieren würden, sodass sie die Reise über den Großen Teich mit Willi antreten könnte. Sobald sie im Besitz der Geburtsurkunde wäre, ergäbe sich hoffentlich bald eine Situation, in der sie endlich die Wahrheit gestehen konnte. Bis dahin musste sie Williams Eltern weiter vertrösten. Im letzten Brief hatte sie geschrieben, dass im Moment eine so lange Reise leider unmöglich sei; sie arbeite als Sekretärin – was nicht geschwindelt war –, und ihr stünden lediglich zwei Wochen Urlaub pro Jahr zu. Allein die Schiffspassage nach Übersee und zurück dauerte wenigstens zwei Wochen, sie müsste zusätzlich unbezahlte Freitage nehmen und würde damit ihre Stellung gefährden.

Durch die Zimmertür drang dunkles Lachen, das von der Treppe kam. Eindeutig Luis, ihn würde sie überall heraushören. Doch da war noch eine zweite, hellere Stimme. Die einer Frau. Gab es eine Frau in seinem Leben, die so wichtig war, dass er sie mit nach Hause brachte? Das hatte er bisher nicht getan, zumindest war es ihr nicht aufgefallen. War er deshalb ihr gegenüber so kühl?

Nora überlegte, ob sie in den Flur treten und ihn und seine Begleitung kurz begrüßen sollte. Ganz zwanglos, immerhin lebten sie gewissermaßen Tür an Tür, aber da war das Lachen mit den Schritten bereits verklungen. Sekunden später wurde im Stockwerk über ihr eine Tür geöffnet und wieder geschlossen.

Später erklang Musik. Sie konnte nicht genau erkennen, ob die Klänge aus dem Radio oder vom Plattenspieler kamen. Sie hörte Blechinstrumente, mit Sicherheit war es Jazz.

Einen Herzschlag lang ertappte sie sich bei der Vorstellung, mit Luis zu tanzen. In seinen Armen zu liegen und sich geborgen zu fühlen. Wie damals im Fotostudio, als er angeblich den Termin verwechselt hatte. Im ersten Moment war sie verwundert gewesen und hatte das Studio verlassen wollen. Doch heute, im Rückblick, gestand sie sich ein, dass sie es genossen hatte, so sehr begehrt zu werden und sich einmal an einer starken Schulter auszuruhen, nicht mehr allein sein. Sich beschützt zu fühlen, wie bei dem kleinen Auffahrunfall, als er bereit gewesen war, sich ihretwillen zu prügeln.

Jetzt hatte er eine andere. Womöglich war Luis gar nicht an ihr interessiert gewesen. Er war eben doch ein Draufgänger, der keine Gelegenheit ungenutzt verstreichen ließ. Und dessen Charme keine Frau widerstehen konnte.

Sie öffnete das Fenster. Feuchtkalte Herbstluft wehte ins Zimmer und brachte sie zurück auf den Boden der Realität. Zurück zur Arbeit. Leserbriefe beantworten.

Zwischen den grauweißen, blassblauen und hellgrünen Umschlägen steckte auch einer von ihrer Mutter.

Liebe Nora, liebes Kind,

leider habe ich traurige Nachrichten. Dein Vater ist gestorben. Er ist in der Apotheke zusammengebrochen, nachdem ein Pharmavertreter ihm ein sensationell wirksames Haarwuchsmittel angeboten hat. Im Krankenhaus wurde dann ein Herzinfarkt festgestellt, und er ist kurz darauf gestorben.

Die Beerdigung findet nächste Woche statt, und ich kann mir denken, dass Du ihm vielleicht nicht die letzte Ehre erweisen möchtest. Trotzdem solltest Du nach Regensburg kommen, denn hier liegt die Geburtsurkunde von Deinem Sohn.

Alles Liebe schickt Dir

Deine Mutti

Nora las den Brief mit großer Bestürzung. Auch wenn sie ihrem Vater keine Liebe mehr entgegenbringen konnte, hatte er solch einen Tod nicht verdient. Der letzte Satz jedoch löste ein befreiendes Gefühl in ihr aus. Sie konnte es kaum erwarten, nach Regensburg zu fahren und die Geburtsurkunde in Händen zu halten. Endlich würden die Lügen ein Ende haben. Endlich würde sie Willis Mutter sein dürfen. Endlich würde sie ein neues Leben beginnen können.

* * *

Luis öffnete die Tür zu seinem Zimmer und ließ Ursula den Vortritt. »Bitte schön, tritt ein, leg ab, fühl dich ganz wie zu Hause.«

Ursula stellte ihre dunkelrote Lederhandtasche auf dem niedrigen Tisch zwischen den beiden Polstersesseln ab, zog die roten Lederhandschuhe aus und legte sie daneben.

»Darf ich?«, fragte Luis galant und half Ursula aus dem schwarz gelockten Persianer. Mit elegantem Schwung beförderte er den Mantel auf sein ordentlich zugedecktes Bett. »Cognac oder Wodka?«

»Es ist heller Nachmittag«, erinnerte Ursula ihn, während sie das im Nacken geknotete Kopftuch abnahm. »Außerdem will ich dir nur dein verspätetes Geburtstagsgeschenk vorspielen.« Sie holte eine kleine Schallplatte aus der Handtasche und legte sie auf den Plattenteller. »In der Redaktion ging das ja leider nicht. Als ich die Scheibe im Plattenladen entdeckt habe, dachte ich, dass der *St. Louis Blues* extra für einen gewissen Luis komponiert wurde«, sagte sie augenzwinkernd, als die ersten Takte erklangen.

»Herzlichen Dank, sehr aufmerksam.« Er küsste sie flüchtig auf die Wange. »Aber das mit der Helligkeit lässt sich leicht ändern, meine Schöne.« Frech grinsend war er mit zwei Schritten am Fenster. »Ich könnte die Fensterläden zuklappen.«

»Das wirst du schön bleiben lassen und stattdessen einen heißen Tee organisieren. Mir ist nämlich kalt«, entgegnete Ursula, während sie ihre dunklen Locken ordnete, die unter dem Kopftuch gelitten hatten.

»Dein Wunsch ist mir Befehl.« Er verbeugte sich in wohlbekannter Übertreibung. »Ich eile und bin in Bälde zurück. Wenn du inzwischen ein warmes Plätzchen suchst …« Er deutete auf sein Bett.

»Wenn du auf ein Schäferstündchen spekulierst, musst du dich schon ein wenig mehr anstrengen«, sagte Ursula und drehte ihm den Rücken zu.

Luis verbeugte sich knapp und sagte: »Sehr wohl, einmal heißen Tee, kommt sofort, Gnädigste«, als wäre er ein Etagenkellner in einem feinen Hotel. Dann schritt er rückwärts zur Tür und zog sie leise zu.

Im ersten Stock blieb er vor Noras geschlossener Zimmertür stehen. Obwohl er sie nicht sehen konnte, erhöhte sich sein Herzschlag. Seit sie ihm ihr Geheimnis verraten hatte, war er total verrückt nach ihr. Ihre Zurückweisung änderte nichts an seinen Gefühlen, aber er würde es nicht noch einmal versuchen. Sie hatte ihm deutlich zu verstehen gegeben, dass sie den Vater ihres Sohnes noch immer liebte, und gegen einen Toten zu kämpfen hielt er für aussichtslos. Also hatte er nach zahlreichen schlaflosen Nächten und vielen Drinks beschlossen, stattdessen gegen seine Gefühle für Nora zu kämpfen. Sie in Alkohol zu ertränken und zum Säufer zu werden hätte unscharfe Fotos bedeutet und ihn brotlos werden lassen. Es gab andere, amüsantere Gegenmittel. Ursula. Sie kannten einander seit ihrem Techtelmechtel im Sommer 1947. Sie war attraktiv, arbeitete in der Zeitschriftenbranche wie er, und durch ihren Beruf als Werbezeichnerin hatten sie berufliche Gemeinsamkeiten. Allerbeste Voraussetzungen für eine harmonische Beziehung. Eine Liaison mit Ursula würde ihn Nora hoffentlich vergessen lassen. Auch wenn er insgeheim daran zweifelte.

40

NORA VERSUCHTE, IHR Gedankenkarussell anzuhalten, das sich mindestens so schnell drehte wie die Räder des Wagens auf der Autobahn.

Der Tod ihres Vaters hatte eine Flut widerstreitender Gefühle in ihr ausgelöst. Der Mann, dem sie ihre Existenz verdankte, der sie erzogen und ernährt hatte, lebte nicht mehr. Aber er war auch der Mann, der sie an seinen Gläubiger hatte verkaufen wollen, mit dem Jugendamt gedroht und sie zur Flucht verleitet hatte, damit sie ihr Kind nicht verlor. Dennoch hatte sich seine Androhung, dass ihr das Kind weggenommen würde, ohne sein Zutun erfüllt. Ihr Sohn wuchs als Enkelkind fremder Menschen auf. Und es widerstrebte ihr zutiefst, diesen Mann auf seinem letzten Weg zu begleiten. Ihrer Mutter zuliebe war sie nun auf dem Weg zur Beisetzung – und um die Geburtsurkunde persönlich abzuholen.

Nora hatte das schwarze Kleid gewählt, das sie damals in den Koffer gepackt hatte. Es passte noch und war gleichzeitig ein Symbol ihrer neu gewonnenen Unabhängigkeit. Sie hatte auch das dünne Goldkettchen mit dem Kreuz und die Armbanduhr angelegt, mit denen sie in den Zug gestiegen war. Nichts davon hatte der Vater ihr geschenkt – das Kreuz war ein Erbstück der Großmutter, die Uhr von der Firmpatin. Von Ursula hatte sie einen schwarzen Persianermantel geliehen, um im eisigen Wind nicht zu frieren.

Zu Hause in München – denn Regensburg war schon lange nicht mehr ihr Zuhause – wusste niemand, wohin sie fuhr. Sie hatte nur Luis eingeweiht und gesagt, dass sie zum Abendessen zurück sei. Falls jemand sie vermisste, wollte er sich eine Ausrede einfallen lassen. Nach ihrer Rückkehr würde sie sofort alles aufklären.

Was würde sie am Grab ihres Vaters empfinden? Gleichgültigkeit gegenüber einem Mann, mit dem sie in ihrer Erinnerung keinen glücklichen Tag erlebt hatte? Wann hatte er mit ihr Ball gespielt, so wie Wolf mit Willi? Wann ihr ein Buch vorgelesen, wie Helene es tat? Wann sie in den Arm genommen? Das Verhältnis zu ihrem Vater war von Gehorsam und Pflichterfüllung geprägt. Vergnügungen waren ihm fremd. Selbst in seinem Labor, in dem er seinen Traum hatte verwirklichen wollen, hatte sie ihn nie unbeschwert oder gar fröhlich angetroffen. Stets hatte er mit strengem Blick, die Stirn voller Sorgenfalten, an seinem Versuchstisch gehockt. Schließlich fiel ihr doch ein, wo seine Strenge von ihm abgefallen war: beim Sammeln von Heilkräutern im Waldnaabtal.

Sie war elf oder zwölf gewesen, noch ein Schulkind, als von den Nazis die Reichsgemeinschaft für Heilpflanzenkunde und Heilpflanzenbeschaffung gegründet worden war. Die Hitlerjugend, der Bund Deutscher Mädel, Schulkinder unter Aufsicht geschulter Lehrer, aber auch die SA und natürlich die fachkundigen Apotheker waren zum emsigen Sammeln von Heilpflanzen verpflichtet worden. Das Deutsche Volk sollte mit naturheilkundlichen Arzneien versorgt werden, die in deutscher Erde gewachsen waren. Als Kind hatte sie nicht begriffen, dass sie im Dienste der Nationalsozialisten tätig waren, und nur ihren Vater für sein immenses Wissen bewundert. Er hatte ihr jedes noch so kleine Pflänzchen eindringlich erklärt, sodass sie bis heute jedes Kraut erkennen würde. Diese Kenntnisse und auch die Tatsache, einen Apotheker als Vater zu haben, hatten ihr in der Schule zu einigem Ansehen verholfen. »Nora Längsfeld erklärt uns die Wirkung von …«, hatte der Lehrer oft gesagt und sie dann während des Unterrichts vortreten lassen, damit sie eine Blüte oder Pflanze beschrieb und die Wirkstoffe erklärte.

Für Kräutertees waren Blätter von Brombeeren, Erdbeeren, Himbeeren oder Preiselbeeren gesammelt worden. Das Deutsche Volk sollte damals zum Trinken von Kräutertee umerzogen werden, denn echter Bohnenkaffee war ja nicht mehr importiert worden. Sie erinnerte sich auch, dass ihr Vater genau gewusst hatte, wo wilde Kamille, Johanniskraut, Huflattich oder Zinnkraut wuchsen und wo die ergiebigsten Stellen waren. Von März bis in den späten Herbst hatten sie Giersch gesammelt, der als Gemüse oder im Salat verwendet worden war. Junge Brennnesseln und Schlangenknöterich hatten als Spinatersatz gedient. Anfang April, erinnerte sich Nora, gab es die herrlich duftenden Lindenblüten – als Tee aufgebrüht das beste Mittel gegen Fieber. Im Spätsommer Holunderbeeren, die zu Saft gepresst wurden – ebenso ein wirksames Mittel gegen Fieber. Spitzwegerich oder Salbei hatte ihr Vater zur Herstellung von Hustensaft verwendet; getrocknet und pulverisiert wurde er mit Zucker zu Hustenbonbons verkocht. Breitwegerich wurde mit dem Mörser zermahlen und als Wickel bei Halsentzündungen verwendet.

Ihr Vater hatte ihr auch gezeigt, wie Pflanzen getrocknet und gelagert werden mussten, damit sie ihre Wirkung nicht verloren. Wie er die Heilpflanzen betrachtet, behandelt und stets vorsichtig gepflückt hatte, war ein Indiz für seine große Liebe zur Botanik, zur Natur gewesen. Eine Liebe, die größer und inniger gewesen war als die zu seinen Kindern.

Kurz vor elf Uhr erreichte sie Regensburg. Ein heftiger Ostwind trieb schwere Wolken über den dunkelgrauen Himmel, zerrte an den Mänteln der Passanten, pustete ihnen die Hüte von den Köpfen und spielte mit den kahlen Zweigen der wenigen Bäume, die den Brennholz-Kahlschlag im Hungerwinter 1946/47 überlebt hatten.

Im Vergleich zu München hatte die oberpfälzische Haupt-stadt kaum Schäden erlitten. Nur die Besatzer vor Ort erin-nerten an den verlorenen Krieg. Im nächsten Moment wurde sie von einem hupenden US-Jeep überholt, am Steuer ein GI. Der Anblick der Uniform versetzte ihr einen schmerzhaften Stich. William war tot, das hatte sie schwarz auf weiß, doch ihr Herz wollte es nicht glauben, und für eine utopische Sekunde erwachte in ihr die Hoffnung, sie könne ihm hier, wo alles begonnen hatte, wieder begegnen. Einen Sehnsuchtsmoment lang träumte sie von einem glücklichen Ende nach alldem erlit-tenen Schmerz. Von einem Leben an Williams Seite. Ein dum-mer, unerfüllbarer Traum, der ihre Augen mit Tränen füllte.

Sie schluckte die aufkommende Verzweiflung wie bittere Pil-len hinunter, atmete tief durch und konzentrierte sich auf den Verkehr.

Die Beisetzung ihres Vaters fand auf dem Oberen Katholi-schen Friedhof statt. Von der Apotheke am Bismarckplatz lag er zwanzig Minuten zu Fuß entfernt; günstig gelegen für ihre Mutter, die sich um die Grabpflege würde kümmern müssen. Von Alfred, der bereits das Decken eines Tisches als unter seiner Würde empfand, war vermutlich wenig Hilfe zu erwarten.

Kurz nach elf parkte sie den Wagen in der Nähe des Fried-hofs. Fröstelnd schlug sie den Mantelkragen hoch, bevor sie die schwarze Handtasche öffnete, in der sie den Brief ihrer Mutter verstaut hatte. Sie hatte ihr geschrieben, in welcher Reihe sie nach dem Familiengrab suchen sollte. Dunkel erinnerte sie sich an die Beisetzung der Großmutter, der sie als Achtjährige eine Nelke auf den Sarg geworfen hatte. Auch die Urgroßeltern hat-ten vor Noras Geburt dort ihre letzte Ruhe gefunden.

Stille lag über den Gräbern in dem von einer hohen Mauer umgebenen Gottesacker, wie ihre Großmutter den Friedhof genannt hatte. Kein Straßenlärm, kein lautes Lachen oder ener-vierendes Hundegebell störten den ewigen Schlaf, und selbst die Vögel hatten um diese Jahreszeit ihren Gesang eingestellt. Raureif zierte die Gestecke und Kränze auf den Ruhestätten, die Zweige der Nadelbäume und der immergrünen Koniferen. Dazwischen Schneereste, von der Sonne angetaut und vom »Böhmischen«, wie der eisige Ostwind genannt wurde, zu bizarren Gebilden geformt.

Nora schlug den Mantelkragen hoch. Selbst bei Plusgraden würde sie an diesem Ort frieren. Sie blickte sich um und suchte nach der richtigen Reihe. Bilder aus ihrer Kindheit tauchten auf: ihre Mutter am Familiengrab, wie sie im Frühjahr auf Knien die Erde auflockerte, um Blumenzwiebeln oder kleine Stauden zu pflanzen. Während sie, Nora, auf der Suche nach bekannten Namen durch die Grabreihen spaziert war. Nach jemandem, den sie gekannt hatte, um nachzusehen, ob Würmer herauskrochen. Alfred hatte behauptet, man würde nach dem Tod von Würmern aufgefressen werden, die kämen dann aus der Erde gekrochen, und man lebte praktisch in Kriechtieren weiter.

Nora schüttelte sich angeekelt und begab sich zurück zum Haupteingang, wo sie schließlich einen der Friedhofswärter fand.

»Mein Beileid. Ich kannte den alten Apotheker, habe während des Krieges Augentropfen bei ihm gekauft«, erzählte der Mann leutselig und begleitete sie zur gesuchten Gräberreihe.

Noch ehe sie die Menge erreicht hatte, trug der Wind kraftlos vorgetragene Worte zu ihr. »Wir verlieren ein wertvolles Mitglied unserer Kirchengemeinde ...«

Zumindest war er ein emsiger Kirchgänger gewesen ... einer, der ohne Skrupel seine Tochter an den Teufel verkauft hätte, dachte Nora unversöhnlich, während eine Windböe sie erfasste und nach vorne schob.

Sie erblickte eine gesichtslose Menge in dunklen Mänteln, die Köpfe unter schwarzen Hüten gegen den erbarmungslosen Eiswind gesenkt.

Um kein Aufsehen zu erregen – die abtrünnige Tochter, die zu spät zur Beerdigung ihres eigenen Vaters kam –, duckte sie sich hinter den nächsten hohen Grabstein.

Durch die Trauermenge erblickte sie den Sarg aus dunklem Holz. Er ruhte auf zwei Holzbrettern, die quer über dem ausgehobenen Erdloch lagen. Ihre Mutter und Alfred entdeckte sie einen halben Schritt hinter dem mindestens achtzig Jahre alten Pfarrer, den sie noch von der Firmung in Erinnerung hatte. Auch er hielt den Kopf gesenkt, der Diener Gottes wirkte erschöpft von den ewig gleichen Ritualen, von echter oder auch geheuchelter Anteilnahme und zeitraubenden Ansprachen. Nichts davon wurde kostenlos vergeben. Jede Beisetzung, jede Hochzeit und jede extra gelesene Messe füllten den Kirchsäckel. Und so wirkte der Geistliche in seinem bodenlangen schwarzen Gewand und dem mit Spitzen verzierten weißen Überhemd, eingehüllt in Weihrauchschwaden, auf sie wie eine diebische Elster in ihrem einträglichsten Revier. Den Weihrauch gab es bestimmt auch nicht kostenlos.

Der salbungsvollen Rede hörte Nora nicht zu; sie hielt weiter Ausschau nach einem ganz bestimmten Mann, der sich unter den früheren Kunden und Nachbarn befinden musste. Dann, einige Schritte hinter ihrer Mutter, hob er den Kopf.

Gollnik!

Sie war sicher gewesen, den alten Geschäftspartner ihres Vaters am Grab zu sehen. Selbstverständlich heuchelte er Anteilnahme, obwohl er dessen Tod mitverschuldet hatte.

Entschlossen, den Pharisäer zur Rede zu stellen, verließ sie ihre Deckung, drängte sich durch die hinten Stehenden und fand einen Platz in der Menge, von wo aus sie ihn anstarrte. Seine von der Kälte gerötete Mensurnarbe leuchtete auf seiner fahlen Winterhaut wie ein Zeichen des Teufels.

Bald spürte er ihren bohrenden Blick. Erkannte sie. Lächelte. Tippte sich zum Gruß mit der in Leder gehüllten rechten Hand an die Hutkrempe. Als befänden sie sich auf einer geselligen Feier. Nichts an seiner Körperhaltung oder seiner Mimik deutete darauf hin, dass sich sein Gewissen regte. Ihr Auftauchen schien ihn nicht zu irritieren. Er wirkte gelassen, beinahe überheblich wie ein Ehrenbürger der Stadt, der dem Apotheker aus reiner Güte die letzte Ehre erwies.

Fassungslos über Gollniks Dreistigkeit verharrte Nora an ihrem Platz. Zorn regte sich in ihr, am liebsten hätte sie Gollnik ins offene Grab gestoßen. Doch sie beherrschte sich und schluckte die über Jahre aufgestaute Wut hinunter. Während die Feierlichkeiten andauerten, konnte er ihr nicht entkommen. So lange blieb ihr Zeit nachzudenken, was sie unternehmen wollte. Etwas, das er sich in seinen schlimmsten Albträumen nicht vorgestellt hätte. Etwas, das ihn bereuen ließ, so hartherzig gewesen zu sein.

Der Pfarrer beendete seine monotone Standardrede. Vier Friedhofswärter traten aus der Menge hervor und seilten den Sarg ins ausgehobene Grab hinab. Zum Abschluss der Zeremonie warf der Priester drei Schaufeln Erde auf den Sarg. Dann reichte ihm einer der beiden Ministranten erneut den an langen Ketten befestigten Weihrauchkelch, den er über dem offenen Grab kreisen ließ. Dazu bewegten sich seine Lippen wie bei einem Beschwörungsritual.

Nora atmete erleichtert auf, als der Wind die Rauchwolken nicht in ihre Richtung wehte, der intensive, süßliche Geruch hatte ihr stets Kopfschmerzen und Übelkeit bereitet. Auch einige der Anwesenden schienen den strengen Weihrauchduft nicht zu vertragen und pressten sich Taschentücher vor die Nasen.

Schließlich gab der Geistliche den silbernen Kelch an einen Diener ab, drehte sich zu ihrer Mutter, ergriff ihre Hände und sprach ihr sein Beileid aus. Dann trottete er, gefolgt von den Messdienern, gemächlich davon.

Gollnik verharrte während der gesamten Zeit unbeweglich hinter ihrer Mutter.

Nora löste sich aus der Menge und begab sich zu ihrer Mutter und ihrem Bruder.

»Du kommst zu spät«, zischte Alfred ihr zu.

»Tut mir leid«, murmelte Nora und ersparte sich die Erklärung, dass sie der Beerdigung im Hintergrund beigewohnt hatte. Es war nicht wichtig.

Der Zug der Kondolierenden bewegte sich langsam. Einige erkannten Nora, drückten auch ihr die Hand, begleitet von ein paar bewegenden Worten. Als Letzter trat Gollnik zu ihrer Mutter und reichte ihr die Hand.

Nora hielt die Luft an. Ihre Mutter verhielt sich, als wäre dieses Monster nichts weiter als der Geschäftspartner ihres verstorbenen Ehemannes. Doch Gollnik war mitschuldig an der finanziellen Misere ihres Vaters. Für den Privatbankier hätte es keinen Bankrott bedeutet, die Schuld noch länger zu stunden. Für ihren Vater war es das Ende gewesen. Aber Gollnik hatte seine Macht ausgeübt, und das war in ihren Augen unverzeihlich.

Gollnik reichte Alfred die Hand, und bevor er sich ihr zuwenden und ihr kondolieren würde, flüsterte Nora ihrer Mutter zu, sie würde im Auto vor dem Haupteingang auf sie warten. Niemals würde sie diesem Mann die Hand reichen.

Hastig verließ sie den Friedhof und atmete erst wieder durch, als sie im Wagen saß. Allein die Nähe dieses Scheusals verursachte ihr Atemnot. Sie startete den Motor, setzte einige Meter zurück und ließ den Motor laufen, als sie ihre Mutter und Alfred kommen sah.

Ein kurzes Hupen, dann beugte sie sich zum Beifahrersitz und öffnete die Tür. »Steigt ein …«

»Ich lasse mich nicht von einer Frau am Steuer kutschieren«, maulte Alfred und blieb demonstrativ stehen.

»Hast *du* einen Führerschein?«

»Nein«, antwortete er kleinlaut.

»Dann steig ein und mach die Augen zu, wenn du Angst hast.«

Alfred klappte den Beifahrersitz nach vorne und stieg grummelnd in den Fond des Wagens. Ihre Mutter nahm auf dem Beifahrersitz Platz und zog die Wagentür zu.

»Der Leichenschmaus ist wegen Geldmangels gestrichen, also direkt nach Hause«, erklärte ihre Mutter.

Gerade in der Sekunde, als Nora den ersten Gang eingelegt hatte und losfahren wollte, tauchte Gollnik vor der Windschutzscheibe auf.

Sie trat aufs Gas, der Motor heulte auf. Die Handbremse war noch angezogen. Sie löste die Bremse, ließ die Kupplung langsam kommen, und der Wagen tat einen Satz nach vorne.

41

NORA BREMSTE IM letzten Moment. Danach verlief die kurze Fahrt vom Friedhof zur Apotheke schweigend. Der Schock über den Vorfall saß tief.

Als Nora den Motor abstellte, sagte ihre Mutter: »Du hättest ihn beinahe überfahren.«

»Leider nur beinahe«, murmelte sie bedauernd. Nur der Gedanke an ihren Sohn hatte sie davon abgehalten, aufs Gas zu steigen. Ein tödlicher Unfall hätte sie womöglich ins Gefängnis gebracht.

Alfred rutschte auf die Sitzkante und knurrte Nora direkt ins Ohr: »Ich hätte es getan, und zwar mit Schmackes. Dieser Bastard verdient keinen sanften Tod.«

»Seid still«, verlangte die Mutter. »Auch Gedanken an böse Taten machen unglücklich. Und jetzt kommt ins Haus.« Sie öffnete die Tür, hielt ihren Hut mit einer Hand fest und wand sich aus dem Wagen.

Nora wollte ihrer Mutter zu Hilfe eilen, aber sie war bereits ausgestiegen. Nachdem auch Alfred herausgeklettert war und die Beifahrertür mit voller Kraft zugeschlagen hatte, drückte Nora den Sperrknopf und stieg selbst aus.

Die Mutter steuerte auf die Apothekentür zu und kramte den Schlüssel aus der abgetragenen schwarzen Handtasche. »Bitte, kommt hier rein, ich habe etwas mit euch zu bereden.«

Zwiespältige Gefühle wallten in Nora auf, als sie vor dem Laden stand. Das Schaufenster war wie jedes Jahr um die Weihnachtszeit mit der Krippenlandschaft dekoriert. Erst an

Heiligabend wurde sie mit Maria, Josef und dem Jesuskind bestückt.

Wegen Trauerfalls geschlossen, verkündete ein Schild an der Innenseite der Eingangstür. Hier hat das Drama begonnen, dachte Nora, als sie eintrat. Hier hatte sie das verhängnisvolle Gespräch zwischen ihrem Vater und Gollnik mit angehört. Hier hatte sie aber auch einen Beruf erlernt und viel Freude am Umgang mit den Kräutern, am Abwiegen von Ingredienzien, Teemischungen und am Gespräch mit Kunden gehabt.

Sie atmete den typischen Duft ein, der stets in der Luft lag, und trotz der langen Zeit, die sie nicht hier gewesen war, hatte ihre Nase nichts vergessen: ein Gemisch aus getrockneten Kräutern, Wollwachs, aber auch ein Geruch nach Menthol, Glyzerin, Weingeist. Sie erinnerte sich an Spiritus im Putzwasser und Schmierseife für die Steinfliesen, die sie auf Knien geschrubbt hatte.

Die Mutter nahm den mit einem kurzen Gesichtsschleier dekorierten Hut ab, legte ihn auf den Ladentisch und strich sich eine Haarsträhne aus der Stirn.

»Kommt ins Büro.«

Als Nora das bedrückend kleine Hinterzimmer betrat, hörte sie das Ticken des Weckers, der im Regal neben den Fachbüchern stand. Vor ihrem inneren Auge tauchte das Bild ihres Vaters auf, wie er den Wecker stellte, um Garzeiten für angerührte Medikamente nicht zu überschreiten. Dann überfielen sie die Bilder der verhängnisvollen Begebenheit wie Ungeziefer, das nicht zu bekämpfen war. Sie meinte sogar, deutlich Gollniks Stimme zu hören: *Ich möchte Nora heiraten, sie zu einer ehrbaren Frau machen und dich zu meinem Schwiegervater. Rede mit Nora darüber, lege ein gutes Wort für mich ein, und wenn sie Ja sagt, übernehme ich deine gesamten Schulden.*

Alfred räusperte sich laut. »Was wird jetzt aus der Apotheke?«

»Um das zu besprechen, sind wir hier«, antwortete die Mutter und setzte sich auf den Platz ihres Vaters hinter dem Schreibtisch.

Alfred lehnte sich an den Schreibtisch. »Ich höre.«

Nora betrachtete ihren Bruder unauffällig. Sie hatte ihn zuletzt vor ihrer Flucht gesehen. Abgesehen von einigen zugelegten Pfunden schien er sich nicht verändert zu haben, denn offensichtlich glaubte er, es ginge mal wieder nur um ihn. Sie äußerte sich nicht dazu. Der Fortbestand des Geschäfts interessierte sie wenig, doch sie sorgte sich um ihre Mutter. Was würde aus ihr, wenn die Einnahmen aus der Apotheke fehlten? Aber ihre Mutter saß aufrecht, wirkte gefasst und kein bisschen verstört wie eine trauernde Witwe. Nora hatte auch nicht den Eindruck, als fürchtete sie sich davor, allein zu sein. Sicher ist sie im Moment noch zu geschockt, überlegte Nora. Aber irgendwann würde die Erkenntnis kommen, dass der Ehemann und Versorger nicht mehr da war, und was dann?

»Ihr wisst ja bereits, dass wir dieses Haus verloren haben, Miete für die Wohnung und der Vater Pacht für den Laden bezahlen musste«, begann ihre Mutter und sah von Alfred zu ihr.

Nora nickte.

»Schnee von gestern«, grummelte Alfred, der nun ungeduldig von einem Bein aufs andere trat.

»Es stellt sich die Frage, wie es weitergehen soll. Alfred?«

»Ja?«

»Dein Vater hat kein Testament hinterlassen, und ich kann den Laden nicht weiterführen ...«

Die Tür öffnete sich, und eine dunkle Stimme fragte: »Willst du ihn übernehmen?«

Als Nora sich umdrehte, zuckte sie zusammen. Es war Gollnik, der im Türrahmen auftauchte. Unbemerkt, wie ein Dieb. In seinem schwarzen Mantel, die Hände in schwarzen Handschuhen und mit dem schwarzen Hut verschmolz er fast mit der Umgebung des unbeleuchteten Raumes.

Ihre Mutter erhob sich. »Bitte, treten Sie ein.«

Noras Herz begann zu rasen. Hatte ihre Mutter diesen Mann

tatsächlich höflich gebeten einzutreten? Eine Welle aus erlittenem Schmerz und aufgestautem Zorn trieb ihr das Blut ins Gesicht. Sie hätte ihn doch über den Haufen fahren sollen!

Auch Alfred hatte sich umgedreht und starrte Gollnik ungläubig an. »Was wollen Sie?« Sein Ton war herrisch, ganz der Sohn seines Vaters, bevor dieser sich Gollnik ausgeliefert hatte.

»Möchten Sie Platz nehmen?«, fragte ihre Mutter.

»Nein, danke«, antwortete Gollnik und lächelte, als wäre Alfreds Benehmen vollkommen normal. »Ich möchte dem jungen Herrn das Angebot machen, die Apotheke weiter …«

»Kein Interesse«, fiel Alfred ihm hoch erhobenen Hauptes ins Wort.

Nora freute sich ausnahmsweise über Alfreds Arroganz und die Abfuhr, die er Gollnik erteilt hatte, fragte sich aber auch, warum ihr Bruder die alteingesessene Apotheke nicht weiterführen wollte. Auch wenn er mit Gollnik nichts zu schaffen haben wollte, war die Übernahme der Apotheke mit ihren zahlreichen Stammkunden immer sein Traum gewesen. Und soweit sie sich erinnerte, hatten die Einnahmen regelmäßig über den Kosten gelegen. Was war geschehen?

»Dann stimmt es also, was man so hört?« Gollnik sah Alfred herausfordernd an. »Du wirst die Tochter der größten Apotheke der Stadt heiraten.«

»Logisch, dass Sie über jeden unserer Schritte Bescheid wissen. Aber wen ich heirate oder nicht, geht Sie einen Dreck an«, schnauzte Alfred zurück.

Gollnik hob die Hände, als richtete Alfred eine Waffe auf ihn. »Selbstverständlich.«

»Da hören Sie es selbst«, meldete sich nun ihre Mutter zu Wort.

Nora starrte sie an. Hatte sie bereits mit Gollnik über die Zukunft der Apotheke gesprochen? Anders war ihre Antwort nicht zu erklären.

»Mutti, ich muss los«, sagte Alfred, drehte sich um und verließ grußlos das kleine Zimmer.

Nora brach der Schweiß aus. Sie und ihre Mutter allein mit diesem Scheusal in einem Raum war mehr, als sie verkraften konnte. Doch Alfreds Beispiel zu folgen und ihre Mutter allein zu lassen wagte sie nicht. Dieser Mann war unberechenbar, wechselte seine Persönlichkeit wie ein Chamäleon die Farbe.

»Dann ist alles gesagt!«, herrschte sie Gollnik ohne direkte Anrede an.

Er verstand den Rauswurf, lächelte selbstgefällig und sagte an ihre Mutter gewandt: »Mein Angebot steht noch eine Woche.« Damit wandte er sich zum Gehen und verschwand.

Nora drehte sich der Magen um. Gollniks Angebote waren wie Schierlingsbecher, das blanke Gift. Ihre Stimme zitterte, als sie aufgebracht fragte: »Du willst nicht wirklich mit diesem … diesem Mann Geschäfte machen, oder? Du weißt doch, wie unberechenbar er ist.«

»Beruhige dich«, antwortete die Mutter sanft. »Komm mit nach oben, ich koche uns Kaffee und erkläre dir alles. Und die Geburtskunde liegt auch in der Wohnung.«

»Tut mir leid, dass ich dich angefahren habe«, entschuldigte sich Nora auf dem Weg nach oben.

»Ich habe im Wohnzimmer für drei gedeckt«, überging ihre Mutter das Thema, als sie in der Küche Wasser aufsetzte. »Da wir nur zu zweit sind, geh doch bitte rüber und stell eines der Gedecke in den Schrank zurück.«

»Mach ich.« Nora war erleichtert, sich gedanklich erst einmal sammeln zu können. Gollnik ließ ihre Gefühle unweigerlich hochkochen, dagegen war sie machtlos.

Auf dem niedrigen Wohnzimmertisch lag die gute weiße Decke, sichtbar frisch gestärkt und gebügelt wie auch die dazugehörigen Servietten in silbernen Serviettenringen. Mutter hatte das feine weiße Porzellanservice mit der Goldrandverzierung und das versilberte Besteck herausgeholt; beides war immer nur an hohen Feiertagen benutzt worden. Ein Begräbnis war sicher kein Feiertag, doch ein besonderer Anlass war es allemal.

Nora räumte das dritte Gedeck in die halbhohe Anrichte, in der das Kaffee- und Speiseservice mitsamt den Suppenterrinen, Vorlegeplatten und den passenden Kerzenleuchtern aufbewahrt wurde. Es bestand aus über einhundert Teilen und war zu ihrer Taufe angeschafft worden. Ihre erste klare Erinnerung an die Benutzung war ihre Erstkommunion. Am Abend, nachdem alle Gäste gegangen waren, hatte sie beim Abräumen geholfen. »Sei vorsichtig, Nora, jedes Stück ist ein Vermögen wert, und du wirst das Service eines Tages erben«, hatte ihr Vater bei jedem Teller gemahnt. Dabei wollte sie diesen goldverzierten Porzellanschatz gar nicht besitzen. Wie an jedem Stück in diesem Haus klebten auch daran unschöne Erinnerungen wie eingetrocknete Spinatreste.

Ihre Mutter betrat das Wohnzimmer mit einem Tablett.

Nora fragte: »Kann ich noch etwas helfen?«, um mit einer normalen Tätigkeit zur Ruhe zu kommen. Viel lieber hätte sie nach der Urkunde gefragt, aber sie wollte ihre Mutter nicht nervös machen.

»Die Kuchenplatte … in der Speisekammer«, antwortete die Mutter.

Nora eilte in die Küche und öffnete die schmale Tür zur Speisekammer. Eiskalte Luft schlug ihr entgegen und erinnerte sie daran, wie der Vater sie zur Strafe für eine schlechte Schulnote im Fach Religion hier eingesperrt hatte. Hastig griff sie nach der Platte, auf der sechs im Kreis angeordnete Tortenstücke lagen. Nichts Selbstgebackenes, wie üblich, sondern feinste Buttercremetorten aus der Konditorei Bedal. Sie erkannte die halbrunden Stücke der Ananasbombe, die mit einiger Unterbrechung in den letzten Kriegsjahren nur in dieser Konditorei hergestellt wurde. Ihre Mutter hatte sich also nicht nur Weihrauch geleistet, sondern auch kostspielige Buttercremetorten. Nun war sie doch gespannt auf die Unterredung.

Als sie sich wieder an den Tisch setzte, lag ein Kuvert auf dem Kuchenteller. Nora öffnete es und stieß einen kleinen Freudenschrei aus. Bis zu diesem Moment hatte sie noch ein klein wenig gezweifelt, aber nun hielt sie tatsächlich eine beglaubigte Abschrift der Geburtsurkunde in Händen!

»Ich war noch mal auf dem Amt und hab dem zuständigen Herrn meine Meinung gegeigt«, sagte die Mutter, nahm die Kanne zur Hand und schenkte Kaffee ein. »Und plötzlich kam sie ins Haus geflattert. Jetzt nimm dir, was du möchtest«,

»Danke, Mutti, dass du dir die Mühe gemacht hast«, sagte Nora überglücklich. Sie griff nach dem Tortenheber und wartete darauf, dass ihre Mutter endlich mit der angekündigten Neuigkeit herausrückte.

Doch sie kippte zuerst Zucker in ihre Kaffeetasse und rührte unnötig lange darin herum.

»Also«, begann sie endlich. »Wie du vorhin gehört hast, will Alfred die Hoffmann Gudrun von der Kronenapotheke heiraten. Sie ist eine gute Partie, wirtschaftlich gesehen ist es also ein prima Geschäft.«

»Und sonst? Ich meine, ist sie ein nettes Mädchen, hat Alfred sie gerne? Ist ja nicht unwichtig für eine Ehe, oder?« Nora nahm einen großen Schluck Kaffee.

»Sie bekommt ein Kind.«

Nora verschluckte sich am Kaffee. In letzter Sekunde, ehe sie auf das gute Tischtuch gehustet hätte, hielt sie sich die Serviette vor den Mund.

»Tu nicht so entsetzt«, rügte die Mutter.

»Ich bin eher vergnügt«, entgegnete Nora, als sie wieder bei Stimme war. »Wenn Vater das noch erlebt hätte, beide Kinder mit unehelichem Nachwuchs ...«

»Alfreds Kind wird nicht unehelich auf die Welt ...«

»Das wäre mein Sohn auch nicht«, unterbrach Nora sie. »Du kennst die Geschichte.«

»So war das nicht gemeint«, sagte die Mutter mit einem entschuldigenden Lächeln. »Alfred mag die Gudrun, und ich kann sie auch gut leiden. Sie ist gelernte Apothekenhelferin wie du, und die zwei sind jetzt schon ein eingespieltes Paar.«

»Schon gut«, winkte Nora ab. »Gudrun und ein Baby sind also der Grund, warum Alfred nicht in Vaters Fußstapfen treten wird.«

Ihre Mutter nickte, schaufelte ein Stück von der sahnigen Schwarzwälder Kirschtorte auf den Kuchenteller und begann schweigend zu essen. »Ich freue mich sehr auf mein zweites Enkelkind.«

Nora verstand die Andeutung sehr wohl. Ihre Mutter hatte sie in allen Briefen gebeten, mit Willi nach Regensburg zu kommen, damit sie ihn endlich wiedersehen konnte. Bislang hatte sie einfach keine Möglichkeit gefunden, solch eine Reise zu begründen. Mit der Geburtsurkunde in Händen würde sich alles ändern. Aber sie wollte nicht zu viel versprechen, ignorierte den leisen Vorwurf und wechselte das Thema.

»Wenn bereits feststeht, dass Alfred nicht übernehmen will, warum hast du ihn vorhin im Büro dennoch gefragt?«

»Weil ich deinem Bruder ganz offiziell die Entscheidung überlassen wollte. Und das war erst nach Vaters Tod möglich«, erklärte die Mutter. »Aber ich dachte mir schon, dass er keine große Lust verspürt, Pacht für den Laden zu zahlen und sich damit in Gollniks Abhängigkeit zu begeben. Gollnik würde Alfred bestimmt in einen neuen Mietervertrag zwingen, weiß der Himmel unter welch unverschämten Konditionen. Wie du gesagt hast, der Mann ist unberechenbar.«

Nora stellte den Kuchenteller ab. »Die Ananasbombe war köstlich.« Sie tupfte sich den Mund mit der Serviette ab und nahm noch einen Schluck Kaffee. »Jetzt würde ich aber gerne erfahren, wie es bei dir weitergeht. Wirst du hier wohnen bleiben, hast du jemanden, der das Geschäft übernimmt?«

»Mach dir keine Sorgen um mich.« Ihre Mutter streichelte über ihren Arm. »Ich erhalte eine Witwenrente, und Alfred hat mich gebeten, bei ihnen einzuziehen, um Gudrun mit dem Baby zu helfen. Sie möchte nämlich kein Muttertier werden, genau so hat sie das bezeichnet, und baldmöglichst wieder halbtags in der Apotheke arbeiten.«

»Das ist eine wunderbare Lösung«, freute sich Nora und war erleichtert, ihre Mutter versorgt zu wissen. »Und was ist das für ein Angebot, das dir dieser … dieser schreckliche Mensch gemacht hat?«

»Nimm noch ein Stück Torte.« Ihre Mutter schob den Kuchenteller in ihre Richtung, als wäre sie ein zorniges Kind, das mit Süßigkeiten zu besänftigen wäre. »Gollnik bietet mir eine recht ordentliche Abfindung für die Apotheke, und da ihm das Haus bereits gehört, wäre der Betrag genau genommen für die Ladenausstattung und das Inventar, das dein Vater damals mitsamt der Apotheke erworben hat, und natürlich den Kundenstamm. Ich vermute, Gollnik hat jemanden, der die Geschäfte in dieser Form weiterführen will, das interessiert mich aber nicht. Da Alfred nun auch sein Glück woanders gefunden hat, werde ich nach vorne schauen. Es hätte wenig Sinn, allein in dieser Wohnung zu hocken und auf ein Wunder zu warten. Du weißt am besten, dass es keine gibt.«

»Gollnik bietet dir Geld an?« Nora war überrascht, dass sich dieser Geizhals freiwillig von seinem schnöden Mammon trennen wollte.

»Ganz genau«, antwortete ihre Mutter. »Womöglich fühlt er sich auch ein wenig schuldig am Tod deines Vaters und sieht es als Sühne an.«

Nora schluckte. Sie hatte zwar keine Erfahrung, wie begehrt Apotheken waren oder wie hoch sie gehandelt wurden, aber die

Abfindung würde ihrer Mutter ein angenehmes Leben garantieren. Sie überlegte, ob an diesem Angebot nicht ein Haken hing, der sich mit der Zeit zu Fesseln auswuchs.

»Dieses Geld möchte ich dir geben. Du könntest zurück nach Regensburg kommen, eine eigene Wohnung mieten, in Ruhe Arbeit suchen und dir in der Nähe deiner Familie ein neues Leben aufbauen.«

»Dann hast du ja bereits alles perfekt geplant«, entgegnete Nora und meinte es durchaus anerkennend. Annehmen würde sie das Geld jedoch nicht. Alles, was von Gollnik kam, war vergiftet, und sie fürchtete, er könnte dadurch den Kontakt zu ihr suchen.

Es wurde spät, bis sie sich endlich auf den Heimweg machen konnte. Lange noch hatte sie sich mit der Mutter unterhalten, die ohne den strengen Ehemann im Haus nicht mehr so ängstlich und schreckhaft wirkte.

Auf der Rückfahrt fragte Nora sich, ob die Geburtsurkunde und das Geld die Fahrkarte nach Amerika wären. Sie könnte mit Willi bei seinen echten Großeltern ein neues Leben beginnen.

Immer ein Schritt nach dem anderen, mahnte sie sich zur Besonnenheit. Erst einmal musste sie den Wagners die Wahrheit gestehen und um Verzeihung für die jahrelange Täuschung bitten. Sie wusste, dass es ein schwerer Gang werden und für Wolf und Helene eine Welt zusammenbrechen würde. Dennoch war sie fest entschlossen, sofort nach ihrer Ankunft mit den beiden zu reden. Sie hatte lange genug in einem Lügengebilde gelebt.

Gegen halb neun parkte Nora vor der Villa in der Möhlstraße. Es war längst dunkel geworden, und sicher würde auch Willi bereits schlafen, von Helene ins Traumland gesungen.

Eilig zog sie den Mantel aus, schaute nach Willi, der wie erwartet selig schlummerte, und ging dann wieder nach unten.

Ihr Herz klopfte heftig, als sie die Tür zum Salon öffnete. Doch sie wollte es hinter sich bringen und trat entschlossen ein.

Aber nur Helene und Elvira saßen in Hausmänteln aus pastellfarbener Mohairwolle vor dem Kamin und blätterten in den neuesten Illustrierten.

»Nora, da bist du ja endlich«, sagte Helene, ließ das Heft sinken und betrachtete sie eingehend.

»Wir haben uns schon gefragt, ob auch nichts passiert ist«, fügte Elvira hinzu.

Nora ignorierte die indirekten Fragen nach ihrem Ausbleiben. »Ist Wolf nicht zu Hause?«

»Er hat einen wichtigen Geschäftstermin«, antwortete Helene. »Es wird wohl spät werden. Gibt es etwas Dringendes?«

»Ähm ... es kann auch bis morgen warten«, sagte Nora und fühlte sich nun doch erleichtert. Ihr blieb noch eine Nacht Galgenfrist. Eine Nacht, in der sie Zeit hatte, sich genau zu überlegen, mit welchen Worten sie die grausame Wahrheit erklären sollte.

42

»BLEIBEN SIE SITZEN«, sagte Wolf, als Konrad den Motor vor der Flamingo-Bar abstellte. Es war unnötig, dass der Mann nass wurde.

Konrad nickte. »Danke, Chef.«

»Dauert höchstens eine Stunde«, erklärte Wolf beim Türöffnen und hetzte durch den Nieselregen, um sich den neuen Anzug aus dem exklusiven leichten Stoff nicht zu ruinieren.

Die Bar war voller GIs, trotz eines ganz normalen Wochentags. Weibliche Gäste waren keine zu sehen. Nur an den Wochenenden führten die Jungs von der Armee die deutschen Frowleins aus. Ein Soldat fern der Heimat blieb eben nicht trauernd in der Stube hocken, sondern suchte sich sein Vergnügen anderweitig. Und mit reichlich Dollars in den Taschen wurde ihm in Nachtclubs und Bars alles geboten, was sein einsames Herz erfreute. Die Trösterinnen erfreuten sich im Gegenzug an Geschenken wie Kaffee, Zigaretten und den begehrten Seidenstrümpfen, die in deutschen Läden sündhaft teuer waren. Manchmal war auch Liebe dabei. Aber immer war es ein Geschäft auf Gegenseitigkeit.

Wolf sah darin nichts Unanständiges, egal, was die ewig Gestrigen predigten. Wäre ich eine Frau, sinnierte er, würde ich mich doch lieber mit so einem schmucken, gut genährten GI vergnügen als mit einem deutschen Soldaten, der abgemagert und zu Tode betrübt aus dem Krieg nach Hause gekommen war. Wie ungerecht, wurde ihm bewusst. Wären seine Söhne zurückgekommen, egal ob mager, traurig oder sogar schwer verletzt, er

hätte gejubelt und wäre sogar zu einem gläubigen Mann geworden.

Als er den Nachtclub durch den lärmschluckenden dunkelroten Samtvorhang betreten hatte, sprang eine Tänzerin unter
Trommelwirbel in den Spagat. Es folgte ein Tusch, dann Gejohle
und begeistertes Klatschen, und seine düsteren Betrachtungen
lösten sich auf wie Eiswürfel in Whiskey bei hochsommerlichen
Temperaturen. Die Stimmung schien auf dem Höhepunkt.

Wolf blieb einige Meter entfernt vom Eingang stehen, um
sich in der schummerigen Beleuchtung zu orientieren und
zwischen den Uniformierten nach seinem Geschäftsfreund zu
suchen. Er war mit Gollnik verabredet, konnte ihn aber nir-
gendwo entdecken.

Charlie, heute in gestreifter Weste und gestreifter Fliege unter
dem schwarzen Hemdkragen, stellte eine Flasche Sekt und zwei
Sektschalen auf ein Tablett. Ein Kellner nahm es in Empfang
und schlängelte sich durch das Lokal Richtung Separee.

»Ist Madame Marlene nicht im Hause?«, fragte Wolf den Bar-
keeper.

»Die Chefin ist oben«, sagte Charlie mit einer Kopfbewegung. »Wollte bald wieder zurück sein.«

»Herzlichen Dank.« Heute war er wohl zum Warten verdammt. Er bestellte einen Gimlet, nach dem Sekt, den er zuhause mit der Familie getrunken hatte, genau das Richtige. Der
saure Cocktail gehörte zu seinen Lieblingsdrinks; angeblich war
es auch der von Ernest Hemingway, hatte Charlie behauptet.

Zwei Gimlets, drei Zigaretten und vier Tänzerinnen später, denen Wolf nur unkonzentriert zugesehen, aber höflich
applaudiert hatte, erschien Marlene. Jeder Zoll eine Göttin der
Nacht. Allein die Art, wie sie die Bar betrat, mit einer flüchtigen Kopfbewegung das rote Haar über die Schulter warf und
sich dabei unauffällig umsah, ließ ihn aufs Neue in Verehrung
versinken. Voller Begehren betrachtete er ihre vollendete Figur,

die heute von einem schmalen schwarzen Rock und einer weit ausgeschnittenen dunkelgrünen Bluse aus changierendem Taft in Szene gesetzt wurde. Ihre Taille wurde durch einen breiten Gürtel betont, und die hohen Absätze der spitzen Schuhe verliehen ihr einen aufreizenden Gang.

Marlene erblickte ihn. Ein Lächeln umspielte ihren vollen Mund, während sie auf ihn zuging. Als sie in einen Lichtkegel trat, tauchte hinter ihr ein Mann auf. Gollnik. In feinstem Zwirn, mit einem selbstzufriedenen Lächeln im von der Narbe verunstalteten Gesicht.

Wolf schluckte. War das ein Zufall? Hatte Gollnik die Bar im selben Moment wie Marlene betreten? Oder war er in ihren Privaträumen gewesen? Natürlich hatte er, Wolf, kein Anrecht auf diese betörende Frau. Er hatte sich seit Wochen rar gemacht – warum sollte sie auf ihn warten? Aber mit einem Mann wie Gollnik zu konkurrieren behagte ihm gar nicht. Gollnik war reich wie Dagobert Duck, der Krösus aus den Micky-Maus-Heften, die seit diesem Jahr auf dem deutschen Markt waren. Der Banker konnte wie Dagobert in Geld baden und Marlene mit Juwelen überhäufen. Wolf bezweifelte zwar, dass sie auf der Suche nach einem reichen Mann war, doch wie genau kannte man einen anderen Menschen schon? Nora fiel ihm ein, bis heute wusste er kaum etwas über sie. Helene hatte ihm oft genug erklärt, warum es besser sei, nicht nachzufragen. Eines Tages würde Nora ihnen das Geheimnis um ihre Herkunft verraten, bis dahin mussten sie sich gedulden.

Gollniks anhaltendes Grinsen weckte die Eifersucht in Wolf, wie damals, als Helene beinahe einen anderen genommen hätte, weil er mit dem Antrag gezögert hatte. Mürrisch bestellte er bei Charlie den dritten Gimlet.

»Hallo, Wolf, lange nicht gesehen«, begrüßte Marlene ihn.

Zufrieden vernahm er den unterschwelligen Vorwurf in ihrer sanften Stimme. Zärtlich griff er nach ihrer Hand, beugte sich leicht darüber und hauchte einen angedeuteten Kuss darauf.

»Verzeih mir, im Moment laufen die Geschäfte auf Hochtouren, und das bedeutet leider auch für mich Überstunden.«

Gollnik hatte sich höflich im Hintergrund gehalten und begrüßte ihn nun mit einem kräftigen Händedruck. »Wir müssen alle anpacken, das Wirtschaftswunder will angekurbelt werden«, scherzte er jovial.

Marlene gab Charlie die geflüsterte Anweisung, die Getränke der Herren gingen aufs Haus.

»Das Land braucht Tatkräftige, die es wieder hochbringen«, wandte Wolf sich seinem Geschäftsfreund zu.

»Sie sagen es, alter Freund«, griff Gollnik das Thema auf. »Und mein Wahlspruch lautet: Der Rubel muss rollen, damit sich was bewegt. Was trinken wir?«

»Gimlet«, antwortete Wolf knapp. Er war überhaupt nicht in Stimmung, mit einem Konkurrenten zu trinken, andererseits hatte Gollnik ihm bei dem Telefonat am Vormittag ein lukratives Geschäft in Aussicht gestellt. Nur kleinkarierte Spießer würden sich aus verletzter Eitelkeit einen solchen Profit entgehen lassen.

Gollnik deutete auf Wolfs leeres Glas und bestellte bei Charlie: »Für mich dasselbe.«

»Für mich bitte auch«, sagte Marlene.

Charlie servierte die Gimlets, man hob die Gläser und nickte sich kurz zu.

Marlene entschuldigte sich wenig später, sie habe Dringendes mit einer der Tänzerinnen zu besprechen, sei aber in Kürze zurück.

Begleitet von gellenden Pfiffen und anzüglichen Zurufen, durchschritt Marlene ihr Reich. Freundlich lächelnd wehrte sie ein paar aufdringliche GIs ab und verschwand hinter der Tür, die zu den Umkleideräumen der Tänzerinnen führte.

Der Mann am Klavier kündigte The Wonder Girls an. Drei junge Damen, in Armee-Uniformen und schräg sitzenden Schiffchen auf den Frisuren, betraten die freie Fläche vor der Bühne und begaben sich zu den drei Standmikrofonen. Sie erinnerten Wolf an die amerikanischen Andrew Sisters. Eine Fünf-Mann-Kapelle begann mit flotter Tanzmusik. Ein Lichtkegel richtete sich auf die Damen, die hüftschwingend und fingerschnippend den *Boogie Woogie Bugle Boy* trällerten.

»Wie laufen die Geschäfte?« Gollnik musste seine Stimme erheben, um die Musik zu übertönen.

»Bestens«, antwortete Wolf nicht weniger laut. »Und in der Bankenbranche?«

»Nur ein Börsencrash wie 1929 könnte die Banken in die Knie zwingen. Mich persönlich beschäftigt im Moment eher ein kleines Luxusproblem. Ich suche einen Käufer für eine Immobilie.« Er angelte sein silbernes Zigarettenetui aus der Jacketttasche, klappte es mit einer lässigen Handbewegung auf und bot ihm seine Ägyptischen an. »Interesse?«

Wolf hatte weder Lust auf Geplauder über Börsencrashs, noch war er an Hauskäufen interessiert, schon gar nicht bei dem Krach, aber das würde er niemals so direkt sagen. Stattdessen nahm er dankend die angebotene Zigarette und antwortete diplomatisch: »Ein lukratives Geschäft lasse ich mir niemals entgehen.«

Die Musik schwoll an. Das Publikum klatschte begeistert mit. Wolf erinnerte sich, dass Marlene ihm von diesem Terzett erzählt hatte. Die drei Damen seien ihr Beitrag zur »Truppenbetreuung«, die GIs würden die Songs der Andrews Sisters lieben, das Original-Terzett könne sie natürlich nicht bezahlen. Doch die Jungs seien auch mit einer Kopie zufrieden. Auf den Barhockern neben ihm wurde bereits mitgesungen. Schließlich rutschten die Männer von den Hockern, um im Takt mit den Füßen zu trampeln. Sie schienen ordentlich getankt zu haben.

Gollnik gab ihm Feuer. »Es handelt sich um ein prächtiges Anwesen am Bismarckplatz in Regensburg ...«, brüllte er ihm jetzt ins Ohr. »Wohnhaus mit alt eingeführter Apotheke. Ein prima Anlageobjekt, krank werden die Menschen doch immer, da sind regelmäßige Mieteinnahmen so sicher wie der Tod.« Er lachte laut über seinen eigenen Scherz.

Dicht an der Tanzfläche sprang eine Gruppe Soldaten von den Stühlen. Sie stürmten auf die »Wundermädchen« zu und wirbelten sie zur Musik herum. Der »Überfall« war dermaßen schnell gekommen, dass den Überraschten nichts weiter übrigblieb, als mitzumachen.

Die Aktion animierte zum Tanzen. Plötzlich waren die drei Paare umringt von mindestens zehn weiteren Soldaten. Gerangel um die Mädchen entstand. Die konnten sich losreißen und in die Garderobe retten.

Ein Bierglas flog auf die Bühne.

Als Nächstes eine Flasche.

Die Musiker packten eilig ihre Instrumente zusammen und suchten das Weite.

Zurück blieb nur das Klavier.

Von einer Minute zur anderen hatte sich der edle Nachtclub in eine billige Kaschemme verwandelt, in der ein Trupp Soldaten die aufgestaute Energie loswerden wollte. Und offensichtlich hatten sie auch noch ihren Spaß dabei.

Stühle wurden umgeworfen.

Tische zur Seite gekickt.

Einer sprang auf das Klavier, legte die Hände in Trichterform um den Mund und feuerte seine Kumpels im Kasernen-Kommandoton an.

Gollnik hob blasiert eine Augenbraue. »Diese Amis denken, sie können sich alles erlauben.«

Wolf antwortete nicht, dachte aber: Fehlt nur noch, dass er sagt, unter Adolf wäre das nicht passiert.

Unerwartet tauchte Marlene auf und erkannte mit einem Blick, was zu tun war.

»Charlie, ruf die MP.«

Die Androhung, die Military Police zu verständigen, übte keine große Wirkung auf die Kampfhähne aus. Im Gegenteil, jetzt mischte fast das gesamte Lokal mit, begleitet von Ächzen, Keuchen, Stöhnen und vereinzelten Schmerzensschreien.

Wolf erinnerte sich an hitzige Rangeleien während seiner Studentenzeit, die waren harmlos gewesen gegen diesen Tumult. Das hier war eine aggressive Schlägerei. Ob er sich verdünnisieren sollte? Nein, das wäre feige!

Furchtlos drängelte Marlene sich an dem unübersichtlichen Gewühl aus Männerarmen und -beinen vorbei, brüllte mehrmals »Stopp!« und wurde prompt von einem Soldaten gepackt. Er hielt sie umklammert, wollte sie küssen.

Wolf sah rot. Er warf die halb gerauchte Zigarette zu Boden, stellte sein Glas ab und schubste Gollnik in die Seite: »Unsere Hilfe ist gefragt.«

Gemeinsam stürzten sie sich ins Getümmel.

Wolf war Gollnik einen Schritt voraus, doch bevor er Marlene zu Hilfe eilen konnte, spürte er einen kräftigen Schlag auf den Hinterkopf. Ihm wurde schwindelig. Weiße Punkte tanzten in wilden Kreisen vor seinen Augen.

Stöhnend versuchte er, sich irgendwo festzuhalten.

Seine Hände griffen ins Nichts.

Er taumelte.

Sackte zusammen.

So ist es also, wenn man stirbt, dachte er, bevor es dunkel um ihn wurde.

Wolf hörte seinen Namen. Jemand schlug ihn ins Gesicht. Vorsichtig blinzelnd hob er den Kopf. Ein stechender Schmerz durchfuhr ihn. Er sank zurück und fragte sich, ob er doch nicht gestorben war.

»Chef, hallo, Chef ...«

Er öffnete die Augen – und blickte in ein sorgenvolles Gesicht, das ihm irgendwie bekannt vorkam.

»Meine Güte, Chef ... Ham Sie mich erschrocken.« Der bekannte Unbekannte wirkte geradezu schockiert.

Wolf sah sich um. An der Wand hingen Garderobenhaken, daran Kleiderbügel, Tanzkostüme voller Pailletten und Federn. Netzstrümpfe über Stuhllehnen. Silberne Schuhe. Büstenhalter und Höschen. Es roch nach Schweiß, Puder, schwerem Parfüm. Nein, er war nicht tot.

»Chef, wissen Sie, wer ich bin?«

»Wolf, kannst du sprechen?« Das war Marlene, die sich über ihn beugte. »Erkennst du mich?«

»Aber ja«, antwortete er und versuchte erneut, sich zu bewegen. Wieder drückte ihn ein brutales Stechen nieder.

»Hast du Schmerzen?«

»Ist Ihnen schwindelig, Chef?«

Das war Konrad. Wie kam sein Chauffeur in den Nachtclub?

»Müssen Sie sich übergeben?«

»Flimmert es vor den Augen?«

»Was ist denn passiert?«, entgegnete er, statt auf eine der vielen Fragen zu antworten.

»Du wurdest von einem betrunkenen Gast niedergeschlagen«, sagte Marlene und berichtete, was geschehen war, nachdem er sich tollkühn in den Tumult gestürzt hatte. »Ein Schlag mit einem Stuhlbein auf den Kopf hat dich zu Boden geschickt. Charlie hat es zum Glück beobachtet. Er rannte gleich zu dir, packte dich an den Armen und konnte dich hinter den Tresen ziehen. Inzwischen war die MP im Anmarsch und der Laden schneller leer, als ich bis drei zählen konnte. Der Schläger konnte leider in der allgemeinen Aufregung entwischen. Wir haben dann Konrad verständigt, ich wusste ja, dass er wie meistens draußen gewartet hat. Gemeinsam haben wir dich hier in die Garderobe auf dieses Sofa verfrachtet. Wie geht es dir?«

»Das wird schon wieder, wichtig ist, dass du unverletzt bist«, sagte Wolf und erinnerte sich jetzt auch, dass er nicht allein gewesen war. »Was ist mit Gollnik?«

»Der feine Herr hatte mehr Glück. Der hat nur eine Ladung Bier über den Kopf bekommen und sich eilig verdünnisiert«, antwortete Marlene, wobei sie abfällig die Augen verdrehte.

»Sollen wir nach Hause fahren, Chef?«

»Besser in ein Krankenhaus, Sie sollten Ihren Kopf untersuchen lassen.« Die Empfehlung kam von einem der Terzett-Mädchen, das ihn kritisch musterte.

»Sie scheinen einen harten Schädel zu haben, nicht ein Tropfen Blut ist zu sehen«, relativierte Charlie grinsend.

»Trotzdem, gehen Sie ins Krankenhaus«, beharrte die Sängerin. »Sie könnten eine Gehirnerschütterung haben, und damit ist nicht zu spaßen.«

»Ich kann den Notarzt rufen«, sagte Marlene.

»Danke, aber das ist nicht nötig«, wehrte Wolf ab und beteuerte, ihm gehe es gut. Einen Arzt mitten in der Nacht zu rufen war völlig übertrieben. Am Ende erfuhr auch noch Helene, wo er sich die Beule am Kopf zugezogen hatte. »Konrad wird mich sicher nach Hause bringen, und wenn nötig, verständige ich meinen Hausarzt.«

»Bei mir sind Sie in besten Händen, Chef.«

»Das weiß ich zu schätzen, Konrad, ohne Sie wäre ich heute verloren gewesen«, lobte Wolf seinen Chauffeur.

Unterstützt von Marlene und Konrad, ließ er sich aus dem Nachtlokal geleiten.

»Bitte lass mich wissen, wie es dir geht«, sagte Marlene, als sie ihm in den Wagen half.

»Selbstverständlich, und mach dir keine Sorgen«, sagte Wolf und lächelte ihr zu.

Es regnete immer noch. Bunte Neonschriftzüge spiegelten sich in den nassen Straßen. Angetrunkene Nachtschwärmer tapsten singend durch die Pfützen. Autos waren kaum unterwegs, und die Nachtluft roch wie frisch gewaschen.

Wolf hingegen fühlte sich wie durch den Schlamm gezogen. Er musste in einer Bierlache gelandet sein, das Jackett war an den Schultern völlig durchnässt und stank nach Kneipe. Helene würde es sofort riechen. Sie gehörte zwar nicht zu den Frauen, die wie in Ursulas Zeichnungen mit dem Nudelholz auf ihren Mann warteten, weil er zu spät und angetrunken nach Hause kam. Aber eine plausible Erklärung für seinen Zustand musste er sich dennoch überlegen.

Ich werde morgen darüber nachdenken, sagte er sich im Stillen, lehnte sich in das weiche Rückenpolster der Limousine zurück und schloss die Augen. Er war erschöpft. Der unerfreuliche Zwischenfall hatte ihm bewusst gemacht, wie schnell das Schicksal zuschlagen konnte – im wortwörtlichen Sinne. Er hatte verdammtes Glück gehabt. Es hätte auch ganz anders ausgehen können. Bei diesem Gedanken trat eiskalter Schweiß auf seine Stirn. Bislang hatte er sich als Mann im besten Alter gesehen, der noch vieles vorhatte und noch einiges erreichen konnte. Doch heute hatte das Schicksal ihm eine Mahnung geschickt. Wie schnell tat man seinen letzten Atemzug, und sich die Folgen vorzustellen ließ ihn erschaudern: Helene würde von einer Sekunde zur anderen Witwe werden. Er würde Willi nicht aufwachsen sehen. Seinem geliebten Enkelsohn keine Stütze auf dem Weg ins Erwachsenenleben sein. Ihn nicht mit wichtigen Lektionen in das Leben eines Geschäftsmannes einweihen können.

Als Konrad in die Möhlstraße einbog, hatte Wolf beschlossen, seinen Notar zu konsultieren, um die Fragen rund um sein Ableben zu diskutieren.

Im Obergeschoss der Villa brannte noch Licht in mehreren Fenstern.

»Wie spät ist es?«, fragte Wolf, als der Chauffeur ihm beim Aussteigen behilflich war.

»Weit nach Mitternacht«, antwortete Konrad im Flüsterton.

Merkwürdig, um diese Zeit schliefen doch alle. Hoffentlich waren sie gesund und munter. Instinktiv wollte Wolf wie gewohnt aus dem Wagen springen, doch bei der geringsten Bewegung schmerzte jeder einzelne Knochen, und sein Kopf hämmerte heftig. Mit eisernem Willen unterdrückte er ein Stöhnen und konzentrierte sich auf den harzigen Duft der immergrünen Sträucher, der die Nachtluft durchdrang und ihm die aufkommende Übelkeit nahm.

So leise wie nur irgend möglich betraten sie die Diele.

»Einen Moment«, bat Wolf und holte Luft. Die wenigen Schritte hatten ihn tatsächlich angestrengt. Er fühlte sich alt und gebrechlich wie Methusalem. Fehlte nur noch ein Stock. Beschämend.

»Ich bringe Sie besser nach oben«, raunte Konrad ihm zu.

Wolf nickte stumm. Die Treppe sah tatsächlich schwer zu erklimmen aus; allein deshalb war er dankbar für Konrads Arm. Zugeben würde er es natürlich nicht. Hilfe beim Treppensteigen annehmen zu müssen war peinlich genug.

»Soll ich Friederike wecken, damit sie einen Tee kocht?«, fragte Konrad, als sie oben angekommen waren.

»Um Himmels willen«, wehrte Wolf erschrocken ab, bedankte sich dann aber überschwänglich. »Das ist sehr freundlich, aber wirklich nicht nötig. Wenn ich etwas brauche, werde ich klingeln.«

Konrad führte ihn direkt in sein Schlafzimmer, dann verabschiedete er sich.

Stöhnend schälte sich Wolf aus dem stinkenden Jackett, hängte es über den stummen Diener und sank dann auf sein breites Bett. Friederike hatte die gesteppte Tagesdecke aus gold-brauner Seide zum Fußende gefaltet, er musste sich nur noch ausziehen und in die Kissen fallen lassen.

Aber etwas frische Luft würde den Kopfschmerz lindern. Ent-schlossen, sich von einem lächerlichen Stuhlbein nicht unter-kriegen zu lassen, stemmte er sich mit den Fäusten am Bett-rahmen ab und stand mit einem Atemzug aufrecht. Vorsichtig hangelte er sich vom Bettende zur seitlich an der Wand stehen-den Herrenkommode und von dort zum Fenster. Geschafft. Er öffnete einen Flügel und atmete tief ein. Es roch nach durch-weichter Erde und Wacholder.

Er lauschte in die Dunkelheit.

Irgendwo weinte ein Kind.

Ein Luftzug streifte seinen Nacken.

Die Tür zu seinem Zimmer knarrte leise, und Helene trat ein. »Wolf, was ist los mit dir? Ich höre dich stöhnen, bist du krank?«

»Alles in Ordnung, meine Liebe.« Überglücklich, sie zu sehen, streckte er den Arm nach ihr aus. Nie war sie ihm so vollkom-men erschienen wie in diesem Moment. Ihr Gesicht schimmerte im schwachen Schein der Nachttischlampe, das dunkelblonde Haar war leicht zerzaust, und das Negligé aus hellblauem Chif-fon umspielte perfekt ihre weiblichen Formen. »Habe ich dich geweckt? Das täte mir leid.«

»Nein, nein, Willi hat geweint, ich wollte nachsehen, ob alles in Ordnung ist. Aber er hat nur schlecht geträumt. Ich habe ihm eine Geschichte erzählt, jetzt schläft er wieder.«

»Du bist die beste Großmutter, die ein Kind sich wünschen kann.«

Helene lächelte geschmeichelt, doch dann rümpfte sie die Nase. »Wolf, was riecht hier so streng?«

»Das ist …« Wolf zögerte. Sollte er sie anlügen? »Setz dich

einen Moment zu mir …« Er nahm ihre Hand und führte sie zu dem Chesterfieldsofa, das nach der Umgestaltung des Salons in seinem Schlafzimmer Verwendung gefunden hatte. »Die geschäftliche Verabredung mit Gollnik verlief leider etwas ruppig«, begann er seine Beichte.

»Du meinst, ihr habt euch wieder in dieser zwielichtigen Bar getroffen?«

Wolf betrachtete seine Frau erstaunt. »Woher weißt du davon?«

»Nun, nach diesen Treffen riechen deine Anzüge gewöhnlich etwas angenehmer als heute«, antwortete Helene amüsiert. »Und das schwülstige Parfüm mochte ich lieber als dieses strenge Aroma nach Absteige, auch wenn ich mit deinen … Ausflügen nicht einverstanden bin.«

»Du bist eine wunderbare Frau.«

»Ich weiß«, lachte sie leise und forderte ihn auf weiterzuerzählen.

Detailliert berichtete er von den Sängerinnen, die der Auslöser für den Tumult gewesen waren, und dass er sich nicht an der Rauferei hatte beteiligen wollen, aber eine Dame in Gefahr gewesen sei. »Auch als Kavalier lebt man gefährlich und geht dann und wann mit einer Beule nach Hause«, schloss er sein Geständnis und setzte einen tiefen Seufzer als Schlusspunkt.

Helene befühlte mit sanfter Hand seinen Hinterkopf. »Da ist tatsächlich eine dicke Beule, gleich morgen früh werde ich unseren Hausarzt verständigen.«

»Aber …«

»Keine Widerrede«, stoppte Helene seinen Protestversuch. »Und jetzt bringe ich dich ins Bett.«

Dagegen wehrte er sich natürlich nicht. Als sie sich dann auch noch zu ihm legte, schloss er die Augen, und das Pochen in seinem Schädel wurde erträglich.

»Wölfchen …«

»Hmm …«

»Ich finde, wir sollten jede Nacht so zusammen liegen.«

»Das wäre schön ...«

»Vorausgesetzt, du versprichst mir etwas«, schob Helene hinterher.

»Alles, was du willst.«

»Keine Treffen mehr mit Gollnik und auch keine Besuche mehr in dieser Bar. Schwöre es beim Grab unserer Kinder.«

Wolf zögerte keine Sekunde. Direkt feierlich war ihm zumute, als er den Schwur leistete und hinzufügte: »Nie wieder setze ich dort einen Fuß hinein, großes Ehrenwort.«

Ihm war die Tragweite dieses Versprechens wohl bewusst. Keine erotischen Exkurse bei Marlene mehr. Aber hieß es nicht: Alles im Leben geht einmal zu Ende?

43

NORA HATTE EINE schlaflose Nacht verbracht. Als um sieben Uhr der Wecker klingelte, fühlte sie sich so erschöpft, als wäre sie tags zuvor zu Fuß von Regensburg nach München gegangen.

Die bevorstehende Stunde der Wahrheit, der Entschluss, endlich alles zu gestehen, hatten sie wach gehalten. Immer wieder hatte sie gedanklich Erklärungen formuliert, verworfen und neu skizziert, ohne die ideale Lösung zu finden. Im Morgengrauen hatte sie dann beschlossen, Wolf einfach um eine Unterredung zu bitten, bei der sie ihm die Geburtsurkunde überreichen würde. Sobald er sie gelesen hätte, würde er automatisch Fragen an sie stellen, die sie wahrheitsgemäß beantworten wollte.

Wenn ich es nur schon überstanden hätte, seufzte sie im Stillen, als sie Willi rufen hörte: »Nola, Nola …«

Eilig schlug sie die Bettdecke zurück, schlüpfte in den Morgenmantel aus hellblauer Chenille, der mit einem Bindegürtel zusammengehalten wurde. Barfuß huschte sie über den Flur, rüber ins Kinderzimmer. Willi war bereits aus seinem Gitterbett geklettert, saß auf dem Fußboden und spielte mit der Holzeisenbahn.

»Na, hast du gut geschlafen, mein Schatz?«

»Bin alleine aufgestanden«, sagte er und strahlte sie mit seinen braungrünen Augen an, die sie für immer an seinen Vater erinnern würden.

Nora wunderte sich, dass Helene nicht wie gewöhnlich schon vor ihr da war. »Du bist schon ein richtig großer Junge. Magst du auch alleine ins Bad gehen?«

»Jaaa«, rief er und sauste ins Badezimmer.

Im letzten halben Jahr hatte sie ihm beigebracht, allein auf die Toilette zu gehen und sich zu waschen. Auch das Anziehen klappte teilweise schon ganz gut. Es war rührend, mit anzusehen, wie er in die Hosen stieg oder einen Pulli über den Kopf zog. Nur mit den Straßenschuhen mühte er sich noch vergebens. Dagegen war es kinderleicht, in die Hausschuhe zu schlüpfen. War er vollständig angezogen, rannte er nach unten in die Küche zu seiner geliebten Friederike, die meist schon mit warmem Kakao auf ihn wartete. Die erste Tasse am Morgen war eine heißgeliebte Gewohnheit, bevor um acht das Frühstück im Esszimmer serviert wurde. Oma, Opa, Onkel Luis, Tante Elvira, Friederike, Konrad und auch Michael, sie alle waren Willis Familie geworden. Hier fühlte er sich geborgen, hier hatte er seinen geregelten Tagesablauf, wurde gefördert und von allen innig geliebt.

Während Nora darauf wartete, dass Willi aus dem Bad zurückkehrte, wurde ihr schmerzlich bewusst, dass sie nicht nur den Wagners Kummer zufügen würde, sondern auch ihrem Sohn. Bislang hatte sie nie darüber nachgedacht, was es für Willi bedeuten würde, die gewohnte Umgebung verlassen zu müssen. Er war doch noch viel zu klein, um zu verstehen, warum sie damals geschwiegen hatte. Würde er sie womöglich als Mama ablehnen und lieber bei Oma und Opa bleiben wollen? Tränen schossen ihr in die Augen, und nur mit eisernem Willen gelang es ihr, ein lautes Schluchzen zu unterdrücken. Sie fand ein Stofftaschentuch in der aufgesetzten Tasche des Morgenmantels, mit dem sie ihre Tränen trocknen konnte.

Willi erwischte sie genau in diesem Moment. Er stand vor ihr, noch in seinem Schlafanzug aus kariertem Flanell, schaute sie ängstlich an, und zwischen seinen federzarten Augenbrauen entstand eine feine Steilfalte.

»Hast du ein schlimmes Aua?«

Nora nahm ihn in den Arm. »Gib mir ein Küsschen, dann ist alles wieder gut.«

Er schlang die Arme um ihren Hals, küsste sie schmatzend auf die Wange und sagte: »Musst nicht mehr weinen, du darfst auch meinen Kakao haben.«

Nur mit letzter Kraft gelang es ihr, den dicken Kloß in ihrem Hals hinunterzuschlucken und zu sagen: »Das ist lieb von dir, mein Schatz.«

Ausnahmsweise ließ er sich beim Anziehen helfen, damit er schneller in die Küche sausen und Friederike Bescheid geben konnte.

Inzwischen beeilte Nora sich mit ihrer Morgentoilette und schlüpfte in das schwarze Kleid von gestern. Es erschien ihr passend für einen Tag, der mit Tränen begonnen hatte und mit Tränen enden würde.

Das Kuvert mit der Geburtsurkunde in der Hand, ging sie nach unten. Bis zum Frühstück waren noch gut zwanzig Minuten Zeit, aber gewöhnlich saß Wolf schon ab sieben in seinem Arbeitszimmer und erledigte Schreibarbeiten, die er regelmäßig von der Reaktion mitnahm.

Die Tür des Arbeitszimmers stand einen Spalt breit offen. Nora klopfte, und als sie keine Antwort erhielt, trat sie ein. Wolf war nicht da. Auch das war nicht ungewöhnlich, obwohl sie heute so sehr gehofft hatte, ihn alleine anzutreffen.

Der Tisch im Esszimmer war für fünf Personen gedeckt. So weit, so normal, denn das Tischdecken erledigte Friederike jeweils am Abend vorher. Weniger normal war, dass die Kaffeetassen noch nicht umgedreht waren. Üblicherweise übernahmen das Helene oder Elvira. Sie rückten auch hier und dort noch eine Gabel oder ein Messer zurecht, kontrollierten Servietten auf Sauberkeit oder legten die Tageszeitung für Wolf bereit.

Nora warf einen Blick auf die antike Tischuhr mit der Glashaube, die auf der Kommode stand. Zehn Minuten vor acht.

Friederike wird Bescheid wissen, dachte sie und begab sich hinab zu den Wirtschaftsräumen.

Die Köchin war dabei, Zimtzucker auf Willis Haferbrei zu streuen, und empfing sie mit bekümmerter Miene. »Oh mei, oh mei, Fräulein Nora, grad wollt ich nach Ihnen schauen.«

»Nola, Nola, wir dürfen in der Küche essen«, erklärte Willi begeistert und tauchte seinen Löffel in den süßen Brei. Er hielt sich gerne in den Wirtschaftsräumen auf, nicht zuletzt wurde er hier nicht von Wolf ermahnt, ein »Wagnerjunge« könne still am Tisch sitzen.

»Bei Friederike schmeckt es aber auch besonders gut«, sagte Nora und schaute die Köchin fragend an. Sie selbst hatte nur einmal in der Küche gegessen, und zwar am Morgen nach ihrer Ankunft, als Friederike das Fläschchen für Willi und für sie ein Frühstück zubereitet hatte.

»Der Chef hatte einen Unfall«, erklärte Friederike nun. »Konrad hat schon den Doktor geholt, der ist jetzt oben und untersucht ihn ... Setzen S' sich doch, Kaffee ist fertig.«

Nora glaubte, sich verhört zu haben. »Sagten Sie Unfall?«

»Hmm ...« Friederike strich Willi übers blonde Haar. »Zum Glück ist nix Schlimmes passiert, hat mein Konrad mir versichert. Aber die Gnädige hat drauf bestanden, dass vorsichtshalber der Doktor kommt und nachschaut.«

Nora atmete auf.

»Wolln S' ein weich gekochtes Ei zum Frühstück?«

»Sehr gerne, vielen Dank, aber ich kann es mir auch alleine kochen«, sagte Nora.

»Ach was«, wehrte Friederike ab und stellte ein Gedeck auf den blank geschrubbten Holztisch, der auch als Arbeitstisch diente. »Ich hab doch Zeit, bis die Gnädige Bescheid gibt, wann sie und die Frau Elvira was essen wollen. Das wird noch dauern. Setzen S' sich nur hin und trinken S' schon mal einen Kaffee. Ich hab ihn auch etwas stärker gemacht ...«

Nora griff nach der Kanne, schenkte sich ein und nahm zwei Teelöffel Zucker. Vielleicht war es der letzte Kaffee, den sie in diesem Haus trinken würde, dann würde sie ihn als süße Henkersmahlzeit in Erinnerung behalten. Sobald sie gefrühstückt hatte, würde sicher auch der Arzt seine Untersuchung beendet haben und Wolf hoffentlich in der Lage sein aufzustehen. Dann gab es keinen Aufschub mehr.

**

Wolf hatte lange über die Ereignisse der vergangenen Nacht gegrübelt und war zu dem Schluss gekommen, dass es höchste Zeit war, sein »Feld« zu bestellen. Ihm war bewusst geworden, wie schnell es vorbei sein konnte, deshalb würde er heute noch seinen Notar konsultieren und Nägel mit Köpfen machen.

Nach einer leichten Hühnersuppe am späten Vormittag fühlte er sich gestärkt genug, um vorab die wichtigsten Punkte auf einem Blatt Papier zu notieren. Anschließend bat er seine geliebte Helene, die Familie zusammenzurufen, er habe eine Ankündigung zu machen.

Elvira und Luis, Willi und Nora sowie Friederike, Konrad und ihr Sohn Michael hatten sich auf dem Sofa und den Sesseln verteilt und erwarteten ihn mit gespannten Mienen.

Er selbst stellte sich vor den Kamin und räusperte sich bedeutsam. Willi sauste zu ihm, stellte sich breitbeinig vor ihn hin und sah ihn mit großen Augen an.

»Opa, kommt jetzt der Nikolaus?«

Wolf unterdrückte ein Lachen. »Der Nikolaus kommt erst, wenn Schnee liegt«, erklärte er seinem geliebten Enkel.

»Vielleicht gehe ich mit Willi besser hinauf«, bot Nora an, die ungewöhnlich blass war und zudem nervös die Hände knetete.

»Nein, nein«, protestierte Wolf. »Was ich zu sagen habe, betrifft alle hier im Raum und vor allem meinen Enkel.«

Helene streckte die Arme aus: »Komm zur Oma, mein Schatz«, nahm Willi auf den Schoß und nickte Wolf aufmunternd zu.

»Nun denn … Heute Nacht hatte ich ein Erlebnis, das mir bewusst gemacht hat, wie schnell das Leben zu Ende gehen kann«, begann er bedeutsam. »Deshalb habe ich mein Testament aufgesetzt. Bevor es vom Notar rechtskräftig formuliert wird, möchte ich es vorlesen und euer Einverständnis bekommen.«

Elvira wurde bleich und betrachtete ihn voller Sorge. »Meine Güte, Wolf, das klingt ja schrecklich offiziell. Bist du krank?«

Wolf betastete die Stelle am Kopf, die schmerzte und ihn vermutlich noch länger an die letzte Nacht erinnern würde. »Nein, ich bin nur verantwortungsvoll«, sagte er und zog ein Stück gefaltetes Papier aus der Innentasche seines Jacketts. Dann angelte er die Hornbrille aus der Brusttasche, setzte sie etwas ungelenk auf, faltete das Blatt auseinander und begann zu lesen.

»Ich, Wolf Wagner, in Vollbesitz meiner geistigen Kräfte, hinterlasse nach meinem Tod …« Er räusperte sich erneut. »Meiner geliebten Ehefrau Helene Wagner die Villa mit sämtlichem Inventar. Für das Ehepaar Templin und ihren Sohn Michael bleiben alle Vereinbarungen bestehen, sofern sie es wünschen. Meine Schwester Elvira und ihr Sohn Luis behalten Wohnrecht, solange sie bleiben möchten.« Er blickte zu Elvira und Luis. »Das wurde mit Helene schon vor langer Zeit abgesprochen, ihr müsst euch also keine Gedanken darüber machen.«

»Mit etwas Glück werde ich vielleicht eines Tages heiraten und eine eigene Wohnung finden«, murmelte Luis.

»Neffe, hebe dir die Kommentare für später auf. Es geht noch weiter … also … Mein Enkel William, Sohn meiner verstorbenen Tochter Celia, erbt den Verlag samt aller bis dahin entstandenen Zeitschriften und das Redaktionsgebäude. Bis zu seiner Volljährigkeit bestimme ich meinen Neffen Luis Doll und Nora

Längsfeld zu Williams Vertretung beziehungsweise zu gemeinschaftlicher Geschäftsführung.«

* * *

Nora presste die Hand vor den Mund, doch ihr entsetzter Aufschrei war überdeutlich zu vernehmen. Sie hatte geahnt, was Wolf beabsichtigte, als er das Wort »Testament« ausgesprochen hatte.

»Nora, was ist mit Ihnen?«, fragte Helene.

Willi rutschte vom Schoß seiner Oma und tapste zu ihr. »Nola, hast du Bauchweh?«

Nora nahm ihren Sohn in die Arme. »Nein, mein Schatz, mir fehlt nichts. Aber ich habe auch eine wichtige Mitteilung zu machen. Dazu muss ich nur kurz in mein Zimmer gehen.« Sie schob Willi zu Helene, entschuldigte sich und lief nach oben, um die Geburtsurkunde zu holen. Ihr Puls raste, und ein schmerzhafter Stich in der Brust ließ sie einen Moment auf der Treppe verharren. Doch sie ermahnte sich, jetzt nicht schwach zu werden, und hetzte weiter.

In ihrem Zimmer sank sie einen Moment auf ihr Bett, um nachzudenken, wie sie ihr Geständnis vor der gesamten Familie formulieren sollte. Zumal Willi nun auch mit dabei sein würde.

Zurück im Salon, reichte Nora Wolf die Geburtsurkunde. »Bitte, lies das. Dann wirst du dein Testament ändern wollen«, prophezeite sie und blieb vor ihm stehen.

Wolf nahm das Papier an sich und rückte seine Brille zurecht. Murmelnd studierte er die wenigen Zeilen, zog die Stirn in Falten und gab das Blatt schließlich an Helene weiter.

»Ich werde nicht schlau aus diesem Dokument. Da ist zwar ein offizieller Stempel der Stadt Regensburg drauf, aber ich habe keine Ahnung, was das Ganze bedeutet.«

Helene las lautlos, ihr Gesicht wurde aschfahl. »Ich habe es immer geahnt«, flüsterte sie und gab Nora die Urkunde mit zitternder Hand zurück.

»Was steht denn da?«, fragte Willi.

»Dass du ein lieber Junge bist«, antwortete Helene mit brüchiger Stimme und bat das Hausmeisterehepaar, Willi warm anzuziehen und mit ihm im Garten zu spielen.

»Was hast du geahnt?«, wollte Elvira wissen, nachdem sie unter sich waren.

»Willi ist nicht Celias Sohn, sondern Noras«, erklärte Helene mit brüchiger Stimme und sank auf dem hellgrünen Sofa in sich zusammen. Ihre entsetzte Miene verriet deutlich, wie sehr die Neuigkeit sie erschütterte. »Wir wurden getäuscht, hintergangen, sie hat mit unseren Gefühlen gespielt.«

»Bitte, ich möchte erklären, warum ich es getan habe«, sagte Nora, und als sie von Helene zu Wolf blickte, raste ihr Herz vor Aufregung. Mit möglichst klaren Worten beschrieb sie den Nachmittag, an dem sie vom Tod ihrer Verwandten erfahren hatte. Wie sie dann auf der Suche nach einer Unterkunft die fiebernde Celia entdeckt hatte und ihr hatte helfen wollen. Wie Wolf auf seine Tochter mit dem Kinderwagen reagiert und sie in den ersten Minuten nicht gewusst hatte, wie sie den Irrtum hätte aufklären sollen, hatten ihr doch die Beweise gefehlt. Wie sie so sehr darauf gehofft hatte, Celia würde wieder gesund und könne ihr dabei helfen. Und wie sie den Irrtum zu ihrem, aber vor allem Willis Vorteil ausgenutzt hatte.

»Das alles ist keine Entschuldigung, nur der Versuch einer Erklärung. Es tut mir unendlich leid. Es war unrecht von mir, und wenn ich könnte, würde ich es ungeschehen machen.«

Alle hörten schweigend zu.

»Jetzt kapiere ich langsam«, sagte Wolf, nachdem Nora geendet hatte.

»Die Ähnlichkeit mit Nora war einfach zu deutlich«, murmelte Helene und richtete den Blick aus dem Fenster, wo sie Willi im Garten spielen sah.

»Die Ähnlichkeit interessiert mich einen Dreck!«, brüllte Wolf unerwartet los und funkelte Nora zornig an. »Sie haben uns absichtlich getäuscht und schändlich ausgenutzt, *Fräulein Längsfeld,* unsere Gefühle verletzt, sich all die Jahre Vorteile erschlichen ...« Er war rot angelaufen und schnappte nach Luft, ehe er weiterreden konnte. »Sie sind eine gemeine, hinterhältige Betrügerin!«

»Jetzt übertreibst du aber«, mischte Luis sich ein, der auf einem der zierlichen Cocktailsessel Platz genommen hatte.

Nora warf Luis einen dankbaren Blick zu.

»Im Gegenteil«, wetterte Wolf weiter. »Was uns angetan wurde, ist unverzeihlich. Wir haben unsere Tochter verloren – und Sie haben uns glauben lassen, Willi sei unser Enkel. Was für eine Unverfrorenheit!« Er wies mit ausgestrecktem Arm zur Tür. »Verlassen Sie auf der Stelle mein Haus. Ich möchte Sie hier nicht mehr sehen.«

»Es tut mir unendlich leid«, entschuldigte sich Nora noch einmal. »Wie ich es gesagt habe ... Wenn ich könnte, würde ich es ungeschehen machen.« Sie wandte sich zum Gehen.

»Nein, Nora, warte ...« Luis sprang von seinem Sessel auf, war mit einem großen Schritt bei ihr und versuchte, sie zurückzuhalten.

»Ich muss gehen«, flüsterte sie, bevor sie fluchtartig den Raum verließ. Das Schlimmste war eingetreten, doch sie war bereit, die Stadt zu verlassen. Als sie die Tür schloss, hörte sie Wolf, der sich weiter lautstark aufregte, und Luis, der versuchte, ihn zu beruhigen. Einen Herzschlag lang verharrte sie in der Diele.

Doch dann hörte sie Wolf erneut toben und hetzte die Treppe hinauf in ihr Zimmer.

Mein Zimmer, dachte sie voll schmerzhafter Wehmut und ließ ihren Tränen freien Lauf. Das war einmal, es ist vorbei,

du hast betrogen und dieses Zuhause nicht verdient. Schluchzend packte sie die wenigen Kleider und Dinge zusammen, mit
denen sie im März 1949 aus Regensburg geflohen war. Unschlüssig stand sie vor dem Kleiderschrank und überlegte, ob sie die
Kleider mitnehmen sollte, die sie selbst bezahlt hatte. Nein,
zu schmerzlich wäre bei ihrem Anblick die Erinnerung an die
Möhlstraße. Willi war natürlich längst aus den Babysachen her-
ausgewachsen, für ihn würde sie nur das Nötigste an Kleidung
mitnehmen und dafür einige Geldscheine auf dem Nachttisch
hinterlassen. Instinktiv hatte sie ihre Ersparnisse, über eintau-
sendfünfhundert D-Mark, nie auf die Bank gebracht, sondern
sie im Rucksack verwahrt.

Dann zog sie den Trenchcoat aus dem Jahr 1949 über ihr
schwarzes Kleid, packte ihre restliche Habe in den Rucksack
und hetzte in die Garage, wo der alte Korbkinderwagen unter
einer Decke zur Aufbewahrung stand. Sie kutschierte ihn vors
Gartentor, schulterte den Rucksack und begab sich in den rückwärtigen Gartenteil, wo Willi immer noch mit dem Hausmeisterehepaar Fangen spielte.

Der Anblick ihres fröhlich quietschenden Sohnes und die
strahlenden Gesichter von Friederike und Konrad brachen ihr
das Herz. Ihr Hals war wie zugeschnürt. Aber sie mahnte sich
zur Konsequenz. Je schneller sie verschwand, umso eher würde
die Familie Wagner sie und Willi vergessen können. Und umso
schneller würde sie vergessen, dass sie gehofft hatte, auch für sie
könnte es ein Glück geben.

»Willi, mein Schatz«, rief sie ihren Sohn zu sich und ging auf
ihn zu. »Ich hab eine tolle Überraschung …« Nichts liebte er so
sehr, wie etwas Neues zu entdecken, und Lokomotiven waren
für ihn eine kleine Sensation.

Er kam direkt vor ihr zum Stehen und musterte sie gespannt.
»Was für eine?«, wollte er wissen.

»Wir gehen Züge anschauen.«

Seine Augen begannen zu leuchten. »Auch die ganz, ganz großen Lokotiven, die sooo viel Dampf machen? Bis in den Himmel …« Demonstrativ reckte er die Ärmchen nach oben.

»Ja, auch die ganz großen Dampfloks.« Sie nahm ihn bei der
Hand und sagte zu dem verdutzt dreinblickenden Ehepaar:
»Herr Wagner wird Ihnen die Umstände erklären.«

Gemeinsam mit Willi lief sie ein Stück die Möhlstraße entlang. Den VW hatte sie natürlich stehen gelassen, niemals wäre
es ihr in den Sinn gekommen, das großzügige Geschenk mitzunehmen. Dabei war ihr so elend zumute, dass sie nicht wusste,
wie sie den Tag überstehen sollte. Willi gab ihr die Kraft, all ihre
Gefühle zu unterdrücken. Die Tränen hinunterzuschlucken.
Durchzuatmen und weiterzulaufen. Weiter zum Max-Weber-
Platz, wo sie in die Straßenbahn steigen und zum Bahnhof fahren wollte. Denselben Weg zurück, der sie damals hierherge-
führt hatte.

»Nola, wann kommt der Bahnhof?«, fragte Willi an der Kreu-
zung zur Prinzregentenstraße.

Kurzerhand packte sie ihn in den Kinderwagen, in dem er
mit angezogenen Beinchen gerade noch Platz hatte.

Wenig später erreichten sie den Hauptbahnhof. Die Fahrt
mit der Trambahn war unkompliziert verlaufen, ein freundlicher Schaffner hatte ihr mit dem Kinderwagen geholfen, und
Willi war ganz alleine die Stufen nach oben in den Waggon
geklettert. Für ihn, der ans Autofahren gewöhnt war, war die
Fahrt mit der ruckelnden Bahn, dem rufenden Schaffner, dem
Klingeln und den quietschenden Bremsen an jeder Station ein
richtiges Abenteuer.

Am Bahnhof angekommen, war Willi kaum noch zu halten.
Er zerrte an ihrer Hand und zog sie durch die kreuz und quer
eilende Menge zu den drei schwarz glänzenden Lokomotiven,
die zur Abfahrt bereitstanden. Mit lautem Zischen stießen sie
weiße Dampfwolken aus und trieben die Reisenden zur Eile an.

Zahlreiche, sich wiederholende Lautsprecherdurchsagen von abfahrenden und ankommenden Zügen verstärkten das hektische Treiben.

Der Trubel hatte enorm zugenommen, seit sie vor vier Jahren in München angekommen war. Bilder vom Tag ihrer Ankunft blitzten vor Noras geistigem Auge auf. Wie unsicher sie gewesen war, voller Angst, was aus ihr und Willi werden würde. Auch heute wusste sie nicht, wie es weitergehen sollte, doch sie war nicht mehr das unbedarfte Mädchen von damals. Innerlich hatte sie immer geahnt, dass es eines Tages zu diesem Bruch kommen würde. Wirklich vorbereitet war sie dennoch nicht. Nun hieß es, das Beste aus der Situation zu machen. Aber sie hatte keine Ahnung, was das sein könnte.

In welchen Zug sollte sie einsteigen?

Nach Regensburg zu ihrer Mutter?

Nein, dort lebte auch Gollnik, dem sie nicht mal auf der Straße begegnen wollte. Deshalb hatte sie sein »Sühnegeld« nicht angenommen. Der unsägliche Heiratswunsch dieses Mannes war der Auslöser für ihr Schicksal gewesen. Nach Regensburg würde sie fahren, um ihre Mutter zu besuchen. Aber nicht heute.

Sie erinnerte sich an den freundlichen Bauern, der ihr Brot und Wurst angeboten hatte. Leider hatte er ihr die Adresse nicht gegeben, sonst hätte sie ihn besuchen können.

Vielleicht doch in der Stadt bleiben und einige Tage in einer Pension übernachten? Mit ihren Ersparnissen konnte sie sich ein paar Tage lang eine einfache Unterkunft leisten und in Ruhe überlegen, was sie tun sollte.

»Ich hab Hunger«, meldete sich Willi, als ein alter Mann mit Bauchladen vorbeikam und mit krächzender Stimme heiße Würstchen anpries.

Nora erstand zwei Wiener Würstchen mit Brot und setzte Willi wieder in den Korbwagen, wo er essen konnte, ohne angerempelt zu werden. Bei dem Gedränge und Geschubse würde die Wurst sonst garantiert im Schmutz landen.

Auch einmal beim Essen nicht am Tisch zu sitzen war für ihn etwas Neues, und er genoss es sichtlich, nicht bemuttert zu werden. Keine Helene, die ihm mit der Serviette über den Mund fuhr, ihm das Würstchen in mundgerechte Stücke schnitt oder Brösel vom Pullover wischte.

Mit einem Mal bildete Nora sich ein, jemand riefe ihren Namen.

»Noooraaa!«

Das klang nach Luis. Sie drehte sich in die Richtung, aus der die vermeintliche Stimme kam, und kniff die Augen zusammen. Es war tatsächlich Luis, unverkennbar in seiner Lederjacke, der aus der Menge auftauchte und ihr zuwinkte.

Er war ihr gefolgt. Hatte nach ihr gesucht. Sie gefunden. Einen sehnsuchtsvollen Augenblick lang erwachte die Hoffnung, er könnte noch etwas für sie empfinden. Ihr Magen krampfte sich zusammen, sie wollte zu ihm eilen, doch sie durfte dem Impuls nicht nachgeben. Er sollte sich nicht mit einer Betrügerin belasten, es könnte sein Leben zerstören.

Panisch, als stünde der Bahnhof in Flammen, fuhr sie mit dem Korbwagen im schnellstmöglichen Tempo zum nächsten abfahrbereiten Zug. Willi, einen Wurstrest in der Hand, gluckste fröhlich, als sie an der dampfenden Lok und dem Kohlenwagen vorbeihetzten und sie ihm erklärte: »Wir steigen jetzt in einen Waggon ein.«

Doch die weiter hinten angehängten Waggons der zweiten Klasse zu erreichen dauerte einige Minuten, und gerade, als sie Willi aus dem Wagen gehoben hatte, stand Luis neben ihr.

»Wir fahren Zug«, rief Willi ihm aufgeregt entgegen. »Du musst auch mit.«

»Na klar, Kumpel, aber ein bisschen musst du dich noch gedulden«, antwortete Luis und griff nach Willis Hand. »Himmel, Nora, ich bin fast verrückt geworden vor Sorge. Ich habe dich im ganzen Haus gesucht, bis Friederike mir erzählt hat, du wärst mit Willi und dem alten Kinderwagen verschwunden. Und nach dieser Szene vorhin war nicht schwer zu erraten, wohin du wolltest.«

»Schon vergessen, wie Wolf reagiert hat? Und ich verstehe ihn, er ist zutiefst enttäuscht. Ich kann ihm nie wieder in die Augen sehen.«

Willi quengelte, dass er endlich einsteigen wolle.

Luis nahm ihn auf den Arm und presste ihn fest an sich, als fürchtete er, Nora könnte mit ihm verschwinden. »Der Heizer in der Lokomotive muss noch mehr Feuer machen, damit die Lok fahren kann«, erklärte er, bevor er sich ihr wieder zuwandte. »Ich habe Wolf ins Gewissen geredet und deshalb leider den Moment verpasst, als du das Haus verlassen hast.«

»Wie ... *geredet?*«

»Ich habe Wolf die Situation noch einmal erklärt und ihn daran erinnert, dass *er* es war, der sich sofort auf Klein Willi gestürzt hat. Dass er dich nicht zu Wort hat kommen lassen, dass er mitschuldig sei, dass er unbedingt glauben wollte, das Baby sei sein Enkel. Und das nur, weil Celia sich an den Kinderwagen geklammert und ständig Willi gemurmelt hatte.«

Nora hatte irritiert zugehört. Sie war vollkommen verwirrt, verstand nicht, weshalb Luis sich ihretwegen mit seinem Onkel anlegte.

»Warum hast du das getan? Es ändert nichts an meinem Betrug, und am Ende ist Wolf auch noch auf dich böse, weil du Partei für eine Betrügerin ergreifst.«

»Das sehe ich anders. Ohne Wolfs irrtümliche Annahme wärst du nämlich nie in Versuchung geraten zu bleiben. Du wärst vielleicht für eine Mahlzeit oder sogar für eine Nacht geblieben ...«

»Oh, Luis«, unterbrach sie ihn und nahm ihm Willi ab. »Ich

weiß deine Hilfe wirklich zu schätzen, aber es ändert nichts an Wolfs Rauswurf …«

»Von *Hilfe* kann keine Rede sein, Nora …« Er ging auf die Knie und sah bittend zu ihr auf. »Ich will nicht, dass du gehst. Ich liebe dich, Nora. Ohne dich wäre mein Leben wie ein Fluss ohne Wasser, wie der Himmel ohne Sterne, wie ein Sommer ohne Blumen. Ohne dich bin ich wie ein Fisch auf dem Trockenen, ein Auto ohne Sprit, mein Roller mit platten Reifen. Bitte, werde meine Frau.«

Vorbeieilende Reisende beäugten sie und Luis neugierig, tuschelten, und zwei Halbwüchsige zeigten kichernd mit den Fingern auf Luis.

»Bitte, steh auf«, flüsterte sie verlegen. Warum behauptete er, sie zu lieben? Er hatte doch eine andere, sie hatte das verliebte Lachen auf der Treppe gehört.

Luis war schnell wieder auf den Beinen. »Ich meine es ernst, Nora …«, sagte er und schaute sie eindringlich an. »Ich liebe dich schon seit Langem, und ich wünsche mir nichts sehnlicher, als dich zu heiraten.«

Verunsichert suchte sie nach dem üblichen frechen Funkeln in seinen graugrünen Augen, ein sicheres Zeichen für seinen Übermut. Doch sie vermochte es nicht zu entdecken. Nur eine Strähne seines rötlich glänzenden Haars hing ihm verwegen in die Stirn. Sein Blick war sanft. Zärtlich. Verliebt. Oder bildete sie sich das nur ein, weil sie sich so sehr wünschte, das Schicksal möge sich in letzter Sekunde zum Guten wenden?

»Neiiin, nicht heiraten«, schrie Willi plötzlich auf und klammerte sich an ihr fest.

»Warum denn nicht, Kumpel?«

»Nola soll nicht weggehen«, antwortete Willi mit angstvoller Miene. »Nola soll bei mir bleiben.«

»Pass mal auf, Kumpel, heiraten bedeutet, dass Nora und ich dann eine Familie sind«, erklärte er ihm. »Und Familien haben

Kinder. Wir könnten einen kleinen Jungen wie dich gebrau-
chen. Willst du unser kleiner Junge sein? Nora ist dann deine
Mama, und ich bin dein Papa. Würde dir das gefallen?«

Willi schaute Nora mit großen Augen an, blickte dann zu
Luis und wieder zu ihr. Tränen schimmerten in seinen Augen,
als er heftig nickend sagte: »Dann bist du meine Nolamama und
du mein Luispapa.«

»Genau so machen wir das«, sagte Luis und sah Nora an.
»Willi ist einverstanden. Und du?«

»Ja, Luis, ich liebe dich auch«, sagte sie, als im selben Moment
die Lokomotive mit Getöse eine dicke Dampfwolke ausstieß.

Luis schien trotzdem verstanden zu haben, riss sie zusammen
mit Willi stürmisch in seine Arme.

Willi entwand sich ihnen und zupfte ungeduldig an Noras
Mantel. »Wir können fahren, wir können fahren ...«

»Da seid ihr ja!« Keuchend tauchten Helene und Wolf auf
dem Bahnsteig auf.

»Opa, Omi«, schrie Willi begeistert. »Wir fahren Zug!«

Helene kramte ein Taschentuch aus der Seitentasche ihres
offenen Pelzmantels, betupfte ihre Augenwinkel und nahm
Willi dann an die Hand. »Ein andermal, mein Liebling.« Sie
sah ungewöhnlich zerzaust aus, ohne Hut, Handschuhe oder
schickes Halstuch. Selbst ihre Frisur wirkte derangiert, als hätte
sie sich voller Verzweiflung das Haar gerauft.

Wolf war ohne Mantel und Hut, das Jackett seines Anzugs
war nicht zugeknöpft, und um den Hals hatte er einen dunklen
Schal geschlungen. Beide hatten offensichtlich in höchster Eile
das Haus verlassen. »Du hast ... sie ... gefunden ...«, schnaufte
Wolf an Luis gerichtet und suchte Noras Blick. »Komm nach
Hause, Nora.«

Nora glaubte, sich verhört zu haben. Eben hatte er sie des
Hauses verwiesen, noch dazu per Sie, und jetzt sollte sie zurückkommen?

»Nach Hause?«, wiederholte sie ungläubig.

»Wo du hingehörst«, erklärte Luis und schaute sie verliebt an.

»Ich will nicht nach Hause, ich will Zug fahren, Nola hat es versprochen«, protestierte Willi und zerrte fordernd an Helenes Hand.

Helene liefen Tränen über die Wangen. »Wolf, unternimm doch was, das arme Kind ist ja völlig verwirrt.«

Nora ging in die Hocke. »Tut mir leid, mein Schatz«, erklärte sie auf Augenhöhe. »Heute wird es doch nichts mit der Reise, wir verschieben sie …« Weiter kam sich nicht.

»Neiiin«, schrie Willi, riss sich von Helene los und rannte, so schnell er nur konnte, den Bahnsteig entlang.

Nora gelang es nicht, ihn festzuhalten. Helene presste eine Hand vor den Mund, um einen Schrei zu unterdrücken. Wolf und Luis reagierten instinktiv, folgten dem kleinen Ausreißer und brachten ihn schnell zurück.

Luis kam auf die Idee, einen der Lokführer zu fragen, ob Willi kurz zu ihm in den Führerstand klettern dürfe. Es gelang ihm tatsächlich, den Mann zu überreden, der Willi für ein paar Minuten in das Allerheiligste ließ und seinen Ausflug zum Bahnhof doch noch in ein unvergessliches Erlebnis verwandelte. Er durfte sich sogar mit Kohlenstaub beschmieren, mit dem er unbedingt ins Bett gehen wollte.

Später am Abend, als Willi mit schmutzigem Gesicht lächelnd eingeschlafen war, versammelte sich die wiedervereinte Familie im Salon, um sich auszusprechen.

»Es tut mir so leid, dass ich euch angelogen und ausgenutzt habe«, begann Nora. »Ich weiß nicht, ob ihr mir meine Lügen jemals verzeihen könnt.«

Helene streckte die Hand aus. »Setz dich zu mir, Nora.«

Nora fühlte sich unendlich erleichtert, nichts mehr vortäuschen zu müssen, auch wenn sie sich immer noch schämte.

»Ihr wart so freundlich zu mir, ich wusste nicht, wohin, und hätte ohne Zuzugserlaubnis keine annehmbare Behausung gefunden. Hätte mit meinem Baby in einem Kellerloch hausen müssen.«

Helene drückte ihr die Hand. »Du musst dich nicht weiter entschuldigen, Nora, wir wissen, dass es dir leidtut. Außerdem wollten wir ja glauben, Willi sei Celias Kind, und waren überglücklich. Ich ganz besonders, denn dieser süße kleine Junge hat mir geholfen, meine Trauer zu überwinden. Doch je mehr ich dich beobachtet und die innige Bindung zu Willi bemerkt habe, desto größer wurden meine Zweifel. Gleichzeitig wuchsen auch meine Gefühle für den Kleinen, denn trotz allem hat Celia uns ein Kind ins Haus gebracht. Willi hat uns alle überglücklich gemacht, und ich wollte ihn nicht mehr hergeben. Deshalb habe ich Wolf und auch Elvira gebeten, dich nicht mit Fragen nach deiner Herkunft zu bedrängen.«

Nora standen Tränen in den Augen. »Ihr wollt mir wirklich verzeihen und wieder vertrauen?«

»Ja, denn Willi ist unser Enkelsohn«, beteuerte Wolf, »leiblich oder nicht, das zählt nicht mehr. Ich weiß, was ich zu dir im allerersten Zorn gesagt habe. Aber dann, als du mit Willi verschwunden bist, ist mir klar geworden, was wir dem Kleinen verdanken. Was er uns bedeutet. Ohne Willi hätte ich die Illustriertenpläne vielleicht aufgegeben. Er hat uns neuen Lebensmut verliehen. Nicht wahr, Helene?«

Helene nickte zustimmend und streichelte Noras Arm. »In manchen Nächten, als ich nicht schlafen konnte, habe ich mich gefragt, ob Celia vielleicht eine Fehlgeburt hatte. Dieses Stoffbündel, von dem du erzählt hast und an das sie sich geklammert hat, wäre ein Indiz dafür. Vielleicht taucht unser Schwiegersohn Gero eines Tages doch noch auf, und wir erfahren, was wirklich geschehen ist.«

»Also ich finde, das ganze Drama könnte auch ein spannender Roman für unser Blatt sein«, meldete sich Luis zu Wort und zwinkerte Nora zu.

Mit dieser nicht ganz ernst gemeinten Bemerkung schaffte Luis es, die emotionsgeladene Atmosphäre aufzulockern, und Wolf konterte lachend: »Vielleicht auch noch als ewig langer Fortsetzungsroman über drei Jahre?«

»Aber bitte alle Namen ändern«, verlangte Nora. Die Vorstellung, ihre Lebensgeschichte unter Millionen Lesern zu verbreiten, wäre ihr peinlich. Am Ende würde man sie noch auf der Straße darauf ansprechen und als Schmarotzerin beschimpfen.

Luis legte seine Hand aufs Herz. »Kein einziges Wort wird ohne deine Zustimmung veröffentlicht, versprochen.«

»Hiermit ist die hochoffizielle Aufnahme von Nora und Willi in die Familie Wagner beschlossen«, stellte Wolf euphorisch fest und erhob sich, um höchstpersönlich in den Weinkeller zu marschieren. »Der glückliche Tag, an dem uns praktisch zum zweiten Mal ein Enkelsohn geschenkt wurde, muss mit dem besten Tropfen gefeiert werden, den der Keller hergibt.«

Friederike meinte lakonisch, sie könne sich noch genau an den Tag erinnern, als Nora mit dem Baby zu ihr in die Küche gekommen sei. Ihr sei sofort die Harmonie zwischen beiden aufgefallen. So eine innige Beziehung habe nur eine Mutter zu ihrem eigenen Kind.

Für Nora war es der glücklichste Tag seit Willis Geburt. All ihre Ängste und Sorgen waren zerplatzt wie die Seifenblasen, denen Willi so gerne nachjagte. Und in ein paar Jahren würde sie ihm dann auch erklären, wie sie mit ihm als Baby in München angekommen war. Wie sie Celia gefunden hatte, von der Familie Wagner aufgenommen worden war und alle geglaubt hatten, er wäre Celias Sohn. Bis dahin würde sie seine Nolamama bleiben.

Epilog

Dezember 1951

DIE STANDESAMTLICHE HOCHZEIT von Nora und Luis sollte in der zweiten Dezemberwoche stattfinden. Eine kirchliche Trauung kam für Nora nicht infrage. Sie war keine unschuldige Braut und wäre sich seltsam vorgekommen, in einem weißen Kleid zu heiraten.

Wolf war ein wenig enttäuscht, er hätte sie gerne über einen roten Teppich zum Traualtar geführt. Helene plante dennoch ein opulentes Fest für die beiden und schenkte Nora ein maßgeschneidertes Kleid mit Jacke, denn eines von der Stange war natürlich indiskutabel. Schließlich gab sich ein Paar nur einmal das Ja-Wort, und an einem solchen Tag sollte Willis Mutter unbedingt exklusiv gekleidet sein.

Wolf und Willi begaben sich ebenfalls zum Schneider, um für den Kleinen den ersten Anzug seines Lebens anfertigen zu lassen.

Luis und Nora flüsterten sich unentwegt Liebeserklärungen zu und dass sie es nicht erwarten könnten, endlich offiziell das Bett miteinander teilen zu dürfen.

Nur Friederike blieb gelassen. »Bis Mitte Dezember bereite ich ein Bankett für einhundert Leute zu, das ist für mich ein Klacks.« Abgesehen von der Hochzeitstorte, die durfte mit ihrer gnädigen Genehmigung ein prämierter Konditor backen. Helene hatte nämlich ein Foto der Hochzeitstorte des Hollywoodstars Rita Hayworth gesehen, die im Mai 1949 mit großem Pomp Prinz Aly Khan geheiratet hatte, und eine Kopie bestellt.

Elvira, Noras zukünftige Schwiegermutter und Willis baldige Schwiegeroma, übernahm die Auswahl der Einladungskarten, die aus feinstem Büttenpapier bestehen sollten. Für ihren einzigen Sohn war nichts zu exklusiv. Das Organisieren der Blumendekoration und die Umgestaltung des Erdgeschosses, in dem eine ansehnliche Gästeschar Platz finden sollte, geschah in Abstimmung mit Helene, die ganz in ihrem Element war. Endlich konnte sie ein großes Fest geben, wie früher auf dem Familienschloss.

Nora versuchte anfangs, den ihrer Meinung nach übertriebenen Aufwand zu reduzieren. Doch Helene erklärte: »Eine Vermählung ist der Beginn eines gemeinsamen Weges, von dem niemand vorhersagen kann, ob er immer glücklich verläuft. Umso wichtiger ist es, von möglichst vielen Menschen Glückwünsche zu erhalten. Nenne es Aberglauben, aber ich bin fest davon überzeugt, dass gute Wünsche als positive Kraft wirken. Und mir macht es keine Arbeit, sondern nur Freude, wo ich doch lediglich eine Hochzeit für Celia und niemals die meiner Söhne ausrichten konnte.«

Die Gästeliste wurde angeführt von Noras Mutter, mit der Nora telefoniert hatte. »Ich kann es kaum erwarten, deine neue Familie kennenzulernen«, hatte sie gesagt und berichtet, dass es Gollnik böse erwischt habe. Die Apotheke und das ganze Haus seien abgebrannt. Niemand sei verletzt worden, nur Gollnik säße auf dem Schaden. Denn es existierte wohl keine Feuerversicherung. Auch Noras Bruder Alfred mitsamt seiner hochschwangeren Frau und Hedi als Noras Trauzeugin würden dabei sein. Luis' Freunde aus der Zeit als Kameraassistent in Geiselgasteig, einige Komparsen aus den UFA-Tagen, alle Kollegen aus der Redaktion, wie der hünenhafte Gutsherrensohn Robert von Falkenstein, Gunnar Grimm und natürlich Ursula, die neuerdings mit Gunnar turtelte.

Ende November waren alle Einladungen verschickt, und Elvira erklärte: »Wenn wir niemanden vergessen haben, sind es einundsiebzig Hochzeitsgäste.« Mit dieser Zahl im Kopf durchstreifte sie die Villa vom Keller bis zum Dachboden, um sämtliche Stühle einzusammeln. Mehr als dreiundvierzig waren aber nicht aufzutreiben.

Gottlieb, ein alter Freund von Luis und Verwalter des Fundus der Bavaria Studios, schickte einen Tag vor der Hochzeit ein buntes Sammelsurium an Sitzgelegenheiten per Lastwagen. Konrad half dem Fahrer beim Abladen und Tragen. Inmitten der Stuhlparade lieferte der Konditor die prächtige Hollywoodtorte, und auch der Weinhändler schleppte Kisten ins Haus. Vor der Villa Wagner herrschte ein Verkehr wie auf dem Münchner Stachus, behauptete zumindest Friederike. Schnaufende Männer in Arbeiterkitteln beeilten sich, ihre Waren ins Trockene zu bringen, denn am Himmel zogen dunkle Wolken auf. Niemand beachtete den hageren Mittdreißiger, der in einem armseligen Wintermantel und einem schäbigen Koffer in der Hand am Gartentor auftauchte.

Wie einer der ausgehungerten Flüchtlinge beobachtete er das geschäftige Treiben und musterte mit großen Augen die mit Girlanden und Marzipanrosen verzierte Torte, die der Konditor mit einem Gehilfen über die Seitentreppe vorsichtig in den Salon transportierte.

Wenig später kamen auch Nora und Helene mit dem VW-Käfer vom Schneider zurück. Während Nora den Karton mit dem Hochzeitsgewand vom Rücksitz nahm und den Wagen abschloss, musterte Helene den Fremden argwöhnisch wie einen möglichen Dieb, der ein Objekt ausspionieren wollte. Dann eilte sie entschlossen auf ihn zu.

»Suchen Sie jemanden?«, fragte sie, und einen Atemzug später schrie sie entsetzt auf.

»Gero, mein Gott, Gero, bist du es wirklich … Mein Gott, Gero, wo warst du so lange?«, murmelte sie unablässig, ohne auf

Nora zu reagieren, die nun neben ihr stand und Gero freundlich ansah.

»Im Gefängnis«, antwortete Gero kaum vernehmlich.

Helene erstarrte, fühlte, wie alles Blut aus ihren gepuderten Wangen wich. Sie presste sich die Hand vor den Mund. Hatte er Celia etwas angetan? War das der Grund für den Zustand ihrer Tochter gewesen? Hatte sie ihr Zuhause bei Nacht verlassen müssen?

Schließlich hatte sie sich wieder gefangen. »Mein Gott, Gero, was ist passiert?«

Gero antwortete nicht und fragte stattdessen mit heiserer Stimme: »Wo ist Celia?«

Helene sah ihn verwundert an. Bedeutete seine Frage, dass er nicht wusste, was geschehen war? Hatte er die Briefe nicht gelesen? Seine Frage weckte die Erinnerung an jene Nacht, in der Celia gestorben war, und hatte auf sie die Wirkung eines heftigen Wintersturms. Ihr ganzer Körper versteifte sich wie unter Schmerzen. Nur dank Willi hatte sie gelernt, mit dem Tod ihrer einzigen Tochter zu leben. Hatte gelernt, nicht permanent nach dem Warum zu fragen. Nicht mehr mit dem Schicksal zu hadern.

»Wollen wir hineingehen?«, hörte sie Noras Stimme.

Helene zuckte kurz zusammen, entschuldigte sich bei Gero und musterte ihn. Er schien nicht ganz gesund zu sein, seine belegte Stimme klang nach aufkommender Erkältung. »Verzeih, dein überraschendes Auftauchen hat mich vollkommen aus dem Konzept gebracht.«

Er verzog die ausgetrockneten Lippen zu einem kaum sichtbaren Lächeln und nickte schwach.

Durch Geros Anwesenheit wurde das Umdekorieren verschoben. Viel wichtiger war es, die Hintergründe von Celias Schicksal zu erfahren. Nur Gero konnte darüber etwas wissen. Nachdem er sich ausgeruht und in der gemütlichen Küche von Friederike mit einer kräftigen Hühnersuppe gestärkt worden

war, versorgte Luis ihn mit frischer Wäsche, einer warmen Woll-
hose, Hemd und Pullover.

Am späten Nachmittag versammelte sich die Familie im
Salon. Friederike hatte die chaotisch abgestellten Stühle an die
Seitenwände geschoben. Auf den drei niedrigen Nierentischen
standen Tee, Sahne, Zucker, Geschirr und die ersten Weihnachtsplätzchen bereit. Hätte die Stühlesammlung nicht irritiert, dann hätte es eine gemütliche Teestunde sein können, um
einen trüben Nachmittag aufzuhellen. Aber niemand schenkte
sich Tee ein oder bediente sich bei den sonst so begehrten Plätzchen. Allgemeine Nervosität war spürbar, und jeder der Anwesenden ahnte, dass Gero nicht von glücklichen Tagen seiner Ehe
berichten würde. Wolf, Luis und auch Elvira hatten sich Zigaretten angezündet. Nora und Helene rangen fahrig die Hände.
Willi war vorsichtshalber bei Friederike in der Küche.

Angespannte Blicke folgten Gero, als Helene ihn bat, auf
einem der Sessel neben ihr Platz zu nehmen.

»Bitte, erklärt mir endlich, wo Celia ist. Warum ist sie nicht
hier?«

Aller Augen richteten sich auf Helene. Wie würde sie ihrem
Schwiegersohn die traurige Nachricht beibringen?

Helene ergriff Geros Hand. Noch nie war ihr etwas so
schwergefallen. Den Tod ihrer Tochter in Worte zu fassen war,
als würde sie diese Nacht noch einmal durchleben. Die Erinnerung schmerzte wie eine tiefe Wunde, die nicht verheilen wollte.

»Celia kam im März '49 hier an, sie war fiebrig und hat fantasiert« begann sie nach einem tiefen Atemzug. »Sie hätte ihr
Zuhause vielleicht niemals erreicht, wenn nicht Nora ...«, sie
wies mit einer Kopfbewegen zu Nora, die neben Luis auf dem
Sofa saß, »zufällig mit ihrem Sohn im Kinderwagen vorbeigekommen wäre und sich ihrer angenommen hätte.«

»Celia kauerte in einer Hausecke, klammerte sich an ein
Stoffbündel und sang ein französisches Lied«, erklärte Nora.

»Als ich sie ansprach, ob ich ihr helfen könne, antwortete sie nicht, sondern stürzte plötzlich auf den Kinderwagen zu und rannte mit ihm davon. Ich war natürlich erschrocken, konnte sie aber schnell einholen. Als ich ihr erlaubte, den Wagen zu schieben, nannte sie mir schließlich ihren Namen und nach einer Weile auch die Möhlstraße als Adresse. Die Hausnummer wusste sie nicht, aber mithilfe eines patrouillierenden Polizisten sind wir dann hierhergelangt.«

Wolf erzählte seinem Schwiegersohn, dass Celia sehr hohes Fieber gehabt habe, der Arzt ihr nicht mehr habe helfen können und sie noch in der Nacht verstorben sei. »Sie fantasierte und konnte uns nicht mehr erzählen, was passiert war. Aber ihre letzten Worte waren ›Nora, Nora, Nora‹ ... Deshalb dachten wir, es sei Celias letzter Wunsch, dass Nora sich um das Baby kümmern sollte. Von dem wir glaubten, dass es ihres sei, nicht zuletzt, weil Willi den Namen meines Vaters trägt.«

»Wir waren lange Zeit in großer Sorge, weil keiner unserer Briefe beantwortet wurde«, wandte Helene sich nun wieder an ihren Schwiegersohn, der sichtlich Mühe hatte, das Gehörte zu verarbeiten. »Auch beim Roten Kreuz haben wir eine Suchmeldung aufgegeben, und nach Celias Tod habe ich weiter geschrieben, denn ich wollte in Erfahrung bringen, was mit dir geschehen war. Aber es kam nie eine Antwort. Hast du sie erhalten?«

Gero nickte schwach. »Nur die Briefe im Jahr '48. Ich habe Celia immer wieder gebeten, euch zu antworten, doch sie wollte warten, bis unser Kind geboren wäre.«

Helene legte eine Hand auf ihr Herz und flüsterte kaum hörbar: »Celia hatte ein Kind, ich habe es immer gespürt. Aber was ist mit dem Kleinen geschehen?«

»Es war ein Junge ...« Gero stockte. »Eine Totgeburt. Celia hatte über zwanzig Stunden lang Wehen. Als unser Kind leblos zur Welt kam, war sie zutiefst deprimiert und wollte nicht mehr leben. Ich war täglich bei ihr, so oft es die Besuchszeiten erlaubten, aber es gelang mir nicht, sie von ihrer Trauer zu befreien. Sie verweigerte Essen und Trinken, konnte nicht mehr schlafen und hat unablässig ›Willi, mein süßer kleiner Willi‹ geflüstert.«

»Das waren auch ihre Worte, als ich sie ansprach«, sagte Nora und fragte, wann Célia aus dem Krankenhaus entlassen worden sei.

»Nach der Geburt sollte sie noch einige Tage zur Beobachtung im Krankenhaus bleiben und gegen ihre Depressionen behandelt werden …« Gero stöhnte auf, die Erinnerung schien ihn zu quälen.

»Eine Zigarette?«, fragte Wolf, reichte Gero die Packung und gab ihm Feuer.

Gero zog kräftig an der Zigarette und inhalierte wie ein Verurteilter, bevor er weiterredete. »Sie bekam starke Beruhigungstabletten, aber es wurde nicht besser. Eines Nachts hat sie sich heimlich ins Säuglingszimmer geschlichen, ein Baby auf den Arm genommen und Wiegenlieder gesungen. Eine Schwester kam hinzu und alarmierte sofort den Arzt, weil sie dachte, Celia wolle das Baby stehlen. Ich habe das nie geglaubt. Sie war einfach nur traurig, hat Trost gesucht.«

Helene schluckte schwer und kämpfte gegen ihre Tränen an. Doch sie konnte ihre Gefühle nicht länger zurückhalten, schluchzte laut auf. Sie ahnte, welche Qualen ihre Tochter durchlebt hatte, wie verzweifelt sie gewesen sein musste. »Mein armes Kind, wie muss sie gelitten haben.«

Gero drückte kraftvoll die zur Hälfte gerauchte Zigarette aus. »Ich habe verlangt, dass man sie entlässt. Ich dachte mir, sie muss weg von diesem Ort, der sie ständig an die Totgeburt erinnerte. Ich war überzeugt, dass sie sich zu Hause schnell erholen würde. Doch der behandelnde Arzt bestand darauf, sie in eine Heilanstalt einzuweisen. Sie sei eine psychisch labile Frau und eine Gefahr für die Öffentlichkeit. Ich habe ihm versichert, dass Celia in der häuslichen Umgebung bald genesen würde, aber dieser Halbgott in Weiß war nicht davon abzubringen, dass sie in eine Anstalt gehöre. Daraufhin bin ich ausgerastet und habe mich auf ihn gestürzt. Er fiel unglücklich hin, verletzte sich schwer und landete später im Rollstuhl. Ich wurde von einigen Pflegern überwältigt, in Untersuchungshaft genommen und wegen schwerer Körperverletzung zu fünf Jahren verurteilt. Der Staatsanwalt hatte sogar von versuchtem Mord gesprochen. Celia wurde in eine Anstalt eingewiesen. Als ich vor einigen Tagen endlich frei war, erkundigte ich mich dort sofort nach ihr. Es hieß, sie sei schon vor langer Zeit entlassen worden. Meine Hoffnung war, sie in unserer Wohnung anzutreffen, doch die war von Flüchtlingen aus Ostpreußen besetzt. Von Celia hatten sie noch nie gehört.«

Helene zog ein Taschentuch aus dem Ärmel ihres pflaumen-blauen Tweedkleids, putzte sich die Nase und trocknete ihre Trä-nen. »Es tröstet mich ein wenig, dass sie es nach Hause geschafft hat und friedlich eingeschlafen ist.«

»In den Armen ihrer Mutter«, versicherte Wolf mit einem lie-bevollen Blick zu seiner Frau.

Lange Zeit war nichts weiter zu hören als der Atem der Anwe-senden. Geros traurige Geschichte hatte alle verstummen lassen. Elvira löste sich zuerst aus der Nachdenklichkeit, goss Tee ein und verteilte die Tassen.

Ein leises Klopfen an der Tür durchbrach die Stille, dann wurde sie vorsichtig geöffnet. In dem schmalen Spalt erschien Willis rundes Gesicht. Er grinste schelmisch, als hätte er etwas angestellt. Dann betrat er den Raum, lief zu Nora und blieb wenige Schritte vor ihr stehen. Er trug den neuen Anzug, darun-ter ein schneeweißes Hemd mit einer kleinen Fliege unter dem Kragen, und sein welliges Haar war geglättet.

»Nolamama, schau mal ...« Stolz befühlte er seine Frisur. »Friederike hat mich mit Zuckerwasser süß gemacht. Jetzt kann ich dich heiraten.«

Nachwort

Liebe Leserinnen und Leser,

DIE KNAPP ZWEIJÄHRIGE Arbeit an diesem Roman fiel in eine Zeit großer persönlicher Veränderungen, in der das Schreiben eine erholsame Auszeit aus der stressigen Realität war. Unterstützt wurde ich dabei von meiner wundervollen Agentin Andrea Wildgruber, der genialen Redakteurin Angela Kuepper, dem fabelhaften Team des Blanvalet Verlags und den vergnüglichen Meetings mit meiner Lektorin Kathrin Wolf.

Die Geschichte um Nora und ihre Liebe zu einem amerikanischen Besatzungssoldaten ist rein fiktiv, Figuren und Namen entstammen meiner Fantasie, ebenso die Illustrierten *Welt im Blick* und *Moderne Dame.* Beide hat es nie gegeben, sind jedoch historischen Vorbildern nachempfunden.

Die Ausgangsidee zu diesem Roman entstand im Frühjahr 2019, als ich meine Mutter zu ihrem dreiundneunzigsten Geburtstag besuchte und sie den Anruf einer Freundin aus Texas bekam. Sie lernte mit achtzehn einen amerikanischen Soldaten kennen und lieben, wurde schwanger, und er nahm sie mit nach Amerika, wo sie heirateten.

Nach vorsichtigen Schätzungen wurden um die zweihunderttausend Kinder von alliierten Soldaten mit deutschen Frauen gezeugt, neuere Studien gehen von mindestens vierhunderttausend aus. Hinter diesen Zahlen stecken mehr traurige als glückliche Schicksale: Frauen mit Besatzungskindern wurden als Ami-Liebchen, Russenschlampe oder Britenhure beschimpft.

Ein uneheliches Kind von einem GI bedeutete damals die gesell-schaftliche Ächtung und oft auch ein Leben in sehr bescheide-nen Verhältnissen. Denn ein Kontrollratsbeschluss im Oktober 1945 legte fest, dass alliierte Soldaten nicht auf Vaterschaftsan-erkennung oder Unterhaltszahlung verklagt werden konnten, und die meisten Soldaten bestritten ihre Vaterschaft. So blieb die alleinige Verantwortung und finanzielle Belastung bei den Frauen.

Die Kinder litten darunter, ohne Vater und oft auch ohne Familie aufwachsen zu müssen, und sobald sie in die Schule kamen, waren sie Hänseleien ausgesetzt. Besonders schlimm erlebten das dunkelhäutige Kinder. Fehlte den Frauen die Unter-stützung ihrer Familie, blieb ihnen nur ein Leben als Alleiner-ziehende. Deutsche Männer waren kaum bereit, eine »gefallene« Frau zu heiraten und das Kind eines »Feindes« großzuziehen.

Der Wiederaufbau nach dem Zweiten Weltkrieg war noch bis in die 1960er-Jahre durchdrungen von den verstaubten Moral-vorstellungen der NS-Zeit. Eine junge Mutter ohne Mann galt vor allem im katholischen Bayern als Flittchen, es sei denn, sie war Witwe und ihr Mann im Krieg gefallen. Geändert hat sich diese Ächtung alleinerziehender Frauen erst mit der 68er-Bewe-gung, den Hippies und der Anti-Baby-Pille.

Aus heutiger Sicht mag das nur schwer nachvollziehbar sein, doch ich kann mich noch gut an die Regel erinnern, die für Mädchen ab vierzehn Jahren galt: sich niemals vor der Heirat mit einem Mann »einzulassen«. So war die Arbeit an diesem Stoff auch ein Abtauchen in teils selbst Erlebtes, und ich hoffe, Ihnen damit spannende Lesestunden bereitet zu haben.

Ihre
Lilli Beck